백야

세계문학전집
207

Фёдор Достоевский : Белые Ночи

백야

표도르 도스토옙스키 소설

박은정 옮김

문학동네

일러두기

1. 번역 대본으로는 1972~1990년 소련과학아카데미의 레닌그라드 나우카 출판사에서 발간한 도스토옙스키 전집(30권)을 사용했다. Фёдор Михайлович Достоевский, Полное собрание сочинений в тридцати томах, Издательство Наука(Ленинградское отделение).
2. 주석은 모두 옮긴이주다.
3. 원서의 프랑스어, 독일어, 라틴어 부분은 이탤릭체로 처리했고, 강조 부분은 고딕체로 처리했다.
4. 외래어 표기는 국립국어원 외래어표기법에 준했으나 일부는 현지 발음이나 관용에 따랐고, 성서 인용은 대한성서공회 개역개정에 따랐다.

차례

약한 마음

같은 지붕 아래, 같은 4층, 같은 호에 아르카디 이바노비치 네페데비치와 바샤 슘코프라는 젊은 두 친구가 살고 있었다…… 물론, 작가는 여기서 왜 한 주인공의 이름은 완전한 이름으로, 다른 한 주인공의 이름은 줄여서 애칭으로 적었는지 독자에게 설명함이 마땅하다고 생각한다.* 예를 들어, 이 같은 표현 방식이 격식에 어긋날뿐더러 어떤 면에서는 너무 허물없는 태도 아니냐고 느끼는 사람이 없도록 말이다. 하지만 그러기 위해서는 등장인물들의 직위며 나이, 직업, 업무, 그리고 심지어 성격까지 모두 미리 설명하고 묘사해야만 한다. 그런데 이미 많은

* 러시아 인명은 이름, 부칭, 성으로 구성되는데, 보통 이름과 부칭을 함께 불러야 상대방에 대한 존칭이 된다. 이름, 부칭, 성을 다 밝힌 '아르카디 이바노비치 네페데비치'와 달리, '바샤 슘코프'는 부칭이 생략되었고, '바샤'도 정식 이름인 바실리의 애칭이다.

작가들이 그런 식으로 이야기를 시작하는 까닭에, 이 소설의 작가는 나만큼은 그들과 다르다는 생각으로(즉 어쩌면 혹자가 말하듯 그 알량한 자존심 때문에), 곧장 사건의 본론으로 들어가기로 결정했다. 이렇게 서두를 꺼낸 후 작가는 이야기를 시작한다.

새해 전날 저녁 여섯시쯤, 슘코프가 집으로 돌아왔다. 침대에 누워 있던 아르카디 이바노비치는 잠에서 깨 반쯤 감긴 눈으로 친구를 바라보았다. 그는 슘코프가 가장 좋은 정장을 한 벌로 빼입고 가장 깨끗한 셔츠까지 차려입었다는 사실을 알아차렸다. 아르카디 이바노비치로서는 깜짝 놀랄 일이었다. '바샤는 저렇게 차려입고 대체 어딜 다녀온 거지? 그러고 보니 점심도 집에서 안 먹었잖아!' 그사이 슘코프는 초에 불을 밝혔고, 아르카디 이바노비치는 슘코프가 무심결에 그런 양 자신을 깨우려 들 셈이라는 걸 바로 눈치챘다. 실제로 바샤는 두어 번 헛기침을 하고 두어 번 방안을 오가는가 싶더니 결국 페치카 옆 구석에 서서 담배 파이프 속을 채우는 척하다가 순전히 실수인 듯 슬쩍 떨어뜨렸다. 아르카디 이바노비치는 속으로 터지는 웃음을 참았다.

"바샤, 잔꾀는 그만 부리시지!" 그가 말했다.

"아르카샤*, 자는 거 아니었어?"

"그래, 확실하진 않지만, 자는 것 같지는 않아."

"아, 아르카샤! 안녕, 다정한 나의 벗! 오, 나의 친구! 오, 친구여……! 너는 내가 지금 무슨 말을 하려는지 모를 거야!"

"전혀 모르겠는걸. 이리로 가까이 와봐."

* 아르카디의 애칭.

바샤는 아르카디 이바노비치의 검은 속셈을 전혀 알아채지 못하고 마치 기다렸다는 듯 재빨리 친구 쪽으로 걸음을 옮겼다. 그러자 아르카디가 잽싸게 바샤의 팔을 잡아채고는 몸을 돌려 그를 쓰러뜨린 다음 이른바 희생양의 '목조르기'를 시작했다. 이 동작은 성격이 쾌활한 아르카디 이바노비치에게 대단한 만족감을 안겨주었다.

"걸렸다!" 그가 소리쳤다. "걸려들었어!"

"아르카샤, 아르카샤, 무슨 짓이야? 놔, 제발 놓으라니까, 연미복이 구겨지잖아……!"

"연미복이라니, 너한테 연미복이 무슨 소용인데? 왜 그렇게 잘도 속아넘어가냐? 제 발로 걸려들다니. 말해봐, 어디 다녀온 거야? 점심식사는 어디서 했지?"

"아르카샤, 제발, 이것 좀 놔!"

"어디서 식사했냐니까?"

"바로 그 얘기를 하려던 참이었다고."

"그럼, 어서 말해보시지."

"그래, 먼저 네가 놓아주면."

"아니, 먼저 말하기 전엔 어림도 없어!"

"아르카샤, 아르카샤! 모르겠어? 이런 자세로는 안 돼, 도저히 이야기할 수 없어!" 힘이 약한 바샤가 친구의 억센 손아귀에서 빠져나오려고 안간힘을 쓰며 소리쳤다. "왜 그런 주제 있잖아……!"

"어떤 주제……?"

"이런 자세로 이야기하면 그 가치가 사라지는 그런 주제 말이야. 이렇게는 도저히 말을 할 수가 없어. 그냥 우스갯소리가 돼버린다니까.

이건 전혀 우스운 이야기가 아니라고, 아주 중요한 이야기지."

"그래, 중요한 얘기라! 잘도 둘러대는군! 그러니까 내가 웃을 수 있는 얘기를 해봐, 어서 털어놔보라니까. 나는 중요한 이야기에는 별 관심이 없단 말씀이야. 얘기도 안 해주면서 친구라고 할 수 있어? 네가 한번 말해봐, 그러고도 친구라고 할 수 있냐고, 어?"

"아르카샤, 제발, 안 된다니까!"

"그렇다면 나도 듣고 싶지 않아……"

"알았어, 아르카샤!" 바샤는 침대에 가로누운 채 어떻게든 자신의 말에 위엄을 싣기 위해 사력을 다하면서 말문을 열었다. "아르카샤! 좋아, 얘기할게, 그게……"

"그게, 뭐……!"

"그게, 그러니까, 나 약혼했어!"

아르카디 이바노비치는 축하의 말을 하는 대신 잠자코 바샤를 어린아이 안듯 두 팔에 안아들고는 재우는 시늉을 하며 아주 민첩하게 방안 이쪽저쪽을 왔다갔다했다. 비록 바샤가 마르기는 했지만 결코 작은 몸집이 아니었고 오히려 꽤 큰 키였는데 말이다.

"어이, 새신랑, 이제 내가 너를 업어주지." 아르카디가 말했다. 하지만 바샤가 자기 팔에 안긴 채 미동도 않고 갑자기 입도 꾹 닫은 것을 보자 즉시 자기 잘못을 알아차리고는 농담이 지나쳤음을 깨달았다. 그는 바샤를 방 한가운데 내려놓고 가장 진솔하고도 친근한 몸짓으로 그의 뺨에 입을 맞추었다.

"바샤, 화난 거 아니지……?"

"아르카샤, 있잖아……"

"저기, 곧 새해잖아."

"그래, 난 괜찮아. 그런데 넌 왜 그렇게 정신 나간 사람처럼 무례하게 구는 건데? 내가 몇 번이나 말했잖아. 아르카샤, 이건 전혀 재미있지 않아, 아니라고!"

"정말 화난 거 아니지?"

"그래, 난 괜찮아. 내가 언제 누구한테 화내는 거 봤어? 그런데 네가 나를 슬프게 한 건 맞아, 네가 이해할지 모르겠지만!"

"슬프게 했다고? 어떻게?"

"나는 터질 듯 벅찬 가슴을 안고 네게 왔단 말이야. 너한테 내 마음을 털어놓고 내가 얼마나 행복한지 말해주고 싶었는데……"

"그래, 무슨 행복? 왜 말을 안 해……?"

"그래, 나 결혼해!" 바샤는 사실 약간 화가 났기 때문에 씩씩대며 대답했다.

"네가! 네가 결혼이라니! 진심이야?" 아르카샤가 환성을 올렸다. "아니, 아니…… 이게 다 무슨 일이람? 이런 엄청난 말을 해놓고 울긴 왜 울어……! 바샤, 나의 바슈크*, 나의 벗, 그러지 마! 그런데 정말이야?" 아르카디 이바노비치가 다시 바샤에게 달려들어 껴안았다.

"그래, 어떻게 된 일인지, 이제 좀 알겠어?" 바샤가 말했다. "너는 착해. 물론 내 친구고. 그건 나도 알아. 하지만 기껏 벅찬 기쁨과 환희를 안고 달려왔더니, 난데없이 침대 위에 나자빠진 채 우스운 꼴로 이 기쁨과 환희를 알리게 됐잖아…… 아르카샤, 이해하겠니?" 바샤가 반쯤

---

* 바슈크, 바센카, 바슈트카는 모두 바실리의 애칭.

웃어 보이며 말을 이었다. "정말 우스꽝스럽기 짝이 없었다니까. 뭐, 그 순간은 나도 조금은 내 정신이 아니었지만. 이 일을 하찮게 만들고 싶지 않았는데…… 만약 네가 한술 더 떠서 '그 여자 이름이 뭐야?'라고 물었으면, 맹세컨대, 내 대답을 듣는 것보다 나를 죽이는 게 더 쉬웠을 걸."

"뭐야, 바샤, 왜 말을 안 했어! 진작 얘기했으면 좋았잖아. 그랬으면 이따위 짓궂은 장난은 치지 않았을 텐데." 아르카디 이바노비치가 진심으로 미안해하며 소리쳤다.

"아니야, 됐어, 이제 그만해! 사실 나는 그저…… 너도 알잖아, 왜 이렇게 됐는지. 이게 다 내가 마음이 너무 약해빠져서 그래. 너에게 말하고 싶었는데, 그러지 못해서 화가 나. 너를 기쁘고 행복하게 만들고, 말도 잘 해서 네게 제대로 이 소식을 알리고 싶었는데…… 그래, 아르카샤, 너를 정말 사랑해. 네가 아니었다면, 나는 아마 결혼은 꿈도 못 꿨을 거야, 아니, 아예 세상을 살지도 못했을걸!"

무척이나 감상적이 된 아르카디 이바노비치는 바샤의 이야기를 들으며 웃기도 했고 울기도 했다. 바샤도 마찬가지였다. 두 사람은 다시 부둥켜안았고 조금 전의 일은 잊었다.

"어떻게, 대체 어떻게 된 일이야? 나한테 전부 이야기해봐, 바샤! 나는, 친구, 미안한 말이지만, 지금 너무 충격을 받았거든, 정말 충격이야. 맙소사, 꼭 벼락을 맞은 것 같다니까! 아니지, 친구, 아닐 거야, 분명히 네가 꾸며냈을 거야, 거짓말하는 거지!" 아르카디 이바노비치가 목소리를 높였고, 심지어 미심쩍은 눈길로 바샤를 바라보기도 했다. 그러나 바샤의 얼굴에서 가능한 한 빨리 결혼하겠다는 확고한 의지를 읽고는 침대 위로 뛰어들더니 기쁨에 겨워 그 위를 구르기 시작했다. 벽이 다 흔들릴 정도였다.

"바샤, 이리 와서 앉아봐!" 마침내 아르카디가 일어나 침대에 앉으며 소리쳤다.

"사실, 아르카샤, 이 얘기를 어디서부터 어떻게 시작해야 할지 모르겠어!"

두 사람은 기쁨이 가득 담긴 눈빛으로 서로를 바라보았다.

"바샤, 결혼할 여자가 누구야?"

"아르테미예바……!" 바샤가 행복에 넘치는, 가늘게 떨리는 목소리로 말했다.

"정말이야?"

"왜, 내가 처음에 그 집 이야기를 네 귀에 지겹도록 읊어대다가 나중에는 입을 다물었잖아, 너는 아무것도 눈치채지 못했지만. 아, 아르카샤, 이 일을 너에게 숨기고 있자니 얼마나 힘들었는지 몰라. 사실 두려웠거든, 말하기가 무서웠어! 모든 게 잘못될 것만 같아서. 게다가 아르카샤, 나는 사랑에 빠졌거든! 세상에, 세상에! 그래, 어떻게 된 일이냐면," 바샤는 이야기를 시작했지만 흥분한 나머지 자꾸 말이 끊겼다. "그녀는 결혼을 약속한 남자가 있었어, 일 년 전의 일이지. 그런데 갑자기 그자가 어딘가로 파견을 떠나게 됐어. 나도 아는 사람이었는데, 그냥 그렇고 그런 인간이야, 하느님이 함께하시길! 그래, 그런데 그자한테서 소식은커녕 편지 한 장이 없는 거야. 그대로 사라져버렸달까. 그 집 식구들은 기다리고 또 기다렸어. 대체 어찌된 일인지 궁금해하면서 말이야…… 그런데 넉 달 전에 갑자기 그자가 결혼을 한 채 돌아와서는 그녀의 집에 발도 들여놓지 않았더라고. 졸렬한 자식! 비열한 자식! 하지만 그녀와 그녀의 가족 편에 서서 도와줄 사람이 아무도 없었어. 가엾은 그녀는 울고 또 울었지. 나는 그런 그녀를 사랑하게 됐고…… 음, 사실 나는 이미 오래전부터 줄곧 그녀를 사랑하고 있었어! 나는 그녀를 위로하기 시작했고, 그렇게 그 집에 계속 드나들었어…… 하지만 사실 나도 어쩌다 일이 이렇게 됐는지 잘 모르겠어. 그녀도 나를 사랑하게 됐는데, 그건 불과 얼마 전 일이야. 일주일 전에 결국은 내가 더이상 감정을 억제하지 못하고 그녀 앞에서 눈물을 쏟고 말았거든. 흐느껴 울면서 그녀에게 모두, 그러니까, 사랑한다고 말해버렸지! 한마디로 전부 다……! '바실리 페트로비치! 저도 당신을 사랑할 준비는 돼 있어요. 그래요, 저는 불쌍한 여자예요. 하지만 그렇다고 저를 조롱하지는 마세요. 제가 감히 누구를 사랑할 수 있겠어요.' 자, 친구, 이제 알겠지! 이해하겠지……? 나와 그녀는 이미 결혼을 약속했어. 나는 생각하고, 생각하고 또 생각하다가 그녀에게 물었어. '당신 어머니께는 어떻게 말씀드릴까요?' 그러자 그녀가 하는 말이, '힘들 거예요. 조금만 기다려줘요. 엄마는 두려워하세요. 지금은 저를 당신에게 보내지 않을지도 몰라요. 엄마도 계속 울기만 하시거든요' 이러더라고. 그런데 오늘 내가 그녀에게 물어보지도 않고 불쑥 어머니에게 다 말해버렸지, 뭐야. 리잔카*가 어머니 앞에 무릎을 꿇고 앉았어, 나도 그랬고…… 아, 그런데 어머니가 우리를 축복해주시지 않겠니! 아르카샤, 아르카샤! 사랑하는 나의 친구! 우리 함께 살자. 아니! 나는 너랑 절대 헤어지지 않을 거야."

---

* 리자베타의 애칭.

"바샤, 세상에, 이렇게 너를 보고 있으면서도 믿어지지가 않아. 왜 그런지 도무지 안 믿어져. 사실, 이 모든 일이 나는…… 들어봐, 어떻게 네가 결혼을 한다는 거지……? 왜 나는 전혀 몰랐을까, 어? 사실, 바샤, 너한테 고백하는데, 나도 결혼할까 생각한 적이 있었어. 그런데 이제 네가 결혼을 한다니, 잘됐지, 뭐! 그래, 부디 행복해라, 행복해……!"

"친구, 난 지금 정말 기분이 좋아, 마음도 정말 가볍고……" 바샤가 자리에서 일어나 흥분을 감추지 못하고 방안을 서성였다. "그렇지 않아? 그렇지 않니? 너도 같은 기분이지? 우리는 가난하게 살겠지만, 그래도, 물론, 행복할 거야. 이건 터무니없는 생각이 아니야. 우리 행복은 소설에나 나오는 그런 행복이 아니라고. 우리는 정말로 행복할 거야……!"

"바샤, 바샤, 내 얘기 좀 들어봐!"

"뭔데?" 바샤가 아르카디 이바노비치 앞에 멈춰 서며 물었다.

"갑자기 어떤 생각이 하나 떠올랐는데, 웬지 네게 말하기가 망설여져……! 미안하지만, 내 의혹을 좀 풀어줬으면 좋겠다. 대체 어떻게 살려고 그래? 네가 결혼하게 돼서 정말 기뻐, 너무 좋아서 나도 어쩔 줄을 모르겠어. 하지만 어떻게 먹고살 건데? 어?"

"오, 세상에, 맙소사! 아르카샤, 너란 애는 정말!" 바샤가 깜짝 놀라 네페데비치를 바라보며 말했다. "어떻게 네가 그런 말을 해? 그녀의 연로한 어머니조차 내가 이 모든 사실을 털어놓았을 때 단 이 분도 고민하지 않으셨다고. 그녀 가족이 어떻게들 살았는지, 네가 가서 물어보지 그래? 일 년에 단돈 5백 루블로 세 사람이 살아. 돌아가신 아버지가 남긴 연금이지. 그 돈으로 그녀도 살았고, 늙으신 어머니도, 어린 남동생도 살고 있지. 그 돈으로 남동생 학비까지 대면서 말이야. 그래, 그렇게들 산다고! 그에 비하면 너와 나는 자산가인 셈이지! 그리고 잠깐만, 내년에는 7백 루블도 손에 쥐게 될 테고."

"잠깐만, 바샤, 미안하지만, 나는 정말, 그러니까, 이 일이 잘못되지 않았으면 하는 마음에서 그러는 거야. 그런데 7백 루블이라니? 다 해야 3백 루블일 텐데……"

"3백 루블이라니……! 율리안 마스타코비치는? 잊었어?"

"율리안 마스타코비치! 그건, 친구, 확실하지 않아. 배반을 모르는 친구처럼 단 1루블까지 확실하게 보장된 월급 3백 루블과는 달라. 율리안 마스타코비치는, 물론, 뭐, 훌륭한 사람이지. 나도 그 사람을 존경해, 그를 이해한다고. 그 자리까지 거저 올라간 건 아닐 테니. 나도 그를 좋아해. 그 사람이 너를 좋아해주고 네게 일감도 주니까. 자기 부하 직원에게 맡기면 돈 안 들이고도 일을 시킬 수 있는데 말이지. 하지만 바샤, 너도 동의해야 해…… 더 들어봐. 내가 헛소리를 지껄이는 게 아니야. 페테르부르크를 통틀어 네 필체만큼 훌륭한 필체를 찾기 어렵다는 건 나도 인정해. 그 점에 대해선 털끝만큼도 이의가 없어." 다소 기분이 들뜬 네페데비치는 그렇게 말을 마치려 했다. "하지만 갑자기, 그런 일이 없기를! 네가 그 사람 눈 밖에 나거나, 갑자기 네가 필요 없어지거나, 갑자기 그가 다른 사람을 고용한다면…… 사실, 무슨 일이든 일어날 수 있는 거잖아! 율리안 마스타코비치인지 뭔지 하는 사람도 오늘은 있다가 내일은 갑자기 사라져버릴 수도 있는 거고, 바샤……"

"잠깐만, 아르카샤, 그렇게 따지면 지금 우리 머리 위로 천장이 내려앉을지도 모르는 거잖아……"

"뭐, 물론, 물론…… 나는 뭐, 별로 신경 안 써……"

"아니, 내 말 좀 들어봐, 끝까지 들어봐. 있잖아, 그분이 나를 저버릴 수는 없어…… 아니, 일단 내 말부터 들어봐, 끝까지 들어보라니까. 나는 맡은 일을 모두 성실하게 수행하고 있어. 그리고 알다시피 그분은 정말 좋은 사람이야. 아르카샤, 그분은 오늘만 해도 내게 은화로 50루블이나 줬다니까!"

"정말이야, 바샤? 상여금이라도 받은 거야?"

"상여금은 무슨 상여금! 그냥 자기 주머니에서 내준 거야. 그분이 이렇게 말했어. '자네 벌써 다섯 달이나 돈벌이가 없었지. 원한다면 이것 받게.' '고맙네, 자네에게 고마워, 마음에 드는군……' 정말이야! '자네가 나를 위해 거저 일해선 안 되지.' 정말이야! 그렇게 말했어! 글쎄, 눈물이 다 나더라, 아르카샤. 세상에!"

"잠깐, 바샤, 그런데 서류들은 다 정서했어……?"

"아니…… 아직 못했어……"

"바……센카! 나의 수호천사! 여태 뭐했어?"

"들어봐, 아르카디, 괜찮아, 아직 이틀이나 남았어, 그 안에 끝낼 수 있어……"

"대체 어쩌자고 안 한 건데……?"

"괜찮아, 괜찮아! 네가 그렇게 심각한 표정으로 쳐다보면 내 속이 뒤집히고 가슴이 죄어온단 말이야! 그게, 뭐? 넌 항상 이렇게 내 기를 죽이지! 그러니 이렇게 소리를 안 지르고 배기냐고. '아-아-아!' 생각해봐, 그까짓 게 뭔데? 끝낼 거야, 꼭 끝낼 거라고……"

"만약 못 끝내면?" 아르카디가 벌떡 일어나며 소리쳤다. "하필 오늘 상여금까지 줬다면서! 너는 이제 결혼도 할 테고…… 이런, 이런, 이런……!"

"괜찮아, 괜찮아." 슈코프가 소리쳤다. "지금 바로 앉아서 시작할 거야, 당장 시작한다니까, 걱정 마!"

"바슈트카, 어째서 일을 팽개쳐놓고 있었어?"

"아, 아르카샤! 어떻게 가만히 앉아만 있을 수 있었겠니? 내가 그럴 수 있는 사람이야? 그래, 사무실에서도 자리를 지키고 앉아 있느라 힘들어 죽는 줄 알았어. 흥분을 가라앉히기가 쉽지 않았다고…… 아! 아! 지금부터 앉아서 밤새 쓰고, 내일 밤도 새우고, 또 모레도 그렇게 하면, 다 끝낼 수 있어……!"

"많이 남았어?"

"방해하지 말아줘, 부탁인데 방해하지 말고 입 좀 다물어……"

아르카디 이바노비치는 발뒤꿈치를 들고 조용히 침대로 가 앉았다. 그러고는 갑자기 일어나려다가 다시 주저앉았다. 마음이 흥분되어 앉아 있기가 힘들었지만 친구에게 방해가 될지도 모른다는 생각이 들었기 때문이다. 새로운 소식이 그를 완전히 혼란에 빠뜨리고, 처음 소식을 들었을 때의 환희가 아직 가시지 않은 게 분명했다. 그가 슈코프를 흘끗 쳐다보자 슈코프 역시 그를 쳐다보았고 웃음 지으며 손가락으로 위협하는 시늉을 해 보였다. 그러고는 곧 눈썹을 있는 대로 모으고(마치 눈썹에 작업의 모든 능력과 성패가 달려 있다는 듯이) 뚫어져라 서류를 들여다보았다.

바샤 역시 흥분이 가라앉지 않는지 계속 펜을 갈아끼우고 의자 위에서 빙글빙글 돌더니만 다시 자리를 잡고 정서하기 시작했다. 하지만 그의 손이 떨리면서 움직이지를 않았다.

"아르카샤! 그녀 가족에게 네 이야기도 했어." 그가 이제 막 생각난 듯 갑자기 큰 소리로 말했다.

"그래?" 아르카디도 큰 소리로 말했다. "그러잖아도 물어보고 싶었어, 그래서?"

"그래서? 아, 나중에 다 이야기해줄게! 모두 내 잘못이야, 이건 뭐 완전히 정신이 나가버렸으니. 네 페이지를 정서하기 전까지는 아무 말도 안 할 작정이었는데. 갑자기 네 생각이랑 그 사람들 생각이 났지 뭐야. 있잖아, 못 쓰겠어, 자꾸 너하고 그 집 사람들 생각이 나서……" 바샤가 웃음을 지었다.

침묵이 흘렀다.

"휴! 무슨 펜이 이따위야!" 슘코프가 짜증난다는 듯 펜으로 책상을 치며 소리쳤다. 그는 다른 펜을 집어들었다.

"바샤! 잠깐만! 한마디만……"

"그래! 얼른 말해봐, 이게 마지막이야."

"많이 남았어?"

"아, 친구……!" 바샤는 마치 세상에 그보다 더 끔찍하고 잔인무도한 질문은 없다는 듯 잔뜩 얼굴을 찌푸렸다. "많아, 끔찍할 정도로 많아!"

"있잖아, 좋은 생각이 하나 있는데……"

"뭔데?"

"아, 아니야, 아무것도 아니야, 계속 쓰기나 해."

"뭔데 그래? 뭔데?"

"이제 막 여섯시 좀 넘었는걸, 바슈크!"

여기서 네페데비치는 씩 웃더니 바샤에게 능청맞게 윙크를 해 보였다. 하지만 그는 바샤가 이를 어떻게 받아들일지 몰라 조금은 걱정이 되기도 했다.

"그래서, 왜?" 바샤가 펜을 집어던지고 친구의 눈을 뚫어져라 바라보며, 심지어 기대감에 차서 얼굴까지 창백해진 채 물었다.

"뭔지 알겠어?"

"제발, 뭐냐니까?"

"뭔지 알겠어? 너는 지금 흥분상태라 일을 많이 할 수 없어…… 잠깐, 잠깐, 잠깐만, 잠깐만. 알아, 안다니까, 들어봐!" 네페데비치는 기쁨에 들뜬 나머지 침대에서 벌떡 일어났다. 그는 바샤의 말을 가로막는 것은 물론, 열심히 그의 반론까지 피해가며 말을 이었다. "무엇보다 흥분을 가라앉혀야 해. 정신을 집중해야 한다고, 안 그래?"

"아르카샤! 아르카샤!" 바샤가 의자에서 벌떡 일어나며 소리쳤다. "밤새 일할 거야, 정말 그럴 거야!"

"어, 그래, 그래! 아침이 되면 슬슬 잠이 들겠지……"

"안 자, 절대 안 잔다니까……"

"아니, 안 돼, 그건 안 돼. 넌 당연히 자야 해, 다섯시에 눈 좀 붙여. 내가 여덟시에 깨워줄게. 내일은 휴일이잖아. 하루종일 죽치고 앉아서 쓰면 돼…… 그러고 나서 밤에도…… 그런데 정말 많이 남았어……?"

"자, 봐봐……!"

바샤는 기쁨과 기대로 몸을 떨며 서류를 보여주었다.

"자, 여기……!"

"뭐야, 친구, 별로 많지 않잖아……"

"저, 사실은 여기도 있어." 바샤는 마치 가느냐 마느냐의 결정이 네페데비치에게 달리기라도 한 양 잔뜩 긴장한 얼굴로 친구를 바라보았다.

"얼마나?"

"두…… 장……"

"그래? 그럼, 잘 들어봐! 이 정도면 끝낼 수 있어, 정말 할 수 있다니까!"

"아르카샤!"

"바샤! 들어봐! 오늘은 새해 전날이라 다들 가족끼리 모일 거야. 너와 나만 집도 가족도 없이…… 오! 바센카……!"

네페데비치는 바샤를 와락 끌어당겨 자신의 사자 같은 품에 꼭 끌어안았다……

"아르카디, 결정했어!"

"바슈크, 나도 방금 그 말을 하고 싶었어. 알겠지, 바슈크, 이 바보야! 들어봐! 들어보라니까! 사실……"

아르카디는 입을 벌린 채 말을 멈췄다. 너무 기쁜 나머지 더이상 말을 이을 수 없었기 때문이다. 바샤는 아르카디의 어깨를 붙잡고 그의 눈을 바라보면서 마치 그를 대신해서 말을 마치기라도 할 것처럼 입술을 움직였다.

"그래!" 마침내 그가 입을 열었다.

"오늘 그 집 사람들에게 나를 소개해줘!"

"아르카디! 거기로 차 마시러 가자! 내 말 알겠어? 알겠지? 새해가 될 때까지 앉아 있지 말고 좀 일찍 나오면 돼." 바샤가 열정적으로 소리쳤다.

"그러니까 딱 두 시간만, 더도 덜도 말고……!"

"그러고는 일을 끝낼 때까지 이별하는 거지……!"

"바슈크!"

"아르카디!"

아르카디는 삼 분 만에 정장으로 갈아입었다. 바샤는 그저 옷을 깨끗이 떨어내기만 하면 되었는데, 정신없이 일거리 앞에 앉느라 미처 옷을 갈아입지 못했기 때문이다.

그들은 서둘러 거리로 나섰고, 서로 뒤질세라 한껏 기쁨에 들떴다. 길은 페테르부르크 쪽에서 콜롬나*로 나 있었다. 아르카디 이바노비치는 어찌나 씩씩하고 기운차게 발걸음을 옮겨놓던지 그 걸음걸이 하나만 보더라도 그가 바샤의 행복을 얼마나 기뻐하는지 단박에 알 수 있었다. 바샤는 잰걸음으로 종종걸음쳤지만, 그렇다고 그의 품위가 손상되는 것은 아니었다. 오히려 아르카디 이바노비치는 지금처럼 멋진 바샤의 모습을 여태 본 적이 없었다. 심지어 그 순간 어쩐지 친구에게 존경심마저 들었고, 아르카디 이바노비치의 선량한 마음속에 늘 애정어린 깊은 연민을 불러일으키는, 독자는 아직 모르는 바샤의 신체적 결함(바샤는 약간 곱사등이였다)이 지금 그에게 더욱 가슴 뭉클하게 느껴졌다. 특히 이 순간 아르카디가 친구를 바라보는 마음은 감동 그 자체였고, 물론, 바샤는 모든 면에서 이런 감동을 불러일으킬 만한 충분한 자격이 있었다. 아르카디 이바노비치는 너무 행복해서 울고 싶을 정도였다. 하지만 그는 꾹 눌러 참았다.

---

* 페테르부르크의 빈민층이 모여 살던 변두리 지역.

"바샤, 어디 가, 어디 가는 건데? 이쪽이 더 가까워!" 보즈네센스키 대로 쪽으로 가고자 기회를 살피는 바샤를 보며 그가 소리쳤다.

"조용히 좀 해, 아르카샤, 조용하라고……"

"정말이야, 이쪽이 더 가깝다니까, 바샤."

"아르카샤! 그거 알아?" 바샤가 기쁨에 들뜬 떨리는 목소리로 비밀이라도 밝히듯 말을 꺼냈다. "그거 알아? 리잔카에게 선물을 하나 하고 싶어……"

"어떤 선물?"

"여기, 길모퉁이에 마담 레루라고 정말 근사한 가게가 있어!"

"아, 그래!"

"모자, 친구, 모자 말이야. 오늘 정말 매력적인 모자를 봤거든. 아까 물어봤어. 그랬더니 마농 레스코 스타일이래. 정말 끝내준다니까! 리본은 체리색이고, 비싸지 않으면…… 아르카샤, 그래 좀 비싸면 어때……!"

"내 생각에, 바샤, 넌 이 세상 그 어떤 시인보다 고상해! 가보자……!"

둘은 뛰기 시작했고 이 분 후에는 벌써 가게 안에 들어서 있었다. 곱슬머리에 눈이 까만 프랑스 여자가 두 사람을 맞아주었다. 여자는 자신의 손님들을 보자마자 첫눈에 그들처럼, 아니, 이렇게 말해도 된다면, 그들보다 더 유쾌하고 행복해졌다. 한편 한껏 기쁨에 들뜬 바샤는 마담 레루에게 입맞춤이라도 할 기세였다……

"아르카샤!" 그는 가게의 거대한 탁자 위, 나무 받침대에 진열된 온갖 아름답고 훌륭한 물건들을 바라보며 목소리를 낮춰 말했다. "정말 너무 근사해! 이건 뭐지? 이건? 여기, 예를 들어, 저기 귀여운 녀석, 보여?" 바샤가 저쪽 끝의 사랑스러운 모자 하나를 가리키며 속삭였다. 하지만 그건 바샤가 사려는 모자가 아님이 분명했다. 왜냐하면 그는 이미 멀리서부터 다른 것, 즉 맞은편 끝에 놓인, 앞서 말한 그 진짜 모자에 시선을 못박은 채 그것만 뚫어져라 보고 있었기 때문이다. 모자를 바라보는 시선이 너무도 간절해서 행여나 다른 누군가가 채가거나 혹은 모자가 바샤의 손에 들어가기 싫다며 자리를 박차고서 공중으로 날아가 버리기라도 할까봐 걱정이 될 정도였다.

"여기 이것," 아르카디 이바노비치가 모자 하나를 가리키며 말했다. "내가 보기엔 이게 제일 나은 것 같아."

"그래, 아르카샤! 그 정도면 너를 멋진 사람으로 만들고도 남겠는걸. 정말 네 취향에 특별한 존경심마저 든다." 바샤는 아르카샤 앞에서 짐짓 감명이라도 받은 것처럼 능청맞게 말했다. "네가 고른 모자는 매력적이야. 하지만 이리로 좀 와봐!"

"어디, 더 괜찮은 거라도 있어?"

"이리 와서 좀 보라니까!"

"이거?" 아르카디가 못 미더운 듯 말했다.

하지만 바샤가 더이상 참지 못하고 모자가 걸린 나무걸이에서 모자를 잡아 빼자, 마치 모자 또한 오랜 기다림 끝에 드디어 훌륭한 구매자를 만났다는 듯 갑자기 신이 나서 날아오르는 것처럼 보였다. 그리고 모자의 리본과 가장자리 주름 장식, 레이스, 이 모든 게 동시에 바스락바스락 소리를 내는 그 순간 아르카디 이바노비치의 단단한 가슴에서 뜻하지 않은 기쁨의 탄성이 터져나왔다. 심지어 평소 취향의 문제에서 의심할 바 없는 권위와 탁월함을 자랑하지만, 겸손의 차원에서 줄곧 침묵을 지키고 있던 마담 레루까지도 동의한다는 듯 함박웃음으로 바샤를 칭송했다. 그녀의 눈길과 몸짓, 그리고 이 웃음 속에 있는 모든 것이 한꺼번에 이렇게 말하는 것 같았다. "그래요! 제대로 골랐어요. 당신은 당신에게 찾아온 행복을 누릴 자격이 있어요."

"이렇게 혼자 숨어서 애교를 부리고 있었구나, 애교를 부렸어!" 바샤는 이 귀여운 모자에 자신의 모든 사랑을 담아 소리쳤다. "일부러 숨어 있었어, 요 사기꾼, 내 사랑!" 그리고 모자에, 정확히 말하면 모자를 둘러싼 공중에 대고 입맞춤을 했다. 왜냐하면 자신의 소중한 보물을 감히 건드리기 두려웠기 때문이다.

"진정한 가치와 미덕이 자신을 감추도다." 기쁨에 찬 아르카디가 아침에 읽은 풍자 신문의 한 구절을 익살맞게 덧붙였다. "자, 바샤, 어때?"

"훌륭해, 아르카샤! 너 오늘 재치가 넘친다. 내가 장담하는데, 사람들 말처럼, 너는 여자들 사이에서 돌풍을 일으킬 거야. 마담 레루, 마담 레루!"

"무엇을 도와드릴까요?"

"친애하는 마담 레루……!"

마담 레루는 아르카디 이바노비치를 바라보며 너그럽게 웃어 보였다.

"지금 이 순간 제가 얼마나 뜨겁게 당신을 좋아하는지 당신은 믿지 못할 겁니다…… 당신에게 입맞춰도 되겠습니까……" 바샤가 이렇게 말하고 가게 주인에게 입을 맞췄다.

이 순간 마담 레루가 이런 가난뱅이 청년 때문에 자신의 격이 떨어지는 일이 없도록 모든 위엄을 동원할 필요가 있었음은 자명하다. 그렇지만 나는 이에 덧붙여, 바샤의 기쁨을 받아준 마담 레루의 기꺼이 베풀 줄 아는 타고난 친절함과 우아함 역시 마땅히 갖춰야 할 덕목임을 확신하는 바이다. 그녀는 바샤를 용서했으며, 이런 상황에서도 아주 현명하고 우아하게 처신할 줄 알았다! 어떻게 바샤에게 화를 내겠는가?

"마담 레루, 가격이 어떻게 되나요?"

"그건 은화로 5루블이에요." 그녀가 다시 웃음 띤 얼굴로 대답했다.

"그럼 이건요, 마담 레루?" 자신이 고른 모자를 가리키며 아르카디 이바노비치가 물었다.

"그건 은화로 8루블이고요."

"그렇다면 잠깐만요! 잠깐만! 마담 레루, 실례지만 어떤 것이 더 멋지고 우아하고 사랑스러운가요, 둘 중 어느 쪽이 당신에게 더 잘 어울리죠?"

"이게 더 비싸기는 하지만, 당신이 고른 것이 *더 애교 있어 보여요.*"

"그럼, 그걸로 할게요!"

마담 레루는 얇디얇은 종잇장을 집어서 모자를 싼 뒤 핀으로 고정시켰는데, 모자를 싼 종이는 전보다, 즉 모자를 감싸기 전보다 더 경쾌해 보였다. 바샤는 그것을 숨까지 꼴깍 삼켜가며 조심조심 받아들었고, 마담 레루에게 고개 숙여 인사를 건네는 것은 물론 그녀에게 뭔가 정중한 말을 몇 마디 더 건넨 다음 가게를 나왔다.

"나는 멋을 아는 사람이야, 아르카샤, 아무래도 나라는 사람은 타고난 멋쟁이인 것 같아!" 바샤는 껄껄 웃음을 터뜨리며, 또 들릴 듯 말 듯 작은 소리로 초조한 듯 낄낄대며, 행여 지나가는 사람들이 자신의 소중한 모자를 망가뜨리기라도 하면 어쩌나 의심하듯 그들을 피해 달려가며 큰 소리로 외쳤다.

"잠깐만, 아르카디, 잠깐만 들어봐!" 잠시 후 바샤가 말했다. 그의 목소리에는 엄숙하면서도 사랑스럽기 그지없는 뭔가가 담겨 있었다. "아르카디, 나 정말 행복해, 정말 행복하다고!"

"바센카! 나도 행복해, 나의 친구!"

"아니, 아르카샤, 아니야, 네가 나를 얼마나 아끼고 사랑하는지 잘 알아. 하지만 그래도 넌 지금 이 순간 내가 느끼는 행복의 백분의 일도 모를 거야. 가슴이 너무 벅차, 터질 것 같아! 아르카샤! 나는 이런 행복을 누릴 자격이 없어! 나는 그걸 알 수 있어, 느낄 수 있어." 바샤가 금방이라도 울음이 터질 것 같은 목소리로 말을 이었다. "무슨 자격으로, 대체 내가 뭘 잘했다고 이런 행복이 찾아왔을까? 말해봐! 생각해봐, 얼마나 많은 사람들이 얼마나 많은 눈물과 얼마나 많은 슬픔으로 휴식과 즐거움도 없는 숱한 나날을 보내는지! 그런데 나는! 그런 여인이 나를 사랑하다니, 나를…… 너도 이제 그녀를 직접 만날 거고, 그러면 그녀가 얼마나 고결한 마음을 가진 사람인지 알게 되겠지. 나는 보잘것없는 집안에서 태어났지만, 이제 관직도 있고 일정한 수입도 있어. 월급 말이야. 나는 신체적 결함을 가지고 태어났어. 약간 곱사등이니까. 생각해봐, 그런데도 그녀는 있는 그대로의 나를 사랑하게 된 거야. 오늘 율리안 마스타코비치가 얼마나 친절하고, 얼마나 자상하고, 또 얼마나 정중했던지 몰라. 그분과는 아주 드물게 이야기를 나누는데, 오늘은 나한테 와서 이러는 거야. '그래, 어떤가, 바샤!' 그래, 정말 나를 바샤라고 불렀다니까. 그분이 '휴가는 어떻게 보낼 생각이지, 어?' 이렇게 묻고는 웃더라고.

그래서 내가 '그럭저럭 지냅니다만, 실은, 각하, 할일이 좀 있습니다'

라고 대답하고는 곧 용기를 내 이렇게 덧붙였지. '하지만 어쩌면 저도 즐거운 시간을 보낼지도 모르겠습니다, 각하.' 정말 그렇게 말했어. 그러자 그분이 그 자리에서 나한테 돈을 건네는 거야. 그런 다음 두어 마디 더 말을 건넸고. 친구, 나는 울음을 터뜨렸어. 정말로 눈물이 솟구치더라니까. 그분 역시 감동을 받았는지, 내 어깨를 두드리며 이렇게 말했지. '그래, 바샤, 지금처럼, 늘 지금 같은 기분으로만 지내게……'"

그러고는 순간 바샤가 말을 멈췄다. 아르카디 이바노비치도 돌아서서 주먹으로 눈물을 닦았다.

"그리고, 그리고……" 바샤가 말을 이었다. "아르카디, 이 말은 아직까지 너한테 한 번도 한 적이 없는데…… 아르카디! 너와의 우정은 나를 정말 행복하게 해. 네가 없으면 나는 아마 못 살 거야. 아니, 아니, 아니야, 아무 말도 하지 마, 아르카샤! 네 손을 잡게 해줘, 너한테 감사…… 할…… 수…… 있게 해줘!" 바샤는 또다시 말을 끝맺지 못했다.

아르카디 이바노비치는 곧장 바샤에게 달려들어 목을 얼싸안고 싶었지만, 마침 두 사람은 길을 가로지르던 참인데다 바로 귓전에서 '삐-삐-삑' 하고 날카로운 호루라기 소리가 들려오는 바람에 겁을 집어먹고 당황해서는 인도까지 한달음에 내달렸다. 아르카디 이바노비치는 그래서 오히려 기뻤다. 그는 이 순간만큼은 예외적으로 바샤가 감사의 마음을 쏟아내는 것을 너그러이 받아들였다. 그는 자신에게 화가 났다. 지금까지 자신이 바샤를 위해 한 일이 거의 없다는 생각이 들었던 것이다! 그는 바샤가 이처럼 사소한 일에 고마워하자 스스로 부끄러워지기까지 했다. 하지만 그들 앞에는 아직 기나긴 인생이 남아 있었고, 이 사실에 아르카디 이바노비치는 한결 가볍게 안도의 숨을 내쉴 수 있었다……

한편 두 모녀는 기다리기를 확실하게, 완전히 포기하고 있었다! 그들이 이미 식탁에 앉아 차를 마시고 있다는 게 그 증거였다! 그런데 사실, 가끔은 나이든 사람이 젊은 사람보다 더 통찰력이 있는 법이다. 젊은이도 젊은이 나름이겠지만! 사실, 리잔카는 바샤가 오지 않을 거라고 짐작을 넘어 아예 확신했다. "오지 않을 거예요, 엄마, 안 올 거라는 예감이 들어요." 반면에 그녀의 엄마는 계속해서, 내 예감은 정반대다, 바샤는 틀림없이 온다, 그냥 집에만 있지는 않을 것이고 이제 곧 달려올 거다, 새해 전날이니 바쁜 업무가 있을 리 없지 않느냐! 하고 말했다. 대문을 열면서도 리잔카는 두 친구를 보게 되리라고는 전혀 기대하지 않았다. 그녀는 자신의 눈을 믿지 못했다. 뜻밖에 그들을 마주하자 그녀는 순간 숨이 멎을 것 같았고 사로잡힌 작은 새처럼 가슴이 뛰면서 체리처럼(정말 그녀는 체리와 닮았다) 얼굴이 새빨개졌다. 세상에, 이런 뜻밖의 선물이라니! 리잔카의 입에서 "아!" 하고 기쁨의 탄성이 터져나왔다! "나쁜 사람! 내 사랑!" 그녀가 바샤의 목을 끌어안으며 소리쳤다…… 하지만 그녀의 놀라움, 갑작스러운 부끄러움을 상상해보라. 바샤의 바로 뒤에, 마치 그의 등뒤에 숨기라도 하려는 듯 아르카디 이바노비치가 조금은 당황한 기색으로 서 있었던 것이다. 그가 여자들을 대하는 데 서툴다는 사실을 고백해야겠다. 서툴러도 너무 서툴러서 한번은 이런 일까지 있었는데…… 하지만 이 이야기는 다음으로 미루자. 아무튼 그의 입장이 한번 되어보자. 여기에 우스운 점은 하나도 없다. 아르카디는 덧신을 신고 외투를 입고서 귀덮개가 달린 모자를 쓴 채 현관에 서 있었다. 그는 서둘러 모자를 벗으려고 했는데, 모자는 노란 털실로 짠 흉측한 목도리로 꼴사납게 칭칭 감겨 있는데다 보온 효과를 높이려고 뒤에서부터 묶여 있었다. 가능한 한 빨리 이것들을 벗어 던져버리고 좀더 나은 모습을 보여줄 필요가 있었다. 왜냐하면 누구든 조금이라도 더 보기 좋은 모습의 자신을 소개하길 원하기 때문이다. 하지만 이때 짜증이 나서 견딜 수 없게 된 바샤는, 물론 원래는 상냥하고 친절하기 그지없는 바샤가 맞지만, 결국은 인내심을 잃고 잔인해지고 말았다. "자, 여기," 그는 소리쳤다. "리잔카, 나의 아르카디를 소개할게요! 내 친구 어때요? 나의 가장 친한 벗이니 그를 안아주고 입맞춰줘요, 리잔카, 우선 입맞춤부터 해줘요. 나중에 아르카디를 더 잘 알게 되면, 말 안 해도 하게 될 테지만……" 그래서? 그래서 나는 묻고 싶다. 그 순간 아르카디 이바노비치가 무엇을 할 수 있었을까? 그는 그때까지도 목도리를 절반밖에 풀지 못해 쩔쩔매고 있었던 것을! 사실, 때론 나는 바샤의 지나친 열정이 창피해질 때가 있다. 그건 물론 그의 선량한 마음을 의미하지만, 그래도…… 어쩐지 좀 어색하고 썩 좋지는 않다!

마침내 두 사람은 안으로 들어갔다. 노부인은 아르카디 이바노비치와 알게 된 것을 무척이나 기뻐했다. 노부인은 그에 대한 이야기를 수차례 들었고, 그래서 노부인은…… 하지만 노부인은 말을 끝맺을 수 없었다. "오!" 하고 방안을 울리는 기쁨의 탄성이 노부인의 말을 중간에 가로막았기 때문이다. 하지만 세상에! 리잔카는 뜻밖의 선물 앞에 다소곳이 팔짱을 낀 채 웃음만, 그저 가만히 웃음만 짓고 서 있었다…… 세상에, 마담 레루 가게에 이보다 더 훌륭한 모자가 어디 있다고!

오, 세상에, 대체 어디서 이보다 더 멋진 모자를 구할 수 있겠는가? 정말이지 너무하지 않은가! 어디에서 이보다 더 사랑스러운 모자를 찾을 수 있단 말인가! 나는 지금 진지하다! 사랑에 빠진 자들의 이런 배은망덕한 태도에 나는 조금은 분노를, 심지어 조금은 슬픔마저 느낀다. 자, 독자 여러분이 직접 확인하시라. 이 작은 사랑의 모자보다 더 멋진 것이 존재할 수 있는지! 자, 주목해보시라…… 하지만 아니, 아니다, 나의 비난은 공연한 짓이다. 그들도 이미 모두 내 생각에 동의했다. 이것은 순간적인 오해였다. 감정이 격앙되어 제대로 보지 못했을 뿐이다. 나는 그들을 용서할 준비가 되어 있다…… 그렇지만 한번 보시라…… 미안하지만, 독자여, 나는 이 모자에 대해 조금 더 말하려 한다. 레이스에 싸인 널따란 체리색 리본이 깃털처럼 가벼운 실크 모자를 두르고 있으며, 뒤쪽에도 역시 넓고 긴 리본 두 개가 달려 있다. 그 리본들은 아마 목덜미보다 조금 아래로, 목으로 드리워질 것이다…… 모자를 살짝 목덜미 쪽으로 넘겨서 쓰면 될 일이다. 자, 한번 보시라, 그러면 당신에게 묻겠다……! 하지만 나는 당신이 보고 있지 않다는 것을 안다……! 당신에겐 모자쯤이야 크게 중요하지 않을 테니까! 당신은 다른 쪽을 쳐다보느라 여념이 없다…… 당신은 칠흑처럼 새까만 두 눈에 진주알처럼 굵디굵은 눈물 두 방울이 순식간에 고였다가 기다란 속눈썹 끝에서 한순간 흔들리나 싶더니 마담 레루의 예술품으로 탄생한 실크 레이스보다 더 빨리 공중으로 사라져버리는 것을 보고 있다…… 나는 다시 화가 난다. 사실 그 눈물 두 방울은 모자에 감동한 때문은 아니잖은가……! 아니다! 내 생각에 그런 선물은 차분하고 담담하게 건넬 필요가 있다. 그래야만 그것의 가치를 제대로 평가할 수 있으므로! 고백하건대, 독자여, 이건 다 모자를 위해서 하는 말이다!

바샤는 리잔카와, 노부인은 아르카디 이바노비치와 함께 자리를 잡고 앉았다. 대화가 시작되었고, 아르카디 이바노비치도 자신의 본래 모습을 되찾았다. 나는 그에게도 공평한 기회를 부여하는 바이다. 비록 그에게서 그것을 기대하기는 어려웠지만. 바샤에 대한 말을 두어 마디 꺼낸 다음, 아르카디 이바노비치는 아주 자연스럽게 바샤의 은인인 율리안 마스타코비치에게로 대화의 주제를 옮겨갔다. 그리고 너무도 현명하게, 정말이지 너무도 현명하게 이야기를 풀어나갔기 때문에 이야깃거리가 떨어지는 법 없이 대화는 한 시간이나 계속되었다. 바샤와 직접 또는 간접적으로 관계를 맺고 있는 율리안 마스타코비치의 몇 가지 특징들을 아르카디 이바노비치가 얼마나 솜씨 좋게 또 얼마나 재치 있게 언급했는지 눈여겨볼 필요가 있다. 노부인은 그에게 매혹되었고, 정말로 마음을 빼앗겼다. 노부인 스스로 그 사실을 인정했고, 일부러 바샤를 따로 불러서는 친구가 참으로 훌륭하고 상냥한 젊은이이며, 무엇보다 아주 진지하고 믿음직한 청년이라고 칭찬할 정도였다. 바샤는 너무 기쁜 나머지 하마터면 소리 내 웃을 뻔했다. 그는 이 믿음직한 청년 아르카샤가 자신을 십오 분이나 침대 위에서 괴롭혔던 일을 떠올렸다! 그러고는 노부인은 바샤에게 눈짓으로 신호를 보내며 몰래 조용히 다른 방으로 자신을 따라오라고 일렀다. 노부인이 리잔카에 대해서만큼은 부당하게 행동하고 있음을 인정해야 한다. 그녀는, 물론 기쁜 마음에서 우러나온 행동이지만, 딸을 배신하고 리잔카가 바샤에게 새해 선물로 준비해둔 물건을 미리 보여주려 한 것이다. 그것은 유리구슬과 금실로 수놓은, 아주 아름다운 그림이 새겨진 지갑이었다. 한쪽에는 빠르게 질주하는 사슴이 완전히 실물처럼 새겨져 있었는데, 그 모습이 너무도 생생하고 훌륭했다! 다른 한쪽에는 어느 유명한 장군의 초상화가 있었고, 이 역시 실물과 매우 흡사했다. 바샤의 기쁨에 대해서는 언급하지 않겠다. 그러는 사이, 거실에서도 그저 시간이 흘러간 것만은 아니었다. 리잔카는 곧장 아르카디 이바노비치에게 다가갔다. 그녀는 그의 손을 붙잡고 무언가에 대해 고맙다는 말을 건넸고, 아르카디 이바노비치는 그 말이 더없이 소중한 바샤에 대한 것임을 마침내 알아챘다. 리잔카는 깊은 감명을 받았다. 그녀는 아르카디 이바노비치가 자기 약혼자의 진정한 벗이며, 그를 몹시도 아끼고, 보살펴주고, 하는 일마다 도움이 되는 충고로 그를 돕는다는 것을 알고 있었기에 사실, 그녀, 리잔카는 아르카디 이바노비치에게 고마워하지 않을 수 없었고, 또 그 고마운 마음을 억누를 수도 없었다. 그래서 결국 아르카디 이바노비치가 바샤를 사랑하는 반만이라도 자신을 사랑해주기를 바라게 되었다. 그런 다음 그녀는 혹시 바샤가 자신의 건강을 해치지나 않는지 이것저것 캐묻기 시작했고, 특히나 그의 충동적인 성격과 인간관계나 실생활에서 약삭빠르지 못한 그를 걱정하는 마음도 드러냈다. 또 그녀는 앞으로 차차 그를 신앙적으로 보살피고, 그의 운명을 보호하는 것은 물론 그에게 위로가 되어줄 거라고도 했다. 그리고 마침내 아르카디 이바노비치가 자기들을 떠나지 않았으면 좋겠다고, 아니, 함께 살았으면 좋겠다고 덧붙였다.

"우리 셋은 한 사람이나 마찬가지예요!" 그녀가 기쁨에 넘쳐 천진하게 외쳤다.

하지만 돌아갈 시간이 되었다. 당연히, 두 모녀는 더 머물다 가라며 붙들었지만, 바샤는 그럴 수 없다고 딱 잘라 말했다. 아르카디 이바노비치도 옆에서 이를 거들었다. 물론, 모녀는 그 이유를 물었고 곧 율리안 마스타코비치가 바샤에게 맡긴 일이 있다는 사실이 밝혀졌다. 그 일은 긴급하고, 필수적이며, 끔찍한 임무로 내일모레 아침까지 끝내야 하는데, 끝내기는커녕 여태 거의 손도 못 댄 상태임이 말이다. 이 이야기를 듣자마자 노부인은 탄식했고, 리잔카는 깜짝 놀라 어쩔 줄 몰라하며 어서 가보라고 재촉했다. 하지만 그렇다고 마지막 입맞춤까지 놓친 것은 아니었다. 비록 시간에 쫓기는 짧은 입맞춤이었지만 오히려 그 때문에 더 뜨겁고 더 강렬했다. 마침내 그들은 헤어졌고, 두 친구는 집으로 향했다.

밖으로 나오자마자 두 사람은 각자 받은 인상을 앞다투어 털어놓기 시작했다. 말하지 않고 어찌 배기겠는가. 아르카디 이바노비치도 리잔카에게 홀딱 반해버린 것이다! 그리고 행운아인 바샤 아니면 도대체 누구에게 자신의 감정을 보다 잘 털어놓을 수 있단 말인가? 그래서 그는 그렇게 했다. 아무 거리낌 없이 곧바로 바샤에게 모든 것을 고백했다. 바샤는 죽는다고 웃어댔고 정말로 기뻐하면서 그런 감정은 결코 쓸데없지 않으며 오히려 자신들을 보다 더 굳건한 친구 사이가 되게 해줬다고까지 말했다. "너는 내 감정을 알아맞혔어, 바샤." 아르카디 이바노비치가 말했다. "맞아! 나는 너를 사랑하는 것처럼 그녀도 사랑해. 그녀가 너의 천사이듯이 이제 나의 천사도 되는 거야. 그러면 너와 리잔카의 행복이 나에게도 흘러들 테고 나도 그 따뜻함을 누리게 될 거야. 그녀가 내 안주인이기도 한 거지. 바샤, 이제 그녀의 손에 내 행복도 달려 있다고 할 수 있어. 그녀가 너를 보살펴주듯 나도 보살피게 해줘. 그래, 너에 대한 우정은 곧 그녀에 대한 우정이야. 이제 너와 리잔카는 나와 따로 생각할 수가 없어. 오직 나한테만 '너'라는 존재가 하나 대신 둘이 되는 거지……" 아르카디는 가슴이 벅차오르는지 잠시 말을 멈췄고, 바샤는 친구의 말에 가슴 깊은 곳까지 흔들렸다. 사실, 그는 아르카디로부터 그런 말을 들으리라고는 상상도 못했다. 아르카디 이바노비치는 말을 잘하는 편이 아닌데다 상상을 즐기지도 않았다. 그런 그가 이제 더할 나위 없이 유쾌하고 생동감이 넘치며 무지갯빛이 도는 꿈까지 품게 된 것이다. "어떻게 해야 내가 너희 둘을 보호하고 아껴줄 수 있을까?" 그가 다시 말을 시작했다. "첫째, 바샤, 내가 네 아이들의 대부가 되어줄게, 한 명도 빠짐없이 모두 다. 둘째로, 바샤, 우리는 미래를 위해 좀더 분발할 필요가 있어. 가구도 사야 하고, 집도 빌려야 해. 리잔카와 너, 그리고 나, 각자 방이 필요하니까. 있잖아, 바샤, 난 당장 내일부터 다른 집들 대문에 붙은 공지문을 보러 다닐 거야. 셋…… 아니, 방은 두 개면 돼, 더는 필요 없어. 바샤, 오늘 아침에 내가 공연한 말을 한 것 같아. 돈은 충분할 거야. 왜냐! 리잔카의 눈을 보자마자 돈 걱정은 안 해도 되겠다는 생각이 들었거든. 모두 그녀를 위해서! 아아, 그런데 일거리는 어떻게 구한다지! 바샤, 우선 25루블로 집부터 빌려보자. 집만 있으면 다 된 거야, 친구! 좋은 방만 있으면…… 사람은 바로 기분이 좋아지고 찬란한 꿈을 꾸는 법이거든! 둘째로,* 리잔카가 우리의 공동재산을 관리하게 될 거고, 그러면 단 1코페이카**도 허투루 새는 일은 없을걸. 이제 내가 술집 같은 델 갈 것 같아? 대체 나를 뭘로 보는 건데? 절대로 안 가! 상여금이며 수당도 생기겠지, 우리는 열심히 일할 테니까! 우! 황소가 땅을 갈듯 그렇게 일하는 거야……! 자, 한번 상상

---

* 아르카디는 너무 흥분해서 '셋째로'를 '둘째로'로 잘못 말하고 있다.

** 러시아의 화폐 단위로, 루블의 100분의 1.

해봐." 아르카디 이바노비치의 목소리가 만족감에 취해 가늘어졌다. "갑자기, 정말 생각지도 못하게 우리 각자에게 30루블이나 25루블짜리 은화가 생긴다면……! 그러면 상여금이 없어도 모자든 목도리든 양말이든 뭐든 살 수 있을 텐데! 리잔카는 꼭 나에게 새 목도리를 떠줘야 해. 봐, 내 목도리가 얼마나 꼴불견인지. 노란색에다 더럽기 짝이 없잖아. 이놈의 목도리 때문에 내가 오늘 얼마나 망신스러웠는데! 하지만, 바샤, 너는 오늘 훌륭해. 그런데 나는 처음 소개하는 자리에서 꼭 멍에를 뒤집어쓴 사람 꼴을 보였으니…… 하지만 이제 그런 건 전혀 중요하지 않아! 알겠어, 앞으로 은화란 은화는 내가 다 쓸어온다! 나는 너희 두 사람에게 선물할 의무가 있거든. 그건 나의 명예와 자존심에 관한 문제이기도 하지……! 상여금은 분명 내 차지가 될 거야. 스코로호도프에게 상여금이 지급될 거라고 생각해? 걱정 마, 그 녀석 주머니로는 절대 들어가지 않을 테니. 친구, 내가 너희에게 은 숟가락과 근사한 칼을 사줄게. 은으로 된 건 아니더라도 아주 좋은 칼을 네게 사주고 양복 조끼도 하나 살 거야. 하지만 조끼는 내 거야. 그야 내가 신랑 들러리가 될 테니까! 이제 너는 견디기만 하면 돼, 견디기만. 내가 몽둥이를 들고 오늘도 내일도 그리고 밤새도록 네 곁을 지키고 서서 네가 일하도록 들들 볶아댈 테니까. 끝내! 친구, 빨리 끝내버려! 그리고 다시 저녁이 오고, 다시 우리 둘 다 행복해지는 거야. 그리고 로또*를 하러 가서……! 거기서 저녁 시간을 보내는 거지. 우, 정말 재미있겠다! 휴, 젠장! 내가 너를 도울 수 없다는 게 정말 화가 나. 할 수만 있다면 당장 펜

* 숫자를 맞히는 카드놀이의 일종.

을 쥐고 너 대신 다 정서하고 싶은데…… 우리는 왜 필체가 다른 걸까?"

"그러게!" 바샤가 대답했다. "그러게 말이야! 서둘러야겠어. 내 생각에 조금 있으면 벌써 열한시야. 서둘러야 해…… 어서 일을 해야지!" 때로는 빙그레 웃음 띤 얼굴로 가만히 듣다가 때로는 친구가 쏟아내는 우정 어린 감정에 뭔가 열렬한 답변으로 응수하려 애쓰던, 한마디로 더할 나위 없이 생기가 넘치던 바샤는 이렇게 말하고는 돌연 입을 다물고 침묵에 잠겨 거의 달려가듯 빠르게 걸음을 옮겼다. 아마도 뭔가 괴로운 생각이 갑자기 그의 뜨겁게 달아오른 머리를 차갑게 식혀버린 것 같았다. 그는 순식간에 의기소침해졌다.

아르카디 이바노비치는 불안해졌다. 급하게 묻는 그의 질문에 바샤는 가끔 탄성을 지르거나 종종 주제와 상관없는 엉뚱한 말을 내뱉기만 할 뿐 거의 대답을 하지 않았다. "바샤, 무슨 일이야?" 아르카디가 겨우 그를 따라잡으며 결국 소리쳐 물었다. "정말 그렇게까지 걱정돼……?" "아, 친구, 그만 입 좀 닫아!" 바샤는 심지어 화가 난 듯 대꾸했다. "우울해하지 마, 바샤, 괜찮을 거야." 아르카디가 그의 말을 가로막았다. "네가 훨씬 더 많은 양의 일감도 더 짧은 기간에 끝내는 걸 봤는데…… 뭐가 걱정이야! 너는 재능이 있어! 최악의 경우 속도를 더 내면 되고. 인쇄본처럼 쓰라는 것도 아니잖아. 제시간에 할 수 있어……! 지금 네가 흥분한데다 심란해하니까 일이 더 어려워지는 거라고……" 바샤는 아무런 대꾸도 하지 않거나 혼잣말로 무슨 말을 중얼거렸다. 그렇게 두 사람은 불안감에 휩싸여 집까지 내달렸다.

바샤는 곧장 서류 앞에 앉았다. 아르카디 이바노비치는 조용히 입을 다물고 소리 없이 옷을 벗은 다음 침대에 누웠지만 바샤에게서 눈을 떼지 않았다…… 어떤 공포감이 바샤를 엄습한 것 같았다…… "바샤가 왜 저러지?" 바샤의 점점 창백해지는 얼굴과 이글거리는 두 눈, 그리고 그의 동작 하나하나에서 느껴지는 불안감을 지켜보며 그는 혼잣말을 했다. "손도 떨고 있잖아…… 휴, 저 녀석도 정말! 두 시간만이라도 눈 좀 붙이라고 충고할 걸 그랬나. 그러면 진정이 좀 됐을 텐데." 바샤는 한 페이지를 끝내자마자 고개를 들어 흘끗 아르카디를 바라보더니 금세 눈을 내리깔고는 다시 펜을 집어들었다.

"잠깐만, 바샤." 갑자기 아르카디 이바노비치가 입을 열었다. "잠깐 눈 좀 붙이고 하는 게 낫지 않을까? 너 지금 열이 있어 보여……"

바샤는 화가 난 듯, 심지어 증오에 찬 눈길로 아르카디를 쳐다보고는 아무 대꾸도 하지 않았다.

"바샤, 잠깐만, 너 지금 스스로한테 왜 그래……?"

바샤는 곧 마음을 바꿨다.

"아르카샤, 차 한잔하지 않을래?" 그가 말했다.

"무슨 말이야? 왜?"

"그러면 기운이 좀 날 것 같아. 자고 싶지는 않아, 잠은 절대 안 잘 거야! 계속 일해야지. 지금 차 한잔하며 잠깐이라도 쉬면 힘든 고비는 넘길 수 있을 거야."

"좋아, 바샤, 훌륭해! 바로 그거야. 나도 그러자고 하고 싶었는데. 왜 진즉 이 생각을 못했나 몰라. 참, 그런데 어쩌지? 마브라는 일어나지 않을 텐데. 아무리 깨워도 안 일어날 거야……"

"맞아……"

"쓸데없는 걱정, 괜찮아!" 아르카디 이바노비치가 침대에서 맨발로 뛰어내리며 소리쳤다. "내가 직접 사모바르*를 준비하면 되지, 뭐. 자, 맨 먼저 무얼 한다……?"

아르카디 이바노비치는 부엌으로 달려가 부산하게 사모바르를 준비했다. 그동안 바샤는 정서를 계속했다. 잠시 후 아르카디 이바노비치는 옷을 챙겨 입고 바샤가 밤을 새워 일하는 동안 그의 기운을 북돋워줄 빵을 사러 제과점까지 뛰어갔다. 십오 분 후에 사모바르가 탁자에 준비되었다. 두 사람은 차를 마시기 시작했지만 대화는 잘 이어지지 않았다. 바샤는 여전히 정신이 딴 데 가 있었다.

"있잖아," 마침내 바샤가 생각을 고쳐먹은 듯 말을 꺼냈다. "내일 새해 인사를 가야 할 것 같아."

"그럴 필요 없어."

"아니야, 친구, 꼭 가야 해." 바샤가 말했다.

"그럼 내가 너 대신 방명록마다 서명하고 올게…… 대체 왜 그래! 너는 내일 일이나 해. 아까 내가 말한 대로 다섯시까지 일한 다음, 잠깐 눈을 붙여둬. 안 그러면 내일 너 어떨 것 같아? 정확히 여덟시에 깨워줄게……"

"그런데 괜찮을까? 내 대신 네가 서명하러 다니는 거?" 바샤가 반쯤 동의하면서 말했다.

"왜, 그럼 뭐가 더 나은데? 다들 그렇게 하잖아……!"

"그래도 좀 두려워……"

---

* 안에 숯불을 넣어 물을 끓이는 러시아의 전통 찻주전자.

"뭐가, 대체 뭐가 두려워?"

"그게, 다른 사람들은 다 괜찮겠지만, 율리안 마스타코비치, 그분은 말이야, 아르카샤, 내 은인이잖아. 그리고 다른 사람의 서명이라는 사실을 알아챌지도 모르고……"

"알아채다니! 너라는 애는 정말, 바슈크! 알아채긴 어떻게 알아채……? 너도 알다시피 나는 네 서명을 감쪽같이 따라 쓰잖아, 꼬리까지 똑같이 그리는 판에. 됐어, 괜찮아! 대체 누가 알아본다고 그래?"

바샤는 아무 대꾸 없이 서둘러 자기 잔을 비웠다…… 그러고는 확신이 서지 않는다는 듯 고개를 가로저었다.

"바샤, 사랑하는 나의 친구! 아, 우리가 잘해낼 수 있기를! 바샤, 도대체 왜 그래? 네가 그러니까 무섭잖아! 나도 이제 눕지 않을게, 바샤, 잠도 안 잘 거야! 보여줘봐, 많이 남았어?"

바샤가 자신을 쳐다보는 모습에 아르카디 이바노비치는 가슴이 철렁 내려앉고 입이 얼어붙었다.

"바샤! 너 왜 그래? 무슨 일이야? 왜 그런 눈으로 쳐다보는 거야?"

"아르카디, 나 아무래도 내일 율리안 마스타코비치에게 새해 인사를 가야겠어."

"그래, 그럼 가!" 아르카디가 근심이 가득한 눈으로 친구를 바라보며 말했다. "바샤, 들어봐. 쓰는 속도를 좀더 내보면 어떨까. 내가 너한테 해가 되는 충고를 할 리 없잖아! 율리안 마스타코비치도 몇 번이나 직접 말했다면서, 뭐니 뭐니 해도 네 필체는 정확해서 좋다고! 스코로플료힌 같은 사람이나 펜글씨 교본처럼 정확하면서도 아름다운 필체를 좋아하지. 나중에 서류를 슬쩍 챙겨가서 자기 아이들에게 따라 쓰게 하려고 말이야. 펜글씨 교본을 하나 사면 될 것을, 멍청이! 하지만 율리안 마스타코비치가 강조하는 건 딱 하나, 그리고 요구하는 것도 딱 하나야. 정확하게 쓰라는 거지. 오로지 정확하고 또 정확하게……! 그런데 네가 왜 그러느냐고! 정말! 바샤, 이제 너한테 어떤 식으로 말해야 좋을지 모르겠다…… 두렵기까지 해…… 네가 그렇게 우울해하니까 나까지 괴로워 죽을 것 같아."

"괜찮아, 괜찮아!" 바샤가 이렇게 말하면서 맥없이 의자에 주저앉았다. 아르카디는 깜짝 놀랐다.

"물 좀 마실래? 바샤! 바샤!"

"됐어, 괜찮아." 바샤가 아르카디의 손을 잡으며 말했다. "나, 괜찮아. 그냥 마음이 울적해서 그래, 아르카디. 나도 내가 왜 이러는지 모르겠어. 있잖아, 다른 얘기를 하는 게 좋겠다. 이 일은 떠올리지 말아줘……"

"진정해, 제발 진정해, 바샤. 넌 끝낼 수 있어, 정말 끝낼 수 있다니까! 그리고 설령 못 끝낸다 해도 그게 그리 큰일이야? 무슨 범죄라도 되냐고!"

"아르카디," 바샤가 친구의 얼굴을 의미심장하게 바라보며 말했다. 순간 아르카디는 가슴이 철렁했다. 여태 그렇게 불안해하는 바샤를 본 적이 없었기 때문이다. "만약 내가 예전처럼 혼자 몸이었다면…… 아니야! 그런 뜻이 아니야. 나는 다만 친구인 너를 믿고 네게 털어놓고 싶을 뿐이야…… 뭣 때문에 내가 너를 불안하게 하겠어……? 있잖아, 아르카디, 어떤 사람들에게는 큰일이 주어지고, 또 어떤 사람들은 하찮은 일을 하지, 나처럼. 자, 가령 사람들이 네게 감사한 마음이니 보답이니 그런 것을 요구한다고 치자, 그런데 네가 그 요구에 부응할 수 없다면……?"

"바샤! 네가 무슨 말을 하는지 도무지 모르겠어!"

"나는 한 번도 은혜를 저버리는 짓은 하지 않았어." 마치 자기 자신과 의논이라도 하듯 바샤가 조용히 말을 이었다. "하지만 만약 내가 느끼는 감정들 모두를 제대로 전할 수 없는 상황에 놓인다면, 그렇게 되면 마치…… 그렇게 되면, 아르카디, 나는 정말 감사도 모르는 뻔뻔한 놈이 되는 거야. 그래서 내가 이렇게 괴로운 거고."

"아니, 대체 무슨 소리야! 정말 제때 정서를 끝내야만 네가 감사해한다는 걸 알 수 있다고 생각해? 지금 네가 무슨 말을 하는지 한번 생각해보라고, 바샤! 과연 정서하는 일에만 네가 감사하는 마음이 달려 있을까?"

바샤는 갑자기 입을 다물고는 눈을 동그랗게 뜨고 아르카디를 바라보았다. 마치 예기치 못한 아르카디의 논거가 자신의 모든 의심을 해결해주었다는 표정이었다. 심지어 그는 웃음까지 지어 보였으나 이내 좀 전의 골똘히 생각에 잠긴 모습으로 되돌아갔다. 아르카디는 이 웃음을 모든 두려움이 사라졌다는 표시로, 그리고 다시 나타난 골똘한 표정은 뭔가 더 잘해보겠다는 결연한 의지로 받아들이고는 안도했다.

"그래, 아르카샤, 잠들지 말아줘." 바샤가 말했다. "나를 지켜봐줘, 혹시 내가 깜박 잠이라도 들면 큰일이니까. 자, 이제 나는 일을 시작할 테니…… 아르카샤?"

"뭐?"

"아니야, 그냥, 난 괜찮아…… 내 말은……"

바샤는 앉은 채 더이상 말이 없었고, 아르카디는 침대에 누웠다. 바샤도 아르카디도 콜롬나 사람들 이야기는 입에 올리지 않았다. 아마도 두 사람 모두 하필 이런 때에 여유를 부린 것에 조금은 죄책감을 느꼈을 것이다. 아르카디 이바노비치는 내내 바샤를 걱정하다가 곧 잠이 들었다. 놀랍게도, 그는 정확히 아침 여덟시에 잠이 깼다. 창백하고 지친 모습의 바샤는 펜을 손에 쥔 채로 의자에서 잠들어 있었다. 촛불도 다 타버렸다. 부엌에서는 마브라가 부지런히 사모바르를 준비하고 있었다.

"바샤, 바샤!" 아르카디가 깜짝 놀라 소리쳤다…… "너 언제 잠들었어?"

바샤가 눈을 뜨더니 의자에서 벌떡 일어났다……

"아!" 그가 말했다. "내가 잠들고 말다니!"

그는 즉시 서류 앞으로 달려갔다. 별일은 없었다. 전부 잘 정돈되어 있었다. 잉크 한 방울 촛농 한 방울 떨어지지 않았다.

"한 여섯시쯤 잠든 것 같아." 바샤가 말했다. "밤에 얼마나 춥던지! 우리, 차 한 잔 마시자, 그러고 나는 다시……"

"기운 좀 차렸어, 바샤?"

"그래, 그래, 괜찮아, 이제 괜찮아……!"

"새해 복 많이 받아, 나의 벗, 바샤!"

"너도, 사랑하는 친구, 너도 새해 복 많이 받아."

그들은 서로 부둥켜안았다. 바샤의 턱이 떨리고 두 눈은 촉촉이 젖어들었다. 아르카디 이바노비치는 아무 말도 하지 않았다. 그는 마음이 아려왔다. 두 사람은 서둘러 차를 마셨다……

"아르카디! 아무래도 내가 직접 율리안 마스타코비치를 찾아가봐야겠어……"

"왜, 정말 알아채지 못할 텐데……"

"그렇지만, 아르카디, 양심이 편치 않아."

"하지만 사실, 네가 이렇게 앉아 일을 하는 것도, 이토록 괴로워하는 것도 다 그 사람을 위한 거잖아…… 그만하면 됐어! 그럼, 친구, 나는 거기 가볼게……"

"어디?" 바샤가 물었다.

"아르테미예바네 말이야. 가서 내 인사는 물론 네 인사까지 하고 올게."

"오, 그래, 사랑하는 내 친구! 좋아! 난 집에 있을게. 네 생각이 좋은 것 같아. 나는 여기 남아서 시간 낭비하지 않고 일할 거야! 잠깐만, 얼른 편지 한 장 써줄게."

"그래, 친구, 서둘러 써. 그동안 나는 세수 좀 하고 면도도 하고 연미복도 준비하면 되겠다. 그래, 바샤, 우리는 만족스럽고 행복해질 거야! 나 한 번만 안아주라, 바샤!"

"아아, 우리가 해낼 수만 있다면, 친구……!"

"혹시 여기 관리 슘코프 씨가 살지 않나요?" 계단에서 한 아이의 목소리가 들려왔다……

"그래 여기, 여기란다, 얘야." 마브라가 손님을 들여보내며 말했다.

"거기 무슨 일이지? 뭐야?" 바샤가 의자에서 벌떡 일어나 현관으로 급히 걸어가며 소리쳤다. "페텐카*, 너니……?"

---

* 리잔카 남동생의 정식 이름은 표트르이며, 페텐카와 페탸는 표트르의 애칭.

"안녕하세요, 새해 인사를 드리게 되어 영광입니다, 바실리 페트로비치!" 검정 곱슬머리의 열 살쯤 되어 보이는 귀여운 소년이 말했다. "누나가 인사 전해달랬어요, 어머니도요. 그리고 누나가 누나 대신 당신께 입맞춤도 해드리라고 했어요."

바샤는 소년을 공중으로 번쩍 들어올려 리잔카의 입술과 꼭 닮은 그 입술에 길고도 달콤한, 기쁨에 넘치는 입맞춤을 했다.

"아르카디, 너도 입맞춰줘!" 페탸를 아르카디에게 넘겨주며 바샤가 말했다. 소년은 발이 바닥에 닿을 새도 없이 곧장 아르카디 이바노비치의 힘차고 열정적인 품으로 옮겨졌다.

"귀여운 우리 페탸, 차 한 잔 마실래?"

"대단히 감사하지만, 벌써 마셨는걸요! 오늘은 다들 일찍 일어났어요. 아침 예배를 드리러 갔고요. 누나가 두 시간 동안 제 머리를 빗겨주고, 기름을 발라주고, 세수를 시켜줬어요. 내 바지도 기워줬고요. 사실, 어제 밖에서 사시카하고 놀다가 바지를 찢어먹었거든요. 사시카랑 눈싸움을 했는데……"

"이런, 이런, 이런!"

"뭐, 그래서 누나가 옷을 입혀주고는 당신께 가보라고 했어요. 머릿기름을 발라주고, 입을 맞춘 다음 이렇게 말했고요. '바샤에게 가서 새해 인사를 전해주렴. 그리고 다들 잘 계신지, 잘들 주무셨는지 물어봐줘.' 그리고, 그리고 또 뭔가 물어보라고 했는데…… 아, 맞다! 그리고 어제 말씀하신 그 일은 끝냈는지…… 그리고 여기…… 아, 여기 적어놓은 게 있거든요." 소년은 주머니에서 종이 한 장을 꺼내 읽으며 말했다. "맞아요! 아직도 걱정하시는지 물으랬어요."

"끝낼 거야! 그럴 거야! 끝낼 거라고, 반드시 끝낼 거라고 전해줘, 정말이야!"

"그리고 또…… 아! 깜빡했어요. 누나가 카드하고 선물도 보냈는데, 잊어버리고 있었어요……!"

"세상에……! 요런 귀염둥이! 어디…… 어디 있어? 이거구나, 응?! 이것 좀 봐, 친구, 리잔카가 쓴 카드를 좀 봐. 아, 내 사랑, 내 소중한 사람! 있잖아, 어제 리잔카 집에서 내 선물로 준비한 지갑을 봤는데, 아직 마무리가 안 됐더라고. 그래서 이렇게 카드를 쓴 거야. '당신께 내 머리카락 한 움큼을 보내니 영원히 간직하세요.' 아르카디, 이것 좀 봐!"

바샤가 기뻐서 어쩔 줄 몰라하며 새까맣고 풍성한 곱슬머리를 아르카디 이바노비치에게 보여주었다. 그런 다음 머리카락에 뜨거운 입맞춤을 하고는 그것을 자신의 심장과 가장 가까운 주머니에 넣었다.

"바샤! 이 머리칼을 넣어둘 메달을 내가 맞춰줄게." 아르카디 이바노비치가 단단히 마음먹은 듯 말했다.

"우리는 뜨거운 송아지고기를 먹을 거예요. 내일은 골수 요리를 먹을 거고요. 엄마가 비스킷도 만드신대요…… 하지만 수수죽은 안 나올 거예요……" 소년은 잠시 생각해보더니 이렇게 자신의 이야기를 마무리지었다.

"오, 정말 사랑스러운 아이야!" 아르카디 이바노비치가 외쳤다. "바샤, 너는 정말 최고로 행복한 녀석이야."

소년은 차를 다 마시고 바샤에게서 쪽지 한 장과 천 번의 입맞춤을 받은 뒤 올 때처럼 행복하고 즐거운 모습으로 돌아갔다.

"자, 친구." 아르카디 이바노비치가 기쁨에 넘쳐 말했다. "봤지, 얼마나 좋아, 보라고! 모든 게 잘되고 있어, 그러니 상심하지 마, 겁내지도 말고! 앞으로 전진하는 거야! 일을 끝내, 바샤, 끝내면 돼! 나는 두시까지 집에 올게. 리잔카네 먼저 들른 다음, 율리안 마스타코비치에게도 갔다 올게……"

"그래, 안녕, 친구, 잘 다녀와…… 아! 그렇게만 된다면…… 그래, 좋아, 어서 가봐, 좋아." 바샤가 말했다. "친구, 내가 율리안 마스타코비치에게 가는 일은 없을 거야."

"이따 보자!"

"잠깐만, 아르카디, 잠깐만. 그들에게 말해줘…… 글쎄, 네가 하고 싶은 말이 있으면 뭐든 다. 리잔카에게 입맞춰주고…… 그리고 나한테 이야기해줘, 나중에 전부 다 말해줘……"

"그래, 그래, 이제 알겠다! 이 행복이 너를 혼란스럽게 만든 거야! 너무 갑작스러운 일이니까. 너는 어제부터 제정신이 아니야. 아직 어제의 흥분에서 벗어나지 못한 거지. 자, 이제 끝! 나의 바샤, 기운 내, 안녕, 다녀올게!"

마침내 두 친구는 헤어졌다. 아르카디 이바노비치는 아침 내내 마음이 어지러웠고 오로지 바샤 생각만 했다. 그는 바샤의 여리고 예민한 성격을 잘 알고 있었다. 그는 "그래, 이 행복 때문에 바샤가 혼란스러운 거야. 내 짐작이 맞아!"라고 혼잣말을 했다. "세상에! 바샤가 나까지 우울하게 만들었어. 어쩌면 바샤는 이 일로 뭔가 끔찍한 짓을 저지를지도 몰라! 얼마나 지독한 열병인지! 아, 바샤를 구해야만 해! 구해야 해!" 사실, 지극히 사소하고 자잘한 근심거리에 불과한 문제가 이미 자신의 마음속에서 불행으로 커져버린 사실을 알아차리지 못한 채 아르카디가 말했다. 열한시가 다 되어서야 그는 율리안 마스타코비치 저택의 수위실에 도착했다. 그는 얼룩덜룩해진 종이 위를 빼곡하게 채운 존경할 만한 이름들의 긴 행렬 속에 보잘것없는 자신의 이름을 보탰다. 하지만 바샤 슙코프의 자필 서명이 자신의 눈앞에 나타난 순간 그는 소스라치게 놀라고 말았다! 그는 충격을 받았다. '어떻게 된 일이지?' 그는 생각했다. 조금 전까지만 해도 희망에 부풀어 있던 아르카디 이바노비치는 당혹감에 휩싸인 채 밖으로 나왔다. 분명 재앙이 닥칠 것만 같았다. 하지만 어디에서? 어떻게?

그는 침울한 생각에 잠겨 콜롬나에 도착했다. 그리고 처음에는 마음이 어지러운 정도였지만 리잔카와 잠시 이야기를 나누고 나서는 두 눈에 눈물이 가득 고인 채로 그곳을 떠났다. 바샤가 너무도 걱정되었기 때문이었다. 그는 집을 향해 달렸고 네바강변*에서 슙코프와 맞닥뜨렸다. 그 역시 뛰어가던 중이었다.

"어디 가는 거야?" 아르카디 이바노비치가 소리쳤다.

바샤가 범죄 현장을 들킨 사람처럼 멈칫했다.

"아무것도 아니야, 친구. 그냥 산책 좀 하려고."

"못 참고 콜롬나로 가던 길이지? 아, 바샤, 바샤! 그런데 율리안 마스타코비치에게는 왜 간 거야?"

바샤는 대답하지 않았다. 하지만 잠시 후 손을 내저으며 말했다.

"아르카디! 나도 내가 왜 이러는지 모르겠어! 나는……"

"됐어, 바샤, 그만해! 나는 이게 어떻게 된 일인지 알아. 진정해! 네가

* 네바강은 상트페테르부르크를 흐르는 강으로, 유럽 최대 호수로 꼽히는 라도가호에서 시작해 핀란드만으로 흘러들어가며 길이가 740킬로미터에 달한다.

어제부터 계속 흥분하고 불안한 상태라서 그래! 생각해봐, 견디고 말고 할 것도 없다니까! 모두들 너를 사랑하고, 모두들 네 주위에 머물고 있고, 일도 조금씩 진척이 되잖아. 너는 그 일을 끝낼 수 있어, 반드시 끝낼 거야. 알아, 네가 지금 뭔가를 상상하면서 두려워하고 있다는 거……"

"아니야, 나는 괜찮아, 괜찮아……"

"기억나니, 바샤, 기억나? 전에도 한 번 이런 적이 있었잖아. 네가 처음 관직을 얻었을 때 기쁨과 고마움에 두 배로 열성적으로 해내려다가 일주일 내내 일을 망쳤던 거. 지금도 그때랑 똑같아……"

"그래, 그래, 아르카디. 하지만 지금은 달라, 지금은 전혀 그런 게 아니야……"

"다르긴 뭐가 달라! 그리고 네가 하는 그 일이란 것도 실은 전혀 시급하지 않을 수도 있어. 그런데 지금 너는 스스로를 망치고 있잖아……"

"괜찮아, 괜찮다니까. 괜히 그러는 거야. 자, 가자!"

"왜, 집에 가려고? 리잔카네 가는 거 아니었어?"

"아니, 내가 무슨 얼굴로 거기 나타나……? 생각이 바뀌었어. 네가 집에 없으니까 혼자 못 있겠더라, 그뿐이야. 이제 이렇게 네가 옆에 있으니 다시 앉아서 정서를 할 수 있어. 가자!"

두 사람은 걸음을 옮기기 시작했고 한동안 침묵이 흘렀다. 바샤는 서둘렀다.

"리잔카네 갔던 일은 왜 안 물어봐?" 아르카디 이바노비치가 말했다.

"아, 그렇지! 그래, 아르카샤, 어땠어?"

"바샤, 정말 너답지 않아!"

"글쎄, 난 괜찮아, 괜찮다니까. 전부 이야기해봐, 아르카샤!" 바샤는 더이상의 설명을 피하려는 듯 애원하는 목소리로 말했다. 아르카디 이바노비치는 한숨을 내쉬었다. 그는 바샤를 바라보며 어찌할 바를 몰랐다.

콜롬나 사람들 이야기에 바샤는 활기를 되찾았다. 그는 말이 많아지기까지 했다. 둘은 함께 식사를 했다. 리잔카의 어머니가 아르카디 이바노비치의 주머니에 비스킷을 가득 넣어준 덕에 두 친구는 그걸 먹으면서 기분이 좋아졌다. 식사 후 바샤는 밤새 일하기 위해 한숨 자두기로 했다. 그는 실제로 누웠다. 아르카디 이바노비치는 아침에, 거절할 수 없는 어떤 사람에게서 차 마시러 오라는 초대를 받은 터였다. 두 친구는 다시 헤어졌다. 아르카디는 최대한 빨리, 할 수만 있으면 여덟시에라도 돌아오마고 약속했다. 그 세 시간의 이별이 그에게는 삼 년처럼 느껴졌다. 마침내 그는 바샤에게 달려왔다. 방안에 들어서자 그는 방안이 어둡다는 것을 알아챘다. 바샤는 집에 없었다. 그는 마브라에게 물었다. 바샤가 내내 정서를 하면서 한숨도 안 잤고, 갑자기 방안을 서성거리더니 삼십 분 후에 돌아오겠다면서 한 시간 전에 밖으로 뛰어나가더란다. "아르카디 이바노비치가 돌아오면 전해줘요, 할멈, 산책 나갔다고요." 그리고 마브라는 이렇게 말을 마쳤다. "그렇게 세 번, 아니 네 번이나 당부를 하더라니까요."

'아르테미예바에게 간 거야!' 아르카디 이바노비치는 이렇게 생각하고 머리를 흔들었다.

잠시 후 그는 다시 샘솟는 희망을 느끼며 자리에서 벌떡 일어났다.

그는 생각했다. '바샤가 일을 끝낸 거야. 그래, 맞아. 그래서 기다리지 못하고 거기로 달려갔나봐. 하지만 그런 게 아니라면! 내가 올 때까지 기다렸을 텐데…… 일이 어떻게 되어가나 한번 볼까!'

그는 초에 불을 밝히고 바샤의 책상 앞으로 달려갔다. 일은 진척되어 있었고, 마무리까지 머지않아 보였다. 아르카디 이바노비치는 좀더 살펴보고 싶었지만 그 순간 갑자기 바샤가 들어왔다……

"아, 너, 여기 있었어?" 바샤는 깜짝 놀라 몸을 떨며 소리쳤다.

아르카디 이바노비치는 잠자코 있었다. 그는 바샤에게 묻기가 두려웠다. 바샤는 눈을 내리깔고 역시 말없이 서류를 정리하기 시작했다. 마침내 두 사람의 시선이 마주쳤다. 그런데 바샤의 눈빛이 너무도 간절하고 애절하고 절절했기에 그 눈길과 마주한 아르카디는 전율을 느낄 수밖에 없었다. 그는 심장이 덜덜 떨려오면서 터질 것만 같았다……

"바샤, 나의 친구, 어떻게 된 거야? 너, 왜 그래?" 그는 바샤에게 달려가 바샤를 꽉 끌어안으며 소리쳤다. "나한테 설명 좀 해봐. 나는 너도, 너의 그 괴로움도 이해를 못하겠어. 가엾은 나의 순교자, 무슨 일이야? 뭐야? 숨기지 말고 나한테 다 말해봐. 이건 정말 아니야……"

바샤는 그를 꽉 껴안은 채 아무 말도 하지 못했다. 아르카디는 숨이 막힐 것 같았다.

"됐어, 바샤, 됐어! 그래, 다 끝내지 못한다고 어떻게 돼? 나는 네가 이해가 안 돼. 네 괴로움을 털어놔봐. 알잖아, 나는 네 편인 거…… 오, 세상에, 세상에!" 방안을 왔다갔다하며, 또 마치 바샤를 위한 약을 당장이라도 찾아내겠다는 듯 손에 닿는 것은 무엇이든 움켜잡으며 아르카디가 말했다. "내가 내일 너 대신 율리안 마스타코비치에게 갈게. 가서 그에게 하루만 더 시간을 달라고 부탁해볼게, 아니, 애원이라도 할 거야. 이 일 때문에 네가 그토록 힘들고 괴롭다면 내가 그에게 모두, 모두 다 설명할게……"

"하느님이 보호하시길!" 바샤가 이렇게 소리치더니 얼굴이 벽처럼 새하얘졌다. 그는 겨우 버티고 서 있었다.

"바샤, 바샤……!"

바샤는 정신을 차렸다. 그는 입술을 부들부들 떨었고 무슨 말을 하려고 했지만 잠자코 아르카디의 손만 불안하게 쥐고 있었다…… 그의 손은 차가웠다. 아르카디는 슬프고 비참한 심정으로 바샤 앞에 서 있었다. 바샤가 다시 눈을 들어 그를 바라보았다.

"바샤! 하느님이 너와 함께하셔, 바샤! 네가 내 심장을 갈가리 찢는구나, 나의 벗, 사랑하는 내 친구야."

바샤의 눈에서 왈칵 눈물이 쏟아졌다. 그는 쓰러지듯 아르카디의 품에 안겼다.

"너를 속였어, 아르카디!" 그는 말했다. "내가 너를 속였다고. 용서해줘, 나를 용서해줘! 나는 너의 우정을 기만했어……"

"왜, 왜 그래, 바샤? 무슨 일이야?" 아르카디가 공포에 휩싸여 물었다.

"자, 이거……!"

그리고 바샤는 절망적인 몸짓으로 서랍에서 그가 정서한 것과 비슷한 여섯 권의 두꺼운 서류뭉치를 꺼내 책상 위로 던졌다.

"이게 뭐야?"

"내일모레까지 끝내야 하는 일이야. 그런데 나는 아직 사분의 일도 못했어! 묻지 마, 묻지 마…… 어떻게 된 일인지!" 바샤는 자신을 그토록 괴롭혀온 게 무엇인지 자기 입으로 털어놓은 뒤 계속해서 말을 이었다. "아르카디, 사랑하는 내 친구! 대체 나한테 무슨 일이 일어난 건지 나도 모르겠어. 꼭 어떤 꿈속에서 빠져나온 것 같아. 나는 삼 주를 그냥 보내버렸어. 그 삼 주 내내…… 나는…… 내내 그녀를 만나러 다녔지…… 가슴이 아팠고, 괴로웠어…… 무엇 때문인지도 모르면서…… 도저히 정서를 할 수가 없더라. 일이 아예 머리에서 지워져버렸다니까. 이제야, 행복이 눈앞에 닥친 지금에서야 정신이 든 거야."

"바샤!" 아르카디 이바노비치가 단호한 어조로 말을 시작했다. "바샤! 내가 너를 구해줄게. 나는 다 이해해. 이건 중요한 일이야. 내가 너를 구할 거야! 들어봐, 내 말 좀 들어봐. 내가 내일 율리안 마스타코비치에게 갈게…… 아니, 그렇게 고개만 젓지 말고 내 말 좀 들어보라니까! 가서 그동안 있었던 일을 전부 말할 거야. 내가 그렇게 하도록 해줘…… 내가 설명할게…… 난 뭐든 할 거야! 네가 얼마나 절망에 빠져 있는지, 또 네가 얼마나 괴로워하는지 그 사람에게 말할 거야."

"이제 네가 나를 괴롭히고 있다는 거 알아?" 깜짝 놀란 바샤가 싸늘하게 말했다.

아르카디 이바노비치는 아연실색했으나 곧 마음을 가라앉히고는 크게 웃으며 말했다.

"그게 다야? 겨우 그게?" 그는 말했다. "제발, 바샤, 제발! 부끄럽지도 않아? 자, 들어봐! 내가 널 슬프게 한다는 거 알아. 하지만 나는 너를 이해해. 네 속에서 무슨 일이 일어나고 있는지도 알고. 감사하게도 우리는 이미 오 년이나 함께 살았으니까! 너는 선량하고 상냥한 사람이지만, 마음이 여려, 여려도 너무 여리지. 리자베타 미하일로브나*도 너의 그런 점을 진즉 눈치챘고. 게다가 너는 몽상가이기도 하지, 실은 그것도 좋지는 않아. 바샤, 이러다 정신이 나가버릴 수도 있다고! 내 말 좀 들어봐, 나는 네가 뭘 원하는지 알아! 너는, 이를테면, 네 결혼 소식을 들은 율리안 마스타코비치가 정신을 잃을 듯 좋아하면서 너무도 기쁜 나머지 무도회라도 열어줬으면 하나본데…… 아니, 잠깐, 잠깐만! 너, 얼굴을 찡그리는구나. 봐, 내가 한마디한 것 가지고도 너는 율리안 마스타코비치 생각에 발끈하면서 불쾌해하잖아! 그래, 그를 찾아가지 않을게. 너도 알다시피 나도 너만큼 그를 존경하니까! 하지만 너도 내 말에 반박 못할걸. 네 결혼식 때 이 세상에 불행한 사람이 단 한 명도 없기를 네가 바랄 거라고 믿는 내 생각도 막을 수 없을 테고…… 그래, 친구, 너는, 예를 들어, 너의 가장 좋은 벗인 나에게 갑자기 십만 루블의 거액이 생기기를 바라지. 너도 인정할걸. 그리고 너는 이 세상의 모든 적들이 까닭 없이 별안간 화해하고, 기쁨에 넘쳐 길 한복판에서 그들 모두가 서로 얼싸안고, 그다음에는 여기, 너의 집으로 놀러오기를 바라지. 나의 친구! 내 사랑! 우스갯소리가 아니야, 사실을 말하는 거지. 너는 이미 오래전부터 방식만 달랐지 내게 여러 차례 지금과 거의 똑같은 마음을 표현해왔어. 너는 네가 행복하니까 다른 사람들도 모두, 그들도 전부 단숨에 행복해지기를 바라는 거야. 너만 혼자 행복하면 마음이 아프고 괴로우니까! 너는 지금 이 행복을 누릴 자격이 충분하다는 걸 보여주기 위해 온 힘을 다하고, 그래, 양심에 거리낌이 없도록 뭔가

* 리잔카를 가리킨다. 리잔카의 정식 이름은 성(姓)을 포함하여 리자베타 미하일로브나 아르테미예바다.

공을 세우고 싶었겠지! 나는 네가 자신의 열정과 능력…… 그래, 네 말대로 감사의 마음을 보여줘야만 하는 바로 그때, 갑자기 게으름을 피운 꼴이 돼버렸으니 얼마나 자책하게 될지 이해해! 율리안 마스타코비치는 너에게 기대를 걸었는데, 그 기대가 무너진 것을 본다면 얼마나 눈살을 찌푸릴까, 어쩌면 화를 낼 수도 있다는 생각이 들어서 끔찍할 거야. 자신의 은인이라 여기는 사람에게서 비난을 받을지도 모른다고 생각하면 가슴이 아프겠지. 더구나 이런 순간에! 네 마음이 기쁨으로 넘치고 누구에게 감사의 마음을 쏟아야 할지도 모르는 때에…… 내 말이 맞지, 그렇지 않아? 그렇지?"

마지막에 가서는 아르카디 이바노비치의 목소리가 떨렸다. 그는 잠시 말을 멈추고 심호흡을 했다.

바샤는 다정하게 친구를 바라보았다. 그의 입가에 미소가 스쳤다.

심지어 희망에 부푼 기대로 그의 얼굴이 다시 생기를 찾은 듯했다.

"자, 더 들어봐." 아르카디 이바노비치는 더욱 희망에 차 다시 말을 시작했다. "너는 율리안 마스타코비치의 호의를 잃어선 안 돼. 그렇지, 사랑하는 친구? 여기에 질문 있어? 그렇다면 내가," 아르카디가 자리에서 벌떡 일어나며 말했다. "내가 너를 위해 희생하겠어. 내일 율리안 마스타코비치에게 갈 거야…… 그러니 반대하지 말아줘! 바샤, 너는 자신의 작은 허물을 범죄로까지 몰아가는 경향이 있어. 하지만 율리안 마스타코비치는 너그럽고 자비로운 사람이야, 게다가 너 같지 않다고! 바샤, 그는 우리 이야기를 귀기울여 들어주고 우리를 곤경에서 구해줄 거야. 자! 이제 마음이 놓이지?"

바샤가 두 눈에 눈물이 그렁그렁한 채 아르카디의 손을 꼭 쥐었다.

"됐어, 아르카디, 됐어." 그가 말했다. "이 일은 결정됐어. 그래, 아직 다 끝내진 못했지만 뭐, 그래도 괜찮아. 못했으면 못한 거지, 뭐. 네가 갈 필요 없어. 내가 직접 다 말할게, 직접 갈게. 나 이제 진정됐어, 마음이 편해. 그러니까 너는 그냥 가만히 있어줘…… 내 말 들어."

"바샤, 사랑하는 내 친구!" 아르카디 이바노비치가 기뻐하며 소리쳤다. "나는 네가 하고 싶은 말을 대신했을 뿐이야. 네가 생각을 바꾸고 정신을 차리게 돼서 기뻐. 하지만 너한테 무슨 일이 있든, 또 무슨 일이 일어나든, 네 곁엔 항상 내가 있어, 명심해! 내가 율리안 마스타코비치에게 무슨 말을 할까봐 애가 타는 모양이니 말 안 할게, 정말 아무 말도 안 할 테니 네가 직접 얘기해. 그러니까 내일 네가 가서…… 아니, 가지 않는 게 좋겠다, 너는 여기서 계속 정서를 해야 하니까, 그렇지? 그러면 내가 거기 가서 알아보고 올게. 이 일이 어떤 일인지, 급한 일인지 아닌지, 반드시 기한 내에 끝내야 하는 일인지 아닌지, 만약 네가 기한을 넘기면 어떻게 되는지 말이야. 그러고 나서 너에게 달려올게…… 봐, 보라고! 아직 희망이 있잖아. 자, 이 일이 급한 게 아니라고 가정해보자, 그러면 시간을 벌 수 있어. 율리안 마스타코비치가 기억 못할 수도 있고, 그땐 모든 게 해결되는 거야."

바샤는 못 믿겠다는 듯 고개를 저었다. 그러나 고마워하는 눈길만은 친구의 얼굴에서 떠날 줄 몰랐다.

"그래, 됐어, 그만해! 나 지금 기운이 없고 정말 피곤해." 그가 가쁜 숨을 몰아쉬며 말했다. "이 일은 더이상 생각하고 싶지 않아. 자, 다른 이야기나 하자! 있잖아, 나, 지금은 정서를 안 할까봐. 그래도 뭔가 끝맺음은 있어야 하니까 딱 두 페이지만 끝낼래. 들어봐…… 전부터 너한테 묻고 싶었어. 너는 어쩌면 그렇게 나를 잘 알아?"

눈물이 방울방울 바샤의 눈에서 아르카디의 손으로 떨어졌다.

"바샤, 내가 널 얼마나 사랑하는지 네가 안다면 그렇게 묻지 않았을 텐데, 정말!"

"그래, 그래, 아르카디, 그걸 모르겠다니까, 왜냐하면…… 왜냐하면 무엇 때문에 네가 그렇게 나를 좋아하는지 도무지 알 수가 없거든! 그래, 아르카디, 그런데 네 사랑조차 나를 괴롭게 한다는 거 알아? 내가 몇 번이나, 특히 잠들 때마다 너를 생각하며(왜냐하면 잠들기 전에 늘 네 생각을 하거든) 눈물에 젖곤 했는지, 내 심장이 얼마나 떨렸는지, 알아……? 네가 나를 그토록 아껴주는데, 나는 어떻게도 마음의 부담을 덜어버릴 수가 없어서…… 무엇으로도 너의 사랑에 보답할 길이 없어서……"

"그래, 바샤, 이제 네가 얼마나 대단한 사람인지 알겠지……! 그런데 봐, 지금 네가 상심에 빠져 있는 모습을." 아르카디가 말했다. 이 순간 그는 가슴이 아려왔고 어제 거리에서의 장면을 떠올렸다.

"됐어. 너는 내가 진정하기를 바라서 그러지만 나는 지금 그 어느 때보다 마음도 편하고 행복해! 있잖아…… 들어봐, 너에게 모든 걸 말하고 싶어, 그런데 너를 슬프게 할까봐 두렵기도 해…… 너는 나 때문에 계속 상심하고, 소리치고, 그러면 나는 깜짝 놀라고…… 봐, 지금도 나, 떨고 있잖아. 나도 내가 왜 이러는지 모르겠어. 그래, 이게 바로 내가 하고 싶은 얘기야. 나는 전에는 나 자신을 몰랐던 것 같아. 그래! 그래, 다른 사람들도 어제서야 이해하기 시작했지. 친구, 나는 전혀 느끼지도 못했고, 가치를 알아보지도 못했어. 나는 마음이…… 딱딱하게 굳어 있었어…… 이게 어떻게 된 일인지 들어봐. 나는 세상 어느 누구에게도 선한 일을 한 적이 없어. 왜냐하면 나는 그럴 능력이 안 되거든. 심지어 보기에 썩 유쾌한 외모도 아니고…… 그런데 다른 사람들은 모두 나에게 호의를 베풀었지! 바로 여기 있는 너부터. 내가 정말 그걸 모를 거라 생각하니. 그냥 입을 다물고 있었을 뿐이야, 입을 다물고 있었다고!"

"바샤, 그만해!"

"왜, 아르카샤! 왜……! 나는 괜찮아……" 바샤가 아르카디의 말을 막으면서 쏟아지는 눈물 때문에 간신히 말을 이었다. "어제 내가 너한테 율리안 마스타코비치 얘기를 했었잖아. 사실, 너도 그분이 얼마나 엄격하고 냉정한지 알 거야. 너는 그분에게 몇 번 질책을 받기도 했으니까. 그런데 그분이 어제 나에게 농담도 걸고, 나를 다독여주고, 사려 깊게 다른 사람들에게는 내보이지 않던 선량한 마음을 내 앞에서는 열어 보였어……"

"그래, 바샤, 그게 어때서? 그건 네가 행복을 누릴 자격이 있다는 증거일 뿐이야."

"아, 아르카샤! 이 모든 일을 완전히 끝낼 수만 있다면……! 아니, 나는 내 행복을 망쳐버리고 말 거야! 예감이 그래! 아니, 그것 때문이 아니야." 아르카디가 책상 위에 놓인 시급한 일거리에 흘끗 시선을 던지자 바샤가 잠시 말을 멈췄다. "그건 아무것도 아니야, 그저 글씨가 적힌 종이에 지나지 않지…… 무의미해! 그 일은 이미 해결됐어…… 나…… 아르카샤, 오늘 거기, 리잔카네 집에 갔었는데…… 안으로는 들어가지 않았어. 마음이 괴롭고 슬퍼서! 그냥 문 앞에 서 있었어. 리잔카가 피아노를 치고 있더라, 그걸 듣고 있었지. 있잖아, 아르카디," 그가 목소리를 낮춰 말했다. "안으로 들어갈 엄두가 안 났어……"

"바샤, 내 말 좀 들어봐, 너 괜찮아? 왜 그렇게 쳐다봐?"

"왜? 괜찮으냐고? 몸이 좀 안 좋아. 다리도 후들거리고. 밤새 앉아 있어서 그런가봐. 맞아! 눈앞이 파랗게 보여. 그리고 여기, 여기가……"

그는 가슴팍을 가리켰다. 그리고 정신을 잃었다.

바샤의 의식이 돌아오자 아르카디는 강제 수단을 취하려고 했다. 그는 억지로 바샤를 침대에 눕히려고 했다. 하지만 바샤는 한사코 거부했다. 그는 눈물을 흘리고 두 손을 비틀면서 정서를 하겠다고, 기필코 두 페이지는 끝내겠다고 고집을 피웠다. 바샤를 자극하지 않기 위해 아르카디는 바샤가 하고 싶은 대로 두기로 했다.

"있잖아," 바샤가 자리를 잡고 앉으며 말했다. "있지, 좋은 생각이 떠올랐어, 희망이 있어."

그는 아르카디에게 웃음을 지었고, 그의 창백한 얼굴도 희망의 빛으로 정말 환해진 것 같았다.

"뭐냐면, 내일모레 서류를 제출할 때 일부만 가져가는 거야. 나머지는 둘러대는 거지. 불에 탔다, 물에 젖었다, 잃어버렸다…… 하지만 결국은 끝내지 못했다고 털어놓겠지. 나는 거짓말을 못하니까. 내가 직접 설명할 거야. 알겠어? 나 스스로 그분에게 전부 다 설명할 거라고. 이러저러해서 일을 못했다고 말이야…… 내 사랑에 대해서도 말할 거야. 그분도 결혼한 지 얼마 안 됐으니 나를 이해해주겠지! 물론, 나는 아주 정중하고 침착하게 이 모든 걸 해낼 거야. 그분도 내 눈물을 보면 감동받을 테고……"

"그래, 당연히 가야지, 가서 그분에게 설명해…… 하지만 그렇다고 이렇게 울 것까지야 없잖아! 뭣 때문에? 바샤, 너는 정말 나를 겁나게 하는구나."

"그래, 갈게, 갈 거야. 자, 이제 정서하게 해줘, 정서하게 해달라고, 아르카샤. 누구를 감동시키는 일 같은 건 안 할게, 이제 정서 좀 하자!"

아르카디는 침대 위로 몸을 던졌다. 그는 바샤의 말을 신뢰할 수가, 정말이지 신뢰할 수가 없었다. 바샤가 무슨 일이든 저지를 것만 같았다. 용서를 구한다니, 무엇에 대해? 어떻게? 문제는 그게 아니었다. 문제는 바샤가 임무를 완수하지 못했다는 것, 그래서 자기 스스로 죄책감을 느끼며 자신의 운명에 감사할 줄 모른다고 여긴다는 데 있었다. 또한 문제는 바샤가 행복에 짓눌려 괴로워하면서 자신이 행복해질 자격이 있는지 의심한다는 데, 결국은 어떻게든 이 상황에서 벗어날 구실만 찾고 있다는 데, 그리고 예기치 못한 이 행복 때문에 어제부터 제정신이 아니라는 데 있었다. '바로 이거야!' 아르카디 이바노비치는 생각했다. '바샤를 구해야 해. 바샤를 자기 자신과 화해시켜야 해. 바샤는 자신을 파멸시키고 말 거야.' 아르카디는 생각에 생각을 거듭한 끝에 다음 날 곧장 율리안 마스타코비치를 찾아가 그에게 모든 상황을 털어놓기로 결심했다.

바샤는 앉아서 서류를 정서하고 있었다. 지칠 대로 지친 아르카디 이바노비치는 이 상황을 좀더 차분하게 다시 생각해보려고 잠깐 눕는다는 게 그만 새벽녘에야 눈을 떴다.

"아앗, 젠장! 또!" 그가 바샤를 바라보고는 소리쳤다. 바샤는 여전히 앉아서 정서하고 있었다.

아르카디는 당장 바샤에게 달려가 그를 잡아끌다시피 해서 겨우 침대에 눕혔다. 바샤가 웃음을 지었다. 그의 두 눈이 맥없이 감겼다. 그는 간신히 입을 뗐다.

"나도 막 누우려던 참이야." 그가 말했다. "있잖아, 아르카디, 나한테 생각이 있어. 일을 끝낼 거야. 펜에 속도가 붙기 시작했거든! 그런데 더이상 앉아 있기가 힘드네. 여덟시에 깨워줘."

그는 말을 채 마치지도 못하고 죽은 듯 잠에 빠져들었다.

"마브라!" 아르카디 이바노비치가 차를 가지고 들어온 마브라에게 소곤소곤 말했다. "바샤가 한 시간 후에 깨워달라고 했는데, 깨우지 마요. 무슨 일이 있어도 그냥 자게 둬요! 열 시간이라도 좋으니까, 알았죠?"

"알겠습니다요, 나리."

"식사는 준비하지 않아도 돼요, 장작도 들여오지 말고요. 소리를 냈다간 혼날 줄 알아요! 혹시 바샤가 나를 찾으면 사무실에 갔다고 말해주고요. 알았죠?"

"알아들었습니다요, 나리. 마음껏 주무시게 하라, 그 말씀입죠! 우리 나리가 잘 주무신다면 저도 기쁘죠. 그리고 저는 나리의 재산도 소중히 여긴답니다. 며칠 전에 저더러 접시를 깼다고 나무라셨잖아요. 하지만 제가 그런 게 아니었어요. 고양이 마시카가 깨뜨린 것이지요. 녀석을 잘 감시하지 못한 제 탓도 있긴 하지만요. 그래서 제가 '쉬이, 이 망할 것!' 하고는 쫓아버렸지요!"

"쉿, 조용, 조용하라니까요!"

아르카디 이바노비치는 마브라를 부엌으로 보낸 다음, 열쇠와 자물쇠를 달라고 해서 마브라를 부엌에 가둬버렸다. 그러고는 사무실로 향했다. 그렇게 사무실로 가면서 그는 율리안 마스타코비치 앞에서 어떻게 처신할지 고심했다. 이게 적절한 행동일까? 주제넘지는 않을까? 그는 다소 겁을 집어먹은 채 사무실에 도착했고, 각하께서 자리에 계신지 조심스럽게 물었다. 각하는 지금 자리에 안 계시며 아마 나오지 않으실 거라는 대답이 돌아왔다. 아르카디 이바노비치는 그 길로 곧장 율리안 마스타코비치의 집으로 발길을 돌리고 싶었지만, 그가 사무실에 나오지 않았다면 분명 집에 바쁜 일이 있을 거라는 데 때마침 생각이 미쳤다. 그는 그대로 사무실에 남았다. 시간이 한도 끝도 없이 계속되는 것 같았다. 그는 슘코프가 맡은 일에 대해 넌지시 알아보았다. 그러나 아무도 그 일을 알지 못했다. 율리안 마스타코비치가 바샤에게 뭔가 특별한 일을 지시했다는 사실은 알고들 있었지만, 그 일이 정확히 무엇인지 아는 사람은 아무도 없었다. 마침내 시계가 세시를 알렸고, 아르카디 이바노비치는 서둘러 집으로 향했다. 그런데 관청 현관에서 서기 한 명이 그를 불러 세우더니 바실리 페트로비치 슘코프가 한시쯤 다녀갔다면서 그가 아르카디가 여기 있는지 물었다고 전했다. 그러고는 율리안 마스타코비치가 다녀가지는 않았는지도 묻더라고 덧붙였다. 이 말을 들은 아르카디 이바노비치는 마차를 잡아탔다. 그는 너무 놀란 나머지 거의 정신이 나가서 집까지 달렸다.

슘코프는 집에 있었다. 그는 극도로 흥분해서 방안을 서성이고 있었다. 아르카디 이바노비치를 보자 바로 정신을 차리고는 마음을 다잡으며 급히 자신의 감정을 숨기려 들었다. 그는 말없이 서류 앞에 앉았다. 괴로운지 친구의 질문을 피하려는 듯 보였다. 그리고 혼자 속으로 뭔가 곰곰이 궁리하고 결정을 내렸으나 더이상 친구의 우정에 기댈 수는 없다고 생각해서 자신의 결정을 감추려는 것 같았다. 바샤의 그런 태도에 아르카디는 충격을 받았고 비수에 가슴을 찔리듯 아프고 고통스러웠다. 그는 침대에 걸터앉아 자신이 가진 유일한 책을 펼쳐들었지만 눈은 줄곧 가엾은 바샤에게 가 있었다. 그러나 바샤는 완강하게 침묵을 지키며 정서에 몰두했고 고개도 들지 않았다. 그렇게 몇 시간이 흘렀고, 아르카디의 고통은 극에 달했다. 열한시가 되자, 마침내 바샤가 고개를 들어 움직일 줄 모르는 흐릿한 눈길로 아르카디를 바라보았다. 아르카디는 기다렸다. 이삼 분이 흘렀다. 바샤는 계속 침묵을 지켰다. "바샤!" 아르카디가 큰 소리로 불렀다. 바샤는 아무 대답도 하지 않았다. "바샤!" 그는 침대에서 벌떡 일어나며 다시 한번 크게 불렀다. "바샤, 너 왜 그래? 뭐야?" 바샤에게 급히 다가가며 그가 소리쳤다. 바샤는 고개를 들어 다시 아까처럼 움직일 줄 모르는 흐릿한 눈길로 그를 바라보았다. '정신을 잃은 거야!' 아르카디는 너무 놀라 몸을 떨며 생각했다. 그는 재빨리 물병을 집어들었고 바샤를 살짝 일으켜세우고는 그의 머리에 물을 부어 관자놀이를 적셨다. 그런 다음, 자신의 손으로 그의 손을 감싸안고 문질렀다. 그러자 바샤의 정신이 돌아왔다. "바샤, 바샤!" 아르카디가 더는 참지 못하고 눈물을 쏟으며 소리쳤다. "바샤, 자신을 망치지 마, 정신 차려, 정신 차리라고……!" 그는 더이상 말을 잇지 못하고 바샤를 자신의 품안에 꼭 끌어안았다. 뭔가 고통스러워하는 표정이 바샤의 얼굴을 훑고 지나갔다. 그는 자신의 이마를 문지르고 머리가 터져버릴까봐 두려운 듯 머리를 움켜쥐었다.

"내가 왜 이러는지 모르겠네!" 마침내 바샤가 입을 열었다. "아무래도 무리를 좀 했나봐. 뭐, 괜찮아, 괜찮아! 됐어, 아르카디, 슬퍼하지 마,

됐어!" 그가 슬프고 지친 눈으로 아르카디를 바라보며 되풀이해 말했다. "뭣 때문에 걱정해? 괜찮아!"

"지금 네가, 네가 나를 위로하는 거야?" 아르카디가 목소리를 높였다. 그는 가슴이 찢어지는 것 같았다. "바샤!" 마침내 그가 말했다. "잠깐 누워, 눈 좀 붙이라고, 응? 공연히 자신을 괴롭히지 마! 조금 쉬고 다시 일하는 게 좋겠어!"

"그래, 그래!" 바샤가 말했다. "알았어! 누울게. 좋아, 그래! 봤지, 나는 다 끝내려고 했어. 하지만 이제 생각이 바뀌었어, 그래……"

그리고 아르카디는 그를 침대로 데려갔다.

"잘 들어, 바샤." 그가 단호하게 말했다. "이 문제는 반드시 해결하고 넘어가야 해! 대체 무슨 생각을 한 건지 나에게 말해줄래?"

"아!" 바샤가 힘없이 손을 내젓고 고개를 옆으로 돌린 채 말했다.

"됐어, 바샤, 그만해! 결정을 해! 내가 널 해치는 사람이 되고 싶지는 않아. 더이상 입 닫고 가만히 있을 수는 없어. 뭔가 마음먹지 않고는 네가 잠들 리가 없어. 나는 알아."

"너 좋을 대로 해, 너 좋을 대로 하라고." 바샤는 수수께끼 같은 말만 되풀이했다.

'바샤는 결국 내 말을 들을 거야!' 아르카디 이바노비치는 생각했다.

"내 말대로 해, 바샤." 그가 말했다. "내가 했던 말을 떠올려봐, 내가 내일 너를 구해줄 거라고 했잖아. 내가 내일 너의 운명을 결정한다니까! 아, 내가 지금 무슨 말을 하는 거지, 운명이라니! 바샤, 네가 날 얼마나 놀라게 했는지 이제 내가 네 말투를 다 따라한다. 운명은 무슨 놈의 운명! 말도 안 돼, 그냥 헛소리일 뿐이라고! 너는 율리안 마스타코비치의 호의와 애정을 잃고 싶지 않을 뿐이야, 그래! 그렇다면 잃지 않으면 되지, 두고 봐…… 내가……"

아르카디 이바노비치는 한참을 더 말을 이어갈 생각이었지만 바샤가 그를 가로막았다. 바샤는 침대에서 몸을 일으켜 앉더니 말없이 두 팔로 아르카디 이바노비치의 목을 감고 그에게 입을 맞췄다.

"됐어!" 그가 힘없는 목소리로 말했다. "됐어! 그 얘긴 그만해!"

그러고는 그는 다시 벽 쪽으로 얼굴을 돌렸다.

'세상에!' 아르카디는 생각했다. '세상에! 바샤가 왜 저래? 완전히 정신이 나가버렸어. 대체 무슨 생각을 하는 거지? 바샤는 자신을 망치고 말 거야.'

아르카디는 절망에 빠져 그를 바라보았다.

'만약 바샤가 병이라도 난다면,' 아르카디는 생각했다. '차라리 그게 더 나을지도 몰라. 병과 함께 걱정도 지나가고 모든 문제가 최상의 방법으로 해결될 수도 있어. 아, 내가 지금 무슨 말도 안 되는 생각을! 오, 세상에……!'

그사이 바샤는 졸린 모양이었다. 아르카디 이바노비치는 기뻐했다. '좋은 징조야!' 그는 생각했고, 밤새도록 바샤의 옆을 지키기로 마음먹었다. 그러나 바샤는 좀처럼 진정이 안 되는 것 같았다. 그는 침대에 누워서 계속 흠칫흠칫 전율을 일으키고 이리저리 몸을 뒤척이다가 번쩍 눈을 뜨곤 했다. 결국 그는 기진맥진해졌고, 곧 죽은 사람처럼 깊은 잠에 빠져들었다. 새벽 두시쯤이었다. 아르카디 이바노비치는 탁자 위에 팔을 괴고 의자에 앉은 채 졸고 있었다.

그는 불길하고 기이한 꿈을 꿨다. 꿈속에서 그는 깨어 있고 바샤는 여전히 침대에 누워 있었다. 하지만 이상한 일도 다 있지! 바샤가 자는 척한다는 생각이 드는 것이었다. 심지어 그를 속이고 실눈으로 슬쩍슬쩍 훔쳐보며 조용히 일어나 살금살금 책상 앞으로 다가가는 것 같았다. 아르카디는 가슴이 타들어가는 고통을 느꼈다. 자신을 신뢰하지 않고 숨기고 감추려 드는 바샤를 보고 있자니 아르카디는 화가 나고 슬프고 괴로웠다. 그는 바샤를 붙들고 소리치며 침대에 안아 눕히려고 했다…… 그러자 바샤는 그의 품안에서 비명을 질렀고, 그는 이미 숨이 끊어진 시신을 침대에 눕혔다. 아르카디의 이마에 식은땀이 흘렀고, 그의 심장은 미친듯이 요동쳤다. 그는 눈을 떴고 잠이 깼다. 바샤는 앞에 놓인 책상 앞에 앉아 정서를 하고 있었다.

자신의 감각을 믿지 못한 아르카디는 흘끗 침대를 쳐다보았다. 침대는 비어 있었다. 아직 꿈결인 듯 얼떨떨하던 아르카디는 소스라치게 놀라 벌떡 일어났다. 바샤는 미동도 하지 않았다. 그는 계속 정서를 하고 있었다. 그러나 아르카디는 바샤가 잉크도 묻지 않은 펜으로 글씨를 쓰고 있으며 텅 빈 백지를 넘기면서 마치 자신이 가장 철저하고 효율적인 방법으로 일이라도 하는 양 부지런히 서류를 채우고 있다는 사실을 알아채고는 공포감에 휩싸였다. '아니야, 이건 꿈이 아니야!' 아르카디 이바노비치는 이렇게 생각하며 온몸을 부들부들 떨었다. "바샤, 바샤! 대답해!" 그는 바샤의 어깨를 움켜잡으며 소리쳤다. 그러나 바샤는 말없이 아까처럼 부지런히 마른 펜을 놀렸다.

"드디어 속도가 붙었어." 바샤가 아르카디 쪽으로는 고개도 돌리지 않고 말했다.

아르카디는 그의 손을 붙잡고 펜을 빼앗았다.

바샤의 가슴에서 신음소리가 새어나왔다. 그는 두 손을 아래로 툭 떨군 채 눈을 들어 아르카디를 바라보았고, 이어서 괴롭고도 슬픈 기색으로, 마치 자신의 온 존재를 짓누르는 뭔가 납덩이처럼 무거운 짐을 벗어버리고 싶다는 듯 손을 이마에 가져다댔다. 그리고 깊은 생각에 빠져드는 듯 천천히 머리를 가슴 위로 떨궜다.

"바샤, 바샤!" 아르카디 이바노비치가 절망에 빠져 소리쳤다. "바샤!"

잠시 후 바샤가 그를 바라보았다. 그의 크고 푸른 눈에 눈물이 고여 있었고, 창백하고 온순한 얼굴엔 끝없는 고통의 그림자가 드리워져 있었다. 그가 뭐라고 속삭였다.

"뭐, 뭐라고?" 아르카디가 그에게 허리를 굽히며 큰 소리로 물었다.

"무엇 때문에, 대체 뭣 때문에 나를?" 바샤가 속삭였다. "왜? 내가 무슨 짓을 했다고?"

"바샤! 왜 그래? 뭐가 두려운 거야, 바샤? 뭐야?" 절망에 빠진 아르카디가 두 손을 쥐어짜듯 맞잡으며 소리쳤다.

"어째서 나를 군대에 보내려는 거지?" 친구의 눈을 똑바로 바라보며 바샤가 말했다. "대체 왜? 내가 뭘 잘못했는데?"

아르카디는 온 머리카락이 곤두서는 느낌이었다. 그는 믿고 싶지 않았다. 그는 바샤 앞에 죽은 사람처럼 서 있었다.

잠시 후 그는 정신을 차렸다. '괜찮아, 잠깐 이러다 말 거야!' 그는 하얗게 질린 채 부들부들 떨며 새파래진 입술로 혼잣말을 하고는 서둘러 옷을 갈아입었다. 그는 곧장 의사에게 달려갈 참이었다. 그런데 갑자기 바샤가 큰 소리로 그를 불렀다. 아르카디는 마치 제 자식을 빼앗기지 않으려는 어미처럼 바샤에게 달려가 그를 품에 꼭 끌어안았다……

"아르카디, 아르카디, 아무한테도 말하지 마! 이건 내 문제야, 알겠어? 내가 알아서 할게……"

"뭐야, 왜 그래? 정신 차려, 바샤, 정신 차리라고!"

바샤는 한숨을 내쉬었고, 곧 그의 뺨을 타고 소리 없이 눈물이 흘러내렸다.

"왜 그녀가 고통을 당해야 하지? 도대체 그녀가, 그녀가 대체 무슨 잘못을 했다고……!" 그는 영혼을 잡아 찢는 고통스러운 목소리로 중얼거렸다. "내 잘못이야, 내 잘못……!"

그는 잠시 말이 없었다.

"안녕, 내 사랑! 안녕, 내 사랑!" 그는 가련한 자신의 머리를 가로저으며 속삭였다. 아르카디는 흠칫 몸을 떨더니 다시 정신을 차리고는 의사에게 달려가려고 했다. "가자! 떠날 때가 됐어!" 방금 전 아르카디의 행동을 유심히 지켜보던 바샤가 외쳤다. "가자, 친구, 가자고, 나는 준비됐어! 네가 앞장서!" 그는 잠시 말을 멈추고 절망과 의혹에 찬 눈길로 아르카디를 바라보았다.

"바샤, 날 따라오지 마, 제발! 여기서 기다려. 금방, 정말 금방 돌아올게." 아르카디 이바노비치가 허둥대며 의사에게 달려갈 생각으로 모자를 집어들었다. 바샤는 곧 자리에 앉았다. 군소리 없이 고분고분했다. 하지만 그의 두 눈은 뭔가 단호한 결의로 번득였다. 아르카디는 몸을 돌려 책상 위에 펼쳐진 채로 놓인 주머니칼을 움켜쥐더니 가엾은 바샤를 마지막으로 한번 더 바라보고는 방에서 뛰어나갔다.

일곱시가 지난 시각이었다. 햇살은 이미 한참 전에 방안의 어스름을 흩어놓았다.

그는 아무도 찾아내지 못했다. 그는 꼬박 한 시간을 뛰어다녔다. 그는 건물 문지기들에게 혹시 이곳에 의사가 사는지 일일이 물어봐가며 의사들의 주소를 모두 알아냈지만 그 의사들은 하나같이 누구는 직장에 나가고, 또 누구는 볼일을 보러 나가는 등 집에 없었다. 환자를 받는 의사가 딱 한 명 있기는 했다. 이 의사는 네페데비치가 찾아왔다고 알리는 하인을 통해 이른아침의 이 방문객은 어느 집에서 왔느냐, 누구이며 어떻게, 무슨 이유로 왔느냐, 심지어 어떤 증상을 보이느냐는 등 한참을 캐물은 후, 자신을 만날 수는 없으며 할일이 많아 왕진 역시 갈 수가 없다고, 그리고 그런 종류의 환자는 병원으로 데려가야 한다고 알려왔다.

그러자 이런 상황을 전혀 예상하지 못한 아르카디는 크게 상심하고 지칠 대로 지쳐서 세상의 모든 의사들도, 다른 방도들도 모두 포기한 채 바샤 걱정에 극도의 불안감을 느끼며 집으로 달려갔다. 그는 집안으로 뛰어들어갔다. 마브라는 아무 일도 없다는 듯 바닥을 쓸고, 나뭇개비를 부수어 페치카에 불 지필 준비를 하고 있었다. 그는 방으로 가보았다. 바샤의 흔적은 보이지 않았다. 그는 밖으로 나가버린 것이다.

"어디로 갔지? 어디에 있을까? 이 불쌍한 녀석이 대체 어디로 간 거야?" 아르카디는 공포로 온몸이 굳은 채 생각했다. 그는 마브라에게 물었다. 마브라는 아무것도 모르고 있었다. 바샤가 나가는 것을 보기는커녕 소리도 듣지 못한 모양이었다. 오, 세상에! 네페데비치는 곧장 콜롬나의 가족에게 달려갔다.

무슨 까닭인지 바샤가 거기에 있을 거라는 생각이 들었기 때문이었다.

그가 그 집에 도착했을 때는 이미 아홉시가 넘어 있었다. 모녀는 아르카디의 방문이 뜻밖이라는 반응이었다. 그들은 아무것도 모르고 있었고 어떤 소식도 듣지 못한 눈치였다. 놀라고 실망한 아르카디는 그들 앞에 서서 바샤가 어디 있느냐고 물었다. 노부인의 다리가 휘청거렸다. 노부인은 소파에 털썩 주저앉았다. 리잔카도 깜짝 놀라 온몸을 떨면서 어떻게 된 일인지 물었다. 그가 무슨 말을 할 수 있었을까? 아르카디 이바노비치는 즉시 상황을 수습했다. 그는 모녀로서는 당연히 믿을 수 없는 이야기를 꾸며내 둘러대고는 두 사람을 충격과 비탄 속에 버려둔 채 도망치듯 그곳을 빠져나왔다. 그는 서둘러 자신의 부서로 향했다. 너무 늦어버리기 전에 부서로 가서 이 상황을 알린 다음 당장 적절한 조치를 취하도록 만들어야 했다. 가는 도중 어쩌면 바샤가 율리안 마스타코비치 집에 있을지도 모른다는 생각이 들었다. 무엇보다 가능성이 높은 예측이었다. 아르카디는 가장 먼저, 콜롬나의 가족을 찾아가는 것보다도 먼저 이 가능성을 떠올렸었다. 마차가 상관의 집 앞을 지날 때 그는 마차를 세우려고도 했지만, 곧 마부에게 가던 길을 계속 가라고 지시했다. 우선 부서에 들러 상황을 알아본 후, 거기서 별일이 없으면 그때 바샤에 대한 보고를 올리기 위해서라도 자신의 상관을 찾아가기로 결심했다. 누구에게라도 보고해야만 했다!

아르카디가 관청 현관에 발을 들여놓기 무섭게 사람들이 우르르 몰려와 그를 둘러싸며 대체 바샤에게 무슨 일이 있었던 거냐고 일제히 묻기 시작했다. 그들 대부분은 아르카디보다 나이는 조금 어리지만 직급은 아르카디와 비슷한 직장 동료들이었다. 그들은 바샤가 제정신이 아니며 업무태만에 대한 징계로 자신이 곧 군대에 보내질 거라는 생각에 빠져 있다고도 덧붙였다. 아르카디 이바노비치는 이쪽저쪽을 보며 모두에게 대답을 했다. 아니, 사실은 어느 누구에게도 제대로 된 답을 주지 않으며 침착해지려고 안간힘을 썼다고 말하는 편이 낫겠다. 부서로 가는 길에 그는 바샤가 율리안 마스타코비치의 집무실에 있으며, 모두들 거기로 몰려갔고, 에스페르 이바노비치 역시 거기 있다는 사실을 알게 되었다. 그는 도중에 잠시 멈춰 서야 했다. 상급자 중 한 명이 그에게 어디로, 무슨 일로 가느냐고 물었기 때문이었다. 그는 상급자의 얼굴도 제대로 확인하지 않은 채 바샤에 대해 뭐라고 한마디 내뱉고는 곧장 율리안 마스타코비치의 집무실로 향했다. 거기서 벌써 율리안 마스타코비치의 목소리가 새어나오고 있었다. "어디 가십니까?" 누군가가 바로 문 앞에서 그에게 물었다. 아르카디 이바노비치는 난감해하며 어찌할 바를 몰랐다. 그래서 뒤돌아서려는 바로 그 순간, 그는 살짝 열린 문틈 사이로 자신의 가엾은 바샤의 모습을 보고 말았다. 그는 억지로 문을 밀치고 안으로 들어갔다. 그곳에 있는 사람들은 모두 당황해하며 허둥댔다. 율리안 마스타코비치가 깊은 고뇌에 빠져 있었기 때문이다. 요직의 관리들이 모두 그의 주위에 몰려서서 뭔가 의논하고 있었지만 아무 결정도 내리지 못한 것 같았다. 조금 떨어진 곳에 바샤가 서 있었다. 그런 바샤를 바라보자 아르카디는 가슴속이 그대로 얼어붙는 듯했다. 하얗게 질린 바샤는 얼굴을 살짝 쳐들고 꼿꼿이 서서 부동자세를 취하고 있었다. 그는 율리안 마스타코비치의 눈을 똑바로 응시했다. 곧 사람들이 네페데비치의 존재를 알아차렸고 아르카디와 바샤가 함께 살고 있다는 것을 아는 누군가가 그 사실을 각하에게 알렸다. 아르카디는 각하 앞으로 불려갔다. 그는 자신에게 향하는 질문에 뭔가 대답을 하려다가 율리안 마스타코비치를 흘끗 보게 되었고, 각하의 얼굴에서 진심어린 연민의 표정을 읽고는 결국 몸을 떨며 어린아이처럼 큰 소리로 울음을 터뜨리고 말았다. 그는 더한 행동도 서슴지 않았다. 몸을 던져 각하의 손을 움켜쥐고는 자신의 눈가에 갖다대어 눈물로 적셨다. 그 바람에 율리안 마스타코비치는 급히 손을 빼내 허공에 내저으며 "자, 됐네, 이보게, 그만하게나, 자네의 착한 심성은 내 알겠네"라고 말해야 했다. 아르카디는 흐느껴 울며 방안에 모인 사람들 모두를 애원하듯 바라보았다. 그에게는 그들 모두가 가엾은 바샤의 형제인 것처럼, 그들도 모두 바샤를 걱정하며 눈물을 흘리는 것처럼 보였다. "어떻게 이런 일이, 대체 어떻게 이런 일이 바샤에게 일어난 건가?" 율리안 마스타코비치가 물었다. "도대체 어쩌다가 미쳐버린 거야?"

"감사, 감사하는 마음 때문입니다!" 아르카디 이바노비치는 겨우 이 말만 할 수 있었다.

다들 그의 대답에 의아해했고, 다들 그의 대답이 이상하다고 여기며 믿지 않는 눈치였다. 어떻게 감사하는 마음 때문에 사람이 미칠 수 있단 말인가? 아르카디는 할 수 있는 한 최선을 다해 설명했다.

"세상에, 이렇게 딱할 수가!" 마침내 율리안 마스타코비치가 말했다. "그에게 맡긴 그 일은 중요하지도 그렇게 급하지도 않았네. 어쨌든 한 사람을 파멸로 몰아갈 정도의 일이 아니었는데! 어쩌겠나, 그를 데려가게……!" 율리안 마스타코비치는 아르카디 이바노비치에게 고개를 돌려 다시 이것저것 캐묻기 시작했다. "바샤가 부탁하더군." 그가 바샤를 가리키며 말했다. "이 일을 어떤 아가씨에게는 알리지 말아달라고 말이야. 그 아가씨가 누구지? 혹시 바샤의 약혼녀인가?"

아르카디가 설명을 시작했다. 그러는 사이 바샤는 뭔가 생각하는 것처럼, 바로 이 순간 쓸모가 있을지도 모르는 어떤 중요하고도 필요한 일을 떠올리기 위해 안간힘을 쓰는 것처럼 보였다. 그는 이따금 누구든 자신이 잊고 있는 그 일을 상기시켜주기를 바라는 듯 괴로운 얼굴로 주위를 둘러보았다. 그의 시선이 아르카디에게 꽂혔다. 마침내 바샤의 눈에 돌연 희망의 빛이 떠올랐다. 그는 선 자리에서 왼발부터 움직여 가능한 한 민첩하게 앞으로 세 걸음을 옮겼고, 마치 장교의 호명을 받고 앞으로 나서는 병사처럼 오른발 장화로 바닥을 쿵 내리찍었다. 모두들 무슨 일이 벌어질지 지켜보고 있었다.

"각하, 저는 신체에 결함이 있습니다. 힘도 약하고 몸집도 작습니다. 저는 군복무에 적합하지 않습니다." 바샤가 띄엄띄엄 말했다.

그 말에 방안에 있던 사람들은 너 나 할 것 없이 자신의 심장이 뭔가에 짓눌리는 것 같은 느낌을 받았다. 그리고 제아무리 강인한 성격을 자랑하는 율리안 마스타코비치였지만, 그의 눈에서도 끝내 눈물이 흘러내렸다. "그를 데리고 나가게." 그가 손을 내저으며 말했다.

"앞으롯!" 바샤가 목소리를 낮춰 이렇게 말하고는 몸을 왼쪽으로 돌려 방을 빠져나갔다. 그의 운명에 관심이 있는 사람들은 모두 그의 뒤를 따랐다. 아르카디는 사람들 사이를 헤집고 바샤의 뒤를 쫓았다. 바샤는 응접실에 앉혀져 자신을 병원으로 데려갈 마차와 지시를 기다렸다. 그는 잠자코 앉아 있는 것 같았지만 불안감에 휩싸여 떠는 기색이 역력했다. 그는 아는 사람이 보일 때마다 마치 작별을 고하는 사람처럼 고개를 끄덕였다. 그리고 쉴새없이 문 쪽을 돌아보며 언제 "이제 가야 하오"라는 지시가 떨어질지 몰라 초조해했다. 사람들이 그의 주위를 빽빽하게 에워쌌다. 모두들 고개를 저었고, 모두들 슬퍼했다. 갑자기 유명해진 바샤의 사연은 많은 이들을 충격에 빠뜨렸다. 어떤 이들은 그의 일을 두고 토의를 벌였고, 또 어떤 이들은 바샤를 딱하게 여기면서 그가 매우 겸손하고 조용한 젊은이였다고, 미래가 기대되는 젊은이였다고 칭찬하는 말을 아끼지 않았다. 그리고 그가 배움을 위해 얼마나 노력했는지, 얼마나 지적 호기심이 많았는지, 보다 교양 있는 사람이 되기 위해 얼마나 애썼는지도 입에들 올렸다. "신분이 낮은데도 자기 힘으로 이 자리까지 올라왔지!" 누군가는 이렇게 말하기도 했다. 또 바샤에 대한 각하의 각별한 애정을 감동어린 어조로 말하는 이들도 있었다. 그리고 몇몇 사람들은 바샤가 왜 일을 끝내지 못했다고 해서 군대에 보내질 거라고 믿게 됐는지, 또 왜 그 때문에 미쳐버렸는지 그 이유를 밝혀보려고 했다. 그들은 이 가엾은 청년은 얼마 전까지 하찮은 일이나 맡아 했는데, 보기 드물게 고분고분하고 온순한 그의 성격과 재능을 알아본 율리안 마스타코비치가 청을 넣어 말단직이라도 관직을 얻게 되었다고도 했다. 한마디로, 바샤에 대한 온갖 해석들과 의견들이 난무했다. 이렇게 충격에 빠진 사람들 가운데 매우 키가 작은, 슘코프의 동료 하나가 특히 눈에 띄었다. 그는 그다지 젊다고는 할 수 없는 연배로, 대략 서른이 넘어 보였다. 백지장처럼 하얗게 질린 그는 온몸을 부들부들 떨며 기이한 웃음을 짓고 있었는데, 아마도 온갖 추문이 무성한 이번 사건이나 끔찍한 장면들이 이 외부의 구경꾼을 겁먹게 한 동시에 약간은 신나게도 한 것 같았다. 그는 슘코프를 에워싼 사람들 주위를 이리저리 쉴새없이 뛰어다녔고, 작은 키 때문에 발뒤꿈치를 들고 서서 앞사람과 옆 사람, 즉 자신이 그런 행동을 해도 무방하다고 생각되는 사람들의 단추를 붙잡고는 자신은 이 모든 사건이 왜 일어났는지 알고 있다, 이 일은 그리 단순하지 않으며 상당히 중요한 사건이다, 따라서 그냥 이대로 넘어가서는 안 된다고 되풀이해 말했다. 그런 다음 한번 더 발뒤꿈치를 들고 누군가의 귀에 대고 속삭이는가 하면 다시 두어 번 고개를 끄덕이고는 또다시 다른 사람을 찾아 달려갔다. 마침내 모든 것이 끝났다. 경비원이 병원에서 나온 간호사와 함께 나타나 바샤에게 다가가더니 떠날 시간이 되었다고 알렸다. 바샤는 벌떡 일어나 허둥대다가 그들과 함께 자리를 뜨면서 주위를 둘러보았다. 그는 눈으로 누군가를 찾고 있었다! "바샤! 바샤!" 아르카디 이바노비치가 흐느껴 울며 소리쳤다. 바샤가 멈춰 섰고, 아르카디는 사람들 사이를 뚫고 그에게 달려갔다. 두 사람은 마지막으로 서로의 품으로 몸을 던졌고 서로를 힘껏 끌어안았다…… 그 둘의 모습을 보려니 가슴 아팠다. 대체 어떤 끔찍한 불행이 그 둘의 눈에서 눈물이 흐르게 만든 걸까? 두 사람은 무엇 때문에 울고 있을까? 대체 그 재앙은 어디에 있단 말인가? 어째서 두 사람은 서로를 이해하지 못했단 말인가……?

"자, 자, 받아! 이걸 보관해줘." 슘코프가 아르카디의 손안으로 뭔가 종이 같은 걸 찔러넣으며 말했다. "그들이 이걸 빼앗아갈 거야. 나중에 나한테 갖다줘, 꼭 갖다줘. 잘 가지고 있다가……" 바샤는 자신을 부르는 소리에 미처 말을 끝맺지 못했다. 그는 모두를 향해 고개를 끄덕여 작별을 고하면서 서둘러 계단을 뛰어내려갔다. 그의 얼굴에 절망이 떠올랐다. 마침내 그는 마차에 실렸고 그렇게 떠나갔다. 아르카디는 급히 종이를 펼쳤다. 그것은 슘코프가 늘 품에 지니고 다니던, 리자*의 까만

* 리자베타의 애칭으로 리잔카를 가리킨다.

머리카락이었다. 아르카디의 눈에서 뜨거운 눈물이 솟구쳤다. "아, 가엾은 리자!"

퇴근 시간이 되자 그는 콜롬나로 향했다. 거기서 무슨 일이 벌어졌는지 굳이 설명할 필요가 있을까! 심지어 페탸, 선량한 바샤에게 일어난 일을 자세히 알지 못하는 어린 페탸까지도 구석으로 달려가 조그만 두 손으로 얼굴을 가린 채 그 어린 가슴이 미어지도록 소리 내 울었다. 아르카디가 집으로 돌아갈 때는 이미 황혼이 짙게 깔려 있었다. 그는 네바강으로 가까이 다가가 잠시 걸음을 멈추고 서서, 강을 따라 시선을 옮기며 차갑게 얼어붙은, 안개 자욱한 저 먼 하늘을 바라보았다. 그곳엔 마지막 노을이 수평선을 보랏빛으로 핏빛으로 짙게 물들이며 붉게 타올랐다. 밤이 도시 위에 내려앉았고, 꽁꽁 얼어붙은 눈더미에 한껏 몸집을 불린 광활한 네바의 평원은 사위어가는 태양빛을 받으며 쏟아져내리는 작고 날카로운 무수한 서리 불꽃들로 쉴새없이 반짝였다. 영하 20도였다. 지칠 대로 지친 말들과 서둘러 걸음을 옮기는 사람들에게서 차가운 입김이 새어나왔다. 추위로 압축된 공기는 아주 작은 소리에도 울림을 만들어냈고, 강 양쪽 기슭에 늘어선 모든 지붕들에서 연기 기둥이 거인처럼 솟아올라 한데 뒤엉키기도 하고 흩어지기도 하면서 차가운 하늘로 높이높이 날아올랐다. 그 모습은 마치 옛 건물 위로 새 건물이 세워지는 것처럼, 또 허공에 새로운 도시가 세워지는 것처럼 보였다…… 그리고 마침내 황혼이 짙게 깔리는 이 순간, 온 세상이 환상적인 마법의 세계인 양, 금방이라도 강한 자든 약한 자든 이곳의 모든 사람들과 함께, 가난한 자들의 안식처든 힘있는 자들의 안락함을 위한 황금 장식의 궁전이든, 그들의 모든 거처와 함께 스르르 연기가 되어 어둡고 푸른 하늘로 사라져버릴 꿈인 양 느껴졌다. 이런 기괴한 생각이 홀로 남겨진, 가엾은 바샤의 친구에게 찾아들었다. 그는 부르르 몸을 떨었고, 그러자 그 순간 마치 전에는 한 번도 경험하지 못한 어떤 강렬한 느낌이 온몸으로 밀려들면서 그의 심장이 갑자기 펄펄 끓는 뜨거운 피로 가득 차오르는 것 같았다. 그제야 그는 이 모든 불안을 이해하고 자신의 행복을 끝내 견디지 못한 가엾은 바샤가 왜 미쳐버렸는지 알 것 같았다. 그의 입술은 떨렸고, 두 눈은 이글거렸으며, 얼굴은 창백해졌다. 그는 마치 이 순간 뭔가 새로운 깨달음을 얻은 듯했다……

그는 삶의 의욕을 잃고 우울해했으며 모든 즐거움을 잃었다. 그는 전에 살던 집이 끔찍이도 싫어졌다. 그는 다른 집을 구했다. 그는 콜롬나에는 가고 싶지 않았다. 아니 갈 수가 없었다. 이 년 후, 그는 교회에서 리잔카와 마주쳤다. 그녀는 이미 결혼한 처지였다. 유모가 젖먹이를 데리고 그녀 뒤를 따르고 있었다. 두 사람은 서로 인사를 나누었고, 옛날 일에 대해서는 한참 동안 대화를 피했다. 리자는 다행히도 자신은 행복하다고, 가난하지 않다고, 남편은 좋은 사람이며 자신은 그런 남편을 사랑한다고 말했다…… 하지만 대화 중간에 돌연 그녀의 두 눈에 눈물이 가득 차올랐고 목소리는 가라앉았다. 그녀는 남들에게 자신의 슬픔을 들키지 않기 위해 돌아서서 교회의 강대상에 몸을 숙였다……

정직한 도둑

어느 이름 모를 이의 수기 중에서

어느 날 아침, 내가 막 출근하려는 참에, 정말이지 놀랍게도 나의 요리사이자 세탁부이자 가정부이기도 한 아그라페나가 내 방에 들어와 먼저 말을 걸었다.

아그라페나는 지독히도 말수가 적은 평범한 아낙네로, 식사 준비를 어떻게 하면 좋을지 매일 두어 마디 묻는 말 외에는 지난 육 년 동안 말을 붙여온 적이 거의 없었다. 적어도 나는 그녀에게서 그 이상의 다른 말은 전혀 들어보지 못했다.

"저, 제가 이렇게 나리를 찾아온 것은요." 그녀가 갑자기 말문을 열었다. "작은 방을 세주시면 어떨까 해서요."

"작은 방이라니, 어떤 방?"

"왜, 부엌 옆에 방 하나 있잖아요. 나리도 잘 아시면서요."

"왜 그래야 하지?"

"왜냐니요! 그야 사람들은 세입자를 들이기 마련이니까요. 나리도 잘 아시면서요."

"하지만 세를 들겠다는 사람이 있을까?"

"세를 들겠다는 사람이 있을까라니요! 그야 세입자가 세를 들겠지요. 나리도 잘 아시면서요."

"하지만, 이 사람아, 그 방엔 침대 하나 들여놓기도 힘들어, 너무 비좁다고. 누가 그런 데서 살겠나!"

"꼭 거기서 살 필요가 있나요! 그저 잠잘 곳만 있으면 되지요. 그 사람은 창가에서 지낼 거예요."

"어떤 창문 말인가?"

"어떤 창문인지 아시면서, 모르시는 것처럼 말씀하시네요! 바로 현관 창문 말이지요. 그 사람은 거기 앉아서 바느질을 하거나 이것저것 다른 일도 할 거예요. 어쩌면 의자에 앉을 수도 있고요. 그 사람한텐 의자도 있거든요. 탁자도 있고, 정말 없는 게 없답니다."

"대체 그 사람이 누군데?"

"좋은 사람이에요, 세상 물정에도 밝고요. 그 사람 식사는 제가 준비할게요. 그리고 방세와 식사 합해서 한 달에 3루블씩 은화로 받을 거고요."

한참 수고를 들인 끝에 나는 마침내, 나이 지긋한 어떤 남자가 부엌 옆방에 세 들어 하숙할 수 있게 해달라고 아그라페나를 설득했거나 그녀의 귀를 솔깃하게 만들었다는 사실을 알게 되었다. 아그라페나는 한번 머리에 떠오른 일은 반드시 실행에 옮겨야 직성이 풀리는 성미였다.

그녀 뜻대로 되지 않으면 그 피해는 고스란히 내 몫이 되리라는 걸 나는 잘 알고 있었다. 뭔가 마음먹은 대로 일이 풀리지 않을라치면 아그라페나는 당장 생각에 잠기며 깊은 우울 상태에 빠져들곤 했는데, 그런 상태가 이 주에서, 길게는 삼 주까지 이어졌다. 그러는 동안 음식은 형편없어지고, 빨랫거리는 쌓여만 가며, 집안 바닥도 지저분해지기 일쑤였다. 한마디로, 불쾌한 일들이 많이 벌어졌다. 나는 이미 오래전에 이 말수 없는 여인이 뭔가 결정을 내리거나 자기만의 사고를 스스로 세워 나갈 능력이 안 된다는 점을 알아챘다. 그래도 어쩌다 한 번씩은 우연히 생각이나 계획 비슷한 뭔가가 이 여인의 빈약한 머리에 떠오르기도 했는데, 그럴 때 아그라페나를 막아 세우는 일은 잠시나마 그녀를 정신적으로 죽이는 행위나 다름없었다. 그래서 무엇보다 마음의 평안을 중요하게 여기는 나는 곧장 그녀의 요청을 들어주었다.

"어쨌든 그 사람, 최소한 신분증이나 뭐 그런 건 가지고 있겠지?"

"아무렴요! 잘 아시면서 그러세요. 사람 좋고 세상일에도 밝다니까요. 3루블씩 내겠다고 약속도 했고요."

다음날 바로 나의 소박한 독신자 아파트에 새로운 거주자가 모습을 드러냈다. 그런데 짜증이 나기는커녕 속으로는 오히려 반가운 마음마저 들었다. 나는 아주 외롭게, 완전히 은둔자처럼 지내고 있었다. 아는 사람도 거의 없었고 외출도 거의 하지 않았다. 십 년을 이리 적막하게 지내다보니 자연스럽게 고독한 생활에 익숙해졌다. 하지만 이렇게 십 년, 십오 년, 어쩌면 그 이상의 시간을 여전히 아그라페나 같은 여자와, 게다가 여전히 이 독신자 아파트에서 외롭게 보내야 한다면, 그건, 정말이지 암울한 미래가 아닐 수 없다! 따라서 이런 생활 속에 새롭게 등장한 또 한 명의 온순한 거주자는 하늘이 내려준 축복이라고나 할까!

아그라페나의 말은 거짓이 아니었다. 나의 새로운 거주자는 정말 세상 물정에 밝은 사람 가운데 하나였다. 신분증을 보고 그가 퇴역한 노병임을 확인했지만, 실은 신분증이 아니더라도 그의 얼굴만 보고도 단박에 그 사실을 알 수 있었다. 퇴역한 노병을 알아보기란 그리 어려운 일이 아니다. 나의 세입자, 아스타피 이바노비치는 썩 괜찮은 사람이었다. 우리는 잘 어울려 지냈다. 무엇보다 좋았던 건, 아스타피 이바노비치가 이따금 자신이 살면서 겪은 사건들이나 경험담들을 재미있게 들려준다는 점이었다. 늘 따분하고 지루한 일상을 보내던 나에게 그런 이야기꾼은 정말 보석 같은 존재였다. 언젠가 한 번 그런 이야기들 중 하나를 내게 들려주었는데, 그 이야기는 나에게 깊은 인상을 남겼다. 하지만 어떤 경위로 그 이야기가 나오게 되었는지, 그것부터 밝히겠다.

어느 날 나는 혼자 집에 있었다. 아스타피도, 아그라페나도 각자 볼일이 있어서 외출하고 집에는 아무도 없었다. 안방에 있던 나는 갑자기 누군가 들어오는 인기척을 들었고 그게 낯선 사람이라는 것을 직감했다. 나는 밖으로 나가보았다. 실제로 현관에 낯선 사람이 서 있었다. 작달막한 키의 젊은 사내가 쌀쌀한 가을 날씨에도 불구하고 프록코트 하나만 걸친 채 서 있었다.

"무슨 일이오?"

"알렉산드로프라는 관리를 찾아왔는데요, 여기 삽니까?"

"이봐, 여기 그런 사람은 없네, 잘 가게."

"그런데 왜 문지기는 여기라고 알려줬을까." 방문객은 조심스럽게 문 쪽으로 물러나며 중얼거렸다.

"이봐, 나가라고, 나가, 어서 나가라니까!"

다음날 점심식사를 마치고 아스타피 이바노비치가 수선중이던 프록코트를 내 몸에 맞는지 대보고 있는데, 또다시 누군가 현관으로 들어오는 소리가 들렸다. 나는 살짝 문을 열어보았다.

어제 왔던 그 젊은 사내가 내 눈앞에서 아주 태연하게 옷걸이에 걸려 있던 내 털외투를 벗기더니 제 옆구리에 끼고는 쏜살같이 달아나는 것이었다. 아그라페나는 놀란 나머지 그저 입만 쩍 벌리고 서서 보기만 할 뿐 털외투를 지키기 위한 어떤 행동도 취하지 못했다. 아스타피 이바노비치가 급히 도둑을 뒤쫓아 달려나갔지만, 십 분 후에 숨을 헐떡이며 빈손으로 돌아왔다. 사내는 감쪽같이 흔적도 없이 사라져버린 것이다!

"뭐, 재수가 없었다고 치세나, 아스타피 이바노비치. 그래도 외투가 하나 더 있으니 망정이지! 안 그러면 정말 곤란할 뻔했지 뭔가!"

그러나 아스타피 이바노비치의 반응이 어찌나 격렬하던지, 나는 그의 얼굴을 쳐다보느라 외투를 도둑맞은 사실마저 잊어버릴 정도였다. 그는 도무지 진정할 줄을 몰랐다. 그는 계속해서 일을 하다 말고 어떻게 이런 일이 일어날 수 있는지, 자기는 어떻게 바로 눈앞에서, 겨우 두어 걸음 거리에서 외투를 벗겨내고 유유히 훔쳐가는 걸 보고만 서 있었는지, 어째서 도둑을 잡지 못했는지 따위의 이야기를 꺼내고 또 꺼냈다. 그러고는 다시 일거리를 손에 들었다가 잠시 후 다시 내려놓기를 반복했다. 결국 그는 도난 사건에 대해 설명도 하고 그런 일이 집안에서 벌어지도록 내버려둔 책임을 묻기 위해 문지기를 만나러 밖으로 향했다. 그리고 돌아와서는 이번에는 아그라페나를 나무라기 시작했다.

그런 다음 다시 일거리를 들고 앉아서 어떻게 이 모든 일이 일어날 수 있었는지, 어떻게 자신은 여기에, 그리고 나는 저기에 서 있기만 했는지, 바로 눈앞에서, 겨우 두어 걸음 거리에서 외투를 도둑맞을 수 있는지 등을 혼자서 오랫동안 중얼거렸다. 한마디로, 아스타피 이바노비치는 자기 일은 잘하지만 사소한 일에 신경을 많이 쓰고 이일 저일 하며 부산 떨기 좋아하는 성격이었다.

"아스타피 이바느이치, 그놈이 우리 둘을 바보로 만들어버렸지 뭔가!" 저녁때 그에게 차 한 잔을 건네며 내가 말했다. 나는 그저 지루함을 달래볼 생각으로 도난당한 외투 이야기를 다시 꺼낸 것인데, 이야기가 자꾸 반복되는데다 이야기꾼의 진지하기 그지없는 태도까지 더해져 일이 아주 우습고 재미있어지기 시작했다.

"정말 바보가 되고 말았습죠, 나리! 제 일이 아닌데도 왜 이리 분통이 터지고 화가 치미는지 모르겠습니다, 제 외투를 도난당한 것도 아닌데 말입니다. 제 생각에 이 세상에서 도둑놈보다 더 역겹고 더러운 족속도 없는 것 같습니다. 가만히 앉아서 공짜로 얻어내는 이들도 있긴 하지만, 이놈의 도둑은 내가 죽어라 땀흘려 일해서 이룬 것을 훔쳐가지요, 내 시간을 훔쳐가고 말입죠…… 젠장, 이 얼마나 추악한 짓이냐고요! 분통이 터져서 더이상 입에 올리기도 싫습니다. 나리, 나리는 어떠세요, 외투가 아깝지 않습니까요?"

"왜 아깝지 않겠나, 아스타피 이바느이치. 도둑놈한테 넘기느니 차라리 불에 태워버리는 게 낫지. 불쾌하기 짝이 없군그래."

"어디 불쾌하다 뿐이겠습니까! 물론 도둑도 도둑 나름이기는 하지만요…… 그런데 나리, 한번은 제게 이런 일이 있었습니다. 정직한 도둑을 만났거든요."

"정직한 도둑이라니! 세상에, 대체 어떤 도둑이 정직할 수 있나, 아스타피 이바느이치?"

"맞는 말씀입니다, 나리! 세상에 정직한 도둑이 어디 있겠습니까, 그런 도둑은 있을 수가 없지요. 저는 다만 정직해 보이는 사람이 있었는데, 그 사람이 그만 도둑질을 했다는 말을 하고 싶었을 뿐입니다. 사람이 참 안됐더라고요."

"어떻게 된 사연인가, 아스타피 이바느이치?"

"이 년 전쯤이었습니다, 나리. 당시 저는 한 일 년을 거처 없이 지낸 적이 있습니다. 그런데 아직 거처를 잃기 전에, 완전히 몰락해버린 한 사람을 우연히 알게 되었지요. 우리는 어느 선술집에서 처음 만났습니다. 그 친구는 술주정뱅이에 방탕하고 게으르기 짝이 없는 인간이었습니다. 한때는 어디선가 근무도 했지만, 술버릇 때문에 일찌감치 직장에서 쫓겨난 신세였지요. 못나도 그렇게 못난 인간이 있을까요! 입고 다니는 꼴은 또 어떻고요! 때로는 그 친구가 외투 밑에 셔츠를 입기나 했는지 의심스러울 때도 있었습니다. 손에 잡히는 건 뭐든 다 술 마시는 데 써버렸으니까요. 하지만 그렇다고 난폭하거나 그렇지는 않았습니다. 오히려 온순한 성격에 아주 다정하고 선량한 친구였지요. 결코 구걸하는 법도 없었고요. 수줍음이 많았거든요. 그래서 이 가엾은 친구가 술을 마시고 싶어하는 기색이 보인다 하면 그냥 한 잔씩들 사주게 되는 거지요. 그렇게 저도 그 친구와 친해졌는데, 말하자면 그 친구가 저한테 달라붙었는데…… 뭐, 어느 쪽이든 상관없습니다만. 어쩌면 사람이 그럴 수 있는지! 서로 딱 한 번 보았을 뿐인데 마치 강아지처럼 들러붙어서는 제가 이리 가면 이리 오고, 저리 가면 저리 오고 저를 졸졸 따라다니더라고요. 사람이 어찌 그리 허약해빠졌는지, 원! 처음에 하룻밤만 재워달라고 하더군요. 그래서 재워주었지요. 보아하니 신분증도 별 이상이 없고 사람도 괜찮다 싶었으니까요! 그런데 다음날도 재워달라고 하고, 그다음날도 멋대로 찾아와서 하루종일 창가에 앉아 있더니 끝내는 또 자고 갔습니다. 글쎄, 그러다보니 이 친구가 나한테 완전히 들러붙었다는 생각이 들더군요. 안된 마음에 마시게 해줘, 먹여줘, 거기다 잠까지 재워주니 이제는 완전히 식객이 되려나 싶었지요. 그런데 이 친구가 전에도 제게 그런 것처럼 어떤 관리에게도 들러붙어서는 그와 함께 진탕 마셔댔다는 겁니다. 그 관리는 그렇게 마셔대다가 뭔가 괴로운 일이 있었는지 죽어버렸고요. 제게 들러붙은 식객의 이름은 예멜랴*, 정확히 말하면 예멜리얀 일리치였습니다. '이 친구를 어떻게 해야 하지?' 저는 생각하고 또 생각했습니다. 이 친구를 쫓아내자니 양심에 찔리고 또 그가 딱하기도 했습니다. 이토록 불쌍하고 처참한 형편의 사람을 어떻게 그래! 이 말없는 친구는 아무것도 요구하지 않고 강아지처럼 가만히 앉아서 내 눈만 바라보는 겁니다. 다시 말해, 술이란 게 이처럼 사람을 망가뜨린단 것이지요! 그에게 어떻게 말해야 좋을지 혼자 생각해봤지요. '이봐, 예멜리야누시카, 이만 나가주게. 나한테 있어봐야 자네가 할일이 없어. 집을 잘못 찾아온 거라고. 좀 있으면 나 하나 입에 풀칠하기도 힘들어지는데, 어떻게 자네 먹을 것까지 챙긴단 말인가?' 내가 이런 말을 하면 그 친구가 어떻게 나올지 앉아서 생각해봤습

* 예멜랴, 예멜리야누시카, 예멜류시카 모두 예멜리얀의 애칭.

니다. 글쎄, 내 말을 듣고 그 친구가 얼마나 한참 나를 바라볼지, 내 말을 전혀 못 알아듣고 또 얼마나 한참을 가만히 앉아 있을지, 눈앞에 훤히 그려지더군요. 그러다가 내 말이 이해가 되면 가만히 창가에서 일어나 자신의 보따리를 집어들었을 겁니다. 그 친구는 안에 무엇이 들었는지 도무지 알 수 없는 그 보따리를 어디든 들고 다녔는데, 닳아빠진 격자무늬의 빨간 그 보자기가 지금도 눈에 선합니다. 그리고 좀더 단정하게 보이고 몸도 따뜻이 하려고 외투를 매만졌을 테지요. 참, 외투에 난 구멍도 가릴 겸 말입니다. 그래 봬도 얼마나 섬세한 사람이었게요! 그러고 나서는 문을 열고 눈물을 글썽이며 계단을 내려갔을 거고요. 글쎄, 한 사람을 완전히 파멸에 빠지도록 놔둬선 안 되겠더라고요…… 그 친구가 불쌍해졌거든요! 그러자 문득 제 처지가 떠올랐습니다! '그래, 예멜리야누시카…… 어차피 자네가 여기서 나와 먹고 마시며 지내는 것도 잠깐이지. 나는 곧 여기서 나갈 거고, 그러면 자네는 나를 찾지 못할 테니……' 저는 속으로 생각했습니다. 뭐, 결국 우리는 그 집을 떠났습니다. 그때까지 제가 모시던 주인 나리 알렉산드르 필리모노비치(지금은 고인이 되셨지요, 하늘의 평안이 그분과 함께하기를)께서 이렇게 말씀하셨어요. '아스타피, 나는 자네가 매우 만족스럽다네. 혹시 우리가 시골 영지에서 돌아오게 되면 자네를 잊지 않고 다시 부름세.' 저는 그분 댁에서 집사를 지냈는데, 참 좋은 분이셨습니다. 하지만 바로 그해에 그만 세상을 떠나고 말았지요. 어쨌든, 저는 주인 나리 댁 가족을 배웅해드린 후 제 소지품과 얼마 안 되는 돈을 챙겨서 잠깐 쉬어갈 요량으로 어느 노부인네로 이사를 가 조그만 방에 세를 들었습니다. 마침 그 노부인 집에 빈방이 딱 하나 남아 있었지요. 노부인은 어느 집에선가 유모로 일하다가 그때는 연금을 받으며 혼자 살고 있었어요. 그래서 뭐, 저는 '이제 작별이네, 예멜리야누시카, 이제 자넨 나를 찾지 못할 게야!'라고 생각했습니다. 그런데 나리, 어떻게 됐을 것 같습니까? 한번은 아는 사람을 만나러 나갔다가 저녁때 돌아왔는데, 아, 글쎄, 예멜리야누시카가 떡하니 와 있는 겁니다. 그 친구가 다 떨어진 외투를 입고 격자무늬 보따리를 옆에 둔 채 제 짐 가방 위에 걸터앉아서는 저를 기다리고 있더라 이 말입니다…… 게다가 지루했던 모양인지 노부인에게서 얇은 교회 책자까지 한 권 빌려와서는 거꾸로 들고 있더라고요. 결국 저를 찾아낸 겁니다! 기운이 쫙 빠지고 말더군요. '이제 어쩔 수가 없군. 왜 처음부터 내쫓지 않았을까?'라는 생각이 들었습니다. 그래서 다짜고짜 물었습니다. '예멜랴, 신분증은 가져왔나?'

나리, 저는 그 자리에 앉아 곰곰이 생각을 해보기 시작했습니다. '글쎄, 이곳저곳 떠돌기 좋아하는 이 친구가 내 삶에 큰 지장을 줄까?' 이리저리 따져보니 약간의 비용은 들겠지만 그다지 큰 지장은 없을 것 같았습니다. 어쨌든 그 친구도 먹어야 하니까요. '아침에는 빵 한 조각이면 충분할 테지. 그래도 양념이라도 해서 입맛을 돋우려면 양파를 사주면 돼. 점심때도 빵과 양파를 주면 될 테고. 저녁에는 다시 양파에 크바스*를 주고, 만약 원한다면 빵도 좀 주지, 뭐. 거기에 양배추수프라도 곁들이면 우리 둘 다 배 터지는 거지. 나야 그리 많이 먹는 편이 아니고, 술꾼들은 원래 음식에는 손을 잘 안 대니까. 이 친구는 과실주나 보드카만 있으면 그만이잖아.' 이 친구가 술로 저를 망칠 거라는 생각도

* 나맥과 엿기름 등의 곡류로 만드는 러시아의 상용 음료.

안 해본 건 아닙니다. 하지만 나리, 그러면서도 또다른 생각이 머리에 떠올라 계속 맴돌더란 말입니다. 예멜랴가 가버리면 그만큼 세상 사는 재미도 사라질 것 같았습니다…… 그래서 저는 예멜랴의 아버지이자 보호자가 되어주기로 결심했지요. '이 친구를 사악한 파멸의 길에서 건져주고 술도 끊도록 해주자!' 이렇게 마음먹은 겁니다. '이봐, 잠깐만,' 저는 생각했습니다. '그래, 좋아, 예멜랴, 여기서 지내게. 다만 이제부터 정신 바짝 차리고 내 말에 따라야 해!'

그리고 이제부터 이 친구에게 뭔가 일을 좀 가르쳐보자는 생각도 혼자 해봤지요. 그렇다고 당장에 밀어붙이자는 건 아니었고 처음엔 좀 놀도록 두고 보면서 예멜랴의 소질에 맞는 일을 찾아볼 작정이었지요. 왜냐하면 사람이 무슨 일을 하려면 우선 그 일에 소질이 있어야 하지 않겠습니까, 나리. 그래서 저는 조용히 그 친구를 살펴보기 시작했습니다. 보아하니, 아, 예멜리야누시카는 정말이지 희망이 없는 사람이더군요! 나리, 처음에 저는 이런 말 저런 말을 해가며 좋게 시작했습니다. '예멜리얀 일리치, 자네는 스스로를 돌아보고 자신을 고쳐나가야 해. 이제 놀고먹는 짓은 그만두게! 자네가 입고 다니는 누더기를 한번 보게나. 자네의 그 외투는, 말하기도 민망하네만, 체를 만드는 데나 써야겠어. 그래서야 되겠나! 자네도 이젠 체면을 알 때도 되지 않았는가 말이야.'

나의 예멜리야누시카는 고개를 푹 숙인 채 제 얘기를 듣고 있었습니다. 왜 그런지 아십니까, 나리! 얼마나 술을 퍼마셨는지 말하는 능력에까지 손상이 온 겁니다. 그러니 어디 앞뒤가 맞는 말을 할 수가 있나요. 오이 이야기를 하면 콩 이야기로 대꾸하는 격이랄까요! 그 친구는 제

이야기를 듣고 또 한참을 듣더니만 한숨을 푹 내쉬었습니다.

'예멜리얀 일리치, 어째서 한숨을 쉬나?' 제가 물었습니다.

'그냥요, 아무것도 아닙니다, 아스타피 이바느이치, 신경쓰지 마세요. 그런데 오늘 길에서, 아스타피 이바느이치, 두 아줌마가 싸움질을 했는데요. 한 아줌마가 잘못해서 다른 아줌마의 크랜베리 바구니를 엎었거든요. 그래서 크랜베리가 사방에 흩어졌어요.'

'그래, 그게 어쨌단 건가?'

'그러자 다른 아줌마가 먼저 잘못한 아줌마의 크랜베리 바구니를 일부러 뒤엎고는 그걸 발로 짓이기는 거예요.'

'그래서, 그게 도대체 어쨌단 건데, 예멜리얀 일리치?'

'아니, 아무것도 아닙니다, 아스타피 이바느이치, 그냥 얘기해본 거예요.'

'아무것도 아니다, 그냥 얘기해본 거다? 아이고! 예멜랴, 예멜류시카! 그렇게 술을 퍼마셔대더니 결국 머리까지 이상해져버렸구나……!' 속으로 그런 생각이 들더군요.

'아, 그리고요, 어떤 나리가 고로호바야 거리에서 지폐 한 장을 흘렸는데, 아니, 사도바야 거리였구나. 아무튼, 어떤 사내가 그걸 보고 "아, 운수 좋다"라고 하니까, 다른 사내가 또 그걸 보고는 "아니, 이건 내 운이지! 내가 당신보다 먼저 발견했거든……" 이러는 겁니다.'

'그래서, 예멜리얀 일리치?'

'그래서 두 사내 사이에 싸움이 붙었죠, 아스타피 이바느이치. 그때 경찰관이 오더니 지폐를 집어서 그걸 떨어뜨린 나리에게 넘기고는 두 사내에게 유치장에 집어넣겠다고 위협을 했지요.'

'그래, 그게 어쨌단 거지? 거기에 무슨 교훈이 될 만한 내용이라도 있던가, 예멜리야누시카?'

'아니, 그런 건 아니고요. 사람들이 웃었거든요, 아스타피 이바느이치.'

'아이고, 예멜리야누시카! 사람들이 무슨 상관인가! 자네는 겨우 3코페이카짜리 구리동전 한 닢에 정신을 팔아놓고선. 이보게, 예멜리얀 일리치, 자네에게 할 말이 있어.'

'무슨 말인데요, 아스타피 이바느이치?'

'뭔가 일을 시작해보면 어떻겠나. 진지하게 말하는데, 시작해보게. 벌써 백번은 말하지만, 일을 시작해봐. 자네 자신을 불쌍히 여기란 말일세!'

'제가 무슨 일을 할 수 있을까요, 아스타피 이바느이치? 뭘 하면 좋을지 저는 정말 모르겠어요. 더구나 나 같은 걸 누가 써준다고요, 아스타피 이바느이치.'

'바로 그래서 자네가 직장에서 쫓겨난 거야, 예멜랴, 자네가 술주정뱅이라서!'

'그런데 오늘 식당에서 종업원 블라스가 사무실로 불려갔거든요, 아스타피 이바느이치.'

'블라스가 왜 불려갔는데, 예멜리야누시카?'

'아, 왠지는 잘 모르겠어요, 아스타피 이바느이치. 그거야 그럴 필요가 있으니까, 그래서 불려간 거겠죠, 뭐……'

'아아! 이젠 우리 둘 다 제정신이 아니군, 예멜리야누시카! 주님이 우리 죄를 벌하실 거야!' 저는 생각했습니다. 아, 제가 이런 사람을 데리고 뭘 어떻게 할 수 있었겠습니까, 나리!

그런데 그 친구, 약삭빠른 면도 있더라고요! 제 말을 듣다가 결국엔 지겨워하는가 하면 제가 화난 기색이라도 보이면 외투를 집어들고는 슬그머니 집을 빠져나가더라 이 말입니다. 정말이지 누가 있었나 싶게 감쪽같이 없어져버리죠! 그러고는 하루종일 쏘다니다가 다저녁때에야 잔뜩 술에 취해 돌아옵니다. 술은 누가 사주고 돈은 또 어디서 났는지, 그건 주님만 아실 테지요. 저는 그 일에 대해서는 전혀 잘못이 없습니다요……!

'안 돼, 예멜리얀 일리치!' 제가 말했습니다. '이러다가 큰일난다니까! 술을 끊어, 알았나, 술을 끊으라고! 다음에 또 취해서 돌아오면 그땐 계단에서 밤을 새우게 될 줄 알게나. 집안에 한 발자국도 들여놓지 못할 거라고……!'

제 호통을 듣자 예멜랴 이 친구가 하루이틀은 얌전하게 집에 있더라고요. 그런데 사흘째 되는 날 또 집을 빠져나가고 말았습니다. 그리고 아무리 기다려도 돌아오지 않았지요! 솔직히 말해서, 더럭 겁이 나면서 그 친구가 불쌍해지더군요. 내가 대체 무슨 짓을 한 건가 싶기도 하고요. 제가 그 친구에게 잔뜩 겁을 준 셈이었습니다. '대체 이 불쌍한 친구가 어디로 가버린 걸까? 완전히 사라져버린 건 아니겠지, 오, 세상에!' 밤이 되어도 그는 돌아오지 않았습니다. 다음날 아침이 되자 현관에 나가보았습니다. 그랬더니 그 친구가 계단 위에 머리를 얹고 누워 있는 게 아니겠어요. 추위에 온몸이 뻣뻣하게 굳은 채로요.

'어떻게 된 건가, 예멜랴? 세상에나! 대체 어디 갔었나?'

'실은, 아스타피 이바느이치, 지난번에 제게 화를 내고 괴로워하시면

서 저를 현관에 재우겠다고 하셨잖아요. 그래서 안으로 못 들어가고 여기서 잤어요……'

저는 화도 치밀고 그 친구가 측은하기도 했습니다.

'예멜리얀, 그래서 내가 자네에게 뭔가 다른 일을 해보라는 거 아닌가. 여기서 계단이나 지키고 있지 말고……!'

'대체 어떤 일을 하라는 겁니까, 아스타피 이바느이치?'

'이 천하의 한심한 인간아(이때는 정말 증오심까지 일더라고요!), 하다못해 재봉 기술이라도 배우란 말이야. 자네 외투 꼬락서니를 좀 보라고! 너덜너덜한 것도 모자라 그걸로 계단을 쓸고 있잖나! 바늘로 해진 데를 기우면 좀 좋아, 체면도 살리고 말이지. 아이고, 이 주정뱅이야!'

그러자 그 친구가 어떻게 했을까요, 나리! 글쎄, 바늘을 집어들지 뭡니까. 저는 농담으로 한 말이었는데, 이 친구, 잔뜩 기가 죽어서는 정말로 바늘을 잡더라고요. 외투를 벗더니만 바늘에 실을 꿰기 시작했습니다. 그래서 가만히 지켜보았지요. 보나마나 뻔한 일이지만, 술 때문에 짓무른 눈은 빨갛게 충혈이 되고, 두 손은 벌벌 떨렸습니다. 도대체 뭘 하자는 건지! 실을 아무리 밀어넣고 또 밀어넣어도 들어가지 않았지요. 그는 눈을 깜빡이며 실 끝에 침을 묻히기도 하고 손가락으로 꼬아보기도 했지만, 아니요, 역시 잘 안 됐어요. 결국엔 포기하고 저를 쳐다보더군요……

'그래, 예멜랴, 자넨 내 말을 퍽도 잘 들어주는구먼! 만약 다른 사람들이 있는 데서 이런 꼴을 보였다면, 내 자네 머릴 비틀어버렸을지도 모르겠네! 이 단순한 사람아, 그저 자네를 좀 혼내주려고 농담으로 한 말인데…… 하느님이 자네와 함께하시네! 죄에서 떠나게, 그냥 가만히

있게나, 부끄러운 짓 하지 말고, 계단에서 밤을 지내지도 말고, 나를 망신시키지도 말란 말이야……!'

'그럼 제가 어떡하면 좋을까요, 아스타피 이바느이치. 저도 제가 늘 술에 취해 있고 쓸모라고는 아무짝에도 없다는 걸 잘 알아요……! 그저 당신을, 제 은…… 은인을 괴롭힐 뿐이라고……'

그러더니 별안간 그 친구의 새파란 입술이 파르르 떨리면서 눈물이 창백한 두 뺨을 타고 흘러내리지 않겠습니까. 눈물방울이 텁수룩한 수염 끝자락에 맺히기 시작하는데, 그때 예멜리얀 이 친구가 갑자기 울음을 터뜨리면서 폭포수처럼 눈물을 쏟는 겁니다…… 세상에나! 칼로 제 심장을 도려내는 것처럼 마음이 아프더군요.

'아, 자네가 이렇게 감수성이 예민한 사람이라니, 정말 생각지도 못했는걸! 누가 그걸 알았겠어, 누가 그걸 짐작이나 했겠느냐고……? 그래, 예멜랴, 내 이제 자네한테서 완전히 손을 뗌세. 자네의 그 누더기 옷처럼 마음대로 하고 살게……!'

저, 나리, 이런 이야기를 장황하게 더 늘어놓을 필요가 있겠습니까! 다 별 의미도 없고 하찮은 이야기라서 더이상 말할 가치도 없는데요. 말하자면, 나리, 나리께는 찌그러진 동전 두 닢도 쓰기 아까운 그런 이야기지요. 하지만 저는, 만약 저한테 돈이 많았다면 큰돈도 마다않고 썼을 겁니다. 그 일, 그 일만 미리 막을 수 있었다면요! 나리, 그 당시 저는 승마용 바지 한 벌을 가지고 있었습니다. 젠장, 푸른색 바탕에 격자무늬가 들어간 꽤나 훌륭하고 멋진 고급 바지였습죠. 저한테 자주 들르던 어느 지주의 주문으로 지은 것이었는데, 치수가 너무 작다며 물리는 바람에 제 수중에 남게 되었지요. '야, 이거 가격이 꽤나 나가겠는

걸!' 하는 생각이 들더군요. 중고시장에 내다팔아도 은화 다섯 개는 받을 수 있을 것 같았고, 아니면 바지를 뜯어서 페테르부르크의 신사들을 위한 바지 두 벌을 만든 다음, 남는 천으로는 제가 조끼를 해 입어도 되겠더라고요. 우리처럼 가난한 사람들에게는 정말 대단한 물건인 셈이지요! 그런데 그때 예멜리야누시카는 혹독하고 괴로운 나날을 보내고 있었습니다. 보아하니, 그 친구가 첫날에도 술을 안 마셨고, 다음날도 그렇고, 또 그다음날도 술기운이 도는 건 일절 입에 대질 않더라고요. 그래선지 완전히 얼이 빠져서는 보기에 딱할 정도로 풀이 죽어 앉아 있었습니다. 저는 '저 친구가 술 마실 돈이 한 푼도 없거나, 아니면 스스로 하느님의 길로 들어선 게야. 술을 끊을 때가 됐다 생각하고 도리에 맞는 행동을 하는군'이라고 생각했지요. 아무튼, 나리, 사건은 바로 이랬습니다. 그날은 대축일이었습니다. 그래서 저녁 기도회에 참석했습죠. 그런데 집에 돌아와보니 예멜랴 이 친구가 술에 취해 건들건들 창턱에 앉아 있더군요. 저는 '아아! 자네가 그럼 그렇지!'라고 생각하고는 뭘 좀 꺼내려고 트렁크가 놓인 곳으로 향했습니다. 아, 트렁크를 열었는데! 글쎄, 승마바지가 보이질 않는 겁니다……! 여기저기 다 찾아보았지만 바지는 나오지 않았습니다! 구석구석 샅샅이 뒤졌지만 역시 바지는 흔적조차 찾을 수 없었고요. 그러자 심장이 마치 날카로운 비수에 찔린 것 같더군요! 저는 노부인에게 달려가 다짜고짜 다그치며 심하다 싶을 만큼 노부인을 추궁했습니다. 그러면서도 예멜랴에게는 전혀 의심의 눈초리를 보내지 않았지요. 그 친구가 술에 취해 앉아 있다는 사실 자체가 증거일 수 있었는데 말입니다! 노부인이 말하더군요. '난 아니오, 신사 양반, 하느님이 자네와 함께하시길! 내가 그 바지를 가져다 어디에 쓰겠소. 내가 그걸 입기라도 하겠소, 어쩌겠소? 며칠 전 내 멀쩡한 치마도 당신 친구 덕에 없어졌다우…… 어쨌든 난 모르는 일이오, 모르는 일이라니까.' 그래서 제가 물었어요. '누가 여기 있었나요? 혹시 누가 다녀갔어요?' 그러자 노부인이 대답했지요. '아니, 아무도 다녀간 적 없소, 신사 양반. 내가 내내 여기 있었는걸. 예멜리얀 일리치가 잠깐 나갔다 돌아온 게 다요. 저기 앉아 있잖소! 저 사람에게 물어보구려.' 제가 그 친구에게 물었습니다. '예멜랴, 자네 혹시 뭔가 쓸 데가 있어서 내 새 승마바지를 가져가지 않았나? 자네도 기억할 텐데, 왜, 그 지주에게 주려고 만든 바지 있잖나.' 그가 대답하더군요. '아니요, 아스타피 이바느이치, 저는, 그러니까, 그런 건, 바지는 가져가지 않았어요.'

참으로 이상한 일이었지요! 저는 다시 바지를 찾기 시작했지만 아무리 찾고 찾아도 바지는 없었습니다! 예멜랴는 여전히 앉아서 건들건들 몸을 흔들고 있었고요. 나리, 저는 바로 그 친구 앞에 놓인 트렁크 위로 몸을 기울여 쭈그리고 앉아 있다가 문득 그 친구를 곁눈으로 힐끔 쳐다보았습니다…… 아, 그것 참! 가슴속 심장이 타들어가는 것 같더군요. 얼굴까지 벌겋게 달아오르고요. 그런데 갑자기 예멜랴도 저를 바라보지 않겠습니까.

'아니에요, 아스타피 이바느이치, 저는 당신의 바지를, 그것을…… 당신은 혹시 제가 그걸 어떻게 하지 않았나, 생각하시겠지만 저는 가져가지 않았어요.'

'그럼, 대체 그게 어디로 사라졌을까, 예멜리얀 일리치?'

'아니요, 저는 그 바지를 구경도 못했는걸요, 아스타피 이바느이치.'

'그렇다면, 예멜리얀 일리치, 바지가 저 혼자 알아서 흔적도 없이 자취를 감췄단 말인가?'

'어쩌면 그럴 수도 있겠지요, 아스타피 이바느이치.'

그 친구 말을 다 듣고 난 후, 저는 자리에서 일어나 창가로 가서 램프에 불을 밝히고는 바느질감을 손보기 시작했습니다. 우리 아래층에 살던 어느 관리의 조끼를 고치는 일이었지요. 하지만 울화가 치밀면서 가슴이 다 쑤셔왔습니다. 말하자면, 제 옷을 전부 페치카에 던져넣고 태워 없애버린다면 차라리 마음이 더 편할 것 같았습니다. 예멜랴도 제가 얼마나 화가 났는지 눈치를 챈 듯했어요. 나리, 왜, 사람이 죄를 지으면 앞으로 문제가 생길 것 같다, 이런 예감이 드는 법이잖아요. 하늘을 나는 새가 다가올 폭풍우를 미리 알아채듯 말이지요.

'그런데요, 아스타피 이바노비치.' 예멜류시카가 입을 뗐습니다(목소리가 떨려 나오더군요). '간호장 안티프 프로호르이치가 얼마 전에 죽은 마부의 부인과 오늘 결혼했다는데요……'

그래서 제가 그 친구를 쳐다봤습니다, 아주 매섭게 흘겨보았지요…… 예멜랴도 그걸 알아차렸고요. 자리에서 일어나 침대 쪽으로 가더니 무엇을 찾는지 그 근처를 뒤지기 시작하더군요. 저는 기다렸습니다. 그 친구는 한참을 바쁘게 움직이며 계속 이렇게 중얼거렸습니다. '아니, 여기도 없네, 대체 요것들이 어디로 간 거야!' 저는 그 친구가 어떻게 나오는지 보려고 잠자코 기다렸습니다. 아, 그러자 이번에는 몸을 쭈그리고 침대 밑으로 기어들어가는 겁니다. 정말이지 더는 참을 수가 없더라고요.

'뭔가, 예멜리얀 일리치, 왜 기어다니나?' 제가 물었습니다.

'혹시 바지가 여기…… 아스타피 이바느이치, 여기 어디 떨어져 있지 않을까 해서요.'

'그런데 무엇 때문에 나리(저는 울화가 치밀어 그 친구에게 존칭을 붙였습니다), 나리 같은 분께서 저처럼 가난하고 하찮은 사람을 도우려는 겁니까? 괜히 무릎만 혹사시키면서 말입니다!'

'무슨 그런 말씀을, 아스타피 이바느이치. 저는 그냥…… 그 바지는 찾으면 어떻게든 나올 거예요.'

'흠…… 내 말 좀 들어보게, 예멜리얀 일리치!'

'무슨 말인데요, 아스타피 이바느이치?'

'사실, 자네 아닌가? 자네가 도둑이나 사기꾼처럼 내 바지를 슬쩍 훔쳐간 거지? 먹여주고 재워준 보답으로 말이야.'

그게, 그러니까 나리, 그 친구가 제 눈앞에서 무릎으로 바닥을 기어다니기 시작하는데, 그 꼴을 보고 있자니 분통이 안 터질 수가 없는 겁니다.

'아닙니다…… 아스타피 이바노비치……'

하지만 그 친구는 아까처럼 침대 밑에 그대로 엎드려 있었습니다. 한참을 그렇게 엎드려 있다가 겨우 기어나왔지요. 얼굴을 보니 침대보처럼 핏기 하나 없이 창백하더라고요. 그는 일어나 제 옆으로 와 창턱에 걸터앉더니 한 십 분을 가만히 있더군요.

'아닙니다, 아스타피 이바느이치……' 그러더니 느닷없이 일어서서 저한테 다가왔습니다. 그때 그 친구의 무시무시하던 모습이 지금도 눈에 선합니다.

'아닙니다, 아스타피 이바느이치, 저는 당신의 그 승마바지, 그건 절

대 훔치지 않았어요……'

그 친구는 온몸을 바들바들 떨면서 떨리는 손가락으로 자기 가슴팍을 쿡쿡 찔렀습니다. 게다가 목소리까지 어찌나 떨고 있던지 더럭 겁이 나더라고요. 나리, 그래서 전 창문에 붙박인 것처럼 꼼짝도 못하고 있었답니다.

'그래요, 예멜리얀 일리치.' 제가 말했습니다. '당신이 그렇다면 그런 게지요. 만약 어리석은 내가 당신을 부당하게 비난했다면 용서하시오. 그깟 바지는 없어질 테면 없어지라지요, 뭐. 그게 없다고 못 살 것도 아니니까. 다행히 우리에겐 두 손이 있으니 도둑질은 하지 않아도 되고…… 다른 가난한 사람에게 구걸할 필요도 없잖소. 우리 밥벌이는 우리가 합시다……'

예멜랴는 제 말을 다 듣고 나서도 한참을 그대로 제 앞에 서 있었습니다. 제가 한번 쳐다보자 그제야 자리에 앉았지요. 그 친구는 저녁 내내 그렇게 앉아서 미동도 하지 않았습니다. 제가 잠자리에 들 때까지도 여전히 그 자리에 앉아 있었어요. 다음날 아침에 일어나보니 그 친구가 자기 외투로 몸을 감싼 채 맨바닥에 누워 있었습니다. 자신의 처지가 너무나 굴욕적이라 차마 침대에서 잠을 청할 수 없었던 모양입니다. 그런데 나리, 저는 그때부터 그 친구가 싫어졌습니다. 처음 며칠은 그를 증오하기도 했고요. 그건, 말하자면, 친아들이 도둑질을 하여 아버지인 제게 깊은 상처를 남긴 것과 마찬가지라고나 할까요. 속으로 '아, 예멜랴, 예멜랴!' 하고 탄식이 절로 나오더군요. 그런데 나리, 예멜랴는 거의 두 주일을 쉴 틈도 없이 계속 술을 마셔댔습니다. 완전히 정신이 나가서는 계속 마시더라고요. 그리고 아침에 나갔다가 밤이 이슥해서야 돌아오곤 했는데, 그 두 주 동안 그의 입에서 단 한 마디의 말도 들을 수 없었습니다. 어쩌면 그때 그 친구는 뭔가 슬픔 때문에 고통스러웠거나, 아니면 어떤 식으로든 자신을 괴롭히고 싶었는지도 모르겠습니다. 그러다가 결국엔 술도 끊어버리더군요. 가진 걸 다 털어 마셔 버렸는지 다시 창턱으로 돌아와 앉았고요. 예멜랴가 그렇게 꼬박 사흘 밤낮을 창턱에 앉아서 아무 말도 하지 않았던 게 지금도 기억납니다. 그런데 문득 그 친구를 보니, 울고 있는 겁니다. 그러니까, 나리, 앉아서 울고 있더라고요, 그것도 아주 서럽게요! 마치 그 자신은 눈물을 흘리고 있다는 사실조차 알아채지 못하는 듯 눈물이 샘물처럼 솟구쳤습니다. 그런데 나리, 어른이, 더구나 예멜랴처럼 나이든 사내가 자신의 불행과 슬픔을 견디지 못해 우는 모습을 보는 건, 여간 괴로운 일이 아니었습니다.

'왜 그러나, 예멜랴?' 제가 물었습니다.

그러자 그 친구가 온몸을 부르르 떨더군요. 흠칫 놀라면서요. 그러니까, 제가 그날 이후 처음으로 그 친구에게 말을 걸었거든요.

'아무것도 아닙니다…… 아스타피 이바느이치.'

'주님이 자네와 함께하길, 예멜랴, 한번 잃어버린 걸 어쩌겠나…… 그런데 왜 자넨 그렇게 부엉이처럼 앉아만 있어?' 저는 그 친구가 안쓰러워졌습니다.

'그냥요, 아스타피 이바느이치, 아무것도 아니에요. 저, 뭐라도 일을 좀 했으면 해서요, 아스타피 이바느이치.'

'그래, 어떤 일을 하고 싶다는 건가, 예멜리얀 일리치?'

'무슨 일이든 좋아요. 어쩌면 전처럼 직장을 구할 수도 있고요. 페도

세이 이바느이치에게도 이미 일자리를 부탁해놓고 왔는걸요…… 당신께 계속 폐를 끼치는 건 좋지 않으니까요, 아스타피 이바느이치. 저는, 아스타피 이바느이치, 일자리를 구하는 대로 그동안 먹여주고 재워주신 은혜는 모두 갚을게요, 보답할게요.'

'됐네, 예멜랴, 그만하게. 글쎄, 자네가 잘못을 저지르기도 했지만 다 지난 일이잖나! 그 얘긴 이제 그만하세! 우리 예전처럼 같이 지내세.'

'그건 안 됩니다, 아스타피 이바느이치. 당신은 아마 아직도 그 일을…… 하지만 저는 그 바지를 가져가지 않았어요……'

'아무렴 어떤가. 주님이 자네와 함께하시네, 예멜리야누시카!'

'아닙니다, 아스타피 이바느이치. 아무래도 저는 더이상 이 집에 머물러선 안 될 사람 같아요. 저를 용서하세요, 아스타피 이바느이치.'

'이보게, 예멜리얀 일리치, 누가 자네를 기분 나쁘게라도 했나, 이 집에서 나가라고 쫓아냈어? 내가 그러던가?'

'아닙니다, 제가 계속 이렇게 당신께 신세를 지는 건 옳지 않은 일이라서 그래요, 아스타피 이바느이치…… 저는 그만 떠나는 게 좋겠어요……'

말하자면, 그 친구는 깊은 모욕감을 느꼈고, 그래서 그렇게 고집을 꺾지 않았던 거예요. 그리고 그 친구를 보고 있는데, 정말 자리에서 일어나 어깨에 외투를 걸치지 않겠습니까.

'대체 어디로 가겠다는 건가, 예멜리얀 일리치? 정신 좀 차리게. 대체 왜 이러나? 어디로 간다는 건가?'

'아닙니다. 그럼 안녕히 계세요, 아스타피 이바느이치, 저를 붙잡지 말아주세요(그는 다시 흐느끼기 시작했습니다). 저는 죄를 지었기 때

문에 떠나는 겁니다, 아스타피 이바노비치. 당신도 이제 예전 같지 않으시고요.'

'내가 예전 같지 않다니? 아니, 난 전과 똑같네! 자네는 정말 철없는 어린애 같군. 그래서 혼자 있으면 자신을 망치고 말걸세, 예멜리얀 일리치.'

'아니요, 아스타피 이바느이치, 당신은 이제 외출할 때 트렁크를 잠그시잖아요. 저는요, 아스타피 이바느이치, 그런 모습을 볼 때마다 울음이 나와요…… 아니요, 차라리 제가 떠나도록 내버려두시는 게 나아요, 아스타피 이바느이치. 그리고 같이 사는 동안 당신을 속상하게 하고 힘들게 한 점, 모두 용서해주세요.'

그래서 어떻게 되었을 것 같습니까, 나리? 그 친구는 정말 집을 나갔습니다. 저는 하루종일 그 친구를 기다리며 저녁에는 돌아올 거라고 생각했습니다. 하지만 아니었어요! 다음날도, 그다음날도 그 친구는 돌아오지 않았습니다. 저는 더럭 겁이 났고 견딜 수 없이 우울해졌습니다. 마시지도 먹지도 못하고 잠도 이루지 못할 정도로요. 그 친구가 저를 완전히 무기력하게 만들어버렸지요! 넷째 날 저는 밖으로 나가 술집이란 술집을 모두 찾아다니며 예멜랴의 행방을 수소문했습니다. 하지만 그 친구는 아무데도 없었습니다. 예멜리야누시카는 그렇게 자취를 감춰버린 겁니다! 이런 생각이 들더군요. '자네 혹시 그 불쌍한 목숨을 벌써 잃은 건 아니겠지? 어쩌면 이 주정뱅이는 지금쯤 어느 울타리 옆에 썩은 통나무처럼 죽어 누워 있을지도 몰라.' 저는 거의 초주검이 되어 집으로 돌아왔습니다. 그다음날도 나가 찾아보기로 마음먹었고요. 그리고 저는 '어쩌자고 그 어리석은 인간이 그냥 나가도록 보고만 있었을까?' 생각하며 저 자신을 책망하기도 했습니다. 닷새째 되는 날(그날은 축일이었지요) 이른새벽에 저는 문이 삐걱거리는 소리를 들었습니다. 보니까, 예멜랴가 들어오는 게 아니겠습니까. 얼굴은 파랗게 얼고 머리는 거리에서 노숙이라도 했는지 온통 먼지를 뒤집어쓴데다 몸은 또 나무토막처럼 깡말라 있었습니다. 예멜랴는 외투를 벗더니 제 트렁크 위에 걸터앉아 저를 바라보았습니다. 저는 무척 반가웠지만 마음 한구석은 전보다 훨씬 더 우울해졌습니다. 그러니까 그게 나리, 무슨 말이냐면, 만일 제가 그런 죄를 저질렀다면 솔직히 그냥 개처럼 죽어버렸으면 죽었지 다시 돌아오진 않았을 거란 뜻입니다. 그런데 예멜랴는 돌아왔단 말이지요! 하지만 사람이 그런 꼴을 하고 있는 걸 보고 있자니 당연히 마음이 아파왔습니다. 저는 그 친구를 친절하게 대하며 다독이고 위로하기 시작했습니다. '그래, 예멜리야누시카, 자네가 돌아와서 기쁘네. 자네가 조금만 더 늦게 왔더라면, 오늘도 나는 자네를 찾아 온 술집을 헤매고 다닐 뻔했어. 식사는 좀 했나?'

'했습니다, 아스타피 이바느이치.'

'정말 먹었다고? 됐어. 이보게, 저기 어제치 양배추수프가 조금 남아 있네. 멀건 수프가 아니라 쇠고기도 좀 들어 있어. 그리고 여기 양파도 있는데, 빵하고 같이 좀 들게나. 건강을 생각해서 먹어두는 게 좋아.'

그러고는 그 친구에게 먹을 걸 내주었습니다. 아, 그런데 보니까, 얼마나 게걸스럽게 먹어대던지 한 사흘은 굶은 사람 같더라고요. 아마도 배가 고파서 저한테 돌아올 생각을 한 모양이었습니다. 그 친구를 보고 있자니 조금씩 제 마음이 누그러지더군요. '달려가서 술이라도 사다줄까' 하는 생각마저 들 정도로요. '저 친구의 마음이 풀리도록 한 잔 줘도 되겠지. 그래서 옛일은 다 털어버리는 거야! 자네에게 이제 더이상 나쁜 감정은 없다네, 예멜리야누시카!'

저는 보드카를 사다주며 이렇게 권했습니다. '자, 예멜리얀 일리치, 축일을 기념해 한잔하세. 그럴 거지? 이건 몸에 좋은 술이야.'

그는 쭉 손을 뻗어, 그러니까 이렇게 게걸스레 손을 내밀어 거의 술잔을 잡나 싶더니 순간 멈칫했습니다. 그리고 잠시 기다리다가 술잔을 들어 입가로 가져갔는데, 술잔이 덜덜 떨리면서 술이 소매로 튀고 말았지요. 다시 술잔을 집어 이번에는 입에 대는가 싶었는데, 곧바로 다시 탁자 위에 내려놓았습니다.

'왜 그러나, 예멜리야누시카?'

'아니에요, 아스타피 이바느이치, 저는 그냥……'

'정말 안 마실 텐가?'

'네, 저는, 아스타피 이바느이치, 그러니까…… 이제 술은 마시지 않으려고요, 아스타피 이바느이치.'

'예멜류시카, 그럼 이제 완전히 술을 끊겠다는 건가, 아니면 오늘만큼은 마시지 않겠다는 건가?'

그는 대답이 없었습니다. 그리고 잠시 후에는 머리를 손으로 받치고 있었습니다.

'왜 그래, 예멜랴, 어디 병이라도 난 겐가?'

'네, 그냥 몸이 좀 안 좋아서요, 아스타피 이바느이치.'

저는 그 친구를 데려다 침대에 눕혔습니다. 보니까, 정말 몸이 안 좋은 것 같더라고요. 머리는 펄펄 끓고 몸은 오한으로 부들부들 떨고 있었습니다. 저는 하루종일 그의 옆을 지키고 앉아 있었는데, 밤이 되자 상태가 더 나빠졌습니다. 저는 그 친구를 위해 크바스에 버터를 넣고 양파를 섞은 다음, 빵도 몇 조각 잘게 부숴 넣어서 그에게 건네주며 말했습니다. '자, 이 튜랴 좀 들게. 한결 나아질 거야!' 그는 고개를 가로저었습니다. '아니요, 오늘은 아무것도 먹지 않겠어요, 아스타피 이바느이치.' 저는 그를 위해 차를 준비했고 노부인을 닦달하기도 했지만 그 친구는 좀처럼 나아질 기미가 보이지 않았습니다. '이러다 큰일나겠다!' 싶어서 사흘째 되는 날 아침에는 의사를 부르러 갔습니다. 근처에 코스토프라보프라는, 제가 잘 아는 의사가 살고 있었거든요. 예전에 제가 보소마긴씨 댁에서 일할 때 알게 된 의사인데, 저를 치료해준 적도 있었지요. 그 의사가 와서 살펴보더니 이렇게 말했습니다. '아니, 이건 상태가 영 안 좋은데요. 나를 부를 필요도 없었어요. 그래도 뭐, 이 가루약이라도 먹여보시죠.' 하지만 저는 그 친구에게 가루약을 먹이지 않았습니다. 의사가 의례적으로 한 말에 불과하다고 생각했으니까요. 그러는 사이 닷새째가 되었습니다.

나리, 그 친구는 그렇게 제 눈앞에서 죽어가고 있었습니다. 저는 일감을 들고 창턱에 앉았습니다. 노부인은 페치카에 불을 지폈고요. 우리는 모두 아무 말도 하지 않았습니다. 저는요, 나리, 그 친구, 그 술주정뱅이 때문에 가슴이 찢어지는 것만 같았습니다. 마치 친아들을 땅에 묻는 심정이었다고나 할까요. 저는 예멜랴가 저를 바라보고 있다는 걸 알았습니다. 아침부터 이 친구가 뭔가 꾹 참고 있는 게, 하고 싶은 말이 있는데 차마 용기를 내지 못하는 게 느껴졌습니다. 결국 저는 시선을 돌려 그를 바라봤습니다. 그 가엾은 친구는 두 눈에 슬픔을 가득 담은 채 한시도 제게서 눈을 떼지 않았습니다. 그런데 제가 자신을 바라본다는 것을 알아차리자 이내 눈길을 떨구더군요.

'아스타피 이바느이치!'

'왜 그러나, 예멜류시카?'

'저, 만약에요, 아스타피 이바느이치, 가령, 제 외투를 중고시장에 가져가면 값을 많이 쳐줄까요?'

'글쎄, 얼마나 쳐줄지는 알 수 없지. 그래도 지폐로 한 3루블은 주지 않을까 싶네, 예멜리얀 일리치.'

하지만 정말로 그 외투를 시장에 가져가면 한 푼이라도 받는 건 고사하고 무슨 이따위 허접한 물건을 팔러 왔느냐며 면전에서 비웃음을 당할 게 뻔했습니다. 저는 다만 이 온순한 사내의 단순하디단순한 성품을 잘 알고 있었기에 그를 위로하느라 그렇게 말했던 겁니다.

'저는요, 아스타피 이바느이치, 그래도 은화로 3루블쯤은 쳐줄 거라고 생각했어요. 이래 봬도 나사지로 만든 외투인걸요, 아스타피 이바느이치. 나사 외투에 3루블 지폐 한 장이면, 너무하지 않나요?'

'글쎄, 잘 모르겠네, 예멜리얀 일리치. 만약 그 값을 받고 싶다면, 당연히 처음부터 은화로 3루블이라고 분명히 말해둬야겠지.'

예멜랴는 잠깐 말이 없더니 잠시 후 다시 저를 불렀습니다.

'아스타피 이바느이치!'

'왜 그러나, 예멜리야누시카?'

'제가 죽으면 제 외투를 내다팔아주세요. 그걸 입힌 채로 묻지 마시고요. 저는 지금 이대로 묻히고 싶어요. 그리고 외투는 그래도 값이 꽤 나가는 물건이니까 당신께 도움이 될 거예요.'

이 말을 듣는데, 나리, 어찌나 가슴이 미어지던지 아무 말도 나오지 않았습니다. 죽음 직전의 고통이 서서히 그 친구에게 다가오는 게 보였습니다. 우리는 다시 아무 말도 하지 않았습니다. 그렇게 한 시간쯤 흘렀을까요. 저는 다시 그 친구에게 눈길을 돌렸습니다. 그 친구는 여전히 저를 바라보고 있었는데, 저와 눈길이 마주치자 다시 시선을 떨궜습니다.

'물 좀 마시지 않겠나, 예멜리얀 일리치?'

'좀 주세요, 주님이 당신과 함께하시길, 아스타피 이바느이치.'

저는 그에게 물을 마시게 해주었고, 그는 물을 삼켰습니다.

'정말 고맙습니다, 아스타피 이바느이치.'

'뭐 또 필요한 건 없나, 예멜리야누시카?'

'없어요, 아스타피 이바느이치, 아무것도 필요 없습니다. 그런데 저……'

'뭔가?'

'그거……'

'그거라니 뭐 말인가, 예멜류시카?'

'그 바지…… 그거…… 그때 그 바지 제가 가져갔어요…… 아스타피 이바느이치……'

'그건 주님이 용서해주실 걸세, 예멜리야누시카, 이 불쌍한 사람아, 이 딱한 사람아! 맘 편히 떠나게나……'

하지만 나리, 정작 저 자신은 목이 메고 눈물이 솟구쳐서 잠시 얼굴을 옆으로 돌려야 했습니다.

'아스타피 이바느이치……'

다시 고개를 돌려보니 예멜랴가 저한테 뭔가 하고 싶은 말이 있는 것 같았습니다. 혼자 몸을 일으켜보려고 애를 쓰면서 힘겹게 입술을 달싹였지요…… 그러고는 돌연 얼굴이 새빨개져서는 저를 바라보았습니다…… 하지만 갑자기 다시 얼굴에서 핏기가 사라진다, 사라진다 싶더니 어느 순간 축 늘어졌습니다. 고개를 뒤로 젖히고 숨을 한 번 크게 내쉬고는 그대로 영혼을 하느님께 맡기고 말았습니다. ………”

백야

감상 소설(어느 몽상가의 회상에서)

……어쩌면 그는 단 한 순간이나마 너의 심장
곁에 머물기 위해 창조된 것은 아닐까……?

이반 투르게네프

첫번째 밤

멋진 밤이었다. 그렇게 멋진 밤은, 친애하는 독자여, 오직 젊은 시절에나 만날 수 있는 법이다. 수많은 별들이 하늘을 아름답게 수놓고 얼마나 찬란하게 빛나던지, 한번 쳐다보면 저도 모르게 스스로 이런 질문이 들 정도였다. '이리도 아름다운 하늘 아래 살면서 어째서 사람들은 온갖 화를 내거나 변덕을 부리는 걸까?' 이 또한 젊은이다운, 정말이지 젊은이만이 품을 수 있는 의문이지만, 친애하는 독자여, 하느님께서 이런 의문의 기회를 당신 영혼에 더 많이 부어주시기를……! 변덕스럽고 이런저런 이유로 화를 내는 신사들 이야기를 꺼내고 보니, 그날 하루종일 내가 보인 알량한 행동을 떠올리지 않을 수 없다. 이른아침부터 나는 뭔가 야릇한 울적함에 시달렸다. 불현듯 모두들 나만 홀로 외롭게 남겨두고 떠나가는 것처럼, 모두들 나에게서 등을 돌리는 것처럼 느껴졌다. 물론, 누구든 이렇게 물어볼 수 있다. '대체 그 모두란 누구를 말하는 겁니까?' 그럴 만도 하다. 내가 페테르부르크에 산 지도 벌써 팔 년째인데, 이 팔 년 동안 친하다 말할 수 있는 이가 단 한 명도 없으니 말이다. 하지만 사실 내게 친분 따위가 다 무슨 소용이겠나? 그런 친분 없이도 어차피 페테르부르크 전체가 나에게는 친구나 마찬가지인 것을. 사실은 그래서 온 페테르부르크가 갑자기 몸을 일으켜 다차*로 떠나버리자, 어쩐지 모두들 나만 버려두고 간다는 느낌이 들었던 것이다. 나는 혼자 남겨질까봐 두려웠고, 그래서 사흘을 꼬박 깊은 우수에 잠겨 나에게 무슨 일이 벌어지고 있는지도 모른 채 온 도심을 헤매고 다녔다. 넵스키 대로**에 나가보아도, 공원***으로 가보아도, 강변길을 거닐어보아도 지난 일 년을 꼬박 똑같은 장소, 똑같은 시간에 마주치던 사람들 중 어느 누구 하나 찾아볼 수 없었다. 그들은 당연히 나를 모르겠지만 나는 그들을 안다, 그것도 아주 잘. 나는 그들의 표정을 거의 공부하다시피 외워버렸다. 그래서 그들이 밝고 즐거워 보이면 나도 덩달아 한없이 기뻤고, 우울해 보이면 나도 함께 침울해지곤 했다. 매일 같은 시간에 폰탄카****에서 마주치는 한 노인과는 거의 우정에 가까운 감정이 싹틀 정도였다. 위풍당당한 인상의 이 노인은 생각에 잠긴 표정으로 늘 혼잣말을 중얼거리며 왼손을 휘두르곤 했는데, 오른손으로는 황금

---

* 러시아식 시골 별장. 여름 휴가철에 다차로 떠나 휴식을 취하거나 텃밭처럼 작물을 재배하여 겨우내 먹을 저장 음식을 장만한다.

** 페테르부르크의 중심지이자 최대 번화가.

*** '여름정원'을 지칭하며, 넵스키 대로, 네바강변과 함께 페테르부르크에서 가장 아름다운 산책길로 꼽힌다.

**** 페테르부르크의 중심부를 가로지르는 운하.

빛 손잡이가 달리고 마디마디 옹이가 진 기다란 지팡이를 들고 있었다. 노인 역시 나의 존재를 알아채고서 나에게 호감을 느끼는 듯했다. 폰탄카의 같은 장소, 같은 시간에 내가 나타나지 않으면, 확신하건대, 그 노인은 몹시 실망할 것이다. 우리가 간혹, 특히 두 사람 모두 기분이 좋을 때 거의 인사를 나눌 뻔한 것은 바로 이 때문이다. 며칠 전에도 이틀이나 서로 얼굴을 못 보다가 사흘째 되는 날 마주치게 되었는데, 우리 둘 다 모자에 손을 가져갔다가 다행히 제때에 정신을 차리고는 급히 손을 내렸다. 그러고는 서로 호감을 품은 채 지나쳐 갔다. 나는 건물들과도 친하다. 길을 가다보면 건물 하나하나가 저마다 나를 앞질러 저만큼 뛰어가서는 모든 창문으로 나를 바라보며 꼭 이렇게 말을 건네는 것 같다. "안녕하십니까? 건강은 좀 어떠세요? 저는 덕분에 건강합니다만. 5월에 한 층을 더 올려주기로 했답니다"라거나 "건강은 좀 어떠세요? 저는 내일 수리에 들어갑니다" 아니면 "하마터면 불에 몽땅 타버릴 뻔했지 뭡니까. 세상에나, 얼마나 놀랐는지 몰라요" 등등. 그 친구들 중에는 내가 무척이나 좋아하는, 아주 친한 녀석들도 있다. 그중 한 친구는 이번 여름에 건축가에게 치료를 받기로 되어 있다. 행여나 치료가 잘못되는 일이 없도록 날마다 작정하고 들러볼 생각이다. 주여, 저 친구를 보호하소서……! 하지만 밝은 장밋빛의, 너무도 아름다운 작은 집이 당한 만행을 나는 결코 잊지 못하리라. 녀석은 자그마하고 사랑스러운 석조 주택으로, 얼마나 다정한 눈길로 나를 바라보는지, 자신의 볼썽사나운 이웃들에게는 또 얼마나 콧대 높게 구는지, 그 옆을 지날 때마다 내 심장은 기쁨으로 벅차오르곤 했다. 그런데 갑자기, 지난주에 거리를 지나다 무심코 그 친구 쪽을 바라보는데 애처로운 비명소리가 들려왔다. "사람들이 제게 노란색을 입히고 있어요!" 악당들! 야만인들! 그들은 인정머리라고는 손톱만큼도 없는 작자들이었다. 돌기둥이며 코니스며 죄다 칠해버리는 통에 나의 친구는 카나리아처럼 샛노랗게 변해버렸다. 이 일로 나는 분통을 터트렸고, 지금까지도 세계 제국*의 색깔로 칠해져 흉측한 몰골이 되어버린 가엾은 내 친구의 얼굴을 마주할 엄두가 나지 않는다.

자, 이제, 독자여, 그대는 내가 어떤 식으로 페테르부르크의 온 시가지와 친밀하게 지내는지 이해했으리라.

앞에서 이미 말했듯이 나는 꼬박 사흘을 불안감에 시달렸고, 그 사흘 내내 이 불안감이 도대체 어디서 비롯된 것인지 밝혀내고자 곰곰이 궁리를 해보았다. 집밖을 나서도 마음이 편치 않았고(이 사람도 없고, 저 사람도 없고, 그 사람은 또 어디로 간 거지?) 그렇다고 집에 머문다고 해서 마음이 진정되는 것도 아니었다. 나는 해답을 얻기 위해 이틀 밤을 고심했다. '이 작은 방은 대체 무엇이 부족한 것일까?' '이 집에 남아 있는 게 왜 이리 불편하지?' 그러고는 거뭇거뭇 때가 낀 녹색 벽과 마트료나 덕분에 잔뜩 번식한 거미줄투성이의 천장에 의혹의 눈초리를 보내기도 하고 방안의 가구란 가구는 하나도 빠짐없이 이리저리 죄 살펴보기도 했다. 그리고 '혹시 여기에 불행이 숨어 있는 건 아닐까?'라고 의심하면서 의자들까지 구석구석 뜯어보았다(왜냐하면 의자 하나라도 어제와 다른 형태로 놓여 있으면 마음이 걷잡을 수 없이 불안해지기 때문이다). 이어서 창문도 살펴보았지만 모두 부질없는 짓이었

* 세계 제국은 '중국'을 뜻한다. 당시 청나라였던 중국의 국기는 노란색 바탕에 용이 그려진 것이었다.

다…… 불안한 마음은 조금도 진정되지 않았다! 심지어 마트료나를 불러야겠다는 생각까지 들었고, 결국 다짜고짜 마트료나에게 이 거미줄이 뭐냐, 왜 그리 칠칠치 못하냐면서 한바탕 아버지 같은 잔소리를 해대고 말았다. 하지만 마트료나는 깜짝 놀란 듯 나를 빤히 한 번 쳐다보기만 하고는 한마디 대꾸도 없이 그냥 나가버렸다. 결국 거미줄은 지금까지 아무 탈 없이 제자리를 지키고 있다. 나는 오늘 아침이 되어서야 비로소 무엇이 문제인지 알아냈다. 아! 그건 바로 사람들이 나만 따돌리고 다차로 줄행랑을 치고 있다는 사실이었다! 부디 나의 점잖지 못한 표현을 용서하시라. 지금 나는 고상한 표현을 고민하고 있을 여유가 없다…… 페테르부르크에 존재하는 것이란 것은 모두 이미 다차로 떠나버렸거나 떠나고 있는 중이었다. 당당한 풍채의 존경받을 만한 신사들이 너도나도 마차를 세냈다. 그네들은 내 눈앞에서 순식간에 한 가정의 점잖은 가장으로 변신했고, 일상의 따분한 업무에서 벗어나 홀가분하게 가정의 안식처로, 다차로 향하고 있었다. 그리고 이제 길을 지나는 사람들은 누구나 아주 특별한 표정을 짓고 있었는데, 마치 만나는 모든 이들에게 곧장 이렇게 말을 건네는 것 같았다. "여러분, 우리는 이곳을 잠깐 지나는 길일 뿐이랍니다. 두 시간 후면 다차로 떠나거든요." 처음에는 백설탕처럼 새하얗고 가느다란 손가락으로 창문을 톡톡 두드리기만 하던 어여쁜 아가씨가 갑자기 창을 활짝 열어젖히고는 불쑥 조그만 머리를 밖으로 내밀어 꽃 화분을 팔고 있는 행상을 가까이 부르면, 나는 곧바로, 정말이지 곧바로 그런 생각부터 들었다. '이 꽃은 오로지 이런 식으로만 팔리는구나. 그러니까, 숨막힐 듯 답답한 도시의 아파트에서나마 봄과 꽃을 즐기고 싶어서 꽃을 사는 게 아니라 이제 곧 집안 식구들 모두 다차로 떠날 테니, 그때 이 꽃도 함께 가져가기 위해서구나.' 그뿐만 아니라 나는 이미 나만의 새롭고 독특한 방법으로 대단한 발견을 이루어낸 덕분에 얼굴만 한 번 쓱 보고도 단박에 누가 어떤 다차에 사는지 꽤 정확하게 가려낼 수 있었다. 카멘니섬이나 아프테카르스키섬, 혹은 페테르고프스카야 거리*에 머무는 사람들은 그들의 몸에서 자연스럽게 흘러나오는 우아한 몸짓과 세련된 여름 의상 그리고 도시로 돌아올 때 타고 오는 멋진 마차로 쉽게 구별이 된다. 파르골로프**와 그 근처 다차에서 지내는 이들은 분별력 있고 당당한 태도가 첫눈에도 '깊은 인상'을 남긴다. 또한 크레스톱스키섬***에 머무는 이들은 태평하면서도 쾌활한 성격이 특징이다. 그리고 이따금 나는 기다란 짐마차 행렬과 마주치기도 했다. 온갖 가구에 탁자며 의자, 터키식 소파 혹은 터키식이 아닌 소파, 그 밖의 가재도구들을 산더미처럼 실은 마차 옆에는 으레 마부가 바짝 붙어 서서 손에 고삐를 쥔 채 느릿느릿 걸어가곤 했으며, 가끔은 마차 맨 꼭대기에 자리를 차지하고 앉아 주인집 재산을 자기 눈동자라도 되는 양 정성스레 지키는 늙어빠진 하녀의 모습도 볼 수 있었다. 또 세간살이를 잔뜩 싣고 네바강이나 폰탄카를 따라 쵸르나야강이나 섬들이 있는 쪽으로 미끄러지듯 나아가는 작은 배들도 보였다. 그럴 때면 짐마차와 작은 배가 내 눈앞에서 열 배, 백 배로 그 숫자가 불어났다. 모든 것이 자리를 박차고 일어나 떠나버

---

* 해당 섬과 거리 모두 도심에서 멀지 않고 주로 부유층이 휴양차 찾는 지역이다.

** 페테르부르크에서 15킬로미터 떨어진 유명 휴가지로, 이곳 호수에는 다차가 밀집되어 있다.

*** 네바강 삼각주에 형성된 섬들 중 하나로, 페테르부르크 사람들에게 산책길로 활용되었다.

리는 것처럼, 모든 것이 대열을 이루어 다차로 이주해가는 것처럼 느껴졌다. 페테르부르크 전체가 황무지로 변해버릴 위험에 처한 것처럼 여겨졌고, 그러자 나는 마침내 부끄럽고 굴욕적이고 슬퍼졌다. 나는 갈 만한 다차도 없었을뿐더러 다차에 가야 할 이유도 전혀 없었다. 그럼에도 나는 모든 짐마차와 함께, 짐마차를 빌린 존경받을 만한 풍채의 모든 신사들과 함께 떠날 마음의 준비가 되어 있었다. 하지만 단 한 사람도, 정말이지 어느 누구 하나 나를 초대해주는 이가 없었다. 마치 나라는 존재 따위는 잊어버린 것처럼. 그들에게 나는 낯선 이방인에 지나지 않은 것 같았고 실제로도 나는 이방인이었다!

나는 오래도록 여기저기를 배회하며 돌아다녔고, 언제나처럼 내가 와 있는 곳이 어디인지마저 까맣게 잊어버렸다. 그러다 문득 정신을 차려보니 어느새 도시의 관문 앞까지 와 있었다. 순간 기분이 좋아졌고 나는 횡목을 훌쩍 뛰어넘어 파종이 끝난 들판과 초목 사이를 걷기 시작했다. 피로감은 들지 않았다. 오히려 뭔가 무거운 짐이 마음속에서 쑥 빠져나가는 느낌이 온몸으로 전해져왔다. 마차를 타고 가는 사람들마다 나를 바라보는 눈길이 어찌나 다정하던지 금방이라도 머리 숙여 인사를 건네올 것만 같았다. 모두들 뭔가에 한껏 들떠 있었고 모두 하나같이 담배를 피워 물고 있었다. 나도 전에 없이 즐거운 마음이 되었다. 마치 갑자기 이탈리아에라도 와 있는 기분이었다. 자연은 도시의 벽에 둘러싸여 질식할 것만 같던 나를, 병자나 다름없는 도시인인 나의 마음을 그토록 강렬하게 뒤흔들어놓은 것이다.

봄이 오면 우리 페테르부르크의 자연은 갑자기 자신의 모든 위용과 하늘이 내려준 모든 재능을 남김없이 드러낸다. 사방이 부드러운 어린

풀로 뒤덮이고 온갖 꽃으로 알록달록 화려하게 치장할 때, 그 안에는 말로는 형용할 수 없는 뭔가 깊은 감동이 어려 있다…… 그리고 그 감동은 나도 모르는 새 야위고 병약한 소녀를 떠올리게 한다. 당신은 때로는 안타까움으로, 때로는 연민어린 사랑으로 그녀를 바라보고, 때로는 그녀의 존재를 알아채지 못하기도 한다. 하지만 그녀는 어느 순간 갑자기 형언할 수 없으리만큼 지극히 아름다운 모습으로 변신한다. 그러면 당신은 너무도 놀라 넋을 잃고 저도 모르게 이렇게 자문하게 된다. '대체 어떤 힘이 저 슬프고도 깊은 눈동자를 불길처럼 타오르게 하는 걸까? 무엇이 저 창백하고 야윈 두 뺨에 따뜻한 피가 돌게 하는 걸까? 대체 무엇이 저 부드러운 얼굴선에 열정이 흘러넘치게 하는 걸까? 저 가슴은 무엇 때문에 저토록 힘차게 요동치는가? 무엇이 가여운 소녀의 얼굴에 갑자기 힘과 생명과 아름다움을 불어넣었나? 저 창백한 얼굴이 저토록 찬란하게 웃음 짓고, 불꽃처럼 빛나는 그 웃음으로 생기가 되살아난 건 과연 무슨 까닭인가?' 당신은 주위를 둘러보고, 누군가를 찾아보며 어찌된 영문인지 알아내려 한다…… 하지만 그 순간은 지나가버리고, 어쩌면 다음날 당신은 다시 예전과 똑같이 시름에 잠긴 듯 공허한 눈길, 똑같이 창백한 얼굴, 똑같이 겁먹은 듯 순종적인 몸짓, 심지어 어떤 회한, 그리고 심지어 덧없이 사라져버린 열정에 대한 쓰디쓴 비애나 분노의 흔적과 마주하게 될지도 모른다…… 당신은 한순간의 아름다움이 그토록 재빨리, 그토록 돌이킬 수 없게 시들어버렸음에, 당신 앞에서 그토록 환히 빛나던 그 아름다움이 모두 거짓되고 헛된 것이었음에 안타까워한다. 그리고 그 아름다움을 사랑할 시간조차 없었음에 가슴 아파한다……

그래도 나의 밤은 낮보다 한결 나았다! 사실은 이런 일이 있었다.

나는 밤이 이슥해서야 시내로 돌아왔고, 집으로 발길을 향했을 때는 이미 시계가 열시를 알린 뒤였다. 나는 운하를 따라 난 길을 걷고 있었는데, 평소 그 시각이면 거기는 거의 인적이 끊어지는 곳이었다. 사실 나는 시내에서 꽤 먼 변두리에 살고 있다. 나는 걸어가면서 노래를 흥얼거렸다. 왜냐하면 친구도 없고 선량한 지인도 없으며 행복한 순간에 행복을 함께 나눌 이마저 없는 모든 행복한 사람이 그러하듯, 나 역시 기분이 좋을 때면 꼭 혼자서 작은 소리로 뭔가를 흥얼거리기 때문이다. 그런데 갑자기 상상조차 못했던 일이 일어났다.

저만큼 앞에 어떤 여인이 운하의 난간에 몸을 기댄 채 서 있었다. 난간의 격자무늬 창살에 팔꿈치를 괴고서, 분명, 운하의 흙탕물을 유심히 내려다보고 있는 것 같았다. 그 여자는 아주 귀여운 노란색 모자에 멋진 검정 망토를 걸치고 있었다. 나는 '저 아가씨는 틀림없이 가무잡잡한 피부에 갈색머리일 거야'라고 생각했다. 그녀는 내 발소리를 전혀 듣지 못했는지, 내가 숨을 죽인 채 쿵쾅거리는 가슴을 안고 그 옆을 지나쳐도 미동조차 보이지 않았다. 나는 '이상한데! 분명 뭔가 깊이 생각할 게 있는 모양이야'라고 생각했다. 그런데 갑자기 나는 그 자리에 못 박힌 듯 멈춰 서고 말았다. 숨죽여 흐느껴 우는 소리가 들렸기 때문이다. 그랬다! 내가 잘못 들은 게 아니었다. 여자는 울고 있었고, 울음은 잠시 후 격렬한 흐느낌으로 바뀌었다. 세상에! 나는 심장이 죄어드는 것 같았다. 내가 아무리 여자 앞에서 수줍음을 많이 타는 성격이라 해도 그때는 상황이 상황이다보니……! 나는 몸을 돌려 그녀 가까이 다가갔다. 그리고 만약 '아가씨'라는 호칭이 러시아의 상류사회를 묘사한 모든 소설에서 이미 수천 번씩은 쓰였다는 사실을 몰랐다면, 나는 분명 "아가씨!" 하고 불렀을 것이다. 나는 그 한 가지가 마음에 걸려 멈칫거렸다. 적당한 말을 찾으며 주저하는 사이, 여자는 정신을 차리고 주위를 한번 둘러보았고 갑자기 무슨 생각이라도 났는지 고개를 푹 숙인 채 내 옆을 재빨리 지나쳐 운하 옆길을 따라 걷기 시작했다. 나도 곧장 그녀의 뒤를 따라 걸음을 옮겼다. 하지만 그 사실을 알아챘는지 여자는 운하 옆길을 벗어나 길을 건너서는 반대편 인도를 따라 걸었다. 나는 길을 건널 용기까지는 나지 않았다. 내 심장은 누군가의 손아귀에 든 작은 새처럼 팔딱거렸다. 그런데 뜻밖에도 우연한 사건이 나를 도왔다.

나의 미지의 그녀에게서 그리 멀지 않은 곳, 그녀와 같은 쪽 인도에 별안간 연미복을 차려입은 한 신사가 나타났다. 나이가 지긋한 게 점잖아 보였지만 걸음걸이는 결코 점잖다고 할 수 없었다. 남자는 비틀대는 걸음으로 조심조심 벽을 의지해 걷고 있었다. 그녀도, 늦은 밤 집까지 바래다주겠다는 낯선 이의 제안이 내키지 않을 때 모든 여자들이 그러하듯 화살처럼 빠르게, 서둘러 걸음을 재촉했다. 그런데 내 운명의 여신이 이 비틀거리는 신사에게 뭔가 그럴싸한 생각을 넌지시 불어넣어 주지 않았다면 이 신사는 결코 그녀를 따라잡겠다는 마음을 먹지 못했으리라. 갑자기 나의 신사는 말 한마디 없이 몸을 날리다시피 자리를 박차고 나서며 전속력으로 미지의 그녀를 뒤쫓아 달리기 시작했다. 여자도 바람처럼 빠르게 걸음을 옮겼다. 그러나 비틀거리는 신사는 점점 거리를 좁혀 드디어 그녀를 따라잡고 말았다. 여자는 외마디 비명을 질렀다. 그리고…… 나는 때마침 마디마다 옹이가 진 훌륭한 지팡이를 오른손에 쥐고 있던 내 운명에 감사했다. 나는 순식간에 건너편 인도로 건너갔다. 불청객 신사는 자기가 어찌해볼 도리가 없는 상황에 처한 것을 금세 깨닫고는 아무 말도 못하고 물러났다. 그리고 우리와 거리가 상당히 멀어지고 나서야 꽤 거친 표현들을 써가며 나에게 분노를 드러냈다. 하지만 그 말은 우리가 있는 곳에서는 거의 들리지 않았다.

"손을 이리 주세요." 나는 나의 미지의 그녀에게 말했다. "그러면 저 남자가 더이상 당신을 귀찮게 하지 못할 겁니다."

그녀는 아직도 흥분과 두려움으로 떨리는 손을 말없이 내게 내밀었다. 오, 불청객 신사여! 이 순간 그대가 얼마나 고마운지! 나는 슬쩍 그녀를 훔쳐보았다. 그녀는 가무잡잡한 피부에 갈색머리를 가진 아주 사랑스러운 아가씨였다. 내 짐작이 맞았다. 그녀의 까만 속눈썹은 조금 전에 깜짝 놀란 탓인지 아니면 그보다 전에 느낀 슬픔 때문인지 그 까닭은 알 수 없었지만 여전히 눈물방울이 맺혀 반짝이고 있었다. 그렇지만 입가에는 이미 웃음이 피어 있었다. 그녀 역시 슬그머니 나를 훔쳐보고는 살짝 얼굴을 붉히며 고개를 숙였다.

"그것 보세요. 아까는 왜 나를 쫓아버린 겁니까? 내가 거기 있었으면 아무 일도 없었을 텐데요……"

"하지만 당신도 모르는 분인걸요. 제 생각에는 당신도 역시……"

"그럼 지금은 나를 안다는 말씀입니까?"

"조금은요. 음, 이를테면, 당신은 왜 떨고 계신가요?"

"아, 한눈에 알아채시는군요!" 나는 나의 그녀가 똑똑하다는 사실에 기뻐하며 대답했다. 영리함은 결코 아름다움에 방해가 되지 않는 법이다. "맞아요, 당신은 단박에 어떤 사람을 상대하는지 알아보는군요. 정확해요, 나는 여자 앞에서 부끄러움을 많이 탑니다. 부인하지 않겠습니다. 조금 전에 그 신사가 당신을 놀라게 했을 때 당신이 두려움에 떨었던 것 못지않게 저도 떨고 있으니까요…… 나는 지금도 어쩐지 겁이 납니다. 꼭 꿈을 꾸는 것만 같아요. 아니, 꿈에서조차 언젠가 어떤 여인과 대화를 나누게 되리라고는 상상도 못했습니다……"

"어떻게 그럴 수가? 정말이세요……?"

"정말입니다. 만약 내 손이 떨리고 있다면 그건 한 번도 당신 손처럼 작고 아름다운 손이 내 손에 닿아본 적이 없기 때문일 겁니다. 나에게 여인은 낯선 존재입니다. 다시 말해, 여인과는 한 번도 친해본 적이 없다는 말입니다. 아무튼 나는 혼자라서…… 심지어 나는 여인과 어떤 식으로 대화를 나눠야 하는지도 모릅니다. 지금도 그렇고요. 혹시 내가 당신에게 뭔가 어리석은 말을 하지는 않았습니까? 솔직히 말해주십시오. 미리 말씀드리지만, 나는 쉽게 모욕을 느끼거나 하는 사람은 아닙니다……"

"아니에요, 괜찮아요. 그런 것 없어요. 오히려 반대예요. 그리고 솔직히 말해달라고 하시니 이렇게 말씀드리죠. 여자들은 그런 수줍음을 좋아한답니다. 좀더 제 의견을 듣고 싶으시다면, 저도 그런 게 좋고요. 그래서 집에 도착할 때까지 당신을 쫓아버리지 않을 거랍니다."

"당신이 그러시다면," 나는 너무 기쁜 나머지 가쁘게 숨을 몰아쉬며 말했다. "더이상 쑥스러워하지 않겠습니다. 그러면 나의 모든 방법과도 작별을 고해야겠군요……!"

"방법이라니요? 무슨 방법이요? 무엇 때문에 그런 게 필요하죠? 그건 못된 의도예요."

"미안합니다, 그러지 않겠습니다. 무심코 잘못 튀어나온 말이에요.

하지만 당신이라면 이런 순간에 아무런 바람도 갖지 않을 수 있겠습니까……"

"그러니까 제 마음에 들고 싶다는 말씀이신가요?"

"그래요, 제발 부탁인데, 화내지 말아주세요. 내가 어떤 사람인지 판단해주십시오! 사실 내 나이 벌써 스물여섯인데도 지금까지 아무도 만난 적이 없습니다. 그러니 내가 어떻게 유려하고 능란하게, 또 요령 있게 말을 할 수 있겠습니까? 내가 모든 걸 솔직하게 밝히고 드러내는 편이 당신에게도 훨씬 나을 겁니다…… 내 안에서 심장이 이야기할 때 나는 가만히 입을 닫고 있을 수가 없습니다. 뭐, 아무래도 상관없지만요…… 당신이 믿든 안 믿든 지금까지 한 번도 여자를 만난 적이 없습니다, 단 한 번도요! 그 어떤 여성과도 교제해본 적이 없습니다! 그저 날마다 결국 언젠가는 누군가를 만나게 되려니, 그렇게 꿈만 꿀 뿐입니다. 아, 내가 그런 식으로 몇 번이나 사랑에 빠지곤 했는지 당신이 아신다면……!"

"아니, 어떻게 그럴 수가, 대체 누구를 사랑하신 거죠……?"

"실제로 누구를 사랑한 것은 아닙니다. 그저 내 꿈에 등장하는 이상적인 여인을 말하는 겁니다. 나는 상상 속에서 온갖 소설을 만들어내니까요. 아, 당신은 나를 몰라요! 물론 여성을 전혀 안 만나고 살 수는 없는 노릇이니 나도 두세 명 정도는 만난 적이 있습니다. 하지만 어떤 여자들인지 압니까? 그러니까, 모두 아줌마 같은 여자들이었는데, 정말이지…… 아니, 그보다도 당신에게 우스운 이야기를 하나 들려드리죠. 나는 몇 번인가 이런 생각을 해보았습니다. '거리에서 귀족 아가씨에게 그저 말이나 한번 걸어보면 어떨까'라고요. 물론 그 아가씨 혼자 있을 때 말이지요. 당연히 부끄럽겠지만, 그래도 정중하게 열정을 담아 말문을 여는 겁니다. 먼저 나를 쫓아버리지 못하도록 나는 혼자 죽어가고 있다고 입을 뗀 다음, 누구라도 좋으니 여성과 사귀고 싶은데 그 방법을 모르겠다, 그리고 나처럼 불행한 사람의 수줍은 애원을 외면하지 않는 것이 여성의 의무 아니겠느냐고 설득을 하는 거지요. 결국, 내가 요구하는 것이라 해봐야, 무슨 말이든 좋으니 진심을 담아 다정하게 두어 마디만 해줄 것, 내가 입을 떼기도 전에 나를 내치지 말아줄 것, 내 말을 믿어줄 것, 내가 하는 말을 끝까지 들어줄 것, 원한다면 나를 비웃어도 상관없지만 내게 희망을 북돋워줄 것, 두 마디만, 더도 말고 딱 두 마디만 내게 말을 걸어줄 것, 그러고는 두 번 다시 만나지 않아도 괜찮다, 이 정도입니다……! 아, 당신은 웃고 있군요…… 물론 당신을 웃게 하려고 이런 이야기를 하고 있지만……"

"기분 나빠 하지 마세요. 제가 웃는 건 당신이 당신 스스로 자신을 싫어하는 것처럼 말씀하시기 때문이에요. 만약 당신 생각대로 시도해보셨더라면 어쩜 성공하셨을지도 몰라요. 그게 비록 거리에서 일어나는 그저 그런 일이라 해도 말이에요. 단순할수록 좋은 법이지요…… 마음이 착한 여자라면, 그 여자가 아주 바보가 아닌 이상, 그리고 그 순간 뭔가에 단단히 화가 나 있지 않는 한, 당신이 창피를 무릅쓰고 그렇게까지 간청하는데 두 마디 말도 안 해주고 쫓아버리지는 않을 거예요…… 어머, 내가 지금 무슨 말을 하는 거지! 물론 당신을 미친 사람 취급할 수도 있겠지만요. 판단하기에 따라서는 말이에요. 세상 사람들이 어떻게 살아가는지는 저도 제법 알고 있거든요!"

"아, 고맙습니다." 나는 소리쳤다. "당신은 방금 당신이 나를 위해 무슨 일을 했는지 모를 겁니다!"

"됐어요, 그만두세요! 그런데 당신은 어떻게 제가 당신이 생각하는 그런 여자인지…… 음, 그러니까 당신 생각처럼…… 관심을 갖고 우정을 나눌 만한…… 한마디로, 당신 표현을 빌리자면, 아줌마 같은 여자가 아닌지를 아셨는지 말씀해주세요. 어째서 제게 다가올 생각을 하셨나요?"

"어째서요? 어째서냐고요? 당신은 혼자였고, 그 신사는 지나치게 대담한데다 밤이니까요. 그건 나의 의무였다는 사실에 당신도 동의할 겁니다……"

"아니, 그게 아니라, 그전에 당신은 이미 저기, 길 건너편에 서 계셨어요. 사실 당신도 나에게 접근하고 싶었던 것 아닌가요?"

"저기, 길 건너편에서요? 사실, 어떻게 대답해야 할지 모르겠습니다. 겁이 나는군요…… 아실지 모르겠지만, 나는 오늘 참 기분이 좋았습니다. 길을 가며 노래를 부를 정도였지요. 교외에 다녀왔거든요. 오늘처럼 그렇게 행복했던 순간은 처음이었습니다. 당신이…… 어쩌면 내 눈에만 그렇게 보인 건지도 모르지만…… 음, 혹시 내가 언짢은 일을 상기시켜드린다면 용서하십시오. 당신이 울고 있는 것처럼 보였습니다. 그래서…… 당신이 흐느끼는 소리를 듣고도 모르는 척 그냥 지나칠 수가 없더군요…… 심장이 죄어드는 것 같아서…… 오, 세상에! 내가 정말 당신을 걱정해서는 안 되는 것이었을까요? 정말 당신에게 형제 같은 연민을 느낀 것이 죄가 되는 일일까요……? 연민이라는 말을 사용해서 미안합니다…… 하지만 그래요, 한마디로, 내가 나도 모르게 당신에게 다가가려는 생각을 품은 것이 당신을 모욕할 만한 일이었을까요……?"

"그만, 이제 됐어요, 더이상 아무 말씀 마세요……" 아가씨는 고개를 숙인 채 내 손을 잡고 말했다. "먼저 이 이야기를 꺼낸 제 잘못이에요. 그렇지만 제가 당신을 잘못 보지 않았다는 사실이 기뻐요…… 어느새 집에 다 왔네요. 저는 여기, 이 골목으로 가야 해요. 두어 걸음만 더 가면 돼요…… 그럼, 안녕히 가세요, 오늘 고마웠습니다……"

"설마 이렇게, 설마 이대로 다시는 못 만나는 겁니까……? 설마 이것이 마지막은 아니겠지요?" "이것 보세요." 아가씨가 웃으면서 말했다. "당신은 처음에 두 마디면 된다고 하시더니, 지금은…… 아무튼 저는 아무 말도 않겠어요…… 어쩌면 다시 만나게 될지도……"

"내일 다시 여기로 오겠습니다." 내가 말했다. "오, 용서하세요, 내가 벌써 요구를 하고 있군요……"

"네, 정말 조급하시네요…… 거의 강요를 하고 계세요……"

"잠깐만요, 내 얘기 좀 들어보십시오!" 내가 그녀의 말을 가로막았다. "혹시 내가 다시 허튼소리를 하는 것이라면 용서하십시오…… 내 얘기는 이겁니다. 나는 내일 이곳에 오지 않을 수가 없습니다. 나는 몽상가니까요. 나에게는 현실적인 삶이 거의 존재하지 않습니다. 지금 같은 이런 순간이 나에게는 정말 흔치 않은 경우라서 나는 이 순간을 상상 속에서 되새기지 않을 수 없습니다. 나는 온밤을 지새우며, 온 일주일을 보내며, 온 일 년을 지내며 내내 당신을 꿈꿀 겁니다. 나는 내일 반드시 여기 이곳으로, 이 자리로, 바로 이 시간에 다시 올 것이고, 오늘 일을 떠올리며 행복해할 겁니다. 이 자리는 벌써 나에게 다정한 곳이 되어버렸습니다. 나는 페테르부르크에 이미 이런 곳을 두세 군데 알고 있지요. 한번은 심지어 옛일을 추억하다 울음을 터트린 적도 있습니다, 당신처럼…… 당신도 어쩌면 몇 분 전에 예전 일이 떠올라 울고 있었던 것은 아닌가요…… 아, 용서하십시오, 내가 또 쓸데없는 말을 지껄였습니다. 당신은 어쩌면 언젠가 이곳에서 특별히 행복한 때를 보냈을지도 모르는데……"

"좋아요." 아가씨가 말했다. "저도 내일 이곳에 다시 올지 몰라요, 똑같이 열시에. 보아하니, 당신을 말릴 수가 없을 것 같군요…… 어차피 저는 이곳에 다시 와야 할 일이 있기도 하고요. 그러니 제가 당신과 만날 약속을 했다는 오해는 하지 말아주세요. 미리 말씀드리지만, 저는 내일 이곳에 와야 할 이유가 있어요. 그런데…… 음, 터놓고 말씀드리죠. 당신이 내일 이곳에 와도 상관은 없어요. 우선, 오늘 같은 불쾌한 일이 또 일어날 수도 있으니까요. 어쨌든 그건 그렇고…… 한마디로, 그냥 당신을 다시 만나고 싶다는 생각이 드는군요…… 당신에게 두 마디를 해드리려고요. 그렇다고 이제 당신이 나를 비난하는 건 아니겠죠? 제가 이처럼 쉽게 만날 약속이나 해주는 여자라고는 생각지 마세요…… 어쩌면 제가 먼저 약속을 정했을 수도 있지만요, 만일…… 하지만 이건 제 비밀로 남겨두도록 하죠! 다만 미리 약속해주실 일이 있어요……"

"약속이라고요! 얘기하십시오, 얘기해요. 무엇이든 전부 미리 얘기해요. 그게 뭐든 동의합니다. 무엇이든 다 각오가 돼 있습니다." 나는 너무도 기뻐 목소리를 높였다. "나는 자신의 행동에 책임질 줄 아는 사람입니다. 당신이 하라는 대로 하고 예의바르게 행동할 겁니다…… 당신은 나를 아시잖습니까……"

"바로 그래서, 당신을 알기 때문에 내일 오셔도 좋다고 하는 거예요." 그녀가 웃으며 대답했다. "저는 당신을 완벽하게 알거든요. 그렇지만 우리가 만나는 데는 조건이 하나 있어요. 첫째(제발 제가 부탁드리는 걸 꼭 들어주세요. 보시다시피 저는 지금 솔직히 얘기하는 거예요), 저를 사랑하시면 안 돼요…… 분명히 말씀드리지만, 그건 절대 안 돼요. 대신 친구는 얼마든지 좋아요. 자, 여기 제 손을 잡으세요…… 하지만 사랑만은 안 돼요, 부탁이에요!"

"맹세합니다." 나는 그녀의 조그만 손을 잡고 소리쳤다……

"됐어요. 맹세 같은 건 하지 마세요. 저는 이미 당신이 화약처럼 폭발하기 쉬운 분이라는 걸 잘 아니까요. 제가 이런 식으로 말한다고 저를 비난하진 마세요. 만약 당신이 아신다면…… 저 역시 아무도 없어요. 함께 이야기를 나눌 사람도 제게 조언을 해줄 사람도 없답니다. 물론 그렇다고 거리에서 의논 상대를 찾지는 않아요. 당신은 예외지만요. 저는 당신을 잘 알아요, 마치 당신과 족히 이십 년은 친구 사이로 지내온 것처럼요…… 설마 저를 배신하거나 그러지는 않으시겠죠?"

"두고 보면 알 겁니다…… 다만 내일까지 꼬박 하루를 어떻게 견뎌야 할지 모르겠습니다."

"푹 주무세요. 편안히 주무시고, 제가 이미 당신을 신뢰하게 됐다는 사실을 잊지 마세요. 그런데 조금 전에 당신이 아주 열정적으로 이렇게 외치셨잖아요. 모든 감정을, 심지어 형제 같은 연민의 표현까지 일일이 다 설명해야 하느냐고요! 아세요? 그 말이 얼마나 훌륭하던지, 순간 이 분이라면 믿고 털어놓아도 되겠다는 생각이 들었지 뭐예요……"

"대체 무슨 말입니까? 그게 뭔가요?"

"내일까지 기다려주세요. 아직은 비밀로 해요. 그게 당신한텐 더 좋아요. 조금은 소설 같은 이야기일 수도 있어요. 어쩌면 내일 당신에게 들려드릴 수도 있고, 어쩌면 아닐지도 모르고요…… 그전에 당신과 좀 더 이야기를 나눠보고 싶어요. 우리 더 친해지기로 해요……"

"아, 내일 당장 나에 대한 모든 걸 당신에게 말하겠어요. 대체 이게 무슨 일일까요? 정말이지 나한테 기적이 일어난 것 같습니다…… 오, 세상에, 내가 지금 어디에 있는 거지요? 자, 얘기해보십시오. 당신은 화를 내지도 않았고 다른 여자들처럼 처음부터 나를 쫓아버리지도 않았는데, 혹시 지금 후회하고 있는 건 아니겠지요? 단 이 분 만에 당신은 나를 영원히 행복한 사람으로 만들었습니다. 그래요! 행복한 사람으로요. 어쩌면 당신이 나를 나 자신과 화해하도록 만들고 제 안의 의혹들을 모두 풀어주었는지도 모릅니다…… 아니면 그런 순간이 나에게 찾아오는 중인지도 모르지요…… 자, 그럼 내일 다 들려드리겠습니다. 당신은 모든 걸 알게 될 겁니다, 모두 다……"

"좋아요, 그렇게 해요. 당신이 먼저 시작하시는 걸로요……"

"동의합니다."

"그럼 안녕히 가세요!"

"안녕히 계십시오!"

그리고 우리는 헤어졌다. 나는 밤새도록 걸었다. 집으로는 돌아가고 싶지 않았다. 나는 너무도 행복했다…… 내일까지 안녕!

두번째 밤

"그것 보세요, 이렇게 잘 견디셨잖아요!" 그녀가 내 두 손을 잡고 웃으며 말했다.

"두 시간 전부터 와서 기다리고 있었어요. 내가 오늘 하루를 어떻게 보냈는지 당신은 모를 겁니다!"

"알아요, 알고말고요…… 그럼 본론으로 들어갈까요. 제가 왜 여기 나왔는지 아세요? 어제처럼 쓸데없는 소리나 떠들려고 온 건 아니에요. 무슨 말이냐면, 우리는 앞으로 좀더 현명하게 행동할 필요가 있다는 거예요. 저는 어제 곰곰이 오래도록 생각해봤어요."

"어떤 점에서요? 대체 어떤 점에서 더 현명해져야 한다는 겁니까? 네, 나는 그럴 준비가 되어 있습니다. 하지만 여태 살면서 지금처럼 현명하게 처신한 적도 없습니다."

"정말이세요? 그럼, 첫째, 부탁인데, 제 손을 너무 세게 잡지 말아주세요. 둘째, 오늘 제가 당신에 대해 오래 생각해봤다는 사실을 말씀드리고 싶어요."

"그래서 어떻게 결론이 났습니까?"

"결론이요? 처음부터 전부 다시 시작해야 한다는 게 제 결론이에요. 왜냐하면 결국 당신은 여전히 저한테는 낯선 사람이고, 또 어제 제가 너무 어린아이처럼, 조그만 여자애처럼 행동했다는 사실을 깨달았거든요. 물론, 다 제가 마음이 모질지 못해서 일어난 잘못이지만요. 그러니까 제 얘기는, 우리가 자신을 분석할 때 왜, 늘 그렇잖아요, 결국은 자기 자랑으로 끝나버리죠. 어쨌든 잘못을 바로잡기 위해 당신에 대한 것은 모두, 사소한 것들까지 다 알아내기로 결심했어요. 하지만 당신에 대해 물어볼 사람이 아무도 없으니 당신이 직접 제게 모든 걸 알려주셔야겠어요. 자, 그럼, 당신은 어떤 분이신가요? 어서 시작해보시죠, 당신의 사연을 들려주세요."

"사연이라니요!" 나는 깜짝 놀라 소리쳤다. "사연이라니! 대체 누가 나에게 사연이 있다고 하던가요? 나는 이렇다 할 사연이 없습니다……"

"대체 어떻게 살아오신 거예요, 사연이 없다니?" 그녀가 웃으면서 내 말에 끼어들었다.

"단언컨대, 저는 정말 어떤 사연도 없습니다! 흔히 하는 말로, 저는 그냥 혼자 살았습니다. 다시 말해서 완전히 혼자였어요. 그야말로 혼자, 외톨이로 살았지요. 혼자라는 게 어떤 건지 압니까?"

"그래도 어떻게 혼자 살 수가 있어요? 정말 지금까지 아무와도 안 만나고 지냈다는 말씀이세요?"

"아니, 그렇지는 않습니다. 만나기야 만나지요. 하지만 어쨌거나 나는 혼자입니다."

"그럼 정말 아무하고도 대화를 안 나누세요?"

"엄밀히 말하면, 그렇다고 할 수 있습니다."

"대체 당신은 누구죠, 설명해보세요! 잠깐만요, 제가 한번 맞혀볼까요. 당신도 분명 저처럼 할머니가 계실 거예요. 우리 할머니는 앞을 못 보세요. 그래서 평생 저를 아무데도 못 가게 하셨지요. 그 바람에 저는 말하는 법을 잊어버릴 정도였어요. 이 년 전쯤인가, 제가 말썽을 피운 적이 있어요. 그러자 할머니는 더이상 저를 잡아둘 수 없다는 것을 아셨는지 어느 날 저를 부르시더니 당신 옷에 제 옷을 핀으로 고정시켜 버린 거예요. 그때부터 할머니와 저는 온종일 함께 집에서만 지내요. 할머니는 앞이 안 보이시지만 양말을 뜨고, 저는 옆에 앉아서 바느질을 하거나 큰 소리로 할머니께 책을 읽어드리죠. 벌써 이 년째 핀에 꽂혀 지내다니 정말 괴상한 일상이지 뭐예요……"

"저런, 세상에, 이렇게 딱할 수가! 아니요, 나는 그런 할머니는 없습니다."

"그런 할머니도 안 계시면서 왜 집안에서만 지내는 건가요……?"

"잠깐만요, 내가 어떤 사람인지 정말 알고 싶으세요?"

"네, 그럼요, 알고 싶어요!"

"엄밀한 의미로 하는 말입니까?"

"네, 가장 엄밀한 의미로요!"

"그렇다면, 나는 그런 유형입니다."

"그런 유형, 그런 유형이라, 그런 유형이 어떤 유형인데요?" 그녀는 일 년 동안 한 번도 웃을 기회가 없었던 사람처럼 깔깔깔 한바탕 웃고는 물었다. "당신하고 있으면 정말 즐거워요! 아, 여기 벤치가 있네요. 우리 여기 앉아요! 여기는 아무도 지나다니지 않는 곳이라 우리 이야기를 엿들을 사람도 없어요. 자, 어서 당신의 사연을 털어놓아보시죠! 사연이 없다고 하시지만 분명 할 이야기가 있을걸요…… 감추고 계실 뿐이죠. 우선, 그런 유형이란 무슨 뜻인가요?"

"그런 유형이요? 그런 유형이란 좀 독특하면서 아주 우스운 사람을 가리키는 표현이죠!" 나는 그녀의 어린애 같은 웃음을 따라 덩달아 크게 웃으며 대답했다. "그런 성격이란 뜻입니다. 혹시 몽상가가 뭐하는 사람인지 압니까?"

"몽상가요? 어머, 어떻게 모를 수가 있어요? 제가 바로 몽상가인걸요! 가끔 할머니 옆에 앉아 있으면 머릿속에 별별 생각이 다 든답니다. 그럴 때 상상을 시작하면 거기 완전히 빠져들어서는, 글쎄, 중국 왕자에게 시집을 가기도 하는걸요…… 사실 가끔 멋진 꿈을 꾸는 건 참 좋은 일이에요! 뭐, 아닐 수도 있지만요! 특히 상상하는 것 말고도 따로 생각할 일이 있을 때는요." 아가씨가 이번엔 꽤 진지한 표정으로 덧붙였다.

"멋집니다! 중국 황제와 결혼을 해봤다면 당신도 이제 나를 충분히 이해할 수 있겠군요. 그런데 잠깐만요…… 실례지만, 아직 당신 이름도 모르고 있습니다만."

"드디어! 정말 일찍도 생각이 나셨군요!"

"오, 세상에! 너무 신나서 이름 물어볼 생각을 못했습니다……"

"저는 나스텐카예요."

"나스텐카! 그게 답니까?"

"그게 다라니요! 그것만으론 부족하단 말씀이세요? 당신은 정말 욕심이 많으시군요!"

"부족하다니요? 충분합니다, 충분해요, 오히려 그것도 넘칩니다. 나스텐카, 처음부터 나의 나스텐카가 되어주다니*, 당신은 정말 좋은 사람입니다!"

"그것 보세요! 정말 그렇죠?"

* 나스타샤의 애칭으로, 처음부터 친근한 사이에 부르는 애칭을 알려주었다는 의미다.

"자, 나스텐카, 이제부터 어떤 우스운 이야기가 나오는지 한번 들어 보십시오."

나는 그녀 옆에 앉았고 학자라도 된 양 진지한 자세를 취하고는 마치 원고를 읽는 것처럼 이야기를 시작했다.

"나스텐카, 당신은 잘 모르겠지만, 페테르부르크에는 이상하게 외진 곳이 몇 군데 있답니다. 그곳에서는 페테르부르크의 모든 사람들을 위해 빛나는 그 태양이 아니라, 마치 그곳만을 위해 특별히 주문한 것 같은, 전혀 다른 새로운 태양이 뭔가 색다르고 특별한 빛을 발한답니다. 그런 외진 곳에서는요, 사랑스러운 나스텐카, 우리 주위에서 살아가는 삶의 모습과는 전혀 다른 삶이 펼쳐집니다. 우리처럼 지나치게 심각하고 진지한 시대를 살아가는 삶이 아니라 머나먼 어느 미지의 왕국에서나 있을 법한 그런 삶이요. 음, 그러니까 그건 말이죠, 순수한 환상과 뜨거운 이상 속에(아아, 애석하게도 나스텐카!) 형편없게 저속하다고까지는 할 수 없지만 아무튼 지루한 산문 같은 평범한 뭔가가 뒤섞여 있는 그런 삶이랍니다."

"우와, 세상에! 굉장한 서론이군요! 앞으로 무슨 얘기를 더 듣게 될지 모르겠는데요?"

"계속 들어봐요, 나스텐카(당신을 나스텐카라고 아무리 불러도 싫증나지 않을 것 같아요), 더 들어봐요. 이 궁벽한 곳에는 이상한 사람들이 살고 있습니다. 바로 몽상가들이죠. 몽상가에 대한 상세한 정의를 원한다면, 몽상가는 인간이 아니라, 뭐랄까, 일종의 중성적인 존재라고 할 수 있습니다. 몽상가는 대체로 인간이 근접하기 어려운 구석진 곳에 정착합니다. 마치 한낮의 햇빛까지도 피하려는 듯 그 속에 숨어 지내요. 그리고 자신의 안식처에 한번 들어앉으면 달팽이처럼 아예 그곳에 찰싹 달라붙어버립니다. 적어도 이런 점에서 몽상가는 생물이면서 동시에 집이기도 한, 저 흥미로운 동물, 거북이라 불리는 것과 아주 흡사하다고 할 수 있습니다. 당신 생각은 어떻습니까? 이 몽상가는 왜 사방을 둘러싼 자신의 벽, 항상 초록색으로 칠해져 있고, 거뭇거뭇 때가 끼고, 음산하고, 도저히 봐주기 힘들 만큼 담배 연기에 찌든 그 벽을 그토록 사랑할까요? 어째서 이 우스운 신사는 몇 안 되는 친구들 중 하나가 자신을 찾아오면(결국에는 그 친구들마저 모두 사라져버릴 테지만), 그토록 당황해하며, 그토록 안색까지 달리하며, 또 그토록 곤혹스럽게 그를 맞이하는 걸까요? 마치 사방을 둘러싼 벽 안에서 방금 범죄라도 저지른 사람처럼, 마치 위조지폐를 만들다가, 아니면 자신이 쓴 시를 슬쩍 적어놓고는 이 시의 저자는 이미 유명을 달리한 친구로, 그의 유작을 발표하는 것이 친구 된 도리 아니겠느냐는 구구한 변명을 덧붙인, 익명의 편지를 잡지사에 보내려다 들키기라도 한 사람처럼 말입니다. 대답해봐요, 나스텐카, 어째서 대화를 나누는 이 두 사람은 서로 말이 통하지 않는 걸까요? 어째서 연락도 없이 불쑥 찾아와 머쓱해져버린 이 친구의 입에서는 웃음은커녕 그 어떤 재치 있는 말 한마디가 튀어나오지 않는 걸까요? 평소에는 웃기도 잘하고 기지어린 말도 곧잘 하고 여성에 대한 대화며 그 밖의 여러 유쾌한 화젯거리를 무척이나 좋아하는 친구인데 말입니다. 그리고 마지막으로, 최근에야 친분을 쌓은 게 분명한 이 친구는 대체 왜 첫 방문에서—이렇게 되면 두번째 방문 같은 건 있을 리가 없지요. 다시는 찾아오지 않을 테니까요—아주 재치가 넘치는 성격임에도 불구하고(그 친구한테 정말 그런 기질이 있다면 말입니다) 집주인의 침울한 얼굴을 바라보며 그렇게나 안절부절못하고 경직되어버리는 걸까요? 집주인은 집주인 나름대로 어떻게든 대화를 순조롭고 흥미롭게 풀어보고자 애를 씁니다. 자신이 알고 있는 사교계 이야기도 하고 여성에 관한 화제를 꺼내기도 하면서 실수로 번지수를 잘못 찾아온 이 딱한 친구의 마음에 들기 위해 진땀을 흘리지요. 하지만 이 모든 노력도 수포로 돌아가자 집주인은 그만 당황해서는 어쩔 줄 모릅니다. 그런데 어째서 손님은 갑자기 모자를 움켜쥐고 서둘러 그 자리를 떠나버리는 걸까요? 있지도 않은 중요한 용무가 방금 생각났다면서, 자신의 실수를 후회하며 어떻게든 바로잡고자 갖은 애를 쓰는 집주인의 열렬한 악수도 매정하게 뿌리친 채 말입니다. 또 작별인사를 하고 돌아서는 이 친구는 어째서 문밖을 나서기가 무섭게 껄껄껄 웃고는 두 번 다시 이런 괴짜를 찾아오는 일은 없을 거라고 다짐하는 걸까요? 사실 이 괴짜는, 본성은 정말 훌륭한 사람입니다. 단지 상상의 나래를 펼칠 때 약간 변덕을 부려서 탈이지만요. 이를테면, 조금 전 손님과 대화를 나누는 동안 줄곧, 간접적이기는 하지만 손님의 인상을, 아이들이 주물럭대고 무섭게 겁을 주는 등 갖가지 방법으로 괴롭힌 불쌍한 새끼 고양이의 모습과 비교한다든지 그런 거 말입니다. 별안간 아이들의 손아귀에 붙잡혀 죽도록 혼쭐이 난 새끼 고양이는 마침내 녀석들에게서 도망쳐 의자 아래 어둠 속으로 숨어들지요. 그리고 그곳에서 한 시간 내내 털을 곤두세우고 그르렁거리며 모욕당한 주둥이를 두 앞발로 계속 씻어냅니다. 녀석은 그후로도 오랫동안 자연과 삶을, 심지어는 인정 많은 하녀가 주인의 식탁에서 가져다주는 음식마저도 적의에 차서 바라볼 겁니다."

"잠깐만요." 이야기 내내 두 눈을 동그랗게 뜨고 놀라서 입까지 벌린 채 귀를 기울이던 나스텐카가 내 말을 가로막았다. "잠깐만요. 어쩌다 이런 이야기가 나오고, 또 왜 다른 사람도 아닌 당신이 제게 이런 우스꽝스러운 질문을 하시는지 도무지 알 수가 없어요. 하지만 한 가지는 알 것 같아요. 당신이 들려주신 이 모든 사건들은 분명 당신에게 일어난 일일 거예요. 한마디도 빠짐없이 처음부터 끝까지 다."

"의심의 여지 없이 그렇습니다." 나는 더없이 진지한 표정으로 대답했다.

"뭐, 의심의 여지 없이 확실하다면, 계속해보시죠." 나스텐카가 말했다. "이 이야기가 어떻게 끝날지 무척 궁금해졌거든요."

"나스텐카, 당신은 우리의 주인공이 자신의 궁벽한 안식처에서 무엇을 하며 지냈는지 알고 싶은 거군요. 아니, 이 모든 사건의 주인공은 나, 겸손하면서도 특별한 '나'이니까 '내가'라고 하는 편이 낫겠습니다. 친구가 갑자기 찾아왔다고 해서 내가 왜 그토록 당황해하면서 하루종일 안절부절못했는지 궁금한가요? 방문이 열렸을 때 내가 왜 그렇게 벌떡 일어나 얼굴까지 빨개졌는지, 그리고 나는 왜 손님도 제대로 맞이할 줄 모르고 자기를 찾아온 손님에게 기가 눌려서 그렇게까지 쩔쩔맸는지 궁금해요?"

"네, 그래요, 궁금해요!" 나스텐카가 대답했다. "바로 그게 문제예요. 그런데 있잖아요, 당신은 정말 멋지게 말씀을 잘하세요. 하지만 조금만 덜 멋지게 하시면 안 될까요? 꼭 책을 읽는 것처럼 들려서요."

"나스텐카!" 나는 웃음이 터지려는 걸 꾹 눌러 참으며 근엄하고 엄숙한 목소리로 대답했다. "사랑스러운 나스텐카, 나도 내가 말을 잘한다는 걸 알아요. 내 잘못이에요. 하지만 다른 식으로 말하는 법을 몰라서요. 사랑스러운 나스텐카, 지금, 지금 나는 일곱 개의 봉인이 찍힌 항아리에 천년 동안 갇혀 있다 그 봉인들이 모두 뜯겨 마침내 자유를 찾은 솔로몬왕의 영혼과 비슷합니다. 사랑스러운 나스텐카, 긴 헤어짐 끝에 우리가 다시 만난 지금—이렇게 말할 수 있는 건 나는 이미 오래전부터 당신을 알고 있었기 때문입니다. 나스텐카, 이미 오래전부터 누군가를 찾고 있었는데 바로 당신이 그 사람이며 결국 우리는 만날 운명이었기 때문입니다—바로 지금 내 머릿속에서 수천 개의 막이 활짝 열렸고, 그래서 나는 흐르는 강물처럼 말을 토해내지 않을 수 없습니다. 안 그러면 숨이 막혀버릴 테니까요. 그러니 제발 내 말을 중간에 끊지 말아주세요, 나스텐카, 그냥 잠자코 조용히 들어주세요. 안 그러면 더 이상 아무 말도 하지 않을 겁니다."

"안 돼요! 그러지 마세요! 계속 얘기해주세요! 이제부터 아무 말 안 할게요."

"그럼, 계속하겠습니다. 나의 벗, 나스텐카, 하루 중 내가 가장 좋아하는 시간이 있습니다. 거의 모든 일과 업무와 의무가 끝나고 모든 사람이 식사도 하고 편히 쉬기 위해 서둘러 집으로 향하는 시간이지요. 그렇게 집으로 돌아가면서 사람들은 그날 저녁과 밤과 남아 있는 자유시간에 대해 색다르고 유쾌한 생각들을 합니다. 그 시간이 되면 우리의 주인공도—나스텐카, 이제부터 3인칭의 관점으로 이야기해도 될까요. 이런 이야기를 1인칭으로 하자니 너무 쑥스럽군요—어쨌든 할일이 전혀 없지 않았던 우리의 주인공도 다른 사람들을 따라 발걸음을 옮깁니다. 그런데 창백하고 조금은 피곤해 보이는 그의 얼굴에 야릇한 만족감이 떠오릅니다. 그는 차가운 페테르부르크의 하늘에서 서서히 사위어가는 저녁노을을 유심히 바라봅니다. 그가 바라본다고 했지만 사실 그건 맞는 말이 아닙니다. 그는 바라보는 것이 아니라 몹시 지친 사람처럼, 아니면 뭔가 더 흥미로운 다른 대상에 마음을 빼앗긴 사람처럼 그저 무심코 하늘에 시선을 두고 있을 뿐이지요. 짧은 순간에도 무의식적으로 주위 모든 것에 시간을 낼 수 있는 법이니까요. 그는 내일까지는 지겨운 업무들에서 자유롭다는 사실에 만족해합니다. 그리고 학교 책상머리에서 해방되어 놀며 장난칠 수 있게 된 아이처럼 기뻐합니다. 나스텐카, 그 모습을 옆에서 한번 살펴보십시오. 환희의 감정이 벌써 그의 허약한 신경과 병적으로 예민한 상상력에 행복한 영향을 끼치고 있음을 단박에 알게 될 테니까요. 자, 이제 그는 뭔가 깊은 생각에 빠져듭니다…… 당신은 그가 식사로 뭘 먹을지 궁리하는 것 같나요? 아니면 오늘 저녁에 뭘 하면 좋을지 생각하는 걸까요? 그는 대체 무엇을 그리도 열심히 바라보는 걸까요? 발 빠른 말이 끄는 화려한 마차를 타고 스쳐지나가는 귀부인을 향해 그림처럼 우아하게 인사를 건네는 저 풍채 좋은 신사를 바라보는 것일까요? 아니요, 나스텐카, 이제 그에게 그런 사소한 일 따위가 다 무슨 상관이겠습니까! 이제 자신만의 특별한 삶으로 부자가 된 마당에 말입니다. 그렇게 갑자기 부자가 되고 보니, 저물어가는 태양의 마지막 광채가 그의 앞에서 그토록 붉게 타오르며 그의 뜨거운 심장에 갖가지 다양한 감정들을 불러일으키는 것도 무리는 아니지요. 이제 그는 예전에는 아주 사소한 것마저 감동을 받곤 하던 그 길에도 겨우 눈길을 보낼 정도입니다. 이제 '환상의 여신'(사랑스러운 나스텐카, 당신도 주콥스키*를 읽었다면 알 겁니다)이 변덕스러운 손으로 벌써 황금 날실을 짜기 시작했고, 이 세상에는 존재하지 않는 기이한 삶의 문양을 그의 앞에 펼쳐놓습니다. 그리고 어쩌면 그 변덕스러운 손으로, 지금 집으로 돌아가기 위해 그가 걷고 있는 멋진 화강암 길에서 그를 그대로 들어올려 일곱번째 수정 천국**으로 데려갈지 누가 알겠습니까. 지금 그를 불러 세워 그가 지금 어디에 있는지, 어떤 길을 걷고 있는지 툭 한번 질문을 던져보십시오. 그는 아무것도 기억하지 못할게 분명합니다. 어디를 걷고 있었는지, 지금 있는 곳이 어딘지 모를 겁니다. 그리고 당황해서 얼굴을 붉히며 창피를 당하지 않기 위해 무슨 말이든 입에서 나오는 대로 둘러댈 겁니다. 어느 고상한 노부인이 보도 한가운데서 그를 불러 세우고 길을 못 찾겠다며 도와달라고 정중하게 부탁했을 때, 그가 화들짝 놀라서는 부르르 몸을 떨고 거의 소리를 지르다시피 하며 주변을 두리번거린 것도 그 때문입니다. 그는 화가 나서 얼굴을 찡그린 채 계속 걸음을 옮깁니다. 길을 가던 행인 몇몇이 그를 쳐다보며 히죽거리는 것도, 그가 지나가면 뒤를 돌아보는 것도 거의 알아채지 못한 채 말입니다. 그리고 겁먹은 듯 그에게 길을 비켜준 조그만 여자아이가 그가 혼자 짓는 큰 웃음과 손짓에 놀라 눈을 동그랗게 뜨고 보다가 그만 큰 소리로 웃음을 터트리는 것도 알지 못합니다. 하지만 여전히 저 환상의 여신은 노부인이고 호기심 많은 행인들이고 웃음을 터트린 조그만 여자아이이고 폰탄카를 가득 메운 짐배에서 늦은 저녁을 먹는 사내들이고 할 것 없이 (바로 그때 우리의 주인공이 폰탄

* 러시아 낭만파를 대표하는 서정시인.

** 유대인들이 생각하는 천국으로, 이곳에 하느님과 천사들이 머문다고 믿는다.

카를 지나고 있다 칩시다) 모두 낚아채서는 자신의 장난스러운 비행에 태워버립니다. 마치 거미줄에 걸려든 파리처럼 모든 사람, 모든 사물을 장난삼아 자신의 화폭에 짜넣는 겁니다. 그리고 우리의 괴짜는 이 새로운 수확물과 함께 편안한 자기 구멍으로 기어듭니다. 이제 그는 식탁에 앉아 있고, 식사는 이미 오래전에 끝낸 참입니다. 그의 시중을 드는, 늘 생각에 잠긴 듯 우울한 하녀 마트료나가 식탁을 다 치우고 그에게 파이프 담배를 건네줄 때에야 깜짝 놀라 정신을 차리고는 대체 어떻게 된 일인지 주위를 둘러본 후 자기가 이미 식사를 끝냈다는 사실을 떠올립니다. 방안은 어둠이 깔리기 시작했습니다. 그의 마음에 공허함과 서글픔이 밀려듭니다. 상상의 왕국이 그의 주위에서 통째로 무너져내립니다. 흔적도 없이 소리도 없이 파편도 없이 꿈처럼 홀연히 사라져버립니다. 더구나 그는 자기가 무슨 꿈을 꾸었는지 기억조차 못합니다. 하지만 그의 가슴을 아프게 건드리며 동요시키는 어떤 어두운 감정, 어떤 새로운 욕망이 매혹적으로 그의 상상을 간질이고 자극합니다. 그리고 그것이 수많은 새로운 환상들을 슬그머니 불러들입니다. 작은 방 안에 정적이 흐릅니다. 고독과 게으름이 그의 상상을 부추깁니다. 상상은 가볍게 타오르다가 바로 옆 부엌방에서 커피를 마시기 위해 이리저리 조용히 몸을 놀리는 늙은 하녀 마트료나의 주전자 속의 물처럼 서서히 끓어오릅니다. 상상은 이제 조금씩 터져나오기 시작하고, 우리 몽상가가 별생각 없이 아무 곳이나 펼쳐 들고 있던 책은 세 페이지를 넘기기도 전에 손에서 떨어져버립니다. 그의 상상력이 다시 한번 가다듬어지고 자극을 받아 또다시 새로운 세계, 새롭고 매혹적인 삶이 갑자기 그의 앞에서 빛나는 풍경으로 펼쳐집니다. 새로운 꿈은 곧 새로운 행복이지요!

정교하고 관능적인 새로운 독약을 들이켜는 일이랄까요! 아, 우리의 몽상가에게 현실의 삶이 무슨 의미가 있을까요! 환상에 사로잡힌 그의 눈으로 보면, 나스텐카, 당신과 나는 너무도 게으르고, 느리고, 무기력한 삶을 살고 있는 겁니다. 그의 눈에는 우리 모두가 자신의 운명을 탓하며 삶을 지겨워하는 것처럼 보이지요! 네, 그렇습니다, 실제로 첫눈에 봐도 우리 사이에 존재하는 모든 것이 냉랭하고, 침울하고, 꼭 화가 난 것 같지 않습니까……? 나의 몽상가는 생각합니다. '불쌍한 인간들!' 그가 그렇게 생각한다고 해서 이상할 것도 없습니다! 마술 같은 이 환상들을 좀 보십시오. 얼마나 매력이 넘치고, 얼마나 다채롭고, 또 얼마나 끝없이 광활하게 그의 앞에 펼쳐져 있습니까! 물론 그 마술 같은 생생한 그림 속에서 앞자리를 차지하는 중심인물은 바로 그 자신, 충분히 소중한 우리의 몽상가, 바로 그 사람입니다. 얼마나 변화무쌍한 모험들이 벌어지는지, 얼마나 환희에 찬 꿈들이 끝도 없이 이어지는지 한번 보십시오. 당신은 어쩌면 그는 어떤 꿈을 꾸느냐고 물을지도 모릅니다. 하지만 그런 것을 굳이 물어 뭐하겠습니까! 어차피 온갖 것을 다 꿈꾸는데요…… 처음에는 인정받지 못했지만 나중에는 월계관을 차지하는 시인의 역할, 호프만*과의 우정, 성바돌로매축일의 밤**, 디아나 베르농***,

* 독일 낭만주의의 대표 작가로, 그로테스크한 환상을 주로 다루었다. 도스토옙스키를 포함해 많은 러시아 작가들에게 영향을 끼쳤다.

** 1572년 8월 24일, 성바돌로매축일에 파리에서 로마가톨릭교회 신자들이 개신교 신도들을 대량 학살한 사건이 일어났다.

*** 월터 스콧의 역사소설 『롭 로이』에 등장하는 인물. 뒤이어 나오는 클라라 모브레이, 에피 딘스, 민나와 브렌다 또한 각각 월터 스콧의 소설 『성 로넌의 샘』 『에든버러의 감옥』 『해적』의 등장인물이다.

카잔을 점령했을 때 이반 바실리예비치*가 펼친 영웅적인 활약, 클라라 모브레이, 에피 딘스, 대주교의 집회와 그들 앞에 선 후스, 오페라 〈로베르트〉**에 나오는 죽은 자들의 폭동(이 곡 기억납니까? 정말 묘지의 냄새가 느껴지지 않습니까!), 민나와 브렌다, 베레지나강의 전투***, V. D. 백작부인**** 살롱에서의 시 낭독, 당통, 클레오파트라 에이 수오이 아만티*****, '콜롬나의 작은 집'******, 자신의 작은 공간, 그리고 지금 당신이 내게 귀를 기울이듯, 겨울밤 그의 옆에 앉아 두 눈을 크게 뜨고 조그만 입을 벌린 채 이야기를 들어주는 사랑스러운 존재, 뭐 이런 것들입니다, 나의 작은 천사여…… 아니, 아닙니다, 나스텐카, 음탕하고 게으른 그자에게 당신과 내가 그토록 원하는 이 현실의 삶이 무슨 소용이 있겠습니까? 그는 어쩌면 언젠가 자신에게도 서글픈 시간이 닥칠 수 있다는 사실을 짐작조차 못한 채 현실의 삶을 그저 비참하고 가련한 것으로만 여깁니다. 그때가 오면 이 비참한 삶의 단 하루를 위해 환상에 사로잡혀 지내온 자신의 모든 세월을 내버려야 할지도 모르는데 말입니다. 기쁨을 위한 것도 행복을 위한 것도 아닌, 그냥 포기 말입니

* 모스크바대공국의 이반 4세. '이반 뇌제'로 더 많이 알려졌는데, 이 명칭에는 '폭군'의 이미지와 '강력한 리더'의 이미지가 혼재되어 있다. 카잔과 아스트라한 등을 점령하여 러시아의 영토 확장에 큰 공을 세웠다.

** 독일 작곡가 자코모 마이어베어의 오페라 〈악마 로베르트〉.

*** 1812년 겨울, 퇴각하는 나폴레옹의 군대는 베레지나강에서 러시아군과 전투를 벌였고 러시아의 강추위에 수많은 프랑스군이 희생당했다.

**** 예카테리나 2세의 지지자로서 황제 즉위 과정에 기여했다.

***** ei suoi amanti. 이탈리아어로 '그리고 그녀의 연인들'이라는 의미. 여기서 클레오파트라와 그녀의 연인들은 푸시킨의 소설 『이집트의 밤』에 삽입된 모티프다.

****** 푸시킨의 희화적인 장시의 제목.

다. 그 슬픔과 회한과 끝없는 고통의 시간에 그는 선택을 원하지 않을 겁니다. 하지만 그 순간, 그 무시무시한 시간은 아직 오지 않았습니다. 그래서 그는 아무것도 바라는 것이 없습니다. 왜냐하면 그는 모든 욕망을 초월했기 때문입니다. 모든 것을 가졌기 때문입니다. 충만한 삶을 살고 있기 때문이며, 그 자신이 자기 삶을 매 순간 마음 내키는 대로 새롭게 창조해가는 예술가이기 때문입니다. 그리고 사실 이 동화 같은 환상적인 세계는 정말이지 손쉽고도 자연스럽게 창조되잖습니까! 마치 이 모든 게 환영이 아닌 것만 같습니다! 사실 때로는 이 삶 전체가 감정의 자극도 신기루도 상상의 속임수도 아닌, 실제로 현실에 존재하는 진짜라고 믿고 싶은 순간도 있습니다! 어째서, 얘기해보세요, 나스텐카, 어째서 그런 순간이면 영혼이 짓눌리는 기분이 들까요? 무슨 마법에 걸린 양, 정체 모를 어떤 변덕에 휘둘리는 양 우리 몽상가의 맥박이 빨라지고, 눈에서 눈물이 솟구치고, 눈물에 젖은 창백한 두 뺨이 붉게 달아오르고, 그의 온 존재가 이루 말할 수 없는 기쁨으로 가득 차오르는 것은 무엇 때문일까요? 왜 불면의 긴긴밤은 마르지 않는 기쁨과 행복 속에서 마치 한순간처럼 지나가는 걸까요? 왜 우리의 몽상가는 동틀녘 장밋빛 햇살이 창가에 어른거리고 우리 페테르부르크에서는 언제나 그렇듯 믿을 수 없을 만큼 환상적인 새벽빛이 어두운 방안을 비출 때에야 지치고 고단한 몸을 침대에 누이고는 괴롭고도 달콤한 고통을 가슴에 품은 채 잠이 드는 걸까요? 온몸의 전율로 전해져오는 영혼의 기쁨으로 숨이 막힐 것 같은 아득함 속에서 말입니다. 그래요, 나스텐카, 누구라도 속아넘어갈 겁니다. 남의 일이지만 저도 모르게 그의 영혼을 뒤흔드는 건 참되고 진정한 열정이라고 믿게 될 겁니다. 형체가 없는 그의 꿈속에 살아 있고, 손으로 만질 수 있는 무언가가 존재한다고 저절로 믿게 된다는 겁니다! 하지만 이 얼마나 헛된 착각일까요! 예를 들어볼까요. 사랑이, 끝없이 솟아나는 기쁨과 고통스럽도록 쓰라린 아픔을 동시에 지닌 사랑이 그의 가슴에 스며듭니다…… 그를 슬쩍 한 번 보기만 해도 알게 될 겁니다! 사랑스러운 나스텐카, 당신이라면 그를 보면서, 그가 황홀한 상상 속에서 그토록 사랑한 그 여인이 실제로는 단 한 번도 만난 적이 없는 존재라는 사실을 믿을 수 있겠습니까? 정녕 그는 매혹적인 환영들 속에서만 그녀를 보았을 뿐이고 그 열정 역시 그저 꿈에 지나지 않는 걸까요? 사실은 그들이 손에 손을 맞잡고 수년을 함께 살아온 것은 아닐까요? 그렇게 단둘이서만, 이 세상을 뒤로한 채 서로의 세계를, 서로의 삶을 하나로 연결시키면서 말입니다. 늦은 밤 작별의 시간이 다가오자 그의 품에 안겨 서럽게 흐느끼던 여인, 잔뜩 찌푸린 하늘 아래 무섭게 휘몰아치는 폭풍 소리도 자신의 까만 속눈썹에서 눈물을 훔쳐가는 바람 소리도 듣지 못한 채 슬퍼하던 이 여인은 정녕 그녀였을까요? 정말 이 모든 것이 한낱 꿈일까요? 쓸쓸하게 버려져 풀만 무성한 채 황량하기 이를 데 없는데다 여기저기 이끼 낀 샛길들이 나 있고, 적막하고, 음산한 그 정원도요? 그들이 그토록 자주 단둘이서 거닐고, 희망을 품고, 슬픔에 잠기고, 서로를 사랑하고, 또 그토록 오래 '그렇게나 오래도록 다정하게' 사랑을 나누던 그 정원까지 말입니다! 그리고 그녀가 성질 사나운 늙은 남편과 그토록 오랜 시간 외로움과 슬픔 속에서 지낸 저 기괴하기 짝이 없는 낡은 저택 역시 꿈이었을까요? 언제나 무뚝뚝하고 화를 잘 내는 남편은 어린애처럼 부끄러움이 많은 두 사람을, 서글프고 소심하게 서로에 대한 사랑을 감추고 있던 두 사람을 무섭게 위협했습니다. 아, 그들은 얼마나 괴로워하고 얼마나 두려워했는지 모릅니다. 또 그들의 사랑은 얼마나 순결하고 순수했던가요, 그리고 (말할 것도 없지만, 나스텐카,) 사람들은 얼마나 무자비하고 잔인했던가요! 오, 세상에, 세월이 지나 그가 만났던 여인은 정녕 그녀가 아니었을까요? 고국의 해안을 멀리 떠나 한낮의 태양이 작열하는 낯선 이국의 하늘 아래서, 영원한 아름다움의 도시 로마에서, 무도회의 휘황찬란함 속에서, 귀청을 찢을 듯한 음악소리 속에서, 불꽃의 바다에 잠긴 궁전(반드시 궁전이라야 합니다)에서, 도금양나무와 장미로 둘러싸인 발코니에서 그를 알아본 그녀가 재빨리 가면을 벗으며 "나는 이제 자유의 몸이에요"라고 속삭입니다. 그녀는 온몸을 떨면서 그의 품으로 달려가 안깁니다. 기쁨의 비명을 지르며 서로를 꼭 끌어안은 두 사람은 그 순간 모든 것을 잊습니다. 슬픔도, 이별도, 모든 괴로움도, 머나먼 고국의 음산한 저택도, 늙은 남편도, 쓸쓸한 정원도 그리고 뜨겁게 마지막 입맞춤을 나눈 뒤 그녀가 절망의 고통으로 굳어버린 그의 품안에서 몸을 빼던 그 벤치도…… 모두, 모두 말이지요. 아, 나스텐카, 이제 당신도 동의하십시오. 키가 훤칠하고 건장한 청년이, 즉 쾌활하고 수다스러운 당신의 친구가 기별도 없이 불쑥 당신의 방문을 열고 들어와서는 아무 일도 아니라는 듯 "이보게, 친구, 지금 막 파블롭스크*에서 오는 길이네" 하며 큰 소리로 당신을 부른다면, 당신도 벌떡 일어나 마치 이웃집 정원에서 사과 하나를 몰래 훔쳐와 방금 주머니에 슬쩍 숨긴 어린 학생처럼 어쩔 줄 몰라하며 얼굴을 붉히고

* 페테르부르크에서 남쪽으로 30킬로미터 정도 떨어진 휴양도시.

말 거라는 사실을요. 오, 세상에, 늙은 백작은 죽었고 이제 이루 말할 수 없는 행복을 맛볼 참인데 파블롭스크에서 사람들이 찾아오다니요!"

나는 이렇게 애절하게 외친 후 역시 애절한 표정으로 이야기를 끝맺었다. 하지만 그때 나는 억지로라도 좋으니 제발 어떻게든 껄껄껄 웃고 싶은 심정이었다. 왜냐하면 이미 어떤 심술궂은 작은 악마가 내 안에서 꿈틀대고 있음을, 이미 목구멍이 간질거리며 아래턱에 경련이 일기 시작했음을, 그리고 내 눈이 점점 촉촉하게 젖어들고 있음을 느꼈기 때문이다…… 나는 영리해 보이는 두 눈을 동그랗게 뜨고 내 이야기를 듣고 있던 나스텐카가 도저히 참을 수 없다는 듯 아이처럼 깔깔대며 웃을지도 모른다는 생각이 들었다. 그래서 너무 깊은 곳까지 들어가버린 것이, 오래전부터 내 심장 속에서 뜨겁게 끓어오르고 있었기에 마치 미리 써놓은 글을 읽듯이 모든 것을 부질없이 술술 말해버린 것이 벌써 후회스러웠다. 나는 이미 오래전에 나 자신에 대한 판결문을 준비해놓았던 터라 이런 상황이 되고 보니 그것을 읽지 않고는 견딜 수가 없었던 것이다. 그리고 솔직히, 나를 이해해주는 사람이 있을 거라고는 기대하지 않았다. 그런데 놀랍게도 그녀가 잠시 침묵을 지키더니 조금 뒤 살며시 내 손을 잡았다. 그러고는 동정어린 목소리로 조심스럽게 물었다.

"정말, 정말로, 여태까지 줄곧 그렇게 사신 거예요?"

"네, 여태까지 줄곧, 나스텐카." 나는 대답했다. "그리고 앞으로도 내내 그렇게 살다 죽을지도 모르고요!"

"아니요, 그건 안 돼요." 그녀가 걱정스러운 목소리로 말했다. "그런 일은 없어요. 만약 그렇다면 저도 할머니 옆에서 평생 살아야 한다는 뜻이 되니까요. 그런데요, 그런 식으로 사는 건 정말 좋지 않다는 사실은 알고 계시나요?"

"압니다, 나스텐카, 알고 있어요!" 나는 북받치는 감정을 더이상 참지 못하고 소리쳤다. "그 어느 때보다 더 잘 알고 있습니다. 내 인생의 가장 좋은 때를 무의미하게 보내버렸다는 사실을요. 이제야 그걸 깨달았습니다. 그리고 그걸 알기에 더 고통스럽습니다. 왜냐하면 하느님께서 직접 당신을, 착한 나의 천사를 보내셔서 나에게 그 사실을 말해주고 또 증명하게 하셨으니까요. 지금 이렇게 당신 옆에 앉아서 당신과 이야기를 나누고 있자니 미래를 생각하는 것이 어쩐지 두렵게 느껴집니다. 앞으로도 똑같이 이 외로움, 똑같이 이 케케묵고 아무짝에도 쓸모없는 삶이 계속될 테니까요. 그리고 당신 옆에 있는 지금 이렇게 행복한데 더 무슨 꿈이 필요하겠습니까! 아, 어여쁜 나스텐카, 당신은 축복받을 겁니다. 단번에 나를 쫓아버리지 않았으니까요. 그리고 나는 이제 태어나서 처음으로 최소한 두 밤은 제대로 살았다고 말할 수 있으니까요!"

"아, 아니에요, 그렇지 않아요!" 나스텐카가 소리쳤다. 그녀의 눈에서 눈물이 반짝였다. "아니에요, 더이상 그렇게는 안 될 거예요. 우리는 이대로 헤어지지 않아요! 이틀 밤이라니 말도 안 돼요!"

"아, 나스텐카, 나스텐카! 당신은 내가 앞으로도 얼마나 오래도록 나 자신과 화해하며 사이좋게 살도록 해주었는지 압니까? 예전에는 나 자신을 비하하며 살았지만 이제부터는 그러지 않아도 된다는 것을 압니까? 그리고 어쩌면 이제부터는 내가 범죄를 저질렀거나 죄를 지었다는 생각에 괴로워하지 않아도 된다는 걸 아느냐고요? 이런 삶은 범죄이고 죄악입니다. 제발 내가 당신에게 뭔가 과장을 한다고는, 나스텐카, 그렇게는 생각지 말아주십시오. 이따금 슬픔에 빠져들 때가 있습니다, 참으로 깊은 슬픔에…… 그런 순간이면 정말이지 나라는 인간은 도저히 정상적인 삶을 살 수 없겠다 싶은 생각이 듭니다. 현실적이고 실제적인 것에 대한 모든 요령과 모든 감각을 잃어버렸다고 느끼기 때문입니다. 그리고 결국은 나 스스로를 저주합니다. 환상 속에서 며칠 밤을 지새우고 나면 이제 꼼짝없이 끔찍하게 두려운 각성의 시간을 맞이해야 하니까요! 그러는 사이 사방에서 수많은 사람들이 삶의 소용돌이에 휘말려 빙글빙글 돌아가며 시끌벅적 떠드는 소리가 들려옵니다. 사람들 사는 모습이, 현실 속에서 그들이 살아가는 방식이 보이거나 들리기도 하고요. 그들에게 삶은 미리 주문한 것도, 꿈이나 환영처럼 흩어져 사라져버리는 것도 아니라는 사실을, 오히려 끊임없이 새로운 모습으로 변화하고, 영원히 젊으며, 단 한 시간도 다른 한 시간과 비슷하지 않다는 사실을 깨닫게 됩니다. 반면 비겁한 환상의 삶은 우울하기 짝이 없고 저속할 만큼 단조롭습니다. 환상은 그림자와 관념의 노예이자, 갑자기 나타나 태양을 뒤덮어버린 채 그토록 태양을 소중히 여기는 페테르부르크의 진실된 마음을 슬픔으로 짓누르는 맨 처음 먹구름의 노예일 뿐입니다. 그런 우울과 슬픔 속에 무슨 환상이 있겠습니까! 환상도 결국은 지쳐버리고, 끊임없이 계속되는 긴장 속에서 이 마르지 않는 환상의 샘도 말라가게 됩니다. 누구나 어른이 되면 예전에 품었던 이상으로부터 벗어나는 법이니까요. 그 이상들은 산산이 부서져 먼지가 돼버립니다. 만약 거기 다른 삶이 없다면 이 먼지 부스러기들을 가지고 다시 삶을 쌓아올릴 수밖에 없습니다. 그런데 영혼은 뭔가 다른 것을 요구하고 또 갈망합니다! 그래서 몽상가는 헛되이 마치 재 속을 헤집듯 자신의 낡은 상상들을 뒤적입니다. 재 속에서 뭔가 작은 불씨라도 찾아내어 그것을 살살 분 다음 되살린 불길로 싸늘하게 식어버린 자기 심장을 따뜻하게 데우려는 거지요. 예전에는 그토록 달콤했던 모든 것, 영혼을 감동시켰던 모든 것, 피를 끓게 했던 모든 것, 그리고 눈에서 눈물을 쏟게 하고 그렇게나 멋지게 자신을 속여넘겼던 그 모든 것들을 가슴속에 다시 살려내려는 겁니다! 나스텐카, 내가 지금 어떤 상황까지 몰렸는지 압니까? 지금 나는 내가 느끼고 꿈꿨던 것들을 위한 기념식을 거행해야 할 지경입니다. 예전에는 그토록 달콤했던, 하지만 실제로는 한 번도 존재한 적이 없는 것들의 기념식을 말입니다. 기념식이란 예전의 그 어리석은 꿈들을 다시 한번 떠올려보는 겁니다. 그렇게라도 기념해야만 하는 이유는 이 어리석은 몽상들은 실제로는 존재하지 않기에 그 무엇으로도 쫓아낼 재간이 없기 때문입니다. 사실 몽상도 꽤 생명력이 긴 편이거든요! 그래서 이제 나는 한때 내 나름대로 행복을 맛봤던 장소들을 기억해내고 일정한 시간에 그곳에 찾아가기를 좋아합니다. 다시는 돌아오지 않는 과거에 맞춰 현재를 설계하길 좋아합니다. 그리고 종종 이유도 없이 목적도 없이 그림자처럼 우울하고 쓸쓸하게 페테르부르크의 골목골목을, 거리거리를 헤매고 다닙니다. 아, 추억들이여! 정확히 일 년 전, 바로 이 시간 이 순간에, 바로 이 길을 헤매고 다녔던 게 떠오릅니다. 그때도 지금처럼 외로웠고 지금처럼 우울했지요! 그때도 몽상은 서글픈 것이었고 예전이라고 더 나은 것도 없었지만, 그래도 왠지 그때가 지금보다 더 살기 편하고 평화로웠던 것 같은 생각이 드는군요. 그때는 지금 나한테 찰싹 달라붙어 있는 이 어두운 상념이 존재하지 않았으니까요. 지금처럼 밤이고 낮이고 끈질기게 내 마음의 평화를 깨뜨리는 이 음울하고 암담한 양심의 가책은 없었으니까요. 스스로 묻습니다. 정녕 너의 꿈은 어디에 있는가? 그리고 절레절레 고개를 흔들며 말합니다. 아, 세월은 어쩌면 이다지도 빨리 지나가는가! 그리고 다시 묻습니다. 지난 세월 동안 너는 무엇을 했는가? 네 인생의 가장 좋은 때를 어디에 묻어버렸나? 과연 너는 살았던 것인가 아닌가? 이어서 자신에게 말합니다. 봐, 세상이 얼마나 냉혹해지고 있는지 좀 보라니까. 세월이 더 흐르면 암울한 고독이 뒤따를 거고, 지팡이에 의지해 몸을 떨며 겨우겨우 걸음을 떼는 노년이 찾아올 테지. 그리고 다시 비애와 적막이 뒤따라올 거야. 너의 환상의 세계도 빛을 잃을 테고, 너의 꿈도 노랗게 변한 나뭇잎처럼 시들고 떨어져 흩어져버리겠지…… 아, 나스텐카! 정말이지 혼자, 완벽하게 혼자 남는 건 슬픈 일입니다. 심지어 애달파할 것조차 아무것도, 정말 아무것도 없다는 건…… 왜냐하면 모든 건, 내가 잃어버린 그 모든 것은 사실 아무것도 아니었으니까요. 어리석은, 완전한 무無, 그저 한낱 꿈에 불과했으니까요!"

"제발 더이상 저를 울리지 마세요!" 나스텐카가 흐르는 눈물을 닦으며 말했다. "이 이야기는 여기서 끝내요! 이제부터 우리 둘은 함께할 거예요. 설령 제게 무슨 일이 일어난대도 우리는 절대 헤어지지 않을 거예요. 들어보세요. 저는 단순한 사람이에요. 할머니가 가정교사를 붙여주시기는 했지만 공부도 많이 한 편이 아니고요. 하지만 진심으로 당신을 이해해요. 왜냐하면 당신이 방금 저한테 들려주신 모든 이야기는 이미 제가 경험한 일이거든요. 할머니가 제 옷자락을 당신 옷에 핀으로 고정시켜버렸을 때 말이에요. 물론 저는 당신처럼 그렇게 훌륭하게는 말을 못해요, 배우지를 못했으니까요." 그녀가 조심스럽게 덧붙였다.

그녀는 여전히 나의 애절한 이야기와 고상한 말투에 일종의 존경심을 느끼는 것 같았다. "하지만 당신이 제게 모두 솔직하게 말씀해주셔서 정말 기뻐요. 이제 당신을 알겠어요, 완전히, 모두 다요. 그거 아세요? 저도 당신에게 제 이야기를 모두, 하나도 숨김없이 들려드리고 싶어요. 제 이야기를 듣고 제게 조언을 해주세요. 당신은 아주 현명한 분이니까요. 조언해주겠다고 약속하시는 거죠?"

"아, 나스텐카!" 내가 대답했다. "한 번도 남에게 조언을, 더구나 현명한 조언은 해본 적이 없습니다. 하지만 만약 우리가 앞으로 늘 이렇게 함께 지낸다면 그것도 아주 현명한 일일 것 같습니다. 각자 서로 정말 현명한 충고를 해주는 겁니다! 아, 나의 착한 나스텐카, 어떤 조언이 필요합니까? 솔직히 말해주십시오. 나는 지금 너무도 즐겁고, 행복하고, 용감한데다 현명해져서 무슨 말이든 술술 나올 겁니다."

"아니, 아니에요!" 나스텐카가 웃으며 내 말을 가로막았다. "저는 지금 그저 현명하기만 한 조언이 필요한 게 아니에요. 저는 진심이 담긴, 그러니까 평생 저를 사랑해온 형제와 같은, 그런 당신의 조언이 필요하답니다!"

"좋아요, 나스텐카, 좋습니다!" 나는 기뻐서 소리쳤다. "내가 이미 이십 년 동안 당신을 사랑해왔더라도 지금보다 더 사랑할 수는 없을 겁니다!"

"자, 손을 줘보세요!" 나스텐카가 말했다.

"자, 여기!" 그녀에게 손을 내밀며 내가 대답했다.

"그럼 이제 제 이야기를 시작해볼까요!"

나스텐카의 이야기

"제 이야기의 절반은 당신도 이미 알고 계세요. 그러니까, 제게 연로한 할머니가 계시다는 건 아시잖아요……"

"나머지 반도 그렇게 간단한 이야기라면……" 내가 웃으며 그녀의 말을 가로막으려 했다.

"그냥 가만히 들어주세요. 먼저 약속 하나 해주세요. 제 이야기를 중간에 끊지 않겠다고요. 그러지 않으면 제가 당황할지도 몰라요. 그럼, 얌전히 들어주시는 걸로 알겠어요.

제겐 연로하신 할머니가 한 분 계세요. 저는 아주 어렸을 때 할머니 손에 맡겨졌고요. 아버지, 어머니 두 분 모두 일찍 돌아가셨거든요. 할머니는 예전에 꽤 부자셨던 모양이에요. 지금도 좋았던 그 시절 이야기를 자주 하시는 걸 보면요. 할머니는 제게 프랑스어를 가르쳐주셨고 나중에는 가정교사도 구해주셨어요. 하지만 제가 열다섯 살 때(지금은 열일곱 살이지만요) 공부를 그만뒀어요. 바로 그 시기에 제가 말썽을 부린 거고요. 무슨 말썽이었는지는 말씀드리지 않겠어요. 그저 별일 아니었다는 사실만 알아두세요. 어느 날 아침 할머니가 저를 곁으로 부르시더니 당신이 앞을 못 보니 저를 살필 수가 없다며 제 옷자락을 당신 옷에 핀으로 고정시켜버렸어요. 그러시면서 앞으로 제가 착하게 행동하지 않으면 평생 이렇게 둘이 함께 앉아 있을 거라고 하셨지요. 한마디로, 처음에는 할머니 곁에서 벗어날 수가 없었어요. 일을 하건, 책을 읽건, 공부를 하건 늘 할머니 옆에 붙어 있어야 했지요. 그래서 한번은 제가 꾀를 냈어요. 표클라를 꼬드겨 저 대신 앉아 있게 했거든요. 참,

표클라는 우리집 하녀인데 귀가 안 들려요. 마침 할머니가 안락의자에서 잠이 드신 것을 보고는 표클라를 저 대신 할머니 옆에 앉혀놓고 저는 근처에 사는 친구 집에 놀러갔어요. 그런데 그만 끝이 안 좋았지 뭐예요. 제가 집에 돌아오기 전에 할머니가 잠이 깨신 거예요. 제가 그때까지 자리에 얌전히 앉아 있다고 생각하신 할머니가 뭔가 물으셨던 모양이에요. 표클라는 할머니가 뭔가를 물어보시는 건 알겠는데 귀가 안 들리니 도대체 어떻게 해야 하나 생각하고 생각하다가 그만 핀을 뽑아버리고는 냅다 줄행랑을 쳐버린 거예요……"

여기서 나스텐카는 잠깐 이야기를 멈추고 깔깔대기 시작했다. 나도 그녀를 따라 함께 웃음을 터트렸다. 그러자 그녀는 즉시 웃음을 거뒀다.

"잠깐만요, 우리 할머니를 두고 그렇게 웃지 마세요. 제가 웃는 건 그냥 우스워서…… 할머니가 원래 그런 분이신 걸 어쩌겠어요. 그래도 저는 할머니를 조금은 사랑해요. 아무튼 저는 그 일로 할머니께 혼쭐이 났어요. 그리고 바로 제자리에 앉아 그야말로 옴짝달싹도 못하게 되었지요.

참, 깜빡하고 말씀드리지 않은 게 있네요. 사실 저희는, 그러니까 할머니는 조그만 집 한 채를 가지고 계세요. 창문이 세 개뿐인 정말 작은 집이죠. 전부 나무로 되어 있고, 우리 할머니 연세만큼이나 오래됐어요. 그래도 꼭대기에 다락방도 있어요. 바로 그 다락방으로 세입자가 새로 이사를 들어왔고요……"

"새로운 세입자라면 그전에도 세입자가 있었다는 겁니까?" 내가 재빨리 끼어들었다.

"당연히 있었죠." 나스텐카가 대답했다. "당신보다는 더 잠자코 있을 줄 아는 사람이었어요. 사실, 혀를 움직이는 것 자체가 힘든 분이셨지만요. 말도 못하고 눈도 안 보이는데다 다리까지 저는 비쩍 마른 노인이셨어요. 더이상 이 세상 살아갈 힘이 없었는지 결국 세상을 떠나셨죠. 그래서 우리는 새로운 세입자를 구해야 했어요. 다락방을 세놓지 않고는 살길이 막막했거든요. 방세와 할머니 연금이 우리 수입의 전부니까요. 새로 이사온 세입자는 마치 일부러 고르기라도 한 것처럼 젊은 사람이었어요. 이곳 출신은 아니었고 타지에서 온 사람이었죠. 그 사람이 방세를 깎으려 들지 않았기 때문에 할머니는 그 사람을 들이기로 결정하셨어요. 그러고는 나중에 제게 물으셨어요. '얘, 나스텐카, 이번에 세 든 사람은 젊은이더냐 아니면 나이든 사람이더냐?' 저는 거짓말을 하고 싶지는 않았어요. '할머니, 그렇게 젊지는 않지만 그렇다고 늙은 편도 아니에요.' 그러자 할머니가 또 물으셨어요. '그래, 용모는 단정하더냐?'

이번에도 거짓말은 하고 싶지 않았어요. '네, 용모는 단정해요, 할머니!' 그러자 할머니가 그러시는 거예요. '아이고! 큰일이구나, 큰일! 얘야, 내가 이러는 건 행여 네가 그 남자에게 빠질까봐 걱정이 돼서다. 세상이 어떻게 된 건지, 원! 가난뱅이 세입자 주제에 멀쩡한 외모라니. 옛날 같으면 어림도 없는 일이지!'

할머니는 정말 입만 여시면 옛날 타령이세요! 옛날에는 나도 젊었다, 옛날에는 햇살도 더 따뜻했다, 옛날에는 크림도 이렇게 빨리 쉬지 않았다! 한마디로 모든 면에서 옛날이 더 좋았다는 거지요! 저는 잠자코 앉아 속으로 생각했어요. '할머니는 왜 이런 말을 꺼내신 걸까? 세 든 남자가 잘생겼는지 아닌지, 젊은지 아닌지 왜 물어보시지?' 하지만 그런 생각은 잠깐이었고, 저는 곧 다시 매듭 코의 수를 세고 양말을 뜨기 시작했죠. 잠시 뒤에는 완전히 잊어버렸고요.

그러던 어느 날 아침 그 세입자가 우리를 찾아왔어요. 방에 새로 도배를 해주기로 한 약속이 어떻게 되어가는지 물어보려고요. 할머니는 말이 많으신 편이라 한참 동안 이런저런 이야기를 늘어놓으시고는 저한테 말씀하셨어요. '나스텐카, 내 침실에 가서 주판 좀 가져오너라.' 저는 할머니 말씀이 떨어지기 무섭게 자리에서 벌떡 일어났어요. 어찌된 일인지 얼굴까지 새빨갛게 붉히고는 옷에 핀이 꽂혀 있다는 사실도 까맣게 잊어버린 채로요. 세입자가 눈치채지 못하도록 살짝 핀을 뽑아버렸어야 했는데 말이죠. 제가 어찌나 벌떡 일어났던지 할머니 안락의자가 기우뚱 흔들릴 정도였어요. 세입자가 저에 대해서 모두 알아버렸다고 생각하니 얼굴은 더 새빨갛게 달아올랐고 저는 그 자리에 못박힌 듯 가만히 서 있다가 돌연 울음을 터트리고 말았어요. 그 순간 어찌나 창피하고 비참하던지 딱 죽고 싶은 심정이었지요! 할머니가 소리를 치셨어요. '왜 그러고 서 있어?' 그러자 저는 더 당황해서는…… 세입자는 제가 부끄러워하는 걸 알아차리고는 인사를 한 뒤 곧바로 나가버렸어요!

그때부터 저는 현관에서 무슨 소리만 들린다 싶으면 죽은 듯 몸이 굳어버렸어요. 그 사람이 들이닥칠 것만 같아서 그때마다 만약을 대비해 핀을 살짝 빼놓곤 했지요. 하지만 번번이 그 사람이 아니었어요. 그는 다시는 찾아오지 않았어요. 그렇게 두 주가 지났어요. 그런데 그 사람이 표클라를 통해 전갈을 보내온 거예요. 자기한테 프랑스어 책이 많은데 모두 좋은 책이라며 가져가 읽을 테면 읽으라는 내용이었죠. 할머니가 심심하시지 않도록 할머니께도 그 책을 읽어드리면 좋지 않겠냐고요. 할머니는 고마워하시며 그 사람의 호의를 받아들이셨지만 책 내용이 도덕적인지 아닌지 여러 번 캐물으셨어요. 만약 부도덕한 책이라면, 나스텐카, 절대 읽어서는 안 된다, 그런 책을 읽으면 나쁜 것을 배우게 된다나요.

'무엇을 배운다는 거예요, 할머니? 거기 무슨 말이 쓰여 있는데요?'

'아!' 할머니가 대답하셨어요. '그런 책들에는 말이다, 젊은 사내들이 정숙한 아가씨를 유혹하는 얘기가 쓰여 있단다. 결혼을 미끼로 부모 집에서 꼬드겨낸 다음, 나중에는 그 불쌍한 아가씨를 운명의 손에 내팽개쳐버리지. 결국 그 아가씨는 아주 비참한 말로를 맞이하고 말이야. 이 할미도 그런 책이라면 수도 없이 읽었다. 어찌나 그럴듯한 말로 멋지게 묘사해놓았던지 밤을 새워가며 읽곤 했지. 그러니, 나스텐카, 조심하거라, 그런 책은 읽는 게 아니야. 그래, 그 젊은이가 무슨 책을 보냈더냐?'

'모두 다 월터 스콧의 소설이에요, 할머니.'

'월터 스콧의 소설이라! 그러면 됐다! 그런데 혹시 거기 무슨 속임수라도 있는 건 아니냐? 책 속에 연애편지라도 몰래 숨겨놓은 건 아닌지 잘 살펴봐.'

'아니요, 할머니, 편지 같은 건 안 보여요.'

'그러면 표지 뒷면도 살펴봐라. 그런 자들은 표지 뒤에 집어넣기도 한단다. 도둑놈들 같으니……!'

'아니요, 할머니, 표지 뒷면에도 아무것도 없어요.'

'그래, 그럼 됐다!'

그렇게 우리는 책을 읽기 시작했어요. 한 달 정도 지나니까 월터 스콧을 절반쯤 읽었더라고요. 그 사람은 그후에도 계속해서 책을 보내왔어요. 푸시킨의 책도 보내주고요. 그러자 이제 책 없이는 못 살겠는 거예요. 중국 왕자에게 시집가는 상상도 더이상 안 하게 되었고요.

그러던 어느 날 한번은 계단에서 그 사람과 딱 마주친 거예요. 할머니가 뭔가 가져오라고 심부름을 시켰을 때였죠. 그 사람이 우뚝 멈춰 섰고, 제가 얼굴을 붉히자 그도 얼굴이 빨개졌어요. 하지만 이내 웃으며 인사를 건네고는 할머니 안부를 물었어요. 그리고 '책들은 다 읽었어요?'라고 말을 붙이더군요. 저는 '네, 다 읽었어요'라고 대답했고요. 그러자 그 사람이 물었어요. '어떤 책이 가장 마음에 들던가요?' 그래서 제가 대답했죠. '『아이반호』*와 푸시킨이 가장 좋았어요.' 그날은 그게 다였어요.

일주일쯤 지나 계단에서 또 그 사람과 마주쳤어요. 이번에는 할머니 심부름이 아니라 저한테 뭔가 볼일이 있었어요. 두시쯤이었는데, 그 사람은 언제나 그 시간에 집으로 돌아오곤 했죠. 그 사람이 '안녕하세요!'라고 인사를 건네기에 저도 '안녕하세요!'라고 말했어요.

'하루종일 할머니와 집에만 있으면 지루하지 않아요?'

그 사람이 이렇게 물어오자 왜 그런지 얼굴이 빨개지면서 부끄럽더라고요. 그리고 다시 마음이 상하고 기분이 나빴어요. 아마 다른 사람이 저에 대해 이러쿵저러쿵 캐묻는 게 언짢아서 그랬던 것 같아요. 저는 아무 대꾸도 하지 않고 그대로 가버릴까 했지만 막상 그럴 만한 용기는 나지 않았어요. 그때 그 사람이 말했어요.

---

* 1819년에 간행된 월터 스콧의 역사소설.

'잠깐만요, 당신은 정말 착한 아가씨군요! 이런 식으로 말해서 미안하지만, 솔직히 당신 할머니보다 당신이 더 잘 지냈으면 좋겠어요. 당신은 놀러갈 만한 친구들도 없나요?'

저는 없다고 대답했어요. 사실 마셴카라는 친구가 한 명 있기는 한데 지금은 그 친구도 프스코프로 떠나버려서 없다고요.

'어때요,' 그 사람이 제안을 했어요. '혹시 나하고 극장에 가지 않을래요?'

'극장이요? 할머니는 어떻게 하고요?'

'그야 할머니께는 비밀로 하고……' 그 사람이 말했어요.

'안 돼요. 할머니를 속이는 짓은 하고 싶지 않아요. 그럼 안녕히 가세요!' 제가 말했어요.

'그럼, 잘 가요.' 그 사람도 이렇게 인사만 하고 다른 말은 하지 않았어요.

그런데 식사를 막 마친 참에 그 사람이 찾아왔어요. 그 사람은 자리에 편히 앉아 할머니와 한참 동안 이야기를 나누었어요. 어디 외출은 안 하시느냐, 친지들은 있으시냐며 할머니께 이것저것 묻더니 불쑥 이렇게 말하는 거예요. '실은 오늘 오페라 특별석을 잡아놨거든요. 〈세비야의 이발사〉*가 공연중이에요. 지인들과 함께 보러 가기로 했는데 나중에 못 간다는 연락이 왔습니다. 그래서 표가 남았습니다.'

'〈세비야의 이발사〉라니!' 할머니가 소리치셨어요. '예전에 공연하던 바로 그 〈이발사〉 말이오?'

---

* 이탈리아 작곡가 조아치노 로시니의 작품으로, 로지나는 이 극의 여주인공이다.

'예, 바로 그 〈이발사〉 맞습니다.' 그 사람이 대답하며 저를 힐끗 쳐다보았어요. 저는 모든 상황을 알아채고는 얼굴이 빨개졌어요. 기대감에 얼마나 가슴이 두근대던지요!

'그거라면 어디 알다 뿐이겠소!' 할머니가 말씀하셨어요. '이래 봬도 옛날에 우리집에서 가족 공연을 할 때 내가 로지나 역을 맡았는걸!'

'그럼 오늘 가시지 않겠습니까?' 세입자가 말했어요. '안 그러면 표를 그냥 버려야 해서요.'

'그래요, 갑시다.' 할머니가 대답하셨어요. '마다할 이유가 뭐겠소? 마침 우리 나스텐카도 극장이라고는 구경도 못해봤다오.'

오, 세상에, 얼마나 기쁘던지! 우리는 서둘러 외출 준비를 했어요. 공들여 옷을 차려입고 출발했지요. 할머니는 앞은 안 보이셨지만 음악이라도 듣고 싶다고 하셨어요. 게다가 할머니는 좋은 분이시거든요. 할머니와 저는 둘이서는 한 번도 함께 외출한 적이 없기 때문에 당신 자신보다 저를 더 즐겁게 해주고 싶으셨던 거예요. 〈세비야의 이발사〉에서 받은 감동에 대해서는 굳이 말씀드리지 않겠어요. 그날 밤 내내 우리 세입자는 다정한 눈길로 저를 바라보았고 말투도 아주 상냥했어요. 그래서 그 사람이 아침에 저하고만 같이 공연에 가자고 제안했던 건, 그저 제 마음을 떠보기 위한 것이었다는 사실을 금방 알 수 있었지요. 아, 정말 얼마나 즐거웠는지 몰라요! 그날 밤 저는 무척이나 들뜨고 자랑스러운 마음으로 잠자리에 들었어요. 심장이 어찌나 쿵쾅대던지 꼭 가벼운 열병에라도 걸린 사람 같았죠. 저는 밤새도록 〈세비야의 이발사〉에 대해 잠꼬대를 했어요.

저는 그날 이후 그 사람이 자주, 더 자주 찾아올 거라고 생각했어요.

하지만 웬걸요. 오히려 거의 발길을 끊다시피 했죠. 한 달에 한 번 정도 들러서 극장에 초대하는 게 전부였어요. 그후로 우리는 두어 번 더 극장에 다녀왔어요. 그런데 저는 그것만으로는 도무지 성이 차질 않았어요. 그 사람은 제가 할머니와 단둘이 집안에만 갇혀 지내는 게 안쓰러웠을 뿐이며, 그 이상의 의미는 없다는 생각이 들기 시작하더군요. 시간이 흐를수록 저는 점점 더 안절부절못했어요. 앉아 있어도 앉은 것 같지 않았고, 책을 읽어도 읽는 것 같지 않았고, 일을 해도 일하는 것 같지 않았어요. 어떤 때는 웃었다가 어떤 때는 울었어요. 할머니께 못되게 굴기도 하고요. 급기야 저는 살까지 쏙 빠져서 몰골이 마치 병자 같아졌죠. 그러는 사이 오페라의 계절도 끝이 나서 우리의 세입자는 영영 발길을 끊어버렸지요. 어쩌다 우연히 마주치기라도 하면—물론 늘 같은 그 계단에서요—그 사람은 아주 심각한 표정으로 저와는 말도 섞기 싫다는 듯 그저 묵묵히 인사만 하고는 현관문으로 내려가버렸어요. 그러면 저는 그대로 우두커니 계단 한가운데 마냥 서 있었어요. 버찌처럼 새빨간 얼굴을 하고요. 그 사람만 보면 온몸의 피가 머리 위로 솟구치는 것 같았거든요.

이제 제 이야기도 거의 끝나가요. 꼭 일 년 전, 5월에 갑자기 세입자가 우리를 찾아왔어요. 할머니께 이곳에서의 용무는 다 끝났다, 다시 일 년 정도 모스크바로 가서 지내야 한다고 설명을 하더군요. 그 이야기를 듣는 순간 저는 새파랗게 질려서 죽은 사람처럼 그대로 의자에 주저앉고 말았어요. 할머니는 아무런 눈치도 못 챘고요. 그 사람은 그렇게 떠난다는 선언을 하고는 작별인사만 건넨 채 그대로 나가버렸지요.

제가 어떡해야 했을까요? 저는 생각에 생각을 거듭하고 괴로워하고 또 괴로워한 끝에 마침내 결단을 내렸어요. 내일이면 그 사람은 떠나버릴 테니 오늘밤 할머니가 잠자리에 드시면 모든 것을 끝내야 한다고 마음을 굳혔지요. 그리고 정말 그대로 했어요. 저는 옷가지며 필요한 만큼의 내의 등을 챙겨 조그만 보자기에 싸맨 후 그것을 두 손에 꼭 쥐고 산 것도 죽은 것도 아닌 상태로 세입자의 다락방으로 올라갔어요. 그렇게 한 계단 한 계단 올라가는데, 못해도 한 시간은 걸리는 느낌이었어요. 방문이 열리고 제가 나타나자 그 사람이 외마디 비명을 질렀어요. 아마 제가 유령인 줄 알았나봐요. 왜냐하면 제가 금방이라도 쓰러질 것처럼 겨우 서 있었거든요. 그 사람이 재빨리 저에게 물을 갖다주었어요. 심장은 세차게 뛰었고, 머리는 깨질 듯 아팠고, 의식은 흐릿했어요. 정신이 좀 들자, 저는 다짜고짜 짐보따리부터 그 사람 침대 위에 내려놓았어요. 그리고 그 옆에 앉아 두 손으로 얼굴을 감싼 채 엉엉 울기 시작했지요. 순간 그 사람도 모든 걸 알아차리고는 창백한 얼굴로 제 앞에 서서 저를 바라보는데, 그 얼굴이 어찌나 슬퍼 보이던지 제 심장이 찢겨져나가는 것 같았어요.

'잠깐만요,' 그 사람이 말문을 열었어요. '잠깐만 내 얘기를 들어봐요, 나스텐카. 나는 할 수 있는 게 아무것도 없어요. 가난뱅이니까요. 나는 지금 가진 게 없어요. 제대로 된 방 한 칸조차 구할 수가 없다고요. 만약 우리가 결혼한다면, 그다음엔 어떻게 살죠?'

우리는 오랫동안 대화를 나눴고, 저는 결국 감정을 폭발시키고 말았어요. 더는 할머니 집에서 살기 싫다, 할머니한테서 도망가버릴 거다, 핀에 꽂혀 지내는 생활도 이젠 지긋지긋하다, 당신만 괜찮다면 당신을 따라 모스크바로 가고 싶다, 당신 없이는 이제 살아갈 수 없기 때문이다…… 수치심과 사랑과 자부심이 동시에 제 안에서 외치고 있었어요. 저는 거의 발작이라도 일으킨 듯 침대에 쓰러졌어요. 거절당할까봐 너무 두려웠거든요!

그 사람은 몇 분 동안 말없이 앉아 있었어요. 그러더니 자리에서 일어나 제 곁으로 다가와 제 손을 잡았어요.

'들어봐요, 나의 착하고 사랑스러운 나스텐카!' 그 사람도 눈물을 글썽이며 말했어요. '좀 들어봐요. 만약 언젠가 내가 결혼할 처지가 되면, 나를 행복하게 해줄 사람은 바로 당신일 거예요. 분명히 말하는데, 이제 당신, 오직 당신 단 한 사람만이 나에게 행복을 줄 수 있어요. 자, 잘 들어요. 이제 나는 모스크바로 떠나 정확히 일 년을 거기서 지낼 거예요. 그 일 년 안에 내 일이 자리가 잡혀야겠지요. 내가 돌아왔을 때 당신이 여전히 나를 사랑한다면, 맹세컨대, 우리는 분명 행복해질 거예요. 하지만 지금은 불가능해요, 그럴 수가 없어요, 아무것도 약속할 수가 없어요. 하지만 다시 한번 말할게요. 만약 일 년 뒤에 내 말대로 되지 않는다 해도 언젠가는 반드시 그렇게 될 거예요. 물론, 그때도 당신이 다른 사람 아닌 나만을 여전히 사랑하고 있다면요. 나는 어떤 말로도 당신을 구속할 수 없고, 또 그럴 용기도 없으니까요.'

그 사람은 그 말만 남기고 다음날 떠났어요. 이 일에 대해 할머니께는 함구하기로 했어요. 그 사람이 그러길 바랐거든요. 자, 이제 제 이야기도 거의 끝난 셈이에요. 정확히 일 년이 지났어요. 그리고 그 사람도 돌아왔고요. 이곳에 머문 지도 벌써 사흘이나 되는데, 그런데……"

"그런데요?" 나는 이야기의 결말이 궁금해 조바심을 내며 소리쳤다.

"아직까지 나타나질 않아요!" 나스텐카가 온 힘을 끌어모아 말하듯 간신히 대답했다. "여태 아무런 소식도……"

여기서 그녀는 말을 멈추고 잠시 침묵하더니 고개를 숙였다. 그러고는 갑자기 두 손으로 얼굴을 감싸고 흐느껴 울기 시작했다. 그 울음이 어찌나 서럽던지 나는 심장이 뒤집히는 것 같았다.

정말이지 상상도 못한 결말이었다.

"나스텐카!" 나는 부드러운 목소리로 조심스레 말을 꺼냈다. "나스텐카! 제발, 울지 말아요! 당신이 어떻게 압니까? 어쩌면 그 사람은 아직 오지 않았을 수도……"

"여기, 여기에 있다고요!" 나스텐카가 내 말을 가로챘다. "그 사람은 여기 와 있어요. 그건 제가 알아요. 그때, 그날 밤, 그러니까 그 사람이 떠나기 전에 서로 약속해둔 게 있어요. 제가 방금 당신에게 들려드린 그 모든 이야기를 다 하고 나서 약속한 거예요. 우리는 이곳으로 산책을 나왔었어요. 바로 여기 이 강변으로요. 그때도 열시였어요. 이 벤치에 앉았죠. 그때는 저도 울지 않았어요. 그 사람이 하는 말을 듣고 있으니 달콤한 기분이 들었거든요…… 그 사람은 돌아오는 대로 우리집부터 찾아오기로 했어요. 그래서 제가 거절하지만 않으면, 할머니께 우리 일을 모두 털어놓자고 했지요. 이제 그 사람은 여기 돌아와 있는데, 저는 알아요, 오질 않아요, 안 온다고요!"

그녀는 다시 눈물을 쏟기 시작했다.

"오, 세상에! 어떻게든 당신의 슬픔을 덜어드릴 수는 없을까요?" 나는 어찌할 바를 모르고 벤치에서 벌떡 일어나며 소리쳤다. "얘기해봐요, 나스텐카, 내가 그 사람을 찾아가보면 안 되겠습니까……?"

“정말 그래도 될까요?” 갑자기 그녀가 고개를 쳐들며 말했다.

“안 돼죠, 물론 안 될 일이겠죠!” 나는 문득 한 가지 생각이 떠올라서 이렇게 말했다. “이러면 어떻겠습니까. 그 사람에게 편지를 쓰는 겁니다.”

“아니요, 그건 안 돼요. 그럴 수는 없어요!” 그녀가 다시 고개를 숙이고 내 쪽은 쳐다보지도 않은 채 단호하게 말했다.

“왜 안 됩니까? 어째서 안 된다는 거죠?” 나는 내 생각을 고집하며 계속 말했다. “그렇지만, 나스텐카, 어떤 편지냐가 중요합니다! 편지도 편지 나름인데다 그리고…… 아, 나스텐카, 이렇게 합시다! 나를 한번 믿어봐요. 나에게 맡겨보라고요! 나는 절대 어리석은 조언 따윈 하지 않아요. 다 잘될 수 있어요! 당신은 이미 첫발을 내디뎠어요. 그런데 왜 이제 와서……”

“안 돼요, 안 돼요! 그러면 꼭 제가 귀찮게 매달리는 것 같아서……”

“아, 나의 착한 나스텐카!” 나는 웃음을 지어 보이며 그녀의 말을 막았다. “아니요, 전혀 그렇지 않아요. 당신은, 당연히 그래도 됩니다. 그 사람이 당신에게 약속했으니까요. 그리고 이 모든 상황으로 미루어볼 때 그는 섬세한 사람이며 그의 행동거지 또한 훌륭했습니다.” 나는 스스로의 논증과 확신이 꽤나 논리적이라는 사실에 점점 더 고무되어 말을 이어나갔다. “그 사람이 어떻게 행동했던가요? 그는 약속으로 스스로를 구속했습니다. 그리고 만약 결혼을 하게 된다면 반드시 당신과 하겠다고 했습니다. 다른 여자와 결혼하는 일은 결코 없을 거라면서요. 그러면서도 당신에게는 지금이라도 그를 거절할 수 있는 완전한 자유를 주지 않았습니까…… 이런 경우 당신은 첫발을 내디뎌도 되는 겁니다. 당신은 그럴 권리가 있어요. 가령, 당신이 그 사람을 약속에서 놓아주고 싶을 경우에도 우선권은 당신에게 있습니다……"

"저, 잠깐만요, 당신이라면 어떻게 쓰시겠어요?"

"무엇을요?"

"그 편지 말이에요."

"나라면 이렇게 시작할 겁니다. '친애하는 선생님……'"

"꼭 그렇게 써야 할까요? '친애하는 선생님'이라고요?"

"물론입니다! 그런데 그게 어때서요? 내 생각에는……"

"아니, 됐어요! 계속하세요!"

"'친애하는 선생님! 이렇게 편지를 쓰게 되어 죄송합니다……' 아니, 이건 아니죠, 죄송할 이유가 뭡니까! 사실 자체가 모든 걸 증명해주는데요. 간단하게 쓰는 게 좋겠습니다.

'당신에게 편지를 씁니다. 부디 저의 성급함을 용서하세요. 지난 일년 동안 저는 희망에 부풀어 행복했습니다. 그런데 이제 와서 의심하며 단 하루도 견디지 못하겠다고 하면 그게 제 탓일까요? 당신이 이곳에 돌아와 계신 지금, 어쩌면 당신은 이미 마음이 변했는지도 모릅니다. 만약 그렇다면 이 편지로 알려드리고 싶어요. 저는 불평을 늘어놓지도 당신을 비난하지도 않을 것이란 사실을요. 제가 당신의 마음을 사로잡지 못했다고 해서 당신을 원망하지는 않겠습니다. 그것이 제 운명일 테니까요!

당신은 훌륭한 분입니다! 저의 성급한 편지를 읽으며 비웃거나 화를 내지는 않으시겠지요. 한 가련한 소녀가, 외로운 한 소녀가 쓰는 편지라는 사실을 기억해주세요. 주위에 가르쳐주는 사람도 조언을 해주는 사람도 없는, 한 번도 자신의 마음을 스스로 다스려본 적 없는 소녀라는 것을요. 그리고 비록 아주 짧은 순간이지만, 의심이 제 마음을 가리도록 내버려둔 것에 대해 용서를 구합니다. 당신은, 당신을 그토록 사랑했고 지금도 사랑하고 있는 이 소녀를 마음속으로나마 모욕할 수 없는 분이니까요.'"

"네, 바로 그거예요! 제가 생각했던 게 바로 그거라고요!" 나스텐카가 소리를 질렀다. 그녀의 두 눈이 기쁨으로 반짝였다. "아! 당신은 제 의심을 깨끗이 씻어주셨어요. 당신은 하느님이 보내주신 분임이 틀림없어요! 고마워요, 정말 고마워요!"

"무엇이 말입니까? 하느님이 나를 보내주셔서요?" 나는 기뻐하는 그녀의 조그만 얼굴을 가슴 벅차게 바라보며 물었다.

"네, 그렇다고 해도 좋아요."

"아, 나스텐카! 사실 우리는 어떤 사람들에 대해서는 그들이 우리와 함께 살아가고 있다는 사실만으로도 고마운 마음이 들 때가 있습니다. 나도 당신이 나를 만나줘서, 내가 평생 당신을 기억하게 해줘서 당신이 고맙습니다!"

"됐어요, 그만하세요! 이제 제 말을 들어보세요. 그때 우리는 약속을 하나 했어요. 그 사람이 도착하면 곧바로 제가 아는 어떤 지인 댁에 편지를 남겨 자기가 도착한 것을 알려주기로요. 그 댁 분들은 모두 친절하고 소박하세요. 이 일에 대해서는 아무것도 모르고요. 혹시 편지를 쓸 수 없는 상황이면, 사실 편지로는 할말을 제대로 못하는 경우도 많잖아요, 도착하는 바로 그날 우리가 만나기로 약속한 이곳으로 정확히 밤 열시에 오기로 했어요. 그 사람이 도착한 걸 저는 이미 알고 있어요. 하지만 벌써 사흘째 편지도 없고 그 사람도 나타나질 않아요. 저는 이른 아침부터 할머니 곁을 떠날 수 있는 형편이 아니에요. 그러니 내일 당신이 직접 제가 방금 말씀드린 그 착한 분 댁에 제 편지를 좀 가져다주세요. 그러면 그분들이 곧장 그 사람에게 전해주실 거예요. 그리고 답장이 오면 그것도 당신이 직접 밤 열시에 제게 갖다주시면 좋겠고요."

"하지만 편지, 편지는요! 우선 편지부터 써야 하지 않습니까! 그러면 내일모레는 되어야 일이 모두 마무리되겠는데요."

"편지는……" 나스텐카가 약간 당혹스러운 듯 대답했다. "편지는…… 그러니까……"

하지만 그녀는 말끝을 흐렸다. 처음에는 그녀가 내게서 고개를 돌리는가 싶더니 이내 장미꽃처럼 얼굴을 붉혔다. 그리고 갑자기 내 손안에 편지 한 장이 쥐어졌다. 보아하니, 이미 오래전에 쓴, 이미 완벽하게 준비되어 봉인까지 된 편지였다. 갑자기 머릿속으로 어떤 낯익고 달콤하고 아름다운 추억이 스쳐지나갔다!

"로—로지—지나—나." 내가 노래하기 시작했다.

"로지나!" 우리 두 사람은 소리 맞춰 노래를 부르기 시작했다. 나는 기쁨에 겨운 나머지 그녀를 껴안을 뻔했다. 그녀의 얼굴이 더이상 빨개질 수 없을 만큼 붉게 달아올랐다. 그녀의 웃음 속에 보이는 진주알 같은 눈물방울이 까만 속눈썹 사이에서 가늘게 떨렸다.

"자, 그만, 그만 됐어요! 이제 가볼게요!" 그녀가 재빨리 말했다. "자, 이건 편지고요. 여기 주소도 있으니까 이곳으로 가져다주시면 돼요. 안녕! 잘 가세요! 내일 만나요!"

그녀는 내 두 손을 꼭 쥐고는 고개를 끄덕여 보였다. 그러고는 화살처럼 빠르게 골목길로 사라졌다. 나는 한참을 그 자리에 서서 그녀를 눈으로 배웅했다.

그녀가 내 눈에서 완전히 모습을 감추자 '내일 만나요! 내일!'이라고 말하는 그녀의 목소리가 내 머릿속을 울렸다.

세번째 밤

오늘은 추적추적 비가 내리는 서글픈 날이었다. 햇살 한줄기 비치지 않는, 꼭 미래의 내 노년을 보는 듯한 하루였다. 너무도 이상한 상념들이, 너무도 어두운 느낌들이, 그리고 여전히 풀리지 않는 문제인 질문들이 내 머릿속을 가득 채우고 있다. 하지만 웬일인지 그것을 해결할 힘도 없거니와 그럴 마음도 들지 않는다. 사실 이 모든 것을 해결하기란 내 힘에 부치는 일이다!

오늘 우리는 만나지 못했다. 사실 어제 우리가 헤어질 때 뭉실뭉실 구름이 몰려들고 안개가 피어올랐다. 내가 내일은 날씨가 궂을 것 같다고 했지만, 그녀는 아무런 대꾸도 하지 않았다. 자신의 희망과 배치되는 이야기는 하고 싶지 않았던 모양이다. 그녀에게 이날은 맑고 화창해야만 했다. 그래서 어떤 먹구름도 그녀의 행복을 가리지 않아야 했다.

"혹시 비가 오면 우리 만나지 말아요!" 그녀가 말했다. "저는 나가지 않을 거예요."

나는 그녀 역시 오늘 비가 내리리라고는 예상치 못했을 거라고 생각했다. 아무튼 그녀는 나타나지 않았다.

어제는 우리의 세번째 만남의 날이었고, 우리의 세번째 백야였다……

하지만 기쁨과 행복은 어쩌면 이리도 사람을 아름답게 변화시키는지! 심장은 또 얼마나 사랑으로 뜨겁게 끓어오르는지! 자신의 온 마음을 다른 사람의 마음에 흘려보내고 싶고, 모든 것이 즐겁고 모든 것이 기쁘게 웃기를 바라는 마음이 되다니. 이 기쁨은 또 얼마나 전염성이 강한지! 어제 그녀의 말투는 무척이나 다정했다. 그녀의 마음은 나를 향한 호의로 가득차 있었다…… 그녀는 얼마나 자상하게 내 기분을 맞춰주고, 얼마나 귀엽게 응석을 부리고, 또 얼마나 부드럽게 내 마음을 어루만지고 용기를 북돋워주었던가! 아아, 행복감에서 나오는 그 애교스러운 행동들! 그런데 나는…… 나는 이 모든 것을 진심으로 받아들였다. 나는 생각했다, 혹시 그녀가……

하지만, 오, 세상에, 내가 어떻게 그런 생각을 할 수 있단 말인가? 이미 모든 게 다른 사람의 것이고 모든 게 내 것이 아닌데, 나는 어쩜 눈이 멀어도 이렇게 멀 수가 있을까? 그녀의 상냥함도, 그녀의 자상함도, 그녀의 사랑도…… 그렇다, 나에게 보여준 그녀의 사랑까지도 실은 다른 남자와의 만남을 눈앞에 두고 설레는 기쁨에 불과했던 것을, 자신의 행복을 나에게도 나눠주고 싶다는 바람에 지나지 않았던 것을…… 사실 그 사람이 나타나지 않았을 때, 우리의 기다림이 부질없는 짓이 되고 말았을 때 그녀는 얼굴을 찌푸렸고, 겁을 집어먹었고, 낙담하지 않았던가. 그녀의 모든 움직임과 그녀의 모든 말은 더이상 경쾌하지도 장난스럽지도 명랑하지도 않았다. 그런데 이상한 점은, 그녀가 전보다 두 배나 더 많이 나에게 관심을 보여줬다는 사실이다. 마치 자신의 소망이 이루어지지 않을까 두려운 나머지, 그녀 자신이 간절히 원하는 모든 것을 본능적으로 나에게 쏟아붓는다는 생각이 들었다. 나의 나스텐카는 자신이 그토록 겁을 집어먹고 실망을 느끼고 나니 급기야 내가 자기를 사랑한다는 사실을 깨닫기라도 한 모양인지 내 가여운 사랑을 딱하게 여기는 것 같았다. 사실 우리 자신이 불행할 때 다른 이들의 불행이 더 강렬하게 느껴지는 법이지 않은가. 감정은 흩어지는 것이 아니라 오히려 한곳에 집중되므로……

나는 한껏 부푼 가슴을 안고 그녀를 만나러 갔다. 사실 이 만남의 순간까지 참고 기다리는 동안 얼마나 조바심이 났는지 모른다. 나는 앞으로 내가 어떤 감정을 느끼게 될지 예상하지 못했고, 이 모든 일의 결말이 뜻밖의 방향으로 흘러가리라고는 더더구나 예상치 못했다. 그녀는 기쁨으로 환히 빛났다. 그녀는 답장을 기다리고 있었고, 답장이란 바로 그 사람 자신이었다. 그는 반드시 와야 했다. 그녀의 부름에 득달같이 달려 나와야만 했다. 그녀는 나보다 한 시간이나 먼저 나와 있었다. 처음에 그녀는 무엇에건 깔깔댔고, 또 내가 하는 말마다 소리 내 웃었다. 나는 말을 꺼내려다 입을 다물었다.

"제가 무엇 때문에 이렇게 즐거운지 아세요?" 그녀가 물었다. "당신을 보는 게 왜 이리 좋은지요? 오늘 제가 왜 이리도 당신을 사랑하는지?"

"글쎄요?" 내가 물었다. 심장이 두근두근 방망이질하기 시작했다.

"저는 당신이 저를 사랑하지 않아서 좋아요. 다른 사람이 당신 입장이었다면 아마 저를 불안하게 하고, 귀찮게 하고, 한숨만 내쉬다가 병이 나고 말았을 거예요. 그런데 당신은 너무나 훌륭해요!"

그러면서 그녀가 내 손을 하도 세게 쥐는 바람에 나는 거의 비명을 지를 뻔했다. 그녀가 웃음을 터트렸다.

"세상에! 당신은 정말 좋은 벗이에요!" 잠시 후 그녀가 아주 진지하게 말을 이어나갔다. "그래요, 당신은 하느님이 제게 보내주신 분이 맞아요! 만약 지금 제 옆에 당신이 없었다면 저는 어떻게 되었을까요? 당신은 어쩌면 이렇게 솔직하고 순수한지! 얼마나 저를 아껴주는지! 만약 제가 결혼을 하더라도 우리는 친남매보다 더 친하게 지낼 거예요. 저는 당신을 사랑할 거고요, 거의 그 사람만큼……"

그 순간 나는 왜 그런지 무섭도록 슬퍼졌다. 하지만 그러면서도 마음속에서는 뭔가 웃음 같은 것이 꿈틀대기 시작했다.

"당신은 지금 흥분했어요." 내가 말했다. "당신은 겁이 나는 겁니다. 그 사람이 오지 않을까봐."

"무슨 말씀을요!" 그녀가 대답했다. "만약 제가 조금만 덜 행복했다면 저에 대한 당신의 그 불신과 비난에 아마 울어버렸을지도 몰라요. 그렇지만 당신은 제게 많은 것을 생각하도록 만들었고 두고두고 생각할 거리를 안겨주었지요. 하지만 그 문제는 나중에 생각할래요. 지금은 당신 말씀이 옳다는 걸 인정할게요. 맞아요! 저는 지금 제정신이 아니에요. 왠지 마냥 기대감에 부풀어 있고, 또 그러면서도 왠지 마음이 홀가분하기도 해요, 지나치다 싶을 정도로요. 하지만 됐어요, 감정 얘기는 나중에 나누기로 해요……!"

바로 그때 발소리가 들렸다. 어둠 속에서 행인 하나가 모습을 드러냈다. 그는 우리를 향해 걸어오고 있었다. 우리는 둘 다 부르르 몸을 떨었다. 그녀는 거의 비명을 지를 뻔했다. 나는 얼른 그녀의 손을 놓고 그녀에게서 물러서려는 동작을 취했다. 하지만 우리가 깜빡 속은 것이었다. 그 사람이 아니었다.

"뭐가 두려우세요? 뭣 때문에 제 손을 뿌리치셨어요?" 그녀가 다시 나에게 자신의 손을 내밀며 말했다. "자요, 대체 왜 그러셨어요? 우리 둘이 함께 그 사람을 만날 거예요. 우리가 서로 사랑하고 있다는 사실을 그 사람에게 보여주고 싶어요."

"우리가 서로 사랑한다니요!" 내가 외쳤다.

'아, 나스텐카, 나스텐카!' 나는 속으로 생각했다. '그 한마디가 내게 얼마나 많은 의미로 다가오는지 그대는 아는가! 그런 사랑은, 나스텐카, 어떤 때는 심장을 싸늘하게 식히고 영혼을 무겁게 짓누른다오. 그대의 손은 차갑지만 내 손은 불같이 뜨겁다오. 나스텐카, 그대는 어쩌면 그렇게도 눈이 멀었는지……! 아! 행복한 사람은 때론 얼마나 참아주기 힘든가! 하지만 나는 그대에게 화를 낼 수가 없다오……!'

마침내 나는 가슴이 벅차올랐다.

"들어봐요, 나스텐카!" 나는 소리쳤다. "오늘 하루종일 나한테 무슨 일이 있었는지 압니까?"

"왜요? 대체 무슨 일이 있었는데요? 어서 말씀해보세요! 왜 여태 잠자코 계신 거예요!"

"우선, 나스텐카, 당신이 부탁한 일을 완전히 끝냈습니다. 그러니까, 편지도 전해주고, 당신이 잘 안다는 그 선량한 사람들 집에도 다녀오고, 그런 다음…… 그다음엔…… 집으로 돌아와 잠자리에 들었습니다."

"그게 다예요?" 그녀가 웃으며 내 말에 끼어들었다.

"예, 거의 그게 답니다." 두 눈에 벌써 어리석은 눈물이 고이기 시작했기 때문에 나는 간신히 대답했다. "우리 약속 시간 한 시간 전에야 잠에서 깼지요. 그런데 마치 한숨도 눈을 붙이지 못한 것 같았습니다. 도대체 어떻게 된 일인지 영문을 모르겠더군요. 당신에게 이 이야기를 전부 들려줘야겠다고 생각하며 이곳으로 향했습니다. 그런데 여기로 오는 동안 마치 시간이 멈춰버린 것만 같았습니다. 그 시간부터 오로지 하나의 감각, 하나의 감정만이 영원히 내 안에 남아 있어야만 할 것 같았고, 마치 그 한순간만이 영원히 계속되어야 할 것 같았습니다. 마치 나의 삶 전체가 나를 위해 정지해버린 느낌이랄까…… 잠에서 깼을 때 어떤 음악이, 오래전에 알았던, 예전에 어디선가 들어봤지만 잊고 지내온 달콤한 선율이 다시 떠오르는 것 같았습니다. 그 선율은 평생 내 가슴속에서 빠져나오려고 애쓰다가 지금에야……"

"어머, 세상에!" 나스텐카가 내 말을 가로막았다. "지금 무슨 말을 하시는 거예요? 하나도 못 알아듣겠어요."

"아, 나스텐카! 어떻게든 당신에게 이 기묘한 인상을 전하고 싶지만……" 나는 비록 아주 희미하지만, 아직은 작은 희망이 살아 있는 가련한 목소리로 말을 시작했다.

"됐어요, 이제 됐으니 그만하세요!" 그녀가 말했다. 순간 내 말 뜻을 알아차린 것이다. 아, 영리한 나스텐카!

갑자기 그녀는 평소와 달리 수다스럽고 쾌활하고 장난스러운 태도를 보였다. 내 손을 잡고 깔깔 웃어대며 나도 자기를 따라 웃기를 바랐다. 그리고 내가 당황해서 내뱉는 말마다 쨍쨍 울리는 긴 웃음으로 화답했다…… 나는 슬슬 약이 오르기 시작했다. 그러자 갑자기 그녀가 귀여운 애교를 부리기 시작했다.

"그런데요," 그녀가 말했다. "사실 기분이 좀 나쁘기도 해요. 당신이 저를 사랑하지 않아서요. 정말 사람은 알다가도 모르겠어요! 하지만 어쨌든 당신은 강직한 분이시니까, 제가 이렇게 단순한 사람이라는 점에 대해 칭찬하지 않고는 못 배길걸요. 당신에게 모든 걸 말하잖아요. 머릿속에 떠오른 어리석은 생각조차 전부 다 말이에요."

"잠깐만요! 지금 열한시인 것 같은데요?" 저멀리 시내의 종루에서 울리는 규칙적인 종소리에 귀를 기울이며 내가 말했다. 그녀는 갑자기 하던 말을 멈추고 웃음도 거두고는 종소리를 세기 시작했다.

"맞아요, 열한시." 마침내 그녀가 머뭇거리며 풀죽은 목소리로 말했다.

나는 그녀를 놀라게 하고 종소리를 세도록 만든 것을 곧 후회했다. 그리고 악의에 차서 충동적으로 저지른 행동에 대해 스스로를 저주했다. 그녀에게 미안해졌고 내 잘못을 어떻게 용서받아야 할지 알 수 없었다. 나는 그녀를 위로하기 시작했다. 그 사람이 오지 않은 이유를 생각해냈고 이런저런 논거들과 증거들을 둘러댔다. 그 순간, 그녀만큼 속여넘기기 쉬운 사람도 없었을 것이다. 사실 이런 경우에는 어느 누구라도 어떤 위로의 말이 됐든 기꺼이 받아들이는 것은 물론이고 티끌만한 변명에도 기뻐했을 테니 말이다.

"정말 우스운 일이지 뭡니까." 나는 비범하도록 명백한 내 논리에 도취되어 더욱 열을 내어 말을 이었다. "맞아요, 그 사람은 올 수가 없었던 겁니다. 당신이 나를 깜박 속여넘기고 혼란스럽게 하는 바람에, 나스텐카, 그만 시간을 잘못 계산했습니다…… 한번 생각해봐요. 편지가 그 사람 손에 가까스로 전해졌을 수도 있습니다. 만약 그 사람이 여기

나오는 게 불가능한 상황이고, 그래서 사정을 알리는 답장을 쓴다고 가정해봅시다. 답신은 아무리 빨라도 내일이나 돼야 도착할 겁니다. 내일 날이 밝자마자 그 사람에게 다녀오겠습니다. 그래서 즉시 당신에게 사정을 알려드리지요. 생각해봐요, 가능성은 수천 가지입니다. 편지가 갔을 때 그 사람이 집에 없었을 수도 있고, 어쩌면 그래서 아직 편지를 읽지 못했을 수도 있잖습니까? 세상엔 별의별 일이 다 일어나는 법이니까요."

"맞아요, 그래요!" 나스텐카가 대답했다. "거기까지는 미처 생각을 못했어요. 당연히 세상엔 별의별 일이 다 생길 수 있죠." 그녀가 수긍이 간다는 듯 아주 차분하게 대답했지만, 그 목소리에는 신경을 건드리는 불협화음처럼 뭔가 다른 생각 같은 게 희미하게 배어 있었다. "이렇게 해주세요." 그녀가 말을 이었다. "가능하면 내일 일찍 가보세요. 그래서 뭔가 알아내시면 곧장 제게 알려주세요. 제가 어디에 사는지는 알고 계시죠?" 그리고 그녀는 자기 집 주소를 다시 한번 불러주었다.

그러고 나서 그녀는 갑자기 무척이나 상냥하고 다소곳한 태도로 나를 대했다…… 그녀는 내가 하는 말을 제법 귀담아듣는 것 같았다. 하지만 내가 뭔가 물어보려고 그녀 쪽으로 몸을 돌리자, 그녀는 입을 다물고 당황해하며 얼굴을 피했다. 나는 그녀의 눈을 살폈다. 짐작대로였다. 그녀는 울고 있었다.

"아니, 이런, 이런! 당신은 정말 어린애 같군요! 어쩌면 이렇게 아이 같을 수가……! 그만 울어요!"

그녀는 마음을 가라앉히며 웃어 보이려 했지만 턱은 부르르 떨렸고 가슴은 여전히 들썩였다.

"당신 생각을 하고 있었어요." 그녀는 잠깐 입을 다물었다가 다시 말을 이었다. "당신은 정말이지 좋은 분이세요. 그걸 느끼지 못한다면 저는 돌이나 다름없겠지요. 지금 제 머리에 무슨 생각이 떠올랐는지 아세요? 당신과 그 사람을 비교해봤어요. 어째서 그 사람은 당신이 아닐까요? 어째서 그 사람은 당신 같지 않을까요? 비록 그 사람을 더 사랑하지만, 그 사람은 당신만 못해요."

나는 잠자코 있었다. 그녀는 내가 무슨 말이라도 해주기를 기다리는 것 같았다.

"물론 어쩌면 제가 그 사람을 완전히 이해하지 못한 것일 수도 있어요. 그 사람을 충분히 다 아는 게 아닐지도 모르고요. 혹시 그거 아세요, 저는 늘 그 사람을 두려워하는 것 같아요. 그 사람은 항상 너무 진지했고, 그래서인지 무척 거만해 보였어요. 물론 그 사람이 겉으로만 그렇다는 걸 알아요. 속마음은 저보다 더 부드럽다는 것도 알고요…… 그때, 그러니까 제가 보퉁이를 들고 그 사람 방으로 찾아갔을 때 저를 바라보던 그 사람 눈길을 잊지 못해요. 하지만 어쨌든 저는 왜 그런지 그 사람을 지나치게 존경하는 것 같아요. 그건 사실 우리가 동등하지 않다는 의미일까요?"

"아니요, 나스텐카, 그렇지 않아요." 내가 대답했다. "그건 당신이 그 사람을 이 세상 누구보다 사랑한다는 뜻입니다. 당신 자신보다도 훨씬 더 그 사람을 사랑한다는 거예요."

"그래요, 그렇다고 해두지요." 나스텐카가 순순히 대답했다. "그런데 방금 무슨 생각이 들었는지 아세요? 지금 저는 그 사람 이야기가 아니라 그냥 일반적인 얘기를 하는 거예요. 사실 이건 벌써 오래전부터 해왔던 생각이기도 해요. 들어보세요, 어째서 우리는 누구나 서로 형제처럼 사이좋게 지내지 못하는 걸까요? 어째서 가장 훌륭한 사람조차 늘 상대방에게 뭔가를 숨기고 조용히 입을 닫고 있는 걸까요? 하찮고 쓸데없는 말이 아니라는 걸 누구보다 잘 알면서 왜 마음속에만 담아둔 채 곧장 솔직하게 말하지 않는 걸까요? 다들 실제 자신보다 더 엄격해 보이려고 애쓰는 것 같아요. 자신의 감정을 그대로 털어놓으면 그 감정이 모욕이라도 당할까봐 두려워하는 것 같아요……"

"아, 나스텐카! 당신 말이 맞습니다. 사실 거기에는 많은 이유가 있습니다." 나는 그녀의 말을 가로막았다. 그 순간 나는 그 어느 때보다 내 감정을 억누르고 있었다.

"아니요, 아니에요!" 그녀가 깊은 감정을 드러내며 대답했다. "그러니까, 여기, 예를 들면 당신은 다른 사람들과는 다르잖아요! 사실 제가 느끼는 감정을 당신께 어떻게 설명해야 할지 모르겠어요. 그렇지만 제 생각에, 이를테면 당신은…… 지금만 해도…… 당신은 저를 위해 무언가 희생하고 계신 것 같아요." 그녀가 나를 한 번 흘끗 바라보고는 조심스럽게 덧붙였다. "제가 이런 식으로 말씀드리는 걸 용서하세요. 아시다시피 저는 단순한 여자잖아요. 세상 경험도 거의 없고 가끔은 어떻게 말해야 하는지 잘 모를 때도 있어요." 그녀는 뭔가 마음에 숨기고 있는 감정 때문에 떨리는 목소리로, 그럼에도 웃어 보이려 애쓰면서 계속 말을 이었다. "하지만 이 말씀만은 꼭 드리고 싶어요. 제가 당신에게 감사해하고 있다는 것, 저 역시 이 모든 걸 느끼고 있다는 것을요…… 오, 하느님께서 이 점을 어여삐 보셔서 당신을 행복하게 해주시기를! 당신은 당신의 몽상가에 대해 많은 이야기를 들려주셨지만 그건 전혀 사실이 아니에요. 그러니까, 그건 당신과는 전혀 상관없는 이야기라는 걸 말씀드리고 싶어요. 당신의 병은 나아지고 있고, 당신은 이제 당신이 묘사했던 그런 사람과는 전혀 다른 분이에요. 만약 언젠가 당신이 누군가를 사랑하게 된다면 당신이 그분과 행복하시길 빌어요! 하지만 그 여자분을 위해서는 아무것도 빌지 않겠어요. 왜냐하면 그분은 당신 곁에서 행복할 테니까요. 전 알아요. 저도 여자인걸요. 그러니 제가 이렇게 말씀드린다면 당신은 제 말을 믿으셔야 해요……"

그녀는 말을 멈추고 내 손을 꼭 잡았다. 나 역시 마음의 동요 때문에 아무 말도 할 수 없었다. 그렇게 몇 분이 지났다.

"그래요, 오늘은 그 사람이 오지 않는군요!" 그녀가 마침내 고개를 들고 말했다. "이미 늦었어요……!"

"내일은 올 겁니다." 내가 아주 확신에 찬 단호한 목소리로 말했다.

"그래요." 다시 명랑해진 그녀가 덧붙였다. "제 생각에도 그 사람은 내일 올 것 같아요. 그럼, 안녕히 가세요! 내일 봬요! 혹시 비가 오면 저는 못 나올지도 몰라요. 하지만 내일모레는 나올 거예요. 무슨 일이 있어도 꼭 올 거예요. 당신도 꼭 여기로 나와주세요. 당신과 만나고 싶어요. 당신께 모두 말씀드리겠어요."

그런 다음, 우리가 작별인사를 나눌 때가 되자 그녀는 내게 손을 내밀고 나를 똑바로 바라보며 이렇게 말했다.

"이제 우리는 영원히 함께할 거예요, 그렇지 않나요?"

오! 나스텐카, 나스텐카! 내가 지금 얼마나 외로운지 그대가 안다면!

시계가 아홉시를 알리자, 나는 방안에 가만히 틀어박혀 있을 수가 없었다. 음침한 시간이었음에도 나는 옷을 챙겨 입고 밖으로 나갔다.

나는 거기로 가서 우리의 벤치에 앉았다. 그리고 그녀의 집이 있는 골목길로 향했지만 이내 부끄러운 마음이 들었다. 그 집 쪽으로 두어 걸음이나 옮겼을까, 결국 그녀의 창문도 한 번 올려다보지 못한 채 발길을 돌리고 말았다. 나는 예전에는 한 번도 경험해본 적 없는 깊은 슬픔에 잠겨 집으로 돌아왔다. 아, 이 얼마나 축축하고 음산한 날인가! 날씨만 좋았더라면 그곳을 밤새도록 거닐었으련만……

그러나 내일까지, 내일까지 기다리자! 내일 그녀는 나에게 모든 걸 말해줄 것이다.

하지만 오늘도 편지는 오지 않았다. 어쩌면 그게 당연한지도 모른다. 그 두 사람은 이미 함께일 수도 있으므로……

네번째 밤

세상에, 모든 것이 이렇게 끝나다니! 결국 이렇게 되고 말다니!

나는 아홉시에 도착했다. 그녀는 벌써 나와 있었다. 나는 멀리서도 그녀를 알아볼 수 있었다. 그녀는 처음 만났을 때처럼 강변의 난간에 팔꿈치를 괸 채 서 있었고, 내가 가까이 다가가는데도 알아차리지 못했다.

"나스텐카!" 나는 마음의 동요를 간신히 억누르며 그녀를 소리쳐 불렀다.

그녀가 재빨리 뒤를 돌아봤다.

"어머!" 그녀가 말했다. "자! 어서요!"

나는 어리둥절해서 그녀를 바라보았다.

"자, 어서요, 편지는 어디 있어요? 편지는 가져오셨겠지요?" 난간을 움켜쥔 채 그녀가 반복해서 물었다.

"아니요, 편지는 없습니다." 결국 나는 대답했다. "그 사람은 아직 안 왔습니까?"

그녀는 얼굴이 백지장처럼 하얘지더니 한참을 그대로 꼼짝도 안 하고 서서 나를 바라보았다. 내가 그녀의 마지막 희망을 산산조각내버린 셈이었다.

"뭐, 좋을 대로 하라지요!" 마침내 그녀가 떨리는 목소리로 말했다. "이런 식으로 나를 저버리고 싶다면 뭐, 좋을 대로 하라고 해요."

그녀는 눈을 내리깔았고, 잠시 후 다시 나에게 시선을 주려 했지만 그러지 못했다. 그녀는 몇 분 동안 마음의 동요를 가라앉히려고 안간힘을 썼다. 그러다 갑자기 강변의 난간에 팔꿈치를 괴더니 그대로 나를 돌아봤다. 그녀의 눈에서 눈물이 쏟아졌다.

"됐어요, 그만 울어요!" 나는 입을 열었으나 그녀를 보며 계속 말을 이어갈 힘이 나지 않았다. 도대체 무슨 말을 할 수 있겠는가?

"저를 위로하지 마세요." 그녀가 울면서 말했다. "그 사람 이야기는 하지 마세요. 그 사람이 올 거라고, 그 사람이 이토록 잔인하고 파렴치하게 저를 버린 게 아니라고도 하지 마시고요. 이미 그렇게 됐으니까요. 어째서죠? 무엇 때문에? 정녕 제 편지에 무슨 잘못이라도 있었을까요? 그 불행한 편지에……?"

여기서 그녀는 울음이 복받쳐 더이상 말을 잇지 못했다. 그런 그녀를 보고 있자니 내 심장도 찢겨나가는 것만 같았다.

"아, 어쩌면 이렇게 파렴치하고 잔인할까!" 그녀는 다시 말문을 열었다. “어떻게 단 한 줄, 단 한 줄의 답장도 없을 수 있지! 이젠 내가 필요 없어졌다고, 나와는 끝났다고, 그렇게라도 답장을 했어야지, 어떻게 삼 일 내내 단 한 마디가 없어! 자기를 사랑한 죄밖에 없는 이 가련하고 의지할 곳 없는 여자를 그 사람은 어쩌면 이렇게도 쉽사리 상처주고 모욕하는 걸까! 아, 이 사흘 동안 내가 견디고 또 견딘 걸 생각하면! 세상에! 어떻게! 내가 먼저 처음 그 사람을 찾아갔던 것도, 그 사람 앞에서 자존심도 버리고 울었던 것도, 그 사람에게 한 방울의 사랑이라도 얻고 싶어 애원했던 것도, 다 이렇게 기억이 생생한데…… 그런데 이제 와서……! 잠깐만요.” 그녀가 내 쪽을 보며 말을 이었다. 그녀의 까만 눈이 반짝이기 시작했다. “그래요, 그건 아닐 거예요! 이럴 수는 없는 법이죠. 뭔가 자연스럽지가 않아요! 당신이 뭔가 잘못 알았거나 제가 잘못 안 거예요. 그 사람은 어쩌면 아직 편지를 못 받은 게 아닐까요? 아니면 여태 아무것도 모르고 있는지도 모르잖아요? 당신도 한번 생각해보시고, 제발 말씀해주세요, 설명을 좀 해주세요. 저는 도무지 이해를 못하겠어요. 그 사람이 지금 저한테 보인 이런 행동을, 이렇게 야만적이고 무자비한 짓을 저지를 리 없어요! 단 한 마디도 없다니요! 세상에서 가장 비열한 사람도 이보다 더 잔인한 대접을 받지는 않을 거예요. 어쩌면 그 사람이 무슨 소릴 들었는지도 몰라요. 누군가 저에 대해 나쁜 말이라도 했을까요?” 그녀가 이렇게 질문을 쏟아놓으며 내게 소리쳤다. “당신은, 당신은 어떻게 생각하세요?”

“들어봐요, 나스텐카, 내가 내일 당신 대신 그 사람에게 가보겠습니다.”

“그래서요!”

"그 사람에게 어떻게 된 영문인지 모두 물어보고 또 모든 상황을 전하겠습니다."

"그래서, 그래서요!"

"편지를 써주십시오. 안 된다는 말은 하지 말아요, 나스텐카, 싫다는 말만은 제발! 그 사람이 당신의 행동을 존중하도록 만들겠습니다. 그 사람은 모든 걸 알게 될 겁니다. 만약……"

"아니요, 안 돼요." 그녀가 내 말을 가로막았다. "됐어요! 더이상 한 마디도, 저는 한 마디도, 단 한 줄도 안 쓸 거예요. 이제 됐어요! 이제 그 사람은 모르는 사람이에요. 더이상 사랑하지도 않고요. 그 사람을 잊……을……거예요……"

그녀는 끝까지 말을 잇지 못했다.

"진정해요, 진정해! 자, 여기 좀 앉아요, 나스텐카." 그녀를 벤치에 앉히며 내가 말했다.

"전 괜찮아요. 됐어요! 다 그런 거죠, 뭐! 이건 그냥 눈물이에요, 금방 말라버릴 눈물! 왜요, 제가 자해라도 할 것 같아서요? 물속에 뛰어들기라도 할까봐서요……?"

나는 가슴이 미어졌다. 무슨 말이든 하고 싶었지만 아무 말도 나오지 않았다.

"있잖아요!" 그녀가 내 손을 잡으며 계속해서 말했다. "말씀해보세요, 당신이라면 이렇게는 하지 않았겠지요? 당신이라면 제 발로 자기를 찾아온 소녀를 저버리지도 않았을 테고, 당신이라면 그 소녀의 연약하고 어리석은 마음을 뻔뻔하게 대놓고 비웃지도 않았을 테고, 당신이라면 그 소녀를 아껴주었겠지요? 당신이었다면 그 소녀가 혼자라는 것도,

자신을 돌보지 못한다는 것도, 당신을 향한 사랑을 어쩌지 못한다는 것도 생각해주었겠지요? 그 소녀는 아무 잘못이 없다는 것도, 결코 잘못한 일이 없다는 것도요…… 그 소녀는 아무 짓도 하지 않았다는 것도……! 아, 세상에, 어떡해!"

"나스텐카!" 결국 나는 감정을 억제하지 못하고 소리쳤다. "나스텐카! 당신은 내 가슴을 갈가리 찢어놓는군요! 내 심장을 찌르고, 나를 죽이고 있어요, 나스텐카! 더이상 입을 다물고 가만히 있을 수가 없습니다! 이제 말을 해야겠어요. 여기, 바로 내 가슴속에서 아우성치는 것들을 다 털어놓아야겠습니다……"

이렇게 말하며 나는 벤치에서 몸을 일으켰다. 그녀가 내 손을 잡고 깜짝 놀란 눈으로 나를 바라보았다.

"무슨 일이세요?" 결국 그녀가 물었다.

"들어봐요!" 나는 단호하게 말했다. "내 말을 들어봐요, 나스텐카! 지금부터 내가 하는 말은 모두 터무니없고, 모두 실현 불가능하고, 모두 어리석은 소리일 뿐입니다! 현실에선 결코 일어날 수 없는 일이라는 사실을 알지만 이렇게 계속 침묵하고만 있을 수는 없습니다. 지금 당신이 당하고 있는 고통을 생각해서라도 나를 용서하기를 미리 간청합니다……!"

"그래서 뭔데요, 무슨 이야기인데요?" 그녀가 울음을 그치고 나를 뚫어지게 바라보며 말했다. 깜짝 놀란 그녀의 두 눈이 묘한 호기심으로 반짝였다. "무슨 일인데요?"

"이건 정말 말도 안 되는 소리지만, 당신을 사랑합니다, 나스텐카! 바로 이 말을 하고 싶었습니다! 자, 이제 모두 털어놓았습니다!" 나는 손을 내저으며 말했다. "이제 당신도 곧 알게 되겠지요. 앞으로도 지금처럼 계속 나와 이야기를 나눌 수 있을지 어떨지, 지금처럼 내가 하는 이야기를 들어줄 수 있을지 어떨지 말입니다……"

"그래서, 그래서요?" 나스텐카가 내 말을 가로막았다. "그게 어떻다는 건데요? 저는 오래전부터 당신이 저를 사랑한다는 걸 알고 있었어요. 다만 저는 당신이 그저, 단순히 저를 많이 아끼시는 거라고 생각했지만요…… 오, 세상에!"

"처음엔 단순했습니다, 나스텐카, 그렇지만 지금, 지금은…… 나는 지금 당신이 보퉁이를 들고 그 사람에게 찾아갔을 때, 그때의 심정과 같습니다. 아니, 내가 당신보다 더 비참합니다. 그 사람은 그때 사랑하는 사람이 없었지만, 당신에게는 사랑하는 사람이 있으니까요."

"지금 무슨 말씀을 하시는 거예요! 당신을 전혀 이해할 수가 없어요. 제 얘기 좀 들어보세요, 무엇 때문에, 그러니까 무엇 때문이 아니라, 왜 당신은 갑자기, 이렇게 갑자기…… 세상에! 제가 지금 무슨 바보 같은 소리를 하는 거죠! 하지만 당신은……"

나스텐카는 어쩔 줄 몰라했다. 그녀의 뺨이 발갛게 달아올랐다. 그녀는 눈을 내리깔았다.

"어떡하면 좋을까요, 나스텐카, 내가 어떡하면 좋겠습니까? 내 잘못입니다. 내가 당신 상황을 이용했어요…… 아니, 그게 아닙니다, 아니에요, 내 잘못이 아닙니다, 나스텐카. 나는 느낄 수 있고 알 수 있습니다. 왜냐하면 내 심장이 내가 옳다고 말하니까요. 왜냐하면 나는 당신에게 상처주지 않을 테니까요, 그 어떤 것으로도 당신을 모욕하지 않을 테니까요! 나는 당신의 친구였고, 지금도 여전히 친구입니다. 나는 한 번도 신뢰를 저버리지 않았습니다. 지금 내 눈에서 눈물이 흐릅니다, 나스텐카. 하지만 흐를 테면 흐르라지요, 그냥 흐르라고 해요. 아무도 방해하지 않을 눈물이니까요. 어차피 마르겠지요, 나스텐카……"

"자, 좀 앉으세요, 어서요." 그녀가 나를 벤치에 앉히며 말했다. "오, 세상에!"

"아닙니다! 나스텐카, 앉지 않겠습니다. 나는 더이상 여기 머물 수가 없습니다. 당신은 이제 나를 볼 수 없을 겁니다. 모든 걸 말하고 떠나겠습니다. 다만, 내가 당신을 사랑한다는 사실을 당신은 영원히 모르게 했어야 했다는 말을 하고 싶습니다. 그 사실을 비밀로 간직했어야만 했어요. 그랬다면 지금 이 순간 내 이기심으로 당신을 괴롭히는 일은 없었겠지요. 아니요! 사실 나는 더이상 견딜 수가 없었습니다. 당신이 먼저 말을 꺼냈으니까요. 당신 탓입니다, 다 당신 탓이에요. 내 잘못이 아닙니다. 당신은 이제 나를 쫓아버릴 수 없을 겁니다……"

"물론 아니에요, 그럴 리가요, 당신을 쫓아버리지 않아요, 아니에요!" 딱하게도 나스텐카는 당혹감을 감추려고 안간힘을 썼다.

"나를 쫓아버리지 않겠다고요? 그게 아닙니다! 나 스스로 당신 곁을 떠나고 싶었습니다. 나는 떠날 겁니다. 다만 모든 걸 당신한테 털어놓은 다음에요. 왜냐하면 당신이 여기서 말하고 있을 때 나는 가만히 앉아 있을 수가 없었고, 당신이 여기서 울고 있을 때, 당신이, 그게, 그러니까(이런 표현밖에는 생각이 나지 않습니다, 나스텐카), 버림받았음에, 사랑을 거절당한 것에 고통스러워하고 있을 때 나는 내 마음속에 당신을 향한 사랑이 얼마나 크게 자리잡았는지 느끼고 알아버렸기 때문입니다, 나스텐카, 그 사랑이 얼마나 큰지를요……! 그리고 너무 괴로웠습니다. 이 사랑으로도 당신을 도울 수가 없어서…… 심장이 터져 버릴 것만 같아서 나는, 나는 잠자코 있을 수가 없었습니다. 말을 해야만 했습니다, 나스텐카, 털어놓을 수밖에 없었습니다……!"

"그래요, 그래요! 저한테 얘기하세요, 저랑 계속 이렇게 이야기해요!" 나스텐카가 뭐라 설명할 수 없는 몸짓을 해 보이며 말했다. "제가 당신에게 이런 말을 하는 것이 이상하게 보일 수도 있지만…… 말씀하세요! 제 얘기는 나중에 할게요! 저도 전부 털어놓을게요!"

"당신은 그저 내가 딱한 겁니다, 나스텐카, 나의 작은 벗이여, 그저 내가 불쌍한 거라고요! 하지만 이미 이렇게 돼버린 걸 어떡합니까! 한번 내뱉은 말을 도로 주워 담을 수도 없고 말이지요! 그렇지 않습니까? 자, 이제 당신은 모든 진실을 알게 됐습니다. 네, 이 진실이 제 이야기의 출발점이 되겠군요. 뭐, 좋습니다! 차라리 잘됐습니다. 이제 그저 들기만 해주세요. 당신이 여기 앉아서 울고 있을 때 나는 속으로 생각했습니다(오, 내가 생각한 대로 말할 수 있기를!), 네, 이런 생각을 했습니다(아니, 물론 그건 있을 수 없는 일입니다, 나스텐카). 당신이…… 나는 당신이 거기서 어떻게든…… 그러니까, 혹시 어쩌면 당신이 뜻밖에도 어쩌다보니 이제 더이상 그 사람을 사랑하지 않게 되었을지도 모른다고 생각했습니다. 실은 어제도 그제도 그런 생각을 했습니다, 나스텐카. 그리고 정말 그렇다면 이렇게 하겠노라고, 반드시 이렇게 하겠노라고, 그러니까 당신이 나를 사랑하도록 만들겠노라고 다짐했습니다. 당신도 말했잖아요, 나스텐카, 당신 입으로 직접 당신도 나를 거의 사랑하게 되었다고요. 자, 다음은 무슨 이야기를 할까요? 내가 하고 싶었던 이야기는 거의 다 한 것 같습니다. 한 가지 남은 이야기가 있다면, 그건 만약 당신도 나를 사랑하게 된다면, 그때는 어떨까 하는 생각이 든다는 겁니다. 이게 다예요, 더는 없습니다! 벗이여, 들어봐요, 어쨌든 당신은 나의 친구니까요. 물론 나는 평범하고 가난한, 내세울 것 없는 사람입니다. 아니, 사실 문제는 그게 아닙니다(너무 당황해서 자꾸 엉뚱한 말이 나오는군요, 나스텐카). 나는 당신을 계속 사랑할 겁니다. 당신이 여전히 그 사람을 사랑한다 해도, 나는 알지도 못하는 그 사람을 당신이 앞으로도 변함없이 사랑한다 해도, 당신이 알아채지 못하게 그렇게 당신을 사랑할 겁니다. 내 사랑이 당신에게 무거운 짐이 되면 안 되니까요. 당신은 다만 감사로 가득찬 심장이, 당신을 향한 뜨거운 심장이 당신 옆에서 힘차게 뛰는 소리를 듣게 될 겁니다, 매 순간 느끼게 될 겁니다…… 아, 나스텐카, 나스텐카! 대체 나에게 무슨 짓을 한 겁니까……!"

"울지 마세요, 당신이 우시는 거, 싫어요." 나스텐카가 재빨리 벤치에서 일어서며 말했다. "이제 가요, 어서 일어나서 저랑 같이 가요. 울지 마세요, 제발 울지 마세요." 나스텐카가 자신의 손수건으로 내 눈물을 닦아주며 말했다. "자, 이제 그만 가요. 어쩌면 저도 당신에게 할말이 있을지도…… 그래요, 그 사람이 이렇게 저를 버린 것이라면, 이렇게 잊어버린 것이라면, 비록 저는 여전히 그 사람을 사랑하지만(당신을 속이고 싶지 않아요)…… 그렇지만 제 이야기를 들어보고 대답해주세요. 만약 제가, 가령, 당신을 사랑하게 되었다면, 음, 그러니까 제가 단지…… 아, 나의 벗이자 나의 친구이신 당신! 저는 어떻게, 어떻게 생각하면 좋을까요. 그때 제가 당신을 모욕한 것을, 저를 사랑하지 않아서 좋다고 당신을 칭찬하면서 당신의 사랑을 비웃었던 것을요……! 오,

세상에! 어떻게 이런 일이 있으리라고 미리 생각하지 못했을까요, 어떻게 짐작도 못했을까요. 저는 어쩌면 그리도 바보 같았을까요. 하지만…… 그래요, 좋아요, 결심했어요. 당신에게 모두 말씀드릴게요……"

"잠깐만요, 나스텐카, 알겠어요? 당신 곁을 떠날 거라고요. 그렇게 할 겁니다! 내가 있어봐야 당신만 괴롭게 할 뿐입니다. 보십시오, 당신은 벌써 나를 비웃은 일로 양심의 가책을 느끼고 있잖습니까. 그래서 싫습니다. 그래요, 당신이 괴로워하는 건 정말 보고 싶지 않아요. 그러잖아도 고통스러운 당신을…… 물론 내 잘못입니다, 나스텐카, 그럼 안녕히 가십시오!"

"잠깐만요, 제 말 좀 끝까지 들어보세요. 기다려줄 수 있으세요?"

"무엇을 말입니까, 어떻게?"

"저는 그 사람을 사랑해요. 하지만 다 지나갈 거예요, 지나가야만 해요. 아니, 지나가지 않을 리가 없잖아요. 그리고 벌써 지나가고 있는걸요, 저는 알 수 있어요…… 누가 알겠어요, 어쩌면 오늘 당장 모든 게 다 끝나버릴지. 왜냐하면 이제 저는 그 사람을 증오하니까요. 당신이 여기서 저와 함께 울어주실 때, 그 사람은 저를 조롱하고 있었으니까요. 당신이었다면 그 사람처럼 저를 배반하지 않으셨을 테니까요. 당신은 저를 사랑하지만 그 사람은 사랑하지 않으니까요, 그리고 이제는 저도 당신을 사랑하고 있으니까요…… 네, 사랑해요! 당신이 저를 사랑하는 것처럼 저도 당신을 사랑해요. 사실 전에도 제 입으로 직접 당신에게 이 말을 했었지요. 당신도 들으셨고요. 당신은 그 사람보다 더 좋은 분이기 때문에, 그 사람보다 더 고결한 분이기 때문에 당신을 사랑해요. 왜냐하면 그 사람은……"

이 가엾은 소녀는 감정이 복받쳐올라 더이상 말을 잇지 못하고 자기 머리를 내 어깨 위에 올려놓았다. 그러더니 내 가슴에 얼굴을 묻고 서럽게 울기 시작했다. 나는 그녀를 위로하고 다독였지만 그녀는 울음을 멈추지 않았다. 그녀는 여전히 내 손을 꼭 움켜쥔 채 흐느껴 울며 띄엄띄엄 말을 이었다. "잠깐만요, 잠깐만, 금방 그칠게요! 당신에게 말씀드리고 싶어요…… 오해하지 마세요, 혹시 이 눈물이…… 이건 그냥 마음이 약해져서 그런 거예요. 그칠 때까지 잠깐만 기다려주세요……" 마침내 그녀는 울음을 멈추고 눈물을 닦았다. 그리고 우리는 다시 걷기 시작했다. 나는 말을 하고 싶었지만 그녀는 한사코 기다려달라고만 했다. 우리는 말없이 걸었다…… 마침내 그녀가 기운을 차리고 입을 열었다……

"그러니까요." 그녀는 가늘게 떨리는 목소리로 말을 시작했다. 하지만 그 목소리에는 뜻밖에도 내 가슴속에 곧장 박혀들어 달콤한 고통을 느끼게 하는 그 뭔가가 배어 있었다. "제가 마음이 잘 흔들리는 가벼운 사람이라고는 생각지 말아주세요. 쉽게 잊어버리고 쉽게 배신하는 사람이라고도 생각지 마시고요…… 저는 꼬박 일 년을 그 사람을 사랑했어요. 하늘에 맹세코, 한 번도, 단 한 번도 생각으로라도 그 사람을 배반한 적이 없어요. 그 사람은 그런 저를 업신여겼어요. 저를 조롱했다고요. 좋을 대로 하라지요! 그 사람은 제게 상처를 주고 제 마음을 모욕했어요. 이제, 이제 더는 그 사람을 사랑하지 않아요. 왜냐하면 저는 마음이 너그러운 사람만 사랑할 수 있거든요. 저를 이해해주는 고결한 사람만 사랑할 수 있어요. 저 자신이 바로 그런 사람이니까요. 그 사람은 제 사랑을 받을 자격이 없어요. 그래요, 좋을 대로 하라지요! 지금 이런 식으로 나오는 게 그 사람으로선 현명한 처신인지도 몰라요. 어차피 나중에 기대를 배반당하고 그 사람이 어떤 인간인지 알게 됐을 테니까요…… 그래요, 다 끝났어요! 하지만 누가 알겠어요, 친애하는 나의 벗." 그녀가 내 손을 잡은 채 계속 말을 이었다. "어쩌면 제 사랑이라는 것도 실은 모두 감정의 속임수이거나 망상에 지나지 않았는지. 어쩌면 할머니의 지나친 감시를 받으며 지내다보니 장난을 치고 싶어져서 어이없게 사랑을 시작한 건지도 모르잖아요? 어쩌면 저는 그 사람이 아닌 다른 사람을, 그런 사람이 아니라 저를 가엾게 여길 줄 아는 다른 사람을 사랑해야 하는지도 몰라요, 그리고, 그리고…… 이 얘기는 그만해요, 됐어요." 나스텐카는 자신의 감정에 겨워 숨을 헐떡이며 중간에 말을 끊었다. "저는 그저 당신에게 말씀드리고 싶었어요…… 그러니까 제가 그 사람을 사랑하는데도(아니, 사랑했는데도) 불구하고, 그럼에도 불구하고 당신이 여전히 말씀하신다면…… 당신의 사랑이 위대해서 결국은 제 마음속에서 예전 사랑을 몰아낼 수 있다고 느끼신다면…… 저를 가엾게 여기고 싶으시다면, 저를 어떤 위로도 희망도 없는 운명 속에 홀로 버려두고 싶지 않으시다면, 지금처럼 언제나 저를 사랑할 준비가 되어 있으시다면, 그렇다면 맹세할게요, 감사하는 제 마음…… 저의 사랑도 결국은 당신의 사랑에 합당한 자격을 가지게 될 거라고요…… 이제 제 손을 잡아주시겠어요?"

"나스텐카!" 나는 울음이 복받쳐올라 가쁜 숨을 몰아쉬며 소리쳤다. "나스텐카……! 오, 나스텐카……!"

"자, 그만, 그만 됐어요! 이제 정말 됐어요!" 그녀가 간신히 감정을 억누르며 말했다. "그럼, 이제 할말은 모두 한 셈이네요. 그렇지 않나요?

그렇죠? 자, 이제 당신도 행복하고 저도 행복해요. 이 일은 더이상 입에 올리지 않는 게 좋겠어요. 잠깐만 기다려주세요, 절 가엾게 여겨주세요…… 무슨 말이든 좋으니 다른 얘기를 해주세요, 제발요……!"

"그래요, 나스텐카, 그래요! 그 얘기는 그만합시다. 지금 나는 행복하니까, 나는…… 그래요, 나스텐카, 이제 다른 이야기를 합시다. 자, 어서, 어서, 다른 이야기를 해요. 네! 나는 준비됐습니다……"

그렇지만 우리는 무슨 말을 해야 할지 몰랐다. 우리는 웃었고, 우리는 울었고, 우리는 아무 연관성도 아무 의미도 없는 수천 가지 말들을 떠들었다. 우리는 인도를 따라 걷기도 했다가 갑자기 되돌아서 길을 가로지르기도 했다. 그런 다음 걸음을 멈추었다가 다시 강변을 향해 길을 건넜다. 우리는 꼭 어린아이들 같았다……

"나스텐카, 나는 지금 혼자 살고 있어요." 내가 입을 열었다. "그러나 내일이면…… 물론, 나는, 나스텐카, 당신도 알다시피 가난합니다. 고작해야 일 년에 천이백 루블 받습니다.* 하지만 그게 문제는 아니죠……"

"물론, 아니에요. 그리고 할머니는 연금을 받고 계시니까 우리에게 큰 부담은 되지 않으실 거고요. 할머니는 우리가 모셔야 해요."

"당연히 할머니는 우리가 모셔야죠…… 다만 마트료나가……"

"아, 우리집에도 표클라가 있어요!"

"마트료나는 좋은 사람이지만 한 가지 단점이 있어요. 상상력이란 게 없어요. 나스텐카, 정말이지 상상력이라고는 눈 씻고 찾아봐도 없어요. 하지만 그게 중요하진 않지요……!"

* 원문을 직역하면 '모두 합해야 천이백 루블밖에 없다'는 뜻인데, 이는 보통 일 년 동안의 월급을 합한 금액, 즉 연봉을 의미한다.

"괜찮아요. 두 사람이 함께 지내면 되니까요. 다만, 당신은 내일 저희 집으로 옮겨오세요."

"무슨 말입니까? 당신 집으로라니요! 좋아요, 나는 준비가 됐습니다……"

"그래요, 우리집으로 세를 들어오시는 거예요. 우리집 꼭대기에 다락방이 있어요. 지금은 비어 있고요. 어느 나이든 귀부인이 세를 들었었는데, 지금은 이사를 가버리고 아무도 없거든요. 저는 할머니가 젊은 남자를 들이고 싶어하시는 걸 알아요. 제가 '왜 꼭 젊은 남자여야 해요?' 하고 할머니께 여쭤봤더니 할머니가 그러시는 거예요. '나도 이제 늙었잖니, 나스텐카. 그렇다고 내가 너를 그 젊은이에게 시집보내기 위해 그런다고는 생각하지 말거라.' 제 생각이 맞았던 거예요, 바로 그것 때문이었어요……"

"아, 나스텐카……!"

그리고 우리 둘은 함께 웃음을 터트렸다.

"자, 이제 그만, 그만 됐어요. 그런데 어디 사신다고 하셨죠? 잊어버렸어요."

"저기…… 다리 근처 바란니코프 건물에 살아요."

"거기 그 큰 집 말씀인가요?"

"네, 그 큰 집 맞아요."

"아, 알아요. 좋은 집이죠. 하지만 이제 그 집을 버리고 가능한 한 빨리 저희 집으로 이사오세요……"

"내일이라도, 나스텐카, 내일이라도 당장 가겠습니다. 방세가 좀 밀려 있긴 하지만 뭐, 별일 아닙니다…… 곧 월급이 나오니까요……"

"있잖아요, 어쩌면 저는 학생을 가르칠지도 모르겠어요. 제가 먼저 공부를 한 다음에 가르치면 되니까요……"

"훌륭한 생각입니다…… 나도 곧 특별 상여금을 받을 겁니다, 나스텐카……"

"이제 내일이면 당신은 우리집 세입자가 되겠군요……"

"네, 그리고 함께 〈세비야의 이발사〉를 보러 갑시다. 곧 다시 공연을 할 거라더군요."

"그래요, 같이 가요." 나스텐카가 웃으며 말했다. "아니, 〈세비야의 이발사〉보다 다른 공연이 더 낫지 않을까요……"

"뭐, 좋아요, 다른 걸로 봅시다. 물론 그 편이 더 좋겠군요. 미처 그 생각을 못했네요……"

이런 이야기를 나누며 우리 둘은 자신에게 무슨 일이 벌어지고 있는지 알지 못하는 사람들처럼 연기 속을 가듯, 안개 속을 가듯 그렇게 걸었다. 우리는 갑자기 걸음을 멈추고 그 자리에 서서 오랫동안 이야기를 나누기도 하고 다시 걷다가 어딘지도 모르는 곳을 향해 걸음을 옮기기도 했다. 그리고 다시 웃음, 다시 눈물…… 갑자기 나스텐카가 집에 가고 싶다고 했다. 나는 그녀를 더 붙잡아둘 수가 없어서 집 앞까지 바래다주기로 했다. 우리는 그녀의 집으로 향했다. 하지만 십오 분쯤 지나 정신을 차려보니 강변 옆 우리의 벤치에 와 있었다. 그녀의 입에서 깊은 한숨이 새어나왔고 눈에는 또다시 눈물이 맺혔다. 순간 나는 더럭 겁이 나면서 창백해졌다…… 그러나 그녀는 곧 내 손을 꼭 쥐고 나를 잡아당겨 다시 걷고, 떠들고, 말을 하게 만들었다……

"이제 가야 해요, 집으로 돌아갈 시간이에요. 너무 늦은 것 같아요."

마침내 나스텐카가 말했다. "어린애처럼 구는 건 이걸로 충분해요!"

"그래요, 나스텐카, 다만 지금은 잠이 올 것 같지 않아요. 집으로는 가지 않겠어요."

"저도 잠이 안 올 것 같아요. 그래도 집까지 바래다주실 거죠……?"

"물론입니다!"

"이번에는 꼭 집까지 가야 해요."

"그럼요, 물론입니다……"

"정말이죠……? 어쨌든 언젠가는 집에 가야 하잖아요!"

"약속해요." 내가 웃으며 대답했다…… "자, 갑시다!"

"네, 가요."

"하늘 좀 봐요, 나스텐카, 어서요! 내일은 날이 아주 맑을 것 같아요. 어쩌면 하늘이 저리도 파랄까, 달은 저리도 밝고! 저기를 좀 봐요. 노란 구름이 달을 덮으려고 해요. 봐요, 봐……! 아니, 그냥 옆으로 지나가버리네요. 저기를 좀 봐요, 어서……!"

그러나 나스텐카는 구름을 바라보지 않았다. 그녀는 말없이 그 자리에 붙박인 듯 서 있었다. 잠시 후 그녀는 왠지 겁을 집어먹은 사람처럼 나에게 바짝 달라붙었다. 그녀의 손이 내 손안에서 바들바들 떨렸다. 나는 그녀를 바라보았다…… 그녀는 더욱 바짝 내게 달라붙었다.

바로 그 순간 한 젊은 남자가 우리 옆을 지나쳤다. 그 남자는 갑자기 걸음을 멈추고 우리를 뚫어지게 바라보았다. 그러고는 다시 몇 발짝을 더 내디뎠다. 내 심장이 떨리기 시작했다……

"나스텐카." 나는 목소리를 낮춰 말했다. "저 사람은 누굽니까, 나스텐카?"

"그 사람이에요!" 그녀가 더욱 바짝 내게 떨리는 몸을 밀착시키며 속삭이듯 말했다…… 나는 가까스로 버티고 서 있었다.

"나스텐카! 나스텐카! 당신이었어!" 우리 뒤에서 목소리가 들리는가 싶더니 거의 동시에 그 젊은 남자가 우리 쪽으로 몇 발짝 다가왔다.

오, 세상에, 그 비명소리! 그녀는 얼마나 무섭게 떨었던가! 또 얼마나 재빨리 내 손을 뿌리치고 그 사람에게 달려갔던가……! 나는 죽은 듯 그 자리에 서서 두 사람을 바라보았다. 그런데 그 사람에게 손을 내밀며 거의 그의 품에 안기려던 순간 그녀가 갑자기 내 쪽으로 몸을 돌려 마치 바람처럼 번개처럼 나에게 달려왔다. 그리고 내가 정신을 추스를 새도 없이 두 팔로 내 목을 감싸안고 강렬하고도 뜨겁게 내게 입을 맞췄다. 그러고는 한마디 말도 없이 다시 그 사람에게 달려가 그의 두 손을 잡아 끌어당겼다.

나는 오래도록 그 자리에 서서 멀어져가는 그들의 뒷모습을 바라보았다…… 마침내 두 사람 모두 내 눈앞에서 사라졌다.

아침

나의 밤들은 아침이 오면서 끝이 났다. 날이 좋지 않았다. 비가 내렸고 빗방울이 쓸쓸하게 내 방 창문을 두드렸다. 방안은 어두웠고 밖은 잔뜩 흐렸다. 나는 머리가 아프고 어지러웠다. 온몸에 오한이 일었다.

"나리께 편지가 왔어요. 방금 우편배달부가 시내 우편으로 가져왔더라고요." 마트료나가 내 머리맡에서 말했다.

"편지라니! 누구한테서?" 나는 의자에서 벌떡 일어나며 소리쳤다.

"모르겠어요, 나리, 직접 보세요. 거기 누가 보냈다고 적혀 있겠지요."

나는 봉인을 뜯었다. 그녀가 보낸 편지였다!

'아, 용서하세요, 부디 저를 용서해주세요!' 나스텐카는 이렇게 쓰고 있었다. '무릎을 꿇고 용서를 빕니다, 부디 저를 용서해주세요! 저는 당신도 속이고 제 자신도 속였습니다. 그건 꿈이었고, 환상이었어요…… 오늘 저는 당신 생각을 하며 괴로웠어요. 용서해주세요, 제발 저를 용서하세요……!

부디 저를 책망하지 말아주세요. 왜냐하면 저는 그 어떤 점에서도 당신을 배반하는 짓은 하지 않았으니까요. 저는 당신을 사랑하겠노라고 말했고, 지금도 사랑하고 있답니다. 아니, 사랑하는 것 이상이에요. 오, 세상에! 당신과 그 사람, 두 분을 동시에 사랑할 수만 있다면! 아, 당신이 그 사람이었더라면!'

'아, 그 사람이 당신이었더라면!'이라는 말이 내 머릿속을 스치고 지나갔다. 나스텐카여, 나는 그대의 이 말을 기억한다오!

'하느님은 아신답니다. 제가 당신을 위해서라면 지금 당장이라도 뭐든 할 수 있다는 것을요! 당신이 괴롭고 슬프다는 것 잘 알아요. 제가 당신을 모욕했으니까요. 하지만 아시다시피, 사랑하는 사람은 그 모욕을 오래 기억하지 않는 법이지요. 그리고 당신은 저를 사랑하고요!

고마워요! 정말이에요! 당신의 사랑에 감사드려요. 왜냐하면 당신의 사랑은 잠이 깨고 나서도 오랫동안 여운이 남는 달콤한 꿈처럼 제 기억 속에 아로새겨졌으니까요. 왜냐하면 당신이 형제처럼 제게 마음을 열어준 그 순간을, 저를 아껴주고 위로해주고 치유해주려고 죽은 거나 다름없던 제 심장을 마치 선물인 양 너그럽게 받아주신 그 순간을 저는 기억 속에 영원히 간직할 테니까요…… 당신이 저를 용서해준다면 당신에 대한 추억은 제 마음 안에서 결코 사라지지 않는 영원한 감정으로, 감사함으로 승화될 거예요…… 저는 이 추억을 소중히 간직하고, 또 그것에 충실할 겁니다. 그 추억을 배반하거나 제 마음을 배반하지 않겠어요. 제 마음은 지나치리만큼 한결같으니까요. 그래서 어제도 제 마음이 영원히 속해 있는 그 사람에게로 그토록 빨리 돌아간 거랍니다.

우리는 다시 만날 거예요. 당신은 저희 집도 찾아와줄 거고, 저희를 저버리지도 않을 거예요. 영원히 저의 친구이자 형제가 되어줄 거예요…… 그리고 저를 만나면 제게 악수를 청하겠지요…… 그렇지요? 제게 손을 내밀면서 저를 용서해줄 거예요, 그렇지 않나요? 예전처럼 저를 사랑해주겠지요?

아, 저를 사랑해주세요, 부디 저를 버리지 말아주세요. 왜냐하면 이 순간에도 당신을 너무나 사랑하고 있으니까요. 왜냐하면 저는 당신의 사랑을 받을 가치가 있으니까요, 그럴 자격이 있으니까요…… 사랑하는 나의 벗이여! 다음주에 저는 그 사람과 결혼한답니다. 그 사람은 마음이 변한 게 아니었어요. 단 한 순간도 저를 잊은 적이 없었어요…… 그 사람 이야기를 썼다고 화를 내지는 않겠지요. 그 사람과 함께 당신을 찾아뵙고 싶어요. 당신도 그 사람을 좋아하게 될 거예요, 그렇지요……?

제발 용서해주세요, 기억해주고 사랑해주세요.

당신의 나스텐카가.'

나는 이 편지를 몇 번이고 읽고 또 읽었다. 눈물이 흘러내렸다. 결국 편지는 내 손에서 미끄러져 떨어졌고 나는 두 손으로 얼굴을 감쌌다.

"나리! 나리!" 마트료나가 나를 불렀다.

"뭐예요, 할멈?"

"천장에 매달린 거미줄들을 말끔히 치워버렸어요. 이제 아무때나 장가를 드셔도, 손님들을 부르셔도 걱정 없어요……"

나는 마트료나를 바라보았다…… 마트료나는 아직 정정하고 젊은 할머니였지만, 그 순간 무슨 까닭인지 갑자기 눈은 가물거리고, 얼굴은 주름이 자글자글하고, 허리는 잔뜩 굽은, 늙어빠진 노파처럼 보였다…… 그리고 어쩐 일인지 내 방도 마트료나처럼 갑자기 늙어버린 것 같았다. 벽도 바닥도 모두 색이 바래버렸고, 모든 게 빛을 잃어버렸다. 거미줄도 전보다 더 많아졌다. 문득 창밖을 내다보자 어찌된 영문인지 이번에는 건너편의 건물이 낡아빠지고 우중충하게 변한 것처럼 보였다. 기둥의 회색 칠이 벗어져 떨어졌고, 처마끝은 거뭇거뭇 더러워지고 여기저기 금이 갔으며, 산뜻했던 진노란색 벽들도 얼룩덜룩했다……

아니면, 갑자기 먹구름 뒤에서 삐죽이 얼굴을 내밀었던 햇살이 다시 비구름 뒤로 숨어버리는 바람에 눈앞의 모든 것들이 빛을 잃고 우중충하게 보인 걸까. 아니, 어쩌면 암울하고 서글픈 내 미래의 모습이 순간 내 앞에 모습을 드러낸 것인지도 모른다. 정확하게 십오 년 후에도 지금 이 방에, 지금처럼 외톨이로, 그렇게 많은 시간이 흘렀는데도 여전히 똑똑하지 못한 마트료나와 함께 있는, 지금과 똑같은, 늙은 나를 본 것인지도 모른다.

하지만 나스텐카, 내가 모욕당한 일을 언제까지고 가슴에 품고 있으리라 생각하는가! 내가 그대의 밝고 평온한 행복에 어두운 그림자를 드리우리라 믿는가. 쓰라린 말로 그대를 비난하여 그대의 심장에 슬픔을 심어주고, 남모를 가책으로 고통받도록 만들고, 한없이 행복한 순간에도 우울해하며 가슴 졸이게 만들, 그런 사람 같은가. 그대가 사랑하는 사람과 함께 제단을 향해 걸어갈 때 그대의 까만 곱슬머리에 꽂힌 부드러운 꽃송이들 중 단 한 송이라도 짓뭉개버릴 것 같은가…… 오, 결코, 그런 일은 결코 없을 것이다! 그대의 하늘이 맑게 개기를, 그대의 사랑스러운 미소가 언제까지나 밝고 평화롭기를, 기쁨과 행복의 순간에 그대 위에 축복이 넘치기를! 그대는 감사함으로 가득찬 어떤 이의 외로운 가슴에 기쁨과 행복의 순간을 안겨주었으므로.

오, 세상에! 지극한 기쁨의 완전한 순간이여! 한 사람의 일생이 이것이면 충분하지 않은가……?

악어

예사롭지 않은 사건 혹은
파사주*에서 일어난 돌발적 사건

* 아치형 지붕이 있는 개방형 통로로, 주로 상점들이 늘어선 통로식 백화점이나 시장을 가리킨다. 페테르부르크의 파사주는 동유럽에서 가장 오래된 백화점 중 하나다.

나이도 어느 정도 있고 외모도 어느 정도 되는 한 신사가
파사주에서 악어에게 흔적도 없이 산 채로 먹혀버린,
그리고 그 일의 결과로 발생한 사건에 대한 실화.

Ohè, Lambert! Où est Lambert?
As-tu vu Lambert?*

1

1865년 올해 1월 13일 정오가 지난 12시 30분, 나의 교양 있는 벗이자 동료이며 먼 친척뻘이기도 한 이반 마트베이치의 아내 옐레나 이바노브나는 파사주에서 일정 금액을 받고 전시중인 악어를 직접 보고 싶다고 말했다. 주머니에 이미 해외로 떠나는(병을 치료하기 위해서라기보다는 지적 호기심 때문에) 표를 지니고 있는데다 직장에서도 휴가를 받아놓은 터라 그날 아침에는 완전히 자유로웠던 이반 마트베이치는 어떻게든 자기 소망을 관철시키고야 말겠다는 아내의 태도에 딴죽을 걸기는커녕 오히려 자신도 호기심에 불타올랐다. "멋진 생각이구려." 그가 흔쾌히 동의했다. 그러고는 "악어를 보러 갑시다! 유럽으로 떠나

* 프랑스어로 '오, 랑베르! 랑베르는 어디 있지? 자네 랑베르를 보았나?'라는 의미.

기 전에 여기서 미리 그곳 토착민들과 인사를 나눠두는 것도 뭐, 나쁘지 않겠지"라며 아내의 손을 잡고 곧장 파사주로 향했다. 나도 집안 친구로서 평소처럼 그들과 나란히 동행했다. 나로선 잊지 못할 그날 아침, 그렇게나 기분이 좋은 이반 마트베이치의 모습은 처음이었다. 사람이 자신의 운명을 미리 예측할 수 없다는 말은 정말로 옳다! 파사주에 들어서자 그는 곧 건물의 웅장함에 경탄을 금치 못했고, 최근에 수도로 운송되어온 괴물이 머물고 있는 전시실에 가서는 자기가 나서서 악어 주인에게 내 관람료 25코페이카를 지불해주었다. 전에는 한 번도 없던 일이었다. 작은 방으로 들어가자 그 안에는 악어 외에도 카카투로 알려진 외국산 앵무새들과 바닥을 깊게 파서 특수 제작한 우리 속에 갇힌 한 무리의 원숭이들도 보였다. 바로 입구 근처, 왼쪽 벽을 따라 튼튼한 철조망에 덮인 욕조처럼 생긴 커다란 철제 상자가 놓여 있었는데, 바닥에 1베르쇼크* 정도의 물이 채워져 있었다. 이 얕은 물웅덩이 속에 거대한 악어가 통나무처럼 누운 채 자리를 잡고 있었다. 미동도 없는 걸로 보아 외국인들에게는 호의적이지 못한 이곳의 눅눅한 기후가 악어의 모든 힘과 능력을 앗아간 모양이었다. 처음에는 우리 중 어느 누구도 이 괴물에게 특별한 호기심을 드러내지 않았다.

"그러니까 이게 악어란 말이군요!" 옐레나 이바노브나가 못내 실망스럽다는 듯 말꼬리를 길게 늘여 말했다. "나는 악어가…… 뭔가 다를 줄 알았는데!"

그녀는 악어가 다이아몬드 악어라도 되는 줄 알았던 모양이다. 악어

* 러시아의 옛 길이 단위로, 1베르쇼크는 4.4센티미터.

주인인 독일인이 우리 쪽으로 걸어나오면서 굉장히 자랑스러운 표정으로 우리를 바라보았다.

"저럴 만도 하지, 이해가 돼." 이반 마트베이치가 내게 속삭였다. "러시아를 통틀어 이렇게 악어를 전시하는 사람은 자기가 유일하다는 걸 의식하고 있을 것 아닌가."

정말이지 말도 안 되는 소리였지만 나는 그것을 들뜰 대로 들뜬 이반 마트베이치의 기분 탓으로 여겼다. 다른 경우였다면, 그는 질투심에 사로잡혔을 것이다.

"어째 악어가 살아 있는 것 같지가 않군요." 악어 주인의 거만함에 화가 난 옐레나 이바노브나가 이 무례한 자의 기를 꺾어놓기 위해 그를 향해 우아하게 웃어 보이며 다시 말을 이었다. 그건 여자들에게 선천적인 교묘한 수법이었다.

"오, 아닙니다, 부인." 그 남자가 서툰 러시아어로 대답하고는 당장 상자의 철조망을 반쯤 들어올리더니 막대기로 악어의 머리를 찔러대기 시작했다.

그러자 약아빠진 괴물은 살아 있음을 알리려는 듯 앞다리와 꼬리를 살짝 움직이며 주둥이를 쳐들고는 뭔가 코를 킁킁대는 것 같은 소리를 길게 냈다.

"자, 화내지 마, 카를헨!" 자신의 자존심을 지켜낸 데 만족한 독일인이 다정하게 말했다.

"아유, 이 악어는 징그럽기도 하지! 깜짝 놀랐잖아요." 옐레나 이바노브나가 아까보다 더 애교스러운 어투로 말했다. "이제 꿈에도 나올 것 같아요."

"하지만 꿈속에서는 물지 않을걸요, 부인." 독일인이 짐짓 예의를 차리며 이렇게 응수하고는 자신의 말이 재치 있다고 생각했는지 먼저 껄껄 웃음을 터뜨렸다. 하지만 우리 중 누구도 대꾸하는 사람은 없었다.

"가요, 세묜 세묘니치." 옐레나 이바노브나가 유별나게 나를 향해 말했다. "차라리 원숭이를 보러 가는 게 낫겠어요. 나는 원숭이가 정말 좋거든요. 원숭이는 더러 귀엽기라도 하지…… 악어는 너무 무서워요."

"아, 겁내지 마, 여보!" 이반 마트베이치가 아내 앞이라 용감한 척 기분좋게 허세를 부리며 우리 뒤에서 소리쳤다. "잠이 덜 깬 이집트 파라오 왕국의 주민께서는 우리에게 아무 해도 못 끼칠 거요." 그는 자리를 뜨지 않고 상자 옆에 남았다. 그러고는 장갑을 빼들어 악어의 코를 간지럽히기 시작했는데, 나중에 그 자신이 고백한 것처럼, 악어가 다시 콧소리를 내도록 만들 셈이었다. 악어 주인은 귀부인을 따르듯 공손히 옐레나 이바노브나의 뒤를 따라 원숭이 우리로 걸음을 옮겼다.

그렇게 모든 일은 순조롭게 흘러갔고, 뭔가 예기치 못한 일이 생길 거라고는 상상도 할 수 없었다. 옐레나 이바노브나는 원숭이들과 장난을 칠 정도로 즐겁게 시간을 보냈는데, 보아하니 녀석들에게 푹 빠진 것 같았다. 악어 주인에게는 어떤 관심도 두고 싶지 않다는 듯 연신 내 쪽을 바라보며 만족감에 탄성을 질렀고, 자신의 가까운 지인들이나 친구들과 이 긴꼬리원숭이들 사이에 닮은 점을 발견하고는 큰 소리로 웃음을 터뜨리기도 했다. 나도 즐거워졌다. 정말로 닮은 점이 있었기 때문이었다. 독일인 악어 주인은 웃어야 할지 말아야 할지 난감해하더니 결국은 울상을 짓고 말았다. 그리고 바로 그 순간 갑자기 무시무시한, 기괴하다고까지 할 수 있는 비명소리가 온 방안을 울렸다. 무슨 영문인지도 모른 채 나는 처음에는 그 자리에 얼어붙었다. 하지만 옐레나 이바노브나도 비명을 지르고 있다는 사실을 알아차리고 재빨리 뒤를 돌아보았다. 그런데 이 무슨 해괴한 광경이란 말인가! 나는 보고 말았다. 오, 세상에! 불운한 이반 마트베이치가 무시무시한 악어의 이빨 사이에 끼어 있는 게 아닌가. 그의 몸통이 악어에게 가로로 먹힌 채 공중에 수평으로 들려져 있고, 두 다리는 필사적으로 버둥거리고 있었다. 그러더니만 눈 깜짝할 사이에 사라져버렸다. 그래도 당시 상황을 자세히 설명할 수는 있다. 왜냐하면 나는 줄곧 꼼짝도 않고 제자리에 서 있었고, 그래서 전에 없던 주의력과 호기심으로 눈앞에서 벌어진 사건의 전 과정을 지켜볼 수 있었으니까. 그런데 그 운명적인 순간에 내게 이런 생각이 들었다. '만약 이 모든 일이 이반 마트베이치가 아니고 나에게 일어났다면, 그랬다면 얼마나 불쾌했을까!' 하지만 다시 우리 이야기로 돌아가보자. 악어는 자신의 무시무시한 턱 속에 든 불쌍한 이반 마트베이치의 다리를 자기 쪽으로 돌리더니 곧바로 다리부터 집어삼키기 시작했다. 그러고는 양손으로 상자를 꼭 붙든 채 빠져나오려고 발버둥치는 이반 마트베이치를 조금 뱉어낸 뒤 다시 허리 위쪽까지 쑥 빨아들였다. 이어서 다시 그를 조금 뱉어냈다가 다시 빨아당겼고, 다시 또 빨아당겼다. 그렇게 이반 마트베이치는 우리들 눈앞에서 사라져갔다. 결국 악어는 교양 있는 내 친구를 완전히 빨아들여서는 통째로 꿀꺽 삼켜버렸고 이번에는 흔적조차 남지 않았다. 이반 마트베이치가 온전한 형태로 점점 악어의 몸통 속으로 빨려들어가는 모습을 바깥쪽에서도 알아볼 수 있었다. 별안간 운명이 간교하게도 또다시 우리를 조롱하려 들었고, 나는 다시 한번 비명을 지를 뻔했다. 삼킨 물체가 너무 커서 목이 눌렸는지 꺽꺽대며 용을 쓰던 악어가 다시 무시무시한 아가리를 한껏 벌린 것이다. 그러자 마지막 트림을 하려는 아가리 속에서 갑자기 절망적인 표정을 지은 이반 마트베이치의 머리가 순간 튀어나오는가 싶더니 그의 코에 걸쳐 있던 안경이 순식간에 상자 바닥으로 떨어졌다. 이 절망에 찬 머리는 주위의 사물을 마지막으로 모두 눈에 담기 위해, 그리고 세상의 모든 즐거움에 마음속으로나마 이별을 고하기 위해, 단지 그러기 위해 튀어나온 것 같았다. 하지만 그 뜻을 이루지는 못했다. 악어가 다시금 있는 힘껏 그의 머리를 꿀꺽 삼키는 바람에 또다시 온데간데없이 사라져버렸기 때문이다. 그리고 이제 영원히 모습을 드러낼 수 없게 되었다. 아직 살아 있는 인간의 머리가 악어의 입 밖으로 나타났다 사라졌다 하는 건 너무도 끔찍한 일이었지만, 그와 동시에 생각지도 못한 일이 너무도 순식간에 벌어졌기 때문인지, 아니면 코에서 안경이 떨어졌기 때문인지, 그 이유는 모르겠지만, 어쩐지 몹시도 우스꽝스러운 구석이 있어서 순간 나도 모르게 피식 웃고 말았다. 하지만 그런 상황에 웃음을 보이는 건 집안 친구로서 예의가 아니라는 생각이 들어서, 얼른 동정어린 표정을 지으며 옐레나 이바노브나를 향해 말을 건넸다.

"이제 우리의 이반 마트베이치는 파멸이로군요!"

이 사건이 벌어지는 내내 옐레나 이바노브나가 어찌나 불안해하며 격렬한 동요를 보이던지 감히 글로 옮길 엄두가 나지 않는다. 처음에 비명을 지르고 난 후 그녀는 잠깐 제자리에 얼어붙은 듯 꼼짝 않고 서서 자기 눈앞에서 벌어지는 참사를 무심히 보아 넘기는 듯했다. 하지만 두 눈만은 당장이라도 튀어나올 것처럼 부릅뜨고 있었다. 그러더니 그녀는 갑자기 가슴이 미어지는 듯한 비통한 울음을 터뜨렸다. 나는 얼른 그녀의 손을 잡아주었다. 바로 그 순간, 역시 공포에 얼어 있던 악어 주인도 갑자기 두 손을 짝 소리가 나게 맞잡더니 하늘을 바라보며 이렇게 소리쳤다.

"오, 나의 악오*, 오, *나의 가장 사랑하는 카를헨! 어머니, 어머니, 어머니!*"

이 소리에 방 뒤쪽 문이 열리면서 그의 어머니가 나타났다. 두건을 쓰고 볼이 발그레하며 나이가 지긋한, 꾀죄죄한 차림새의 어머니는 꽥 비명을 지르며 자기 아들에게로 달려갔다.

바로 이때부터 대소동이 시작되었다. 옐레나 이바노브나는 미친듯이 같은 말만 외쳐댔다. "배를 갈라요! 배를 가르라고요!" 그녀는 악어 주인에게, 그리고 그의 어머니에게 달려들었는데, 무언가를 위해 누군가의 배를 갈라야 한다고 간청하는 것 같았다. 거의 정신이 나가 보였다. 악어 주인이나 그의 어머니에게 우리의 존재 따위는 안중에도 없었다. 그들은 둘 다 송아지처럼 상자 옆에서 울부짖었다.

"이 녀석은 끄창이야. 이제 터져퍼릴지도 몰라, 관리를 삼켜퍼리다니!" 악어 주인이 외쳤다.

"*우리 카를헨, 우리 가장 사랑하는 카를헨은 죽게 될 거야!*"

악어 주인의 어머니는 이렇게 울부짖었다.

"이제 우리는 코아이고 팡도 없다고요!" 악어 주인이 맞장구를 쳤다.

"배를 갈라요, 배를 가르라고요, 배를 갈라!" 옐레나 이바노브나가 독

---

* 악어. 이후 독일인 악어 주인은 독일어와 '코아(고아)' '팡(빵)' 하는 식으로 서툰 러시아어를 혼용해 말한다.

일인의 프록코트에 매달리며 악다구니를 썼다.

"그 사람이 악오를 놀렸어요. 어째서 당신 남편은 악오를 놀렸냐고요!" 독일인이 그녀를 뿌리치며 소리쳤다. "만약 카를헨이 터진다면, 당신이 물어내야 해요. *이 녀석은 내 아들, 하나뿐인 내 아들이라고요!*"

고백하건대, 나는 독일인의 그런 이기적인 태도와 행색이 지저분한 그 어머니의 인정머리 없는 마음씨를 보면서 분개하지 않을 수 없었다. 그러는 사이에도 옐레나 이바노브나가 쉬지 않고 내지르는 비명소리는 멈출 줄 몰랐다. "배를 갈라요, 배를 가르라고요!" 이 소리는 나를 더욱 불안하게 만들었고, 결국 나는 그 소리에 온통 신경이 가다못해 두렵기까지 했다…… 미리 말해두겠는데, 사실 나는 이 괴상한 비명소리를 완전히 잘못 이해했다. 나는 옐레나 이바노브나가 잠깐 정신을 놓기는 했지만, 그럼에도 불구하고 소중한 이반 마트베이치를 사고로 잃은 애통함에 복수할 요량으로 자신이 만족할 때까지 채찍으로 악어를 혼내주자고 주장하는 줄 알았다. 하지만 그녀의 의도는 전혀 다른 것이었다. 나는 당황해서 문 쪽을 돌아보며 옐레나 이바노브나에게 진정하라고, 무엇보다 '배를 갈라요' 같은, 논쟁의 소지가 있는 민감한 단어는 삼가해달라고 부탁했다. 왜냐하면 시대를 역행하는 그런 소망은 파사주의 중심부이자 교양 있는 사회의 심장부인 이곳, 이 방에서 두어 걸음만 벗어나면 바로 이 순간 어쩌면 라브로프 씨가 공개 강연을 하고 있을지도 모를 이곳에서는 가당치도 않을뿐더러 상상도 할 수 없는 일이기 때문이었다. 또한 지식층의 야유나 스테파노프 씨의 날카로운 풍자가 언제 어느 때 우리를 향할지도 모를 일이었다. 대단히 유감스럽게도, 나의 우려 섞인 예상은 곧바로 현실로 드러났다. 악어 전시실과 25

코페이카의 관람료를 받는 출입구를 분리해놓은 커튼이 별안간 쓱 젖혀지는가 싶더니, 문지방에 콧수염과 턱수염을 기른 한 남자가 손에 모자를 들고 나타났다. 그는 심하다 싶을 만큼 앞으로 쑥 상체를 내밀고 있었지만, 두 다리만은 입장료 지불을 피할 의도인지 악어 전시실의 문턱을 넘지 않으려고 무척이나 조심했다.

"부인, 시대를 역행하는 그런 소망은 말입니다." 우리 쪽으로 넘어오지 않고 문턱 바깥쪽에 서 있으려고 무던히도 애쓰면서 낯선 사람이 말했다. "부인의 발전에 전혀 도움이 되지 않습니다. 그건 부인 뇌 속에 인이 부족해서 생긴 일이지요. 부인은 곧 진보 소식지나 우리의 풍자 신문들에서 조롱을 받게 될 겁니다……"

하지만 그는 말을 끝맺지 못했다. 정신을 차린 악어 주인이 돈 한 푼 안 내고 악어 전시실에서 이야기하는 낯선 이를 보고는 깜짝 놀라, 이 진보적인 인물에게 미친듯이 달려들어 두 주먹으로 그의 목을 확 떠다밀었기 때문이다. 잠시 동안 둘 다 커튼 뒤로 사라지며 우리 시야에서 멀어졌고, 그제야 나는 이 모든 소동이 아무것도 아닌 일에서 비롯되었다는 사실을 알아차렸다. 옐레나 이바노브나는 아무 잘못이 없었다. 그녀는 내가 위에서 말한 것처럼 악어를 채찍으로 혼내주자는, 그런 시대에 역행하는 모욕적인 처벌은 전혀 생각하지 않았고, 단지 칼로 악어의 배를 가르고 거기서 이반 마트베이치를 꺼내주기를 바랐을 뿐이었다.

"뭐요! 지금 내 악오를 죽이자는 말입니까!" 다시 안으로 뛰어들어온 악어 주인이 언성을 높였다. "안 될 소리요, 내 악오가 죽기 전에 당신 남편이 먼저 죽게 될 거요……! *나의 아버지*가 악오를 전시했고, *나의 할아버지*가 악오를 전시했고, *나의 아*들도 악오를 전시할 테고, 그리고 나도 악오를 전시할 겁니다. 모두 악오를 전시할 거라고요! 나는 전 유럽에 알려져 있지만, 부인은 아니잖소, 그러니 내게 벌금을 내시오."

"나, 나는!" 악에 받친 독일 여자가 거들었다. "카를헨이 터져버리면, 당신을 그냥 보내지 않을 테야, 벌금을 내야지!"

"게다가 배를 갈라봐야 헛수고일 뿐이에요." 나는 옐레나 이바노브나를 되도록 빨리 집으로 데려가고 싶은 마음에 침착하게 덧붙였다. "우리의 친애하는 이반 마트베이치는 분명 지금쯤 저기 하늘 어딘가에서 날아다니고 있을 테니까요."

"이보게, 친구." 그 순간 정말이지 뜻밖에도 이반 마트베이치의 목소리가 들려왔다. 우리는 놀라 자빠질 뻔했다. "이보게, 내 생각엔 곧장 파사주 관리사무실로 가서 조처를 취하는 게 좋을 성싶네. 이 독일인은 경찰의 도움 없이 말로만 해서는 안 통할 걸세."

영혼이 존재할 수도 있다는 사실을 보여주며 확고하고도 묵직하게 울리는 이 특별한 말이 처음에 우리를 어찌나 놀라게 했던지 우리는 모두 자신의 귀를 의심할 수밖에 없었다. 하지만 물론, 우리는 당장 악어 상자로 달려갔고, 경외감만큼이나 의혹을 품은 채 불행한 포로의 말에 귀를 기울였다. 그의 목소리는 아주 먼 곳에서 울리는 것처럼 희미하고 가늘었으며 날카롭기까지 했다. 그건 마치 어떤 익살꾼이 옆방으로 건너가 평범한 베개로 자신의 입을 틀어막은 채 다른 방에 있는 사람들에게 두 농부가 황야나 깊은 골짜기를 사이에 두고 떨어져 있을 때 어떻게 서로를 부르는지 알려주기 위해 내지르는 소리와 비슷했다. 나는 이 소리를 언젠가 크리스마스 주간에 지인의 집에서 즐겁게 들었던 적이 있다.

"여보, 이반 마트베이치, 그러니까 당신 살아 있었군요!" 옐레나 이바노브나가 더듬더듬 입을 열었다.

"살아 있고 건강하오." 이반 마트베이치가 대답했다. "전능하신 분 덕분에 어디 하나 상한 곳 없이 그대로 꿀꺽 삼켜졌소. 단 하나 걱정이 있다면, 윗분들이 이 사건을 어떻게 볼까 하는 거요. 해외로 나갈 표까지 받아놓고 악어 뱃속에 들어와 있으니 이 얼마나 멍청한 짓인지……"

"하지만, 여보, 멍청했다느니 어쨌다느니 그런 걱정은 말아요. 우선 당신을 어떻게든 거기서 끄집어내야겠어요." 옐레나 이바노브나가 남편의 말을 가로막았다.

"크집어낸다고요!" 악어 주인이 소리쳤다. "내 악오를 갈라서 커내도록 두고 보진 않을 겁니다. 이제 관람객들이 훨신 더 많이 올 테고, 나는 퓐프치히* 코페이카는 받을 작정이니까요. 그래서 카를헨은 터지지 않을 겁니다."

"*다행이야!*" 악어 주인의 어머니가 거들었다.

"이 사람들 말이 맞아." 이반 마트베이치가 침착하게 말했다. "무엇보다 경제원칙이 우선이니까."

"이보게!" 내가 소리쳤다. "지금 당장 당국으로 달려가 호소해보겠네. 우리들만으로는 이 일을 해결할 수 없겠다는 예감이 들어."

"나도 같은 생각일세." 이반 마트베이치가 말했다. "하지만 상거래가 위기에 처한 요즘 같은 시대에 경제적 보상 없이 거저 악어의 배를 가르기는 쉽지 않지. 게다가 반드시 짚고 넘어가야 할 문제가 하나 있네.

---

* 독일어로 '50'이라는 의미.

악어를 내주는 대신 악어 주인은 뭘 얻을 수 있나? 그리고 악어 값을 지불해야 한다면 돈은 누가 내고? 자네도 알다시피 나는 가진 돈도 없는데……"

"월급이 있잖나." 내가 조심스럽게 말을 꺼냈으나 악어 주인이 단번에 내 말을 가로막고 나섰다.

"나는 악오를 팔지 않을 겁니다. 아니, 3천 루블을 내면 팔지요. 아니, 4천 루블에 팔 겁니다! 이제 관람객이 많이 몰려올 거라고요. 5천 루블은 받아야겠습니다!"

한마디로, 악어 주인은 봐주기 힘들 만큼 꼴사납게 굴었다. 탐욕과 추악한 욕심이 그의 눈에서 신이라도 난 듯 번뜩였다.

"가봐야겠네!" 나는 격분하여 소리쳤다.

"저도! 저도요! 안드레이 오시프이치에게 가서 눈물로 그분 마음에 호소해보겠어요." 옐레나 이바노브나가 애처롭게 말했다.

"그러지 마, 여보." 이반 마트베이치가 서둘러 그녀를 만류했다. 그는 오래전부터 아내 때문에 안드레이 오시프이치를 질투해온데다 아내가 교양 있는 사람들을 찾아가 그 앞에서 눈물 흘리기를 좋아한다는 사실을 잘 알고 있었다. 아내는 눈물이 꽤나 잘 어울리는 여자이기 때문이다. "그리고 이보게, 자네도 그만두게." 그가 이번에는 나를 향해 말을 이었다. "무턱대고 찾아가봐야 소용없어. 그래서 무슨 소득이 있겠나. 오늘은 티모페이 세묘니치를 찾아가보는 게 나을 성싶네. 그저 개인적인 일로 방문하는 양 들러보게. 그 양반은 구시대적이고 똑똑한 편도 아니지만, 믿을 만한 사람이라네. 무엇보다 정직하니 말일세. 내 대신 안부도 전하고 어떻게 된 사정인지 상황 설명도 좀 해주게. 그리고 내가 지난번 카드놀이에서 그 양반에게 7루블을 빚졌는데, 마침 기회가 좋으니 그 돈도 좀 갚아주면 좋겠네. 그러면 그 완고한 노인네도 제법 누그러질 거야. 어쨌든 그 양반 충고가 우리에게 뭔가 해결 방안을 제시해줄걸세. 그리고 이제 옐레나 이바노브나를 집으로 데려가주게…… 진정해요, 여보." 그가 다시 아내에게로 말문을 돌렸다. "비명소리와 여자들의 자잘한 걱정 따위에 시달려서 그런지 피곤하군. 잠깐 눈 좀 붙여야겠소. 갑작스럽게 들어온 곳이라 미처 다 둘러보지는 못했지만, 이곳은 따뜻하고 푹신하구려……"

"둘러보다니요! 그 안이 정말 환한가요?" 마음이 놓인 옐레나 이바노브나가 소리쳤다.

"아니, 온통 칠흑 같은 어둠뿐이오." 불쌍한 포로가 대답했다. "하지만 만질 수는 있어요. 다시 말해, 손으로 둘러볼 수 있다오…… 이제 그만 가보구려. 마음 편히 먹고 기분전환도 하고 그래요. 내일 봅시다! 그리고 세묜 세묘니치, 자네는 저녁에 좀 와줘야겠네. 자네는 산만한 편이라 잘 까먹곤 하니, 안 까먹게 어디 표시라도 해두고……"

고백하건대, 나는 그 자리를 벗어날 수 있어서 기뻤다. 몹시 피곤한 데다 다소 지루하던 참이었기 때문이다. 나는 약간 풀이 죽어 있기는 했지만 흥분과 불안으로 오히려 더 예뻐 보이는 옐레나 이바노브나의 손을 서둘러 붙잡고서 악어 전시실을 재빨리 빠져나왔다.

"저녁에 들어오려면 다시 25코페이카를 내야 합니다!" 우리 뒤에 대고 악어 주인이 소리쳤다.

"오, 세상에, 어쩌면 저렇게 탐욕스러울까!" 파사주 벽마다 걸린 거울을 들여다보며 옐레나 이바노브나가 말했다. 자신이 평소보다 더 예뻐 보인다는 사실을 알아차린 것 같았다.

"경제원칙인 거죠." 아름다운 숙녀와 동행하는 모습을 지나는 행인들이 보고 있다고 생각하니 우쭐해진 내가 약간 들떠서 대답했다.

"경제원칙이라……" 그녀가 어느 정도 이해가 간다는 듯 말꼬리를 길게 늘였다. "그런데 저는 방금 전에 이반 마트베이치가 얘기한 그 듣기도 싫은 경제원칙이니 뭐니 하는 말, 하나도 이해가 안 가요."

"제가 설명해드리죠." 이렇게 대답하고 나는 곧장 그날 아침 〈상트페테르부르크 소식〉과 〈볼로스〉*에서 읽은 내용을 찬찬히 들려주었다. 외국 자본을 우리 나라에 유치하면 유익한 결과들이 발생한다는 식의 이야기였다.

"온통 이상한 얘기뿐이로군요!" 그녀가 잠깐 귀를 기울이나 싶더니 내 말을 가로챘다. "그만하세요, 그런 듣기 싫은 얘기는. 통 쓸데없는 말씀만 하시고…… 그런데 저 지금 얼굴이 많이 빨간가요?"

"빨갛기는커녕 아름다우십니다!" 나는 기회를 놓치지 않고 찬사를 보냈다.

"익살스러운 분!" 그녀가 만족스러운 표정으로 말했다. "가엾은 이반 마트베이치!" 잠시 후 그녀가 아양을 부리듯 작은 머리를 내 어깨에 기대며 덧붙였다. "그이가 정말 안됐어요, 오, 세상에!" 그러고는 갑자기 이렇게 소리쳤다. "말씀해보세요, 오늘 식사는 거기서 어떻게 해결하죠? 그리고…… 그리고…… 그이는 어떻게…… 뭔가 필요한 것이라도 있으면요?"

---

* 1863년부터 1875년까지 페테르부르크에서 발행된 정치문학 일간지 〈골로스(목소리)〉를 〈볼로스(머리카락)〉로 바꿔 말한 것으로, 발음의 유사성을 이용한 일종의 언어유희.

“예상치 못한 문제군요.” 나 역시 당황해서 대답했다. 사실, 그건 나로선 생각조차 못한 문제였다. 여자들은 일상생활의 문제를 해결하는 데 있어서 우리 남자들보다 얼마나 더 실용적인가!

“가여운 사람, 어쩌다 그곳에 갇혀버렸을까…… 위안거리도 없지, 캄캄하지…… 수중에 그이 사진 한 장 없다는 게 얼마나 애석한지 몰라요…… 그러고 보니 이제 저는 과부나 다를 바가 없네요.” 그녀는 자신의 새로운 상황에 흥미를 느끼는 듯 매혹적인 웃음을 지어 보였다. “음…… 어쨌든 그이가 불쌍해요……!”

한마디로, 젊고 매력적인 아내가 남편의 파멸을 대할 때 느끼는 슬픔을 그녀는 아주 명료하고도 자연스럽게 표현하고 있었다. 마침내 나는 그녀를 집으로 데려가 진정시키고, 함께 식사를 하고, 향이 그윽한 커피를 한 잔 마신 후 여섯시에, 보통 이 시간이면 일정한 직업이 있고 가정을 가진 사람이라면 누구나 집에 앉아 있거나 누워 있을 거라는 점을 미리 계산에 넣고 티모페이 세묘니치의 집으로 향했다.

이 글의 첫 장은 사건 기록에 적절한 문체를 고려해서 기술했다면, 이제부터는 그다지 고상하다고는 할 수 없지만, 대신 좀더 자연스러운 문체로 글을 전개해나갈 생각이다. 이 점에 대해 독자들께 미리 밝혀두는 바이다.

2

존경할 만한 티모페이 세묘니치는 다소 당황한 기색을 보이며 왠지 서둘러 나를 맞이했다. 그는 좁은 서재로 나를 데려가 문을 꼭 닫았다. 그는 눈에 띄게 불안해하며 "아이들이 방해할까봐 그러네"라고 말했다. 그러고는 나에게는 책상 옆 의자를 내어주고 자신은 안락의자에 앉아 솜뭉치를 넣어 만든 낡은 할라트*의 앞자락을 여몄다. 그는 나의 상관도, 그렇다고 이반 마트베이치의 상관도 아니며 지금까지 그저 동료이자 지인으로 지내왔음에도, 지금은 만약의 경우를 대비해서인지 아주 공식적이고 심지어 엄격하다고까지 볼 수 있는 태도를 취했다.

"무엇보다," 그가 말문을 열었다. "나는 상관이 아니라 자네나 이반 마트베이치와 마찬가지로 윗사람을 모시는 처지임을 유념해주게…… 나는 누구 편도 아니고 그 어떤 일에도 엮이고 싶지 않네."

그가 이미 모든 상황을 알고 있는 것 같아 나는 깜짝 놀랐다. 하지만 그럼에도 불구하고 자초지종을 다시 자세히 들려주었다. 나는 흥분까지 해가며 이야기에 열을 올렸는데, 그건 그 순간 내가 진정한 친구의 의무를 다하고 있었기 때문이었다. 그는 특별히 놀라는 기색도 없이 끝까지 이야기를 들었지만 의심의 표정만은 역력했다.

"자네, 아나?" 그가 이야기를 다 듣고는 말했다. "나는 늘 그에게 언젠가 이런 일이 생길 줄 알았네."

"왜 그런 생각을, 티모페이 세묘니치, 이번 사건은 그 자체로도 극히 이례적인데요……"

"동의하네. 하지만 이반 마트베이치는 근무하는 동안 늘 이런 결과를 가져올 것 같았네. 사람이 좀 약삭빠르고 오만불손해야 말이지. '진

* 주로 실내에서 입는 폭이 넓고 긴 웃옷.

보'가 어떠니 사상들이 어떠니 입에 달고 살더니만, 결국 그 '진보'가 초래한 결과가 뭔가!"

"그렇지만 사실 이번 일은 정말 이례적인 경우라서 모든 진보주의자들에게 해당하는 일반적인 법칙이라고는 할 수 없잖습니까……"

"아니, 그렇지 않아. 내가 장담하는데, 이건, 자네도 알다시피, 과잉교육이 불러온 문제네. 지나치게 많은 교육을 받은 사람들이 도처에, 특히 그들을 부르지도 않은 곳에 널려 있지. 그야 자네가 더 잘 알겠지만." 그가 기분이 상한 듯 덧붙였다. "나는 많이 배우지도 못했고 이제는 늙은이야. 소년병으로 시작해서 올해로 근무한 지 오십 년째지."

"오, 아닙니다, 티모페이 세묘니치, 전혀 그렇지 않아요. 그 반대예요, 이반 마트베이치는 당신의 충고를 간절히 바라고 있습니다, 당신의 지도를 애타게 바란다고요. 말하자면, 눈물로 호소한다고 할까요."

"'말하자면, 눈물로 호소한다'라. 흠. 글쎄, 그건 악어의 눈물일 테니, 그대로 믿을 수야 없지. 그래, 말해보게, 그 친구는 뭣 때문에 외국에 나가려고 하나? 게다가 무슨 돈으로? 사실 그만한 돈도 없잖나?"

"최근에 받은 상여금을 저축한 돈입니다, 티모페이 세묘니치." 내가 호소하듯 대답했다. "다해봐야 삼 개월 예정으로 다녀오려고 한 건데, 스위스로…… 빌헬름 텔*의 조국으로 말입니다."

"빌헬름 텔? 흠!"

"나폴리에서 봄을 맞을 생각이었습니다. 그곳의 박물관, 풍습, 동물들도…… 보고 싶어했고요."

---

* 스위스의 명궁수로 알려진 전설적인 영웅.

"흠! 동물들을? 내 생각이네만, 그건 그저 자랑하고 싶어서였겠지. 그런데 어떤 동물들 말인가? 동물들이라니? 우리 동물들로는 충분하지 않단 건가? 맹수도, 박물관도, 낙타도 다 있잖은가. 곰은 바로 페테르부르크 근처에 살고 말이야. 그래, 이제 그 친구 자신이 악어 뱃속에 들어앉았군……"

"티모페이 세묘니치, 부탁입니다, 그 친구가 지금 곤경에 처해 있어요. 당신을 친구로, 친척 어른으로 생각하고 달려와 애타게 조언을 구하는데, 이렇게 질책만 하시다니요…… 불쌍한 옐레나 이바노브나를 봐서라도 딱하게 여겨주십시오!"

"그 친구 부인을 말하는 건가? 매력적인 부인이지." 티모페이 세묘니치가 한결 누그러져서 맛있게 담배를 한 모금 빨며 말했다. "섬세한 여자야. 포동포동한 살집에 자그마한 머리는 항상 살짝 옆으로, 옆으로 기울인 게…… 아주 유쾌해. 안드레이 오시프이치가 사흘 전에도 얘기하더군."

"얘기하다니요?"

"그랬다니까, 그것도 아주 칭찬 일색이더군. 그가 하는 말이, 가슴하며 시선하며 머리 모양까지…… 부인이 아니라 사탕 같다고 하자, 다들 한바탕 웃지 않았겠나. 아직 젊은 사람들 아닌가." 티모페이 세묘니치가 요란하게 코를 풀었다. "다들 얼마나 훌륭하게 경력들을 쌓고 있는데, 여기 이 젊은 친구는……"

"네, 하지만 그건 전혀 다른 문젠데요, 티모페이 세묘니치."

"물론, 물론 그렇지."

"그러니 어떡하면 좋겠습니까, 티모페이 세묘니치?"

"하지만 내가 뭘 할 수 있겠나?"

"경험 많으신 어른으로서, 친척으로서 조언도 해주시고 지도도 해주십시오! 어떻게 해야 할까요? 당국을 찾아갈까요, 아니면……"

"당국에? 말도 안 되는 소리." 티모페이 세묘니치가 서둘러 대답했다. "내 충고를 원한다면, 무엇보다 이번 일을 조용히 무마하라는 거네. 말하자면, 개인적으로 행동하라는 걸세. 이번 사건은 충분히 의심을 살 만한데다 듣도 보도 못한 경우야. 중요한 건, 듣도 보도 못한 경우라 비슷한 전례가 있을 리 없고, 어디 말을 넣어보기도 곤란하다는 걸세…… 그러니 무엇보다도 신중해야 하네…… 일단 거기 좀 있으라고 하게. 두고 보세, 기다려보자고……"

"하지만 어떻게 두고 보기만 합니까, 티모페이 세묘니치? 거기서 숨이 막혀 죽기라도 하면 어떡하고요?"

"아니, 왜 그러나? 그 친구는 거기서 상당히 편안한 상태라고 자네가 말한 것 같은데?"

나는 그에게 사건의 경위를 모두 다시 들려주었다. 티모페이 세묘니치는 곰곰이 생각에 잠겼다.

"흠!" 그가 담배를 손에 넣고 돌리며 말했다. "내 생각에는 그 친구가 외국으로 나가는 대신 당분간 거기 있는 편이 오히려 좋을 성싶네. 한가할 때 생각도 좀 하고 말이야. 물론 숨이 막히면 큰일이니까 건강을 유지하도록 적절한 조치는 취해야겠지. 뭐, 거기서는 되도록 기침을 하지 않거나 그 밖에 또…… 그리고 그 독일인 말인데, 내 개인적인 생각으로는, 그자에게도 권리가 있어, 오히려 어떤 면에선 훨씬 더 많다고도 볼 수 있지. 왜냐하면 허락도 안 받고 그자의 악어 속으로 들어간 것은 상대방이지, 그자가 허락도 없이 이반 마트베이치의 악어 속으로 들어간 것은 아니잖나. 물론, 내가 기억하는 한 이반 마트베이치에게 악어는 없지만 말일세. 글쎄, 악어는 사유재산이고, 그러니 아무 보상도 안 해주고 무조건 악어의 배를 가를 순 없겠지."

"한 사람의 생명을 구하기 위해서입니다, 티모페이 세묘니치."

"그거야, 뭐, 경찰이 할 일이지. 그쪽에 의뢰해보게."

"하지만 이반 마트베이치가 우리 부서에 필요할 수도 있잖습니까. 사람들이 그를 필요로 할 수도 있고요."

"이반 마트베이치를 필요로 한다고? 하하! 그럴 리 없지만, 그렇다 해도 그 친구는 지금 휴가중으로 처리돼 있으니 우리가 그 친구에게 좀 무관심한들 무슨 큰일이겠나. 거기서 유럽 땅이나 둘러보라고 하지, 뭐. 휴가가 끝나고도 나타나지 않으면 그건 다른 문제이니, 글쎄, 그때 가서 조사를 요청해보도록 하세……"

"삼 개월이나 그냥 두란 말씀입니까! 티모페이 세묘니치, 제발 부탁합니다!"

"그 친구 잘못이야. 누가 억지로 거기로 떠밀기라도 했나? 이러다가는 국고를 들여 돌봐줄 사람을 붙여줘야 할 판인데, 그건 규정상 안 될 일이네. 어쨌든 문제는 악어는 사유재산이며, 따라서 소위 경제원칙이란 게 이미 작동하고 있다는 사실이지. 경제원칙이 무엇보다 우선이고 말일세. 그저께인가, 루카 안드레이치네 파티에서 이그나티 프로코피치가 그러더군. 참, 자네 이그나티 프로코피치를 아나? 사업체를 여럿 굴리고 있는 자본가인데, 꽤나 유창한 언변으로 이런 말을 하는 걸세. '우리는 공업이 필요하다. 그런데 우리 공업은 규모가 너무 작다. 공업을 발전시켜야 한다. 자본을 창출해야 한다. 즉 중산층, 이른바 부르주아를 육성해야 한다. 하지만 우리는 자본이 턱없이 부족하므로 해외에서 자본을 끌어와야 한다. 무엇보다, 현재 해외 어느 나라에서나 시행되는 바와 같이 우리도 외국 기업들에게 우리 땅의 일부를 매입할 수 있도록 허용해주어야 한다.' 그의 말로는, 공유재산제는 독이자 파멸이라나! 그러면서 아주 열변을 토하더라니까. 그래서 이 일에는 그들, 즉 자본가가 적합하다, 노동자가 아니라…… 그의 말에 따르면, 공유재산제로는 공업도 농업도 발전할 수가 없다는 결세. 외국 기업들이 가능한 한 우리 땅을 전부, 하지만 나눠서 사들이도록 한 다음, 다시 그것들을 되도록 자잘하게 쪼개고 또 쪼개도록 해야 한다는 거지. 특히 '쪼개다'라는 단어를 강조하면서 이러더군. '땅을 잘게 쪼갠 다음 그것들을 개인에게 사유재산으로 팔아야 한다. 아니, 팔기보다 그냥 세를 놓아야 한다. 모든 땅이 자본을 댄 외국 기업의 수중에 들어가면, 임대료는 얼마든지 마음대로 책정될 수 있음을 의미한다. 결국 농민들은 일용할 양식 하나를 얻기 위해 세 배로 더 일하게 됨은 물론 언제든 쫓겨날 처지에 놓이게 된다. 농민들은 곧 이런 상황을 깨달을 것이고, 그러면서 그들은 고분고분 말도 잘 듣고 근면해질 것이며, 임금은 예전과 동일하되 노동은 세 배로 늘어나게 된다. 그런데 지금 공동체 안에서 농민들이 보이는 행태는 어떤가! 어차피 굶어죽지 않으리라는 것을 알기에 게으름을 피우고 술이나 마셔대지 않는가. 아무튼 그러는 사이 우리에게는 돈이 유입되고, 자본이 형성되고, 부르주아 계층이 생겨날 것이다. 영국의 정치문학지인 〈타임스〉는 최근에 우리 나라 경제에 대해 분석한 기사를 내면서, 우리에게는 중산층도 없고, 거대한 자본도 없고, 기꺼이 순응하며 따라와줄 프롤레타리아 계층도 없기 때문에 우리의 경제는 성장하지 못할 거라고 평가한 바가 있다……' 이그나티 프로코피치는 어쩌면 그리도 말을 잘하던지. 웅변가가 따로 없더군. 이를 주제로 직접 당국에 보고서를 제출한 다음, 그 내용을 〈이즈베스티야〉*에 싣고 싶어하더군. 그건 이반 마트베이치가 끄적이는 시 따위와는 차원이 달라……"

"그래서 이반 마트베이치는 어떻게 되는 겁니까?" 나는 노인이 한동안 떠들도록 두었다가 재빨리 끼어들었다. 티모페이 세묘니치는 이따금 이렇게 주절거리기를 좋아했는데, 그건 자신이 시대에 뒤떨어지지 않았을뿐더러 알 건 다 알고 있다는 사실을 과시하기 위해서였다.

"이반 마트베이치는 어떻게 되냐고? 그 얘기를 하려던 참이네. 누가 시켜서도 아니고 우리 스스로가 외국 자본을 국내로 끌어오기 위해 사방팔방 애쓰는 마당에, 한번 생각해볼 문제 아닌가. 간신히 끌어들인 악어 주인의 자산이 이반 마트베이치를 통해 두 배가 되었는데, 우리는 그 외국인 소유주를 보호하기는커녕 오히려 기본 자산인 악어의 배를 가르겠다고 나서는 판이니 말일세. 자, 과연 이게 적절한 태도일까? 나는 이반 마트베이치가 조국의 진정한 아들로서 자신이 외국 악어의 가치를 두 배, 아니 어쩌면 세 배일지도 모르지, 아무튼 올려놓은 사실을 기뻐해야 한다고 생각하네, 자부심을 가져도 좋고 말이야. 외국 자본을 유치하려면 필요한 일이니까. 이렇게 한 사람이 성공하면, 다른 사람이 또 악어를 가지고 들어오고, 세번째 사람은 한꺼번에 두세 마리씩 데려

* 러시아 신문 중 하나로, '뉴스' '소식'을 뜻한다.

오지 않겠나. 그러면서 그들 주위로 자본이 불어나는 거지. 그게 바로 부르주아라네. 장려할 필요가 있어."

"무슨 말씀입니까, 티모페이 세묘니치!" 내가 소리쳤다. "가엾은 이반 마트베이치에게 말도 안 되는 희생을 요구하시다니요!"

"나는 아무것도 요구하지 않네. 그리고 아까도 당부했지만, 내, 다시 한번 당부함세. 나도 윗분을 모시는 사람으로서 누구에게 뭔가 요구하고 말고 할 처지가 아니라는 점을 이해해줬으면 하네. 조국의 아들로서 말하는 걸세, 그러니까 〈조국의 아들〉*이 아닌, 말 그대로 우리 조국의 아들로서 하는 말이네. 다시 말하지만, 누가 그 친구더러 악어 안으로 기어들어가라고 했다던가? 점잖은 사람이, 알 만한 관직에 있고 합법적으로 결혼도 한 사람이 난데없이 그런 짓을 벌이다니! 그게 어디 가당키나 한 일인가?"

"하지만 그건 정말 순식간에 벌어진 사고였습니다."

"누가 알겠나? 게다가 무슨 돈으로 악어 주인에게 보상을 하지? 말해보게."

"월급으로 하면 되지 않겠습니까, 티모페이 세묘니치?"

"그걸로 충분하겠나?"

"충분하지 않을 겁니다, 티모페이 세묘니치." 내가 침울하게 대답했다. "악어 주인이 처음에는 악어가 터져버리는 줄 알고 기겁을 하더니만, 악어가 무사할 게 확실해지자 우쭐대면서 가격을 배로 올릴 수 있게 됐다고 좋아 죽더군요."

---

* 1812년부터 1852년까지 페테르부르크에서 발행된 종합잡지. 동명으로 1856년부터 1861년까지 잡지로, 1862년부터 1901년까지 신문으로도 발간되었다.

"세 배, 아니 네 배는 올릴 수 있겠지! 이제 관람객들이 잔뜩 몰려들 테고, 악어 주인이란 자들은 여간 약삭빠른 족속이 아니거든. 더구나 지금은 육식 기간*이니 사람들이 즐길 거리를 찾아나설 것 아닌가. 그래서 다시 한번 말하는데, 일단은 이반 마트베이치가 아무도 모르게 거기서 관찰이나 하도록 놔두세, 조급히 굴지 않도록 하잔 말일세. 그 친구가 악어 뱃속에 들어앉은 걸 사람들이 알게 되더라도 공식적으로는 모르는 것이어야 하네. 그런 점에서 이반 마트베이치는 오히려 아주 다행스러운 상황에 있다고도 할 수 있지. 그 친구는 지금 해외여행중으로 돼 있으니까. 사람들은 그가 악어 뱃속에 있다고 하겠지만, 우리가 인정하지 않으면 그만인 거고. 이 일은 그런 식으로 끌고 가면 될 거야. 중요한 건, 그 친구가 끝까지 기다리도록 하는 걸세, 그리고 그 친구가 서두를 일이 뭔가?"

"글쎄요, 하지만 만약……"

"걱정하지 말게, 몸은 튼튼한 친구이니……"

"그럼 언제까지 기다려야 합니까?"

"글쎄, 이번 일이 지나치리만큼 복잡한 사안이라는 사실을 자네에게 굳이 숨길 생각은 없네. 도대체 이해가 되는 일이어야 말이지. 그리고 무엇보다, 지금까지 이와 비슷한 선례조차 없다는 점이 이 사안을 더 어렵게 한다네. 선례가 있다면 어떻게든 지침을 얻을 수 있을 텐데. 그러니 무슨 수로 해결을 보겠나? 아무리 생각해봐도 시간이 오래 걸릴 성싶네."

---

* 러시아정교에서 고기요리나 유제품을 먹도록 허용한 기간을 말하는데, 보통 금식 기간이 끝난 직후 행해졌다.

나에게 문득 좋은 생각이 떠올랐다.

"이렇게 하면 안 되겠습니까?" 내가 말했다. "만약 그 친구가 괴물의 뱃속에 머물 수밖에 없는 운명이고, 또 괴물의 배가 터지지 않고 무사한 것이 신의 뜻이라면, 그 친구가 거기서 공직을 수행하는 것으로 청원서를 내볼 수는 없겠습니까?"

"흠…… 무급휴가 형식으로 말이지……"

"아니요, 월급을 받는 것으로 할 수는 없을까요?"

"무슨 근거로 말인가?"

"출장 형식으로……"

"무슨 출장을, 어디로?"

"그야 뱃속으로지요, 악어의 뱃속…… 말하자면, 조사를 위해서, 현장에서 실제 사례들을 연구하기 위해서요…… 물론, 그건 새로운 시도가 되겠지만, 진보적 발상이면서 동시에 의식 개혁에 대한 어떤 열의를 보여주는 게 아닐까 합니다……"

티모페이 세묘니치는 생각에 잠겼다.

"특별 관리를 출장 보낸다……" 마침내 그가 입을 열었다. "특별 임무를 맡겨 악어 뱃속으로 보낸다 이 말이지. 내 개인적인 생각으로는, 터무니없는 소리네. 규정에도 맞지 않고. 더구나 거기에 무슨 특별한 임무가 있을 수 있겠나?"

"그러니까 현장에서, 즉 살아 있는 생명체 안에서 직접 자연을 탐구하기 위해서지요. 요즘 자연과학이니 식물학이니, 그런 학문이 유행이니까요…… 그 친구가 거기 머물며 연구 결과를 보고한다면…… 뭐, 소화라든지 아니면 단순히 악어의 습성에 대해서요. 관찰한 사실들을 축적하기 위함이라고나 할까요."

"다시 말해, 일종의 통계학이 되겠군. 글쎄, 나는 통계학은 잘 모르는 데다 철학자도 아니라서 말일세. 자네가 사실들이라고 말하는데, 그러잖아도 우리는 수많은 사실들에 짓눌려서 그것들을 어떻게 처리해야 할지 모를 지경이네. 더구나 이 통계학이란 게 위험해서……"

"무엇이 위험하다는 겁니까?"

"위험하지. 게다가, 자네도 동의하겠지만, 그 친구가 사실을 보고한대도, 그러니까 삐딱하게 누워서 할 게 아닌가. 과연 그렇게 옆으로 누운 채 근무할 수 있을까? 그건 또다른 혁신이긴 하지만 위험한 일이기도 하지. 그리고 어쨌든 선례가 없잖나. 뭐라도 선례가 있기만 하면, 그렇다면 내 생각에, 출장으로 처리할 수도 있을 것 같네만."

"하지만 지금까지 살아 있는 악어를 들여온 적은 없잖습니까, 티모페이 세묘니치."

"흠, 그렇긴 하지……" 그는 다시 생각에 잠겼다. "자네의 반박도 일리가 있으니 앞으로 이 일을 풀어가는데 어떤 근거가 될 수도 있겠네. 하지만 만약 살아 있는 악어들의 등장과 함께 관리들이 하나둘 사라지기 시작하고, 나중에는 따뜻하고 편안하다는 이유로 거기로 출장을 보내달라고 요구한다면, 그리고 급기야 아예 거기 드러눕기라도 한다면 어쩔 텐가…… 자네도 동의하겠지만, 좋지 않은 선례가 될 거야. 그런 식으로 나가다가는 너 나 할 것 없이 거저 돈을 벌 요량으로 거기로 기어들어갈 거네."

"제발 도와주십시오, 티모페이 세묘니치! 참, 이반 마트베이치가 카드놀이로 빚진 7루블을 당신께 대신 갚아달라고 부탁하더군요……"

"아, 며칠 전에 니키포르 니키포르이치 집에서 카드놀이를 했는데, 그 친구가 졌지! 기억나네. 그때 그 친구 정말 유쾌하고 재미있었는데, 지금은……!"

노인은 진심으로 감동했다.

"도와주십시오, 티모페이 세묘니치!"

"애써봄세. 개인적인 일인 것처럼 내 이름으로 직접 알아보겠네. 하지만 악어 주인이 악어 값으로 얼마를 요구하는지는 자네가 비공식적으로 한 번 알아보게."

티모페이 세묘니치는 눈에 띄게 친절해졌다.

"물론입니다." 내가 대답했다. "그리고 즉시 돌아와 보고드리겠습니다."

"부인은…… 지금 혼자인가? 낙심해 있겠지?"

"한번 찾아가보시면 좋을 텐데요, 티모페이 세묘니치."

"내 찾아가봄세. 며칠 전에 잠깐 그 생각을 했는데, 마침 잘됐군…… 그런데 그 친구는 대체 왜, 어쩌자고 악어를 보겠다는 생각을 다 한 건지! 하긴 나라도 보고 싶었을 것 같기는 하네만."

"불쌍한 그 친구에게 한번 들러주십시오, 티모페이 세묘니치."

"그러지. 물론 내 발걸음으로 그 친구에게 헛된 희망을 심어주고 싶지는 않네만. 개인적으로 한번 찾아가보겠네…… 자, 이제 안녕히 가시게. 니키포르 니키포르이치에게 다시 가봐야 해서 말이야. 같이 갈 텐가?"

"아닙니다, 저는 그 불쌍한 친구에게나 가보렵니다."

"그러게, 이제 그 불쌍한 친구에게 가보게……! 아이고, 그렇게 생각이 짧아서야!"

나는 노인에게 작별인사를 건네고 그 집을 나왔다. 온갖 생각들이 머릿속을 스쳤다. 그의 집을 나서는데, 티모페이 세묘니치는 분명 선량하고 정직하기 이를 데 없는 사람이지만, 그의 근무 연수가 이미 오십 년이나 되었고, 현재 우리 주위에 티모페이 세묘니치 같은 사람은 극히 드물다는 사실이 왠지 기쁘게 느껴졌다. 물론, 나는 불쌍한 이반 마트베이치에게 이 소식을 전하기 위해 곧장 파사주로 달려갔다. 그리고 정말이지 궁금했다. 그는 악어 뱃속에 어떻게 자리를 잡았을까, 악어 뱃속에서 어떻게 살 수 있을까? 그런데 악어 뱃속에서 산다는 게 과연 가능한 일일까? 나는 때로 이 모든 일이 정말 기이한 꿈 같다는 생각이 들었다. 더구나 이 일은 괴물에 관계된 사건이지 않은가……

3

하지만 그건 꿈이 아니라 실제적이고 틀림없는 현실이었다. 그렇지 않다면 내가 굳이 이 이야기를 꺼냈겠는가! 이야기를 계속해보자……

내가 파사주에 도착한 시각은 아홉시쯤으로 늦은 저녁때이기도 했지만 이날따라 독일인이 평소보다 일찍 문을 닫는 바람에 나는 뒷문을 통해 악어 전시실로 들어가야 했다. 그는 기름때 묻은 낡은 프록코트를 입고 자기 집에라도 있는 양 편안하게 왔다갔다하고 있었는데, 오늘 아침보다 세 배는 더 만족스러운 표정이었다. 이제 겁나는 것도 없어 보였고 '관람객들도 많이 다녀간' 모양이었다. 잠시 후에 그의 어머니도 모습을 나타냈는데, 분명 나를 감시할 요량 같았다. 독일인은 어머니와 자주 귓속말을 주고받았다. 가게 문을 이미 닫았음에도 그는 나에게서 25코페이카를 받아냈다. 이토록 치밀하기 짝이 없다니!

"당신은 올 때마다 돈 내야 합니다. 관람객들은 1루블을 내지만 당신은 25코페이카만 내세요. 왜냐하면 당신은 착한 당신 친구의 착한 친구이고, 나는 친구를 존경하니카요……"

"살아 있나, 살아 있냐고, 나의 훌륭한 친구!" 나는 내 목소리가 저멀리 이반 마트베이치에게 잘 들리도록, 그래서 그의 자존심이 상하는 일이 없도록 악어 쪽으로 가까이 다가가며 큰 소리로 말을 건넸다.

"살아 있고 건강하네." 바로 옆에 서 있음에도 그의 대답은 마치 멀리서, 또는 침대 저 밑에서 울리는 소리 같았다. "건강하게 잘 있네. 하지만 그 얘긴 나중에…… 일은 어찌돼가나?"

나는 일부러 그의 질문을 듣지 못한 척하며 연민을 담아 그의 건강은 어떤지, 무엇을 하고 있는지, 악어 뱃속에서 지내기는 어떤지, 그리고 악어 뱃속은 대체로 어떻게 생겼는지 등을 서둘러 묻기 시작했다. 그건 우정을 위해서나 인사치레로나 필요한 질문이었다. 그러나 그는 변덕스레 짜증 섞인 어투로 내 말을 가로막았다.

"일은 어떻게 되어가냐니까?" 그는 여느 때와 다름없이 내게 명령하듯 날카로운 목소리로 소리쳤다. 그런데 이번에는 그 소리가 몹시도 불쾌하고 역겹게 느껴졌다.

나는 티모페이 세묘니치와 나눈 대화를 자세히, 아주 사소한 것까지 모두 들려주었다. 나는 내가 몹시 기분이 상했음을 드러내기 위해 어조에 특별히 신경을 쓰며 이야기를 해나갔다.

"그 노인네가 맞아." 나와 대화를 나눌 때면 늘 그렇듯 이반 마트베이치가 단호하게 결론을 내렸다. "실제적인 사람이 좋지, 그럴싸한 말로 대충 넘어가려는 사람은 딱 질색이야. 하지만 출장에 관한 자네 의견이 얼토당토않은 생각만은 아니라는 건 인정하네. 실제로 나는 과학적인 측면과 윤리적인 관점에서 많은 사실들을 보고할 수 있을 걸세. 그렇지만 지금 벌어진 이 모든 일은 새로운데다 예기치 못한 양상을 띠고 있어서 월급 하나 받자고 덤벼들 일은 아니네. 잘 듣게. 자네 지금 앉아 있나?"

"아니, 서 있네."

"우선 아무데나, 바닥에라도 앉은 다음 내 얘길 잘 들어보게."

울화가 치민 나는 의자를 한가운데로 가져다가 쾅 하고 바닥에 내려놓았다.

"들어봐." 그가 명령조로 말문을 열었다. "오늘 사람들이 끝도 없이 몰려왔네. 저녁 무렵에는 그야말로 발 디딜 틈조차 없어서 질서를 유지하려고 경찰까지 나서야 할 정도였지. 주인은 여덟시에, 그러니까 평소보다 일찍 전시를 끝내고 가게 문을 닫아야 하나 어쩌나 고민했다네. 벌어들인 돈도 계산하고 내일 전시에 대비해 여유롭게 준비도 하려고 말이야. 모르긴 몰라도 내일은 오늘보다 더 북새통을 이룰걸. 그렇다면, 이곳 수도에서 가장 교양 있는 사람들은 물론이고 상류사회의 부인들이며 외국 대사들, 법률가들, 또 그 밖의 사람들까지 여기로 모여들게 뻔하지 않겠나. 그뿐만이 아니야. 광활하고 매력적인 우리 제국의 방방곡곡에서 사람들이 찾아올 거야. 그렇게 되면 나는 모든 이들의 주목을 한몸에 받게 될 테고, 비록 모습을 드러낼 수는 없지만 최고의 인기를 누리게 될 걸세. 무지한 군중을 가르쳐볼 생각이네. 경험으로 깨우친 바를 몸소 본보기가 되어 보여주는 거지. 운명에 대처하는 위대하고도 겸손한 자세를 말일세! 말하자면, 인류를 가르치는 설교자가 되는 거네. 내가 들어앉은 이 괴물에 대해 제공할 수 있는 자연과학적 정보 한 가지만으로도 그 가치는 이미 충분하네. 그래서 오늘 일어난 일을 불평하지 않을 뿐만 아니라 오히려 이 일이 내 앞날에 더할 나위 없는 업적이 되리라 확실히 믿고 있다네."

"무료하지는 않겠나?" 내가 빈정대며 물었다.

무엇보다 나의 부아를 돋운 건 그가 이제 거의 인칭대명사를 사용하지 않는다는 점이었다.* 그만큼 그는 우쭐해 있었다. 그럼에도 불구하고 그의 태도며 그의 말은 나를 몹시 당혹스럽게 만들었다. "무엇 때문에, 도대체 왜 저 경솔한 머리는 이토록 허세를 부리는 걸까?" 나는 이를 앙다물고 혼잣말을 중얼거렸다. "지금 울어도 시원찮을 판에 저렇게 허세나 부리고 있다니."

"아니!" 그가 나의 물음에 날카롭게 반응했다. "그러잖아도 위대한 생각들로 가득차 있던 참인데 이제야 여유롭게 전 인류의 운명을 보다 나은 방향으로 이끌어갈 방안을 숙고해볼 수 있게 됐네. 이제 이 악어에게서 진실과 빛이 쏟아져나올 걸세. 의심의 여지 없이 새로운 경제 관계에 대한 나만의 새로운 이론을 정립할 테고, 그 사실을 자랑스러워하겠지. 지금껏 근무하느라, 세상의 저속한 즐거움에 빠져 지내느라 짬

* 러시아어에서는 주어를 사용하는 게 일반적이지만 상대방에게 자신의 의도를 암시하거나 감정을 표현할 때 일부러 주어를 생략하며 말을 하기도 한다. 작품 속 화자는 1인칭 대명사의 주어를 자주 빼먹는 친구가 잘난 체하는 것으로 받아들인다.

이 나질 않았는데 말이야. 모든 사상을 뒤집어엎는 새로운 푸리에*가 될 생각이네. 그런데 참, 티모페이 세묘니치에게 7루블은 전해주었나?"

"내 돈으로 주었네." 나는 내 돈으로 지불했다는 사실을 목소리로 강조하면서 대답했다.

"그 돈은 갚겠네." 그가 거만하게 대답했다. "월급이 오를 거라고 내 장담하네만, 그리고 사실 나 같은 사람이 아니면 누구 월급이 오르겠나? 이제 나한테서 얻어낼 이익이 무한정일 텐데. 그건 그렇고, 집사람은?"

"자네, 아마도 옐레나 이바노브나의 안부를 묻는 거겠지?"

"집사람은?" 이번에는 그가 비명에 가깝게 냅다 소리를 질렀다.

내가 뭘 어쩌겠는가! 나는 순순히, 그러나 이번에도 이를 앙다물고 옐레나 이바노브나를 두고 온 경위를 설명했다. 그는 내 말을 끝까지 들으려고도 하지 않았다.

"집사람한테 특별히 생각해둔 게 있어서 그래." 그가 조바심을 내며 말을 이었다. "내가 여기서 유명해진다면, 집사람은 거기서 유명해졌으면 하네. 학자들에 시인들, 철학자들, 외국의 광물학자들, 위정자들이 아침에 나와 대화를 나누고 나면 저녁에는 집사람의 살롱을 방문하게 될 걸세. 다음주부터는 매일 저녁 집사람이 살롱에서 손님들을 맞이할 수 있어야 해. 내 월급이 두 배로 오르면 그걸로 접대비는 충당할 수 있을 거야. 차 한 잔 내놓고 손님들 시중은 하인들 몇 명 고용해서 들게 하면 되니까. 그럼 해결되는 거지. 여기저기서 내 말들을 하게 될 걸세.

* 프랑스 사상가. 공상적 사회주의자로 자본주의사회의 모순을 지적했다.

오래전부터 나라는 존재가 사람들 사이에서 화제가 되길 무척이나 바라왔지만, 대단한 인물도 아니려니와 직위도 하찮은 처지라 그 뜻을 이룰 수가 없었네. 그런데 이제 악어가 세상 간단하게 꿀꺽 삼켜버린 일로 이 모든 소망을 이루게 됐지 뭔가. 사람들이 내 말을 하나하나 새겨듣고, 내 모든 발언을 곰곰이 생각해보고 서로서로 전달하고, 또 매체에도 알리게 될 걸세. 내가 어떤 사람인지 모두 알게 할 생각이야! 결국 사람들은 괴물의 몸속으로 사라지는 일이 얼마나 대단한 능력인지 이해하게 될 거네. 어떤 사람들은 '이 사람이라면 외무재상이 되어 한 왕국을 통치하고도 남겠는걸' 할 테고, 또 어떤 이들은 '그런데 이 사람은 외국의 왕국을 다스려본 적이 없잖아' 할 걸세. 하지만 내가 가르니에 파제스* 같은 사람보다 무엇이, 대체 어떤 면이 못하단 말인가? 거기 그 사람들이 뭐라고…… 집사람은 내게 썩 잘 어울리는 짝임이 분명하네. 내게는 머리가 있고, 집사람에게는 미모와 상냥함이 있잖나. 이렇게 말하는 사람들이 있을 걸세. '저 여인은 아름다워. 그러니 그의 아내가 되었겠지.' 그러면 또 어떤 이들이 나서서 '저 여인은 아름다워. 왜냐하면 그의 아내니까'라고 정정할 수도 있겠지. 혹시 모르니까 옐레나 이바노브나에게 내일 당장 백과사전을 사두라고 이르게. 안드레이 크라옙스키 편집으로 출간된 사전이어야 하네. 어떤 주제가 나와도 대화를 나눌 수 있어야 하니까. 그리고 무엇보다 〈상트페테르부르크 소식〉에 실리는 정치 사설을 〈볼로스〉의 글과 비교하며 매일매일 꼭 읽으라고 해주게나. 악어 주인도 가끔은 악어와 함께 나를 집사람의 멋진 살롱에 데

---

* 프랑스 정치가. 공화주의 온건파에 속하며 1848년 2월혁명으로 파리 시장, 임시정부 장관, 국방부 장관 등을 지냈다.

려다주는 데 동의할 거라 생각하네. 그러면 아침부터 재치 있는 말들을 미리 생각해두었다가 화려한 객실 한가운데 놓인 상자 속에서 사람들에게 모두 쏟아내는 거지. 정치인들에게는 나의 계획을 보고하고, 시인들과는 운율에 맞춰 대화를 나눌 걸세. 숙녀들과도 아주 재미있게 어울릴 거고. 내가 그 남편들에게 전혀 위험한 존재가 아니니 도덕적으로 문제가 될 리도 없잖나. 나머지 다른 사람들에게는 운명과 신의 섭리 앞에 순종하는 훌륭한 본보기가 될 생각이네. 그리고 집사람을 문학적 소양을 갖춘 훌륭한 숙녀로 만들어볼까 해. 집사람을 앞으로 나오게 해서 사람들에게 소개할 작정이네. 내 아내로서 집사람은 최고의 미덕들을 갖추어야만 하지. 그래서 만약 안드레이 알렉산드로비치를 우리 러시아의 알프레드 드 뮈세*라고 부르는 게 당연하다면, 집사람을 우리 러시아의 예브게니야 투르**라고 부르는 건 더 당연한 일이 될 걸세."

고백하건대, 이 모든 얼토당토않은 소리는 이반 마트베이치의 평소 모습과 어느 정도 닮아 있었음에도, 그가 열에 들떠 헛소리를 주절대고 있다는 생각이 드는 건 어쩔 수 없었다. 여전히 보통 때의 평범한 이반 마트베이치였지만, 지금은 20배로 확대된 유리알을 통해 그를 보고 있는 것 같았다.

"이보게," 내가 물었다. "자네 거기 아예 눌러앉을 작정인가? 그렇다면 한번 말해보게. 건강한가? 먹는 건 어떻게 먹고, 잠은 어떻게 자나? 또 숨은 어떻게 쉬고? 나는 자네 벗이고, 이런 일은 정말이지 초자연적

---

* 프랑스 시인이자 극작가, 소설가. 19세기 낭만파 4대 시인 중 한 사람.

** 러시아 작가로 살롱을 열어 귀족 및 다양한 상류사회의 인사들을 초대해 문학, 철학, 정치, 경제 등을 주제로 지적 교류를 주도했다.

인 사건이니 내가 이것저것 궁금해하는 것도 당연하다는 점을 알아주게나."

"그건 쓸데없는 호기심, 그 이상 아무것도 아니네." 그가 훈계조로 말했다. "하지만 자네의 궁금증을 풀어주지. 내가 괴물의 뱃속에서 어떻게 지내는지 물었나? 첫째, 매우 놀랍게도 악어의 뱃속은 텅텅 비어 있네. 마치 속이 텅 빈 거대한 고무자루 같다고나 할까. 왜 우리 고로호바야 거리나 모르스카야 거리 있잖나, 그리고 내가 잘못 알지 않았다면, 보즈네센스키 대로, 바로 그런 데서 파는 고무 제품들과 비슷하지. 한번 생각해보게, 그렇지 않고서야 내가 어떻게 여기 뱃속에 자리를 잡을 수 있겠나?"

"그게 가능한 일인가?" 나는 당연히 깜짝 놀라서 소리쳤다. "악어 속이 정말 텅텅 비어 있다고?"

"완전히." 이반 마트베이치가 엄중하고도 진중하게 확인해주었다. "그리고 이 녀석이 이렇게 생겨먹은 건 다 자연의 법칙을 따른 것임이 분명하네. 악어는 상당히 긴 꼬리가 있긴 하지만, 그 꼬리를 빼면 날카로운 이빨 달린 주둥이뿐이지. 정말 그게 전부일세. 두 다리 사이에는 뭔가 생고무 같은 것에 둘러싸인 텅 빈 공간이 있고. 정말 생고무일지도 모르지만 말이지."

"그러면 갈비뼈는, 위는, 창자는, 간은, 그리고 심장은?" 나는 괜스레 씩씩대며 그의 말을 가로막았다.

"아무것도, 그런 건 정말 아무것도 없네. 모르긴 몰라도 처음부터 아예 없었을걸. 그런 건 경박한 여행자들의 헛된 망상 속에나 존재하는 거지. 치질용 방석에 바람을 불어넣는 것처럼 내가 지금 악어에 바람을 불어넣고 있는 셈이네. 이 녀석은 어찌나 탄력이 좋은지 믿을 수 없을 정도지 뭔가. 집안 친구로서 자네도 내 옆에 나란히 자리잡으면 좋을 텐데, 자네에게 아량이 있다면 말이야. 자리는 자네가 들어와도 될 만큼 넉넉하거든. 나는 여차하면 옐레나 이바노브나도 이곳으로 불러들일 생각일세. 그건 그렇고, 이 텅 빈 악어의 내부 구조는 사실 자연과학에 완전히 부합하는 거라네. 예를 들어, 자네가 새로운 악어를 만들어야 할 일이 생겼다고 가정해보세. 그러면 자연스럽게 이런 문제가 제기될 걸세. 악어의 근본적인 속성은 무엇인가? 대답은 명확해. 사람을 삼키는 것. 악어가 사람을 삼키도록 하려면 그 구조를 어떻게 만들어야 할까? 대답은 더 명확하네. 텅 비게 만드는 거지. 자연은 텅 빈 상태를 못 견딘다는 사실이야 이미 오래전에 물리학이 밝혀낸 진실이지. 이와 유사하게 악어의 내부도 반드시 텅 비어 있어야만 하네. 그래야 그 텅 빈 상태를 견딜 수가 없어서 끊임없이 삼키고 닥치는 대로 무엇으로든 배를 채울 게 아닌가. 그리고 바로 이 점이 모든 악어들이 우리의 형제를 삼키는 유일하고도 합리적인 이유일세. 그런데 인간은 그런 구조가 아니잖은가. 인간의 머리는, 이를테면, 텅 비면 빌수록 오히려 그걸 채우고자 하는 욕구가 줄어드는데, 이는 일반 법칙에서 유일하게 예외적인 경우라 할 수 있지. 이 모든 사실이 지금 내게는 대낮처럼 명확하고, 이 모든 걸 나는 순전히 내 이성과 경험으로 깨우쳤다네. 말하자면, 자연의 가장 깊은 곳, 자연의 증류기 안에 들어앉아 자연의 맥박 소리를 들으면서 깨우쳤다고 할까. 그리고 악어란 단어 자체가 대식을 의미한다는 점에서 어원마저 내 주장과 일치하지 않겠나. 악어, 즉 '크로코딜로Crocodillo'는 분명 고대 이집트 파라오 시대와 동일한 때에 사용한 이탈리아어일 것이고, 먹어치우다, 먹다, 식용으로 하다를 뜻하는 프랑스어 '크로케croquer'에서 유래한 게 분명해. 이 얘기는 내가 상자에 담겨 옐레나 이바노브나의 살롱으로 옮겨지면 그때 거기 모인 사람들에게 첫 강의로 들려줄 생각이네."

"이보게, 자네 지금 해열제라도 좀 먹어야 하지 않겠나!" 내가 무심결에 외쳤다. "저 친구 지금 열이 있는 거야, 열이 있어, 열에 들떠 있다고!" 나는 겁에 질려 혼잣말을 반복했다.

"말도 안 되는 소리!" 그가 경멸하듯 대답했다. "지금 내 상황에서 그건 너무 불편한 일일세. 하지만 자네가 해열제 얘기를 꺼낼 줄 어느 정도 예상은 했네."

"이보게, 그런데 어떻게…… 지금 식사는 어떻게 하고 있나? 낮에 뭘 좀 먹기는 했나?"

"아니, 하지만 배가 고프지는 않아. 그런데 앞으로 내가 음식을 먹을 기회는 영 없을 것 같네. 이 역시 충분히 이해가 가는 일이야. 내가 악어의 내부를 가득 채우고 있잖나, 그러니 녀석을 영원히 배부르게 해준 셈이지. 이제 앞으로 몇 년간 녀석에게 먹이를 안 줘도 될 걸세. 다른 한편으론, 나 때문에 배를 채웠으니 이제 녀석이 자연스럽게 자기 몸의 생명수를 내게 전해줄 거고 말이야. 그건 마치 어떤 세련된 요부들이 밤새 자신을, 즉 자신의 온몸을 얇게 저민 생고기로 감쌌다가 다음날 아침 목욕을 하고 나서 싱싱하고, 탄력 있고, 요염하고, 매혹적으로 변하는 것과 같은 이치라고나 할까. 그렇게 내가 녀석을 먹이고, 반대로 나도 녀석에게서 영양분을 얻고 있네. 결국 우리는 서로를 먹여주는 사이인 셈이지. 하지만 아무리 악어라도 나같이 건장한 남자를 소화하기는 어렵지 않겠나. 그러니 녀석도 당연히 위가 묵직하고 거북할 테지. 참, 녀석은 위가 없지만 말이야. 아무튼 이 괴물에게 불필요한 고통을 주지 않으려고 옆으로 돌아눕는 것도 아주 조심한다네. 뒤척일 수도 있지만 인정상 안 한다네. 그게 지금 내 상황에서 유일한 단점이지. 비유적인 의미에서 티모페이 세묘니치가 나를 게으름뱅이라고 부른 것은 타당하네. 하지만 나는 옆으로 누워서도, 단지 누워 있는 것만으로도 인류의 운명을 완전히 바꿔놓을 수 있음을 증명해낼 걸세. 우리네 신문들이며 잡지들에서 떠드는 위대한 사상들이니 방향성이니 하는 것들도 사실은 다 게으름뱅이들이 만들었지. 그래서 그것을 현실 삶과는 동떨어졌다고들 하는 것이고. 하지만 그런 말이 무슨 상관인가! 지금 나는 온전한 사회 체계를 구상하고 있네. 그게 얼마나 쉬운 일인지, 아마 자넨 못 믿을 걸세! 어딘가 멀리 외딴곳에 혼자 떨어져 있거나, 아니면 하다못해 악어 속에라도 들어가 눈만 감고 있어도 곧바로 온 인류를 위한 온전한 천국이 그려지지. 아까 자네가 이곳을 뜨자마자 구상을 시작했는데, 벌써 세 개나 끝내고, 지금은 네번째를 구상중일세. 사실, 처음에는 모든 것에 반론을 제기해야만 하지. 그런데 악어 속에 들어앉아 있으니 반론을 펴기가 정말 쉽더군. 게다가 악어 속에서 보니 이 모든 상황이 더 명료해지는 것도 같고…… 그건 그렇고, 비록 사소한 것이긴 하지만 지금 내 상황에서는 불편한 점도 있긴 하다네. 여기 악어 속이 좀 습한데다 끈적끈적한 점액질로 덮여 있는 모양이야. 또 계속 고무 냄새가 나는데 작년에 산 내 덧신 냄새랑 똑같지 뭔가. 뭐, 그뿐, 특별히 뭐가 더 부족하다거나 그런 건 전혀 없네."

"이반 마트베이치." 내가 그의 말 중간에 끼어들었다. "자네 말은 모두 나로선 믿기 힘든 기적 같은 일이네. 자네는 정말로, 정말 평생 식사를 하지 않을 생각인가?"

"뭐 그런 하찮은 데 신경을 쓰고 그러나, 이 태평하고 생각 없는 사람아! 나는 지금 위대한 사상을 말하고 있는데, 자네는 고작…… 나를 둘러싼 어둠을 밝히는 위대한 사상들 하나만으로도 나는 이미 배가 부르다는 사실을 알아두게. 참, 그리고 사람 좋은 악어 주인이 역시 더없이 사람 좋은 자기 어머니와 상의하더니만, 매일 아침 악어의 주둥이에 피리처럼 생긴 굴절 금속관을 밀어넣어주기로 조금 전에 자기들끼리 결정했다네. 그 금속관을 통해 나도 이제 커피나 고기수프는 물론 고기수프에 적신 빵을 먹을 수 있게 됐지. 이웃에게 이미 금속관을 주문해놓았지만, 나는 그게 불필요한 사치라는 생각이 드는군. 나는 적어도 천 년은 살고 싶네. 악어들이 그렇게 오래 사는 게 사실이라면 말이지. 다행히 악어가 장수한다는 사실을 기억해냈네만, 혹시 내가 광물 같은 것과 혼동해서 잘못 알고 있을지 모르니 내일 자연사 책 아무거나 한번 뒤져보고 내게 알려주게나. 그리고 한 가지 생각 때문에 좀 혼란스럽다네. 일단은 내가 나사*로 된 옷을 입은데다 발에는 부츠까지 신어서 악어가 나를 소화하지 못할 건 분명해. 더구나 나는 살아 있으니 소화 과정이 시작된다 해도 사력을 다해 저항하면 될 테고. 뱃속에 들어온 모든 음식물이 소화돼 변해버리듯 나도 그렇게 되고 싶지는 않으니까. 그건 내게 너무 치욕적인 일 아니겠나. 다만 한 가지 두려운 점이 있긴 해. 불행히도 러시아 제품인 내 프록코트가 천 년이 흐르는 동안 썩어

* 양털에 무명, 명주, 인조 견사 등을 섞어 두툼하게 짠 모직물의 일종.

버릴 수도 있다는 사실이지. 그러면 나는 옷도 없이 맨몸으로 남겨져서 내가 분노를 하든지 말든지 소화가 시작될 걸세. 낮에는 결코 그런 일이 일어나지 않도록 내가 무슨 수든 써서 막아내겠지만, 밤에는, 밤에 잠이 들어버리면 의지고 뭐고 사라져버릴 텐데, 나라고 감자나 블린*, 송아지고기 같은 정말 하찮고도 하찮은 음식물과 똑같은 신세가 되지 말란 법이 어디 있겠나. 그 생각만 하면 정말 미쳐버릴 것 같아. 바로 이런 이유 때문에라도 관세율을 조정해서 영국제 나사를 수입하도록 장려해야 하는 걸세. 영국제가 훨씬 더 질겨서 악어 뱃속에 떨어지더라도 더 오랫동안 자연에 저항할 수 있거든. 기회가 닿는 대로 우선 정치가에게 이런 내 생각을 알리고, 동시에 우리 페테르부르크 일간지들의 정치부 기자들에게도 말할 작정이야. 그 사람들이 널리 알리도록 말이야. 아마 그들이 나에게서 배울 게 이 한 가지만은 아닐 걸세. 매일 아침 편집국에서 25코페이카를 받아든 한 무리의 기자들이 어제 전문電文에 대한 나의 의견을 정확히 알아내기 위해 빽빽하게 나를 에워싸는 모습이 눈앞에 선하군그래. 한마디로, 앞으로 펼쳐질 나의 미래는 그야말로 장밋빛일세."

'열병이야, 열병인 게야!' 나는 가만히 속으로 말했다.

"이보게, 그렇다면 자유는?" 나는 그의 생각을 완전히 알아내려고 물었다. "사실 자네는, 말하자면, 지하 감방에 갇힌 셈인데, 인간으로서 자유는 누려야 할 것 아닌가."

"어리석은 소리." 그가 대답했다. "미개한 자들이나 독립적인 것을 좋

---

* 밀가루 반죽으로 얇게 부쳐내는 러시아식 팬케이크.

아하지, 현명한 사람들은 질서를 좋아하는 법이야. 만약 질서가 없으면……"

"이반 마트베이치, 그게 무슨 소린가!"

"잠자코 들어보라니까!" 내가 자기 말을 가로채서 화가 났는지 그는 빽 소리를 질렀다. "지금처럼 정신적으로 고무된 적도 없네. 좁디좁은 이 은신처에서 걱정되는 건 한 가지일세. 그건 두툼한 잡지들의 문학비평이나 우리 풍자 신문들의 조롱 섞인 글이지. 경박한 방문객들이며 어리석은 자들, 질시에 사로잡힌 자들, 그리고 대부분의 허무주의자들이 나를 비웃음거리로 만들지나 않을까 두렵네. 하지만 나도 대책을 강구할 걸세. 내일 대중의 반응이 어떨지, 특히 신문에서 어떤 의견들을 낼지 몹시 기다려지는군. 신문 내용을 내일 바로 알려주게나."

"좋아, 내일 당장 신문이란 신문은 죄 가져오지."

"내일은 신문 보도를 기대하기엔 아직 이르네. 공지문은 나흘째나 돼야 인쇄에 들어가거든. 하지만 이제부터 매일 저녁 여기로 오게. 들어올 때는 마당에서 안쪽으로 난 통로를 이용하면 되네. 자네를 내 비서로 쓸 작정이야. 자네는 나에게 신문과 잡지를 읽어주고, 나는 자네에게 내 생각을 받아 적게 하거나 임무를 맡길 걸세. 무엇보다, 급히 타전되는 소식을 빠뜨려선 안 돼. 유럽에서 오는 전보는 매일 모두 여기 나한테 가져오게. 자, 이제 됐네. 아마 자넨 지금 무척 졸릴 거야. 그만 집으로 가보게. 조금 전에 내가 비평에 대해 한 말은 잊게나. 비평이 두렵진 않아. 왜냐하면 비평이란 원래 비평적인 입장에 설 수밖에 없거든. 그저 현명하고 사려 깊게 행동하면 되는 게야. 그러면 반드시 존경과 권위를 얻게 돼 있지. 소크라테스가 되지 못한다면 디오게네스도 좋고, 아니면 그 둘을 합쳐놓은 존재가 돼도 나쁘진 않을 걸세. 이게 바로 인류를 위한 내 미래의 역할이라네."

이반 마트베이치는 그렇게 내 앞에서 경박하고 집요하게(사실, 열에 들떠서 그렇지만) 자기 얘기 늘어놓기에 바빴는데, 그 모습은 영락없이 속담에서 말하는, 비밀을 지키지 못하고 기어이 떠벌리고야 마는 의지 약한 아낙네 같았다. 게다가 그가 들려준 악어 이야기도 모두 의심스럽기 짝이 없었다. 어떻게 악어 속이 완전히 비었을 수 있단 말인가? 이건 순전히 그가 허영심에 들떠서, 또 어느 정도는 나를 얕잡아보면서 우쭐대는 것이라는 데 내기라도 걸겠다. 사실, 그는 병자였기에 병자라는 점을 고려해줘야 하지만, 솔직히 고백하면, 나는 늘 이반 마트베이치를 참고 봐주기가 힘들었다. 어린 시절부터 지금까지 평생을 그의 뒤치다꺼리나 하는 역할에서 벗어나고 싶었지만 그러지 못했다. 천 번도 넘게 그와 완전히 관계를 끊어버릴까 생각했지만, 그럴 때마다 매번 그에게 뭔가 증명해 보이거나 뭔가 복수라도 하고 싶은 것처럼 다시 그에게 이끌리곤 했기 때문이다. 이 우정이란 건 얼마나 이상한 감정인가! 그에 대한 나의 우정은 열에 아홉은 원한으로 이루어졌다고 분명히 말할 수 있다. 그리고 이제 우리는 헤어지게 됐지만, 이번에는 아쉬운 마음도 함께였다.

"탕신 친구는 청말 똑똑한 솨람이오!" 독일인이 나를 배웅하면서 목소리를 낮춰 말했다. 우리가 대화하는 내내 듣고 있었던 모양이었다.

"그런데 *그건 그렇고**," 내가 말했다. "잊어버릴까봐 물어보는데, 혹

* 원문은 프랑스어로 'A propos'.

시 누가 당신한테 악어를 사겠다고 나서면, 악어 값으로 얼마나 받을 생각이오?"

내 질문을 들은 이반 마트베이치는 흥미진진하게 대답을 기다렸다. 보아하니 그는 독일인이 적은 금액을 부를까봐 염려하는 눈치였다. 내가 그 질문을 할 때 그가 마침 캬 하고 소리를 냈기 때문이다.

처음에 독일인은 내 말을 들으려고도 하지 않았고, 버럭 화까지 냈다.

"어느 누구도 캄히 내 악오를 쏼 수는 없소!" 그는 격분해서 소리를 질렀고 삶아놓은 가재처럼 얼굴이 벌게졌다. "나는 악오를 팔코 싶치 않소! 백만 탈러를 준다 해도 악오를 카져가게 투진 않을 거요. 오늘만 해도 쏴람들한테 백삼십 탈러를 펄었고, 내일은 만 탈러는 펄 거고, 그 다음엔 날마다 십만 탈러씩은 펄 거라고요. 팔코 싶치 않소!"

이반 마트베이치는 만족스러운 듯 킥킥대기까지 했다.

진정한 친구로서 도리를 다해야 했기에 나는 마음을 누그러뜨리려 애쓰며 냉정하면서도 합리적으로 미치광이 같은 독일인에게 넌지시 몇 마디를 건넸다. 당신의 계산이 아주 정확히 들어맞는 건 아니다, 만약 매일 십만 달러씩 벌어들인다면, 나흘 동안 페테르부르크 시민들이 전부 이곳을 다녀가는 셈이 되는데, 그러면 더이상 돈을 받아낼 사람이 없지 않느냐, 더구나 뱃속에서 죽음의 신이 활개를 쳐서 잘못하면 악어가 터져버릴 수도 있고, 아니면 이반 마트베이치가 병이 나 죽을 수도 있다, 기타 등등, 기타 등등.

독일인은 생각에 잠겼다.

"탕신 친구에게 약물을 몇 팡울 출 겁니다." 곰곰이 생각한 후에 독일인이 말했다. "그러면 친구는 축지 않을 거예요."

"한 방울 한 방울씩 말이죠." 내가 말했다. "하지만 그러다가 소송에 휘말릴 수도 있다는 점을 알아두시오. 이반 마트베이치의 아내는 자신의 합법적인 배우자인 남편을 돌려달라고 요구할 수 있으니 말이오. 당신은 이런 식으로 부자가 될 작정인가본데, 그래, 옐레나 이바노브나에게 얼마라도 연금을 줄 생각은 있는 거요?"

"아니, 없소!" 독일인이 단호하고도 엄중하게 대답했다.

"그래, 없코말코!" 그의 어머니가 적개심마저 드러내며 맞장구를 쳤다.

"아무튼, 확실하지도 않은 것에 운을 맡기느니, 적당하지만 믿을 만하고 확실한 금액을 지금 한꺼번에 받는 쪽이 당신에겐 더 유리하지 않겠소? 아무래도 말해둬야 할 것 같아 덧붙이오만, 하릴없이 그저 호기심 때문에 당신에게 이런 걸 묻는 건 아니오."

독일인은 상의라도 하려는지 어머니를 데리고 원숭이 무리 중 가장 덩치가 크고 가장 못생긴 녀석의 우리가 있는 저 한쪽 구석으로 사라졌다.

"자, 곧 알게 될 걸세!" 이반 마트베이치가 말했다.

그러자 그 순간 나는 가장 먼저 독일인을 아프도록 흠씬 두들겨패주고, 두번째로 그의 어머니를 더 아프게 패주고, 세번째로 이반 마트베이치를, 끝 모를 자기애에 사로잡힌 그 친구를 다른 누구보다 아프게 두들겨패주고 싶은 마음이 불길처럼 치솟았다. 하지만 이런 것쯤은 탐욕스러운 독일인의 요구에 비하면 아무것도 아니었다.

자기 어머니와 상의를 끝낸 독일인은 악어에 대한 대가로 할증금이

붙은 국채의 최근 발행권으로 5만 루블, 고로호바야 거리에 있는 석조 건물 및 거기 딸린 개인 소유의 약국을 요구했고, 그도 모자라 러시아 대령의 직급까지 원했다.

"그것 보게!" 이반 마트베이치가 의기양양해서 소리쳤다. "내 자네에게 말하지 않았나! 대령이 되겠다는 정신 나간 마지막 소원만 빼면 저 자의 요구는 전적으로 옳다네. 왜냐하면 현재 자신이 전시하는 악어의 가치를 완벽하게 이해하고 있으니까. 모든 일엔 경제원칙이 우선인 법이지!"

"이보시오!" 나는 화를 이기지 못하고 독일인에게 고함을 쳤다. "대체 무엇 때문에 대령이 되겠다는 거요? 댁이 무슨 공적을 세우기를 했소, 무슨 복무를 했소, 아니면 군인으로서 명예가 있기를 하오? 혹시 미친 것 아니오?"

"미쳤다니!" 몹시 기분이 상한 독일인이 소리쳤다. "아니, 나는 청말 똑똑한 솨람입니다. 탕신은 청말 멍청이로군요! 나는 태령이 될 차격이 있다고요. 나는 악오를 포여주고, 또 악오 안에는 살아 있는 호프라트*가 들어앉았다 이컵니다! 하지만 러시아인은 살아 있는 관리가 들어앉은 악오를 못 포여주잖아요! 나는 굉창히 똑똑한 솨람이고, 청말 태령이 되고 시포요!"

"이만 가보겠네, 이반 마트베이치!" 나는 분노로 몸을 부들부들 떨며 소리쳤고 거의 뛰다시피 악어 전시실을 빠져나왔다. 일 분이라도 더 머물렀다가는 나도 나 자신을 책임질 수 없을 것 같았다. 이 두 멍청이의

* 독일어로 '관리'라는 의미.

해괴망측한 기대는 도저히 참고 봐줄 수가 없었다. 차가운 바람을 맞으니 기분이 좀 상쾌해졌고 분노도 다소 누그러졌다. 결국, 길 양쪽으로 열다섯 번이나 힘껏 침을 뱉고 난 후에야 나는 마차를 잡아타고 집으로 돌아와 옷을 벗고 침대에 몸을 던졌다. 무엇보다 부아가 치미는 일은 내가 그의 비서가 되어버렸다는 사실이었다. 이제 매일 저녁 거기서 진실한 친구의 의무를 다하느라 지루함에 죽어나갈 판이라니! 그 생각을 하자 나 자신을 마구 두들겨패고 싶은 심정이었고, 실제로도 촛불을 끄고 이불을 뒤집어쓴 채 누워서 머리통이며 몸 여기저기에 몇 번씩 주먹질을 해댔다. 그러자 마음이 좀 가벼워져서, 마침내 나는 깊은 잠에 빠져들었다. 사실 몹시 고단하기도 했다. 그리고 밤새도록 원숭이 꿈만 꾸다가 아침녘이 되어서야 옐레나 이바노브나의 꿈을 꾸었다……

4

원숭이들이야 악어 전시실의 우리 속에 든 모습을 계속 봤으니 꿈에 나온 거라 짐작되건만, 옐레나 이바노브나의 경우는 좀 뜻밖이었다.

미리 말해두는데, 나는 이 여인을 사랑하고 있었다. 하지만 서둘러, 정말 서둘러서 변명하자면 그녀를 아버지처럼 사랑한 것이지, 그 이상도 그 이하도 아니었다. 그녀의 자그마한 머리나 발그레한 뺨에 입맞추고 싶다는 참기 힘든 충동을 여러 번 느꼈기에 나는 그렇게 결론을 내렸다. 비록 단 한 번도 실행에 옮긴 적은 없지만, 고백하건대, 그녀의 입술에 입맞춤하라 해도 마다하지 않았을 것이다. 아니, 입술이 아니라 그녀의 치아에, 마치 가지런히 엮어놓은 한 줄의 예쁜 진주알처럼 웃을 때면 언제나 너무도 매혹적으로 빛나는 그녀의 치아에 말이다. 그녀는 유난히도 자주 웃었다. 이반 마트베이치는 다정하게 애정을 표현할 때마다 그녀를 자신의 '사랑스러운 모순덩어리'라고 부르곤 했는데, 이 애칭은 지극히 타당하고 적절했다. 그녀는 사탕처럼 달콤한 여자일 뿐 그 이상의 무엇도 아니었다. 그래서 나는 지금도 도무지 이해가 가지 않는다. 왜 이제 와서 이반 마트베이치는 자기 아내가 러시아의 예브게니야 투르라는 상상을 하게 됐을까? 아무튼, 원숭이들만 빼면 그 꿈은 나에게 정말 즐거운 여운을 남겼다. 그리고 아침에 차를 마시고 있자니 전날 일어난 일들이 하나하나 머리에 떠오르면서 사무실로 가는 길에 옐레나 이바노브나에게 꼭 한 번 들러봐야겠다는 생각이 들었다. 게다가 집안 친구로서 마땅히 해야 할 도리이기도 했다.

옐레나 이바노브나는 침실 앞의 작디작은 방, 이른바 그녀의 조그만 응접실에서 커피를 마시고 있었다. 조그만 응접실이라고 하지만, 그들의 가장 큰 응접실도 작기는 마찬가지였다. 그녀는 큼직한 아침 셔츠를 가볍게 걸친 채 자그마한 다탁을 마주한 작고 화려한 소파에 앉아 자디잔 수하리*를 작은 커피잔에 적셔가며 커피를 마셨다. 그녀는 매혹적일 만큼 아름다웠지만 내 눈에는 수심에 잠긴 듯 보였다.

"아아, 당신이군요, 장난꾸러기 양반!" 그녀가 건성으로 웃음을 보이며 나를 맞았다. "앉으세요, 바람둥이 양반, 커피 좀 드세요. 그래, 어제

* 빵을 잘게 썰어 말린 것.

는 뭐하셨어요? 가장무도회에 가셨나요?"

"그럼 당신은 정말 거기 가신 겁니까? 사실 나는 그런 데는 잘 안 가서…… 더구나 어제는 우리의 포로를 방문하느라……"

나는 한숨을 내쉬고는 커피를 받아들며 경건한 표정을 지었다.

"누구를요? 포로라니 누구요? 아, 맞아요! 불쌍한 사람! 그래, 그이는 어떻던가요, 무료해하죠? 그런데, 있잖아요…… 당신에게 묻고 싶은 말이 있는데…… 제가 지금 이혼을 요구해도 될까요?"

"이혼이라니요!" 나는 분노에 차서 소리쳤고, 하마터면 커피를 엎지를 뻔했다. '그 시커먼 작자 짓이 분명해!' 나는 격분하여 속으로 생각했다.

시커먼 얼굴에 콧수염을 기른, 건설부에서 일하는 작자가 하나 있었는데, 그자는 이 집을 제 집처럼 드나들면서 옐레나 이바노브나의 기분을 맞추는 데 탁월한 재주를 보였다. 고백하건대, 나는 그 작자가 싫었다. 그자가 어제 가장무도회에서, 아니면 아마도 여기서 옐레나 이바노브나를 만나 온갖 말도 안 되는 소리를 지껄여댄 게 틀림없었다!

"그게 그러니까요," 옐레나 이바노브나는 사주라도 받은 사람처럼 갑자기 서둘렀다. "그이는 계속 악어 뱃속에 들어앉아 있을 테고, 아마 평생 못 나오겠지요. 그동안 나는 여기서 마냥 기다려야 하고요! 남편은 집에서 살아야지, 악어 안에 사는 건 아니잖아요……"

"하지만 이건 전혀 예기치 못한 상황 아닙니까." 나는 누가 봐도 알 수 있을 만큼 몹시 흥분해서 말했다.

"아, 아니요, 아무 말도 하지 마세요, 싫어요, 듣고 싶지 않아요!" 그녀가 갑자기 화를 내면서 언성을 높였다. "당신은 늘 저에게 반대만 하시죠, 못된 양반 같으니! 당신과는 아무 일도 못하겠어요, 충고 하나 제대로 못하잖아요! 다른 사람들은 그러던데요, 이제 이반 마트베이치는 월급을 받지 못하니까 이혼 사유가 된다고요."

"옐레나 이바노브나! 지금 말하는 사람이 당신 맞습니까?" 내가 비장하게 소리쳤다. "대체 어떤 나쁜 놈이 당신에게 그따위 말을 한답니까? 그리고 월급 같은 사소한 이유로 이혼하는 건 절대 불가능합니다. 그런데 가엾은, 가엾은 이반 마트베이치는 말하자면, 괴물의 뱃속에서조차 당신을 향한 사랑에 불타고 있습니다. 어디 그뿐인가요. 그 사랑 때문에 설탕 조각처럼 녹아내리고 있단 말입니다. 어제저녁 당신이 가장무도회에서 즐거운 시간을 보내고 있을 때에도 그 친구는 여차하면 합법적인 배우자인 당신을 자기 있는 곳으로, 괴물의 뱃속으로 불러들일 결심도 하더군요. 게다가 악어는 두 사람은 물론 세 사람까지도 들어갈 수 있을 만큼 넓어서……"

여기서 나는 즉시 그녀에게 전날 밤 이반 마트베이치와 나눈 대화 중에서 흥미로운 부분만 골라 모두 들려주었다.

"어떻게, 어떻게 그런 말을!" 그녀가 깜짝 놀라 소리쳤다. "지금 나더러 거기로, 이반 마트베이치가 있는 곳으로 기어들어가란 말인가요? 정말 기막힌 생각이군요! 이런 모자를 쓰고 이렇게 넓은 치마까지 입고 어떻게 거기로 기어들어가죠? 세상에, 이렇게 바보 같을 수가! 그리고 거기로 기어들어갈 때 내 꼴은 뭐가 되고, 또 누군가 그런 나를 보게 될 텐데…… 정말 어처구니가 없군요! 그리고 거기서 나는 뭘 먹어요……? 그리고…… 그리고…… 그럴 때…… 나더러 거기서 어떻게 하라고…… 오, 세상에, 대체 무슨 생각들을 한 거예요……! 거기에 가면 뭐 즐거운 일이라도 있나요……? 당신 말이, 거기선 고무 냄새가 난다면서요? 그리고 만약 거기서 그이와 다투기라도 하면 나는 어떻게 하죠? 그래도 그이와 나란히 누워 있어야 하나요? 아유, 그건 정말 끔찍해요!"

"동의합니다, 내가 생각해도 당신 말이 모두 맞아요, 친애하는 옐레나 이바노브나." 내가 그녀의 말을 가로막았다. 나는 진실이 자기편이라고 느끼는 사람들에게 솟구치기 마련인 자연스러운 열정으로 내 뜻을 전달하고자 애썼다. "하지만 이 모든 상황에서 당신이 놓친 한 가지가 있습니다. 그 친구가 그곳으로 당신을 부르려는 건 당신 없이는 살 수 없기 때문인데, 당신은 그 점을 제대로 평가하지 않고 있어요. 즉 여기엔 사랑이, 열정적이고 충직하고 저돌적인 사랑이 있단 말입니다…… 당신은 사랑의 가치를 간과하고 있어요, 사랑을요, 친애하는 옐레나 이바노브나!"

"싫어요, 싫어요, 아무 소리도 듣고 싶지 않다고요!" 그녀는 작고 아름다운 자신의 손을 내저었다. 손끝에서 방금 씻어서 솔로 깨끗이 다듬은 장밋빛 손톱이 반들반들 빛났다. "끔찍한 사람 같으니! 당신은 기어이 저를 울리고 말 작정이군요. 그렇게 좋으면 당신이나 기어들어가세요. 당신은 친구니까, 거기서 그이와 나란히 누워 우정을 지키며 학문이니 뭐니 하는 따분한 얘기나 평생 하시든지요……"

"당신은 지금 그의 제안을 비웃는데, 공연한 짓입니다." 나는 진지한 태도로 이 경솔한 여자의 말을 가로막았다. "그러잖아도 이반 마트베이치가 나도 그곳으로 불렀습니다. 물론, 당신은 아내로서의 의무 때문에 거기로 불려가는 것이지만, 나는 너그러운 마음으로 함께 해달라는 제안을 받은 거지요. 어젯밤 악어의 놀라운 탄력성을 설명하면서 이반 마트베이치가 넌지시, 하지만 분명하게 이런 의사를 내비치더군요. 당신들 둘뿐만 아니라 집안 친구로서 나도 당신들과 함께, 그러니까 우리 셋이서 거기 자리잡을 수도 있다고 말입니다. 그야 내가 그걸 원한다면……"

"뭐가 어째요, 셋이서요?" 옐레나 이바노브나가 깜짝 놀라 나를 바라보며 소리쳤다. "어떻게 우리가…… 그러니까 우리 셋이 다 같이 있자고요? 하-하-하! 두 사람 다 어쩜 그렇게 바보 같을 수 있죠? 하-하-하, 거기 가면 내가 당신 둘을 계속 꼬집어드리죠. 당신 정말 몹쓸 사람이군요. 하-하-하! 하-하-하!"

그리고 그녀는 소파 등받이에 기대고 앉아 눈물이 나도록 크게 웃어댔다. 이 모든 것이, 즉 눈물도 웃음도 어찌나 매혹적이던지 나는 자제하지 못하고 열정적으로 그녀에게 달려들어 그녀의 작은 손에 입을 맞추고 말았다. 그녀는 화해의 표시로 내 귀를 가볍게 잡아당겼을 뿐 뿌리치지는 않았다.

그러자 우리 둘 다 기분이 좋아졌고, 나는 그녀에게 이반 마트베이치의 어제 계획을 모두 자세히 들려주었다. 그녀는 접대 파티며 살롱을 연다는 생각이 무척이나 마음에 든 것 같았다.

"새 드레스들이 굉장히 많이 필요하겠는데요." 그녀가 말했다. "드레스들을 새로 장만하려면 이반 마트베이치가 되도록 빨리, 되도록 많이 월급을 보내줘야 해요…… 다만…… 다만 이걸 어떻게 해야 할지……" 그녀가 생각에 잠기며 덧붙였다. "어떻게 그이를 상자에 담아 여기로 데려오죠? 그건 정말 꼴이 우스울 텐데. 저는 남편이 상자에 실려 다니는 건 싫어요. 손님들 앞에서 말도 못하게 창피할 거예요…… 그건 원치 않아요, 아니, 싫어요."

"참, 생각이 나서 그러는데, 어제 티모페이 세묘니치가 여기 왔었습니까?"

"아, 다녀가셨어요. 저를 위로하러 오셨더라고요. 당신도 짐작하시겠지만, 내내 저랑 카드놀이를 하셨답니다. 그분은 사탕을 걸었고, 제가 지면 그분이 제 손에 입을 맞추기로 하고요. 그런데 정말 고약한 분이지 뭐예요, 상상이 되세요, 글쎄, 저와 같이 가장무도회에 갈 생각까지 하더라고요, 정말!"

"반한 모양이지요!" 내가 말했다. "당신처럼 매혹적인 여인에게 누군들 반하지 않겠습니까?"

"아유, 인사치레를 잘도 하시네요! 잠깐만요, 그만 가시라고 꼬집어 줄까보다. 이제 꽤나 잘 꼬집거든요. 어때요, 제 꼬집기? 참, 그런데 어제 이반 마트베이치가 제 얘기를 자주 했다고요?"

"아, 아니, 꼭 그런 건 아닙니다…… 솔직히 말하면, 그 친구는 지금 인류의 운명에 대한 생각이 더 많다고 할 수 있고, 또 바라기는……"

"뭐, 그러라고 하지요! 그 얘긴 더이상 하지 마세요! 따분하기 짝이 없는 이야기일 게 빤하니까요. 어쨌든 그이를 한번 보러 갈 거예요. 내일은 꼭 가봐야죠. 하지만 오늘은 아니에요. 머리도 아프고, 더구나 거긴 사람들도 굉장히 많을 테니…… 사람들이 그럴 거예요. '저 여자가 그 사람 부인이래.' 아유, 창피해…… 그만 가보세요. 저녁에…… 거기 가실 건가요?"

"네, 그 친구에게 갈 겁니다. 거기로 오라고 지시를 하더군요, 신문도 좀 가져다달라고 하고요."

"그거 잘 됐네요. 그이에게 가서 읽어주세요. 그런데 오늘 저녁에는 여기 들르지 마세요. 몸도 안 좋고, 어쩌면 어딜 좀 갈지도 몰라요. 그럼, 안녕히 가세요, 장난꾸러기 양반."

'그 얼굴 시커먼 작자가 저녁에 오는 모양이지.' 나는 속으로 생각했다.

물론 나는 사무실에서는 걱정과 고민에 사로잡혀 있는 기색은 전혀 내보이지 않았다. 그러나 곧 우리의 가장 진보적인 몇몇 신문들이 이날 아침 동료들의 손에서 손으로 빠르게 오가고 있다는 사실을 알아차렸다. 신문을 읽는 그들의 표정이 대단히 진지해 보였다. 우선 내 손에 들어온 신문은 대체로 인도주의적인 내용만 다룰 뿐 뭔가 이렇다 하고 내세울 만한 성향이 없는, 그래서 읽기는 하지만 우리가 경멸해 마지않는 〈리스토크〉*였다. 나는 적잖이 놀라며 신문에서 다음과 같은 기사를 읽어 내려갔다.

"어제 웅장한 건물들로 치장한 우리의 광대한 수도에 기이한 소문이 퍼졌다. 상류사회 출신의 유명한 미식가 N.이라는 인물이 모 클럽의 보렐리의 요리에 싫증이라도 났는지 최근에 수도로 들여온 거대한 악어가 전시중인 장소, 즉 파사주로 찾아가 악어를 자신의 식사로 요리해줄 것을 요구했다. 그는 악어 주인과 흥정을 마친 후 곧바로 그를(지극히 온순한데다 정확성을 지닌 독일인이 아니라 그의 악어를) 게걸스럽게 먹어치우기 시작했다. 그는 자신의 주머니칼로 피가 흐르는 살덩어리

* 러시아어로 '종잇장'을 뜻하는 '리스트'의 지소형으로, 러시아 신문 중 하나.

들을 산 채로 잘라 놀랍도록 빠르게 집어삼켰다. 그렇게 조금씩 조금씩 악어 한 마리가 몽땅 그의 살찐 뱃속으로 사라져갔고, 그는 늘 악어 곁에 붙어다니는 몽구스도 맛있을 거라고 여겼는지 그마저 먹어치울 기세였다. 우리는 외국의 미식가들에게는 꽤 오래전부터 익숙한 이 새로운 음식물에 반대의 목소리를 낼 생각이 전혀 없다. 오히려 이런 일을 미리 예견했었다. 영국의 왕족들이나 여행자들은 이집트에서 악어를 한 번에 여러 마리씩 잡아들여 괴물의 등심을 소고기 스테이크처럼 겨자와 양파, 감자를 곁들여 요리해 먹는다. 레셉스*와 함께 우르르 몰려든 프랑스인들은 뜨거운 재 속에서 구워낸 악어 족발 요리를 더 좋아해서, 그런 자신들을 비웃는 영국인들을 성가시게 만든다. 우리 나라에서는 아마 두 가지 요리 모두 존중할 것이다. 우리로서는 다채로운 면모를 지닌 강대한 우리 조국이 특히나 필요로 하는 새로운 산업 분야가 생겨서 반가울 따름이다. 페테르부르크 미식가의 뱃속으로 사라진 첫번째 악어를 뒤이어 수백 마리의 악어들이 우리 나라에 쏟아져들어오는 데는 채 일 년도 걸리지 않을 성싶다. 그리고 악어가 우리 러시아에 적응하지 못할 이유라도 있는가? 만약 네바강의 물이 이 흥미로운 이국의 동물에게 너무 차갑다면, 도심에 연못도 있고 외곽 지역에 강이나 호수도 얼마든지 있다. 이를테면, 파르골로프나 파블롭스크, 아니면 모스크바의 프레스넨스키 연못들과 사모테크 등에서 악어를 사육하지 못하란 법도 없지 않은가? 입맛 까다로운 우리의 미식가들에게 맛있고 건강에도 좋은 음식을 제공함과 동시에 악어들은 이 연못을 산책하는

* 페르디낭 마리 드 레셉스. 프랑스 외교관으로 이집트에서 근무했다.

숙녀들에게 즐거움을 선사하고 아이들에게는 살아 있는 자연사自然史로서 배움의 기회가 되어줄 것이다. 악어가죽으로 이런저런 케이스며 여행가방, 담뱃갑, 지갑 등을 만들 수도 있다. 그리고 어쩌면 장사치들이 특히 선호하는 기름때 묻은 지폐를 가진 러시아의 수많은 상인들만 악어가죽의 가치를 아는 건 아닐 것이다. 이 흥미로운 대상에 대한 관심이 일회성으로 그치지 않기를 바란다."

뭔가 이와 비슷한 기사가 나올 줄 예상했음에도 불구하고 나는 이 기사의 경솔함과 무모함에 당황하지 않을 수 없었다. 이런 기분을 마땅히 토로할 사람도 없던 참에 맞은편에 앉은 프로호르 사비치에게 문득 시선을 향했다가, 그가 아까부터 줄곧 나를 지켜보고 있었음을 알아차렸다. 그의 손에는 나에게 건네주려는 듯 〈볼로스〉가 들려 있었다. 그는 말없이 나에게서 〈리스토크〉를 받아들었고 〈볼로스〉를 건네주며, 내가 한번 봤으면 싶은 기사였는지 그 위에 손톱을 갖다대고 꾹 눌러 표시를 해놓았다. 이 프로호르 사비치는 우리 사무실에서 아주 괴상한 사람으로 통했다. 그는 거의 입을 닫고 지내는 늙은 독신자였는데, 우리 중 누구와도 친하게 지내는 법이 없었고 또 사무실 동료 누구와도 거의 말을 나누지 않았다. 항상 모든 일에 자신만의 확고한 의견을 가지고 있었지만 그것을 다른 사람에게 알리기를 지독히도 싫어했다. 그는 혼자 살았다. 우리 중 그의 집에 가본 사람은 거의 아무도 없었다.

나는 〈볼로스〉에서 그가 표시해둔 부분을 읽어보았다.

"우리는 진보적이고 인도적이며, 바로 이런 점에서 유럽과 대등한 위치에 서고자 한다는 사실은 모두가 아는 바이다. 그러나 우리의 모든 노력과 우리 신문들의 수고에도 불구하고, 우리가 이미 예견했던 어제의 그 충격적인 파사주 사건에서 살펴볼 수 있듯이 우리 사회의 '성숙함'은 아직 요원하기만 하다. 한 외국인 자산가가 우리 나라 수도로 악어를 데리고 들어와 파사주에서 전시를 시작했다. 우리는 다채로운 면모를 지닌 강대한 조국에 필요한 이 유익하고도 새로운 분야의 산업을 즉시 환영해 마지않았다. 그런데 어제 오후 네시 삼십분, 갑자기 몹시 뚱뚱한 남자가 잔뜩 술에 취한 채 외국인 자산가의 가게에 나타나 입장료를 지불한 뒤, 단 한 마디의 예고도 없이 곧장 악어의 주둥이 속으로 기어들어갔다. 악어는 물론, 질식사하지 않으려는 자기보호 본능에서 어쩔 수 없이 그 사람을 삼켜야 했다. 악어 속으로 굴러떨어진 그 낯선 자는 곧 잠이 들었다. 외국인 자산가의 고함소리도, 겁에 질린 그 가족들의 울부짖음도, 경찰을 부르겠다는 위협도 아무런 위력을 발휘하지 못했다. 악어 뱃속에서 들려오는 건 오로지 웃음소리와 회초리로(*그런 식으로**) 혼쭐을 내주겠다는 큰소리뿐이었다. 그런 덩어리를 삼킬 수밖에 없었던 불쌍한 포유동물은 속절없이 눈물만 흘렸다. 자고로 불청객은 타타르인보다 못한 법이라는, 그런 속담이 있음에도 불구하고 파렴치한 방문객은 그 안에서 나올 생각조차 없어 보였다. 우리의 미숙함을 증명하고, 외국인들의 눈에 우리를 욕되게 하는 이처럼 야만적인 사건들을 어떻게 설명해야 할 것인가. 러시아 민족의 무모한 기질이 가져온 당연한 결과인지도 모른다. 불청객에게 묻는다. 원하는 게 무엇인가? 따뜻하고 안락한 주거지인가? 그러나 수도에는 값도 싸고 퍽 안락하기까지 한 훌륭한 집들이 많다. 그런 집들은 네바강에서 끌어

* 원문은 라틴어로 'sic'.

온 수도와 가스등이 환히 밝혀진 계단에, 종종 주인이 고용한 문지기까지 갖추고 있다. 가축을 대하는 야만적인 풍토에 대해서도 우리 독자들의 주의를 환기하고자 한다. 우리의 수도를 찾아온 악어가 그런 덩어리를 단번에 소화하기란 당연히 쉽지 않을 것이다. 그래서 악어는 지금 배가 산처럼 부풀어오른 채로 누워서 극심한 고통을 견디며 죽음을 기다리고 있다. 유럽에서는 이미 오래전부터 가축에게 비인도적인 행위를 하는 사람들을 법에 따라 다스려왔다. 그러나 우리는 유럽식 가스 조명에도, 유럽식 포장도로에도, 유럽식 건축양식에도 불구하고 여전히 우리의 편견을 감춘 채 오래도록 그 편견에 붙잡혀 있다.

집들은 새것이나 편견은 낡은 것이라네.

하지만 사실 집도 새것은 아니다. 적어도 층계는 그렇다. 페테르부르크 지역의 상인 루키야노프의 집 나무계단 층계참이 금방이라도 내려앉을 듯 낡아서, 집안일을 거들러 와 물동이를 지거나 장작더미를 한아름씩 안고 수시로 계단을 오르내려야 하는 병사의 아내 아피미야 스카피다로바가 위험에 노출된 지 이미 오래라고 우리 신문에서 여러 차례 언급한 바 있다. 그리고 결국 우리의 예측은 현실이 되고 말았다. 어제 저녁 여덟시 반, 병사의 아내 아피미야 스카피다로바가 수프 한 그릇을 들고 계단을 오르다 굴러떨어져 다리가 부러지는 사고를 당한 것이다. 이제라도 루키야노프가 계단을 수리하겠다고 나설지는 알 수 없다. 러시아인들은 대개 큰일을 당하고 나서 현명해지는 편이지만 말이다. 어쨌든 러시아인 희생자는 아마도 병원으로 옮겨졌을 것이다. 우리는 또

한 비보르그스크의 목조 보행로에서 진흙을 제거하는 청소부들이 작업 도중 행인들의 발을 더럽히는 일이 생겨서는 안 되며, 신발을 청결하게 신기 위해 유럽에서 하듯 우리도 그렇게 진흙을 한곳에 모아두어야 한다는 주장을 멈추지 않을 것이다……"

"이게 뭔가." 나는 당황한 눈빛으로 프로호르 사비치를 바라보며 물었다. "이게 다 무슨 소리지?"

"뭐가 말인가?"

"세상에, 이럴 수가, 이반 마트베이치를 동정하기는커녕 오히려 악어를 안쓰러워하다니."

"그게 뭐 어때서? 짐승마저, 그러니까 포유동물마저도 동정심으로 품어주겠다는 건데. 유럽과 전혀 다를 게 없잖나? 거기서도 악어들을 아주 불쌍히 여긴다면서, 히-히-히!"

이렇게 말하고 나서 괴짜 프로호르 사비치는 자신의 서류에 머리를 파묻고는 더이상 한마디도 하지 않았다.

나는 〈볼로스〉와 〈리스토크〉를 주머니에 쑤셔넣고, 또 저녁에 이반 마트베이치의 기분을 달래줄 요량으로 〈이즈베스티야〉와 〈볼로스〉의 지난 발행물들을 찾을 수 있는 한 최대한 많이 찾아 모았다. 저녁이 되려면 아직 멀었지만, 이번에는 다른 사람들 몰래 조금 일찍 사무실을 빠져나왔다. 파사주로 가서 멀찌감치 떨어져서나마 먼저 그곳 상황이 어떻게 돌아가는지 살펴보고 거리에서 떠도는 다양한 의견들과 생각들을 들어볼 셈이었다. 거기는 분명 사람들로 북새통일 거라는 생각이 들자, 나는 만약의 경우를 대비해 외투깃으로 얼굴을 더욱 단단히 감쌌다. 어쩐지 좀 겸연쩍고 부끄러웠기 때문이다. 그만큼 우리가 대중에게 익숙하지 않다는 의미일 게다. 하지만 나는 이처럼 놀랍고 독창적인 사건에 대한 나의 개인적인 느낌을 굳이 글로 장황하게 전달할 권리는 없다는 생각이 든다.

보보크*

* 러시아어로 '콩알'을 뜻하나, 작품에서는 신비로운 소리의 일종으로 사용되므로 발음 그대로 표기한다.

이번에는 '어느 인물의 수기'를 싣는다. 그렇다고 그 어느 인물이 나는 아니다. 전혀 다른 사람이다. 내 생각에 서문은 굳이 필요 없을 것 같다.

어느 인물의 수기

엊그제 세묜 아르달리오노비치가 돌연 내게 물었다.

"이반 이바느이치, 자네는 대체 언제나 맑은 정신이 돼볼 텐가? 어디 말 좀 해보게."

이상한 요구다. 하지만 나는 기분 나쁜 내색을 하지 않는다. 나는 소심한 사람이기 때문이다. 그런데, 그런데 말이다, 정말로 나를 정신 나간 인간으로 만들어버린 사건이 일어났다. 어떤 화가가 우연히 내 초상화를 그리게 되었다. 그는 "어쨌든 당신은 작가이지 않소"라고 말했고, 나는 마지못해 그 말을 받아들였다. 그 화가는 내 초상화를 전시회에 내다 걸었다. 그러자 당장 이런 글이 실렸다. "광기마저 느껴지는 이 병적인 얼굴을 한번 가서 보시라."

내 얼굴이 정말 그렇다고 치자. 하지만 아무리 그래도 그렇지, 이렇게까지 대놓고 기사를 써야만 했을까? 신문에 싣는 글이란 으레 점잖고 고상해야 하는 법이다. 이상理想도 담겨 있어야 하고 말이다, 그런데 이 기사는 영……

적어도 에둘러서라도 표현했어야지, 그러라고 문체가 존재하는 것 아닌가. 아니, 그자는 돌려 말하고 싶지 않았던 거다. 요즘은 유머나 멋진 문체는 설 자리를 잃어가고, 대신 욕설을 재치 있는 말로들 떠받든다. 불쾌하지는 않다. 내가 사람들의 혼을 쏙 빼놓을 만큼 대단한 작가가 아니라는 점은 분명하기 때문이다. 중편소설을 썼지만 출판해주지 않았다. 풍자 칼럼을 썼지만 역시 거절당했다. 이 풍자 칼럼을 들고 이곳저곳 편집부들을 찾아다녔으나 하나같이 '당신 글에는 소금 같은 맛깔스러움이 없군요'라며 모두 퇴짜를 놓았다.

"대체 어떤 소금을 말하는 거요?" 나는 냉소적으로 물었다. "아티카의 소금*을 원하오?"

그들은 내 말을 이해하지도 못한다. 그래서 나는 주로 서적상들에게

---

* 세련되고 재치 있는 유머, 날카로우면서도 우아한 풍자를 일컫는 말.

프랑스어를 번역해주는 일을 한다. 또 상인들에게 "특별한 기회! 우리 농장에서 직접 재배한 홍차입니다……" 같은 광고 문구를 써주기도 한다. 고인이 된 표트르 마트베예비치 각하에게 바친 추도문은 꽤 괜찮은 돈벌이가 되었다. 나는 서적상들의 주문에 따라 『숙녀들의 마음을 사로잡는 기술』이라는 책을 쓰기도 했다. 지금까지 살면서 그렇게 펴낸 책이 여섯 권이다. 볼테르*의 경구들을 한데 모아 책을 내볼까도 싶지만, 사실 그런 책은 우리 독자들이 따분해할지도 모른다는 생각이 든다. 요즘 볼테르는 한물간데다, 지금은 볼테르는 고사하고 바보들이 저 잘났다고 설쳐대는 세상 아닌가! 서로 마지막 남은 이빨마저 부러뜨릴 기세로 으르렁대는 세상! 뭐, 이게 소위 내 문학 활동이란 것의 전부다. 하지만 실은, 편지를 쓴 다음 거기에 내 서명을 확실하게 붙여서 이곳저곳의 편집자들에게 고료 없이 보내기도 한다. 편지를 통해 그들에게 갖가지 훈계와 충고를 건네고, 비판하고, 참된 길을 제시하는 것이다. 지난주 어느 편집부에 보낸 편지는 내가 지난 이 년 동안 그렇게 보낸 편지 중 마흔번째 것이었다. 우푯값으로만 4루블이 들었다. 이 정도면 나도 한 성격 하지 않는가.

그 화가가 굳이 내 초상화를 그린 이유는 문학을 위해서도 뭣도 아니고 그저 내 이마에 대칭으로 나 있는 사마귀 두 개 때문일 것이다. 즉 내 얼굴이 진귀한 구경거리란 얘기다. 참된 사상이 부재한 세상이다보니 희귀한 구경거리나 찾아다닐밖에 딴 도리가 있겠는가. 그래서 그 초상화의 내 사마귀들이 그토록 훌륭하게 그려진 거다. 마치 실물을 대하

* 프랑스의 대표적인 계몽주의자이자 철학자, 작가, 역사가.

듯 생생하게! 이를 두고 사람들은 사실주의라 부른다.

그리고 광기라는 말이 나온 김에 하는 말인데, 그러잖아도 작년 한 해 꽤 많은 이들이 광인의 명단에 이름을 올렸다. 다름 아닌 이런 식으로 말이다. "그런 독특한 재능을 타고났음에도 불구하고…… 결국 드러난 사실은 바로 이러하니…… 어쨌든, 이런 일이 있으리라고 이미 오래전에 예견했어야만 했다……" 꽤나 그럴듯한 교묘한 술수여서, 순수예술의 관점에서 보면 칭찬이라도 해야 할 판이다. 그런데 돌연 광인이라 불리는 이 사람들이 훨씬 더 똑똑하다는 사실이 밝혀졌다. 결국, 그들은 우리 같은 이들을 미치광이로 몰아붙였지만 그렇다고 우리보다 더 똑똑한 사람을 만들어내지도 못한 것이다. 단 한 명도 말이다.

내 생각에 가장 똑똑한 사람은 적어도 한 달에 한 번 정도는 자기 자신을 바보라고 부를 줄 아는 자다. 요즘 같은 세상에 보기 드문 능력이지 않은가! 예전에는 바보들이 적어도 일 년에 한 번은 자신이 바보라는 사실을 인정했지만, 지금 같아선 어림도 없는 일이다. 상황이 얼마나 뒤죽박죽 엉망이 되어버렸는지 바보와 현자를 구별하는 것마저 쉽지 않은 지경이다. 그리고 그건 그들이 일부러 상황을 그렇게 만들었기 때문이다.

두 세기 반 전, 프랑스인들이 자기 나라에 처음으로 광인들을 위한 건물을 세웠을 때 이를 두고 스페인 사람들이 했던 재치 있는 말이 떠오른다. "그들은 자신들이 현명하다는 사실을 확실히 보여주기 위해 자기 나라의 모든 바보들을 특별한 집에 가두었다." 맞는 소리다. 다른 사람들을 정신병원에 가둔다고 해서 자신의 현명함이 증명되는 건 아니니까. "K가 미쳐버렸다, 고로 우리는 이제 현명하다." 아니, 전혀 그렇지 않다.

그런데, 젠장…… 내가 지금 무슨 정신인 건지, 툴툴대고 투덜거리고 계속 헛소리만 떠들어대고 있지 않나. 하녀마저 나한테 질려버렸다. 어제는 친구가 나를 보러 왔다가 이렇게 말했다. "자네 글은 계속 문체가 바뀌고, 중간에 토막토막 끊겨. 토막토막 글을 자르다가 불쑥 문장을 집어넣고, 그 문장에 또 문장을 집어넣는 식이지. 그리고 괄호를 치고는 그 속에 뭔가를 적어넣고 말이야. 그다음엔 또 글을 자르고, 자르고……"

친구의 말이 맞다. 나에게 뭔가 이상한 일이 일어나고 있다. 성격도 자꾸 변하고 머리도 지끈거린다. 뭔가 이상한 것들이 보이고 들리기 시작한다. 정확히 사람 목소리라고 하기는 그렇지만, 마치 누군가 내 옆에서 이렇게 속삭이는 것 같다. "보보크, 보보크, 보보크!"

보보크는 대체 뭐란 말인가? 기분전환이라도 좀 해야 할 모양이다.

* * *

기분을 가볍게 할 요량으로 밖을 돌아다니다가 어느 장례식에 참석하게 되었다. 먼 친척의 장례식으로, 그는 6등관을 지낸 관리였다. 유족은 미망인과 다섯 딸인데, 모두 아직 결혼을 안 한 아가씨들이다. 딸내미들 구둣값만 해도 상당할 텐데! 예전에야 아버지가 보탰겠지만, 이제는 쥐꼬리만한 연금뿐이니. 다들 기가 팍 죽어 지내겠지. 그들은 언제나 나에게 쌀쌀맞고 야박했다. 나 역시 이런 특별한 경우가 아니었다면 지금 이 자리를 지키고 있지도 않았을 거다. 나는 다른 사람들 속에

섞여 묘지까지 따라갔지만, 그들은 나를 외면하며 거만하게 굴었다. 내 차림새가 사실 좀 추레하긴 하다. 묘지에 와본 일도 이십오 년 만인 것 같다. 그런데 하필 이렇게 협소한 곳이라니!

무엇보다, 냄새가 고약했다. 열다섯 구의 시신이 도착해 있었다. 수의들 가격대가 천차만별로 보였다. 두 대의 영구마차도 와 있었는데, 하나는 장군을 위한 마차이고, 다른 하나는 어느 귀부인을 위한 마차였다. 정말 슬퍼하는 이들도 많지만, 슬픈 척하는 이들도 적지 않다. 심지어 드러내놓고 즐거워하는 이들마저 눈에 띈다. 여기 성직자로서는 전혀 불평할 까닭이 없다. 수입이 생기니 말이다. 하지만 냄새, 냄새가 문제다. 나라면 이런 곳에서 일하는 성직자는 되고 싶지 않았을 텐데.

뭔가 특별한 감흥을 기대한 것도 아니면서 나는 죽은 이들의 얼굴을 조심스레 살펴보았다. 온화한 표정을 지은 얼굴도 있고 기분 나쁜 표정의 얼굴도 있다. 미소는 대부분 보기에 썩 좋지 않고, 어떤 경우는 흉측하기까지 하다. 꿈에 나올까 무섭다.

영결식이 진행되는 동안 나는 예배당을 빠져나왔다. 날씨는 좀 흐렸지만 대기는 건조했다. 춥기도 했다. 뭐, 벌써 10월이니 그럴 만도 하다. 나는 무덤들 사이를 돌아다녔다. 무덤에도 여러 등급이 있다. 3등급짜리는 30루블로, 제법 쓸 만하면서 가격도 그리 비싸지 않은 편이다. 1등급과 2등급짜리는 교회 안과 현관 아래쪽에 위치하며 가격도 상당히 나간다. 이번에 3등급짜리에는 여섯이 묻혔는데, 그중에는 장군과 귀부인도 있었다.

무덤들 속을 힐끗 들여다봤는데…… 소름이 끼쳤다. 그곳은 물, 온통 물 천지였다! 짙은 초록빛의 물…… 무덤 속이 뭐 다 그렇겠지만! 무덤

파는 일꾼이 바가지로 일 분이 멀다 하고 물을 퍼내고 있었다. 영결식은 계속되었고, 나는 교회 문을 나서 근처를 거닐었다. 바로 옆에 빈민구호소가 있었고, 조금 떨어진 곳에 레스토랑 하나가 보였다. 아주 훌륭하진 않지만 그런대로 괜찮은 작은 레스토랑이었는데, 식사를 비롯해 다른 필요한 것들을 모두 갖춘 곳이었다. 레스토랑은 손님들로 북적거렸고, 그중엔 조문객들도 꽤 많았다. 흥겹고 생기발랄한 기운이 넘쳐났다. 나는 간단히 요기를 하고 술도 한잔했다.

그러고 나서 교회에서 무덤으로 관을 옮기는 일을 직접 도왔다. 그런데 고인은 관 속에 들어가면 왜 그렇게 무거워지는 걸까? 이제 더이상 자기 몸을 스스로 움직일 수 없으니 그대로 있으려 하는 일종의 관성 때문이라는 사람들도 있고…… 또는 뭔가 그와 비슷한 설명을 그럴싸하게 해대는 이들도 있는데, 이 역시 역학과 상식을 거스르는 헛소리일 뿐이다. 나는 기껏해야 일반 교육만 받은 사람들이 전문성을 필요로 하는 문제를 해결하겠다며 나대는 꼴을 좋아하지 않는다. 그런데 그런 일이 우리 나라에서는 끊임없이 벌어진다. 민간인들이 군사 영역의 문제에 대해, 심지어 육군 원수 정도는 돼야 생각할 수 있는 문제들까지 들먹이며 이러니저러니 평가한다든지, 기술자들이 철학이 어떻고 정치경제학이 어떻고 하며 더 크게 떠드는 세상이다.

추도식에는 참석하지 않았다. 나도 자존심이 있고, 그날은 단지 긴급한 필요 때문에 어쩔 수 없이 나를 받아준 것이 뻔한데, 뭐하러 거길 굳이 가서 그들의 식탁 주위를 얼쩡대겠는가? 아무리 추도식이라 해도 말이다. 단지 이해할 수 없는 한 가지는 내가 묘지를 뜨지 않고 거기 그대로 남았다는 사실이다. 왜 그랬을까? 아무튼 나는 묘석 위에 앉아 내 나름대로 깊은 생각에 잠겼다.

나의 사색은 모스크바 전시회를 시작으로 놀람에 대한 생각, 다시 말해 놀람이라는 주제를 놓고 이런저런 생각을 해보는 것으로 마무리되었다. '놀람'에 대한 나의 결론은 이렇다.

'무슨 일에나 놀라는 건 당연히 어리석은 짓이며 어떤 일에도 놀라지 않는 편이 훨씬 더 훌륭하다고 한다. 그리고 무슨 까닭에선지 놀라지 않는 것을 뛰어난 태도라며 치켜세운다. 하지만 본질적으로는 그렇지가 않다. 내가 보기에, 어떤 일에도 놀라지 않는 건 무슨 일에나 놀라는 것보다 훨씬 더 어리석다. 더구나 어떤 일에도 놀라지 않는 태도는 어떤 것도 존경하지 않는 태도와 거의 다를 바가 없다. 결국, 어리석은 자는 존경하는 법을 모른다.'

"그런데 무엇보다도 나는 존경심을 느끼고 싶다네. 존경할 수 있기를 갈구한다고나 할까." 며칠 전에 지인 중 하나가 불쑥 내게 말했다.

그 친구가 존경하기를 갈구하고 있다니! 나는 생각했다. 세상에, 요즘 같은 시대에 감히 그런 생각을 글로 싣기라도 한다면 자네에게 무슨 일이 닥칠까!

이 대목에서 나는 깜박 생각을 놓쳐버렸다. 나는 비문 읽기를 좋아하지 않는다. 그 내용이란 게 늘 빤하기 때문이다. 내 근처 묘석 위에 먹다 남은 샌드위치 조각이 놓여 있었다. 어리석고 부적절한 행동 같으니라고. 나는 그걸 땅바닥에 냅다 던져버렸다. 빵이 아니라 한낱 샌드위치에 지나지 않았기에 그랬다. 하지만 빵이라 해도 부스러기 정도는 땅바닥에 흘려도 괜찮지 않을까. 마룻바닥에 버리면 얘기가 달라지겠지만 말이다. 수보린*의 달력에서 확인해봐야겠다.

한참을, 아니 지나치리만큼 오래 그곳에 머물렀던 것 같다. 대리석 관처럼 생긴 기다란 돌 위에 드러눕기까지 했으니까. 그런데 갑자기 두런두런 말소리들이 들려오기 시작하는 거다, 대체 어찌된 영문일까?

처음에는 신경쓰지 않고 무시해버렸다. 하지만 두런두런하는 말소리는 계속 들려왔다. 마치 베개로 입을 틀어막고 내는 소리처럼 둔탁하고 나지막했는데, 그럼에도 불구하고 아주 가깝고도 또렷하게 들렸다. 나는 정신을 차리고 일어나 앉아 가만히 귀를 기울이기 시작했다.

"장군 각하, 이런 식이시면 정말 곤란합니다. 각하께 하트가 있다고 하셔서 제가 미리 패를 맞춰 내드렸는데 난데없이 다이아몬드 7이라니요. 다이아몬드를 내실 거라고 미리 언질이라도 주셨어야지요."

"무슨 소리, 다 알고 치는 카드놀이도 있단 말인가? 그럼 무슨 재미로 치나?"

"어쩔 수 없습니다, 각하. 미리 패를 알지 않고는 카드놀이가 불가능합니다. 서로 상대의 패를 모르게 하려면 패만 돌리는 사람이 꼭 한 명 더 있어야 하니까요."

"그것 참, 여기서는 그 한 명을 구할 수가 없으니, 원."

이 무슨 오만한 대화인가! 기이하면서도 놀랍다. 한쪽은 사뭇 묵직하고 위엄 있는 목소리이며, 다른 한쪽은 부드럽고 정중하다. 만약 내 귀로 직접 듣지 않았다면 믿지 못했을 거다. 내가 있던 곳은 분명 추도식 자리가 아니었다. 그런데 어찌 이런 데서 프레페랑스 카드놀이를 하는 것이며 장군은 또 뭐란 말인가? 말소리가 무덤 속에서 들려온다는

---

* 러시아 언론인이자 출판인 알렉세이 세르게예비치 수보린. 1875년부터 1906년까지 연중행사일이나 통계 자료, 생활풍속 등을 기록한 달력을 펴냈다.

사실에는 의심의 여지가 없었다. 나는 몸을 기울여 비석에 적힌 비문을 읽어보았다.

"이렇고 저런 훈장들을 수여받은 육군 소장 페르보예도프가 여기 잠들다……" 흠! "올해 8월…… 57세의 나이로 세상을 떠났으며…… 친애하는 유해여, 행복한 아침이 밝아올 때까지 영면하시라!"

흠, 젠장, 정말 장군이었군! 아첨 떠는 목소리가 들려온 다른 무덤 위에는 아직 비석은 없었고 석판만 놓여 있었다. 만들어진 지 얼마 안 된 무덤이 분명했다. 목소리로 판단하건대 7등 문관쯤 되는 것 같았다.

"오-호-호-호!" 이번에는 전혀 다른 목소리가 들려왔다. 장군의 무덤에서 5사젠*쯤 떨어진 곳에 위치한, 아주 최근에 생긴 무덤에서 나는 소리였다. 평민인 듯한 남자의 목소리로, 잔잔하게 마음을 울리는 쇠약한 목소리였다.

"오-호-호-호!"

"아, 저 사람이 또 딸꾹질을 하네!" 갑자기 짜증 섞인 괴팍하고 거만한 여자 목소리가 울렸다. 여자는 상류층 출신인 듯했다. "하필 가게 주인 옆이 내 자리라니, 벌도 이런 벌이 없다니까!"

"딸꾹질한 적 없습니다. 먹은 것도 없는데 딸꾹질을 왜 합니까. 그건 그저 타고난 체질 때문이라고요. 그런데 부인은 여기서도 변덕을 부리시느라 마음이 편치 못하시군요."

"그런데 당신은 하필 왜 여기에 누운 거죠?"

"눕게 된 겁니다, 아내와 어린 자식들이 나를 여기에 눕혔지 내가 스

* 러시아의 옛 거리 단위. 1사젠은 약 2.1미터.

스로 누운 게 아니라고요. 죽음의 신비라고나 할까요! 부인 옆인 줄 알았다면 제아무리 황금을 준다 해도 눕지 않았을 겁니다. 가격을 따져보니 괜찮겠다 싶어 내 돈 주고 여기 누웠을 뿐입니다. 3등급짜리 무덤 정도는 우리도 언제든 감당할 수 있으니까요."

"돈 좀 모은 모양이네요. 사람들에게 바가지라도 씌웠나보죠?"

"대체 무엇으로 부인에게 바가지를 씌우겠습니까, 1월 이후로 부인 돈은 구경도 못했는데. 우리 가게에 부인 앞으로 달린 계산서도 하나 있소이다."

"참나, 바보 같기는! 이런 데서 빚이나 따지고 들다니, 정말 멍청하기 짝이 없군! 땅 위로 올라가죠, 왜. 가서 우리 조카딸에게 물어봐요, 그 애가 상속자니까."

"이제 와 따지기는 뭘 따지고 가기는 또 어딜 갑니까. 우리 둘 다 한계 상황에 놓였고 하느님의 심판대 앞에서는 똑같이 죄인인데요."

"똑같이 죄인인데요?" 죽은 여인이 경멸 섞인 어조로 그의 말을 흉내 냈다. "나한테 감히 그딴 식으로 말하지 말라고요!"

"오-호-호-호!"

"각하, 결국은 가게 주인이 부인 말을 순순히 따라주는군요."

"왜, 안 그럴 이유라도 있나?"

"각하, 아시다시피, 이곳에도 새로운 질서가 필요하니까요."

"새로운 질서라, 그게 뭔가?"

"사실, 우리는, 말하자면, 죽은 몸들이잖습니까, 각하."

"아하, 그렇지! 그래도 질서는 좀……"

글쎄, 죽은 자들의 대화를 들으며 고마운 마음이 든 것도 사실이다.

그들의 대화가 조금은 위안이 되었다고나 할까, 그 외에 달리 할 말은 없다! 이자들이 여기서도 이 지경일진대 저 위 세상에 살 때는 어땠는지 굳이 물어 뭐하겠나? 그나저나 이 무슨 기괴한 일이란 말인가! 아무튼 나는 말할 수 없이 분노가 치밀어오름에도 불구하고 그들의 이야기에 계속 귀를 기울였다.

* * *

"안 돼, 나는 더 살 거야! 안 돼…… 나는 말이야…… 더 살고 싶다고!" 장군과 잔뜩 짜증이 난 귀부인 사이의 어디쯤에서 갑자기 누군가의 새로운 목소리가 울렸다.

"들리십니까, 각하, 저 친구가 또 시작입니다. 사흘 내리 입을 꾹 다물고 있더니 갑자기 '나는 더 살 거야, 안 돼, 나는 더 살고 싶어!'라고 외치는군요. 그것도 저리 게걸스럽게 말이지요, 히히!"

"게다가 경망스럽기까지 하군."

"각하, 저 친구는 오로지 그 생각뿐인가봅니다. 아시다시피, 4월에 여기 온 이후로 줄곧 잠만 자지 않았습니까. 그런데 난데없이 '나는 더 살고 싶어!'라니요."

"그런데 좀 따분하군." 각하가 말했다.

"그러게 말입니다, 각하. 아브도티야 이그나티예브나나 또 한번 약 올려볼까요? 히히!"

"아니야, 그만둬. 걸핏하면 화를 내고 울어대는 저런 여자는 도저히 봐줄 수가 없단 말일세."

"천만에, 당신네 둘을 도저히 봐줄 수 없는 사람이 누군데 그래요." 울기나 해대는 여자가 짜증난 듯 맞받아쳤다. "당신들 둘처럼 지루한 사람들이 세상에 또 있을까, 재미있는 이야기 하나 제대로 할 줄도 모르면서, 그리고 각하, 각하라고 부른다고 우쭐대지 마시고요, 각하에 대한 일화를 하나 알고 있답니다. 언젠가 아침에 하인이 어떤 부부의 침대 밑에서 당신을 빗자루로 쓸어내버렸다면서요."

"저런 못돼처먹은 여자 같으니라고!" 장군이 이를 갈며 분개했다.

"아브도티야 이그나티예브나 마님!" 갑자기 가게 주인이 큰 소리로 끼어들었다. "친애하는 부인, 화는 그만 내시고 말씀 좀 해보세요. 그러니까 지금 이 상황은 시련을 통과해가는 과정인 거지요? 아니면 뭔가 다른 일이 벌어진 건지……?"

"아, 저 사람 또 시작이네. 내 이럴 줄 알았다니까, 어쩐지 저 사람 쪽에서 냄새가 솔솔 풍겨오더라니. 자꾸 몸을 뒤척이니까 냄새가 나잖아!"

"마님, 나는 몸을 뒤척인 적이 없어요. 그리고 나한테서 무슨 냄새가 난다고 그럽니까. 아직도 원래 몸 그대로 완벽하게 보존되고 있는데요. 그러는 마님이야말로 벌써 썩기 시작한 것 같습니다만. 냄새가 얼마나 지독한지 여기 있는 나도 맡을 정도라고요. 예의가 아니다 싶어 아무 말 안 할 뿐이죠."

"아니, 뭐 저런 인간이 다 있어! 악취는 자기가 풍기면서 그걸 나한테 뒤집어씌워?"

"오-호-호-호! 내 사십 일 추도식이 빨리 오면 좋겠어. 가족들의 눈물 젖은 목소리를 머리맡에서 들을 수 있겠지. 아내의 흐느낌 소리, 아이들의 훌쩍이는 소리……!"

"글쎄, 울기나 할지 몰라…… 추도식 음식만 배불리 먹고들 가겠지. 아, 누구라도 얼른 깨어났으면!"

"아브도티야 이그나티예브나." 아첨 떠는 관리가 말했다. "조금만 기다려보시죠. 신참들이 곧 입을 열 겁니다."

"그럼 그중에 젊은 사람들도 있나요?"

"젊은 사람들도 있지요, 아브도티야 이그나티예브나. 심지어 청년도 있답니다."

"아, 이렇게 반가울 수가!"

"어떤가, 아직 말문들을 안 열었나?" 각하가 물었다.

"각하, 엊그제 들어온 자들도 아직 안 깨어났습니다. 아시다시피, 일주일씩 말문을 열지 않는 경우도 가끔 있고 말입니다. 어제, 그제 그리고 오늘까지 마침 한꺼번에 많이들 들어와서 다행이지 뭡니까. 안 그랬으면 이 근처 10사젠 안으로는 죄다 작년에 들어온 자들로 그득할 뻔했답니다."

"그래, 거참 흥미롭군."

"그리고 각하, 오늘은 2등 문관* 타라세비치가 묻혔습니다. 사람들 목소리를 듣고 알았지요. 타라세비치의 조카를 제가 좀 아는데, 아까 그 조카가 하관을 돕더군요."

"흠, 그래, 어디에 묻혔나?"

"각하가 계신 곳에서 왼쪽으로 다섯 걸음 정도 떨어진 데 묻혔습니

---

* 원문에 '2등 문관'과 '3등 문관'의 표기가 혼용되어 있으나 저자의 착각으로 보고 이를 '2등 문관'으로 통일해 옮기기로 한다.

다. 거의 각하의 발치께라고 보시면 됩니다…… 각하, 그분과 인사를 나누시면 좋을 것 같습니다만."

"흠, 아닐세…… 내가 먼저 인사를 건넬 것까지야."

"아, 각하, 그분이 먼저 인사를 해올 겁니다. 모르긴 몰라도 오히려 그분이 더 기뻐할걸요. 제게 맡겨주십시오, 각하. 그럼 제가……"

"아, 아…… 아, 내게 무슨 일이 일어난 거지?" 새로 도착한 누군가의 잔뜩 겁먹은 목소리가 들려왔다.

"신참입니다, 각하, 신참이라고요. 이렇게나 빨리 입을 열다니, 얼마나 다행입니까! 일주일씩 입을 꾹 다물고 있기도 하는데 말입니다."

"어머, 젊은 남자인가봐!" 아브도티야 이그나티예브나가 새된 목소리로 외쳤다.

"내가…… 내가…… 내가 합병증 때문에, 갑자기 이렇게 되다니!" 청년이 더듬더듬 다시 말을 이었다. "슐츠가 나를 찾아온 게 바로 어젯밤인데, 바로 어젯밤에 합병증이 생겼다는 말을 들었는데 아침이 밝기도 전에 이렇게 갑자기 죽어버리다니. 아! 아!"

"뭐, 어쩌겠나, 젊은이." 신참이 들어온 것을 드러내놓고 기뻐하며 장군이 친절하게 말을 붙였다. "마음을 편히 가지게! 우리네, 그러니까, 여호사밧의 골짜기에 합류한 것을 환영하네. 우리는 좋은 사람들이야, 자네도 곧 알게 될 테지. 또 그것에 고마워할 거고. 나한테 뭐든 말만 하게나, 육군 소장인 이 바실리 바실리예비치 페르보예도프가 자네를 도와줌세."

"아, 안 돼! 안 돼, 안 돼, 말도 안 돼요! 슐츠에게 물었더니 합병증이 생겼다더라고요. 처음엔 가슴이 좀 답답하고 기침만 하다가 나중에는 감기가 됐어요. 가슴이 계속 아프더니 독감까지 걸리고…… 그러고는 정말 난데없이 이렇게…… 중요한 건, 너무도 갑작스러웠다는 점이에요."

"그러니까, 처음엔 가슴이 아팠다는 건가요?" 아첨 떠는 관리가 신참을 거들어주려는 듯 조심스럽게 끼어들었다.

"네, 가슴이 아프고 가래가 좀 나오다가 나중에 가래는 없어졌는데 가슴은 여전히 아프더라고요. 그러더니 숨을 못 쉬겠는 거예요…… 그리고 말이죠……"

"알아요, 압니다. 그런데 가슴이 아팠으면 곧장 에크를 찾아갔어야죠, 슐츠가 아니라."

"그게 실은, 보트킨에게 가볼까 생각하고 있었거든요…… 그런데 별안간……"

"글쎄, 보트킨은 많이 무는 편인데." 장군이 말했다.

"아아, 아니에요, 그분은 전혀 물지 않아요.* 오히려 세심하게 환자를 돌보고 모든 걸 미리 내다본다고 들었어요."

"각하께서는 가격을 말씀하신 거요." 관리가 바로잡아주었다.

"아, 무슨 말씀이세요. 다해봐야 3루블이라던데요. 게다가 진찰도 꼼꼼히 하고, 처방전 역시…… 그래서 꼭 그분에게 가볼 생각이었어요, 사람들에게 들은 말도 있고 해서…… 그렇다면 여러분, 제가 어떡하면 좋겠습니까, 에크에게 갈까요? 아니면 보트킨에게 갈까요?"

"뭐? 어딜 간다고?" 장군이 기분좋게 큰 소리로 껄껄껄 웃는 바람에

---

* 원문의 'кусаться'에는 사람이나 동물, 벌레 등이 '물다'라는 뜻과 '너무 비싸다'라는 비유적인 뜻이 있다. 장군은 '비싸다'라고 말했지만, 젊은이는 이를 '물다'로 알아들었다.

그의 시신이 흔들렸다. 관리가 가성으로 장군의 말을 흉내내 따라했다.

"사랑스러운 젊은이야, 사랑스럽고 유쾌한 청년, 아, 정말 마음에 들어!" 아브도티야 이그나티예브나가 기쁨의 환호성을 질렀다. "이런 사람을 내 옆에 묻어주면 좀 좋아!"

아니, 이런 일은 도저히 용납할 수가 없다! 이들이 현대의 죽은 자들이란 말인가! 하지만 좀더 들어보자. 서둘러 결론을 내리지는 말자. 조금 전 관 속에서 이 코흘리개 신참을 본 기억이 난다. 잔뜩 겁에 질린 병아리의 표정, 그건 세상에서 가장 역겨운 모습이었다! 하지만 좀더 상황을 지켜보자.

* * *

하지만 그후로 상황이 어찌나 정신없게 돌아갔던지 모두 다 기억에 담기란 거의 불가능했다. 죽은 자들이 한꺼번에 잔뜩 깨어났기 때문이다. 어느 5등 문관은 깨어나자마자 곧바로 정부 부처 내에 새로운 소위원회를 설치하는 안을 두고 장군과 이야기를 나누기 시작했다. 그러면서 자연스럽게 소위원회를 새로 설치하면 으레 따라오기 마련인 이런 저런 직책 이동에 대한 말도 나왔는데, 이 주제야말로 장군의 최대 관심사였다. 고백하건대, 나 자신도 새로운 사실을 많이 알게 되었으며, 이 수도 안에서는 가끔은 이런 식으로도 정부 소식을 알 수 있구나 싶어 놀랍기도 했다. 이어서 한 기술자가 반쯤 깨어났지만, 한참 동안 얼토당토않은 헛소리를 지껄여대는 바람에 우리네 죽은 이들은 그 친구를 귀찮게 하지 않고 때가 될 때까지 그냥 누워 있게 두었다. 마지막으로, 오늘 아침나절 영구마차에 실려와 묘지에 묻힌 유명한 귀부인이 무덤에서 깨어나려는 징후를 보였다. 레베자트니코프(페르보예도프 장군 옆에 자리잡은, 내가 혐오해 마지않는 그 아첨꾼은 7등 문관을 지낸 레베자트니코프로 밝혀졌다)는 이번에는 신참들이 이렇게나 빨리들 깨어나자 부산을 떨며 놀라움을 감추지 못했다. 고백건대, 사실 나도 깜짝 놀랐다. 그리고 깨어난 자들 중 몇몇은 묘지에 묻힌 지 이틀밖에 안 된 시신들이었는데, 그중 하나인 열여섯 살 정도의 어린 아가씨는 키득키득 계속해서 웃어댔다…… 몹시도 불쾌하고 음탕한 웃음이었다.

"각하, 2등 문관 타라세비치 각하께서 깨어나실 모양입니다!" 레베자트니코프가 갑자기 허둥대며 소식을 알렸다.

"어? 뭐라고?" 갑자기 깨어난 2등 문관이 짜증스럽게 씩씩대는 소리로 중얼거렸다. 그 목소리에는 뭔가 변덕스럽고 권위적인 어조가 담겨 있었다. 나는 호기심이 일어 귀를 쫑긋 세웠는데, 최근 이 타라세비치라는 사람에 대해 들은 말이 있었기 때문이다. 그건 매우 흥미로우면서도 사람 마음을 몹시 불편하게 만드는 그런 내용이었다.

"조금 전에 말을 한 사람은 바로 접니다, 각하, 그리고 지금은 저 혼자뿐입니다요."

"뭘 원하는 겁니까, 바라는 게 뭐요?"

"그저 각하의 안부를 여쭙고 싶었을 뿐입니다. 이런 익숙지 않은 환경에서는 누구나 처음에는 숨이 막히는 법이니까요…… 페르보예도프 장군께서 각하와 인사를 나누는 영광을 얻고자 하십니다. 아울러 바라시기를……"

"처음 듣는 이름이오만."

"그럴 리가 있습니까, 각하! 페르보예도프 장군이십니다, 바실리 바실리예비치……"

"그럼 당신이 페르보예도프 장군이오?"

"아닙니다, 각하. 저는 고작해야 7등 문관에 지나지 않고요, 레베자트니코프라고 합니다. 필요한 일이 있으시면 언제든 말씀만 하십시오. 페르보예도프 장군님께서는……"

"쓸데없는 얘기는 집어치우시오! 그리고 부탁인데, 날 좀 가만 내버려두시오."

"내버려두게." 결국 페르보예도프 장군이 직접 자신의 무덤 속 추종자가 보인 무례한 성급함을 위엄 있게 제지하고 나섰다.

"각하, 저분이 아직 온전히 깨어난 상태가 아니라는 점을 고려하셔야 합니다. 이곳이 낯설어서 그런 것 아니겠습니까. 완전히 깨어나면 태도가 달라지실 겁니다."

"내버려두게나." 장군이 다시 한번 말했다.

* * *

"바실리 바실리예비치! 아이고, 각하, 당신이었군요!" 별안간 아브도티야 이그나티예브나 바로 옆에서 흥분에 찬, 완전히 새로운 목소리가 크게 울려나왔다. 그 목소리는 기품이 느껴지면서도 오만했으며, 요즘 한참 유행인 나른하게 굴리는 발음에 건방질 만큼 또박또박한 말투였다.

"벌써 두 시간째 당신들 모두를 지켜보는 중입니다. 사실, 여기 누운

지 삼 일째거든요. 나를 기억하십니까, 바실리 바실리예비치? 나 클리네비치입니다. 왜, 우리 볼로콘스키네 집에서 만난 적이 있잖습니까. 이유는 모르겠지만, 그때 당신도 초대를 받아 오셨었지요."

"설마, 표트르 페트로비치 백작……? 어떻게 당신이 여기에, 어떻게…… 그 젊은 나이에…… 아, 정말 유감이구려!"

"네, 나도 유감이라고 생각합니다만, 상관없습니다. 어디서든 모든 가능한 것을 찾아 즐기면 그만이니까요. 그리고 나는 백작이 아니라 남작입니다, 고작해야 남작에 불과하단 말이지요.* 우리는 원래 하인이었다가 남작으로 신분이 상승한 보잘것없는 집안입니다. 어떻게 그런 일이 가능했느냐, 그건 모르지만, 뭐, 신경쓰지 않습니다. 나는 그저 사이비 귀족사회의 건달에 지나지 않고, '귀여운 난봉꾼' 정도로 통하니까요. 우리 아버지는 시시한 장군 나부랭이였지만, 우리 어머니는 *상류사회에서* 한때 이름깨나 날렸답니다! 작년에 나는 지펠리라는 유대인과 함께 5만 루블어치의 위조지폐를 만들었는데, 나중에 놈을 밀고해버렸지요. 그런데 율카 *샤르팡티에 드 뤼지냥*이 그 돈을 몽땅 들고 보르도로 날아버렸지 뭡니까. 한번 생각해보세요, 나는 그때 약혼한 상태였단 말입니다. 약혼녀는 셰발렙스카야라고, 아직 학교에 다니고 있지만 이제 세 달만 지나면 열여섯 살이 되지요. 그녀 앞으로 지참금도 9만 루블이나 준비돼 있고요. 참, 아브도티야 이그나티예브나, 혹시 기억하실지요? 십오 년 전에 당신이 열네 살짜리 학생에 불과했던 나를 어떻게 타락시켰는지……"

* 귀족의 작위 중 다섯번째로, 백작보다 두 단계 아래다.

"아, 당신이었군, 이런 못된 악당 같으니! 그래도 신께서 당신이라도 보내주셨으니 망정이지, 안 그랬으면 여기는 정말……"

"당신은 괜스레 옆에 있는 저 가게 주인만 닦달하던데, 고약한 냄새를 풍긴다면서…… 그 소리를 들으며 나는 그저 조용히 웃고 있었소. 사실 그 고약한 냄새는 나한테서 나는 것이거든. 내가 그렇게 지독한 냄새를 풍기는데도 그대로 관에 못질을 하고 묻어버리더군."

"아악, 이런 비열한 인간! 그래도 반갑기는 하네요. 당신은 믿지 못할 걸요, 클리네비치, 정말 믿지 못할 거예요. 이곳이 삶도 위트도 없는 얼마나 삭막한 곳인지 말이에요."

"뭐, 그래요, 그렇다고 하죠. 그래서 나는 여기서 뭔가 독창적인 일을 하나 시작해볼까 생각중이에요. 각하, 페르보예도프 각하를 부르는 게 아니라, 다른 각하 말입니다. 2등 문관 타라세비치 각하! 대답 좀 해보시죠! 사순절 때 각하를 퓨리 양 집으로 태워다준 그 클리네비치입니다. 들립니까?"

"들리네, 클리네비치, 정말 반갑군. 그런데 믿어주게나……"

"아니, 손톱만큼도 믿지 않아요, 관심도 없고요. 귀여운 영감님, 당신에게 입맞춤이라도 마구 퍼붓고 싶지만, 다행히도 그럴 수가 없군요. 신사 여러분, 저 *영감*이 무슨 짓을 했는지 압니까? 저 양반은 사흘인가 나흘 전에 죽었는데 말이죠, 상상이 되세요? 저 양반이 글쎄, 40만 루블이라는 어마어마한 손실을 국고에 끼쳤답니다. 그 돈은 과부와 고아를 위한 예산이었는데, 어찌된 영문인지 저 양반 혼자 그걸 다 관리했더라고요. 게다가 지난 팔 년 동안 감사도 한 번 받은 적이 없고요. 지금 거기 남은 사람들이 얼마나 침통해하고들 있을지, 저 양반을 어떻게

들 생각하고 있을지 상상이 가고도 남지 않습니까? 색욕에 빠지지 않고서야 그런 일이 가당키나 하냐고요! 통풍과 류머티즘을 달고 사는 저 칠십 먹은 늙은이 어디에 그런 호색을 부릴 기운이 남아 있는지 작년 내내 궁금했는데, 이제야 그 수수께끼가 풀릴 것도 같군요! 과부들과 고아들, 그 사람들을 생각하는 것만으로도 저 양반은 얼굴이 화끈거려야 할걸요……! 나는 오래전부터 이 일을 알고 있었어요. 샤르팡티에가 귀띔해줘서 나 혼자만 알고 있던 사실이죠. 그 사실을 알아내자마자 나는 부활절 즈음에 살갑게 굴며 저 영감에게 슬쩍 미끼를 던져봤죠. '2만 5천 루블을 내놓으셔야겠습니다. 안 그러면 내일 당장 감사를 받게 될 겁니다.' 그런데 세상에, 어쩐 줄 아세요? 저 노인네한테 그때 남은 돈이 달랑 만 3천 루블이더라 이 말입니다. 따라서 저 양반은 마침 때맞춰 잘 죽은 셈이지 뭡니까. *영감*, *영감*, 들려요?"

"친애하는 클리네비치, 자네 말에 전적으로 동의하네만, 그래도 이건 좀…… 그런 것까지 시시콜콜 떠들어댈 필요가 뭐 있나. 우리 인생에 고통이니 고뇌니 좀 많은가, 그에 대한 보상은 형편없이 적고 말이지…… 나는 다만 평안을 누리고 싶었을 뿐이네. 그리고 보아하니, 여기서도 누릴 수 있는 건 다 누릴 수 있을 것 같네만……"

"저 늙은이가 벌써 카티시 베레스토바의 냄새를 맡은 게 분명하구먼!"

"무슨……? 카티시라니, 누구 말인가?" 노인의 목소리가 음탕하게 떨려나왔다.

"아하, 카티시가 누구냐고? 바로 여기, 왼쪽에, 그러니까 나 있는 데서 다섯 걸음, 당신 있는 데서 열 걸음 떨어진 곳에 있잖소. 여기 온 지 벌써 닷새째란 말이오. 그런데 카티시가 얼마나 난잡한 계집애인지, *영감*, 당신이 안다면…… 좋은 집안에 교육도 잘 받았지만 괴물이죠, 괴물도 그런 괴물이 없을걸요! 저 위 세상에서는 카티시를 아무에게도 안 보여주고 나 혼자만 알고 있었지만…… 카티시, 대답해봐!"

"히-히-히!" 여자애 목소리가 쩍 갈라지는 웃음소리로 대답을 해왔다. 그 웃음 속에는 마치 바늘로 찌르는 것 같은 날카로움이 담겨 있었다. "히-히-히!"

"그런데 금-발-인가?" *영감*이 중얼거리듯 세 마디로 말을 끊어가며 물었다.

"히-히-히!"

"나…… 나는…… 아주 오래전부터……" 노인은 가쁘게 숨을 몰아쉬며 더듬더듬 말했다. "금발머리 여자애를 꿈꿔왔지…… 열다섯 살쯤 되는…… 그것도 바로 이런 상황에서……"

"아휴, 망측한 괴물!" 아브도티야 이그나티예브나가 소리쳤다.

"그만하면 됐어요!" 클리네비치가 상황을 정리했다. "보아하니 이 정도면 재료는 꽤 훌륭해요. 우리, 여기를 좀더 멋진 곳으로 만들어봅시다. 중요한 건, 남은 시간을 얼마나 즐겁게 보내느냐인데…… 하지만 무슨 남은 시간? 참, 이봐요, 관리 양반, 레베자트니코프라고 했던가요, 아마? 그렇게들 부르는 것 같던데!"

"7등 문관 레베자트니코프, 그러니까 세묜 옙세이치 레베자트니코프입니다. 무엇이든 말씀만 하십시오. 이렇게 만나뵙게 되어 정말-정말-정말 반갑습니다."

"당신이 반갑든 말든 내 알 바 아니오만, 당신만큼 이곳 사정을 훤히 꿰고 있는 자도 없는 것 같구려. 설명을 좀 해보시오. 뭣보다, 어제부터 계속 궁금했는데, 이곳에서는 대체 어떻게들 말을 하는 거요? 사실, 우리는 죽은 몸이잖소. 그런데 말을 하질 않나, 움직이는 것처럼 보이질 않나. 하지만 실제로는 우리가 말을 하거나 움직이는 건 아니잖소? 이 무슨 요상한 조화요?"

"어떻게 된 일인지 알고 싶으시다면, 남작님, 저보다는 플라톤 니콜라예비치가 설명을 더 잘해줄 겁니다."

"플라톤 니콜라예비치는 또 누구요? 얼버무리지 말고 본론을 말해요."

"플라톤 니콜라예비치는 이 지역에서 나고 자란 철학자이자 자연과학자이며 석사까지 마친 자입니다. 철학책을 몇 권 펴내기도 했는데, 지금은 세 달째 완전히 잠에만 빠져 있습니다. 그렇다고 여기서 우리가 그를 흔들어 깨울 수도 없는 노릇이고 말입니다. 일주일에 한 번씩 뭔지 모를 소리를 몇 마디 중얼거리기는 합니다만."

"본론을 말해요, 본론을……!"

"그는 지극히 간단한 논리로 이 모든 현상을 설명합니다. 즉 저 위에 살 때 우리는 죽음을 한번 죽으면 그걸로 끝나는 것이라고 생각하는데, 잘못된 생각이라는 겁니다. 이곳에서 우리의 육체는 마치 다시 살아난 것 같고 생명의 부스러기들이 한데 모여 하나로 뭉쳐지니까요. 물론 의식 속에서만 일어나는 현상이긴 합니다만. 제가 제대로 표현하는지는 모르겠지만, 마치 관성에 따르는 것처럼 삶이 계속되는 거지요. 그의 견해로는, 모든 것이 의식 속 어딘가에서 하나로 뭉쳐져 두 달 또는 세 달씩…… 가끔은 반년까지도…… 지속된다는군요. 예를 들어, 이곳에는 몸이 거의 완전히 썩어버린 자가 하나 있는데, 여전히 육 주에 한 번꼴로 불쑥 단어 한 개를 중얼거리곤 한답니다. 그야 아무 의미도 없는 단어이긴 하지만요. 무슨 보보크라나 뭐라나, 아무튼 '보보크, 보보크' 이렇게 말입니다. 하지만 어쨌든 그건 그자 안에도 희미하게나마 여전히 생명의 불꽃이 존재한다는 의미이지 않겠습니까……"

"정말 어리석은 얘기로군. 그런데 후각이 없는 내가 악취를 맡는 건 어찌된 일이오?"

"그건…… 헤헤…… 글쎄요, 우리 철학자께서도 그 부분에 대해선 설명이 좀 애매해서 말입니다. '여기서 우리가 맡는 악취는, 말하자면 도덕적인 악취다', 이것이 바로 후각에 대한 우리 철학자의 견해입니다, 헤헤! 두세 달 여기 머무는 동안 우리 자신의 잘못을 문득 돌아보게 만드는, 영혼의 악취라고나 할까요…… 뭐랄까, 말하자면 마지막 자비인 셈이지요…… 하지만 남작님, 제 생각에, 이런 논리는 모두 신비주의에 사로잡힌 헛소리에 불과합니다. 지금 그의 처지를 보면 너그러이 용서 못할 바도 아니고 말이지요……"

"그만 됐소. 더 들어봐야 모두 헛소리일 게 빤하군. 그러니까 요점은, 두세 달 더 생명이 계속되다가 결국은 '보보크'로 끝난다는 얘기잖소. 자, 남은 두 달을 가능한 한 즐겁게 보내자고 여러분 모두에게 제안하는 바요. 그러려면 우리 모두 지금과는 전혀 다른 태도와 자세를 가져야 합니다. 여러분! 그 어떤 수치심도 느끼지 않기를 제안합니다!"

"오오, 그래요, 그럽시다, 아무것도 부끄러워하지 말자고요!" 많은 목소리들이 들려왔다. 그리고 희한하게도 전혀 새로운 목소리들도 나타났는데, 그건 그새 다른 이들이 새롭게 깨어났다는 의미였다. 완벽하게 깨어난 어느 기술자는 몹시 기뻐하며 굵고 낮은 목소리로 쩌렁쩌렁 울리도록 찬성의 뜻을 표했다. 카티시라는 여자애도 신이 나서 연신 키득거렸다.

"아아, 수치심 따위는 던져버리고 싶어!" 아브도티야 이그나티예브나가 환호성을 질렀다.

"여러분, 들려요? 아브도티야 이그나티예브나 같은 사람도 수치심을 떨쳐버리고 싶다는군요……"

"아니, 아니, 그러지 말아요, 클리네비치, 부끄럽긴 했어요. 저 위 세상에서는 수치심을 느꼈다니까요. 하지만 여기서는 아무것도, 정말 아무것도 부끄러워하고 싶지 않아!"

"나는 당신 뜻을 이해합니다, 클리네비치." 기술자가 굵고 낮은 목소리로 말했다. "당신의 제안은, 말하자면, 이곳의 삶을 새롭고도 이성적인 기초 위에 세워보자는 말씀이지요."

"글쎄, 그런 건 관심 없고! 그 문제라면 어제 여기 묻힌 쿠데야로프를 기다려봅시다. 그가 깨어나면 모든 걸 설명해줄 테니. 그이는 정말 개성 있는 사람이오, 정말 대단한 인물이지! 내일 여기로 다른 자연과학자 한 명과 장교 한 명이 더 실려올 겁니다. 그리고 내가 잘못 알지 않았다면, 사나흘 뒤에는 신문 칼럼니스트 하나도 편집자와 함께 실려올 것 같고 말이오. 뭐, 아무튼 그건 그렇다 치고, 사실 우리만으로도 작게나마 한 무리는 되니까, 나머지 일은 저절로 알아서 자리를 잡아갈 겁니다. 그래도 그렇게 될 동안 우리, 거짓말은 하지 않았으면 합니다. 내가 바라는 건 딱 이 한 가지인데, 그만큼 그게 중요하기 때문이오. 지상에서 거짓말을 하지 않고 살기란 불가능하죠. 왜냐하면 거기서는 삶과 거짓말이 동의어니까. 하지만 여기서는 거짓말을 멈춰보는 겁니다, 재미를 위해서 말이죠. 젠장, 무덤에도 뭔가 의미는 있어야 하지 않겠소! 아무것도 부끄러워하지 말고 각자 자기 사연을 큰 소리로 이야기해보자고요. 우선 나부터 시작하죠. 알다시피, 나는 욕망을 채우기 위해서라면 무슨 짓이든 못할 게 없는, 그런 부류의 사람이오. 하지만 저 위에서는 모든 것을 썩어빠진 밧줄에 매인 채 속박당했소. 이제 그따위 밧줄은 꺼져버리라 하고 수치심이라곤 전혀 없는 진실 속에서 이 두 달을 살아보자고요! 다 벗어던지고, 알몸이 되어봅시다!"

"알몸이 되자, 알몸이 되자!" 모두가 한목소리로 외치기 시작했다.

"나도 미치게 벌거벗고 싶어, 벗고 싶어 미치겠다고!" 아브도티야 이그나티예브나가 새된 목소리로 소리쳤다.

"오…… 오…… 오, 여기서 지내는 것도 재미있겠어. 에크에게 가고 싶지 않은걸!"

"안 돼, 나는 더 살 거야, 안 돼, 나는 더 살고 싶어!"

"히-히-히!" 카티시가 낄낄거렸다.

"중요한 건 아무도 우리를 막을 수 없다는 사실이지. 보아하니, 페르보예도프께서 잔뜩 화가 나신 모양인데, 그래 봐야 손끝 하나 나를 건드릴 수 없다는 거 아니겠어? 안 그래요, *영감*?"

"자네 말에 완전히, 전적으로 동의하는 바이며 더할 나위 없이 만족스럽네. 단, 카티시가 가장 먼저 자신의 과거를 이야기한다는 조건에서 말이지."

"난 반대요! 결단코 반대요!" 페르보예도프 장군이 단호하게 말했다.

"각하!" 뻔뻔한 레베자트니코프가 마음이 다급한지 한껏 목소리를 낮춰 말까지 더듬어가며 장군을 설득하고 나섰다. "각하, 사실 동의하시는 게 우리에게 더 이득입니다. 아시다시피, 저 여자애만 해도 그렇고…… 이런저런 다른 사람들 사연도 그렇고……"

"그래, 저 여자애는 그렇다 치지. 하지만……"

"더 이득이라니까요, 각하, 확실히 우리에게 더 이득이라고요! 그냥 시험 삼아 한번 해보십시다……"

"무덤 속에서조차 맘 편히 있게 두질 않는군!"

"장군, 그건 말입니다, 첫째, 장군이 이 무덤 속에서 프레페랑스를 즐기고 있기 때문이며, 둘째, 우리는 장군의 의견이 어떻든 아무 관심이 없-소-이-다." 클리네비치가 또박또박 말을 끊어가며 말했다.

"여보게, 그렇게 함부로 말해서야 쓰나."

"뭐요? 그래 봐야 당신은 날 건드릴 수조차 없지만, 난 여기서도 당신을 율카의 애완견처럼 놀려먹을 수 있단 말이죠. 그리고 무엇보다, 여러분, 어째서 저 양반이 여기서도 장군입니까? 저 위에서나 장군이었지, 여기서는 아무짝에도 쓸모없는 존재 아니오!"

"아니, 내가 쓸모가 없다니…… 나는 여기서도……"

"당신이 여기 무덤 속에서 썩어버리면, 결국 남는 건 놋쇠 단추 여섯 개뿐이겠죠."

"브라보, 클리네비치, 하-하-하!" 목소리들이 포효하듯 크게 울려퍼졌다.

"이래 봬도 나는 황제 폐하를 모신 몸이라고…… 장검도 가지고 있는데……"

"그 장검은 쥐새끼 찌르는 데나 사용하시든지. 게다가 당신은 그 칼을 뽑아본 적도 없을걸."

"그렇다고 달라질 건 없네. 나도 군 전체의 일부로서 기여를 했으니까."

"그 기여라는 것도 종류가 다양하거든요."

"브라보, 클리네비치, 브라보! 하-하-하!"

"장검이 대체 뭐라는 건지 모르겠군." 기술자가 큰 소리로 말했다.

"프로이센군대를 만나면 우린 쥐새끼처럼 도망칠걸. 안 그러면 놈들이 우리를 가루로 만들어버릴 테니까!" 나로선 처음 듣는, 목이 멜 정도로 기쁨에 들뜬 목소리 하나가 멀리서 크게 소리쳤다.

"이보시오, 장검은 곧 명예요!" 장군이 외쳤지만 그 소리를 제대로 들은 사람은 나뿐이었다. 성난 부르짖음이 길게 이어지고 아우성, 왁자지껄 떠드는 소리가 요란하게 뒤엉키는 통에 거의 히스테리발작에 가까운 아브도티야 이그나티예브나의 성급한 쇳소리만 겨우 들을 수 있었다.

"자, 어서, 어서 해보라니까! 아휴, 도대체 언제쯤이나 우린 수치심을 완전히 떨쳐버린담!"

"오호호호! 내 영혼이 이제 정말 고난의 길로 들어섰구나!" 그렇게 평민의 목소리가 들리는가 싶었다. 그런데 그만……

바로 그때 내가 갑자기 재채기를 해버렸다. 그건 정말 의도치 않은, 순식간에 벌어진 일이었다. 하지만 그 효과는 실로 대단했다. 진짜 묘지에서처럼 사방이 쥐죽은듯 고요해지면서 모든 게 꿈처럼 사라져버렸다. 정말로 죽음과 같은 정적이 찾아왔다. 그들이 나 때문에 수치심을 느꼈으리라고는 생각지 않는다. 저들은 그 어떤 것에도 부끄러워하지 않기로 결정을 내리지 않았던가! 오 분 정도 가만히 기다려봤지만 말 한마디, 소리 하나 들을 수 없었다. 내가 경찰에 신고할까봐 저들이 겁을 집어먹었다고는 볼 수 없다. 경찰이 저들에게 무슨 조처를 취할 수 있겠는가? 어쨌든 나는 저들이 인간들은 모르는, 그리고 모든 인간들로부터 숨기고 싶은 비밀을 간직하고 있음이 분명하다고 결론지을 수밖에 없다.

나는 마음속으로 '그럼, 이보게들, 내 또 찾아오겠소'라는 말을 남기고 묘지를 떠났다.

* * *

아니, 나는 이런 일을 용납할 수 없다. 안 된다, 절대로 안 돼! 이제 나는 더이상 보보크 때문에 당황하지 않는다(그래, 보보크가 이렇게 정체를 드러내는군!).

이런 곳에서조차 하는 짓들이라니, 의식이 살아 있는 마지막 순간들을 소중히 여기기는커녕 그 마지막 희망마저 타락시키고 축 늘어져 썩어가는 몸을 하고서도 음탕한 생각에만 정신들이 팔려 있다니! 되돌아볼 순간들이 주어졌는데, 선물처럼 주어졌는데도 말이다…… 그리고 중요한 건, 정말 중요한 건, 그런 짓거리를 감히 이런 곳에서 벌였다는 점이다! 아니, 나는 이런 짓은 정말이지 용납할 수 없다……

다른 등급의 묘지들을 찾아갈 거다, 가서 하나하나 다 귀를 기울일 테다. 어디에나 들을 만한 사연은 있는 법, 그러니 제대로 알기 위해서는 한 곳의 이야기만 들어선 안 된다. 혹시 위로가 되는 사연을 만나게 될지 누가 알겠나.

하지만 반드시 저들에게 돌아올 거다. 저들은 자신의 과거사와 이런 저런 일화들을 들려주기로 약속했다. 퉤! 돌아온다, 반드시 돌아오고야 말 것이다. 이건 양심의 문제니까!

신문잡지사 〈그라즈다닌〉*에 이 이야기들을 가져갈 생각이다. 거기 편집장도 자신의 초상화가 모 전시회에 내걸려 있다. 그 사람이라면 내 이야기를 게재해줄지도 모른다.

* 러시아어로 '시민'이라는 뜻.

예수의 크리스마스트리에
초대된 아이*

* 도스토옙스키는 1876년 『작가 일기』를 월간지 형태로 재발행하며 창간호 격인 1월호에 러시아 아이들이 겪는 고통을 조명한, 「구걸하는 아이」와 「예수의 크리스마스트리에 초대된 아이」 두 편의 글을 나란히 게재했다. 두 편의 연계성을 고려해 함께 싣는다.

1. 구걸하는 아이

아이들은 기이한 종족이다. 그들은 꿈에 나타나는가 하면 눈앞에도 아른거린다. 크리스마스트리 앞에서, 그러니까 크리스마스 전날 바로 그 트리 앞, 거리에서, 그것도 잘 알려진 길모퉁이에서 어쨌든 나는 어린 소년을 만났다. 아무리 나이를 올려 어림잡아도 일곱 살이 채 안 돼 보이는 아이였다. 살을 에는 매서운 날씨임에도 아이는 여름옷이나 다름없는 얇디얇은 옷을 걸치고 있었는데, 목만큼은 넝마 조각 같은 천 쪼가리로 둘둘 말고 있는 것으로 보아, 그래도 누군가 아이를 챙겨 입혀서 밖에 내보낸 모양이었다. 아이는 '구걸을 하며'—이 표현은 전문적인 용어이기에, 여러분의 너그러운 이해를 구하는 바이다—다녔다. 사실 이 용어는 아이들 스스로 생각해낸 것이다. 이런 아이들은 한 무리나 되는데, 다들 당신네 거리를 이리저리 떠돌며 미리 외워둔 듯 어떤 말들을 애처롭게 읊조려댄다. 하지만 이 어린 소년은 그러지 않았고, 오히려 천진하게 쭈뼛쭈뼛 말을 건네며 의심이라고는 알지 못한다는 눈빛으로 내 눈을 바라보았다. 즉 이런 일을 갓 시작했음이 분명했다. 내가 꼬치꼬치 캐묻자 아이는 누나가 하나 있으나 병이 들어 일거리도 없이 집에 들어앉았다고 알려주었다. 어쩌면 그 말은 사실인지도 모른다. 하지만 나중에 나는 그런 아이들이 한둘이 아님을 알게 되었다. 아무리 지독히 추운 날에도 아이들은 '구걸을 위해' 거리로 내몰렸고, 만약 아무런 소득도 없이 빈손으로 돌아가면 모진 매질이 기다리고 있을 게 빤했다. 아이는 벌겋게 꽁꽁 얼어붙은 손에 단 몇 푼이라도 쥐고 어느 지하실로 돌아간다. 그곳에는 어느 건달패가 술을 퍼마시고 있다. 이들은 '토요일 자정 즈음에 공장 일을 때려치우고는 수요일 저녁에야 겨우 일터로 되돌아가는' 그런 작자들이다. 그곳, 지하실에는 배를 곯고 얻어맞는 일이 다반사인 그 작자들의 아내들까지 합세하여 함께 술을 퍼마시고, 그들의 갓난아기들은 배가 고파 빽빽 울어댄다. 보드카도 불결함도 방탕함도 모두 문제지만, 그중 가장 큰 문제는 보드카다. 푼돈을 구걸해 오는 대로 아이는 그 돈을 들고서 곧장 술집으로 보내지고, 그렇게 또 술을 사들인다. 그리고 가끔씩 그자들은 장난이랍시고 아이의 입에 보드카를 반병이나 억지로 쏟아붓고는 좋다고 웃어댄다. 그럴 때마다 아이는 가쁜 숨을 몰아쉬다가 거의 의식을 잃고 바닥에 쓰러진다.

……그리고 내 입안으로 역겨운 보드카를
인정사정없이 들이부었다……

아이가 어느 정도 자라면 곧장 공장 같은 곳으로 팔려간다. 하지만 아이가 일해서 번 돈 역시 고스란히 건달패에게 바쳐지고, 그 작자들은 그 돈으로 몽땅 술을 마셔버린다. 하지만 공장에 가기 전부터 아이들은 이미 완전한 범죄자가 되어간다. 아이들은 어슬렁어슬렁 도시를 배회하는가 하면 은밀히 숨어들어가 남의 눈에 띄지 않게 밤을 보낼 수 있는 지하의 이런저런 장소들을 알고 있다. 이들 중 한 아이는 내리 며칠 밤을 어느 문지기의 광주리 속에서 지낸 적도 있는데, 정작 그 주인은 눈치조차 못 챘다. 아이들은 그렇게 저절로 좀도둑으로 자라나는 것이다. 심지어 여덟 살짜리 아이들까지 도둑질에 욕심을 부리고, 그런 행동이 범죄라는 사실마저 전혀 인식하지 못한다. 마침내 아이들은 한 가지, 오로지 자유 하나를 얻기 위해 굶주림도, 추위도, 매질도 모두 견뎌내고, 자신들을 괴롭히는 건달패로부터 도망쳐나와 혼자 떠도는 삶을 살아간다. 이 무지하고 미개한 존재들은 때론 정말이지 아무것도 이해하지 못한다. 자신이 살고 있는 곳이 어디인지, 자신이 어느 나라 사람인지, 하느님이 존재하는지 어떤지, 국왕이 있는지 어떤지조차 모르는 것이다. 이 아이들에 대해 전해듣는 이야기들은 귀를 의심할 지경이지만, 아니, 그건 모두 분명한 사실이다.

2. 예수의 크리스마스트리에 초대된 아이

나는 소설가다. 어쩌면 그래서 스스로 '이야기' 하나를 지어낸 것인지도 모른다. 내가 '어쩌면'이라고 한 까닭은, 나 자신이 만들어낸 이야기라는 사실을 잘 알면서도 그 일이 마치 어디선가 그리고 언젠가 실제 일어난 사건처럼 눈앞에 선하기 때문이다. 그것도 바로 크리스마스 전날, 어느 대도시의 지독히도 추운 날 일어났다고 믿고 있다.

어느 지하방에 있는 소년의 모습이 눈앞에 떠올랐다. 아니, 소년이라기에는 아직은 너무 어린, 한 여섯 살쯤, 아니면 그보다 더 어려 보이는 어린아이였다. 아침에 아이는 눅눅하고 싸늘한 지하방에서 잠이 깼다. 아이는 할라트 비슷한 얇은 옷 하나만 걸친 채 몸을 떨었다. 숨을 내쉴 때마다 하얀 입김이 서려 나왔다. 아이는 한쪽 구석에 놓인 짐 가방 위에 앉아 심심한지 일부러 입에서 하얀 김을 내뿜고는 입김이 공중으로 흩어지는 모습을 바라보며 무료함을 달랬다. 하지만 아이는 몹시 배가 고팠다. 아이는 아침부터 몇 번이나 나무판자 침대가 놓인 쪽으로 가보았다. 거기에는 병든 엄마가 블린처럼 얇디얇은 담요만 한 장 깔고 머리 밑에 베개 대신 짐보따리 같은 걸 베고 누워 있었다. 아이 엄마는 어쩌다 이런 곳에 머물게 된 걸까? 모르긴 몰라도 어린 아들을 데리고 다른 도시에서 왔다가 덜컥 병이 난 것일 게다. 집주인 여자는 이틀 전에 경찰에 붙잡혀 갔고, 세 든 이들은 휴일을 보내러 뿔뿔이 흩어졌다. 지하방에는 넝마장수가 크리스마스가 되기도 전에 혼자서 진탕 술을 퍼마시고는 벌써 이틀째 죽은 듯 정신을 차리지 못하고 있었다. 그리고 지하방 저쪽 구석에서는 류머티즘을 앓는 여든 살 먹은 노파가 괴로운 신음 소리를 냈다. 노파는 한때 어느 집에선가 유모로 일했지만 지금은 한숨짓고, 넋두리하고, 아이에게 잔소리나 해대며 홀로 죽어가는 신세였다. 아이는 그런 노파가 무서운지 그 근처에는 얼씬하지 않았다. 마실 물은 지하실 입구 어디 쪽에서 겨우 찾아마셨지만, 먹을거리는 빵부스러기 한 조각 찾아볼 수 없었기에, 아이는 벌써 열 번쯤 엄마를 깨우려고 해봤다. 짙은 어둠이 내려앉자 결국 아이는 공포에 휩싸였다. 해가 진 지 한참이 지났지만 밝힐 불조차 없었다. 아이는 엄마의 얼굴을 더듬어보다가 깜짝 놀랐다. 엄마가 꼼짝도 하지 않을뿐더러 벽처럼 차디찼기 때문이다. '여기는 너무 추워.' 아이는 생각했다. 아이는 자기도 모르게 죽은 엄마의 어깨 위에 자기 손을 올려놓고 잠시 서 있다가, 손에 입김을 불어 차가운 손가락을 녹여보려 했다. 그러다가 갑자기 침대 위에 둔 모자를 찾아 들고는 살금살금 어둠 속을 더듬어가며 지하실을 빠져나왔다. 아이는 진작부터 밖으로 나가고 싶었지만 커다란 개가 저 위, 계단 꼭대기를 지키고 서서는 하루종일 이웃집들을 향해 짖어대는 통에 겁을 먹고 있었다. 하지만 지금 그 개는 어디로 갔는지 보이지 않았고, 아이는 곧장 거리로 나섰다.

세상에, 얼마나 멋진 도시인가! 아이는 지금까지 단 한 번도 이런 풍경을 본 적이 없었다. 전에 살던 곳은 밤이면 늘 칠흑처럼 깜깜했고, 고작 가로등 하나가 온 거리를 비출 뿐이었다. 나지막하고 자그마한 판잣집들은 죄다 덧창을 내리고, 거리거리는 어둠이 찾아들기 무섭게 텅텅 비어버렸다. 저마다 자기 집에 들어앉아 밖으로 나오는 사람 하나 없었고 개들만 무수히 무리 지어 시끄럽게 짖어댔다. 수백, 수천 마리의 개들이 밤새도록 으르렁거리고 울부짖었다. 하지만 그 대신 그곳은 무척이나 따뜻했고 이따금 사람들이 먹을 것도 주었다. 그런데 이곳은, 세상에, 한 입만 먹을 수 있다면! 게다가 여기는 사방이 쿵쿵 쾅쾅 얼마나 요란하고 시끄러운지, 휘황찬란한 불빛에 사람들이며 말들이며 마차들은 얼마나 많은지, 그리고 춥기는 또 얼마나 추운지! 지친 말들이 내뿜는 뜨거운 호흡은 곧장 차가운 김으로 얼어붙었고, 말굽의 편자가 눈이 얇게 쌓인 돌길에 닿을 때마다 쨍그랑거렸으며, 사람들은 거의 서로 몸을 부딪치다시피 지나다녔다. 세상에, 배가 고파도 너무 고팠다. 뭐든 좋으니 한 조각만 먹을 수 있다면. 그런데 갑자기 손가락에 심한 통증이 느껴졌다. 아이 옆을 지나던 경찰관이 아이를 못 본 척하려는지 슬그머니 고개를 돌렸다.

다시 거리가 나타났다. 오, 세상에, 어쩌면 이리도 길이 넓을까! 여기서는 자칫하면 깔려죽을 수도 있겠다. 사람들은 왜 너나없이 소리를 질러대고, 뛰어다니고, 마차를 타고 쏜살같이 달려가는 것일까, 불빛은 왜 이리 밝은지 대낮처럼 환하기도 해라! 그런데 이건 뭐지? 와, 이렇게나 큰 유리창이라니! 창문으로 보이는 방안에는 키가 천장까지 닿는 나무 한 그루가 서 있었다. 크리스마스트리였다. 트리에는 수많은 장식용 불빛들과 금박 종이들과 사과들이 주렁주렁 매달려 있었고, 그 주위로는 인형들이며 조그만 장난감 말들이 흩어져 있었다. 그리고 말쑥하게 잘 차려입은 아이들이 방안을 뛰어다니며 웃고, 장난치고, 뭔가를 먹거나 마셨다. 한 여자아이가 남자아이와 춤을 추기 시작했다. 저 여자애는 참 귀엽네! 창문 너머로 음악소리가 들려왔다. 아이는 구경을 하면서 놀라기도 하고 심지어 웃음까지 터트렸지만, 발가락이 심하게 저려왔다. 손가락은 벌겋게 부어올라 굽혀지지 않았고 살짝만 움직여도 몹시 아팠다. 아이는 문득 자신의 손가락이 아프다는 사실을 떠올리고는 울음을 터뜨리며 앞으로 내달렸다. 다시 다른 창문들 너머로 방이 보였고, 그곳에도 역시 크리스마스트리가 서 있었다. 게다가 식탁 위에는 아몬드 피로그*며 빨갛고 노란 피로그며, 갖가지 피로그가 놓여 있었다. 그리고 부유해 보이는 귀부인 넷이 앉아 있다가 들어오는 사람 누구에게나 피로그를 건네주었다. 문은 쉴새없이 열렸으며 거리에서 수많은 신사들이 줄지어 이 귀부인들을 만나러 안으로 들어갔다. 아이는 살금살금 다가가 문을 열고 불쑥 안으로 들어갔다. 오, 아이에게 쏟아지는 귀부인들의 고함소리와 삿대질이라니! 귀부인들 중 하나가 재빨리 아이에게 다가오더니 아이 손에 코페이카 동전 한 닢을 쥐여주고는 문을 열어 아이를 밖으로 쫓아냈다. 아이는 얼마나 놀라고 무서웠을까! 코페이카 동전은 아이의 손에서 미끄러져 쨍그랑 소리를 내며 계단을 굴러갔다. 아이는 벌겋게 언 손가락을 굽힐 수가 없었기에 그 동전 또한 집어들 수가 없었다. 아이는 그곳을 도망치듯 빠져나와 어디로 가는지도 모른 채 달리고 또 달렸다. 다시 울음이 터질 것 같았지만 무서운 마음에 계속 내달리며 손가락에 호호 입김을 불었다. 문득 슬픔이 밀려왔다. 아이는 너무 외롭고 두려웠다. 그런데 세상에! 이건 또 뭐람? 사람들이 무리 지어 모여서 경탄해 마지않는 표정들을 짓고 있었다. 유리창 너머로 작은 인형 세 개가 보였다. 빨간 옷과 초록 옷을 화려하게 차려입은 그 인형들은 정말 완전히 살아 있는 존재들 같았다! 자그마한 노인은 앉아서 커다란 바이올린을 연주했고, 나머지 두 사람은 그 옆에 서서 작은 바이올린을 켜고 있었다. 인형들은 박자에 맞춰 고개를 까딱이기도 하고 서로를 바라보는가 하면 입술을 달싹여서 말도 했다. 분명히, 정말로 분명히 무슨 말을 했지만 유리창에 가로

* 밀가루 반죽에 고기나 채소, 과일 등을 넣어 오븐에 구운 러시아식 파이.

막힌 탓인지 들리지 않았다. 아이는 처음에 그것들이 살아 있다고 생각했다가 나중에 인형이라는 사실을 알아채고는 터지는 웃음을 참지 못했다. 아이는 한 번도 그런 인형들을 본 적이 없었고, 그런 인형들이 있다는 사실조차 처음 알았다! 아이는 여전히 울음이 터질 것 같았지만, 그러기엔 인형들이 너무 신기하고 재미있었다. 갑자기 아이는 누군가 뒤에서 자기 옷자락을 잡아당기는 것을 느꼈다. 심술 맞게 생긴 웬 덩치 큰 남자애가 옆에 서나 싶더니 별안간 아이의 머리를 쥐어박고는 모자를 낚아챘다. 그도 모자라 이번에는 아이를 발로 걷어찼다. 아이는 땅바닥에 쓰러졌고, 사람들은 소리를 질렀다. 아이는 잠깐 정신을 잃었다가 벌떡 일어나 다시 달리기 시작했다. 그렇게 어디로 가는지도 모른 채 달리다가 어느 집 안마당 문으로 뛰어들었다. 아이는 장작더미 뒤에 몸을 숨기고 웅크려 앉았다. "여기라면 들키지 않을 거야, 게다가 여기는 캄캄하잖아."

잔뜩 웅크리고 앉아서 무서움에 숨도 제대로 못 쉬던 아이는 갑자기, 정말이지 생각지도 못하게 갑자기 아늑한 느낌에 사로잡혔다. 손과 발의 통증이 갑자기 사라졌고 몸도 따뜻해졌다. 너무 따뜻해서 마치 페치카 위에 있는 것 같았다. 그러다가 아이는 온몸을 부르르 떨었다. 아, 아이는 깜박 잠이 들었던 것이다! 여기는 잠들기에 얼마나 좋은 곳인지! '여기 조금만 더 앉아 있다가 다시 인형들을 보러 가야지.' 아이는 이렇게 생각하며 인형들을 떠올리고는 웃음 지었다. '정말 살아 있는 것 같지 뭐야……!' 그런데 갑자기 자기를 굽어보며 노래하는 엄마의 목소리가 들렸다. "엄마, 나, 잠자요. 아, 여기는 정말 잠자기 좋아요!"

"얘야, 우리집으로 크리스마스트리를 보러 가지 않겠니." 갑자기 부드러운 목소리가 아이의 머리 위에서 속삭였다.

아이는 이 모든 목소리의 주인공이 엄마라고 생각했지만, 아니, 엄마가 아니었다. 아이는 자신을 부르는 사람이 누구인지 보지 못했다. 그 사람이 아이 위로 몸을 굽히더니 어둠 속에서 아이를 감싸안았다. 아이는 그 사람에게 손을 내밀었다…… 그런데, 그런데 갑자기…… 오, 이토록 밝고 환한 빛이라니! 오, 그리고 이 멋진 크리스마스트리들! 아니, 그건 트리가 아니었다. 아이는 여태 그런 나무들을 본 적이 없었다! 지금 아이가 있는 곳은 어디일까. 사방이 눈이 부시도록 밝았고, 모든 것이 반짝반짝 빛났으며 주위는 온통 인형들로 가득했다. 아니, 그건 인형이 아니라 모두 어린이들이었고, 다들 밝게 빛나고 있었다. 이 어린이들은 아이의 주위를 맴돌며 날아다니고, 아이에게 입을 맞추고, 아이를 들어올린 뒤 안고서 날아다녔다. 그리고 이제 아이 자신도 날고 있었다. 아이는 엄마가 자신을 바라보며 기쁘게 웃는 모습을 보았다.

"엄마! 엄마! 아, 여기는 정말 좋아요, 엄마!" 엄마에게 이렇게 소리치고는 아이는 다시 어린이들과 입을 맞추었다. 아이는 창문 너머로 자신이 보았던 인형 이야기를 당장이라도 들려주고 싶었다. "남자애들아, 너희는 누구니? 여자애들아, 너희는 누구야?" 아이는 어린 소년과 소녀들이 사랑스럽다는 듯 웃으며 물었다.

"이건 예수님의 크리스마스트리야." 어린이들이 아이에게 대답했다. "이날이 되면 예수님은 늘 크리스마스트리를 준비하신단다. 자기 트리가 없는 아이들을 위해서 말이야……" 아이는 이 어린이들이 자신과 같은 처지라는 사실을 알게 되었다. 어떤 아이들은 아기 때 바구니에 담겨 페테르부르크의 관리들이 사는 집 앞 계단에 버려진 채 그대로 얼어죽었고, 어떤 아이들은 양육원에서 지정한 추혼카의 위탁가정들* 에 맡겨졌다가 비참하게 목숨을 잃었으며, 사마라의 기근** 때 자기 엄마 품에서 말라붙은 젖을 빨다 굶어죽은 아이들도 있었다. 또 어떤 아이들은 3등 열차 칸의 지독한 악취와 더러운 공기에 시달리다 안타깝게 숨을 거두기도 했다. 하지만 이제 이 아이들 모두 이곳에, 이제 모두 천사가 되어, 이제 모두 예수님 곁에 머물고 있었다. 아이도 이제 이 어린이들 중 하나가 되어 이들에게 손을 내밀어 이들과 이들의 죄 많은 엄마들을 축복했다…… 그리고 아이들의 엄마들은 한쪽 편에 비켜서서 눈물을 흘렸다. 엄마들 모두 자신의 아들이나 딸을 알아보았고, 아이들은 엄마들에게 날아가 입을 맞추며 작은 손으로 엄마의 눈물을 닦아주고는 여기는 아주 행복한 곳이니 울지 말라고 위로해주었다……

다음날 아침, 문지기들은 장작더미 뒤에 숨어 있다가 얼어죽은 아이의 조그만 시신을 발견했다. 그들은 아이의 엄마도 찾아냈다…… 엄마가 아이보다 먼저 죽은 것으로 드러났다. 두 사람은 하늘에 계신 하느님 앞에서 다시 만났다.

그런데 나는 왜 일상적이고 합리적인 일기와는 거리가 먼, 더구나 작가의 일기와는 너무도 어울리지 않는 이런 이야기를 지어냈을까? 그리고 무엇보다 나는 실화를 다룬, 지극히 사실적인 이야기를 쓰기로 약

---

* 1770년대에 페테르부르크에 세워진 양육원은 교외에서 가축을 치거나 농사를 짓는 평민 가정, 주로 에스토니아, 핀란드 등에서 건너온 이주여성들(추혼카) 가정에 아이들을 위탁하며 경제적 지원을 했으나 지원금만 챙기고 아이들을 방치하는 경우가 많아 위탁 아동들의 사망률이 매우 높았다.

** 러시아 서부 볼가강 중류의 사마라주에서 삼 년간 흉년이 이어져 1873년과 1874년에 발생한 대기근.

속하지 않았던가! 하지만 바로 그것이 문제다. 이 모든 사건, 즉 지하실에서, 장작더미 뒤에서 일어난 일도 예수님의 크리스마스트리에 대한 일도 모두 실제로 일어났을지도 모른다는 생각이 자꾸 들면서 눈앞에 선하게 떠오르니 말이다. 실제로 그런 일이 있을 수 있는지에 대해서는 사실, 나도 어떻게 말해야 좋을지 모르겠다. 그래서 내가 이야기를 만들어내는 소설가 아니겠는가.

농부 마레이

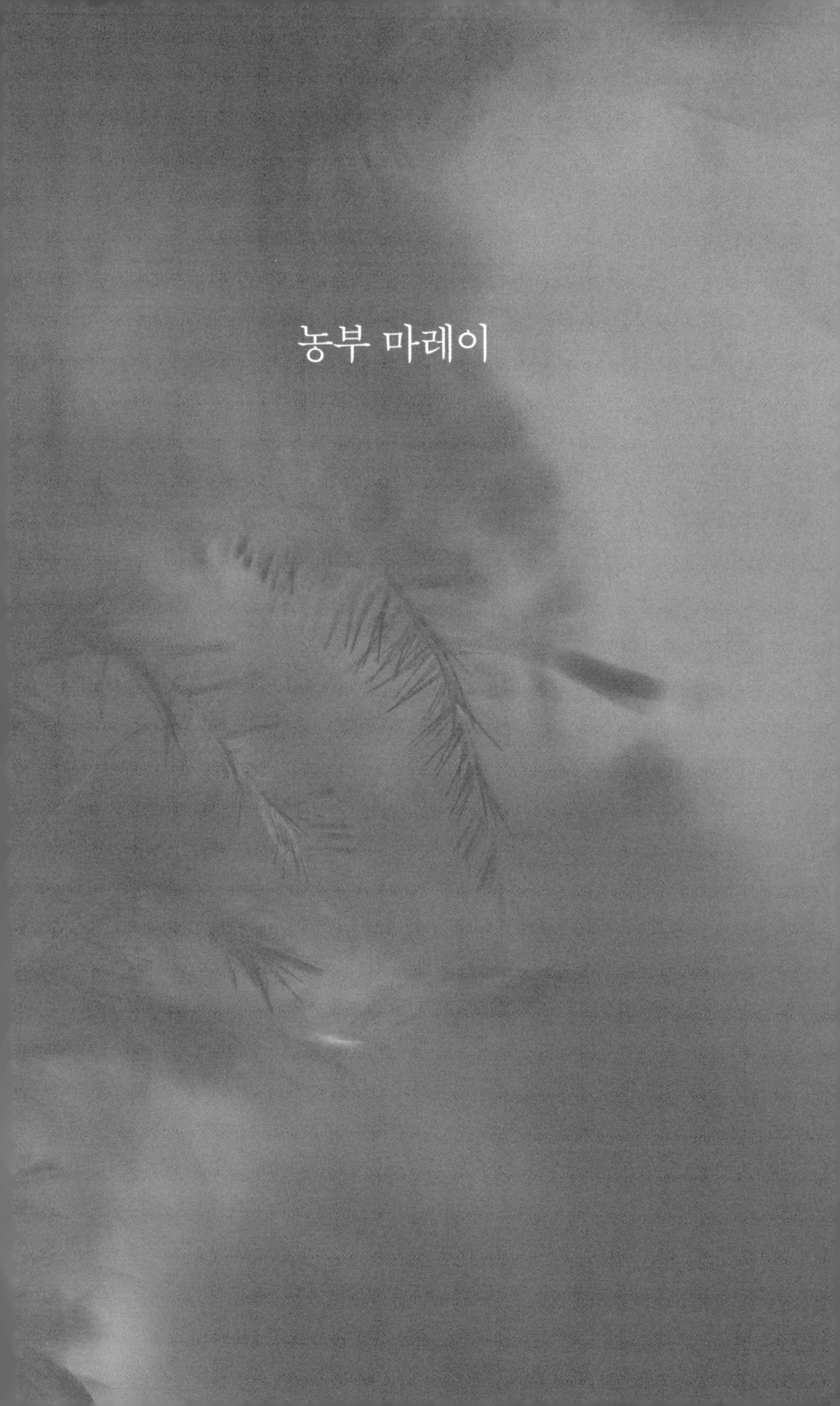

하지만 *신앙고백**을 연달아 읽기란 여간 지루한 일이 아닐 것이다. 따라서 일화 하나를 들려주고자 하는데, 사실 이 일화라는 것도 그저 가볍게 먼 옛날을 회상하는 추억거리에 지나지 않기는 하다. 그럼에도 왜 그런지 나는 이 일화야말로 러시아 민중에 대한 우리 논쟁의 결론이 아닐까 하는 생각이 들었고, 그래서 그 이야기를 바로 지금 이 자리에서 소개하고 싶다. 그때 나는 겨우 아홉 살이었다…… 아니다, 스물아홉 살 적 이야기부터 시작하는 게 낫겠다.

부활절 주간 둘째 날이었다. 대기는 따뜻했고 하늘은 파랬다. 태양도

---

* professions de foi. 「농부 마레이」는 도스토옙스키가 『작가 일기』 1876년 2월호에 게재한 글들 중 하나로, 이 작품 앞에 실린 두 개의 글이 러시아 민중과 러시아정교에 대한 논설문이며 작가의 신앙고백문과 같은 성격을 띠고 있기에 이같이 언급하고 있다.

높이 떠서 '따스하고' 밝은 햇살을 비추었지만, 내 마음은 울적하기만 했다. 나는 막사 뒤를 배회하며 견고한 수용소 울타리의 말뚝을 세어보았다. 평소 습관대로 했을 뿐, 처음부터 세어볼 작정은 아니었다. 수용소에서 휴일을 맞은 지 벌써 '이틀째였다'. 죄수들은 노역을 나가지 않아도 되었고, 많은 이들이 술에 취해 있었으며, 여기저기서 욕지거리와 싸움질이 끊이지 않았다. 불쾌하고 역겨운 노래들, 나무판자 침대 밑에서 은밀히 벌어지는 도박판, 자기들의 판을 방해했다는 이유로 동료들의 응징을 받아 초주검이 되도록 두들겨맞고 의식이 돌아올 때까지 양가죽을 덮고 침대에 누운 몇몇 죄수들, 그리고 벌써 몇 번이나 발각된 칼들, 이 모든 것들이 이 이틀의 휴일 동안 얼마나 나를 괴롭혔던지 병이 나지 않은 게 다행일 정도였다. 나는 사람들이 술에 취해 무분별하게 벌이는 짓들을 볼 때마다 혐오감이 들어 견딜 수가 없었는데, 여기, 이곳에서는 특히 더 그랬다. 이 기간 동안에는 교도관들도 감방 안을 들여다본다든지 수색을 한다든지 숨겨놓은 술을 적발한다든지 등의 감시를 하지 않는다. 이런 부랑아 같은 자들에게도 일 년에 한 번쯤은 즐겁게 지낼 수 있는 기회를 줘야지, 그러지 않으면 상황이 더 악화될 수도 있다는 사실을 알기 때문이다. 결국 마음속에서 증오심이 끓어올랐다. 그러다 한번은 정치범으로 들어와 있는 M-츠키라는 폴란드 사람과 마주친 적이 있는데, 그는 나를 침울한 눈빛으로 바라보았다. 그의 두 눈은 이글거렸고 입술은 파르르 떨렸다. "*나는 이 날강도 놈들이 싫어!*"* 그는 이를 갈 듯 나직하게 내뱉으며 내 옆을 지나쳤다. 나는 십

* 원문은 프랑스어로 'Je hais ces brigands!'

오 분 전에 정신 나간 사람처럼 뛰쳐나왔던 막사로 다시 걸음을 돌렸다. 건장한 사내 여섯이 술에 취한 타타르인 가진에게 한꺼번에 달려들어 그를 제압하다가 결국 두들겨패는 것을 보고는 도망 나왔던 참이다. 사내들은 인정사정 볼 것 없이 두들겨팼는데, 그렇게 맞다가는 낙타라도 죽음을 면치 못할 것 같았다. 하지만 그들은 이 헤라클레스가 쉽사리 죽을 인간이 아니라는 사실을 알고 있었기에 마음놓고 매질을 해댔다. 지금, 돌아와 보니 가진은 감방 끄트머리 한쪽 구석의 나무 침대 위에 거의 생명의 징후도 없이 의식을 잃은 채 누워 있었다. 그는 털외투로 몸을 덮고 있었고, 다른 사람들은 모두 말없이 그의 옆을 지나다녔다. 다들 그가 다음날 아침녘이면 깨어나리라 바라 마지않았으나 '그런 매질을 당했는데 배겨날 장사 없지'라고들 생각하는 것도 사실이었다. 나는 살금살금, 쇠창살이 쳐진 창 맞은편의 내 자리로 찾아들어가 두 손을 뒤로 모아 베고는 똑바로 누운 채 눈을 감았다. 나는 그렇게 눕는 것을 좋아했다. 자는 사람은 귀찮게 하지 않을뿐더러 그러는 사이 상상의 나래를 펼치거나 생각에 잠길 수 있기 때문이었다. 하지만 그때는 상상의 나래를 펼치기는커녕 심장은 불안정하게 뛰었고, 귓전에는 M-츠키의 말이 맴돌았다. "*나는 이 날강도 놈들이 싫어!*" 하지만 내가 굳이 그때의 느낌을 묘사할 필요가 있을까. 지금도 가끔 그 시절의 꿈을 꾸고, 그럴 때마다 그보다 더 고통스러운 악몽이 없는데 말이다. 독자들은 아마 지금까지 내가 단 한 번도 수용소 시절의 내 삶을 글로 쓴 적이 없다는 사실을 알아챌 것이다. 십오 년 전에 『죽음의 집의 기록』을 쓰긴 했지만 그 글은 아내를 죽인 범죄자라는 가공의 인물을 화자로 내세운 것이었다. 이왕 말이 나온 김에 자세히 덧붙이자면, 그후로 꽤 많은 사람들이 내가 아내를 살해한 죄로 수용소에 보내졌다고 생각하거나 주장해왔다. 심지어 지금까지도 그렇다.

나는 슬슬 나른해지기 시작했고 나도 모르게 옛 기억들 속으로 빠져들었다. 수용소에서 지내는 사 년 내내 나는 끊임없이 과거의 일들을 모두 떠올렸고, 그 추억들 속에서 예전의 삶을 그대로 다시 사는 것 같았다. 이 기억들은 저절로 떠올랐으며, 내가 일부러 떠올린 적은 거의 없었다. 그 기억들은 어떤 점이나 선에서, 때론 아주 평범하고 사소한 것에서 시작하여 점점 전체적인 광경으로, 어떤 강렬하고도 완전한 인상으로 발전해나갔다. 나는 이 인상들을 분석했으며 이미 오래전에 일어났던 그 일들에 새로운 인상과 특징들을 더했다. 중요한 건, 내가 그 과거의 일들을 끊임없이 뜯어고치면서 그 속에서 큰 즐거움을 누렸다는 사실이다. 이번에는 무슨 까닭인지 내가 겨우 아홉 살이었던 어린 시절의 평범한 순간 하나가 불현듯 떠올랐다. 내 기억 속에서 까맣게 지워져 있던 순간이었다. 하지만 그때 나는 어린 시절의 추억을 떠올리는 게 유난히 좋았다. 그 기억은 우리 시골집에서 보낸 8월의 어느 날이었다. 건조하고 맑았지만 쌀쌀하고 바람도 좀 부는 날이었다. 여름이 거의 끝나가던 때라 곧 모스크바로 떠나 겨우내 지루한 프랑스어 수업을 들어야 했기에 나는 시골을 떠나는 것이 못내 아쉬웠다. 나는 탈곡장을 지나 골짜기 아래까지 내려가서는 로스크로 올라갔다. 골짜기 건너편을 따라 큰 숲까지 이어진 울창한 덤불숲을 우리 마을에서는 로스크라고들 불렀다. 나는 덤불숲 깊숙이 들어가려다 내가 서 있는 데서 서른 걸음 정도 떨어졌을까, 그리 멀지 않은 곳에서 농부가 혼자 밭을 갈고 있는 모습을 보게 되었다. 그 농부는 산으로 오르는 가파른 땅을 갈고 있었고, 그 일은 말에게도 힘겨운지, 이따금 "워, 워!" 하고 말을 재촉하는 농부의 목소리가 내 귀에까지 들려왔다. 나는 우리 마을의 농부들이라면 거의 모르는 이가 없었지만, 그때 땅을 갈고 있는 농부는 누구인지 알 수 없었다. 하지만 별로 신경쓰지 않았다. 나도 내 일로 몹시 바빴기 때문이었다. 나는 개구리를 때려잡는 데 쓰려고 호두나무 잔가지를 꺾어 부지런히 회초리를 만들고 있었다. 호두나무 회초리는 보기에는 참 근사하고 좋으나 자작나무 가지와는 달리 그리 튼튼하지는 않다. 나는 작은 곤충들과 딱정벌레에도 관심이 많아서 녀석들을 수집하고 있었는데, 그중엔 제법 화려함을 뽐내는 녀석들도 있었다. 나는 또 검은 반점이 있는, 작고 민첩한 빨갛고 노란 도마뱀도 좋아했지만 뱀은 무서워했다. 하지만 뱀은 도마뱀보다 마주칠 가능성이 훨씬 적었다. 거기는 버섯이 자라는 곳이 아니라서 버섯을 따려면 자작나무숲으로 가야 했고, 나도 곧 거기로 건너갈 참이었다. 버섯과 산딸기가 자라고 작은 곤충들과 작은 새, 고슴도치, 다람쥐가 사는, 그리고 썩은 나뭇잎들이 눅눅한 냄새를 풍기는 숲속만큼 살면서 내가 사랑한 것도 없다. 이 글을 쓰는 지금도 우리 마을 자작나무숲에서 나는 냄새가 느껴질 정도다. 이 인상들은 평생 나와 함께할 것이다. 그런데 별안간 깊은 정적을 깨뜨리며 고함소리가 분명하고도 또렷하게 들려왔다. "늑대가 온다!" 나는 비명을 질렀고, 공포에 휩싸여 목청껏 소리소리 지르며 밭으로, 쟁기질을 하고 있는 농부에게로 곧장 내달렸다.

그 사람은 바로 우리 농부 마레이였다. 실제 그런 이름이 있는지는 모르겠지만, 모두들 그를 마레이라고 불렀다. 그는 쉰 살 정도로 단단한 체구에 키가 상당히 컸으며 짙은 갈색 수염을 수북하게 기르고 있었는데, 희끗희끗한 털도 꽤 많이 섞여 있었다. 그를 알고는 있었지만, 그때까지 그와 대화를 나눠본 적은 거의 없었다. 마레이는 나의 비명소리를 듣자마자 자신의 말을 멈춰 세웠고, 내가 달려와 한 손으로는 그의 쟁기를, 다른 한 손으로는 소매를 꼭 붙잡는 것을 보고는 내가 잔뜩 겁에 질렸다는 사실을 알아차렸다.

"늑대가 와요!" 나는 가쁘게 숨을 몰아쉬며 말했다.

그가 고개를 들더니 본능적으로 주위를 둘러보았다. 순간이나마 내 말을 믿었던 것이다.

"늑대가 어디 있다는 거냐?"

"고함을 쳤어요…… 누군가 방금 소리쳤다고요. '늑대가 온다' 이렇게……" 내가 더듬더듬 말했다.

"무슨 말이냐, 그게 무슨 말이야, 늑대라니? 잘못 들은 게지. 자, 한번 보거라! 여기 어떻게 늑대가 있겠어!" 그가 나를 안심시키며 중얼거렸다. 하지만 나는 온몸을 부들부들 떨었고 더욱 세게 그의 옷자락을 붙들었다. 얼굴도 분명 창백했을 것이다. 마레이는 걱정스러운 웃음을 띠고 나를 바라보았다. 내가 걱정되고 염려되는 모양이었다.

"이런, 정말 무서웠던 게로구나!" 그는 고개를 흔들었다. "얘야, 괜찮아…… 아이고 이런, 얘야!"

그가 손을 뻗는가 싶더니 갑자기 내 뺨을 살살 쓸어주었다.

"자, 이젠 괜찮아, 자, 주님이 너와 함께하신단다! 성호를 그어보렴." 하지만 나는 성호를 긋지 않았다. 대신 내 양 입꼬리에 경련이 일었고, 그 모습을 본 마레이는 깜짝 놀랐다. 그는 흙 때가 묻어 손톱이 새까매진 두툼한 손가락을 가만히 내밀어 떨고 있는 내 입술에 살짝 갖다댔다.

“이런, 이런.” 그는 내게 어머니처럼 인자한 웃음을 한참 지어 보이며 말했다. “세상에, 이게 다 무슨 일이야, 이런!”

마침내 나는 늑대는 없으며 ‘늑대가 온다!’라는 고함소리도 내가 잘못 들은 것이었음을 깨달았다. 그 고함소리는 너무도 분명하고 또렷했지만 그런 고함소리(늑대에 관한 것뿐 아니라)는 예전에도 한두 번 잘못 들은 적이 있었고, 나는 그 사실을 알고 있었다(이 환청들은 나중에 나이가 들면서 사라졌다).

“그럼, 전 갈게요.” 나는 수줍게 호기심어린 눈으로 그를 바라보며 말했다.

“그래, 그만 가보렴. 네가 가는 동안 계속 지켜보마. 늑대란 놈이 너한테 얼씬도 못하게 하마.” 마레이가 여전히 어머니처럼 인자하게 웃음 띤 얼굴로 말했다. “자, 주님이 너와 함께하신단다. 자, 어서 가보거라.” 그가 나에게 성호를 그어주더니 자신도 성호를 그었다. 나는 걸음을 옮기기 시작했지만 거의 열 걸음마다 뒤를 돌아보았다. 그렇게 내가 가는 동안 마레이는 자신의 암말과 함께 서서 줄곧 내 뒷모습을 지켜보았고, 내가 뒤를 돌아볼 때마다 고개를 끄덕여주었다. 고백하건대, 사실 마레이 앞에서 그토록 무서워 떠는 모습을 보인 게 좀 창피하기도 했다. 하지만 골짜기의 비탈길을 올라가서 첫번째 곡물창고가 나올 때까지도 나는 여전히 늑대가 나타나면 어쩌나 싶은 두려움에 가슴을 졸이며 걸었다. 곡물창고에 이르러서야 온전히 안심이 되었는데, 그때 마침 어디서 나타났는지 갑자기 우리집 마당 개 볼초크가 나에게 달려왔다. 이제 볼초크가 옆에 있으니 나는 한결 기운이 났고, 마지막으로 마레이가 있는 쪽을 뒤돌아보았다. 그의 얼굴을 똑똑히 볼 수는 없었지만, 그가 아까처럼 여전히 나에게 다정한 웃음을 지으며 고개를 끄덕여준다는 것을 알 수 있었다. 내가 그에게 손을 흔들자 그도 나에게 손을 흔들어주었다. 그러고는 다시 자신의 작은 암말을 부리기 시작했다.

"워, 워!" 그가 외치는 소리가 저멀리서 다시 들려왔고, 암말은 다시 쟁기를 끌기 시작했다.

이 모든 기억이 단숨에 떠올랐다. 이유는 모르겠지만, 놀랍도록 아주 세세한 부분까지 정확하게 떠올랐다. 갑자기 나는 정신이 번쩍 들었고, 나무 침대 위에 일어나 앉았다. 그 옛날 일들을 회상하며 조용히 피어오른 웃음이 한동안 내 얼굴에서 떠날 줄 몰랐던 게 기억난다. 나는 조금 더 추억에 잠겼다.

그날 마레이와 헤어져 집으로 돌아온 후, 나는 이 '모험'에 대해 누구에게도 말하지 않았다. 그리고 사실 그게 어디 모험이라고나 할 수 있는가? 마레이와의 일은 금방 잊어버렸다. 나중에 어쩌다 그와 마주치는 경우에도 늑대 사건은 고사하고 다른 어떤 주제로도 그에게 말을 건네지 않았다. 그런데 이십 년이나 흐른 지금에 와서 불쑥, 그것도 시베리아에서 그때의 만남이 아주 사소한 특징들까지 그토록 선명하게 기억에 떠오른 것이다. 그건 그 만남이 나도 모르는 사이 내 영혼 속 어딘가 몰래 숨어 있다가 내 의지와는 상관없이 필요할 때 제 스스로 정체를 드러냈다는 의미이리라. 가엾은 농노의, 어머니처럼 다정했던 그 웃음이 생각났고, 그가 성호를 긋던 모습이며 "이런, 정말로 무서웠던 게로구나, 얘야!" 하며 머리를 흔들던 모습까지 모두 떠올랐다. 특히 부들부들 떨리는 내 입술을 주저하듯 부드럽게 어루만지던, 흙이 묻어 까맣게 더러워진 그 두툼한 손가락이 특히나 기억에 또렷했다. 물론 아이가 무서워 떨고 있다면 누구라도 달래주었겠지만, 그날 단둘만의 만남에서는 뭔가 전혀 다른 일이 일어났던 것 같다. 설령 내가 그의 친아들이었다 해도 그때보다 더 환하게 빛나는 사랑의 눈빛으로 바라볼 수는 없었을 테니 말이다. 무엇이 그토록 마레이를 사랑으로 충만하게 했을까? 그는 우리집 농노였고, 결국 나는 그의 어린 주인님이었다. 따라서 그가 나에게 친절을 베풀었다고 해서 누가 관심을 둘 일도 아니었고, 그에 대한 보상도 있을 턱이 없었다. 어쩌면 마레이는 그저 어린아이들을 아끼고 좋아하는 사람이었을까? 간혹 그런 사람들이 있기는 하다. 하지만 그건 아무도 없는 들판에서 이루어진 오직 우리 두 사람만의 만남이었기에 어쩌면 저 높은 곳에 계신 하느님만 알고 계시리라. 그때까지 자신의 자유*를 기대하기는커녕 짐작조차 못한, 거칠고 무식하기 짝이 없는 어느 농노의 마음이 그렇게나 깊고도 고매한 인간다운 감정으로, 그렇게나 섬세하고도 여성스러운 부드러움으로 충만할 수 있다는 사실을 말이다. 어쩌면 콘스탄틴 악사코프**는 이를 두고 우리 민중의 문화 수준이 높다고 말한 건 아닐까?

잠시 후 나는 침상에서 내려와 주위를 둘러보았고, 그때 문득 이 불행한 죄수들을 이제 전과는 다른 시선으로 바라볼 수 있겠다고 느꼈던 기억이 난다. 마치 기적처럼 갑자기 모든 증오와 분노가 내 마음속에서 자취를 감춰버렸던 일도 기억난다. 나는 마주치는 얼굴들을 찬찬히 눈

---

* 1861년 제정러시아에서 단행된 농노해방을 말한다.

** 제정러시아시대의 역사가이자 문예평론가, 극작가, 정치평론가로서 당시 러시아의 후진성을 폭로하면서 농노해방을 주장했다.

여겨보며 걸었다. 머리칼이 잘려나가고 얼굴에 낙인이 찍히는 치욕을 당한 농부, 술에 취한 쉰 목소리로 목청껏 노래를 불러젖히는 이 농부가 어쩌면 바로 마레이일지도 몰랐다. 내가 그의 내면까지 들여다볼 수는 없지만 말이다. 그날 저녁 M-츠키와 다시 마주쳤다. 불행한 사람! 그에게는 마레이 같은 러시아 농민들에 대한 추억 같은 건 있을 리 만무했고, "*나는 이 날강도 놈들이 싫어!*"라는 시선 말고 다른 눈으로는 이 사람들을 바라볼 수도 없었을 것이다. 그렇다, 바로 그래서 당시 이 폴란드 사람들은 우리보다 더 많은 고통을 감내해야만 했다!

온순한 여인

환상적인 이야기

작가로부터

평소의 '일기' 형식 대신, 이번에는 이야기만 하나 소개하게 된 점에 대해 독자들에게 양해를 구하는 바이다. 하지만 이 글을 쓰느라 나는 거의 한 달이라는 시간을 정말이지 바쁘게 보냈다. 어쨌든 독자 여러분의 너그러운 이해를 바란다.

이제 이 글에 대해 잠깐 설명을 하겠다. 나는 이 이야기가 지극히 사실적이라 생각한다. 하지만 그럼에도 불구하고 제목에 '환상적인 이야기'라는 부제를 달아놓은 까닭은 실제로 이 글에 환상적인 요소가 존재하기 때문이다. 특히 이야기를 담고 있는 형식 그 자체가 그렇다. 이 점에 대해서는 미리 알려둘 필요가 있다.

문제는 이 이야기가 일기도 아니려니와 소설도 아니라는 점이다. 고작해야 몇 시간 전에 창문에서 뛰어내려 스스로 목숨을 끊은 아내의 시신을 탁자에 두고 마주한 남편을 상상해보라. 그는 극심한 혼란에 빠져 제대로 생각을 가다듬을 수가 없다. 그는 이 방 저 방을 서성대며 지금 자신에게 무슨 일이 일어난 건지 이해하고자, '생각을 한곳에 모으고자' 애쓰고 있다. 게다가 그는 걸핏하면 혼자 중얼중얼대는 고질적인 히포콘드리아* 환자다. 바로 지금도 그는 혼잣말을 하며 무슨 일이 벌어진 건지 스스로에게 설명하고 또 스스로를 이해시키는 중이다. 자신의 말이 꽤 앞뒤가 맞아 보임에도 불구하고, 그는 몇 번이나 자신의 논리와 감정에 반론을 제기한다. 그는 자신을 정당화하고, 아내를 탓하고, 또 이 일은 생각과 마음이 틀려먹었기 때문이라느니, 지나치게 감정에 치우쳤기 때문이라느니 따위의, 사건과는 거리가 먼 해명을 해댄다. 하지만 정말로 조금씩 자신에게 사건을 이해시키면서 '생각을 한곳으로' 모으기 시작한다. 그리고 그가 떠올린 일련의 기억들은 마침내 그를 꼼짝없이 진실로 이끈다. 진실은 불가항력의 힘으로 그의 이성과 마음을 한껏 끌어올린다. 이야기가 끝을 향해 가면서 어조마저 앞뒤가 맞지 않던 처음과는 사뭇 다른 양상을 나타낸다. 진실이 이 불행한 남자에게 아주 분명하고도 명확하게 그 실체를 드러낸다. 최소한 그 자신에게는 그렇다.

이게 바로 이 이야기의 주제다. 물론, 이야기는 몇 시간 동안 이어질 테고, 그사이 가끔은 중간에 끊어지기도 하고 앞뒤가 맞지 않을 수도 있다. 왜냐하면 그가 어떤 때는 자기 자신과 대화를 나누고, 또 어떤 때는 보이지 않는 청자나 가상의 재판관을 향해 말을 건네기 때문이다.

---

* 자신의 건강에 대해 필요 이상으로 염려하는 상태.

그리고 사실 이런 경우야 실제로도 늘 있는 일 아닌가. 만약 속기사가 그의 말을 몰래 엿들으며 죄 받아적었다면, 그 내용은 지금 내가 들려주는 것보다 어느 정도는 더 거칠고 더 어설펐을지도 모른다. 하지만 내가 보기에 적어도 감정선을 따라가는 순서만큼은 동일한 것 같다. 모든 말을 받아적는 속기사가 있다고(속기사가 받아적은 그 글을 나중에 내가 매끄럽게 다듬은 셈이다) 가정한 바로 이 지점이 내가 이 이야기에 환상적인 요소가 있다고 말한 이유다. 하지만 예술 작품에서 부분적으로나마 이와 유사한 기법을 허용한 경우는 이미 여러 차례 있었다. 빅토르 위고는, 이를테면, 자신의 걸작 『사형수의 마지막날』에서 거의 동일한 기법을 사용하고 있는데, 비록 속기사를 등장시키지는 않았지만, 사형수가 자신의 마지막날은 물론 심지어 마지막 시간, 말 그대로 사형 집행까지 일 분이 남은 그 최후의 순간까지도 일기를 쓸 수 있다고(그리고 그럴 시간도 있다고) 가정함으로써 훨씬 더한 허구성을 허용했다. 그러나 만약 빅토르 위고가 이런 환상적인 기법을 사용하지 않았다면, 그가 탄생시킨 모든 작품들 가운데 가장 사실적이면서 가장 진실한 이 작품은 세상에 나오지 못했을 것이다.

제1부

1. 나는 누구였고 그녀는 누구였던가

……그녀는 아직 여기에 있다. 그동안은 다 괜찮다. 수시로 그녀에게 다가가 그녀를 바라본다. 하지만 내일이면 그녀를 데려가버릴 것이다. 그럼 나 혼자 어떻게 여기 남아 있지? 그녀는 지금 거실의 탁자 위, 그러니까 카드놀이용 탁자 두 개를 이어붙인 곳에 누워 있지만, 내일이면 하얀 관, 새하얀 비단을 씌운 관이 들어올 텐데, 아니, 지금 그게 중요한 것이 아니다…… 나는 이리저리 서성이면서 이 일을 나 자신에게 설명하고자 애쓰고 있다. 벌써 여섯 시간째 스스로 납득하려고 노력중이지만 여전히 생각을 한곳으로 모으기가 어렵다. 문제는 내가 계속 이리저리 서성대고만 있다는 사실이다…… 정말 그렇다. 나는 그저 이 일

이 일어난 순서대로 이야기를 풀어가려 한다(순서대로!). 나는 문학가와는 거리가 먼 사람이며 당신은 이미 그 사실을 알고 있다. 하지만 신경쓰지 않는다. 나는 정말 내가 이해한 대로 이야기할 작정이다. 하지만 바로 이 점에, 즉 내가 이 모든 걸 다 이해하고 있다는 사실에 나의 모든 공포가 내재되어 있다!

만약 당신이 알고 싶다면, 그러니까 이 이야기를 맨 처음부터 듣기를 원한다면, 그녀는 처음에 〈골로스〉에 광고 실을 비용을 마련하려고 저당물을 들고 나에게 찾아온, 여느 손님과 다를 바 없는 여자였다는 사실부터 시작하겠다. 광고는, 일자리를 구하는 가정교사다, 출장 교습은 물론 가정 내 교습도 가능하다는, 빤한 내용이었다. 그것이 우리 만남의 맨 처음 시작이었고, 물론 그때 나는 그녀를 다른 손님들과 다른 특별한 존재로는 전혀 생각하지 않았다. 그녀 역시 여느 손님들처럼 저당잡힐 물건을 가져왔을 뿐이었다. 그런데 얼마 지나지 않아 그녀가 조금씩 내 눈에 들어오기 시작했다. 그녀는 아주 말랐고, 금발머리에 키는 크지도 작지도 않았으며, 나를 대할 때는 언제나 당황한 사람처럼 어색해했다(나는 그녀가 낯선 사람 누구에게나 그렇게 대했을 것이라고 생각한다. 그 말은 곧 그녀가 나를 다른 사람들과 똑같은 존재, 즉 전당포 주인이 아니라 한 인간으로 받아들였다는 의미다). 그녀는 돈을 받기가 무섭게 획 돌아서서 가버리곤 했다. 그리고 언제나 말이 없었다. 다른 사람들이 그러는 것처럼 한 푼이라도 더 받기 위해 목소리를 높이며 따지고 들지도, 사정을 하지도, 흥정을 걸지도 않았다. 군소리 없이 주는 대로 받았다…… 나는 줄곧 혼란스러웠던 것 같다…… 그랬다. 우선 그녀가 저당물이라고 가져온 물건들 때문에 적잖이 놀랐다. 금박을 입힌 은귀걸이와 낡을 대로 낡은 메달로, 다 합쳐봐야 20코페이카짜리 은화 한 닢 정도 되는 물건들이었다. 자기 저당물이 10코페이카짜리밖에 안 된다는 것을 그녀 자신도 잘 알고 있었지만, 그녀의 얼굴은 이것들이 너무나도 소중하다고 말하고 있었다. 그리고 나중에 안 사실이지만, 정말로 그 물건들이 그녀의 아버지와 어머니가 그녀에게 남긴 유일한 유산이었다. 딱 한 번 그녀의 저당물을 보고 비웃은 적이 있다. 알다시피, 평소 나는 결코 그런 행동을 스스로 용납하지 않으며 손님들을 대할 때도 언제나 신사적인 태도를 지킨다. 되도록 말은 적게, 태도는 예의바르고 엄하게 말이다. '엄하게, 엄하고 엄하게.' 하지만 어느 날 갑자기 그녀가 낡아빠진 여성용 토끼털 재킷의 잔해들(문자 그대로 잔해들)을 가져왔을 때는 나도 더이상 참지 못하고 비웃음 비슷한 말을 내뱉고 말았다. 세상에, 그녀의 얼굴이 얼마나 새빨개지던지! 그녀의 사색에 잠긴 듯 깊고 푸른 커다란 두 눈이 마치 불타오르듯 이글거렸다! 하지만 그녀는 한마디도 하지 않고 그대로 자신의 '잔해들'을 들고 나가버렸다. 바로 그때 나는 처음으로 그녀를 특별한 눈으로 바라보기 시작했고, 그녀에 대해, 음, 이런 생각, 다시 말해 그녀가 뭔가 특별한 종류의 사람이라는 생각을 하게 되었다. 그랬다. 그리고 또다른 인상 하나가 떠오른다. 그건 가장 중요한, 즉 모든 것을 종합하는 인상이라 할 수 있다. 그건 다름 아닌 그녀가 무척 어려 보였다는 점이다. 어찌나 어려 보이던지 꼭 열네 살짜리 소녀 같았다. 사실 그때 이미 세 달만 있으면 열여섯 살이었지만 말이다. 하지만 이것이 내가 말하고 싶었던 바는 아니며, 내 이야기의 요점은 더더구나 아니다. 다음날 그녀가 다시 찾아왔다. 나는 그녀가 그 토끼털 재킷을 가지고 도브론라보프와 모제르에게 찾아갔지만, 그들은 금 말고는 그 어떤 저당물도 안 받기 때문에 말도 못 꺼내봤다는 사실을 나중에 알게 되었다. 언젠가 한번은 그녀가 가져온 카메오*(정말 하잘것없는 것이었다)를 받아준 적이 있다. 그리고 후에 곰곰이 생각해보고는 나 자신에게 깜짝 놀랐다. 나 역시 금과 은 외에 다른 건 받지 않는데, 그녀의 카메오는 받아주었기 때문이다. 이것이 지금도 기억하는 당시 그녀에 대한 나의 두번째 생각이다.

이번에 그녀는 모제르를 찾아갔다가 거절당한 호박 담배 파이프를 가지고 왔다. 그 자체로는 꽤 훌륭한 물건이었지만 역시 금만 취급하는 우리에게는 아무런 값어치도 없었다. 그녀가 어제의 반란 뒤에 찾아온 터라 나는 그녀를 엄하게 대했다. 나에게 엄격함이란 냉담함을 의미한다. 하지만 나는 그녀에게 2루블을 내주며, 참지 못하고 다소 격앙된 어투로 이렇게 내뱉었다. "사실 이건 순전히 당신이니까 받는 겁니다. 모제르라면 이런 물건은 아예 받지도 않을 거요." 나는 '당신이니까'라는 말에 특별히 힘을 주어 말했다. 약간의 의미를 담아서 말이다. 나는 화가 나 있었다. 그녀는 '당신이니까'라는 말을 듣더니 다시 얼굴을 붉게 물들였지만, 말은 한마디도 하지 않았다. 돈도 뿌리치지 않고 순순히 받아들었다. 가난이란 바로 이런 거다! 그녀의 얼굴이 어찌나 새빨개지던지! 내가 그녀의 자존심을 건드렸다는 사실을 깨달았다. 그녀가 나가고 난 후 나는 문득 자신에게 물었다. "그녀를 상대로 거둔 이 승리가 과연 2루블의 가치가 있을까? 헤헤헤!" 내가 이 질문만 두 번 연달아

---

* 돋을새김을 한 보석, 돌, 조가비 등을 말한다.

던졌던 기억이 난다. "그럴 만한 가치가 있어? 정말 그래?" 그리고 웃으며 스스로 그렇다는 긍정적인 답을 내렸다. 그때 나는 무척이나 마음이 들뜨고 즐거웠다. 사실, 그건 나의 의도이자 계획이었지만, 나쁜 마음을 가지고 그런 건 아니었다. 갑자기 그녀에 대한 몇 가지 생각이 머릿속을 맴돌아서 그녀를 시험해보고 싶었을 뿐이었다. 이것이 그녀에 대한 나의 세번째 특별한 생각이다.

……음, 그때부터 모든 게 시작되었다. 물론, 나는 그녀의 환경과 상황을 빠짐없이 알아내기 위해 즉각 손을 썼고, 그녀가 다시 나타나기만을 애타게 기다렸다. 솔직히 그녀가 곧 다시 오리라는 사실을 예감하고 있었다. 그리고 그녀가 나타나자, 나는 특별히 정중한 태도로 그녀와 친근한 대화를 나누기 시작했다. 사실 나는 꽤 좋은 교육을 받았고 예의 있게 행동할 줄도 안다. 흠, 그때 나는 그녀가 선량하고 온순한 성품의 사람이라는 사실을 알아차렸다. 선량하고 온순한 사람들은 오래 저항하지 못한다. 그들은 쉽사리 마음을 열지도 않지만, 대화를 피해가는 요령도 전혀 없다. 짧게라도 대답은 반드시 해주는 편이고, 대화를 오래 끌면 끌수록 점점 더 말이 많아진다. 그러니 필요하다면 지레 포기하지 않고 기다리기만 하면 된다. 물론, 그때 그녀가 자기 입으로 직접 설명해준 건 아무것도 없었다. 〈골로스〉에 낸 광고도, 나머지 다른 사연도 모두 다 나중에야 알게 된 일들이다. 그때 그녀는 마지막 남은 힘으로 광고를 낸 것이었다. 당연히, 처음에는 다소 거만하게 '가정교사, 출장 가능, 조건은 우편으로 발송 바람'이라고 냈지만, 나중에는 '가르치기, 말상대하기, 집안일 살피기, 환자 돌보기 등 무슨 일이든 가능, 바느질도 할 수 있음' 등등으로 그 내용이 바뀌었다. 뭐, 흔한 일이다! 물

론 다양한 방법으로 하나둘 제안을 늘려 게재하다가 상황이 절박해지자 결국에는 '무급 가능, 식사만 제공해도 됨!'이라는 광고까지 내게 되었다. 그래도 일자리는 나타나지 않았다! 그때 나는 그녀에게 마지막 시험을 해보기로 했다. 나는 그날 자 〈골로스〉를 집어들어 그녀의 눈앞에 불쑥 광고 하나를 내밀었다. '젊은 여성, 천애고아, 어린아이들을 돌보는 가정교사 자리 구함, 나이 지긋한 홀아비 환영, 가사일도 도울 수 있음.'

"이걸 좀 봐요, 이 여자는 오늘 아침에 광고를 냈는데 모르긴 몰라도 저녁쯤엔 일자리를 찾았을 겁니다. 광고는 바로 이렇게 내는 거요!"

그녀의 얼굴이 또다시 새빨개졌고 두 눈도 다시 이글거렸다. 그녀는 휙 몸을 돌려 곧장 나가버렸다. 나는 매우 만족스러웠다. 어쨌든, 당시 나는 이미 모든 상황을 훤히 내다보고 있던 터라 조금도 걱정이 되지 않았다. 그녀의 담배 파이프는 아무도 받아주지 않을 것이다. 더구나 그녀는 이제 그 담배 파이프마저 없지 않은가. 내 예상이 맞았다. 사흘째 되는 날 그녀가 찾아왔다. 그녀는 안색이 창백했고 불안해 보였다. 집에 무슨 일이 생긴 거라 짐작할 수 있었고, 실제로도 그랬다. 무슨 일이었는지는 곧 설명하겠지만, 그보다 지금은 그때 내가 돌연 그녀에게 멋진 행동을 해 보였고, 나를 보는 그녀의 눈빛이 뭔가 달라졌다는 사실을 살짝 언급하고 싶다. 사실 의도한 일은 아니었다. 문제는 이번에는 그녀가 성상聖像을 들고 나타났다는 것이다(어렵게 내린 결단이었으리라)…… 아, 잠깐! 잠깐만! 이야기는 한참 시작해놓고 여전히 이렇게 갈피를 못 잡고 있으니…… 중요한 건, 내가 지금 모든 걸 기억해내고 싶다는 점이다. 아주 사소한 것들에서 자잘한 인상들까지 하나도 빠짐없이 모조리 다. 나는 여전히 생각을 한 지점으로 모으고 싶다. 그런데 그럴 수가 없다. 이 사소하고 자잘한 기억들, 기억들……

그것은 성모상이었다. 아기 예수를 안은, 아주 오래된 가정용 성모상이었는데, 금박의 은제 장식이 붙어 있었다. 글쎄, 6루블 정도나 나갈까. 장식을 떼지 않고 통째로 맡기는 걸 보니 그녀에게는 아주 소중한 성상임을 알 수 있었다. 나는 그녀에게 은제 장식만 떼어내고 성상을 도로 가져가는 게 좋겠다고, 그래도 성상은 성상이지 않느냐고 말했다.

"성상은 받을 수 없게 되어 있나요?"

"아니, 그런 게 아니라, 그냥 당신이 가지고 있는 게……"

"그럼, 은제 장식을 떼어내세요."

"글쎄, 떼어내지 않고 그냥 저기 성상갑에 놓아둘까 합니다." 잠깐 생각한 다음 내가 말했다. "다른 성상들과 함께 램프 아래 두겠소(가게 문을 열 때면 늘 램프를 켠다). 그리고 성상값으로 10루블을 주리다."

"10루블까지는 필요 없고, 5루블이면 돼요. 꼭 다시 찾아갈 거예요."

"10루블이 싫다는 거요? 성상은 그만한 값어치가 되는데." 그녀의 눈이 다시 이글거리는 것을 알아채고 내가 이렇게 덧붙였다. 그녀는 아무 말도 하지 않았다. 나는 그녀에게 5루블을 내주었다.

"함부로 사람 경멸하고 그러는 거 아니오. 나 역시 힘든 시간을 겪었어요, 어쩌면 그보다 더 힘들었을지도 모르고. 당신도 알다시피 지금은 이런 일을 하고 있지만…… 이 일은 사실 그 모든 고통을 견뎌낸 뒤에 갖게 된……"

"그럼 당신은 사회에 복수하고 있는 거군요? 그렇지요?" 그녀가 갑자기 비웃듯 웃음을 지으며 내 말을 잘랐다. 하지만 악의는 없어 보였다(그건 그저 일반적인 웃음이었다. 그때는 그녀가 나를 다른 사람들과 별반 다르지 않게 생각했던 때라 악의를 가지고 그랬던 건 아니다). '아하!' 나는 생각했다. '당신은 바로 이런 여자였군. 성격이 드러나는데, 새로운 경향의 여성이라……'

"자, 봐요." 나는 즉시 반은 농담인 듯 반은 비밀이라도 밝히듯 이렇게 말했다. "나, 이 나로 말할 것 같으면 악행을 원하지만 정작 행동은 선량한, 어떤 완전체의 일부라오……"

그녀는 어린애처럼 호기심이 가득 담긴 눈으로 재빨리 나를 바라보았다.

"잠깐만요…… 그게 무슨 뜻이죠? 어디에서 나온 말인가요? 어디선가 본 것 같은데……"

"머리 아프게 고민할 필요 없어요. 메피스토펠레스가 파우스트에게 자기를 소개하면서 쓴 표현이니까. 『파우스트』 읽어봤어요?"

"아니요…… 그저 대충 한 번……"

"그렇다면 안 읽은 거나 마찬가지요. 처음부터 끝까지 제대로 읽어야 해요. 그런데 당신 입가에 다시 비웃음이 떠오르는군요. 부탁인데, 내가 전당포 주인이라는 역할을 그럴듯하게 포장하기 위해 당신에게 메피스토펠레스인 양 자신을 소개할 만큼 아무런 취향도 없는 사람이라고는 생각지 말아주시오. 전당포 주인은 전당포 주인일 뿐이니까. 우린 그 사실을 잘 알고 있고 말이오."

"당신은 이상한 분이군요…… 저는 당신에게 그런 말을 할 생각이 조금도 없었는걸요……"

그녀는 당신이 높은 교육을 받은 사람인 줄은 정말 몰랐다고 말하고 싶었겠지만, 그렇게 하지 않았다. 대신 나는 그녀가 그런 생각을 했으며, 그 생각이 그녀를 무척 기쁘게 만들었다는 사실을 알았다.

"있잖아요." 내가 말했다. "어떤 분야에서 활동하든 좋은 일은 할 수 있는 겁니다. 물론 나 자신을 두고 하는 얘기는 아니지만, 이를테면, 나라는 사람은 못된 짓 말고는 아무것도 못한다고들 생각하겠지만……"

"그야 어떤 자리에 있든 좋은 일은 할 수 있겠지요." 그녀가 꿰뚫어보듯 예리한 눈길로 재빨리 나를 바라보며 말했다. "말 그대로 어떤 자리에서든." 그러고는 갑자기 이렇게 덧붙였다. 아, 나는 기억한다, 그 모든 찰나의 순간들을 기억한다! 그리고 이 어린 아가씨가, 이 사랑스러운 아가씨가 뭔가 현명한, 마음에 가득찬 자신의 생각을 얘기하려고 할 때, 갑자기 지나치리만큼 솔직하고 순진하게 자신의 얼굴에 "자, 전 지금 당신에게 현명하고도 심오한 제 생각을 들려드리는 중이랍니다"라는 속내를 고스란히 드러냈다는 점을 덧붙이고 싶다. 그것은 우리 같은 사람들처럼 허영심 때문이 아니었다. 알다시피, 그녀 자신이 이 모든 것을 매우 높게 평가했고, 믿었고, 존중했으며, 또 상대방도 이 모든 것을 자신과 마찬가지로 존중한다고 생각했던 것이다. 오, 진실함이여! 사람은 바로 진실할 때 승리를 거두는 법이다. 그리고 그런 그녀는 얼마나 사랑스러웠는가!

나는 기억한다, 하나도 잊지 않았다! 그녀가 나가자마자 나는 곧장 결정을 내렸다. 그 길로 당장 마지막 조사에 나섰고, 그래서 그녀에 대한 나머지 모든 진실들, 나로선 알 길이 없었던 그녀의 처지와 상황들까지 모두 알아냈다. 그리고 베일에 가려져 있던 예전의 진실들은 당시 그녀의 집에서 하녀로 있던 루케리야를 통해 이미 알고 있었다. 루케리야는 며칠 전에 매수해둔 터였다. 그 숨겨진 진실이 얼마나 참혹하던지, 그런 참혹한 상황에 놓였으면서도 어떻게 그녀는 며칠 전에 그렇게 내 앞에서 소리 내 웃을 수 있었는지, 메피스토펠레스의 말에 호기심을 보일 수 있었는지 도저히 이해가 안 될 정도였다. 하지만 젊음이란 그런 거다! 나는 그녀의 젊음이 무척이나 자랑스럽고 기뻤다. 왜냐하면 젊음이야말로 진정한 관대함이기 때문이다. 비록 파멸의 끝에 위태롭게 서 있을지라도 괴테의 위대한 말은 빛을 발하지 않던가. 젊음이란 단 한 방울만 있어도, 살짝만 마음이 기울어도 관용을 베풀기 마련이다. 물론 이건 그녀를 두고, 오직 그녀 한 사람을 두고 하는 말이다. 그리고 중요한 건, 그때 나는 이미 그녀를 내 여자로 바라보고 있었으며 내 능력에 조금도 의심을 품지 않았다는 점이다. 한 치의 의심도 없는 확신이 얼마나 달콤한지 당신은 아는가?

그런데 내가 지금 뭘 하고 있는 거지? 만약 계속 이런 식이면, 대체 언제 모든 것을 한곳으로 모으겠다는 건가? 서두르자, 서둘러야 한다. 중요한 건 이게 아니다, 오, 세상에!

2. 청혼

그녀에 대해 알아낸 '감춰진 진실'을 간략하게 설명하겠다. 그녀의 아버지와 어머니는 이미 오래전에, 그러니까 내가 그녀를 만난 그때로부터 삼 년 전에 세상을 떠났고, 그녀는 난잡한 숙모들 손에 맡겨졌다. 사실, 난잡하다는 말로는 부족하다. 한 숙모는 과부였는데, 딸린 자식이 여섯이나 되는데다 그 아이들 모두 나이가 고만고만한 게 아직 어렸다. 다른 숙모는 나이 많은 미혼으로 성질이 못돼먹고 상스러웠다. 사실 상스럽고 못돼먹기로 치면 둘 다 똑같았다. 그녀의 아버지는 서기 출신의 하급관리였고 귀족이기는 했지만 자녀에게 신분을 물려줄 수 있는 세습 귀족은 아니었다. 한마디로, 이 모든 조건이 나한테는 꼭 들어맞았다. 그들에게 나는 상류사회 사람이나 마찬가지일 터였다. 어쨌든 나는 유명한 연대에서 중위까지 지낸데다 세습 귀족이며, 독립해서 생활하고 있었으니 말이다. 게다가 전당포도 그녀의 숙모들은 존경심으로 대할 수밖에 없을 것이었다. 그녀는 삼 년 동안 숙모들 밑에서 거의 노예처럼 살면서도 어떤 시험을 쳐 합격했다. 날마다 온갖 고된 일을 견디며 힘들게 시험에 통과한 것이다. 그렇다면 그건 그녀 안에 더 높고 고귀한 것을 향한 욕망이 숨어 있음을 의미하지 않겠는가! 무엇 때문에 나는 그녀와 결혼하기를 원했을까? 아니, 지금 내 얘기가 무슨 상관이라고, 그건 나중에…… 중요한 건 그게 아니니까! 그녀는 숙모의 아이들을 가르쳤고, 속옷을 바느질했으며, 그것으로도 모자라 그 약한 몸으로 집안 바닥까지 닦아야 했다. 숙모들은 이유도 없이 그녀를 두들겨팼고 그녀의 입에 들어가는 빵 한 조각도 아까워 벌벌 떨었다. 그리고 끝내는 그녀를 팔아버리려고까지 했다. 젠장! 세세한 이야기는 너무 추악해서 생략하기로 한다. 나중에 그녀가 나에게 그 모든 일을 자세히 얘기해주었지만 말이다. 이 모든 과정을 옆집에 사는 뚱뚱한 가게 주인이 일 년 동안 지켜보고 있었는데, 그는 그저 그런 가게 주인이 아니라 식료품점을 두 개나 가지고 있는 자였다. 그자는 이미 두 명의 부인을 죽음으로 몰아넣고 세번째 아내를 찾던 중이었는데, 마침 그녀가 눈에 들어온 것이었다. '조용한데다 가난하게 자란 여자야. 엄마가 없는 내 자식들에게 딱 좋겠어'라는 게 가게 주인의 생각이었다. 실제로 그에게는 자식들이 있었다. 그가 청혼을 해왔고, 숙모들과 작당해 결혼을 모의하기 시작했다. 게다가 그는 나이가 벌써 쉰이었다. 그녀는 겁에 질렸다. 그리고 바로 그때부터 그녀는 내 전당포를 드나들며 〈골로스〉에 광고를 싣고자 그토록 애를 썼던 것이다. 결국, 그녀는 숙모들에게 아주 잠깐이라도 좋으니 제발 생각해볼 시간을 달라고 애원했다. 숙모들은 그야말로 눈곱만큼의 시간을 주었고, 일 분도 더는 안 된다고 못박았다. 그리고 "입 하나만 덜어도 그게 어딘데!"라며 잡아먹을 듯 쏘아붙였다. 나는 이미 이 모든 사실을 알고 있었고, 그날 아침 그녀가 내게 다녀간 뒤 곧바로 결심을 굳혔다. 그날 저녁 가게 주인이 자기 가게에서 반 루블어치의 사탕 한 푼트*를 가지고 그녀를 찾아왔다. 그녀가 그자와 마주앉아 있는 동안 나는 부엌에서 루케리야를 불러낸 뒤, 내가 문 앞에서 기다리고 있으며 아주 급한 일로 할말이 있다고 그녀에게 슬쩍 전하도록 일렀다. 나는 스스로 만족스러웠다. 그날은 그렇게 온종일 말할 수 없는 만족감에 젖어 보냈다.

내가 자신을 불러냈다는 사실에 깜짝 놀란 그녀가 문가에 나타났고, 루케리야가 보는 데서, 나는 그녀에게 이런 일을 생각해낸 것은 모두 그녀의 행복과 명예를 위해서라고 설명했다…… 둘째, 문가에서 이런 말을 하는 나의 태도에 놀라지 말 것을 부탁하면서 이렇게 말했다. "나는 매우 직선적인 사람이오. 그리고 당신의 상황을 모두 알고 있소." 내

* 러시아의 옛 중량 단위로, 1푼트는 0.41킬로그램.

가 직선적인 사람이라고 한 말은 거짓이 아니다. 하지만 그게 무슨 대수인가. 나는 정중하게, 다시 말해 교육받은 사람답게 말했고, 거기다 독창적이기까지 했다. 바로 이 점이 중요하다. 이런 고백이 무슨 죄가 되는 건 아니잖은가? 나는 자신을 심판하고 싶고 또 심판하고 있다. 나는 프로pro와 콘트라contra*, 둘 다 말해야 하고, 실제로도 그러고 있다. 어리석은 짓일지 모르지만, 나중에 이 일을 떠올릴 때마다 마음이 무척 즐거워지곤 했다. 그때 나는 조금도 당황하는 기색 없이 곧장 솔직하게 설명을 이어나갔다. 첫째, 나는 특별히 재능이 있지도 않고, 특별히 똑똑하지도 않으며, 어쩌면 특별히 선량하지도 않다, 오히려 꽤 천박한 이기주의자인지도 모른다(이 표현이 기억난다. 그녀에게 가는 동안 이를 생각해내고는 몹시 만족스러워했었다). 그리고 어쩌면, 정말 어쩌면 다른 면에서도 불쾌한 점들이 많을 수 있다. 나는 무언가 특별한 자부심에 들떠 이 모든 말들을 쏟아냈다. 어떤 식이었는지는 짐작할 수 있을 것이다. 물론 나는 자신의 부족한 점들을 점잖게 설명해놓고는 곧장 '하지만 그 대신 이러이러하고 저러저러한 좋은 점들도 많다'며 스스로 장점들을 떠벌리지 않을 정도의 감각은 있는 사람이다. 나는 그녀가 여전히 두려움에 떠는 걸 알았지만, 그래도 태도를 누그러뜨리지 않았다. 오히려 그녀가 두려워하는 것을 보고는 일부러 더 강하게 밀어붙였다. 나는 그녀에게 배불리는 먹을 수 있지만 옷치장이나 공연 관람, 무도회 같은 건 전혀 기대하지 말 것이며, 그런 생활은 목표를 이루고 난 후에나 가능하다고 대놓고 말했다. 나는 이런 엄격한 어조가 마음에 쏙 들

* 라틴어로 각각 좋은 것과 나쁜 것을 의미한다.

었다. 그리고 내가 이런 일을 하는 건, 즉 전당포를 운영하는 건 분명한 목표가 있기 때문이며, 또 그럴 만한 사정도 있다고 되도록 은근히 지나가는 말처럼 덧붙였다…… 그리고 정말 나에게는 그렇게 말할 권리가 있었다. 실제로 나는 분명한 목표와 그럴 만한 사정이 있었으니까. 잠깐만, 나는 평생 동안 누구보다 전당포 일을 증오한 사람이다. 자기 자신에 대해 비밀스러운 표현을 사용하는 게 좀 우습지만, 본질을 따지면 정말로 나는 '사회에 복수하고 있었다'. 그건 정말이다, 정말이고 또 정말이다! 그래서 그날 아침 그녀가 나더러 "복수하고 있다"며 비웃듯 한 말은 공정하지 못했다. 다시 말해, 만약 내가 그녀에게 "그래요, 나는 사회에 복수하고 있는 거요"라고 솔직하게 인정했다면, 그녀는 아침에 그랬던 것처럼 큰 소리로 웃음을 터뜨렸을 테고, 그야말로 상황이 우스워질 뻔했다는 거다. 하지만 비밀스러운 표현으로 넌지시 암시만 줌으로써 은근슬쩍 그녀의 상상력을 불러일으킬 수 있었다. 더구나 그때 나에게는 이미 무서울 게 없었다. 나는 어떤 경우라도 나보다는 그 뚱뚱한 가게 주인이 그녀에게 더 역겨운 존재이며, 문가에 서 있는 내가 마치 구원자처럼 느껴질 거라는 사실을 잘 알고 있었다. 나는 이 모든 상황을 너무도 잘 이해했다. 오, 인간은 어쩌면 그리도 야비함을 잘 이해하는지! 하지만 그건 정말 야비함이었을까? 그렇다고 어떻게 인간을 심판할 수 있는가? 그때 나는 이미 그녀를 사랑하고 있었던 건 아닐까?

잠깐, 물론, 당시 나는 그녀에게 은혜를 베푼다는 식의 말은 한마디도 꺼내지 않았다. 오히려, 오히려 그 반대였다. "은혜를 입은 사람은 바로 나요, 당신이 아니라"라고 했으니까. 내가 자제하지 못하고 기어이 말로 속내를 내비치고 만 것, 그건 어쩌면 어리석은 짓이었다. 왜냐하면 순간적으로 그녀가 얼굴을 찡그리는 모습을 보았기 때문이다. 하지만 전반적으로 확실한 나의 승리였다. 잠깐, 어차피 추악한 내 모습들을 죄 끄집어낼 거라면, 마지막 비열함도 마저 떠올려보자. 문가에 서 있는 동안, 내 머릿속에는 자꾸만 '너는 키도 크고 늘씬한데다 교양도 갖췄잖아. 더구나 굳이 과장하지 않더라도, 용모도 준수한 편이야'라는 생각이 스쳤다. 바로 이런 생각이 내 머릿속을 맴돌았다. 물론, 그녀는 문가 그 자리에서 나에게 '예'라고 대답했다. 하지만…… 하지만 그녀가 '예'라고 대답하기 전에 문가에서 오랫동안 생각에 잠겼었다는 사실을 덧붙여야겠다. 그녀가 어찌나 한참을 골똘히 생각하던지, 나는 "그래, 어떻게 할 생각이오?"라고 묻고 싶은 심정이었다. 그리고 결국 더이상 기다리지 못하고 아주 그럴싸한 말투로 "그래, 어떻게 할 생각입니까?"라고 묻고 말았다.

"조금만 더 기다려주세요, 지금 고민하는 중이니까요."

그리고 그녀의 작고 귀여운 얼굴이 어찌나 진지해 보이던지, 그 속마음이 훤히 읽힐 정도였다! '정말 나와 그 가게 주인 사이에서 누굴 선택할지 고민하는 거야, 지금?' 나는 몹시 기분이 상했다. 오, 그때는 이해하지 못했다! 나는 그때 아무것도, 정말 아무것도 이해하지 못했다! 지금, 오늘까지도 말이다! 내가 그 집을 나서자 루케리야가 뒤쫓아 달려와 나를 길에 세워두고 아주 급히 했던 말이 떠오른다. "우리 사랑스러운 아가씨를 귀하게 여겨주시니 하느님이 나리께 보상해주실 겁니다. 하지만 제가 이런 말을 했다고는 아가씨께 말씀하지 마세요. 아가씨는 자존심이 아주 강하시거든요."

그래, 자존심이 강한 여인이라! 나야말로 자존심이 센 사람들을 좋아한다. 자존심이 강한 사람들이라, 글쎄, 내가 그들보다 훨씬 우위에 있음이 명확할 때랄까, 바로 그럴 때 그들이…… 특히 더 사랑스러운 법이다, 안 그런가? 오, 야비하고 어리석은 인간이여! 오, 나는 얼마나 흡족해했던가! 사실, 그때 그녀가 문 앞에 서서 내게 '예'라고 대답해야 할지 말아야 할지 심각하게 고민하고 있을 때, 그녀가 머릿속으로 '거기나 여기나 어차피 불행이라면 차라리 최악의 상황, 그러니까 저 뚱뚱한 가게 주인을 택하는 게 낫지 않을까? 그 술주정뱅이에게 맞아 죽는 편이 더 나을지도 몰라!'라는 생각이라도 하는 건 아닐까 싶어서 나는 마음이 조마조마했다. 어떤가? 당신이 보기에도 그녀가 그런 생각을 떠올렸을 것 같은가?

하지만 나는 지금도 이해가 안 된다, 지금도 여전히 아무것도 모르겠다! 나는 방금 그녀가 두 가지 불행 중에서 더 끔찍한 쪽, 즉 가게 주인을 택하겠다고 마음먹었을 수도 있다고 말했다. 그런데 그 순간 그녀에게는 누가 더 최악이었을까? 나였을까, 아니면 가게 주인이었을까? 가게 주인이었을까, 아니면 괴테를 인용하는 전당포 주인이었을까? 여전히 그것이 의문이다! 의문은 무슨 의문? 그것도 이해를 못하다니. 그 해답이 바로 저렇게 탁자 위에 누워 있는데, 너는 아직도 그걸 '의문'이라고 말하다니! 하지만 나 따위가 무슨 대수란 말인가! 여기서 나는 전혀 중요하지 않다…… 게다가 지금 나로서는 문제가 나였는지 아니면 내가 아니었는지, 그것이 더 중요하다. 나는 도저히 그 해답을 찾을 수가 없다. 차라리 잠이나 자는 게 낫겠다. 머리가 아프다……

3. 세상 사람들 중에 가장 고귀한 자, 하지만 나 자신은 믿지 않는다

잠들지 못했다. 머릿속 어디에선가 뭔가 맥박 같은 게 벌떡댄다. 이 모든 것을, 이 모든 추악함을 이해하고 싶다. 오, 추악함이여! 오, 그때 나는 얼마나 비참하고 끔찍한 상황에서 그녀를 구해냈던가! 정말이지 그녀는 이 점을 깨달았어야 했고, 내 행동의 가치를 인정했어야만 했다! 그 밖에도 여러 생각들이 내 마음을 흡족하게 했는데, 이를테면, 나는 마흔한 살이고, 그녀는 이제 겨우 열여섯 살이라는 점이 그중 하나다. 이 사실이 나를 매료시켰다. 즉 우리가 평등한 관계가 아니라는 사실에 대한 자각, 이 자각이 나에겐 너무 달콤했다. 정말이지 너무도 달콤했다.

예컨대, 나는 *영국식* 결혼식을 올리고 싶었다. 즉 루케리야를 포함한 두 명의 증인이 참석한 가운데 우리 둘만의 결혼식을 올린 다음, 곧장 기차를 타고, 말하자면, 모스크바 같은 곳(마침 그곳에 볼일도 있던 참이었다)으로 가서 호텔에서 한두 주 정도 머물다 오고 싶었다. 하지만 그녀가 반대하면서 동의하지 않았기 때문에 나는 어쩔 수 없이 그녀의 숙모들을 찾아가 친척인 그녀들에게서 조카를 데려가는 데 대한 예의를 차려야만 했다. 나는 양보의 미덕을 보였고, 숙모들은 적절한 대접을 받았다. 심지어 나는 이 사람 같지도 않은 것들에게 각각 100루블씩 안겨주었으며 나중에 더 주마고 약속까지 했다. 물론 이런 비열하고 저급한 상황 때문에 그녀가 마음을 다치는 일이 없도록 그녀에게는 함구했다. 숙모들은 단박에 비단결처럼 부드러워졌다. 지참금에 대한 약간의 논쟁이 있기는 했다. 그녀는 거의 문자 그대로 가진 것 하나 없었음에도, 아무것도 바라지 않았다. 하지만 나는 신부에게 아무런 선물도 하지 않는 건 있을 수 없는 일이라며 그녀를 설득했고, 결국 지참금을 마련해주었다. 나 아니면 누가 그렇게 해줄 수 있겠는가? 뭐, 어쨌든 나는 아무래도 상관없다. 적어도 내가 어떤 생각들을 하고 사는지 그녀가 알 수 있도록 나의 이런저런 사상을 전달하는 데는 성공했으니 말이다. 어쩌면 너무 성급했는지도 모른다. 중요한 점은, 맨 처음부터 그녀는 억누를 수 없이 터져나오는 나에 대한 사랑을 거침없이 드러냈다는 것이다. 저녁에 내가 집으로 돌아올 때면 터질 듯 환희에 차서 나를 맞이했고, 자신의 어린 시절이며 유년 시절, 부모님과 함께 살던 옛집, 그리고 아버지와 어머니에 대한 이야기를 마치 어린아이가 재잘거리듯(얼마나 순결하고 매혹적인 재잘거림이던가!) 마냥 들려주었다. 그러나 나는 기쁨에 들뜬 그녀의 행복에 곧장 찬물을 끼얹었다. 바로 그런 행동이 평소 내 사상을 말해주는 것이었다. 그녀의 열정적인 기쁨에 나는 침묵으로 대답했다. 물론, 호의어린 침묵이었지만…… 어쨌든 그녀는 우리가 다른 부류의 사람들이며, 내가 수수께끼처럼 종잡을 수 없는 사람이라는 사실을 곧 깨달았다. 그런데 중요한 건, 수수께끼, 바로 이 수수께끼야말로 내가 노리던 바라는 점이다! 수수께끼 같은 남자로 보이기 위해 어쩌면 나는 이 모든 어리석은 짓을 벌였는지도 모르니 말이다! 그 첫번째가 엄격함이다. 나는 바로 이 엄격함에 근거해 그녀를 내 집에 들였다. 간단히 말해, 당시 나는 특별히 불만스러운 점이 없었음에도 불구하고 하나의 완전한 체계를 만들어냈다. 그 체계는, 오, 일부러 노력하고 애쓰지 않아도 저절로 만들어졌다. 그리고 달리 어떻게 할 수도 없었다. 나로서는 도저히 당해낼 재간이 없는 상황이 그러도록 나를 몰아붙였으니까. 그런데 왜 내가 이 일로 스스로를 비난해야만 하는가! 그 체계는 진실했다. 아니, 잠깐만 내 얘길 들어보기 바란다, 다른 사람을 판단하려면 우선 그 사람 사정부터 알아야 하지 않나…… 들어보시라!

글쎄, 어떻게 시작해야 할까? 막상 시작하려니 어렵기만 하다. 자신을 정당화하려 들 때 상황은 복잡해지는 법이다. 알다시피, 젊은이들은 대개, 예를 들면, 돈을 경시하는 경향이 있다. 그래서 나는 즉시 이 부분부터 공략하기 시작했다. 돈 문제로 그녀를 옥죄었다. 그게 어찌나 심했던지 그녀는 점점 말수가 줄었다. 커다란 눈을 동그랗게 뜬 채 내 얘기를 들었고, 나를 바라보았고, 그러고는 입을 닫았다. 알다시피 젊음은 관대하다. 다시 말해, 선량한 젊은이들은 관대하고 충동적이면서 인내심은 부족하다. 조금이라도 아니다 싶으면 곧장 경멸로 들어가버린다. 그런데 나는 관대함을 원했고, 그 관대함이 그녀의 심장에 뿌리내리도록 하고 싶었다. 그녀의 선량한 심장에 말이다. 그렇지 않겠는가? 평범한 예를 하나 들어보자. 그런 성격을 가진 여자에게 나는 전당포 일을 어떻게 설명해야 했을까? 당연히, 직설적으로는 말하지 않았다. 만약 그랬다면 전당포 일에 대해 그녀에게 용서를 구하는 모양새가 되고 말았을 것이다. 그래서 나는 말하자면, 오만한 태도를 지키며 거의 침묵으로 내 의사를 전달했다. 그리고 나는 침묵으로 말하는 데는 이미 도가 튼 사람이다. 나는 평생을 침묵으로 말해왔으며, 모든 비극적인 상황들도 혼자서 말없이 견뎌왔다. 오, 사실 지난날 나는 얼마나 불행했던가! 나는 모든 이에게 버림받았고, 그렇게 버려져 잊힌 존재가 되었다. 하지만 아무도, 그 누구도 이를 알지 못한다! 그런데 갑자기 이 열여섯 살짜리 어린 아가씨가 비열한 자들이 나에 대해 멋대로 떠드는 말을 상세히도 듣고 와서는 자기가 모든 걸 안다고 생각한 것이다. 그동안의 말 못할 사정은 오직 이 사람 가슴속에 묻어두었는데 말이다! 나는 계속 침묵을 지켰고, 특히 그녀가 옆에 있을 때면 더 입을 열지 않았다. 바로 어제까지도 그랬다. 왜 침묵했느냐고? 그야 나는 오만한 인간이니까. 내가 설명하지 않아도 그녀 스스로 알아차리기를 바랐다. 비열한 인간들이 들려주는 이야기를 통해서가 아니라, 그녀 스스로가 나라는 사람에 대해 알아채고 이해해주기를 원했던 것이다! 그녀를 내 집에 들이면서, 나는 그녀가 나를 온전히 존경하기를 바랐다. 그녀가 내 앞에 서서 나의 고통에 경의를 표하기를 원했다. 그리고 나는 그런 대우를 받을 자격이 충분하다. 아, 나는 언제나 오만했고, 언제나 모든 게 아니면 아무것도 원하지 않았다! 특히 행복에서는 결코 타협하는 법이 없었기에, 나는 전부를 원했다. 그래서 당시 그렇게밖에는 달리 행동할 수가 없었다. '스스로 알아내고 그 가치를 평가하라!'는 것이 내 주장이었다. 동의하시라. 내가 직접 그녀에게 설명하고, 암시를 주고, 겸손히 굴고, 존경심을 간청한다면, 그건 내가 그녀에게 자비를 부탁하는 꼴이나 마찬가지였을 것 아닌가…… 그런데…… 그런데 나는 왜 지금 이런 이야기를 늘어놓는 건가!

어리석고, 어리석고, 어리석다, 정말이지 어리석다! 당시 나는 그녀의 면전에 대놓고 무자비하게도(나는 이 무자비함을 강조하는 바이다), 젊음의 관대함이 매력적이긴 하지만 한 푼어치의 가치도 없다고 딱 잘라 말했다. 왜 전혀 값어치가 없느냐고? 왜냐하면 그 관대함이란 아직 삶다운 삶을 살아보지도 않은 자들에게 거의 거저 주어진, 이른바 '존재의 첫인상'에 지나기 않기 때문이다. 하지만 직접 땀흘려 일해야 한다면 어떨까! 값싼 관대함은 언제나 손쉽다. 심지어 목숨을 바치는 일조차도, 그것은 단지 피가 끓고, 힘이 넘치며, 아름다움을 열정적으로 갈구하는 데서 비롯된 행위일 뿐이므로 역시나 아무 가치가 없다! 자, 이제 그 어떤 광채도 없이 비난만 가득한, 힘겹고, 소리소문 없이 조용히 묻혀버리는 관대한 공적을 한번 생각해보라. 희생은 크나 그 어떤 영광도 주어지지 않는 공적, 빛나는 사람인 당신이 모든 사람들 앞에서 비열한 자로 손가락질 당하는 그런 공적을 생각해보라. 당신이야말로 세상에서 가장 정직한 사람인데도 말이다. 자, 그런 공적을 한번 세워보실 텐가? 아니, 당연히 그렇게는 못한다고 나오실 테지! 그런데 내가, 오직 나라는 한 사람만이 평생 이런 공적을 행하며 살아왔단 거다. 처음에 그녀는 나와 격렬한 언쟁을 벌였지만 나중에는 점점 말이 없어졌다. 결국 아주 입을 닫은 채 내 말을 들으며 오직 두 눈만, 그 커다랗고 커다란 두 눈만 경청하듯 동그랗게 뜰 뿐이었다. 그리고…… 그리고 그뿐만 아니라, 나는 문득 그녀의 얼굴에 믿을 수 없다는 듯 조용하고 악의에 찬 미소가 떠오르는 걸 보았다. 하지만 바로 이 미소를 지닌 그녀를 내가 집에 들이지 않았던가. 사실, 그녀가 마땅히 갈 곳이 있었던 것도 아니고 말이다……

4. 모든 계획들과 또 계획들

그때 먼저 시작한 사람은 우리 중 누구였을까?

둘 다 아니다. 모든 건 맨 처음부터 저절로 시작되었다. 나는 전에 엄격함에 근거해 그녀를 내 집에 들였다고 말했지만, 실은 첫 시작부터 생각보다 부드러운 모습을 보이고 말았다. 우리가 아직 약혼한 사이였을 때, 나는 그녀에게 앞으로 저당물을 잡고 돈을 내주는 일을 하게 될 거라고 설명했고, 그때 그녀는 별다른 말을 하지 않았다(이 점을 주목하시라). 게다가 그녀는 그 일에 꽤나 열심이었다. 뭐, 물론, 아파트며 가구 등은 모두 예전 그대로였다. 방 두 개짜리 아파트는 방 하나가 커다란 거실이었는데 칸막이를 쳐서 일부를 전당포로 사용하는 중이고, 역시 꽤 널찍한 다른 방 하나는 우리가 공동으로 쓰는, 침실이 있는 우리 방이다. 가구는 얼마 되지 않아서, 오히려 그녀의 숙모네 가구들이 더 훌륭해 보일 정도였다. 램프를 달아놓은, 성상을 모셔두는 상자는 전당포로 사용하는 거실 쪽에 있고, 우리 방에는 책 몇 권이 든 책장과 작은 트렁크가 하나 있고, 그 열쇠는 내가 지니고 다닌다. 그리고 침대와 책상들, 의자 몇 개가 더 있다. 결혼 전에 나는 그녀에게 나와 그녀 그리고 내가 설득해 데려온 루케리야까지, 우리 세 사람의 생활비, 즉 식비가 하루에 1루블을 넘어서는 안 된다고 일러두었다. "나는 3년 안에 3만 루블이 필요하오. 이렇게 하지 않으면 그 돈을 모을 수가 없소." 하지만 그녀가 특별히 싫은 내색을 보이지도 않았는데, 내가 알아서 생활비를 30코페이카 올려주었다. 공연 관람도 마찬가지였다. 결혼 전에는 극장에 가는 일은 없을 거라고 해놓고는, 한 달에 한 번 정도는 극장에 데려갔고, 심지어 일등석을 잡기도 했다. 둘이 함께 공연을 관람한 건 세 번이었는데, 〈행복을 좇아서〉와 〈노래하는 새들〉을 본 것 같다. (오, 그게 지금 무슨 상관인가, 무슨 상관!) 우리는 말없이 걸어갔다 또 말없이 돌아왔다. 왜, 대체 왜 우리는 맨 처음부터 침묵을 선택했을까? 처음에는 말다툼도 없었는데 그때도 우리는 서로 침묵만 지켰다. 당시 그녀가 무슨 일인지 나를 슬쩍슬쩍 훔쳐보던 게 기억난다. 나는 그것을 눈치챘고, 그래서 더욱 입을 다물었다. 사실, 먼저 침묵을 강요한 건 나였지 그녀가 아니었다. 그녀가 충동적으로 나를 끌어안으려고 먼저 달려든 적이 한두 번 있었다. 하지만 그녀의 그런 충동적인 행동은 병적이고 발작적인 것이었기에 견고한 행복과 그녀의 존경심이 필요했던 나로서는 냉정하게 대할 수밖에 없었다. 그리고 내가 옳았다. 그런 충동이 있고 난 다음날이면 매번 말다툼을 벌였으니 말이다.

그후로 다시는 언쟁이 없었고 침묵만 흘렀다. 그녀는 날이 갈수록 건방지고 무례해졌다. '반란과 독립', 바로 그것이었다. 단지 방법을 모를 뿐이었다. 그랬다, 이 온순한 얼굴이 점점 더 건방지고 무례하게 변해갔다. 믿을지 모르겠지만, 내가 그녀에게 불쾌한 존재가 된 것이다. 나도 그 사실을 잘 알고 있었다. 그리고 그녀가 발작적으로 자제력을 잃곤 한다는 것도 분명한 사실이었다. 그렇지 않고서야 어떻게, 이를테면, 집안 바닥까지 닦아야 했던 그 더러움과 빈곤에서 겨우 벗어난 그녀가 어떻게 갑자기 우리의 가난을 조롱할 수 있단 말인가! 알다시피, 그건 가난이 아니라 절약이었다. 더군다나 필요한 부분에서는, 예를 들어 속옷 같은 건 그 청결함의 정도가 오히려 사치스러울 수준이었다. 남편의 청결함이 아내를 매혹시킨다는 나의 믿음은 예나 지금이나 변함이 없다. 그런데 그녀는 가난이 아니라, 나의 절약하는 생활 태도를 두고 인색하다며 트집을 잡았다. '그래, 목표가 있으시다, 그래서 강인한 성격을 보여주시겠다는 게지'라고 생각하는 것 같았다. 별안간 그녀는 극장에 가지 않겠다고 나왔다. 그리고 그녀의 경멸어린 표정은 점점 더 심해졌다…… 그럴수록 나는 더욱더 침묵을 지켰고 더욱더 입을 다물었다.

그렇다고 자신이 정당화되는 건 아니라고? 여기서 중요한 건 바로 전당포 일이다. 잠깐, 나는 여자가, 특히 열여섯 살밖에 안 된 여자는 전적으로 남편 말에 따를 수밖에 없다는 사실을 잘 알고 있었다. 여자들은 독창성이 없다. 그건, 그건 누구나 아는 자명한 이치이며, 지금도, 심지어 지금도 나에게는 그렇다! 그녀가 저기 거실에 누워 있다 한들 어쩌겠는가, 진실은 진실인 것을. 이런 경우엔 제아무리 밀*이라 해도 별수없을 것이다! 그런데 사랑에 빠진 여인, 오, 사랑에 빠진 여인은 사랑하는 사람의 결점까지, 심지어 그의 악행마저도 숭배해 마지않던가. 그 남자 스스로는 자신의 악행에 대한 정당성을 찾지 못해도, 그를 사랑하는 여인은 그 정당성을 찾아내기 마련이다. 그건 위대하기는 하나, 독창적이지는 않다. 독창적이지 못하다는 것, 바로 이 한 가지 결점이 여자를 파멸로 이끈다. 그리고 다시 한번 말하지만, 어째서 당신은 저기 탁자 위를 가리키는가? 그래, 정녕 이게 독창적이란 말인가, 저 탁자 위에 놓인 것이? 오, 오!

내 얘기를 들어보시라. 당시 나는 그녀의 사랑을 확신했다. 그녀가

---

* 영국 철학자이자 경제학자 존 스튜어트 밀. 1869년 『여성의 종속』을 출간하며 여성해방 및 평등을 주창했다.

정말 나에게 달려와 내 목에 매달렸단 말이다. 그녀는 사랑했다, 아니, 사랑하기를 소원했다고 말하는 편이 더 정확하겠다. 정말로, 정말로 그랬다. 그녀는 사랑하고 싶어했고, 사랑을 갈구했다. 그런데 사실 중요한 건, 이 사랑엔 그녀가 정당성을 찾아야 했을지도 모를 그런 악행이 전혀 없었다는 점이다. 다른 모든 이들이 그렇듯, 당신도 내게 '전당포 주인'이지 않느냐고 할 거다. 하지만 전당포 주인이 뭐, 대체 뭐 어떻다는 건가? 내 말은, 세상 사람들 중 가장 관대한 자가 전당포 주인이 된 데는 다 그만한 사정이 있다는 것이다. 당신도 알다시피, 어떤 사상이 있다고 할 때…… 즉 그 사상을 입 밖으로 꺼내 말로 표현하면 참으로 어리석게 들리는 법이다. 스스로 낯이 뜨거울 정도로. 그런데 왜냐고? 별다른 이유는 없다. 그저 우리가 모두 너절한 인간들인데다 진실을 견뎌내지 못하기 때문이다. 그게 아니라면 다른 이유는 모르겠다. 방금 나는 '세상 사람들 중 가장 관대한 자'라고 말했다. 우습겠지만, 그럼에도 불구하고 정말로 그렇다. 그건 정말로 진실, 즉 가장 진실하고 진실한, 참으로 진실이다! 그렇다. 그 당시 나는 안정된 삶을 위해 전당포를 열고자 할 권리가 있었다. "당신들이 나를 거부했다. 즉 당신네들이 경멸어린 침묵으로 나를 쫓아냈다. 당신들을 향한 나의 열렬한 애정에 대해 당신들은 내가 사는 모든 시간 동안 모욕으로 응답했다. 그러니 이제 나는 당신들과 나를 분리하는 벽을 세우고, 3만 루블을 모아, 그 돈으로 어딘가 크림반도나 남쪽 바닷가에서, 아니면 포도밭이 있는 산자락의 땅을 사 그곳에서 남은 생을 보낼 권리가 있다. 중요한 건, 당신들 모두로부터 멀리 떨어져 지내는 것이다. 하지만 당신들을 향한 악의 없이, 가슴속에 이상을 품고서, 내 곁에 있는 사랑하는 여인과 가족과 함께, 그리고 만약 하느님이 보내주신다면, 바로 그 이웃들을 도우면서 살고 싶다." 물론, 지금 나 혼자 내 이야기를 하는 거니 괜찮다. 하지만 만약 그때 내가 그녀에게 이런 계획을 입 밖에 내며 그럴싸하게 들려주었다면, 그보다 더 어리석은 일이 있었을까? 이것이 바로 내가 오만하게 침묵을 지킨 이유이며, 바로 그 때문에 우리는 서로 침묵 속에 앉아 있었던 거다. 그녀가 무엇을 이해할 수 있었겠는가? 겨우 열여섯 살, 십대에 불과한 그녀가 나의 정당성이나 고통을 무슨 수로 이해했겠는가? 열여섯 살 그녀에게는 솔직함과 삶에 대한 무지, 젊은이다운 값싼 확신, 그리고 '고결한 마음'에 대한 맹목적인 숭배가 전부인데, 중요한 건 여기가 전당포라는 사실이다. 젠장, 전당포! (정녕 내가 전당포에서 무슨 악행이라도 저질렀단 말인가? 정말로 그녀는 내가 사람들을 어떻게 대하는지 보지 못한 걸까? 내가 부당하게 한 푼이라도 더 받은 적이 있는가 말이다.) 오, 이 땅의 진실이란 얼마나 끔찍한가! 이 아름다운 여인, 이 온순한 여인, 이 천상의 존재 같은 여인이 폭군이라니, 내 영혼을 잔인하게 괴롭히는 폭군이자 박해자라니! 이 사실을 털어놓지 않았다면 나는 스스로를 괴롭혔으리라! 당신은 내가 그녀를 사랑하지 않았다고 생각하는가? 내가 그녀를 사랑하지 않았다고 어느 누가 말할 수 있는가? 보다시피, 여기에 아이러니가, 바로 여기에 운명과 자연의 사악한 아이러니가 있다! 우리는 저주받았고, 대부분의 사람들 또한 그 삶이 저주받았다! (내 삶은 특히 더!) 이제는 정말로 내가 무엇인가 실수를 저질렀다는 사실을 이해한다! 분명 뭔가가 잘못되었다. 모든 게 명확했고, 내 계획은 맑은 하늘처럼 명료했다. 그건 '엄중하고 오만하게, 어느 누구의 도덕적인 위로도 구하지 않고 침묵 속에서 고통을 견디는 것'이었다. 정말 그랬다. 거짓을 말하는 게 아니다, 거짓말이 아니란 말이다! "이것이야말로 나의 관대함이었다는 사실을 나중에 그녀 스스로 알게 될 거야. 지금은 알아채지 못하고 있을 뿐, 언젠가 이 사실을 깨닫는 날에는 열 배로 고마워하면서 애원하듯 두 손을 모으고 내 앞에 엎드릴 테지." 그것이 계획이었다. 하지만 내가 깜박 잊어버렸거나 모르고 지나친 뭔가가 있었다. 내가 할 수 없었던 무언가가 있었던 거다. 이제 그만, 이 정도면 충분하다. 이제 와서 누구에게 용서를 구하겠는가? 한번 끝난 건 끝난 거다. 용기를 내라, 인간이여, 그리고 자신을 가져라! 잘못한 건 네가 아니다……!

자, 이제 진실을 말해야겠다. 나는 진실의 얼굴을 똑바로 마주하는 게 두렵지 않다. 그건 그녀 잘못이니까, 그녀의 잘못……!

5. 온순한 그녀가 반란을 일으키다

우리의 다툼은 그녀가 갑자기 제멋대로 돈을 내주고 물건 가격도 실제 가치보다 높게 쳐주면서 시작되었다. 심지어 그녀는 두어 번이나 이 일을 논쟁거리로 만들어 먼저 싸움을 걸어왔다. 나는 응수하지 않았다. 그런데 바로 그때 대위의 미망인이 등장한 것이다.

대위의 미망인인 한 노부인이 메달을 가져왔다. 한눈에 보아도 고인이 된 남편의 선물, 즉 유품이란 걸 알 수 있었다. 나는 30루블을 내주었다. 노부인은 자기 물건을 잘 보관해달라고 애처롭게 우는소리를 하며 간곡히 부탁했고, 우리는 당연히 잘 보관하마고 했다. 그런데 그 노부인이, 그러니까, 한마디로 갑자기 닷새 후에 8루블도 안 되는 팔찌를 가져와서는 메달과 바꿔달라는 부탁을 해온 것이다. 물론, 나는 거절했다. 그때 노부인은 아내의 눈에서 뭔가를 알아챈 것이 분명했다. 그래서 내가 없는 틈을 타 다시 찾아왔고, 결국 아내가 메달로 바꿔주었다.

바로 그날 이 사실을 알게 된 나는 그녀에게 부드럽지만 단호하게 그리고 합리적으로 이야기를 시작했다. 그녀는 침대에 걸터앉아 오른발 끝으로 카펫을 툭툭 건드리며(그녀가 자주 하는 동작이다) 바닥을 내려다보고 있었다. 그녀의 입가에 불쾌한 웃음이 떠올랐다. 그때 나는 언성을 높이지 않으면서 아주 차분하게 그 돈은 내 돈이다, 나는 나 자신의 시선으로 삶을 바라볼 권리가 있다고 설명했다. 그리고 내가 그녀를 내 집에 들였을 때 아무것도 숨기지 않았다고 덧붙였다.

그런데 별안간 그녀가 벌떡 일어났고, 온몸을 부들부들 떨며 갑자기 나에게 막 발을 구르기 시작했다. 당신은 어떻게 생각할지 모르지만, 그건 짐승이었다. 그건 발작이었고, 그건 날뛰는 짐승이었다. 나는 너무 놀라서 그대로 얼어붙어버렸다. 그녀의 그런 행동은 정말이지 상상도 못한 일이었다. 하지만 나는 자제력을 잃지 않았고, 눈 하나 꿈쩍 않고 다시 전과 똑같은 차분한 목소리로 단호하게 이제부터는 내 일에 손을 대서는 안 될 거라고 말했다. 그녀는 내 얼굴에 대고 큰 소리로 웃음을 터뜨리더니 집에서 나가버렸다.

문제는 그녀에게는 집을 나갈 권리가 없다는 거다. 나 없이 혼자서는 아무데도 가지 않기로 결혼 전에 이미 나와 합의가 돼 있었다. 그녀는 저녁께 돌아왔고, 나는 한마디도 하지 않았다.

다음날도 그녀는 아침부터 집을 나갔고, 그다음날도 마찬가지였다.

나는 전당포 문을 닫아걸고 그녀의 숙모들을 만나러 갔다. 숙모들에게는 결혼식 직후부터 발걸음을 끊은 상태였다. 우리집에 그네들을 부르지도 않았고, 그렇다고 우리가 그네들을 찾아간 것도 아니었다. 가서 보니 그녀는 숙모네에 간 것이 아니었다. 숙모들은 잔뜩 호기심을 보이며 내 이야기를 다 듣더니만 "내 그럴 줄 알았구먼" 하며 드러내놓고 나를 비웃었다. 뭐, 그 정도의 비웃음은 예상하던 바였다. 어쨌든 나는 100루블에 작은 숙모를 매수했고, 25루블을 선금으로 쥐여주었다. 이틀 후에 작은 숙모가 나를 찾아와 이렇게 전했다. "이 일에는 자네 연대 동료였던 육군 중위 예피모비치가 관련된 것 같네." 나는 깜짝 놀랐다. 이 예피모비치란 자는 연대에 있을 때 가장 악랄하게 나를 괴롭혔던 인물로, 한 달 전쯤 뻔뻔하게도 뭔가 맡길 물건이 있다는 구실을 대며 한두 번 나를 찾아왔었다. 그때 그자가 아내와 웃음을 주고받았던 걸로 기억한다. 나는 즉시 그자에게 다가가 우리의 예전 관계를 잊지 않았다면 다시는 감히 이렇게 찾아올 생각을 말라고 경고했다. 그러나 이런 짓까지 벌일 거라고는 정말이지 상상도 못했고 그저 파렴치한 작자라고만 생각했다. 그런데 이제 갑자기 숙모가 와서 하는 말이, 아내가 이미 그자와 만나기로 약속했으며 이 모든 사건의 배후에는 숙모들의 예전 지인인 율리야 삼소노브나라는, 대령의 미망인이 있다는 것이었다. "자네 아내가 이제 그 여자한테 드나든다더군."

사건을 간략히 정리해보겠다. 이 일에는 모두 300루블이라는 적잖은 돈이 들었지만, 덕분에 나는 만 이틀 후 밀폐된 문 너머의 옆방에 설 수 있게 되었다. 내 아내와 예피모비치, 그 둘만의 첫 랑데부를 엿듣기 위해서였다. 아니나다를까, 그 전날 밤 아내와 나 사이에 사소하지만,

나에게는 매우 의미심장한 장면이 하나 연출됐었다.

그녀는 다저녁에야 집에 돌아왔고, 침대에 걸터앉아 비웃듯이 나를 바라보며 발로 카펫을 툭툭 쳐댔다. 그런 그녀를 보고 있자니, 문득 이런 생각이 들었다. 지난 한 달 내내, 아니 두 주 전부터 그녀는 자기 성격과 전혀 다른 모습을 보이고 있으며, 심지어 자기 성격과 정반대로 행동하고 있었다. 거칠고 공격적이었으며, 파렴치하다고까지는 할 수 없지만 툭하면 자기 마음대로 문젯거리를 찾는 사람 같았다. 일부러 문제가 될 만한 일들만 애써 찾아다닌다고나 할까. 그러나 온순한 성격 때문에 막 나가지도 못했다. 이처럼 온순한 여자가 공격적으로 나올 때는 도를 넘는 한이 있더라도 자신이 망가질 때까지 스스로를 몰아붙이게 되며, 순수한 성품과 수치심 때문에 자신이 먼저 나서서 상황을 수습하기도 불가능해지는 법이다. 바로 그런 까닭에 이런 여자들이 때로 도가 지나쳐도 너무 지나치게 난폭해지는 것이며, 이를 지켜보는 우리의 이성을 스스로 의심케 만드는 것이다. 반대로, 영혼의 타락이 몸에 밴 여자는 언제나 모든 일에 별것 아닌 듯 굴고, 역겨운 짓을 하면서도 겉으로는 당신보다 우월하다는 듯 단정하고 예의바르게 행동하기 마련이다.

"당신이 결투를 두려워해서 연대에서 쫓겨났다던데, 사실인가요?"
그녀가 밑도 끝도 없이 불쑥 물었다. 그녀의 두 눈이 번뜩였다.

"사실이오. 연대 장교들이 그렇게 결정을 내렸고 나더러 연대에서 나가달라고 했소. 그전에 나 스스로 미리 퇴역 신청을 해놓았지만 말이오."

"그러니까 겁쟁이로 쫓겨난 거군요?"

"그래요, 동료들이 나에게 겁쟁이라는 선고를 내렸소. 하지만 겁이 나서 결투를 거부한 건 아니오. 결투를 벌일 만큼 모욕당했다고는 생각지 않는 사람에게 결투를 하라니, 그런 횡포한 결정에는 따르고 싶지 않았을 뿐이오. 그리고 알아둬요." 여기서 나는 참지 못하고 이렇게 덧붙였다. "그런 횡포에 행동으로 대항하고, 그에 따르는 모든 결과를 받아들이는 것이야말로 결투에 나서는 것보다 훨씬 더 큰 용기가 필요한 일임을 말이오."

나는 자제할 수 없었고, 결국 이런 말을 늘어놓음으로써 자신을 정당화하고 말았다. 그런데 그녀가 기다리던 바가 바로 그것이었다. 나의 새로운 굴욕 말이다. 그녀는 악의에 차서 웃었다.

"그럼, 그뒤로 삼 년 동안 부랑아처럼 페테르부르크 거리를 떠돌아다닌 거며, 구걸을 한 거며, 당구대 밑에서 잠을 잔 것도 모두 사실인가요?"

"잠은 센나야*에 있는 뱌젬스키네 집에서 잤소. 연대를 떠난 뒤, 수많은 치욕과 타락을 맛보며 지낸 건 사실이오. 하지만 도덕적인 타락은 아니었소. 왜냐하면 당시 그런 내 행동을 누구보다 증오한 사람이 바로 나 자신이었으니까. 그건 단지 내 의지와 이성의 타락이었고, 그것도 절망적인 내 상황 때문에 나온 행동일 뿐이었소. 하지만 그건 다 옛날 일이고……"

"오, 이제 당신은 대단한 인물이 되었다 이거군요, 자본가 말이죠!"

그건 나의 전당포 일을 빗대어 하는 말이었다. 하지만 나는 이미 자

* 센나야광장. 도스토옙스키 소설에 자주 등장하는 장소로 상트페테르부르크 중심부에 위치해 있으며, 과거에는 빈민촌과 사창가 밀집 지역이기도 했다.

제력을 되찾은 뒤였다. 그녀가 내 입장에서는 굴욕적일 수밖에 없는 설명을 듣고 싶어 안달이라는 것을 알았기에, 나는 그녀에게 말려들지 않았다. 때마침 전당포에서 초인종이 울렸고, 나는 손님을 맞으러 거실로 나갔다. 그러고 나서 한 시간쯤 지났을까, 그녀가 갑자기 외출을 하려는지 옷을 갈아입고 내 앞으로 와 이렇게 말했다.

"하지만 당신은 결혼 전에 그런 일에 대해서는 한마디도 안 했잖아요?"

나는 아무 대꾸도 하지 않았고, 그녀는 나가버렸다.

그렇게, 다음날 나는 닫힌 문 너머 그 방에 서서 장차 내 운명이 어떻게 결정될는지 엿듣고 있었다. 그때 나는 주머니에 권총을 준비해두고 있었다. 그녀는 옷을 잘 차려입고 탁자 앞에 앉아 있었고, 예피모비치는 그녀 앞에서 유치한 짓을 선보이는 중이었다. 그리고 어쨌든 일은 (내 명예를 걸고 말하는데), 상황은 정말이지 정확하게 내가 예감하고 예상했던 그대로 흘러갔다. 비록 나 자신은 이를 예감하고 예상하고 있었다는 사실을 미처 의식하지 못했지만 말이다. 내 설명이 당신은 이해가 되는지 잘 모르겠다.

사건의 전말은 이랬다. 나는 꼬박 한 시간 동안 귀를 기울였고, 이 한 시간 내내 가장 고결하고 우아한 여인이 사교계 최고의 탕아이자 어리석고 비굴하기 짝이 없는 놈과 논쟁을 벌이는 현장을 지켜보았다. 나는 너무 놀라 충격을 받을 정도였다. '어떻게 이 순진하고 온순한 여인이, 이 말수도 없는 여인이 대체 어떻게 이 모든 것을 알고 있단 말인가?' 제아무리 뛰어난 재치를 자랑하는 상류사회의 희극 작가라도 지금 이 조롱과 천진한 웃음, 그리고 악행에 대처하는 선량하고도 성스러운 경멸이 담긴, 그런 장면을 창작해낼 수는 없을 것이다. 그녀의 말들, 그녀의 작은 말들은 얼마나 빛을 발하던가. 그녀의 재빠른 응수는 얼마나 재치에 넘치며, 그녀의 비난은 또 얼마나 진실하던가. 그러면서도 소녀다운 그 천진무구함이란. 그녀는 그자의 사랑 고백과 몸짓과 제안 들을 보기 좋게 비웃어주었다. 자신의 천박하고 엉큼한 의도를 곧장 실행에 옮기려던 그자는 생각지도 못한 그녀의 반발에 부딪히자 갑자기 기가 꺾이고 말았다. 처음에 나는 그녀가 그저 교태를 부리는 것이라고 생각할 뻔했다. '자신의 가치를 높이기 위해 방탕하지만 재치 있는 존재인 척 교태를 부리는 거다'라고 말이다. 하지만 아니었다. 진실은 태양처럼 빛났고, 거기에 의심이란 있을 수 없었다. 오로지 나에 대한 증오심 하나로, 세상 경험이라곤 전혀 없는 그녀가 충동적으로 이 만남을 계획했지만, 막상 일을 벌이려고 드니 순간 번쩍하고 눈이 뜨인 것이다. 무슨 수를 써서라도 나를 모욕하려고 겁 없이 덤벼들었지만, 막상 추악함을 마주하고 보니 도저히 견딜 수 없었던 것이다. 예피모비치, 아니 사교계의 어떤 작자가 그녀처럼 순결하고 깨끗하며 높은 이상을 지닌 여인을 유혹할 수 있겠는가? 오히려 그는 비웃음의 대상만 됐을 뿐이다. 모든 진실이 그녀의 영혼에서 솟아났고, 분노는 그녀의 마음속에서 싸늘한 조롱만 불러일으켰다. 되풀이해 말하지만, 결국 이 어릿광대는 완전히 얼이 빠져서는 얼굴을 잔뜩 찌푸린 채 제대로 대꾸도 못했다. 나는 그자가 비열한 복수심으로 행여 그녀를 모욕하지나 않을까 두려워졌다. 그리고 다시 한번 내 명예를 걸고 말하지만, 나는 거의 어떤 마음의 동요도 없이 이 모든 대화를 끝까지 듣고 있었다. 마치 어디서 많이 접한 그런 장면을 마주하는 듯했다. 바로 이런 장면을 보기 위해 그곳에 있는 것만 같았다. 비록 주머니 안에 총을 준비해두긴 했지만, 나는 그 무엇도 미리 예단하지 않고, 그 어떤 힐난의 마음도 품지 않고서 그곳으로 향했었다. 정말이다! 그런데 나는 정말 다른 모습의 그녀를 상상할 수 있었을까? 아니, 바로 그 모습 때문에 그녀를 사랑했고, 바로 그 모습 때문에 그녀를 높게 평가했으며, 바로 그 모습 때문에 그녀와 결혼하지 않았던가? 오, 물론, 그때 나는 그녀가 얼마나 나를 증오하는지 지나치리만큼 잘 알고 있었지만, 또한 그녀가 얼마나 순결한지도 잘 알고 있었다. 나는 갑자기 문을 확 열어젖히며 그 상황을 중단시켰다. 예피모비치가 벌떡 일어났고, 나는 그녀의 손을 잡고 나랑 같이 나가자고 말했다. 예피모비치가 곧 정신을 차리더니만 갑자기 큰 소리로 껄껄껄 웃어댔다.

"오, 신성한 배우자의 권리에 이의를 제기할 생각은 없네. 어서 데려가게, 데려가! 그리고 알아두게." 그자가 내 뒤에 대고 소리쳤다. "점잖은 내가 자네 같은 사람과 치고받고 할 수도 없는 노릇이고, 자네 부인의 명예를 봐서 도전에는 응해주지…… 만약 자네가 모험을 감행할 생각이 있다면 말이야……"

"잠깐만!" 나는 문지방에 그녀를 잠깐 세워두었다.

그러고는 집으로 돌아오는 내내 한마디도 하지 않았다. 내가 그녀의 손을 잡아 이끌었고, 그녀도 저항하지 않았다. 오히려 당황해서 어쩔 줄 몰라했다. 하지만 집에 도착할 때까지만 그랬고 이내 태도가 달라졌다. 집에 오자, 그녀는 의자에 앉아 나를 바라보며 나에게서 시선을 떼지 않았다. 그녀는 백지장처럼 창백했다. 입가에는 곧장 냉소가 떠올랐지만, 그녀의 시선은 이제 당당하고 준엄한 눈빛으로 바뀌어 있었다.

처음에 그녀는 내가 자신을 총으로 쏴 죽일 거라고 믿어 의심치 않는 듯했다. 그러나 나는 잠자코 주머니에 든 총을 꺼내 탁자 위에 놓았다. 그녀가 나를, 그리고 이어서 총을 바라보았다(이미 그녀가 이 총을 알고 있다는 점을 기억해두시라. 처음 전당포를 열 때부터 나는 이 총을 장전해두고 있었다. 전당포를 열면서 나는 큰 개들을 기르거나, 예를 들어, 모제르처럼 건장한 하인을 고용하는 짓은 하지 않기로 결정했었다. 내 전당포는 손님이 오면 부엌일하는 하녀가 문을 열어준다. 하지만 나와 같은 일에 종사하는 사람들은 만약의 경우 자신을 지킬 수 있는 수단 하나쯤은 갖추고 있어야 하기에, 나도 장전된 권총을 마련해두었던 것이다. 내 집에 들어오고 나서 처음 며칠 동안 그녀는 이 총에 지대한 관심을 보였고, 이것저것 캐묻기도 했다. 나는 그녀에게 총의 구조와 작동 원리를 설명해줬을 뿐만 아니라, 한번은 그녀를 설득해 목표물을 향해 쏘아보게도 했다. 이 모든 사실을 주목하시라). 그녀의 겁먹은 눈빛에 신경쓸 새도 없이 옷도 벗는 둥 마는 둥 나는 침대에 누웠다. 나는 지칠 대로 지쳐 있었다. 벌써 열한시가 가까운 시각이었다. 그녀는 꼼짝도 하지 않고 거의 한 시간이나 그 자리에 더 앉아 있었다. 그런 다음 촛불을 끄고, 그대로 옷을 입은 채 벽 옆에 놓인 소파에 몸을 뉘었다. 그녀가 나와 함께 잠자리에 들지 않은 것은 그날이 처음이었다. 이 점 역시 기억하시라……

6. 끔찍한 기억

이제 그 끔찍한 기억을 이야기할 때가 되었다……

아침에 잠을 깼다. 일곱시가 좀 넘었던 것 같다. 방안은 벌써 환히 밝아오고 있었다. 나는 정신이 말짱한 상태로 단박에 잠이 깼는데, 갑자기 번쩍 눈이 떠졌다. 그녀가 탁자 옆에 서 있었고, 손에는 권총을 들고 있었다. 그녀는 내가 잠이 깨어 그녀를 보고 있다는 사실을 알지 못했다. 그런데 갑자기 그녀가 두 손에 권총을 쥐고 총구를 내게로 향하는 것이 아닌가. 나는 재빨리 눈을 감고 깊이 잠든 척했다.

침대까지 다가온 그녀는 나를 내려다보며 서 있었다. 나는 모든 소리를 듣고 있었다. 죽음과 같은 정적이 흘렀으나 그 정적 소리마저 들을 수 있었다. 그러다 떨리는 듯한 작은 움직임이 느껴졌다. 나는 더이상 참지 못하고 내 의지와는 달리 번쩍 눈을 뜨고 말았다. 그녀가 나를, 내 눈을 똑바로 응시하고 있었다. 권총은 이미 내 관자놀이까지 와 있었다. 우리는 눈이 마주쳤다. 그러나 우리가 서로를 바라본 것은 순간보다도 짧은 찰나에 불과했다. 나는 얼른 다시 눈을 감았고, 그 순간 내 영혼의 모든 힘을 끌어모아 무슨 일이 있어도 이제부터 미동도 하지 않으리라, 눈도 뜨지 않으리라 굳게 마음먹었다.

깊이 잠든 사람이 갑자기 눈을 뜨고, 심지어 잠깐 고개를 들어 방안까지 휘 둘러본 후, 곧장 다시 무의식 상태로 베개에 머리를 누이고는 아무것도 기억하지 못한 채 잠이 드는 경우가 실제로도 있지 않은가. 그녀와 시선이 마주치고 관자놀이에 권총의 감촉을 느꼈으면서도 내가 깊게 잠든 사람처럼 다시 눈을 감고 꼼짝도 하지 않았을 때, 그녀는 분명히 내가 정말로 잠들어 있고 아무것도 보지 못했다고 믿었을 것이다. 그 모든 상황을 목도하고도 그런 순간 다시 눈을 감는다는 건 도저히 있을 수 없는 일이니 말이다.

그렇다, 그건 정말이지 있을 수 없는 일이다. 하지만 그럼에도 불구하고 어쩌면 그녀는 진실을 알아챘을 수도 있다는 생각이 바로 그 순간 섬광처럼 내 머릿속을 스쳤다. 오, 찰나와 같은 그 짧은 순간에 얼마나 많은 생각들과 느낌들이 머릿속에서 소용돌이치던지, 전광석화 같은 인간의 사고여, 만세! 정말 그렇다면(나에게는 그렇게 느껴졌다), 만약 그녀가 진실을 알아챘고, 내가 깨어 있다는 사실을 알았다면, 의연하게 죽음을 받아들일 각오가 된 내 모습이 그녀를 압도했을 테고, 그녀는 어쩌면 덜덜 손을 떨었을지도 모른다. 아니면 나에 대한 이 새롭고 엄청난 인상 때문에 이제 그녀의 결심은 산산조각이 나버렸을 수도 있다. 높은 곳에 선 사람들은 이끌리기라도 하듯 저절로 저 나락으로, 심연으로 추락한다고들 한다. 나는 수많은 자살이나 살인이 그 순간 손에 총이 쥐어져 있었기 때문에, 단지 그 이유 하나 때문에 일어났다고 믿는다. 총을 손에 쥐고 있다는 것, 이 역시 심연이자 미끄러지지 않고는 배길 수 없는, 45도로 기울어진 경사다. 따라서 무언가 거부할 수 없는 힘이 당신에게 방아쇠를 당기게 하는 것이다. 하지만 내가 모든 것을 보았고, 모든 것을 알고 있으며, 말없이 그녀의 손에 죽기를 기다리고 있다는 자각이 경사에 선 그녀를 미끄러지지 않고 버텨내게 했는지도 모른다.

정적은 계속되었고, 갑자기 내 관자놀이에, 머리카락에 차가운 금속의 감촉이 느껴졌다. 당신은 내가 무사히 그 상황을 벗어나리라 확신했던 것은 아니냐고 물을 수도 있다. 그럼 나는 하느님 앞에 선 것처럼 당신에게 대답하겠다. 혹시나 하는 마음은 100분의 1 정도나 됐을까, 사실 그 어떤 희망도 갖지 않았다고 말이다. 그렇다면 어째서 죽음을 받아들였느냐고? 자, 이번엔 내가 하나 묻겠다. 사랑하는 여인이 나를 향해 총구를 겨눈 마당에 더이상 산다 한들 무슨 의미가 있겠는가? 게다가 바로 그 순간 우리 사이에는 투쟁이, 생사를 건 무서운 사투가, 비겁하다는 이유로 동료들에게 손가락질 당하며 쫓겨난 어제의 바로 그 겁쟁이의 결투가 벌어지고 있음을 나는 내 존재의 온 힘으로 느끼고 있었다. 나는 이를 알고 있었고, 만약 내가 깨어 있었다는 진실을 그녀가 알아챘다면, 그녀 역시 이를 몰랐을 리 없다.

어쩌면 그런 일은 없었는지도 모른다. 어쩌면 그때 나는 그런 생각을 하지 않았을 수도 있다. 하지만 그때 그런 생각을 하지 않았다 해도, 그건 분명히 그녀와 나 사이의 투쟁이자 사투이자 결투였다. 왜냐하면 그후 내 삶의 모든 순간들마다 그 사건이 떠올랐으니까.

하지만 당신은 다시 한번 내게 물을 것이다. 어째서 그녀를 그런 악행에서 구해내지 않았는가? 오, 나 역시 나중에 천 번은 더 스스로 똑같은 질문을 던졌고, 그 순간을 떠올릴 때마다 등골이 서늘해지곤 했다. 하지만 당시 내 영혼은 암울한 절망 속을 헤매고 있었다. 나는 파멸해가고 있었다. 나 자신이 파멸해가고 있을진대 대체 누구를 구할 수 있단 말인가? 더구나 그때 내가 누구를 구하고 싶은 마음이 들었을 거라 생각하는가? 당시 내가 어떤 심정이었는지 당신이 어찌 알겠는가?

그러나 의식은 뜨겁게 끓고 있었다. 일 초 일 초 시간은 지나갔고 죽음 같은 정적이 흘렀다. 그녀는 여전히 나를 내려다보고 있었다. 그런데 갑자기 희망이 솟구치며 몸이 부르르 떨리는 게 아닌가! 나는 재빨리 눈을 떴다. 그녀는 이미 사라지고 없었다. 나는 침대에서 일어났다. 나는 승리했고, 그녀는 영원히 패배했다!

나는 사모바르가 있는 방으로 건너갔다. 사모바르는 늘 우리집 첫번째 방에 준비되어 있었고, 차를 따르는 일은 언제나 그녀의 차지였다. 나는 말없이 식탁에 앉아 그녀에게서 차 한 잔을 받아들었다. 오 분쯤 지나 힐끗 그녀를 쳐다보았다. 그녀는 무서울 정도로 창백했는데, 전날보다 더 심한 것 같았다. 그녀가 나를 바라보았다. 그런데 내가 자신을 보고 있다는 사실을 알고는 갑자기, 정말이지 갑자기 핏기 없는 입술에 희미한 웃음을 지어 보였다. 두 눈에는 잔뜩 겁먹은 의문을 담고서 말이다. 그녀는 여전히 의심하며 자신에게 묻고 있었다. "저 사람이 알까, 모를까? 보았을까, 보지 못했을까?" 나는 무심하게 다른 곳으로 시선을 돌렸다. 차를 마신 후 나는 전당포 문을 걸어잠그고 시장에 가서 철제 침대와 칸막이 커튼을 몇 개 사왔다. 집으로 돌아오자 침대를 거실에 갖다놓고 칸막이 커튼으로 가리라고 일렀다. 침대는 그녀를 위한 것이었지만 그녀에게는 아무 말도 하지 않았다. 하지만 굳이 내 설명이 아니더라도 그녀는 이 침대를 통해, 내가 '모든 것을 보았고, 모든 것을 알고 있다'는 사실을 이해했다. 이제 더이상 의심의 여지가 없었다. 그날 밤 나는 여느 때처럼 총을 탁자 위에 올려놓았다. 밤이 되자, 그녀는 잠자코 자신의 새로운 잠자리로 가서 누웠다. 결혼은 깨져버렸고, '그녀는 패배했으나 용서받지 못했다.' 밤새 그녀는 헛소리를 했고, 다음날 아침에는 고열에 시달렸다. 그렇게 꼬박 육 주를 앓아누웠다.

제2부

1. 오만의 꿈

루케리야가 방금 나에게 와서는, 자신은 이 집에 머물 생각이 없으며 아씨의 장례를 치르는 대로 떠나겠노라고 선언했다. 나는 오 분 동안 무릎을 꿇고 기도를 올렸다. 실은, 한 시간은 기도를 하고 싶었지만, 생각이, 그 병적인 생각들이 계속 떠올랐고 머리도 아팠다. 이제와 기도는 무슨 기도인가, 죄는 이미 짓고 말았는데! 잠이 오지 않다니, 이상한 일이다. 깊은, 아주 깊은 비탄에 빠져 있을 때, 그 슬픔의 감정을 한 번 강렬하게 터뜨리고 나면 보통 잠이 오기 마련인데 말이다. 사형수들은 형집행 전날 밤 정말 깊게 푹 잔다고 한다. 그래야 하고, 또 그건 자연의 이치이기도 하다. 그렇지 않고는 견디지 못할 테니까…… 나는 소파에 누웠지만, 잠들지는 못했다……

……그녀는 육 주를 앓았고, 그동안 우리, 즉 나와 루케리야 그리고 내가 병원에서 데려온 숙련된 간호사가 밤낮으로 그녀를 보살폈다. 돈이 아깝지 않았고, 오히려 그녀를 위해 더 쓰고 싶었다. 시레데르 박사를 불렀고, 한 번 왕진 올 때마다 10루블을 지불했다. 그녀가 의식을 되찾자, 나는 되도록 그녀 눈에 띄지 않으려 노력했다. 그런데 지금 내가 무슨 말을 하는 건지. 마침내 자리를 털고 일어나자 그녀는 내 방 탁자, 그때 내가 그녀를 위해 특별히 사두었던 그 탁자 앞에 말없이 조용히 앉아 있었다…… 맞다, 우리 둘 다 완전히 입을 닫고 있었던 건 사실이다. 나중에 이야기를 나누기도 했지만 모두 일상적인 대화일 뿐이었다. 물론, 나는 일부러 말을 아꼈지만, 그녀는 불필요한 말을 하지 않아도 돼서 몹시 기뻐하는 눈치였다. 그녀 입장에서는 너무도 당연한 반응일 터였다. 나는 생각했다. '그녀는 지금 엄청난 충격을 받았고 또 엄청난 실패를 맛봤어. 그러니 모든 걸 잊고 익숙해질 때까지 시간이 필요할 거야.' 그렇게 우리는 침묵했지만, 나는 속으로 매 순간 다음에 닥쳐올 일을 대비하고 있었다. 그녀 역시 나와 같을 거라는 짐작이 들었고, 그녀가 지금 속으로 무슨 생각을 하는지 알고 싶어 견딜 수가 없었다.

할 이야기가 더 있다. 오, 물론, 그녀가 앓아누워 있는 동안 그녀 걱정에 내가 얼마나 고통스럽게 신음했는지는 아무도 모른다. 속으로만 신음을 토하면서 그것을 가슴속에 꾹꾹 눌러 담았기에 루케리야조차 알아채지 못했다. 나는 그녀가 내 마음을 알지 못한 채 죽을 수도 있다고는 상상도, 아니 생각조차 할 수 없었다. 하지만 그녀가 위험한 고비를 넘기고 어느 정도 회복의 기미를 보이자, 내가 아주 빠르게, 완전히 마음의 평정을 되찾았던 기억이 난다. 그뿐만 아니라, 될 수 있는 한 우리의 미래를 오래 미루기로, 그리고 당분간은 모든 것을 지금 있는 그대로 두기로 결정했다. 그렇다, 바로 그때 나에게 뭔가 이상하고 특별한 일이 일어났다. 그걸 다른 말로 어떻게 표현해야 할지 모르겠다. 나는 승리를 거뒀고, 그 생각 하나만으로도 완벽하게 만족스러웠다. 그렇게 겨울이 다 지나갔다. 오, 그렇게 만족스럽기는 내 평생 처음이었다. 그 겨울 내내 그랬다.

알다시피 내 인생에는 내 의지와는 상관없이 닥친 상황이 하나 있다. 그 사건은 여태껏, 즉 아내와 참담한 파국을 겪기 직전까지도 매일, 매시간 나를 짓눌렀는데, 바로 그 일 때문에 나는 불명예를 안은 채 연대에서 쫓겨났던 것이다. 그 사건은, 간단히 말해, 나에게 행해진 무례한 횡포나 다름없는 불공정함이었다. 사실, 동료들은 나의 힘든 성격 때문에 나를 좋아하지 않았다. 아니, 어쩌면 나의 우습다면 우스운 성격 때문인지도 모르지만. 당신에게는 고귀한 것이, 당신에게는 더없이 소중한 경외의 대상이 당신 동료들에게는 왠지 우스꽝스럽게 비칠 때가 종종 있지 않은가. 오, 학교에 다닐 때도 사람들은 나를 좋아하지 않았다. 나는 언제 어디서나 환영받지 못하는 존재였다. 심지어 루케리야조차 나를 좋아할 수 없었으니까. 연대에서의 사건은 나에 대한 비호감이 발단이 된 것은 맞으나, 거기에 우연이란 녀석이 끼어들었다는 점 역시 의심할 나위 없는 사실이다. 일어날 수도 일어나지 않을 수도 있는 그런 우연 때문에, 구름처럼 흩어져버릴 수도 있었던 불행한 상황들이 쌓이고 쌓인 결과 때문에 파멸에 이르는 것만큼 굴욕적이고 견디기 힘든 일이 세상에 또 있을까. 지적인 존재에게는 더욱 그렇고 말이다.

그 우연한 사건이란 다음과 같다.

극장에서 막간 휴식시간에 나는 간이식당에 들렀다. 그런데 갑자기 경기병 A— v가 들어오더니, 그 자리에 있던 장교들과 일반 시민들이 모두 보는 앞에서 일행인 다른 경기병 두 명과 함께 큰 소리로 이야기를 나누기 시작했다. 우리 연대의 베줌체프 대위가 방금 복도에서 추태를 부렸다면서 하는 말이, '보아하니 잔뜩 취한 것 같다'는 것이었다. 하지만 그들의 대화는 더이상 진전되지 않았다. 베줌체프 대위는 취하지도 않았고, 따라서 그가 벌였다는 추태 역시 사실이 아니었기 때문이다. 이 일은 그저 하나의 실수에 지나지 않았다. 경기병들은 다른 주제로 대화를 옮겨갔고, 그렇게 사건은 마무리되었다. 그런데 다음날 극장 사건이 우리 연대에 알려졌고, 그러자 곧바로 그때 간이식당에 있던 우리 연대의 유일한 장교가 나였으며, 경기병 A— v가 베줌체프 대위에 대해 터무니없이 무례한 말을 할 때, 내가 그들에게 다가가기는커녕 그만두라는 주의조차 주지 않았다는 이야기가 돌기 시작했다. 하지만 대체 내가 뭘 어떻게 했어야 한단 말인가? 만약 그 경기병이 베줌체프에게 악감정을 가지고 있었다면 그건 그 둘 사이의 개인적인 일이지, 내가 관여할 문제는 아니지 않은가? 그러나 장교들은 그 일을 단지 개인적인 문제가 아니라 연대 전체에 관한 문제로 보았다. 그래서 우리 연대 장교들 중 유일하게 그 자리에 있었던 사람이 나였던 만큼, 바로 내가 당시 간이식당에 있던 다른 모든 장교들과 시민들에게 우리 연대 장교들은 자신의 명예나 연대의 명예 따위는 전혀 개의치 않는다는 인상을 심어주고 말았다는 주장을 펼쳤다. 나는 그런 주장에 동의할 수 없었다. 그들은 나에게 비록 늦기는 했지만 이제라도 내가 공식적으로

A— v의 해명과 사과를 받아낸다면 아직은 모든 잘못을 바로잡을 수 있다고 알려왔다. 하지만 나는 그럴 마음도 없었거니와 자존심도 몹시 상했기 때문에 그들의 제안을 콧대 높게 거절했다. 그러고는 즉시 퇴역 신청을 해버렸다. 바로 이것이 사건의 전말이다. 나는 거만하게 연대를 나왔지만 마음은 이미 산산조각이 나 있었다. 내 의지와 이성은 땅에 떨어졌다. 그런데 하필 그때 모스크바에 사는 누이의 남편이 내 몫까지 포함하여, 얼마 되지도 않은 우리의 재산을 몽땅 탕진하는 바람에 나는 무일푼으로 길거리에 나앉게 되었다. 나는 일반인으로서 직업을 구할 수도 있었지만 그러지 않았다. 그래도 한때 빛나는 장교복을 입었던 몸인데, 철도 같은 데서 막일을 할 수는 없지 않은가. 그래서 수치면 수치, 조롱이면 조롱, 타락이면 타락, 그렇게 나빠지면 나빠질수록 차라리 잘됐다는 식이었고, 그것이 내 선택이었다. 그후 삼 년간은 암울한 기억들의 연속이었으며 뱌젬스키의 집에서도 매한가지였다. 그런데 일 년 반 전에 나의 대모였던 모스크바의 부유한 노부인이 세상을 뜨면서 뜻밖에도 3천 루블이 내 몫으로 떨어졌다. 나도 상속자들 중 하나였던 덕분이었다. 나는 잠깐 생각해보고는 곧장 내 운명을 결정했다. 나는 사람들에게 양해를 구하는 절차는 생략한 채 곧장 전당포를 열기로 마음먹었다. 돈, 그다음엔 나만의 안식처, 그리고 예전의 기억들과는 멀찌감치 떨어진 새로운 생활, 그것이 나의 계획이었다. 그럼에도 불구하고 나의 암울한 과거와 영영 땅에 떨어진 명예는 매시간, 매 순간 나를 괴롭혔다. 그러다 결혼을 하게 된 것이다. 우연인지 어쩐지는 모르겠다. 그때 나는 사무치도록 친구가 필요했고, 그래서 그녀를 내 집에 들이면서 친구를 데려온 거라고 여겼다. 하지만 친구는 준비하고,

손질하고, 심지어는 정복해야 할 대상이라는 것을 똑똑히 알게 되었다. 그런데 열여섯 살밖에 안 된데다 편견에 사로잡힌 이 어린 아가씨에게 내가 당장 무엇을 설명할 수 있었겠는가? 이를테면, 그 무섭고 끔찍한 권총 사건과 같은 우발적인 상황의 도움이 없었다면 과연 나는 겁쟁이가 아니며, 연대에서 나를 비겁자라고 비난한 일은 부당한 처사였다고 그녀를 납득시킬 수 있었을까? 그런데 때마침 그 권총 사건이 터진 것이다. 그 권총을 견뎌냄으로써 나는 그 암울했던 나의 지난날에 복수를 가한 셈이었다. 그리고 비록 어느 누구 하나 이 사실을 알아주지 않는다 해도 그녀가 알게 되었으니, 그것으로 충분했다. 왜냐하면 그녀야말로 나의 모든 것이요, 내가 꿈꾸는 미래의 모든 희망이었으니까! 그녀는 내가 유일하게 나 자신을 위해 마련한 선물 같은 존재였다. 다른 사람은 필요하지 않았다. 이제 그녀도 모든 걸 알게 되었고, 적어도 자신이 성급하게 나의 적들과 한패가 됐던 일이 공정하지 못했음을 깨닫고 있었다. 이런 생각을 하면 내 마음은 기쁨으로 차올랐다. 그녀의 눈에 나는 이미 비열한 인간이 아니었고, 기껏해야 이상한 사람일 뿐이었다. 하지만 이 모든 일을 겪고 난 지금은 이 생각도 그리 마음에 드는 건 아니다, 아니, 싫다. 이상함은 결점이 아니라 오히려 여자의 마음을 끄는 매력이기도 하지만 말이다. 한마디로, 나는 일부러 이 이야기의 결말을 미뤘다. 그때의 사건은 내가 한동안 넘치도록 충분한 마음의 평화를 누리도록 했으며, 나의 상상력에 넘치도록 많은 장면들과 재료들을 제공했다. 그런데 내가 몽상가라는 사실, 바로 여기에 추악함이 있다. 나에게는 재료가 충분하므로, 기다려주리라, 그녀에 대해 나는 그렇게 생각했다.

그렇게 어떤 기대감에 차서 그 겨울이 지나갔다. 이따금 그녀가 자신의 조그만 탁자 앞에 앉아 있을 때면, 그런 그녀를 슬쩍슬쩍 훔쳐보는 게 좋았다. 그녀는 집안일을 하거나 빨랫감들을 정리했고, 저녁에는 가끔 내 책장에서 책을 가져다 읽기도 했다. 그녀가 책장에서 고르는 책들도 나에게는 유리하게 작용했다. 그녀는 거의 외출을 하지 않았다. 저녁식사를 마치고 나면 어두워지기 전에 매일 그녀를 데리고 나가 산책 겸 걷다가 돌아왔다. 예전처럼 그렇게 둘 다 입을 꾹 다물거나 하지는 않았다. 나는 우리가 침묵하지 않고 사이좋게 이야기하는 모양새라도 갖춰보려고 애를 썼지만, 이미 말했듯이, 우리 둘 다 대화를 깊게 끌고 가지는 않았다. 사실 일부러 그랬는데, 그건 그녀에게 필요한 시간을 줘야 한다는 생각 때문이었다. 그런데 정말 이상도 하지! 그녀를 몰래 훔쳐보면서 그렇게도 좋아하던 내가, 그 겨울이 다 가도록 나를 바라보는 그녀의 시선과 단 한 번도 마주친 적이 없었다는 사실을 겨울 끝자락에 가서야 알아채다니 말이다. 나는 그저 그녀가 소심하기 때문이라고 생각했다. 게다가 그녀는 병을 앓고 난 후부터는 줄곧 너무도 온순하고 너무도 무기력한 모습을 보이고 있었다. 아니, 끝까지 기다리는 게 좋겠다. 그러면 '어느 날 문득 그녀가 먼저 다가올 거다……'

이런 생각을 하며 나는 한껏 기쁨에 들떴다. 하나 더 덧붙이자면, 가끔은 일부러 나 스스로를 자극해서는 정말로 그녀를 모욕하고 싶은 마음이 들 때까지 내 영혼과 이성을 몰아붙이기도 했다. 그러고는 그런 상태를 한동안 지속시켰다. 하지만 그렇다고 그녀에 대한 나의 증오가 무르익거나 내 영혼 안에 깊이 자리잡는 일은 결코 없었다. 그렇다, 나 스스로도 이건 그저 놀이와 비슷한 것임을 알고 있었다. 침대와 칸막이를 사들여 우리의 결혼을 파기했을 때조차 나는 그녀 안에서 그 어떤 범죄자의 흔적도 발견하지 못했다. 그녀의 죄를 가볍게 여겨서가 아니었다. 맨 첫날부터, 침대를 사들이기도 전부터 나는 그녀를 완전히 용서하기로 마음먹었기 때문이었다. 한마디로, 내 입장에서 볼 때 이런 결정은 아주 이상한 일이었다. 도덕적인 문제에 관한 한 나는 매우 엄격한 편이기 때문이다. 오히려 내 눈에는 그녀야말로 처절하게 패배했고, 처절하게 굴욕을 당했으며, 처절하게 짓밟혔기 때문에 가끔은 그녀가 괴롭도록 안쓰러웠다. 비록 가끔은 그녀가 당한 굴욕을 생각하며 무척이나 만족스러울 때도 있었지만. 나는 우리가 이토록 불평등한 관계라는 점이 마음에 들었다……

이번 겨울에 나는 마음먹고 몇 가지 좋은 일을 실행에 옮겼다. 빚 두 건을 삭쳐주었고, 어느 가난한 여인에게는 저당물도 잡지 않고 돈을 내주었다. 아내에게는 이런 사실을 알리지 않았다. 아내에게 보이기 위한 일이 아니었기 때문이다. 그런데 그 여인이 직접 찾아와 거의 무릎을 꿇다시피 하며 감사를 표하는 바람에 다른 사람들까지 알게 되었다. 아내 역시 이 일을 알고는 정말로 기뻐하는 것 같았다.

곧 봄이 왔고, 벌써 4월 중순이었다. 덧창을 떼어내자 눈부신 햇살이 고요한 우리 방을 환히 비추었다. 그러나 장막은 여전히 내 앞에 드리운 채 나의 이성을 눈멀게 했다. 얼마나 무시무시한 운명의 장막이던가! 그런데 이게 무슨 일인가! 갑자기 모든 장막이 내 눈에서 떨어져나가는가 싶더니 한순간에 모든 것을 보고 모든 것을 이해하게 된 것이다. 우연이었을까, 아니면 드디어 약속된 때가 온 걸까. 그도 아니면 한 줄기 햇살이 아둔해진 내 이성에 사고력과 추리의 빛을 밝혀준 걸까?

아니, 그건 사고력도 추리도 아니었다. 그건 갑자기 혈관이 톡톡 뛰놀기 시작한 때문이었다. 죽어 있던 혈관 하나가 파르르 되살아나 아둔해진 나의 영혼과 사악하기 짝이 없는 나의 오만함을 밝게 비춘 덕분이었다. 그때 나는 하마터면 자리에서 벌떡 뛰어 일어날 뻔했다. 그렇다, 너무도 갑자기, 너무도 뜻밖에 그렇게 되었다. 식사를 마친 뒤, 다섯시쯤, 이른 저녁의 일이었다……

2. 갑자기 장막이 떨어져나갔다

그보다 먼저 두어 마디만 더해두겠다. 한 달 전쯤, 나는 이상하다 싶을 만큼 조용히 생각에 잠기곤 하는 그녀의 모습을 알아차렸다. 그건 그저 침묵이 아니라 깊은 사색이었다. 이 역시 어느 날 문득 알아차린 사실이다. 그때 그녀는 고개를 숙이고 앉아 바느질을 하느라 내가 자기를 쳐다보고 있다는 것을 알지 못했다. 그런데 그녀가 너무 해쓱하고 비쩍 마른데다, 얼굴은 창백하고 입술도 핏기 하나 없어서 나는 새삼 가슴이 철렁했다. 거기에 생각에 잠긴 모습까지 더해지자, 나에게는 이 모든 게 큰 충격으로 다가왔다. 그러잖아도 전에, 특히 밤이면 그녀가 내뱉는 마른기침 소리를 여러 번 들었었다. 나는 당장 자리에서 일어나 시레데르에게 왕진을 부탁하러 갔다. 그녀에게는 아무 말도 하지 않았다.

다음날 시레데르가 왔다. 그녀는 깜짝 놀라며 박사를 쳐다봤다가 나를 쳐다봤다가 했다.

"저는 괜찮아요." 그녀가 보일 듯 말 듯 웃음을 지어 보이며 말했다. 시레데르는 그녀를 살펴보는 둥 마는 둥 하더니(의사들이란 때로는 거만하게 대충 넘어갈 때가 있다) 나를 다른 방으로 오게 해, 병을 앓고 난 후유증일 뿐이며 봄이 되면 그녀를 바닷가로 데려가거나, 그게 어려우면 다차에라도 가서 지내는 게 좋겠다고 말했다. 한마디로, 그녀가 쇠약해져 있다거나 뭔가 그런 비슷한 증세라는 말 외에는, 의사가 특별히 내린 진단은 없는 셈이었다. 시레데르가 떠나자, 그녀가 갑자기 진지하다못해 심각한 표정으로 나를 바라보며 말했다.

"저는 정말, 정말 건강해요."

하지만 이렇게 말하기 무섭게 그녀는 갑자기 얼굴을 붉혔는데, 수치심 때문인 것 같았다. 아니, 그건 분명 수치심이었다. 오, 이제야 알겠다. 아직도 내가 자기 남편이라는 사실이 부끄러웠던 거다. 여전히 남편인 듯 굴면서 자기를 보살피려 드는 내가 수치스러웠던 것이다. 그러나 당시 나는 이를 이해하지 못했고, 그녀의 붉어진 얼굴이 그저 그녀의 온순한 성격 때문이라고만 여겼다. (장막이여!)

그러고 나서 한 달 후, 4월의 밝고 화창한 어느 날 오후 다섯시, 나는 전당포에 앉아 계산을 맞추고 있었다. 그런데 갑자기 그녀가 우리 방, 자기 탁자 앞에서 일을 하며 가만가만…… 노래 부르는 소리가 들려왔다. 이 뜻밖의 사건은 나에게 무척이나 강렬한 인상으로 다가왔는데, 지금도 그때 내가 느꼈던 감정이 무엇이었는지 잘 모르겠다. 그녀가 그처럼 노래하는 소리를 들은 건 아마 그때가 처음이었던 것 같다. 그녀를 내 집에 들이고 난 후, 처음의 시간들, 권총으로 목표를 겨냥하며 어린애처럼 즐거워하며 재잘대던 그때조차도 거의 들을 수 없었던 노랫

소리였다. 처음 그 시절 그녀의 목소리는 충분히 힘이 넘치고 낭랑했으며, 좀 불안정하긴 했어도 정말이지 듣기 좋고 건강했었다. 하지만 지금 그녀의 노랫소리는 너무도 가늘고 기운이 하나도 없었다. 오, 애처롭다고 할 정도는 아니었지만(그건 어떤 로망스 곡이었다), 마치 목소리 어딘가 금이 가고 부서진 것처럼, 마치 그 작고 사랑스러운 목소리로는 힘에 부치는 것처럼, 그리고 마치 노래 자체가 아픈 것처럼 들렸다. 그녀는 나지막이 노래를 부르다가 높은 음으로 올라가는가 싶더니 돌연 멈춰버렸다. 그 작고 가련한 목소리는 너무도 애처롭게 끊어지고 말았다. 그녀는 몇 번 잔기침을 하더니 다시 가만가만, 거의 들릴 듯 말 듯 작은 소리로 노래하기 시작했다……

사람들은 그 일로 잔뜩 흥분한 나를 비웃겠지만, 어느 누구도 내가 왜 그렇게까지 흥분했는지는 결코 이해하지 못할 것이다! 아니, 나는 여전히 그녀가 불쌍하다는 생각이 들지 않았다. 그건 연민과는 전혀 거리가 먼, 뭔가 다른 감정이었다. 처음에는, 적어도 처음 몇 분 동안은 이게 대체 뭔가 싶어 어리둥절했고, 정말 많이 놀랐으며, 다음엔 기이하고도 병적인, 거의 복수심에 가까운 그런 감정이 밀려왔다. '노래를 하다니, 그것도 내가 있는 데서! 나에게 저지른 짓을 이제 다 잊었다는 건가?'

몹시 충격을 받은 나는 한동안 그 자리에 꼼짝 않고 있다가, 불쑥 일어나 모자를 집어들고는 무작정 밖으로 뛰쳐나갔다. 무엇 때문인지, 또 어디로 가는지도 몰랐다. 루케리야가 외투를 챙겨주었다.

"아씨가 노래를 부르나?" 저도 모르게 질문이 튀어나왔다. 루케리야는 내 질문을 이해하지 못했다. 무슨 말인지 모르겠다는 듯 빤히 나를 바라봤다. 사실, 내 질문이 애매모호하긴 했다.

"아씨가 노래하는 게 이번이 처음인가?"

"아니요, 나리가 안 계실 때 가끔 부르신답니다." 루케리야가 대답했다.

모두 기억난다. 계단을 내려와 거리로 나갔고, 그러고는 정처 없이 걸었다. 길모퉁이가 나올 때까지 걷다가 멈춰 서서는 어딘가를 바라보기도 했다. 사람들이 오가며 나를 밀치고 지나갔지만 아무 느낌도 없었다. 나는 마차를 불러 타고 마부에게 폴리체이스키 다리로 가자고 말했는데, 왜 그랬는지는 나도 모른다. 하지만 잠시 후, 불쑥 마차를 멈춰 세우고 마부에게 20코페이카 은화 한 닢을 꺼내주었다.

"이건 자네를 수고스럽게 만든 값이네." 괜스레 마부에게 웃음을 지어 보이며 이렇게 말했지만, 나는 문득 어떤 기쁨이 터질 듯 가슴 가득 밀려드는 것을 느꼈다.

나는 걸음을 재촉하며 집으로 향했다. 가늘게 떨리는, 끊어질 듯 말 듯 이어지던 그 가련한 노랫소리가 갑자기 다시 내 영혼에 울려왔다. 숨이 멎을 것만 같았다. 장막이, 내 눈을 가렸던 장막이 떨어져나갔다! 내가 있는 데서 노래를 불렀다는 건 그녀가 나에 대한 일을 잊었음을 의미했다. 그건 자명하고도 무서운 일이었다. 내 가슴은 그걸 알고 있었다. 하지만 환희가 내 영혼을 밝게 비췄고 두려움을 몰아냈다.

오, 운명의 아이러니여! 지난 겨우내 나의 영혼은 온통 이 환희 하나만으로 충만했으며, 다른 감정 따윈 존재하지도 않았고 존재할 수도 없었다. 그렇다면 나 자신은 겨우내 어디에 있었단 말인가? 나는 정말 내 정신이었을까? 나는 부리나케 계단을 뛰어올라갔다. 안으로 들어설 때 내가 머뭇댔는지 어땠는지는 잘 모르겠다. 기억나는 건 단지 바닥 전체가 마치 물결이 출렁이듯 흔들렸고, 마치 내가 강에서 허우적대는 것 같은 기분이 들었다는 사실뿐이다. 내가 방으로 들어갔을 때, 그녀는 아까처럼 제자리에 고개를 숙이고 앉아 바느질을 하고 있었지만 더이상 노래는 부르지 않았다. 그녀가 무심코 흘끗 내 쪽을 보았지만, 그건 실제로 내게 눈길을 주었다기보다 누군가 방에 들어오면 으레 보이기 마련인 자연스럽고 무심한 반응일 뿐이었다.

나는 곧장 그녀에게 다가가 바로 그녀 옆에 놓인 의자에 주저앉았다. 마치 정신 나간 사람처럼 말이다. 그녀가 깜짝 놀란 듯 흠칫 나를 바라보았다. 나는 그녀의 손을 잡고 무슨 말인가를 했는데, 그게 무엇이었는지는 기억나지 않는다. 아니, 뭔가를 말하고 싶어서 애를 썼다는 편이 맞겠다. 왜냐하면 그때 나는 제대로 말조차 할 수 없는 상태였기 때문이다. 목소리가 자꾸 끊겨서 마음먹은 대로 말이 나오지 않았다. 게다가 무슨 말을 해야 할지도 몰랐기에 그저 숨만 가쁘게 내쉴 뿐이었다.

"잠깐 얘기를…… 그러니까…… 무슨 말이든 좀 해봐요!" 엉뚱하게도 바보 같은 말이 툭 튀어나왔다. 오, 그 순간 내가 어떻게 제정신일 수 있었겠는가? 그녀가 다시 흠칫 몸을 떨고는 겁에 질린 얼굴로 나를 바라보며 뒤로 물러났다. 그런데 순간 그녀의 눈에 엄격한 놀람이 어렸다. 그랬다, 그건 놀람이면서 엄격함이었다. 그녀는 두 눈을 크게 뜨고 나를 바라보았다. 엄격함, 그녀의 눈빛에 나타난 그 엄격한 놀람이 단번에 나를 부숴버렸다. '그럼 당신은 아직도 사랑을 원한다는 건가요? 그래요?' 그녀는 한마디도 하지 않았지만, 그 놀란 표정이 그렇게 묻고 있었다. 하지만 나는 다 읽고 말았다, 전부 다. 내 안의 모든 것이 전율했고, 나는 그녀의 발 앞에 그대로 무너졌다. 그렇다, 나는 그녀의 발아래 쓰러지듯 엎드렸다. 그녀가 벌떡 일어났고, 나는 두 팔로 있는 힘껏 그녀를 붙들었다.

그리고 나의 절망을 완전히 깨달았다. 오, 결국 깨닫고 말았다! 하지만, 당신이 믿을지 모르겠지만, 그때 내 가슴은 환희로 끓어올랐고 얼마나 벅차올랐던지 이러다가 죽을 수도 있겠다는 생각마저 들었다. 주체할 수 없는 환희와 행복으로 나는 그녀의 두 발에 입을 맞췄다. 그렇다, 나는 처절한 절망을 자각하면서도, 헤아릴 수 없는 무한한 행복을 맛보았던 것이다! 나는 눈물을 흘렸고, 뭔가를 말하려 했지만 할 수 없었다. 그녀의 경악과 놀람은 갑자기 걱정어린 마음으로, 도저히 풀 수 없는 의문으로 바뀌었고, 그녀는 이상하게, 심지어 다소 거칠다고 할 정도로 이상한 눈빛으로 나를 바라보았다. 그 순간 그녀는 뭐라도 이해하려 애썼으나 이내 웃음을 지어 보였다. 자기 발에 쏟아진 나의 입맞춤이 무섭도록 창피했던지 그녀는 재빨리 발을 빼냈고, 나는 그녀의 발이 디뎠던 그곳 바닥에 다시 입을 맞췄다. 나의 이런 행동을 보더니 그녀가 수치심에 돌연 웃음을 터뜨렸다(사람이 창피할 때 웃는 게 어떤지 당신도 알 것이다). 히스테리가 시작되는 듯했다. 그녀의 손이 부들부들 떨리는 게 보였다. 하지만 나는 아랑곳하지 않고 계속해서 중얼거렸다. 그녀를 사랑한다고, 이대로 일어나지 않을 거라고, 그리고 "당신 옷자락에 입맞추게 해줘요…… 그렇게 평생 당신을 숭배하며 살도록……"이라고 말이다. 잘 모르겠다, 기억이 안 난다. 그런데 갑자기 그녀가 흐느껴 울며 온몸을 떨었다. 무서운 히스테리 발작이 시작되었다.

내가 그토록 그녀를 놀라게 한 것이다.

나는 그녀를 침대로 옮겼다. 발작이 가라앉자, 그녀는 침대에 앉아 몹시 괴롭고 힘겨운 표정으로 내 두 손을 부여잡고 제발 진정하라고 말했다. "그만 됐어요, 자신을 괴롭히지 말아요, 진정하세요!" 그러고는 다시 울기 시작했다. 그날 저녁, 나는 한시도 그녀의 곁을 떠나지 않았다. 나는 그녀에게 모든 것을 털어놓았다. 그녀를 불로뉴로 데려가 바다에서 물놀이를 할 거라고, 지금, 아니 당장, 아니면 이 주 후에라도 떠나자고 말이다. 며칠 전에 들은 그녀의 목소리가 너무 불안하고 가냘프더라고, 전당포 일을 완전히 접고 도브론라보프에게 넘길 거라고, 그리고 이제 모든 것이 새롭게 시작될 것이며, 중요한 건 불로뉴로, 바로 불로뉴로 간다는 사실 아니겠느냐고 모두 말했다! 그녀는 내 말을 듣고 있었지만 여전히 두려워 떨었다. 그녀의 두려움은 점점 더 커져만 갔다. 그러나 중요한 것은 그게 아니었다. 문제는 또다시 그녀의 발아래 엎드려 입맞춤을 하고, 그녀의 두 발이 머무는 곳에 다시 한번 입을 맞추고 싶다는 생각이, 그녀에게 애원이라도 하고 싶은 마음이 걷잡을 수 없도록 강렬해진다는 사실이었다. "더이상 아무것도 묻지 않겠소, 아무것도." 나는 계속해서 되풀이해 말했다. "굳이 내게 대답할 필요도 없고, 나 같은 건 신경도 쓰지 말아요. 다만 한쪽 구석에서라도 당신을 바라볼 수 있게만 해주오. 나를 당신의 물건이라고 생각해요, 애완견이라고……" 그녀는 울었다.

"저는 당신이 저를 이대로 내버려둘 줄 알았어요." 그녀 입에서 무심결에 이 말이 불쑥 튀어나왔다. 그건 정말이지 무심결에 나온 말이라, 그녀 자신조차 무슨 말을 했는지 전혀 알아채지 못한 것 같았다. 그럼에도 불구하고, 오, 그건 나에게 가장 중요하고, 가장 운명적인 말이었다. 그리고 그날 저녁 내가 가장 이해하기 쉬운 말이었다. 그녀의 말은 마치 칼로 내 심장 깊은 곳을 찌르는 것 같았다! 그 말이 내게 모든 것을 설명해주었다, 모두 다. 하지만 그녀가 내 옆에, 내 눈앞에 있는 동안은 한없이 희망에 부풀어올랐고 무섭도록 행복했다. 아, 그날 저녁 나는 그녀를 너무도 힘들게 했고, 또 그 사실을 잘 알고 있었지만, 나는 당장이라도 모든 걸 바로잡을 수 있다는 생각에만 사로잡혀 있었다. 결국 밤이 되자 그녀는 거의 탈진할 지경이 되었고, 나는 그녀에게 어서 잠자리에 들 것을 권했다. 그러자 그녀는 금세 곤히 잠들었다. 나는 혹시 그녀가 헛소리라도 하면 어쩌나 지켜봤고, 정말로 그녀의 입에서 헛소리가 새어나왔다. 하지만 그건 그저 가벼운 잠꼬대였다. 그날 밤 나는 거의 일 분이 멀다 하고 일어나 살금살금 슬리퍼를 신고 그녀를 살피러 다녔다. 그때 3루블을 주고 사들인 철제 침대에 곤히 잠든 병약한 존재를 내려다보며 나는 안타까움에 쥐어짜듯 두 손을 맞잡았다. 나는 무릎을 꿇고 앉았지만, 잠든 그녀의 발에 감히 입을 맞추지는 못했다(그녀의 허락이 없잖은가!). 나는 신께 기도를 드리기 시작했다가 다시 벌떡 일어서고 말았다. 루케리야가 유심히 나를 바라보고 있었다. 아마도 나처럼 그녀를 살피기 위해 부엌에서 잠깐잠깐 들러보는 모양이었다. 나는 루케리야에게 다가가 잠자리에 들라고 이르면서 내일부터 '전혀 다른 날'이 시작될 거라고 말했다.

그리고 나는 미친듯이 간절하게, 맹목적으로 그걸 믿었다. 오, 환희여, 나는 온통 그대로 가득찼도다! 나는 어서 다음날이 오기만 기다렸다. 중요한 건, 내가, 여러 가지 이상 징후들이 있었음에도 불구하고, 불행이 닥칠 수도 있다는 사실을 간과해버렸다는 점이다. 눈에서 장막이 벗겨져나갔는데도 나의 이성은 여전히 온전하게 돌아올 줄 몰랐다. 그러고도 오랫동안, 정말이지 오랫동안 돌아오지 않았다. 아, 오늘, 바로 오늘까지도 말이다! 사실, 그때 어떻게 내 이성이 온전히 돌아올 수 있었겠는가. 그때는 그녀가 아직 살아 있었으니, 그때는 그녀가 아직 내 눈앞에 있었고, 나 역시 그녀 앞에 있었으니 말이다. '내일 아내가 잠에서 깨면 전부 다 말해줘야지. 그러면 아내도 모든 걸 이해할 거야.' 바로 이것이 당시 나의 판단이었다. 참으로 간단하고 명쾌했기에, 나는 그만 터질 듯한 기쁨에 들뜨고 말았던 거다! 중요한 건 불로뉴 여행이었다. 무슨 까닭인지 나는 불로뉴에 모든 걸 걸었고, 불로뉴에 결정적인 뭔가가 있다고 확신했다. "불로뉴로 가자, 불로뉴로……!" 나는 미친 듯이 아침이 오기만을 기다렸다.

3. 지나치게 잘 이해하다

그런데 이 사건은 기껏해야 며칠 전, 오 일 전, 고작 오 일 전에, 그러니까 지난 화요일에 벌어진 일이다! 아니, 아니, 그녀가 조금만, 정말 아주 조금만 더 기다려줬더라면, 내가 그 어둠을 몰아내버렸을 텐데! 그래, 정말로 그녀는 그렇게도 힘들고 괴로웠던 걸까? 다음날 다소 당황스러운 기색을 보이기는 했지만, 그래도 웃음 띤 얼굴로 내 이야기에 귀를 기울였는데…… 중요한 건, 며칠 내내, 그 오 일 내내 그녀가 당혹스러워했다고 할까 아니면 수치스러워했다고 할까, 그랬던 건 분명하다는 사실이다. 겁을 집어먹은 것 같기도 했다, 그것도 아주 많이. 내가 거의 미친놈처럼 굴었다는 점에 대해 언쟁을 벌이거나 반박할 생각은 없다. 무섭고 두려웠을 것이다. 어떻게 두렵지 않았겠는가? 사실 우리는 이미 오래전에 서로 서먹해진데다 멀어질 대로 멀어진 사이인데, 갑자기 내가 돌변했으니…… 그러나 나는 그녀의 두려움을 외면하고 싶었다. 밝게 빛나는 새로운 삶이 우리를 기다리고 있었으니까……! 사실, 그건 명백한 나의 실수였다. 아니, 어쩌면 더 많은 실수들이 있었는지도 모른다. 다음날 눈을 뜨자마자(수요일이었다), 나는 당장 아침부터 무심결에 또 잘못을 저지르고 말았다. 갑자기 그녀를 친구처럼 대한 것이다. 지나치게, 너무 지나치게 성급했다. 참회가 먼저였어야 했다. 참회보다 더 통렬한 참회를 나는 반드시 했어야 했다! 나는 자신마저 속이며 애써 외면했던 진실들까지 모두 그녀에게 털어놓았다. 지난 겨우내 그녀가 나를 사랑한다는 사실을 단 한순간도 의심해본 적이 없다고 솔직하게 말했다. 전당포 일은 내 의지와 이성의 타락일 뿐이며, 또 자기비하이자 동시에 자긍심이기도 한 개인적인 사상에 불과하다고도 했다. 그날 저녁 극장 간이식당에서 나는 정말로 겁이 났으며, 그건 내 성격과 의심 많은 조심성 때문이었다고 설명했다. 즉 그 상황이 무척 당황스러웠으며 간이식당도 나에게는 불편했다고, 어떻게 그 상황을 벗어날 것인지, 또 그런 내가 어리석어 보이면 어떡하나 하는 염려가 나를 두렵게 했다고도 말했다. 결투가 두려웠던 게 아니라, 웃음거리가 될지도 모른다는 생각이 문제였다면서…… 나중에는 이런 사실을 인정하고 싶지 않아서 모두를 괴롭혔으며, 그녀 역시 이 때문에 괴롭게 만들었다고 했다. 그녀와 결혼했으니 결국 그녀를 괴롭히는 셈이 되었다고 말이다. 나는 마치 열에 들뜬 사람처럼 이런 이야기들을 쏟아놓았다. 그녀가 먼저 내 손을 붙잡고 제발 그만하라고 간청했다. "당신은 과장하고 있어요…… 자신을 괴롭히는 거라고요." 그리고 또다시 눈물을 흘렸고, 또다시 발작을 일으킬 뻔했다! 그녀는 아무 말도 하지 말라고, 그 일은 떠올리지 말아달라고 간곡히 부탁하고 또 부탁했다.

나는 그녀의 간청을 무시했거나 아니면 거의 무시하다시피 했다. 봄에는 불로뉴로! 그곳에는 태양이, 우리의 새로운 태양이 빛나고 있지 않은가! 그렇게 나는 불로뉴 얘기만 하고 있었다. 나는 전당포 일을 완전히 접었고, 사업을 도브론라보프에게 넘겼다. 그러고는 느닷없이 그녀에게 대모가 물려준 3천 루블만 남기고 모든 재산을 가난한 사람들에게 나누어주자고 제안했다. 3천 루블은 불로뉴에 다녀오고 나서 땀 흘려 일하며 사는, 새로운 삶을 시작하는 데 쓸 돈이었다. 그녀가 이렇다 저렇다 말이 없었기에 나의 제안대로 결정되었다…… 그녀는 가만히 웃음만 지어 보였는데, 그건 동의라기보다는 나를 실망시키지 않으려는 배려에서 나온 웃음이었다. 사실, 내가 그녀에게 부담을 주고 있다는 걸 나도 알고 있었다. 내가 그것도 모를 정도로 어리석고, 또 이기적인 사람이라고는 생각지 마시라. 나는 모든 것을 보고 있었다, 마지막 한계까지 전부 다. 나는 누구보다 잘 보고 잘 알고 있었다. 나의 모든 절망이 눈앞에 다가와 있다는 사실까지도!

나는 그녀에게 나에 대해, 그리고 그녀에 대해 모든 걸 이야기했다. 루케리야에 대한 이야기도 빠뜨리지 않았다. 내가 울었다는 말도 했다…… 오, 나는 화제를 다른 데로 돌렸고, 나 자신도 몇 가지 사건은 기억에 떠올리지 않으려고 노력했다. 그녀는 한두 번은 정말로 생기 넘쳐 보이기까지 했다. 기억난다, 생생하게 기억난다! 어째서 당신은 내가 다 보고 있으면서도 아무것도 깨닫지 못했다고 말하는가? 이번 일만 없었어도, 그러지만 않았어도 모든 게 부활했을 텐데. 사실 엊그저께 대화의 주제가 독서로 옮겨갔을 때, 그녀는 자신이 이번 겨울에 읽은 책 이야기를 꺼냈다. 심지어 그라나다 대주교와 함께 있는 질 블라스*의 장면을 떠올리며 소리 내 웃기까지 했다. 예전 약혼 시절과 똑같은, 어린애처럼 천진하고 사랑스러운 웃음이었다(아, 순간이여! 찰나여!). 아, 나는 얼마나 기뻤던가! 하지만 그녀의 대주교 이야기를 들으며 큰 충격을 받은 것 또한 사실이다. 그렇다면 그녀는 겨울 동안 그런 명작을 웃으며 즐길 만큼 그렇게 마음이 평안하고 행복했단 말인가. 그건 그녀가 이미 마음의 평안을 완전히 되찾기 시작했고, 내가 그녀를 그냥 그렇게 내버려둘 거라고 완전히 믿기 시작했다는 의미였다. "저는 당신이 저를 이대로 내버려둘 줄 알았어요." 바로 화요일에 그녀가 했던 말 아닌가! 오, 열 살짜리 어린애 같은 생각이라니! 그녀는 믿고 있었다, 정말로 그렇게 모든 것이 계속될 거라고 믿고 있었던 거다. 이를테면, 그녀는 자기 식탁 앞에서, 나는 내 식탁 앞에서, 그렇게 우리 두 사람이 각자 따로 지내는 삶이 예순 살까지도 이어질 거라 믿었던 것이다. 그런데 갑자기 내가, 남편이라는 자가 다가와 사랑을 갈구하다니! 오, 잘못된 이해여, 오, 나의 눈멂이여!

환희에 가득찬 눈길로 그녀를 바라본 것 역시 나의 실수였다. 참았

* 프랑스 작가 알랭르네 르사주의 소설 『질 블라스 이야기』는 질 블라스의 파란만장한 모험을 통해 당대 사회의 모습을 풍자, 비판했다.

어야 했다. 나의 환희마저 그녀를 겁먹게 만들었으니까. 하지만 나로서는 정말 참는다고 참았고, 더이상 그녀의 발에 입을 맞추지도 않았다. 나는 단 한 번도 그녀에게…… 그러니까, 남편입네 하고 나선 적이 없었다. 오, 내 머릿속에는 그런 생각 자체가 들어 있지 않았고, 그저 그녀를 숭배했을 뿐이다! 그렇지만 줄곧 침묵만 지키고 있기란 불가능했다. 전혀 말을 하지 않다니, 그게 어떻게 가능하겠는가! 나는 불쑥, 그녀와 대화를 나누면 정말 즐겁다고, 그녀가 나와는 비교도 안 될 만큼 훨씬 더 교양 있고 성숙한 사람 같다고 말했다. 그녀는 새빨갛게 얼굴을 붉혔고, 몹시 당황해하며 내가 과장하는 거라고 대답했다. 여기서 나는 어리석게도 참지 못하고, 그때 문 뒤에 서서 그녀가 그 파렴치한 작자와 벌이는 논쟁을, 천진하고 순수한 그 논쟁을 들었을 때 얼마나 기뻤는지 모른다는 말을 입 밖에 내고 말았다. 어린애 같은 천진무구함 속에서 빛나던 그녀의 그 지성과 그 신랄함을 정말 기쁘게 즐겼다면서 말이다. 그녀가 부르르 온몸을 떠는 것 같더니 다시 한번 내가 과장하는 거라고 더듬더듬 말했다. 그리고 이내 안색이 어두워지더니 두 손으로 얼굴을 감싸고 흐느끼기 시작했다…… 그때 나는 더이상 견디지 못하고 또다시 그녀의 발아래 몸을 던졌고, 또다시 그녀의 발에 입을 맞췄다. 이 사건은 지난 화요일처럼 그녀의 발작으로 끝이 났다. 어제저녁의 일이었다. 그런데 다음날 아침……

다음날 아침?! 아, 이런 미친 인간 같으니, 다음날 아침이란 바로 오늘 아침이잖아, 불과 몇 시간 전, 바로 조금 전 말이야!

당신도 내 얘길 듣고 곰곰이 따져보시라. 얼마 전 우리가 사모바르를 사이에 두고 마주앉아 있을 때(어젯밤 발작을 일으킨 후였다), 그녀가 어찌나 평온해 보이던지 나는 깜짝 놀랐다. 정말 그랬다! 나는 어젯밤 사건 때문에 밤새 두려움에 떨었는데 말이다. 그런데 갑자기 그녀가 나한테 다가오더니, 두 손을 맞잡은 채 내 앞에 서서(겨우 몇 시간 전이다, 정말 불과 몇 시간 전!) 이렇게 말하기 시작했다. 자신은 죄인이며, 그 사실을 잘 알고 있다고, 자신이 저지른 짓 때문에 겨우내 괴로웠으며 지금도 고통스럽다고…… 나의 관대함에 정말 감사하다고…… 그러고는 "당신의 성실한 아내가 될게요, 당신을 존경할 거고요……"라고 덧붙였다. 그러자 나는 벌떡 일어나 미친듯이 그녀를 끌어안았다! 그러고는 그녀에게 입을 맞췄다. 오랜 이별 끝에 남편으로서는 처음으로 그렇게 그녀의 얼굴에, 입술에 입맞춤을 했다. 그런데 어쩌자고 나는 외출을 했을까, 고작해야 두 시간인데…… 우리의 해외 여권 때문에…… 오, 세상에! 오 분만, 딱 오 분만 일찍 돌아왔더라면……! 우리 집 문 앞에 모여든 사람들, 나를 바라보던 그들의 눈길…… 오, 세상에!

루케리야가 말하길(오, 이제 무슨 일이 있어도 루케리야를 내보내지 않을 거다! 루케리야는 모든 것을 알고 있다. 겨우내 우리와 함께 있지 않았나. 그러니 나에게 모든 걸 말해줄 것이다), 그러니까 루케리야의 말로는, 내가 외출했다가 집으로 돌아오기 불과 이십 분 전쯤에, 아씨에게 뭔가, 그게 뭐였는지는 기억나지 않는다, 어쨌든 물어볼 게 있어서 불쑥 우리 방으로 들어갔는데, 보아하니, 아씨가 자신의 성상(바로 그 성모상이다)을 탁자 위에 세워놓고 그 앞에서 기도를 드리는 것 같더란다. "아씨, 무슨 일이세요?" "별일 아냐, 루케리야, 나가 있어…… 잠깐만, 루케리야!" 그녀는 루케리야에게 다가가 입을 맞췄다. "행복하세요, 아씨?" "응, 루케리야." "진즉에, 나리는 진즉에 아씨께 와서 용서를 빌었어야 해요…… 그래도 두 분이 화해하셨다니, 정말 다행이지 뭐예요.” “맞아, 루케리야, 그럼, 이제 나가봐.” 그리고 그녀는 웃음을 지었는데, 그 웃음이 아주 이상했단다. 하도 이상해서 루케리야는 십 분쯤 후에 다시 그녀를 살피러 갔다. “아씨는 벽 쪽에, 창가 바로 옆에 서 계셨어요. 팔 하나를 벽에 기대고, 또 그 팔 위에 머리를 기대고는 서서 생각에 잠겨 계셨어요. 어찌나 골똘히 생각을 하고 계시던지 제가 건너편 방에 서서 지켜보는 것도 모르시더라고요. 그런데 보니까, 아씨가 웃고 계신 것 같았어요. 네, 그렇게 생각에 잠겨 웃고 계셨어요. 그래서 아씨를 보고는 가만히 돌아서서 나가며 잠깐 딴생각을 하는 참인데, 글쎄, 갑자기 창문 열리는 소리가 나는 거예요. 그래, 즉시 아씨 방으로 달려갔지요. 가서 아씨께 ‘바람이 차요, 아씨, 감기 걸리면 어쩌시려고요’라고 말할 생각이었지요. 그런데 아씨가 창문턱에 올라가 계시지 않겠어요? 창문은 활짝 열려 있고 아씨는 그 위에 벌써 완전히 올라서서는 등을 보인 채 두 손에 성상을 들고 계셨어요. 순간 심장이 덜컥 내려앉으면서 제가 소리소리 질렀지요. ‘아씨! 아씨!’ 하고요. 아씨는 그 소리에 뒤를 돌아보려는 것 같았지만 결국 돌아보지 않고 그대로 발을 내디뎠어요. 성상을 가슴에 꼭 끌어안고 창밖으로 몸을 던졌다고요!”

내가 대문에 들어섰을 때 그녀의 몸이 아직 따뜻했던 것은 기억난다. 중요한 건, 사람들이 모두 나를 바라보고 있었다는 사실이다. 그들은 처음에 소리를 지르다가 갑자기 조용해졌고 내가 지나가도록 길을 내주었다. 그리고…… 그리고 그녀가 그 성상을 안고 바닥에 누워 있었다. 내가 말없이 그녀에게 다가가 한참 동안 그녀를 바라보던 것과 사람들이 내 주위로 몰려들어 내게 뭔가 말을 건네던 것이 어둠 속처럼 희미하게 떠오른다. 루케리야도 그곳에 있었지만 나는 알아채지 못했다. 루케리야 말로는 나와 대화까지 나눴다는데 말이다. 어떤 장사꾼만 하나 기억난다. 그 남자가 나에게 계속 "입에서 피가 한줌 나왔어요! 한줌! 한줌이요!"라고 소리치며 돌 위에 묻은 피를 가리켰다. 나는 손가락을 그 피에 적셔서 문지르고는 그걸 물끄러미 바라보았던 것 같다(그건 기억난다). 그 남자는 계속해서 나에게 "한줌! 한줌이라니까요!"라고 외쳤다.

"'한줌'이 뭐 어쨌다는 건데?" 내가 빽 소리를 지르며 있는 힘껏 주먹을 쳐들고는 그 남자에게 달려들었다고 한다……

오, 말도 안 돼, 이건 말도 안 돼! 뭔가 잘못됐어! 있을 수 없는 일이야! 있을 수 없는 일!

4. 기껏해야 오 분 늦었을 뿐이다

정말 그렇다고? 정말 이게 사실이라고? 정녕 이런 일이 가능하다고 말할 수 있는가? 무엇을 위해, 대체 왜 이 여인은 죽음을 택했을까?

오, 나는 이해한다, 믿어주시라. 하지만 무엇 때문에 그녀가 스스로 목숨을 끊었는지는 여전히 의문이다. 나의 사랑이 두려웠던 걸까, 정말 내 사랑을 받아들여야 할지 말아야 할지 스스로 진지하게 물어보고는 도저히 그 질문을 감당할 수 없어 죽어버리는 게 낫다고 생각했을까? 안다, 다 알겠으니, 머리를 쥐어짜고 말고 할 것도 없다. 그녀는 너무 많은 약속을 했고, 그 약속들을 지키지 못할까봐 두려웠던 거다. 분명하다. 여기에 너무도 끔찍한 상황들이 몇 가지 있다.

그래서 그녀는 목숨을 끊어버린 걸까? 그래도 의문은 여전하다. 이 질문이 자꾸만 내 뇌리를 스친다. 그녀가 자신을 그대로 내버려두길 원했다면, 나는 그녀를 그냥 그대로 내버려뒀을 것이다. 하지만 그녀는 그걸 믿지 못했다, 바로 그거다! 아니, 아니다, 내가 거짓말하는 거다, 그건 전혀 그렇지가 않다. 그건 순전히 그녀가 내게 정직해야 했기 때문이다. 그녀는 장사치 따위나 사랑하는 그런 사랑이 아니라, 완전한 사랑을 원했던 거다. 그녀는 너무도 순결하고 너무도 순수해서, 장사치에게나 어울리는 사랑에는 동조할 수 없었고, 또 그런 사랑으로 나를 속이고 싶지 않았던 거다. 진정 사랑한다면서 반쪽짜리나 사분의 일밖에 안 되는 사랑으로 나를 기만할 수는 없었던 것이다. 너무 정직하다는 것, 바로 그거다! 당시 나는 관대한 마음을 갖기를 원했다, 기억하는가? 기이한 생각이다.

정말 못 견디게 궁금하다. 과연 그녀는 나를 존경했을까? 혹시 나를 경멸했을까, 아니었을까? 나도 모르겠다. 하지만 경멸했으리라는 생각은 들지 않는다. 참으로 이상하다. 어째서 겨우내 나는 그녀가 나를 경멸할지도 모른다는 생각을 단 한 번도 못했을까? 나를 바라보던 그녀의 두 눈에 엄격한 놀람이 어리기 전까지만 해도 나는 오히려 그 반대라고 거의 확신하고 있었다. 그 엄격한 눈빛을 보기 전까지만 해도. 하지만 나는 바로 그 순간 그녀가 나를 경멸한다는 사실을 깨달았다. 되돌릴 수 없으리만큼, 영원히 알아버렸다! 아, 경멸해도 좋다, 평생을 그래도 좋다, 그녀가 살아 있기만 하다면, 살아 있기만! 불과 몇 시간 전만 해도 그녀는 걸어다니고 말도 했다. 정말이지 이해할 수가 없다, 어떻게 창밖으로 뛰어내릴 생각을 한단 말인가! 불과 오 분 전만 해도 이런 일이 있을 줄 누가 상상이나 했겠는가? 나는 루케리야를 불렀다. 이제 무슨 일이 있어도 루케리야를 내보내지 않을 거다, 무슨 일이 있어도!

오, 우리는 화해할 수도 있었다. 문제는 우리가 겨울 동안 너무 소원해졌다는 것이다. 정녕 서로에게 다시 익숙해질 수는 없었던 걸까? 왜, 대체 왜 우리는 화해하고 새로운 삶을 시작하지 못했을까? 나는 관대한 사람이고, 그녀 역시 그렇다. 바로 이 부분이 우리의 접합점이 될 수도 있었다! 몇 마디만 더 나눴더라면, 더도 말고 딱 이틀만 더 시간이 있었더라면, 그녀가 모든 걸 이해했을 텐데.

이 모든 일이 우연의 술수로 벌어졌다는 점이 다른 무엇보다 모욕적이다. 그저 단순하고, 야만적이고, 둔감한 우연! 바로 그래서 치욕스럽다! 오 분, 기껏, 기껏해야 오 분 늦었을 뿐인데! 내가 딱 오 분만 더 일찍 왔더라면 그 순간은 구름처럼 스쳐가고, 그랬다면 그녀의 머릿속에 다시는 그런 생각이 떠오르지 않았을 텐데. 그리고 그녀가 모든 걸 이해하며 잘 마무리됐을 텐데. 이제 다시 텅 빈 방들, 나는 다시 혼자가 됐다. 시계추가 똑딱거린다. 시계추야 아무 상관도 없겠지, 안타까움도 없겠지. 아무도 없다. 바로 이게 불행이다!

나는 왔다갔다, 왔다갔다 계속 방안을 서성인다. 안다, 알고 있다, 그러니 넌지시 알려주려 애쓰지 마시라. 당신은 내가 우연을 원망하고 오 분을 탓하는 게 우스운가? 하지만 너무도 자명하지 않은가. 이 한 가지만 보더라도 그렇다. 그녀는 쪽지 한 장 남기지 않았다. 이런 경우, 예를 들면, '내 죽음에 대해 누구에게도 죄를 묻지 말아주세요'라는 몇 마디 정도는 남기기 마련인데, 그것조차 없었다. 정녕 그녀는 루케리야까지 곤경에 빠뜨릴 수 있다는 생각을 하지 못했단 말인가. "아씨와 단둘이 있었잖아, 그러니 네가 아씨를 밀어버렸는지 누가 알아"라고 말이다. 만약 곁채 창문에서, 마당에서 네 명이나 되는 사람들이 그녀가 성상을 두 손에 꼭 쥐고 있다가 스스로 뛰어내리는 광경을 목격하지 못했다면, 아무 죄 없는 루케리야가 꼼짝없이 끌려갈 뻔했다. 하지만 사람들이 그 시간 그 자리에 있었던 것도, 그 일을 목격한 것도 다 우연이었다. 아니, 이 모든 건 순간, 설명할 수 없는 한순간일 뿐이다. 돌발성과 환상, 그뿐이다! 그녀가 성상 앞에서 기도를 올린 게, 뭐, 대단한 의미라도 지닌단 말인가? 아니, 그렇다고 그게 죽음을 앞두고 있었음을 의미하지는 않는다. 모든 건 순식간에 벌어졌고, 아마도 그 순간은 고작해야 십 분 정도였을 거다. 바로 그때, 그녀가 벽에 서서 머리를 팔에 기댄 채 웃음 지었을 때 모든 것이 결정난 거다. 문득 그 생각이 그녀의 뇌리를 스쳤고 계속 맴돌았기에, 결국 그녀가 버티지 못한 거다.

당신이 무슨 말을 하든, 여기엔 분명한 오해가 있다. 그녀는 여전히 나와 살고 있을 수도 있었다. 만약 빈혈 때문이라면? 그저 빈혈 때문이거나 삶의 활력이 모두 고갈되어서라면? 겨울 동안 너무 지쳤던 거다, 바로 그거다……

늦었다!!!

관 속에 누운 그녀는 어찌나 말랐던지, 코는 또 얼마나 깎아놓은 듯 오뚝한지! 그녀의 속눈썹은 화살처럼 곧게 뻗어 있었다. 그리고 어떻게 떨어졌기에, 깨지거나 부러진 곳 하나 없었다! 오로지 그 '한줌의 피'만 흘렸을 뿐이다. 디저트용 숟가락 하나 정도의 피만. 내출혈이리라. 이상한 생각이 든다. 만약 그녀를 땅에 묻지 않을 수 있다면? 사람들이 그녀를 데려가버리면, 그때는…… 오, 안 돼, 그녀를 데려가다니, 있을 수 없는 일이다! 아, 사실은 나도 알고 있다, 그녀를 데려가야만 한다는 것을. 나는 미치지도 않았고, 헛소리를 하는 건 더더구나 아니다. 오히려 지금처럼 정신이 맑았던 적이 없을 정도니까. 하지만 이렇게 또다시 집안에 아무도 없게 되다니, 또다시 두 개의 방에 덩그러니 나 홀로 저당물들과 남겨지다니. 헛소리, 헛소리, 모두 헛소리다! 내가 그녀를 괴롭혔다, 바로 그게 진실이다!

이 마당에 당신네 법률이 내게 다 무슨 소용인가? 당신네 관습, 당신네 풍습, 당신네 삶, 당신네 국가, 당신네 믿음이 나와 무슨 상관이란 말인가? 당신네 재판관에게 나를 판결하게 해보라. 나를 법정에, 당신네 공개 법정에 한번 세워보라. 그러면 나는 그 어떤 것도 인정할 수 없다고 말하겠다. "정숙하시오, 장교!" 재판관이 소리치겠지. 그러면 나도 재판관에게 되받아 소리칠 테다. "당신 힘이 대체 뭐라고 내가 당신 말에 따라야 한단 말이오? 어째서 음울한 아둔함 따위가 세상에서 가장 소중한 존재를 파멸로 몰아간 거요? 지금에 와서 당신네 법률 따위가 내게 무슨 소용이냐고? 나는 당신들과 연을 끊겠소!" 오, 나는 이제 어찌되든 상관없다!

눈먼, 눈이 먼 여자여! 죽은 몸이니 듣지도 못하겠지! 내 그대를 위해 어떤 천국을 준비해두었는지 그대는 모른다. 천국은 내 영혼 속에 있었고, 그대 주위를 온통 그 천국으로 꾸며주고 싶었다! 그래, 그대가 나를 사랑하지 않겠다면, 그렇게 하라, 그게 뭐 어때서? 모든 것이 그렇게 그대로였을 텐데, 모든 것이 그렇게 그대로 남았을 텐데. 그저 친구를 대하듯 나에게 이야기했더라면, 우리는 기뻐하고, 서로 눈을 마주치면서 즐겁게 웃을 수 있었을 텐데. 그렇게 함께 살았을 텐데. 그리고 설령 그녀가 다른 사람을 사랑하게 된다 해도, 뭐, 그래도 좋다, 그래도! 그대가 그 사람과 함께 길을 가며 소리 내 웃으면, 나는 그저 길 건너편에서 조용히 바라보았을 텐데…… 오, 무슨 일이 일어나든 상관없다, 단 한 번만이라도 그녀가 눈을 뜰 수 있다면! 한순간, 단 한순간만이라도! 조금 전, 내 앞에 서서 성실한 아내가 되겠노라 맹세하던 그때처럼 나를 바라볼 수만 있다면! 아, 그렇게 날 한 번만 바라봤더라면 모든 걸 이해했을 텐데!

아둔함이여! 오, 자연이여! 이 땅을 살아가는 사람들 모두가 혼자다. 바로 그게 불행이다! "이 들판에 살아 있는 자가 있는가?" 러시아의 전설적인 용사가 외친다. 용사는 아니지만 나도 같은 외침을 울려본다. 하지만 대답하는 이가 없다. 태양이 우주만물에 생기를 불어넣는다고들 한다. 태양이 떠오르면, 그 태양을 한번 바라보라. 정녕 저 태양은 죽은 존재가 아니란 말인가? 모든 것이 죽었고, 사방이 죽은 자들이다. 오직 사람들만 있을 뿐, 주위엔 온통 침묵만 흐른다. 바로 이것이 우리가 사는 땅이다! "사람들이여, 서로 사랑하라." 누가 말했던가? 누구의 계명인가? 시계추가 기분 나쁠 정도로 무심히 시간을 알린다. 밤 두시다. 그녀의 작은 구두가 침대 옆에 놓여 있다, 마치 그녀를 기다리는 것처럼…… 아니다, 내일이면 정말로 그녀를 데려갈 텐데, 정말 심각하다. 이제 나는 어쩌란 말인가?

우스운 인간의 꿈

환상적인 이야기

1

나는 우스운 인간이다. 이제 그들은 나를 미친놈이라고 부른다. 그들 눈에 내가 예전의 우스운 인간이 아닌, 미친 사람으로 보인다면 그건 어쩌면 일종의 신분 상승인지도 모르겠다. 하지만 화가 나지는 않는다. 아니, 오히려 그들 모두가 사랑스럽기까지 하다. 그들이 나를 비웃을 때조차 웬일인지 특별히 더 사랑스럽게 느껴질 정도다. 나는 그들과 함께 웃을 수도 있다. 그렇다고 그들과 함께 나 자신을 비웃겠다는 의미는 아니다. 그들을 바라볼 때 내가 이토록 울적한 기분만 아니라면 그들을 사랑하며 웃고 싶다는 얘기다. 내가 울적한 이유는 그들은 진리를 모르지만 나는 진리를 알기 때문이다. 아, 혼자서만 진리를 안다는 건 얼마나 고통스러운 일인가! 하지만 그들은 이를 이해하지 못할 거다. 아니, 결코 이해하지 못한다.

나도 전에는 내가 우스운 인간으로 보인다는 사실이 몹시 괴로웠다. 하지만 그렇게 보인 게 아니라 실제로 그랬다. 나는 늘 우스운 인간이었고, 나도 이를 잘 알고 있다. 어쩌면 태어날 때부터 알지 않았나 싶다. 난 이미 일곱 살 때 내가 우스꽝스럽다는 사실을 알아챘던 것 같다. 이후 중등학교에 들어가고 이어서 대학에서도 공부했지만, 공부를 하면 할수록 내가 우스운 인간이라는 사실만 더 분명해질 뿐이었다. 따라서 내게는 대학에서 갈고 닦은 모든 학문이, 그것에 더 깊이 몰두하면 몰두할수록 결국은 내가 우스운 인간이라는 사실을 스스로에게 증명하고 설명하기 위해 존재하는 것이나 마찬가지였다. 인생도 학창 시절과 비슷하게 흘러갔다. 한 해 한 해 시간이 갈수록 모든 면에서 내가 우스꽝스러운 인간이라는 자의식이 내 안에서 점점 더 커져갔고 점점 더 견고해졌다. 언제 어디서나 사람들은 나를 비웃었다. 그러나 내가 우스운 인간이라는 사실을 세상에서 가장 잘 아는 사람이 있다면 그건 바로 나 자신이다. 다른 이들은 어느 누구도 이 사실을 알지 못했다. 아니, 짐작조차 못했다. 나로서는 바로 이 점이, 즉 사람들이 그 사실을 모른다는 것이 무엇보다 모욕적으로 느껴졌지만, 실은, 여기엔 내 잘못도 있었다. 언제나 오만했던 나는 어떤 경우에도, 또 그 어느 누구에게도 이런 사실을 털어놓고 싶지 않았다. 이 오만함은 해가 갈수록 내 안에서 커져만 갔고, 그래서 만약 내가 우스운 사람이라는 사실을 우연찮게 누군가에게 발설이라도 하는 불상사가 생겼다면, 나는 아마 당장 그날 저녁에 권총으로 내 머리통을 날려버렸을 것이다. 아, 유년시절, 결국 참지 못하고 친구들에게 불쑥 털어놓기라도 할까봐 얼마나 가슴을 졸이며 지냈던가! 하지만 청년으로 성장한 후부터는 시간이 지날수록 점점 더 고약한 내 성미를 깨닫게 되었음에도, 왜 그런지 마음은 더 편해졌다. '왜 그런지'라고 말한 건 사실 지금도 그 이유를 정확히 모르기 때문이다. 어쩌면 그건 나의 온 존재보다 훨씬 더 고차원적인 어떤 상황에 대한, 끔찍하도록 우울한 감정이 내 영혼 속에 자라났기 때문일 수도 있다. 그것은 다름 아닌 바로 나를 사로잡은 하나의 확신, 즉 이 세상 어느 곳이든 이러나저러나 다 마찬가지라는 확고한 믿음이었다. 아주 오래전부터 그런 생각을 해왔지만 완벽한 확신으로 자리잡게 된 때는 뜻밖에도 지난해였다. 이 세상이 존재하건, 혹은 아무것도 존재하지 않건 나에게는 마찬가지라는 사실을 문득 깨닫게 된 것이다. 나에게는 그 어떤 것도 존재하지 않는다는 사실을 내 온 존재를 통해 듣고 느끼기 시작했다. 처음에는 나에게도 예전에 많은 것들이 존재했었다고 생각했지만, 나중에는 그렇게 보였을 뿐 실제로는 그때도 아무것도 없었다는 사실을 알게 되었다. 그리고 앞으로도 내게는 그 어떤 것도 존재하지 않으리라는 확신이 내 안에 조금씩 뿌리를 내렸다. 그러자 갑자기 다른 사람들에게 화를 내지 않게 되었고 그들에게 신경을 쓰는 일도 거의 사라졌다. 사실, 이런 변화는 지극히 사소한 일들에서 드러났다. 길을 가다 사람들과 부딪치는 일이 잦아졌다는 것도 그 한 예라 할 수 있다. 뭔가 골똘히 생각에 잠겨 있느라 부주의해서 그런 게 아니다. 대체 무슨 생각을 한단 말인가. 당시 나는 생각하기를 완전히 멈춘 상태였다. 왜냐하면 이러나저러나 내겐 다 마찬가지였으니까. 의문들에 대한 해답을 얻었더라면 좋았을 텐데. 아! 하지만 나는 그 어떤 해답도 얻지 못했다. 얼마나 많은 의문들이 쌓여 있었던가? 그러나 나에게는 이러나저러나 다 마찬가지가 되었고, 그러자 모든 의문들이 내게

서 멀어졌다.

그리고 얼마 지나지 않아 나는 진리를 발견했다. 작년 11월, 더 정확히 말하면 11월 3일에 일어난 일이다. 그때부터의 매 순간들을 나는 모두 기억한다. 음산한, 정말이지 상상을 초월할 정도로 음산한 밤이었다. 그날 밤 열시가 넘어 집으로 돌아가는 길이었는데, 이보다 더 음산한 밤은 없지 싶은 생각이 들었던 게 기억난다. 날씨도 그랬다. 그날은 하루종일 비가 쏟아졌다. 더할 수 없이 차갑고 음산한 비였고, 인간에게 노골적인 적대감을 드러내는, 일종의 위협마저 느껴지는 사나운 비였다. 그런데 밤 열시가 넘어가자 돌연 비가 그쳤고, 대신 지독한 습기가 올라오면서 비가 올 때보다 훨씬 더 눅눅하고 추워졌다. 길에서 멀찌감치 떨어져 유심히 살펴보면 돌 하나하나 골목 하나하나까지, 길 위의 모든 것들이 수증기를 뿜어내고 있을 정도였다. 그런데 문득, 혹시 주위의 가스등이 모두 꺼져버리면 한결 기분이 나아지지 않을까라는 생각이 들었다. 가스등이 이 모든 걸 환히 비추고 있어서 기분이 울적한 것만 같았다. 그날 나는 거의 식사를 하지 않은 채 이른 저녁부터 어느 기술자 집에 죽치고 앉아 시간을 보냈다. 그 집에는 친구 두 명이 더 와 있었다. 나는 줄곧 침묵을 지켰고, 그들은 그런 나를 지겨워하는 것 같았다. 그들은 뭔가 논란이 되는 주제를 두고 이야기하다가 갑자기 흥분하며 열을 올리곤 했다. 하지만 그들에게는 이러나저러나 다 마찬가지이며, 그래서 괜스레 열을 내는 게 내 눈에는 훤히 보였다. 결국 나는 그들에게 불쑥 내뱉고 말았다. "이보게들, 사실 이러나저러나 마찬가지잖나." 그들은 기분 나빠하기는커녕 오히려 내 말에 코웃음을 쳤다. 그 친구들을 비난하려는 의도에서 그런 말을 한 것은 아니었다.

이러나저러나 나에겐 마찬가지라서 그냥 그렇게 말했을 뿐이었다. 그들도 내가 이러나저러나 상관없어한다는 것을 알아채고는 다시 유쾌해졌다.

길을 가며 잠깐 가스등을 떠올리다가 문득 하늘을 올려다보았다. 하늘은 새까맣게 어두웠지만 잘게 흩어진 구름들과 그 사이로 내다보이는 깊고 검은 반점들을 또렷이 알아볼 수 있었다. 그런데 문득 그 반점들 중 하나에서 작은 별 하나가 눈에 띄었고, 나는 그 별을 뚫어져라 바라보기 시작했다. 그 작은 별을 보니 한 가지 생각이 떠올랐기 때문이다. 그건 바로 그날 밤 자살을 실행에 옮기자는 결정이었다. 사실 나는 이미 두 달 전에 자살하기로 결심을 굳히고 몹시 궁핍한 처지였음에도 꽤 괜찮은 권총 한 자루를 사서 바로 그날로 장전까지 해둔 터였다. 그러나 두 달이 지나도록 권총은 그대로 서랍 속에 놓여 있었다. 이 일마저 어떻게 되든 마찬가지다보니, 이제는 이러나저러나 마찬가지가 아닌 순간을 포착하고 싶다는 마음이 들었던 거다. 왜 그랬는지는 나도 모른다. 그리고 이 두 달 동안 매일 밤 집으로 돌아오며 자살을 생각했다. 나는 계속 적당한 때가 오기를 기다렸다. 그런데 이제 그 작은 별이 내게 영감을 주었고, 그래서 그날 밤에는 반드시 실행에 옮겨야겠다고 다짐했던 것이다. 왜 그 작은 별이 내게 그런 생각을 심어줬는지는 지금도 모르겠다.

그렇게 하늘을 올려다보고 있을 때, 난데없이 그 여자아이가 내 팔꿈치를 붙잡았다. 거리는 이미 인적이 끊겨 지나는 사람도 거의 없었다. 멀리서 마부 하나가 마차 위에서 졸고 있을 뿐이었다. 여자아이는 여덟 살 정도로, 머릿수건을 두르고 얇은 옷 하나만 걸친 채 온몸이 흠

뻭 젖어 있었다. 물에 젖은 낡아빠진 아이의 신발이 유난히 눈에 띄었고 지금도 기억에 선명하다. 이상하게도 아이의 그 신발에 유독 눈길이 갔다. 아이가 갑자기 내 팔꿈치를 잡아당기며 나를 불렀다. 아이는 울지 않았지만, 토막토막 끊어지는 말로 뭐라고 소리를 쳤다. 한기 때문에 온몸을 달달 떠느라 제대로 말을 잇지 못하는 것 같았다. 아이는 무엇 때문인지 잔뜩 겁에 질려 있었고 필사적으로 "엄마가! 엄마가!"라고 소리쳤다. 나는 아이 쪽으로 고개를 돌렸지만 아무 말도 하지 않고 가던 길을 계속 걸었다. 그러자 아이가 달려와 다시 내 팔을 잡아당겼다. 아이의 목소리에서 몹시 겁에 질린 아이들이 내는 그런 절망이 울려나왔다. 나는 그런 울림을 잘 안다. 아이는 끝까지 말을 다 마치지 못했지만, 나는 아이의 엄마가 어디선가 죽어가고 있거나 아니면 그들 모녀에게 무슨 일인가 일어나서 아이가 엄마를 도와줄 누군가를 부르러, 무언가를 찾으러 밖으로 달려나왔다는 것을 짐작할 수 있었다. 그러나 나는 아이와 함께 가지 않았고, 오히려 문득 아이를 쫓아버려야겠다는 생각마저 들었다. 처음에 나는 아이에게 경찰관을 찾아보라고 말했다. 그러나 아이는 갑자기 조그만 두 손을 맞잡고는 흐느껴 울며, 가쁜 숨을 몰아쉬며 종종걸음으로 내 옆을 계속 따라왔다. 나는 쿵 하고 발을 구르며 아이에게 빽 소리를 질렀다. 아이는 그저 "나리, 나리……!" 하고 부르짖더니 갑자기 나를 내버려두고 길 건너로 내달렸다. 그곳에 또다른 행인이 나타났고, 그래서 아이는 나를 버리고 그 사람에게 달려간 듯했다.

나는 5층 내 방으로 올라갔다. 나는 방 한 칸을 세내어 살고 있는데, 이 집에는 그렇게 세를 내준 방들이 몇 개 더 있다. 내 방은 볼품없고 자그마하며, 창은 다락방처럼 반원형으로 나 있다. 방안에는 방수처리가 된 천을 씌운 소파와 책 몇 권이 놓인 책상, 의자 두 개 그리고 형편없이 낡았지만 그래도 볼테르식 안락의자*가 하나 있다. 나는 초에 불을 밝히고 안락의자에 앉아 생각에 잠겼다. 칸막이로 막아놓은 바로 옆방에서는 왁자지껄 소란이 계속되었다. 벌써 사흘째였다. 그 방에는 퇴역한 육군 대위가 살고 있었고, 마침 그에게 손님들이 와 있었다. 여섯 명쯤 되는 별 볼 일 없는 작자들로, 함께 보드카를 마시고 낡은 카드로 시토스라는 도박판도 벌였다. 지난밤에는 주먹다짐이 벌어져서 그들 중 두 명이 서로 머리채를 움켜쥐고 치고받았다는 걸 안다. 여주인은 불평을 하고 싶었지만 대위를 너무 두려워해서 이렇다 저렇다 한마디도 못했다. 그리고 또다른 세입자로는 키가 작고 비쩍 마른 여자가 있다. 타지에서 온 이 여자는 연대 소속 군인의 부인으로, 세를 얻을 때부터 병을 앓던 어린 자식 셋을 데리고 이 집에 살고 있다. 이 여자와 아이들도 대위를 끔찍이 무서워해서 밤새 벌벌 떨며 성호를 긋곤 했는데, 가장 어린 막내는 어찌나 겁에 질렸던지 경기를 일으킬 정도였다. 하지만 나는 이 대위라는 자가 가끔 넵스키 대로에서 지나는 행인들에게 구걸한다는 사실을 알고 있다. 그를 받아주는 일자리가 없는 것이다. 그런데 정말 이상한 일은(그래서 이런 이야기를 하는 것이지만) 대위가 이 집에 살기 시작한 지 꼬박 한 달이 되었는데, 그동안 나한테는 단 한 번도 불쾌하게 굴지 않았다는 점이다. 나야 물론 처음부터 일부러 그와 알고 지내기를 피했지만, 대위 쪽에서도 처음부터 나를 지루한 인

* 앉는 자리가 낮고 높은 등받이가 머리 받침대 역할을 하는 안락의자.

간으로 치부해버린 듯했다. 아무튼, 칸막이 너머에서 제아무리 시끄럽게 떠들어대건 말건, 거기에 제아무리 많은 사람들이 모여들건 말건 내게는 언제나 마찬가지다. 나는 밤새도록 깨어 앉아 있지만, 그렇다, 그들의 소리가 들리지 않는다. 그 정도로 나는 그들의 존재를 잊고 지낸다. 매일 밤 동이 틀 때까지 한숨도 안 자고 깨어 지낸 지가 벌써 일 년째다. 나는 밤새도록 책상 앞 안락의자에 앉아 아무것도 하지 않는다. 책은 낮에만 읽는다. 밤에는 그저 앉아서 아예 생각을 멈춘다. 이런저런 생각들이 머릿속을 맴돌기도 하는데, 그럴 땐 그냥 그러도록 내버려둔다. 촛불은 밤새 다 타오른다. 나는 조용히 책상머리에 앉아 권총을 내 앞에 꺼내놓았다. 권총을 앞에 놓으며 "정말 이렇게?"라고 자문하고는 완전히 확신에 차서, "그래, 이렇게"라고 대답했던 기억이 난다. 즉 나 자신을 쏠 생각이었다. 나는 그날 밤 반드시 자살하리라는 것을 알고 있었지만, 정말 방아쇠를 당기기까지 얼마나 더 책상 앞에 앉아 있게 될지는 몰랐다. 그 여자아이만 아니었다면, 나는 틀림없이 방아쇠를 당겼을 거다.

2

사실, 내가 이러나저러나 마찬가지라고는 하지만 나도, 이를테면 고통은 느낄 줄 안다. 누군가 나를 때린다면 고통을 느낄 테니까. 도덕적인 측면에서도 그렇다. 뭔가 아주 측은한 일을 보게 되면, 인생은 이러나저러나 마찬가지라는 생각을 하지 않았던 그때와 똑같이 연민을 느낄 것이다. 아까 나는 연민을 느꼈다. 그 아이를 꼭 도왔어야 했다. 그런데 왜 돕지 않았을까? 그건 그때 내 머리에 떠오른 한 가지 생각 때문이었다. 그 아이가 나를 부르며 내 팔을 잡아당길 때, 갑자기 내 앞에 의문 하나가 떠올랐고, 나는 그 해답을 얻지 못했다. 하찮고 사소한 질문이었지만, 나는 화가 났다. 어차피 그날 밤 목숨을 끊기로 작정했다면 이전 어느 때보다 지금이야말로 더 세상만사가 이러나저러나 마찬가지여야 하는데, 그렇지 못해서 화가 났다. 나는 왜 이렇게 되나 저렇게 되나 마찬가지라고 느끼는 대신 그 여자아이를 불쌍히 여긴 걸까? 정말이지 그 아이가 너무 불쌍했다. 너무 딱해서 내 상황에서는 도저히 있을 수 없는 야릇한 아픔마저 느꼈던 기억이 난다. 사실, 그때 스쳐지나간 순간적인 느낌을 더 잘 전달하지 못해 안타깝지만, 그 느낌은 집에 돌아와 책상 앞에 앉아 있는 동안에도 계속되었다. 나는 전에 없이 화가 났다. 그렇게 화를 내보기는 정말 오랜만이었다. 상념이 꼬리에 꼬리를 물고 이어졌다. 내가 인간이고, 아직 무無가 아니라면, 그리고 아직 무로 변하지 않았다면, 그건 내가 살아 있다는 뜻이고, 따라서 고통스러워할 수도 화를 낼 수도 자신의 행동에 수치심을 느낄 수도 있다는 생각이 분명하게 들었다. 뭐, 그럴 테면 그러라지. 하지만 가령 두 시간 후에 내가 자살한다면, 그 여자아이가 내게 무슨 상관이며 수치심이니 세상일이니 따위가 내게 무슨 의미가 있단 말인가? 나는 무, 절대적인 무가 될 텐데. 이제 나라는 존재가 완전히 사라지게 될 것이고, 그러면 세상 그 어떤 것도 존재하지 않게 된다는 인식, 이 인식은 그 여자아이에 대한 동정심이나 비열한 행동 후에 찾아오는 수치심에 정말 손톱만큼도 영향을 미치지 않는 걸까? 사실, 내가 그 가엾은 어린애에게 발을 구르며 위협적인 목소리로 소리를 지를 수 있었던 건, '나는 지금 연민의 감정을 느끼지도 않을뿐더러 비인간적이고 비열한 행동까지도 서슴없이 할 수 있어. 왜? 두 시간 후면 모든 게 사라져버릴 테니까'라고 생각한 때문이었다. 바로 그래서 소리를 질렀다면 당신은 믿겠는가? 지금 나는 정말 그게 이유였다고 확신한다. 삶도 세상도 이제는 나에게 달려 있다는 생각이 분명해졌으니까. 이 세상이 나라는 한 사람만을 위해 창조되었다고까지도 말할 수 있다. 내가 방아쇠를 당기는 순간 세상은 존재하지 않게 될 테니 말이다, 적어도 나에게는. 내가 사라진 뒤에 어쩌면 정말로 그 누구도 그 어떤 것도 존재하지 않는 일이 생길 수 있다고 굳이 말하지 않아도, 나의 의식이 소멸됨과 동시에 온 세상 역시 내 의식의 부속물로서 환영처럼 사라져 소멸될 것은 자명한 일이다. 왜냐하면 이 온 세상과 이 모든 사람들이 어쩌면 바로 나 한 사람일 수도 있기 때문이다. 그렇게 앉아서 이런저런 생각을 하는 동안 꼬리에 꼬리를 물고 밀려드는 이 모든 새로운 의문들을 완전히 다른 측면에서 바라보았고, 그러자 전혀 새로운 생각들이 떠올랐던 게 기억난다. 예를 들어, 내 머릿속에 돌연 이상한 상상 하나가 그려졌다. 내가 예전에 달이나 화성에 살았고, 그곳에서 상상 속에서나 가능한 너무도 수치스럽고 불명예스러운 행동을 저질렀는데, 그 때문에 꿈속에서, 그것도 악몽에서나 가끔 느끼고 경험할 수 있는 비난과 모욕을 당했다면, 그리고 나중에 문득 정신을 차려보니 내가 지구에 와 있고, 이전에 다른 행성에서 저지른 악행을 고스란히 인식하고 있다면, 게다가 이제 두 번 다시 그곳으로 돌아가지 않으리라는 사실을 알고 있다면, 그때도 나는 지구에서 달을 바라보며 이러나저러나 마찬가지일 수 있을까, 혹은 아닐까? 거기서 내가 저지른 짓에 대해 수치심을 느낄까, 혹은 아닐까? 권총이 이미 내 앞에 놓여 있었고, 나는 분명 방아쇠를 당기리라는 것을 내 온 존재로 알고 있었기에 사실 이런 질문들은 헛되고 쓸데없었지만, 그럼에도 이 질문들이 나를 자극했고 나는 분노를 느꼈다. 나는 이제 뭔가를 먼저 해결해놓지 않고는 죽을 수도 없을 것 같았다. 한마디로, 그 어린 여자아이가 나를 살렸다. 왜냐하면 나는 이 질문들 때문에 방아쇠 당기기를 뒤로 미뤘으니까. 그러는 사이 대위의 방 역시 점차 조용해졌다. 카드놀이를 끝내고 잠자리에 들 준비들을 하는 모양인지 서로 툴툴대고 나른하게 욕지거리를 주고받는 소리가 들려왔다. 바로 그때 나는 책상 앞 안락의자에 앉아 깜박 잠이 들었다. 전에는 한 번도 없었던 일이다. 정말이지 나도 모르게 깊은 잠에 빠져들었다. 꿈이란, 알다시피, 참으로 기묘한 것이다. 어느 부분은 정교한 보석 세공품처럼 세부적인 부분까지 무서우리만큼 선명하게 나타나는가 하면, 다른 부분은 전혀 눈치채지 못한 상태에서, 예를 들어, 시간과 공간을 훌쩍 뛰어넘기도 한다. 아마도 우리를 꿈으로 이끄는 건 이성이 아니라 욕망이며 머리가 아니라 심장인 것 같다. 그럼에도 불구하고 때로는 나의 이성이 꿈속에서 얼마나 교묘한 술수를 부리는지! 꿈속에서는 이성으로는 도저히 이해할 수 없는 일들도 일어난다. 가령, 나의 형은 오 년 전에 세상을 떠났다. 가끔 꿈에서 형을 본다. 꿈속에서 형은 내 일에 참여하고, 우리 둘은 그 일에 꽤 열성적이다. 하지만 꿈을 꾸는 내내 나는 이미 형이 죽은 사람이며 장례까지 치렀다는 사실을 너무도 잘 알고 있고 또 기억하고 있다. 형이 죽은 존재임에도 불구하고 여전히 내 옆에서 분주히 일을 한다는 사실에 나는 왜 전혀 놀라지 않는 걸까? 어째서 나의 이성은 이 모든 것을 자연스럽게 받아들이는 걸까? 하지만 됐다, 이 얘기는 이걸로 충분하다. 이제 내가 꾸었던 꿈 이야기를 해보자. 그렇다, 11월 3일, 바로 그날 밤 이 꿈을 꿨다! 사람들은 그건 한낱 꿈에 지나지 않는다며 나를 비웃는다. 그러나 만약 이 꿈이 내게 '절대 진리'를 깨닫게 해주었다면, 그게 꿈이든 아니든 무슨 문제란 말인가? 일단 진리를 깨달았고, 또 그것을 보았다면, 그것은 이미 진리이며 그 외의 다른 진리는 존재하지 않을뿐더러 존재할 수도 없다는 사실을 당신은 분명 알고 있다. 당신이 잠들어 있건 깨어 있건 말이다. 뭐, 꿈이라고 치자, 그렇다고 하자. 하지만 당신이 그토록 숭배해 마지않는 이 삶을 나는 자살로 끝내버리려고 했다. 그런데 나의 꿈, 내가 꾼 꿈, 오, 그 꿈은 나에게 새롭고도 위대하며 혁신적이고도 강인한 삶을 보여주었다!

내 이야기를 들어보시라.

3

이런 문제들에 대해 골똘히 생각하다가 나도 모르게 깊은 잠이 들었다고 앞서 말했었다. 그리고 갑자기 꿈을 꾸기 시작했는데, 꿈속에서 나는 권총을 집어들고 앉은 채로 그것을 곧장 심장에, 머리가 아니라 바로 심장에 겨눴다. 이전에는 반드시 머리를, 그것도 오른쪽 관자놀이를 쏘리라 마음먹었는데 말이다. 가슴에 총구를 겨누고 일이 초쯤 기다렸을까, 갑자기 눈앞의 촛불이, 책상이 그리고 벽이 움직이며 마구 흔들리기 시작했다. 나는 재빨리 방아쇠를 당겼다.

꿈속에서 당신은 때때로 높은 곳에서 떨어지거나 칼에 찔리거나 얻어맞기도 하지만 결코 고통을 느끼지는 않는다. 어쩌다가 실제로 침대에 부딪혀 다치는 경우를 제외하고는 말이다. 그럴 때는 대개 고통을 느끼고 거의 언제나 잠이 깬다. 나도 꿈에서 그랬다. 고통은 느껴지지 않았다. 하지만 방아쇠를 당기자 내 안의 모든 것이 흔들렸고, 갑자기 모든 것이 사라지며 주위가 온통 무섭도록 새까매졌다. 눈이 멀고 벙어리가 된 것 같았다. 무엇인가 딱딱한 것 위에 몸을 쭉 뻗은 채 똑바로 누워 있는 느낌이었다. 아무것도 보이지 않았고, 옴짝달싹 할 수가 없었다. 주위에서 사람들이 왔다갔다하고 소리를 지른다. 낮고 굵은 대위의 목소리와 높고 날카로운 여주인의 목소리도 들린다. 그러다 갑자기 다시 조용해지는가 싶더니 이제는 나를 뚜껑 달린 관 속에 넣어 어딘가로 데려간다. 관이 흔들리는 것을 느끼며 나는 이 상황에 대해 생각한다. 그러다 문득 처음으로, '내가 정말 죽었구나, 완전히 죽어버렸어'라는 생각에 충격을 받는다. 나는 내가 죽었다는 사실을 알고 있으며 이에 대해 한 치의 의심도 품지 않는다. 나는 볼 수도 움직일 수도 없다. 그런데도 느끼고 생각을 한다. 하지만 곧 이 상황에 순응하고 꿈속에서 늘 그러하듯 순순히 이 현실을 받아들인다.

그리고 이제 나는 땅에 묻힌다. 사람들은 모두 가버리고 나는 혼자, 완전히 혼자다. 손끝 하나 움직일 수가 없다. 예전에 내가 무덤에 묻히는 장면을 실제로 상상해보곤 했는데, 그때마다 내 상상 속 무덤은 축축함과 냉기로 가득찬 곳이었다. 그런데 지금도 그렇다. 정말이지 너무 춥다. 특히 발가락 끝이 시리다. 하지만 다른 건 더이상 느껴지지 않았다.

나는 누워 있었고, 죽은 자는 아무것도 기다리지 않는다는 사실을 순순히 받아들이자 이상하게도 정말 아무것도 기다려지지 않았다. 하지만 너무 축축했다. 시간이 얼마나 흘렀는지 나는 모른다. 한 시간, 아니면 며칠, 그도 아니면 수많은 날들이 지났을까. 그런데 갑자기 관뚜껑에 스며든 물방울 하나가 감긴 내 왼쪽 눈 위로 똑 떨어졌다. 일 분쯤 지나자 다시 한 방울, 그리고 일 분 후에 또 한 방울, 그렇게 계속 일 분마다 물이 한 방울씩 똑똑 떨어졌다. 갑자기 가슴속에 깊은 분노가 치밀어오르며 육체적인 고통마저 느껴졌다. 나는 생각했다. '이건 내 상처 때문이야, 권총에 맞은 자리. 그 속에 총알이 있겠지……' 물방울은 여전히 일 분에 한 번씩 곧장 내 감긴 눈 위로 떨어졌다. 갑자기 나는 내게 일어나고 있는 이 모든 일의 주권자를 향해 호소했다. 옴짝달싹도 못하는 처지라 목소리를 낼 수 없어서 내 온 존재로 간구했다.

"당신이 누구든 당신이 정말 존재한다면, 그리고 지금 벌어지고 있는 이 상황보다 더 합리적인 뭔가가 존재한다면, 그것이 이곳에도 있게 하소서. 만약 사후의 내 모습을 흉측하고 우스꽝스러운 몰골로 만들어 버림으로써 어리석은 자살에 대해 나를 응징할 생각이라면, 이거 하나는 알아두십시오. 그 어떤 고통이 닥친다 해도 앞으로 내가 말없이 느껴야 할 이 모멸감과는 비교도 되지 않는다는 사실을요, 설령 그 고통이 몇백만 년 계속된다 해도 말입니다……!"

나는 이렇게 호소하고 입을 다물었다. 거의 일 분 동안 깊은 정적이 흘렀고, 물방울이 한 번 더 똑 하고 떨어졌다. 하지만 나는 지금 당장이라도 모든 것이 변하리라는 것을 알고 있었다. 무한하고도 확고하게 나는 이를 알았고 또 믿었다. 그러자 갑자기 내 무덤이 활짝 열렸다. 즉 누군가 내 무덤을 열어젖히고 파헤친 건지 어쩐 건지, 그건 잘 모르겠지만, 뭔가 거무스름한 미지의 존재가 나를 무덤에서 끄집어냈고, 우리는 곧 어떤 공간에 있게 되었다. 나는 돌연 시력을 되찾았다. 깊은 밤이었고, 그렇게나 깜깜한 밤은 정말이지 난생처음이었다! 우리는 이미 지구를 멀리 벗어나 너른 창공을 빠르게 날고 있었다. 나는 나를 데리고 가는 존재에게 아무것도 묻지 않았고 잠자코 기다리며 한껏 긍지를 느꼈다. 나는 두렵지 않다고 스스로를 다독였고, 두려움에 맞서는 나 자신이 대견한 나머지 숨이 다 막혀올 정도였다. 얼마나 오랫동안 날아갔는지는 기억나지도 않고 상상도 되지 않는다. 그 모든 일은 언제나 그렇듯 꿈을 꾸듯 일어났다. 공간과 시간을 뛰어넘고 존재와 이성의 법칙을 뛰어넘어 오직 심장이 동경하는 지점들에서만 머물게 되는 꿈처럼 말이다. 그러다 어둠 속에서 문득 작은 별 하나를 본 기억이 난다. "저 별은 시리우스요?" 어떤 질문도 하지 않을 작정이었지만 결국 나는 참지 못하고 이렇게 묻고 말았다. "아니, 저건 자네가 집으로 돌아오는 길에 구름 사이로 보았던 바로 그 별이네." 나를 데리고 가던 존재가 나에게 대답했다. 나는 이 존재가 마치 인간과 같은 형상을 하고 있다는 사실을 알아차렸다. 하지만 이상하게도 이 존재가 마음에 들지 않았고 오히려 강한 혐오감마저 들었다. 나는 완전한 무를 기대했고, 바로 그 기대 때문에 스스로의 심장에 방아쇠를 당겼던 것이다. 그런데 이제 나는, 물론 인간은 아니지만 어쨌든 실재하고 존재하는 무언가의 손아귀에 있지 않은가. 나는 '그렇다면 사후에도 삶이 존재한다는 얘기로군!' 이라며 꿈속에서 으레 그렇듯 이상하리만큼 가볍고도 무심하게 이 일을 넘겼지만, 나의 본심은 여전히 마음 저 깊은 곳에 그대로 남아 있었다. '다시 존재해야 한다면,' 나는 생각했다. '또다시 거역할 수 없는 누군가의 뜻에 따라 살아야 한다면, 이제는 패배하고 굴욕을 당하면서 살고 싶지는 않아!' "당신은 내가 당신을 두려워한다는 사실을 알고 있겠지, 그래서 나를 경멸하는 거야." 결국 나는 참지 못하고 나의 동반자에게 불쑥 굴욕적인 말을 내뱉고 말았다. 사실 그 말은 나의 고백이나 다름없었기에 나는 날카로운 바늘에 찔린 것처럼 모욕감을 느꼈다. 그는 아무 대꾸도 하지 않았지만, 그가 나를 경멸하거나 비웃지 않는다는 것을, 그렇다고 불쌍하게 여기지도 않는다는 것을 느낄 수 있었다. 그리고 우리의 여행이 오직 나하고만 관계있는 미지의 비밀스러운 목표를 가지고 있음도 알게 되었다. 마음속에 두려움이 더욱 커졌다. 침묵을 지키는 나의 동반자로부터 고통스러운 뭔가가 말없이 내게 전해져와 내 몸을 꿰뚫고 스며드는 것 같았다. 우리는 칠흑처럼 어두운 미지의 공간을 빠르게 날아갔다. 벌써 한참 전부터 평소 내 눈에 익숙한 별자리들이 사라지고 보이지 않았다. 우주 공간에는 그 빛이 우리 지구까지 도달하는 데 수천 년, 수백만 년이 걸리는 별들이 있다는 사실을 알고 있다. 어쩌면 우리는 이미 그 공간을 날아왔는지도 모른다. 나는 무섭도록 가슴을 파고드는 깊은 우울감에 젖어 무언가를 기다렸다. 그때 갑자기 뭔가 익숙하면서도 극도로 강렬한 감정이 나를 뒤흔들었다. 갑자기 내 눈앞에 우리의 태양이 모습을 드러낸 것이다! 나는 눈앞의 태양이 우리의 지구를 낳은 우리의 태양일 리가 없다는 것, 우리가 우리의 태양으로부터 한없이 멀리 떨어져 있음을 알았다. 하지만 무슨 까닭인지, 나는 이것이 우리의 태양과 완벽하게 동일한 태양이며, 그것의 복제품이자 분신이라는 사실을 내 온 존재로 깨달았다. 달콤하고도 강렬한 감정이 내 영혼 속에 환희로 울려퍼졌다. 나에게 생명을 준 바로 그 빛의 근원적인 힘이 내 가슴속에서 화답했고 내 심장을 되살렸다. 나는 생명을, 무덤에 묻힌 후 처음으로 예전과 같은 삶을 느꼈다.

"하지만 이게 태양이라면, 우리의 태양과 완전히 똑같은 태양이라면," 내가 소리쳤다. "그렇다면 지구는 대체 어디에 있는 거요?" 그러자 나의 동행자는 어둠 속에서 에메랄드빛으로 반짝이는 작은 별 하나를 가리켰다. 우리는 곧장 그 별을 향해 날아갔다.

"정녕 우주에 이런 복제물들이 가능하단 말인가, 자연의 법칙이 원래 이렇다고……? 그리고 만약 저기 보이는 게 지구라면 저건 과연 우리의 지구와 똑같은 지구일까……? 불행하고 가난하지만 우리가 영원히 사랑하는 소중한 지구, 감사함이라고는 쥐뿔도 모르는 자기 자식들의 가슴에도 사무치는 사랑을 불러일으키는 우리의 지구와 동일한 지구일까……?" 스스로 등지고 떠나온 옛 고향 지구에 대한 억누를 길 없는, 격렬한 사랑의 감정에 온몸을 떨면서 나는 소리쳤다. 내가 모욕적이리만큼 냉정하게 대했던 가여운 여자아이의 모습이 눈앞을 스쳤다.

"이제 다 알게 될 걸세." 나의 동행자가 대답했다. 그의 목소리에서 어딘지 모르게 슬픔이 느껴졌다.

하지만 우리는 빠른 속도로 그 행성에 가까워졌다. 행성은 눈앞에서 점점 커졌으며 벌써 대양과 유럽의 윤곽을 알아볼 수 있을 정도였다. 그러자 갑자기 뭔가 위대하고도 경건한 질투심 같은 야릇한 감정이 내 마음속에 불타올랐다. '어떻게 이처럼 비슷한 복제물이 가능하지, 대체 뭘 위해서? 내가 사랑하고, 또 사랑할 수 있는 건 내가 버리고 떠나온 지구, 감사함이라곤 쥐뿔도 모르는 내가 심장에 총을 쏘아 생명을 끊을 때 쏟은 핏자국이 남아 있는 그 지구뿐이야. 나는 한 번도, 단 한 번도 그 지구를 사랑하지 않은 적이 없어. 지구와 작별을 고하던 바로 그날 밤조차도, 아니, 어쩌면 그날 밤 다른 어느 때보다 더 고통스럽게 지구를 사랑했는지도 몰라. 이 새로운 지구에도 고통이 있을까? 우리 지구에서는 오직 고통이 동반되어야만, 고통을 통해서만 진실한 사랑을 할 수 있지! 우리는 다른 식의 사랑은 할 줄 몰라, 다른 종류의 사랑은 알지도 못한다고. 나는 사랑하기 위해 고통을 원해. 지금 이 순간, 나는 내가 버리고 떠나온, 하나뿐인 그 지구에만 눈물로 입맞추고 싶어, 미치도록 그러고 싶어. 다른 지구에서의 삶은 원하지 않아, 받아들이지 않을 거야……!'

하지만 나의 동반자는 이미 사라지고 없었다. 나도 모르는 사이에 나는 갑자기 천국처럼 매혹적인 한낮의 눈부신 햇살을 받으며 또다른 지구에 서 있었다. 마치 우리 지구의 그리스 에게해 인근에 있는 섬들 중 하나에, 아니면 에게해 연안 바닷가 어딘가에 서 있는 것 같았다. 오, 모든 게 우리 지구와 똑같았다. 온 사방이 뭔가 축제 같은, 마침내 쟁취해낸 위대하고도 성스러운 승리의 분위기로 빛나고 있다는 점만 다를 뿐이었다. 부드러운 에메랄드빛 바다는 가만가만 해안을 어루만지며 다분히 의도적으로 사랑을 뽐내듯 해안에 입을 맞추었다. 높게 뻗은 멋진 나무들이 화려한 색채를 한껏 뽐냈고, 무성한 잎사귀들은, 확신하건대, 뭔가 사랑의 밀어라도 속삭이듯 조용하고 부드러운 사각거림으로 나를 반겨주었다. 울창한 풀숲은 강렬한 색채의 향기로운 꽃들로 불타오르는 것 같았다. 새들이 무리 지어 이리저리 하늘을 날다가 무섭지도 않은지 내 어깨 위로, 손 위로 내려앉아서는 사랑스러운 날갯

짓으로 즐겁게 나를 톡톡 건드렸다. 그리고 마침내 나는 이 행복한 지구의 사람들을 만났고 그들을 알게 되었다. 그들이 먼저 내게 다가와 나를 둘러싸고 입을 맞췄다. 태양의 자손들, 자기들 태양의 자손들, 오, 그들은 얼마나 아름답던가! 우리 지구에서는 인간들 속에서 그런 아름다움을 한 번도 본 적이 없었다. 어쩌면 우리 아이들에게서, 그것도 아주 어린 아이들에게서만 어렴풋하고 희미하게나마 이런 아름다움의 반사광이라도 찾을 수 있을까. 이 행복한 사람들의 눈은 밝게 빛나고 있었다. 그들의 얼굴은 이성으로, 이미 평안을 누리고 있다는 어떤 충만한 의식으로 환히 빛났다. 그 얼굴들은 즐거워 보였다. 이 사람들의 말과 목소리에서 어린아이와 같은 기쁨이 울려나왔다. 오, 나는 그들의 얼굴을 보자마자 단박에 모든 것을, 정말이지 모든 것을 이해했다! 이 지구는 원죄로 더럽혀지지 않은 땅, 죄를 짓지 않은 사람들이 사는 땅이었다. 그들은 온 인류의 전설에 나오는, 우리의 타락한 선조들이 죄를 짓기 전에 살았다는 바로 그 낙원에 살고 있는 것이다. 다른 점이 있다면, 이 지구는 어디를 가나 사방이 모두 낙원이라는 것, 딱 그거 하나였다. 이 사람들은 즐겁게 웃으며 내 주위에 모여들어 다정하게 나를 어루만졌다. 그들은 나를 자기들이 사는 곳으로 데려갔고, 모두 하나같이 나를 안심시키며 편하게 대해줬다. 오, 그들은 나에게 아무것도 캐묻지 않았지만 이미 모든 것을 알고 있는 듯했으며, 한시라도 빨리 내 얼굴에서 고통의 흔적을 지워버리고 싶어했다.

4

다시 한번 말하지만, 그래, 이건 단지 꿈일 뿐이라고 해두자! 하지만 이 순진무구하고 아름다운 사람들이 베풀어준 사랑의 감촉은 내 안에 영원히 남았기에, 지금도 그들의 사랑이 그곳에서 나에게로 흘러오고 있음을 느낀다. 나는 그들을 직접 보았고, 분명하게 알았고, 확신했다. 나는 그들을 사랑했고, 나중에는 그들을 위해 고통도 받았다. 오, 그때 나는 바로 깨달았다. 내가 많은 부분에서 그들을 전혀 이해하지 못할 수도 있다는 사실을. 현대의 러시아 진보주의자이자 파렴치한 페테르부르크 시민인 나에게는, 예를 들어, 그들이 그토록 많은 것을 알고 있으면서도 우리의 학문은 가지지 못했다는 점이 도무지 이해가 되지 않았다. 하지만 나는 곧 깨달았다. 그들의 지식은 우리의 지구에서와는 전혀 다른 종류의 통찰을 자양분으로 채워지고 길러진다는 것, 그리고 그들이 추구하는 것 또한 우리와는 전혀 다르다는 사실을 말이다. 그들은 아무것도 욕망하지 않았고 마음이 평안했다. 그들은 우리가 삶을 이해하고자 애쓰는 것처럼 그렇게 삶의 의미를 알고자 노력하지 않았는데, 그것은 그들의 삶이 이미 충만하게 채워져 있기 때문이었다. 그러나 그들의 지식은 우리의 학문보다 깊고 높았다. 우리의 학문은 삶이 무엇인지 설명하기 위해 탐구하며, 다른 이들에게 어떻게 살아야 할지를 가르치기 위해 삶을 규명하려 애쓰지만, 그들은 학문 없이도 어떻게 살아야 하는지 알고 있었다. 이런 사실을 나는 이해했지만, 그들의 지식 자체를 이해할 수는 없었다. 그들은 나에게 자신들의 나무를 가리키곤 했다. 하지만 나는 그들이 나무를 바라보며 느끼는 그 사랑의 깊이를 헤아릴 수 없었다. 그들은 마치 자신들과 닮은 존재와 이야기를 나누는 듯 보였다. 설령 내가 그 사람들은 나무와 대화를 나눈다는 말을 한다 해도 그리 큰 잘못은 아니리라! 그렇다, 그들은 나무의 언어를 알고 있었으며 나무도 그들의 말을 이해했다고 확신한다. 그들은 자연의 모든 것을 그런 식으로 바라보았다. 동물들에게도 마찬가지였다. 그런 그들의 사랑에 정복당한 동물들은 사람들을 공격하지 않고 함께 평화롭게 살아가며 사람들을 사랑했다. 그들은 또 별들을 가리키며 내게 무슨 말인가를 했는데, 나는 그 의미를 이해하지 못했다. 하지만 그들이 단지 생각으로만이 아닌, 뭔가 실제적인 방법으로 천상의 별들과 교감하고 있다는 확신이 들었다. 오, 이 사람들은 굳이 나를 이해시키려 들지도 않았고, 내가 자신들을 이해하지 못해도 나를 사랑해주었다. 그러나 그들 역시 나를 이해하기란 불가능하리라는 것을 잘 알고 있었기에, 나는 그들에게 우리 지구에 대한 이야기는 거의 꺼내지 않았다. 나는 그저 그들이 보는 앞에서 그들이 사는 땅에 입을 맞출 뿐이었고, 그렇게 말없이 그들을 숭배했다. 이것을 보면서도 그들은 내가 자신들을 숭배하도록 내버려두었으며, 자신들을 향한 나의 숭배를 부끄러워하지도 않았다. 그것은 그들 자신이 스스로를 몹시 사랑하기 때문이었다. 간혹 내가 화답으로 주어질 그들의 열렬한 사랑을 내심 즐겁게 기대하며 그들의 발에 눈물로 입을 맞출 때도 그들은 그런 나 때문에 고통스러워하지 않았다. 때로 나는 놀라운 심정으로 자신에게 묻곤 했다. '어떻게 이 사람들은 나 같은 인간을 한 번도 멸시하지 않는 거지? 어떻게 나 같은 인간에게 단 한 번도 질시와 선망의 감정을 느끼지 않게 하는 걸까?' 스스로 이런 질문을 한 적도 많았다. '허풍쟁이에 거짓말쟁이인

나 같은 인간이 어떻게 내 지식을 한 번도 자랑하지 않았을까? 마구 떠벌려도 이 사람들은 전혀 모를 텐데. 어떻게 그 지식으로 이 사람들을 놀라게 만들고 싶은 생각이 안 드는 거지? 어쩌면 이들을 사랑하는 마음, 바로 그 때문일까?' 그들은 아이처럼 생기발랄하고 명랑했다. 그들은 자신들의 아름다운 수풀과 나무숲을 거닐었고, 자신들의 아름다운 노래를 불렀다. 그들은 자기들 나무에 열리는 열매며 자기들 숲에서 나는 꿀, 자신들이 사랑하는 동물들의 젖과 같은 소박한 음식들을 먹었다. 음식과 옷을 얻기 위해 아주 가볍게 조금씩만 일했다. 그들에게도 사랑이 있었으며 아이들도 태어났다. 하지만 우리 지구에 존재하는 거의 모든 사람, 누구 하나 예외 없이 모든 이들을 사로잡는, 그래서 우리 인류가 범하는 거의 모든 죄악의 유일한 원천이기도 한 잔인한 욕정의 분출을 그들에게서는 전혀 찾아볼 수 없었다. 그들은 태어난 아이들을 자신들의 지극한 행복에 참여하는 새로운 일원으로 기쁘게 맞이했다. 그들 사이에는 다툼도 질시도 없었으며, 심지어 그게 무엇인지조차 몰랐다. 그들 모두가 한 가족이었기에 아이들은 모두의 자식이었다. 그들에게는 질병도 거의 존재하지 않았다. 비록 죽음은 있었지만, 노인들은 작별을 고하는 사람들에게 둘러싸인 채 그들을 축복하고 웃음 지으며, 또 그들에게 환한 웃음으로 배웅을 받으며 마치 잠들듯 고요히 눈을 감았다. 그런 때에도 슬픔이나 눈물을 본 적이 없으며, 오히려 환희에 가깝도록 갑절로 커진 사랑만이 있을 뿐이었다. 그건 평온하고, 충만하고, 관조적인 그런 환희였다. 이들은 사람들이 숨을 거둔 후에도 여전히 망자들과 소통을 이어가며, 죽음도 이 지상에서 맺은 그들의 결합을 끊어놓지는 못한다는 생각이 들었다. 내가 영원한 생명에 대해 물었을 때 그들은 내 질문을 거의 이해하지 못했다. 그건 아마도 그들이 영원한 생명을 본능적으로 확신하는 까닭에, 내 물음은 질문 축에도 끼지 못하기 때문이었으리라. 그들에게 신전은 없었지만, 우주 절대자와의 긴밀하고도 생생하며 지속적인 일체감이 있었다. 그들에게 신앙은 없었지만, 그 대신 이 지상에서의 기쁨이 자연의 한계에 이를 만큼 충만해지면 살아 있는 자와 죽은 자, 즉 그들 모두에게 우주 절대자와의 교감이 더욱 확장되는 때가 오리라는 확고한 믿음이 있었다. 그들은 서두르거나 조바심 내지 않고 기쁘게 그 순간을 기다렸다. 마치 마음속으로 이미 그 순간을 예감하는 것처럼 서로 그 얘기를 나누었다. 그들은 밤마다 잠자리에 들기 전에 화음을 이루어 함께 노래 부르기를 좋아했다. 그날 하루 그들이 느꼈던 모든 감정들을 노래에 담아 표현하면서 하루를 찬미하고 그 하루에 작별을 고했다. 그들은 자연과 땅을, 바다와 숲을 찬미했다. 그들은 서로를 위해 즐겨 노래를 만들었고, 아이처럼 서로를 칭찬했다. 단순하기 이를 데 없는 노래였지만 진실한 마음에서 우러났기에 가슴 깊이 파고들었다. 사실, 단지 노래뿐만이 아니라 평생을 바쳐 서로를 찬미하며 사는 것 같았다. 그것은 온전하고 보편적인, 서로에 대한 사랑이었다. 장엄하고 기쁨에 넘치는 어떤 노래들은 이해하기가 무척 어려웠다. 가사는 알겠는데, 그 안에 담긴 의미들은 도무지 알 길이 없었다. 그렇게 가사의 의미를 머리로는 이해하지 못했지만, 대신 나도 모르는 새 점점 가슴속 깊이 스며들었다. 나는 종종 그들에게 이미 오래전에 이 모든 일을 미리 예감했노라고, 이 모든 기쁨과 영광은 내가 우리 지구에 있을 때부터 내 안에 그리움으로 전해졌고, 그래서 견딜 수 없이 슬퍼지곤 했노라고 말했다. 내 영혼이 꾸는 꿈속에서, 내 이성이 바라는 염원 속에서, 나는 그들 모두의 존재와 그들의 영광을 예감해왔으며, 예전에 지구에 살 때는 눈물 없이는 지는 해를 바라보지 못했노라고…… 우리 지구 사람들에 대한 나의 증오 속에는 언제나 우수憂愁가 함께 자리하고 있었노라고 말했다. 어째서 나는 그들을 사랑하지 않는데도 증오하지 못하는가? 그들을 용서할 수밖에 없으면서도 왜 그들을 향한 내 사랑에는 고뇌가 깃들어 있는가? 그들을 증오하지 않는데도 왜 사랑하지 못하는가? 그들은 내 이야기에 귀를 기울였지만 내 이야기가 그들에겐 전혀 알아들을 수 없는 내용이라는 걸 나는 잘 알았다. 그러나 그들에게 털어놓은 것을 후회하지 않았다. 그들은 내가 버리고 떠나온 사람들을 얼마나 애달파하는지 이해해주었기 때문이다. 그렇다, 그들이 사랑 가득한 다정한 눈길로 나를 바라보았을 때, 그들 앞에서는 내 마음 역시 그들처럼 순진무구하고 진실해진다는 사실을 깨달았을 때, 내가 그들을 이해하지 못한다는 게 조금도 아쉽거나 안타깝지 않았던 것이다. 생명의 충만한 기운이 숨이 막히도록 차올라서, 나는 말없이 그들을 위해 기도했다.

오, 이제 모든 사람들이 면전에서 대놓고 나를 비웃는다. 아무리 꿈속이라도 내가 지금 이야기한 것처럼 그렇게까지 세세히 볼 수는 없는 법이라고, 꿈속에서 내가 보거나 체험한 것들은 내가 잠결에 만들어낸 하나의 느낌에 지나지 않으며, 세세한 부분들은 내가 잠에서 깬 뒤 지어낸 이야기라고, 오히려 나를 설득하려 든다. 그래서 정말로 꿈속에서 그랬을 수도 있지 않느냐고 내 생각을 밝히자, 오, 세상에, 대놓고 쏟아내던 그들의 비웃음이란! 나는 그저 그들에게 재밌는 웃음거리를 제공한 셈이었다. 오, 물론, 내가 오로지 그 꿈이 주는 느낌, 그것 하나에만 사로잡혔고, 그래서 오로지 그 느낌 하나만 유일하게 피를 철철 흘릴 만큼 상처받은 내 가슴속에 온전히 살아남은 건 맞다. 하지만 대신 내 꿈에 등장한 실질적인 형상들과 형태들, 즉 내가 꿈을 꾸는 동안 실제로 보았던 것들은 조화로움으로 가득차 있었고 너무도 매혹적이고 아름다웠으며 너무도 진실했기에 잠에서 깨자, 당연히 우리의 빈약한 언어로는 표현해낼 수가 없었다. 따라서 그것들이 내 머릿속에서 점점 흐릿해져가는 건 어쩌면 당연한 일이다. 그렇다면 아마도 세세한 부분들은 정말로 내가 나중에 무의식적으로 지어낸 것인지도 모른다. 특히 그중 얼마만이라도 어떻게든 빨리 전하고 싶은 열망에 다소 왜곡시키면서 말이다. 하지만 정말 그렇다 쳐도 이 모든 일이 실제였다는 것을 내가 어떻게 믿지 않을 수 있겠는가? 어쩌면 오히려 내가 묘사한 것보다 천배는 더 훌륭하고, 더 밝고, 더 즐겁지는 않았을까? 뭐, 꿈이라고 치자, 그렇다 해도 이 모든 일이 실재하지 않았다는 건 말도 안 된다. 자, 여러분에게 비밀 하나를 알려주겠다. 이 모든 일이 사실은 전혀 꿈이 아닐 수도 있다는 것! 왜냐하면 꿈에서라면 결코 있을 수 없는 뭔가가, 끔찍하도록 진짜인 어떤 일이 일어났기 때문이다. 내 마음이 그런 꿈을 꾸게 했다고 치자, 하지만 정말로 내 마음이 저 혼자서 그후 나에게 벌어진 그 무서운 진실을 만들어낼 수 있었을까? 어떻게 나 혼자서 그 진실을 꾸며내거나 마음으로 꿈꿀 수 있단 말인가? 정녕 시시한 내 마음이나 변덕스럽고 하찮은 내 이성이 진리를 발견하는 그런 경지에까지 도달할 수 있다고 믿는가! 오, 당신들 스스로 판단해보시라. 지금까지는 숨겨왔지만 이제 그 진실을 마저 털어놓겠다. 사실은, 내가…… 그 사람들 모두를 타락시켰다!

5

그렇다, 정말이다. 결국 내가 그들 모두를 타락시키는 것으로 끝나고 말았다! 어쩌다 그렇게 되었는지는 나도 모른다. 기억이 잘 나지 않는다. 수천 년을 훌쩍 넘나드는 꿈이었기에 대략적인 느낌만 남아 있다. 내가 아는 것은 타락의 원인이 나였다는 사실뿐이다. 혐오스러운 선모충*처럼, 온 나라들에 퍼지는 페스트 병균처럼, 내가 나타나기 전까지는 죄악을 모르고 행복했던 그 땅 전체를 나 자신으로 감염시킨 거다. 그들은 거짓말하는 법을 배웠고, 거짓을 사랑하게 되었으며, 거짓의 아름다움을 알아버렸다. 오, 어쩌면 처음에는 별 악의 없이, 그저 농담에서, 교태에서, 사랑의 유희에서 시작되었을 것이다. 아니, 어쩌면 원자에서 시작되었는지도 모른다. 어쨌든 이 거짓의 원자는 그들의 심장을 뚫고 들어가 그들을 사로잡고 말았다. 그러자 빠르게 정욕이 자라났고, 정욕은 질투심을 낳았으며, 질투심은 잔인함을 낳았다…… 아, 나는 잘 알지도 못하고 기억도 잘 안 나지만, 얼마 지나지 않아, 정말 얼마 지나지 않아 첫 피가 뿌려졌다. 그들은 놀랐고, 공포에 휩싸였고, 흩어지고 분열하기 시작했다. 연맹들이 생겨났으나 이미 서로 대립하는 사이였다. 질책과 비난이 시작되었다. 그들은 수치심을 알게 되었고 수치심을 미덕으로 숭배했다. 명예에 대한 개념이 생겨났고, 그러면서 각 연맹은 자신들의 기치를 높이 들어올렸다. 그들은 동물들을 학대하기 시작했고, 동물들은 그들을 피해 숲으로 도망쳐, 이제 사람들의 적이 되었다.

---

* 돼지, 쥐, 고양이 등을 숙주 삼아 서식하는 기생충.

분리와 독립, 개성을 쟁취하기 위한 투쟁이 벌어지고 내 것이니 네 것이니 하며 다툼을 일삼았다. 그들은 서로 다른 언어들로 말하기 시작했다. 그들은 슬픔을 알게 되었고 슬픔을 사랑하게 되었다. 고통을 갈망했으며 절대 진리는 오로지 고통을 통해서만 얻어진다고 말했다. 그들 사이에 학문이 출현한 것도 바로 그때였다. 그들은 사악해지면서, 형제애니 인도주의니 떠들기 시작했고 그 개념들을 이해하게 되었다. 범죄를 저지르게 되자, 정의라는 것을 생각해냈고 그 정의를 지키기 위해 완벽한 법률을 제정했으며 법률의 보장을 위해 단두대를 세웠다. 그들은 자신들이 무엇을 상실했는지 아주 어렴풋이 기억할 뿐, 과거 한때 그들이 순결하고 행복했다는 사실조차 믿으려 들지 않았다. 자신들이 예전에 행복했을 수도 있다는 가능성마저 비웃으며 그것을 몽상으로 치부해버렸다. 그들은 그 행복의 형태와 형상이 어떨지 상상조차 못했다. 하지만 이상하고도 경이로운 일은, 예전의 행복에 대한 믿음을 까맣게 잊어버린데다 그것을 옛일에 지나지 않는다고 무시하면서도, 또다시 순결하고 행복해지기를 간절히 바란다는 것이었다. 그들은 자신의 마음이 갈망하는 것 앞에 어린아이처럼 무릎 꿇고 엎드려 이 갈망을 신성시하며 수많은 신전들을 세우고는 자신들의 사상 앞에, 자신들의 '갈망' 앞에 기도를 올리기 시작했다. 그 소원이 실현 불가능하며 실재할 수 없음을 분명히 알면서도 눈물을 흘리면서 그것을 신처럼 떠받들며 경배했다. 하지만 만약 정말로 그들이 잃어버린 순결하고 행복한 상태로 돌아갈 수 있게 된다면, 만약 누군가 갑자기 그들에게 그 상태를 새롭게 보여준 뒤 그때로 돌아가고 싶은지 물어본다면, 아마 그들은 거절했을 것이다. 그들은 내게 이렇게 대답했다. "우리는 거짓되고, 사악하고, 정의롭지 못하지만, 그냥 내버려두시오. 우리도 그걸 잘 알고 있으며, 그 때문에 눈물 흘리고, 그 때문에 스스로 고통당하니까요. 그리고 어쩌면 우리를 심판하러 오실, 이름도 모르는 그 자비로운 대심판관보다 더 가혹하게 스스로를 학대하고 벌주고 있는지도 모르고요. 하지만 우리에게는 학문이 있으니, 그 학문을 통해 다시 진리를 추구할 테고 이제는 의식적으로 그 진리를 받아들일 겁니다. 지식은 감정보다 우위에 있고, 삶에 대한 인식은 삶 자체보다 우위에 있습니다. 학문은 우리에게 지혜를 주고, 지혜는 법칙을 제시해줄 겁니다. 그리고 행복의 법칙에 대한 지식은 행복 자체보다 우위에 있지요." 그들은 곧잘 이런 식으로 말했고, 그런 후에 타인보다 각자 자신을 더욱 사랑하게 되었다. 사실 그들은 달리 행동할 수도 없었다. 저마다 자신의 개성을 지키려 열심이면서도 다른 사람들의 개성은 온 힘을 다해 깎아내리고 훼손시키고자 애썼으며, 거기에 자기들 인생을 걸었다. 노예제가 등장했고, 심지어 자발적인 노예까지 생겨났다. 약한 자들은 강한 자들에게 기꺼이 복종했는데, 그것은 자신들보다 더 약한 자들을 억압하고자 할 때 강자들의 도움을 받기 위해서였다. 그러자 경건한 사람들이 나타났다. 이들은 눈물을 흘리며 사람들에게 다가가 그들의 교만에 대해, 균형과 조화의 상실에 대해, 그리고 부끄러움을 잃어버린 것에 대해 설파했다. 그러자 사람들은 경건한 자들을 비웃거나 그들에게 돌을 던졌다. 신전 문지방에 성스러운 피가 뿌려졌다. 한편으로는 다른 무리의 사람들도 생겨났다. 이들은 타인보다 자신을 더 사랑하면서도 동시에 다른 누구에게도 방해가 되지 않는, 그런 조화로운 사회 속에 다 함께 살기 위해 모두가 다시 하나로 화합할 수는 없을까 고민했다. 바로 이 생각 때문에 수많은 전쟁이 일어났다. 전쟁을 일으키는 사람들은 하나같이 학문과 지혜 그리고 자기보존 본능이 결국은 인류를 조화롭고도 이성적인 사회 속에 하나로 결합시킬 거라고 굳게 믿었다. 따라서 이 일을 속히 실현시키기 위해 '매우 지혜로운 자들'은 자신들 이념의 승리에 걸림돌이 될 뿐인 모든 '지혜롭지 못한 자들'과 자기들 이념을 이해하지 못하는 자들을 서둘러 제거해버리려 애썼다. 하지만 자기보존 본능은 급속히 약화되었고, 이번에는 교만하고 음탕한 자들이 나타나, 전부가 아니면 아무것도 아니라면서 대놓고 전부를 요구했다. 그들은 전부를 얻기 위해 악행도 서슴지 않았고, 만약 그 뜻을 이루지 못하면 자살을 택했다. 비루한 삶 속에서 영원한 평안을 얻기 위해 허무와 자기파괴를 숭배하는 종교들도 등장했다. 마침내 사람들은 이 모든 힘겹고 무의미한 노력들에 지친 나머지 얼굴에 고통을 드러내기 시작했고, 오직 고통 속에만 사상이 내재되므로, 고통이야말로 아름다움이라고 선언하기에 이르렀다. 그들은 자신들의 노래를 통해 고통을 찬미했다. 나는 두 손을 쥐어짜듯 부여잡은 채 그들 사이를 걸어다녔고, 그들 때문에 눈물을 흘렸다. 나는 그들을 사랑했다. 어쩌면 그들의 얼굴에 아직 고통의 흔적이 나타나지 않았을 때보다, 그들이 순진무구하고 아름다웠던 그때보다 더 사랑했는지도 모른다. 나는 그들이 더럽힌 그들의 땅을 낙원이었을 때보다 더 사랑하게 되었는데, 그것은 그 땅 위에 깊은 슬픔이 생겨났다는 단 하나의 이유 때문이었다. 아아, 나는 언제나 슬픔과 비애를 사랑했다. 하지만 그건 나 자신, 오로지 나 자신만을 위해서였다. 그런데 그런 내가 그들을 가엾게 여기며 그들 때문에 눈물을 흘리게 될 줄이야. 나는 절망에 빠져 스스로를 비난하고 저주하고 경멸하면서 그들을 향해 손을 내밀었다. 나는 그들에게 이 모든 건 다 내가 벌인 일이라고, 나 혼자 저지른 짓이라고 말했다. 바로 내가 그들에게 방탕과 병균과 거짓을 가져왔다고 말이다! 나를 십자가에 못박아달라고 그들에게 간청하면서, 십자가 만드는 방법까지 알려주었다. 차마 스스로 목숨을 끊을 수는 없었고, 또 그럴 힘도 없었지만, 그들이 내리는 형벌은 받고 싶었다. 나는 고통을 갈망했고, 그 고통 속에서 내 피가 남김없이, 마지막 한 방울까지 모두 쏟아지기를 갈구했다. 하지만 그들은 그저 나를 비웃을 뿐이었고, 나중에는 나를 유로지브이*로 여겼다. 그들은 나에게 잘못이 없다고 했다. 자신들이 원하던 바를 얻었을 뿐이며, 지금의 모든 상황은 어차피 그렇게 될 일이었다고 말했다. 그러더니 결국 그들은 내가 그들에게 위험한 존재가 돼가고 있다며 입을 다물지 않으면 나를 정신병원에 가둬버리겠다고 위협했다. 그러자 깊고 강렬한 슬픔이 마음속으로 밀려들면서 심장이 옥죄어와 죽을 것만 같았다. 그리고…… 그리고 바로 그때 잠에서 깼다.

* * *

벌써 아침이었다. 아직 날이 환히 밝지는 않았지만 그래도 다섯시는 넘은 시간이었다. 나는 잠들기 전에 앉았던 바로 그 안락의자에서 잠이 깼다. 초는 다 타버렸고, 대위네 손님들이 아직 자고 있어선지 모처럼

---

* 세속이 추구하는 모든 가치를 거부하고 금욕과 고통의 생활을 자처하는 고행 수도자. 겉으로는 어리석고 광기에 사로잡힌 것처럼 보이지만 내면은 지혜와 통찰로 가득한 지혜로운 사람.

집안 전체가 고요했다. 내가 가장 먼저 한 일은 소스라치게 놀라 자리를 박차고 일어난 것이었다. 아주 하찮고 사소한 경우조차 지금 같은 일은 한 번도 일어난 적이 없었다. 예를 들어, 내 안락의자에서 그렇게 잠이 든 것도 처음이었다. 그런데 자리에 서서 정신을 차리기도 전에, 갑자기 장전된 권총이 눈에 들어왔다. 순간 나는 그걸 저만치 밀어버렸다! 오, 이제는 삶이다, 살아야 한다! 나는 두 손을 들어 영원한 진리에 호소했다. 아니, 호소했다기보다 울음을 터트렸다. 환희, 한량없는 환희가 나의 온 존재를 일깨웠다. 그래, 살자, 그리고 전도하는 거다! 바로 그 자리에서 나는 전도하기로 결심했다. 물론, 평생을 바쳐서! 나는 전도하러 갈 거고, 또 전도하고 싶다. 무엇을 전도하느냐고? 그야 물론 진리다. 나는 진리를 보았으니까. 내 두 눈으로 직접 보았고, 그 모든 영광을 목도했으니까!

그래서 그때부터 계속 전도를 해오고 있다! 게다가 나는 나를 비웃는 사람들 모두를 다른 누구보다 더 사랑한다. 왜 이렇게 되었는지는 나도 모르고 설명할 방법도 없지만, 앞으로도 계속 그럴 생각이다. 사람들은 내가 정신 나간 소리를 한다고, 지금도 저렇게 앞뒤 안 맞는 소리를 해대는데, 앞으로는 어떻게 될지 참으로 걱정이라고들 한다. 다 맞는 말이다. 지금 나는 정신 나간 소리를 지껄이고 있고, 어쩌면 훨씬 더 심해질 수도 있다. 물론, 전도는 무척 어려운 임무이기에, 내가 제대로 전도하는 법, 즉 어떤 말로, 어떤 행동으로 전도해야 하는지를 찾아내기 전까지는 몇 번이고 더 앞뒤 안 맞는 소리를 쏟아낼 것이 분명하다. 이제 이 모든 상황이 대낮처럼 훤히 내다보인다. 하지만 내 말을 들어보시라. 늘 앞뒤가 딱딱 들어맞는 말만 하고 사는 사람이 과연 있을까! 그리고 사실 우리 모두는, 현자부터 가장 악랄한 강도에 이르기까지 가는 길만 다를 뿐 결국 모두들 동일한 것을 향해 나아가고, 동일한 목표를 추구하지 않는가. 이는 오래된 진리다. 하지만 자, 이제 여기 새로운 진리가 있다. 나는 횡설수설할 수가 없다. 왜냐하면 진리를 목도했기 때문이다. 그리고 사람들이 지구에 사는 능력을 잃지 않고도 아름답고 행복할 수 있다는 사실을 보았고, 또 알고 있기 때문이다. 나는 악함이 사람들의 정상적인 상태가 되는 것을 원하지 않을뿐더러 그렇게 되리라고도 믿지 않는다. 그런데 사람들은 하나같이 나의 이런 신념을 비웃기만 한다. 하지만 어떻게 내가 믿지 않을 수 있겠는가? 내가 진리를 보았는데, 머리로 상상해낸 게 아니라 내가 직접 보았고, 진리의 살아 있는 형상이 나의 영혼을 영원히 충만케 했는데 말이다. 나는 충만하고도 완전무결한 형태의 진리를 보았기에, 사람들에게는 진리가 존재할 수 없다는 말을 믿지 않는다. 이런 마당에 내가 어떻게 말도 안 되는 소리를 지껄이겠는가? 물론 몇 번은 내 말이 옆길로 샐 수도 있고, 어쩌면 알아듣지 못할 이상한 소리를 지껄일 수도 있다. 하지만 그런 일은 오래가지 않을 것이다. 내가 목격한 진리의 생생한 모습이 언제나 나와 함께하며 늘 나를 바로잡고 올바른 길로 인도할 테니 말이다. 오, 나는 기운이 넘치고 생기로 가득하다. 나는 가고 또 간다. 천년이라도 나아갈 거다. 사실, 처음에는 그 사람들 모두를 타락시킨 사람이 바로 나라는 사실을 숨기고 싶었다. 하지만 그건 나의 실수였다. 그렇게 벌써 첫 실수를 하고 말았다! 그렇지만 진리가 내게 거짓말을 하고 있다고 속삭여주었고, 나를 보호하고 올바른 길로 이끌어주었다. 하지만 천국을 어떻게 이루어나갈지, 그건 잘 모르겠다. 내게는 천국을 말로 전달할 능력이 없기 때문이다. 꿈에서 깨어난 후 나는 말하는 요령을 잃었다. 적어도 가장 중요하고 가장 필요하다고 여겨지는 단어들을 다 잃어버렸다. 하지만 상관없다. 나는 나아갈 것이고 지치지 않고 계속 전할 것이다. 비록 내가 본 것을 제대로 묘사할 능력은 안 되더라도, 어쨌든 내 눈으로 직접 목도하지 않았는가. 그러나 비웃기 좋아하는 사람들은 진리를 이해하지 못한다. 그저 이렇게 말할 뿐이다. "그건 꿈이고 망상에 지나지 않아. 환각을 본 거라니까." 아휴! 이게 정녕 현명한 태도란 말인가? 어쩌면 그리도 교만들 한지! 꿈이라고? 꿈이란 게 대체 뭔데? 그럼 우리네 인생은 꿈이 아니란 말인가? 몇 마디만 더 하겠다. 내 믿음이 결코 실현될 수 없고, 천국 또한 결코 이루어지지 않는다 치자(나도 이미 그 점은 잘 이해하고 있다!). 그래도 나는 전도를 멈추지 않을 것이다. 다른 한편에서 생각해보면, 그건 어쩌면 의외로 아주 간단한 일인지도 모른다. 단 하루 만에, 아니 단 한 시간 만에 이 모든 일이 당장 이루어질지 누가 알겠는가! 중요한 건 '네 이웃을 네 몸과 같이 사랑하라'*는 가르침이다. 바로 이것이 본질이며, 이것이 전부다. 다른 건 더이상 필요하지 않다. 그러면 이 모든 일이 어떻게 실현되어가는지 당장 알게 될 것이다. 사실 이 가르침은 사람들이 족히 십억 번은 되풀이하고, 또 읽어온 오랜 진리이건만 여전히 우리 삶에 뿌리내리지 못하고 있다! "삶에 대한 인식은 삶 자체보다 우위에 있고, 행복의 법칙에 대한 지식은 행복 자체보다 우위에 있다"는, 바로 이 사상과 우리는 맞서 싸워야 한다! 나는 그렇게 할 것이다. 모두가 원하기만 하면, 지금 당장

* 「마태복음」 22장 39절.

이라도 모든 것은 이루어지리라!

* * *

그리고 나는 그 작고 어린 여자아이를 찾아냈다…… 이제 나는 나아갈 것이다! 계속 나아갈 것이다!

공상적 사회주의에서 실천적 기독교로

19세기 러시아의 대문호 표도르 도스토옙스키(1821~1881)의 창작 시기는 크게 초기, 중기, 후기로 구분된다. 초기는 첫 작품인 『가난한 사람들』을 발표한 1845년부터 시베리아 유형을 떠나게 된 1849년까지다. 이 시기 도스토옙스키는 주로 중·단편을 발표하면서 작가로서의 역량을 키우고 인정받게 된다. 이 선집에 수록된 세 작품 「약한 마음」「정직한 도둑」「백야」는 초기를 대표하는 작품들이다. 중기는 시베리아에서 형기를 마친 1855년에 『죽음의 집의 기록』을 쓰기 시작한 해부터 페테르부르크로 돌아와 작가 생활을 재개하여 활동하던 1863년경까지로 볼 수 있다. 후기는 『지하로부터의 수기』를 쓴 1864년부터 타계할 때까지 도스토옙스키의 대표 장편들이 쏟아져나온 시기다. 이 선집에 수록된 「악어」부터 나머지 작품들은 모두 후기에 창작된 것이다. 중기 작품이 수록되지 않은 것은 이 시기에 쓰인 작품이 상대적으로 훨씬 적기 때문이다. 초기에 주로 중·단편을 창작한 도스토옙스키는 후기에 분량이나 내용 면에서 어마어마한 대작들을 써내는 와중에도 간간이 중·단편을 발표한다. 이 선집에서는 도스토옙스키의 초기와 후기 작품 세계의 특징이 잘 드러나는 작품들을 선정하여 수록했다. 도스토옙스키의 장편소설들에 더해 중·단편 작품들을 통해서도 작가의 독창성과 심오한 사상을 엿볼 수 있기 때문이다.

「약한 마음」「정직한 도둑」「백야」는 모두 1848년에 창작되었다. 곧 도스토옙스키의 초기 창작 시기가 끝나갈 무렵에 쓰인 작품들로, 당대 러시아의 대표적인 문학 잡지였던 『조국의 기록』에 게재되었다. 이 시기 도스토옙스키는 프랑스 사상가 푸리에의 영향을 받아 공상적 유토피아 사회주의를 신봉한 페트라솁스키가 조직한 서클에 참여하고 있었다. 공상적 유토피아 사회주의는 모든 인류가 형제라는 이상에 기초하여 평화로운 방법으로 지상에 낙원을 건설할 수 있다는 희망을 설파했다. 이 사상은 도스토옙스키 초기 작품에 뚜렷한 흔적을 남긴다. 그 대표적인 작품이 「약한 마음」이다. 주인공 바샤 슙코프는 결혼을 앞두고 정신착란에 이르게 되는데 '약한 마음'이라는 제목이 그 이유를 암시해준다. 바샤는 자신만 행복해질 수 없는 인간이다. 자신의 잘못으로 다른 사람들의 행복을 망칠 수 있다는 생각은 그에게 지구의 종말과 다름없는 대재앙이다. 친구 아르카디가 말하듯, 그는 자신의 '결혼식 때 이 세상에 불행한 사람이 단 한 명도 없기를' 바라고, '이 세상의 모든 적들이 까닭 없이 별안간 화해하고, 기쁨에 넘쳐 길 한복판에서 그들 모두가 서로 얼싸안고 (…) 다른 사람들도 모두, 그들도 전부 단숨에 행복해지기를' 바란다. 그는 자신이 '행복을 누릴 자격이 충분하다는 걸 보여주기 위해 온 힘을 다하고, 양심에 거리낌이 없도록 뭔가 공을 세우고' 싶어한다. 친구 아르카디를 자신의 결혼 계획에 포함시켜 셋이서 함께 행복한 미래를 꿈꾼 바샤 슘코프는 실천적 차원에서 공상적 사회주의자라 할 수 있다. 그러나 그의 이런 꿈은 별로 중요하지도 않은 일을 제때 해내지 못했다는 사실에 의해 무너질 수 있을 만큼 너무나 비현실적이고 불가능한 꿈이다. 바샤를 보내고 돌아오는 길에 아르카디가 바라보는 네바강의 모습처럼 그것은 '온 세상이 환상적인 마법의 세계인 양 연기가 되어 사라져버릴 꿈'인 것이다. 도스토옙스키는 이미 이 시기에 자신이 경도된 공상적이고 유토피아적인 사회주의의 균열을 감지하고 있었던 것으로 보인다.

바샤는 너무나 '약한' 마음의 소유자였기 때문에 그의 바람과는 정반대로 자신과 타인의 불행을 자초한다. 또다른 약한 마음의 소유자는 「정직한 도둑」의 알코올중독자이자 식객인 예멜리얀 일리치다. 그는 자신의 은인인 아스타피 이바노비치의 바지를 훔쳐가고는 그 사실을 솔직하게 말하지 못해 양심의 가책으로 더욱 술을 마시고 괴로워하다 결국 죽음에 이른다. 바샤처럼 상상의 잘못이 아니라 실제의 도둑질 때문이기는 하지만, 지나친 양심의 가책으로 자신을 파멸로 몰아가는 면에서 이 두 인물은 모두 '약한' 마음 때문에 극단적인 불행에 빠지게 된다. 한편, 예멜리얀에 대한 아스타피 이바노비치의 진실한 연민, 죽기 직전에 예멜리얀이 한 '정직한' 고백은 아름다운 인간성의 표본으로 독자의 심금을 울린다. 서로 아무 관계가 없음에도 불구하고 한 집에서 형제처럼 살아가는 두 사람의 삶은 공상적 사회주의가 추구하는 인간

관계의 모범이다. 그러나 그 삶이 비극적으로 끝나는 것은 역시 공상적 사회주의의 이상이 갖는 한계를 보여준다고 하겠다.

약한 마음의 소유자는 현실적인 인간이 아니다. 그는 자신이 만든 어떤 허구적이고 비현실적인 세계 속에서 거주한다. 이런 유형의 주인공은 도스토옙스키의 초기 작품에 자주 등장하는데, 그 대표적인 주인공이 「백야」의 몽상가다. 페테르부르크에서 친한 친구 하나 없이 살아가는 외로운 주인공은 어느 아름다운 여름밤에 운하에서 나스텐카라는 여인을 만난다. 둘째 날 밤 다시 나스텐카를 만난 주인공은 '어느 몽상가의 회상에서'라는 부제처럼 자신이 어떤 인간인지를 설명한다. 그는 페테르부르크가 만들어낸 몽상가 유형이다. 그의 말에 의하면, 몽상가란 '인간이 아니라 일종의 중성적인 존재'이며, 자신만의 상상의 왕국 속에서 산다. 그 왕국에서 그는 온갖 꿈을 꾸며 무엇이라도 될 수 있다. 실로 '그 자신이 자기 삶을 매 순간 마음 내키는 대로 새롭게 창조해가는 예술가'인 것이다. 그는 '이런 삶은 범죄이고 죄악'이라고 말한다. 현실에서 꿈과 환상 속으로 도피하는 것이며 실제 삶과 유리되어 고독 속에서 자신을 죽이는 행위이기 때문이다. 주인공을 이해하고 연민을 느끼는 나스텐카는 다시는 그와 헤어지지 않을 것이라고 말한다. 주인공을 그런 식으로 내버려두지 않을 것이라고 말이다.

그리고 나스텐카의 이야기가 이어진다. 그녀는 일 년 전 사랑했던 사람이 약속대로 페테르부르크로 돌아왔으나 아무 연락이 없어 슬퍼한다. 주인공은 곧바로 돕겠다고 나서며 그녀의 편지를 전달해주는 역할을 자처한다. 사랑하는 다른 남자를 기다리면서도 주인공과 영원히 함께하겠다는 나스텐카, 나스텐카에게 사랑을 느끼면서도 그녀의 사랑을 이뤄주기 위해 도우려는 주인공. 심지어 그 남자가 찾아오지 않자 마침내 사랑을 고백하는 주인공에게 나스텐카는 그 남자를 잊겠다며 주인공을 사랑한다고 대답한다. 그러나 그녀는 그 순간 갑자기 나타난 사랑하던 남자에게 쏜살같이 가버리고 주인공에게 편지로 용서를 구하며 영원히 친구이자 형제가 될 것이라고 말한다. 다시 철저히 혼자가 되어서도 주인공은 전혀 그녀를 원망하지 않고 그녀의 앞날을 축복한다. 이 두 젊은이의 '사랑'은 '감상 소설'이라는 부제를 통해 해석된다. 그들은 철저히 순간의 감상에 충실하다. 더구나 시간적 배경이 매혹적인 페테르부르크의 백야이니 이런 사랑이 불가능하리라는 법도 없다. 그러나 나스텐카는 현실적인 여성이다. 잠시 감상에 충실했지만 그녀는 곧바로 현실로 돌아간다. 우리의 몽상가 주인공만이 또다시 현실에 상처를 받고 남겨진다. 사랑하는 남자에게 돌아가면서도 여전히 주인공과 친구이자 형제가 되겠다는 나스텐카의 말은 공상적 사회주의의 꿈을 다시 한번 되풀이한다. 「약한 마음」과 「정직한 도둑」은 이미 그 꿈의 실현이 어렵다는 점을 충분히 보여주었다. 나스텐카의 꿈 역시 몽상가의 꿈과 마찬가지로 현실 속에서는 이루어질 수 없음을 독자들은 예감한다. 백야가 선사한 아름다운 며칠의 한여름 밤의 달콤한 꿈에 지나지 않는다는 것을.

1849년 도스토옙스키는 페트라솁스키의 서클에서 비평가 벨린스키가 작가 고골에게 보내는 편지를 낭독한 죄목으로 체포되어 시베리아 유형에 처해진다. 사 년간의 유형 생활 동안 도스토옙스키는 사상의 대전환을 경험한다. 페테르부르크로 돌아와 발표한 『상처받은 사람들』은 도스토옙스키가 공상적 사회주의와 완전히 결별했음을 보여준다.

1860년대 도스토옙스키는 달라진 시대 상황 속에서 당대 사회·정치 사상들이 벌이는 논쟁의 한복판으로 뛰어든다. 1865년 도스토옙스키가 형 미하일과 함께 간행하던 잡지 『세기』에 게재된 「악어」 역시 시대의 사상 논쟁을 반영한 작품이다. 실제 페테르부르크의 파사주에서 있었던 악어 전시를 모티프로 한 이 중편은 도스토옙스키에게는 드문 풍자 작품이다. 이반 마트베이치가 아내 옐레나 이바노브나와 악어 전시를 보러 갔다가 눈앞에서 악어에게 먹혀버린다는 설정은 고골의 유명한 단편소설 「코」를 염두에 두고 쓰인 것이라 한다. 악어 뱃속에서 편안함을 느끼는 이반 마트베이치는 그 안에서 인류를 위해 온전한 사회 체계를 구상하겠다는 계획을 세우고, 마침내 저명해지고 싶다는 욕망이 이루어지게 되었다며 오히려 기뻐한다. 그는 악어 뱃속에서 천 년을 살 꿈을 꾸면서 대중의 반응이 어떨지를 걱정한다. 이반 마트베이치, 그리고 그를 구하기 위해 화자가 조언을 구하러 찾아간 지인 티모페이 세묘니치를 통해 작가는 1860년대에 유행한 사상들을 패러디한다. 그 사상이란 당대 진보적이고 민주적인 진영의 사상가들이 주장한 것으로 경제원칙과 자연과학을 가장 중요시하는 논리다. 이익과 공적 유용성, 자연과학에 대한 이반 마트베이치의 논의는 이 주제에 관한 피사레프*의 말을 상당 부분 패러디하고 있다. 그가 '새로운 푸리에'가 되기를 꿈꾸는 것은 명백히 체르니솁스키의 소설 『무엇을 할 것인가?』를 암시한다. 인류의 운명을 개선하고 새로운 경제적인 관계를 수립하겠다는 그의 야망은 체르니솁스키의 구상을 패러디한 것이다. 따라서 「악어」

* 드미트리 이바노비치 피사레프(1840~1868). 혁명가이자 사회사상가로, 체르니솁스키 이후 가장 영향력 있는 민주 진영의 논객이었다.

가 발표되자 곧 도스토옙스키가 당시 감옥에 갇혀 있던 체르니솁스키를 조롱했다는 비난이 뒤따랐다. 악어 뱃속을 감옥에 대한 알레고리로 본 것인데, 도스토옙스키는 그 의혹을 즉각 부인했다. 유형을 직접 겪은 사람으로서 그런 일이 어떻게 가능하겠는가. 이 작품은 체르니솁스키 한 사람이 아니라, 그가 대표하는 1860년대 다양한 사회·정치사상들과 작가의 사상 간의 폭넓은 논쟁의 차원에서 고찰하는 것이 마땅하다. 그럼에도 불구하고 작가의 불순한 의도에 대한 의혹은 평생 동안 그를 따라다니며 괴롭혔다고 한다.

「보보크」는 1873년 도스토옙스키의 『작가 일기』*에 실린 작품이다. 반쯤 미친 상태의 시시껄렁한 글을 쓰는 문인 화자가 장례식에 참석했다가 무덤가에 머물게 된다. 거기서 그는 뜻밖에 무덤에 묻힌 죽은 이들의 대화를 듣게 된다. 「악어」와 마찬가지로 이 작품은 환상적인 내용을 소재로 하고 있으며 풍자적인 성격이 강하다. 죽은 이들의 말에 따르면, 무덤 속에서도 '마치 관성에 따르는 것처럼' 삶이 계속된다. '모든 것이 의식 속 어딘가에서 하나로 뭉쳐져 두 달 또는 세 달씩, 가끔은 반년까지도 지속된다'는 것이다. 무덤 속에서는 육체의 악취뿐 아니라 영혼의 역겨운 냄새가 풍겨나온다. 전형적인 방탕아 클리네비치 남작은 몸이 완전히 썩어버리기 전까지 남은 두 달을 즐겁게 보내자며, 수치심 없이 다 벗어던지고 알몸이 되어보자고 제안한다. 그러자 모두가

* 도스토옙스키는 1872년 편집장직을 맡게 된 잡지 『시민』에 1873년 『작가 일기』를 게재하기 시작한다. 이듬해 편집장직을 사임하며 중단된 『작가 일기』는 1876년부터 1877년까지 월간지 형태로 재발행된다. 『작가 일기』에는 주로 작가의 사상, 문학논평 등을 자유로운 형식으로 실었으나 간혹 단편소설을 발표하기도 했다.

"알몸이 되자" 하고 외친다. 화자의 재채기 소리로 이 모든 소리들은 급작스럽게 멈춰버린다. 그리고 화자가 '의식이 살아 있는 마지막 순간들을 소중히 여기기는커녕 그 마지막 희망마저 타락시키고 축 늘어져 썩어가는 몸을 하고서도 음탕한 생각에만 정신들이 팔려 있다니! 되돌아볼 순간들이 주어졌는데, 선물처럼 주어졌는데도 말이다'라는 음울한 생각에 빠지는 것으로 이야기는 끝난다. 이 작품에서 도스토옙스키는 무덤 속 영혼들의 운명에 대한 고통스러운 불안을 표현한다. 이 방탕하고 죄 많은 영혼들에게 구원이 가능할까? 작가는 그들에게 파멸을 선고한다. 왜냐하면 그들은 죽음 후 주어진 기회조차도 마지막 쾌락을 위해 낭비해버리고 말기 때문이다. 그들에게는 어떠한 참회도 없다. 수치심을 다 내던진다는 것은 최소한의 인간적인 것마저 포기하는 극단적인 뻔뻔스러움을 의미한다. 따라서 그들에게는 용서도, 구원도 주어지지 않는다. 영혼의 부패는 육체의 부패보다 더 끔찍한 것으로 드러난다. 1870년대에 이 작품은 무의미하고 병적인 소품으로 치부되어 비평가들의 주목을 별로 받지 못했다. 그러나 20세기에 들어서자 환상적이고 그로테스크하며 풍자적인 이 걸작은 비로소 그 가치를 인정받기에 이른다.

「예수의 크리스마스트리에 초대된 아이」는 1876년에 『작가 일기』 1월호에 수록된 작품이다. 도스토옙스키는 1875년 12월 딸과 함께 페테르부르크 예술가 클럽에서 개최한 아이들을 위한 크리스마스 축하 무도회에 참석한다. 그즈음 며칠 동안 그는 길에서 몇 번 구걸하는 가난한 소년을 만났다고 한다. 이런 인상들이 이 작품에 구현되었다. 당시 도스토옙스키는 '현대의 러시아 아이들'에 대해 쓰고 싶어했는데, 그 소망이 환상적인 크리스마스 이야기 장르로 탄생한 것이다.

화자는 크리스마스 전날 길에서 한 소년을 만나 구걸하는 아이들의 운명에 대해 생각한다. 그는 보드카가 파멸시켜버린 사람들과 그 어른들의 희생자가 된 아이들이 장차 범죄자가 될 운명에 놓여 있음을 개탄한다. 소설가인 화자는 곧 이야기를 지어낸다. 크리스마스 전날 지하실에서 죽은 엄마와 도시의 화려한 모습을 보며 죽은 아이의 이야기는 크리스마스 이야기 장르의 최고봉이라 할 수 있는 덴마크 아동작가 안데르센의 「성냥팔이 소녀」를 떠올리게 하는 가슴 시린 작품이다. 도스토옙스키는 이 단편에서 1840년대에 발표한, 페테르부르크의 가난을 다룬 작품들*을 소환하고 있으며, 마지막 대작 『카라마조프가의 형제들』에서 다룰 죄 없이 고통받는 아이의 주제를 선취하고 있다. 비평가들은 이 작품에 살아 있는 따뜻한 감정을 높이 평가했으며, 대중들 역시 이 매력적인 작품을 매우 사랑했다. 도스토옙스키는 1879년 어린이들을 위한 부활절 문학 낭독회에서 아들과 딸이 보는 데서 이 작품을 직접 낭독했다고 한다.

「농부 마레이」 역시 같은 해 『작가 일기』 2월호에 수록되었다. 도스토옙스키와 동일인인 화자는 『죽음의 집의 기록』에 대해 언급하며, 수용소에서 생활할 때 떠오른 아홉 살 때의 기억을 이야기한다. 늑대가 온다는 소리에 겁을 먹고 달려온 화자를 다독이고 돌아가는 내내 지켜보는 농부 마레이는 따스한 어머니 같은 이미지를 지닌 인물이다. 화자는 '설령 내가 그의 친아들이었다 해도 그때보다 더 환하게 빛나는 사

* 대표적으로 『가난한 사람들』과 「크리스마스트리와 결혼식」을 들 수 있다.

랑의 눈빛으로 바라볼 수는 없었을 것'이라고 회상한다. 농노와 주인집 아들의 관계는 계급을 초월해 인간적인 온정으로 엮인다. 화자는 '거칠고 무식하기 짝이 없는 농노의 마음이 그렇게나 깊고도 고매한 인간다운 감정으로, 그렇게나 섬세하고도 여성스러운 부드러움으로 충만할 수 있다'는 슬라브주의자 악사코프*의 말을 인용한다. 화자는 그 추억으로 수용소의 민중을 다른 눈으로 바라볼 수 있게 된다. 이 이야기는 19세기 러시아 작가들의 어린 시절에 민중이 끼친 도덕적인 영향력이 얼마나 컸는지를 보여주는 하나의 실례다. 농부 마레이의 실제 모델은 도스토옙스키 집안 영지인 다로보예에서 살았던 농부 마르크 예프레모프로 전해진다.

「온순한 여인」은 역시 같은 해 11월 『작가 일기』에 게재되었다. '환상적인 이야기'라는 부제가 말해주듯이 이 이야기 역시 환상적인 성격을 지닌다. 하지만 이 작품의 환상성은 그 내용보다는 형식에서 찾아야 한다. 화자는 몇 시간 전 죽은 아내의 시신 옆에서 누군가 그의 말을 듣고 그대로 받아적고 있는 환상적인 상황을 가정하고 있기 때문이다.

세상으로부터 버림받았다고 생각하며 세상에 복수를 꿈꾸는 화자는 사람들로부터 자신을 가르는 벽을 세우고 고독을 자처한다. 그는 자신을 거부한 사회와 영원히 절연하고 3만 루블을 모아 외딴곳에 가서 행복하게 남은 생을 영위하겠다는 계획을 세운다. 그리고 자신을 이해하고 존경하며 그의 가치를 알아줄 단 한 사람을 갈구한다. 그는 자신이 선택한 미래의 아내를 그가 꿈꾸는 완벽하고 이상적인 배우자, 즉 아무

* 이반 세르게예비치 악사코프(1823~1886). 러시아의 대표적인 슬라브주의 사상가.

런 대화나 설명 없이도 그를 이해하고 존경하는 배우자로 만들고자 한다. 결혼생활에서 그는 고의적인 침묵으로 일관하는데, 그의 의도와는 달리 부부 사이에는 벽이 생기고 온순했던 아내는 거칠고 공격적으로 그에게 맞서기 시작한다.

아내와 예피모비치의 밀회, 아내가 권총을 겨눈 사건은 두 사람의 관계를 완전히 파국으로 이끈다. 마음속으로 이미 아내를 용서했음에도 여전히 침묵을 고수하며 철로 된 침대를 사서 칸막이 커튼으로 가림으로써 화자는 아내와 완전한 단절을 시도한다. 아내가 스스로 뉘우치고 그에게 다가올 것이라 기대한 것이다. 그러나 아내는 그의 행동을 그녀에 대한 최종적이고 완전한 거부로 받아들인다. 진실한 감정을 숨기고 아내의 완벽한 굴복을 원했던 결과는 참혹하다. 이유를 알 수 없이 돌연 급변해버린 그가 아내에게 먼저 다가가 사랑을 고백하고 자신을 열어 보이지만 그 결과로 돌아온 것은 아내의 자살이다. 그 온순했던 여인이 왜 자살했는지가 이 소설을 이해하는 열쇠가 된다.

여주인공의 자살을 죄책감으로 인한 자기처벌로 읽을 수도 있다. 남편의 의도를 오해하고 사실은 줄곧 자신을 사랑해온 남편을 죽이려고 했으니까. 다른 한편으로 그녀는 더이상 남편을 사랑할 수도, 남편의 사랑을 받아들일 수도 없어서 자살을 선택한 것으로도 해석할 수 있다. 그녀는 남편이 자신에게 기대하는 것이 무엇인지 깨닫지만, 그의 기대를 충족시켜주기를 거부한 것이다. 이제부터 '성실한 아내가 되겠다'는 그녀의 말은 실현 불가능한 것이다. 남편을 정확히 꿰뚫어보고 있는 그녀로서는 그에 대한 경멸을 존경으로 되돌릴 수 없으며, 그의 요구를 받아들이는 양 연기하는 것은 고결한 그녀의 성품으로서는 도저히 불가능한 것이기 때문이다. 여주인공의 자살은 화자에 대한 최종적이고 완전한 거부이자 그의 꿈에 함께 갇혀버리지 않겠다는 결단의 표현이다. 이런 해석을 허용한다면 '온순한 여인'이라는 제목은 그 자체가 역설이다. J. 마이클 홀퀴스트의 표현을 빌리자면, 이 소설은 결합의 유토피아적인 꿈이 분리와 고독의 악몽으로 변환되는 패턴을 따르고 있다.

「우스운 인간의 꿈」은 1877년 『작가 일기』에 게재된 작품이다. 이 작품은 「온순한 여인」과 마찬가지로 '환상적인 이야기'라는 부제를 달고 있는데, 여기서 환상성은 형식이 아닌 내용에서 비롯된다. 주인공 화자는 자살을 결심한 날 꿈을 꾸는데, 그 꿈의 내용이 지극히 환상적이다. 우주 공간을 가로질러 존재하는 또다른 지구에서 일어나는 일을 묘사하고 있기 때문이다.

꿈은 인류가 상실한 황금시대를 재현한다. 그곳에는 죄를 짓지 않은 사람들이 완벽한 행복을 누리며 살고 있다. 그들은 삶을 이해하고자 하지 않고 이미 삶으로 충만하게 채워져 있다. 모두가 한 가족이며 서로 사랑할 뿐 아니라, 자연과 신적 존재와도 일체감을 이루며 산다. 죽음은 있으나 슬픔도 아픔도 없고 평안만이 존재하는 곳은 지상낙원 그 자체다.* 이 작품은 도스토옙스키의 창작을 관통하는 주요 주제 중 하나인 황금시대 모티프의 절정을 이룬다. 『악령』의 스타브로긴의 꿈, 『미성년』의 베르실로프의 꿈**에서도 똑같은 황금시대가 묘사되고 있

* 이 작품의 구상은 스웨덴의 신비사상가 스베덴보리의 「천국과 영들의 세계, 지옥에 대하여」로부터 영향을 받은 것으로 알려져 있다.

** 이 두 인물은 꿈에서 화가 클로드 로랭이 〈아키스와 갈라테이아〉에서 묘사한 인류의 낙원을 본다.

다. 1840년대 공상적 사회주의와 결별한 후에도 도스토옙스키는 지상낙원에 대한 이상을 포기하지 않는다. 이 세 인물의 꿈은 지상에 낙원이 도래하기를 간절히 염원하며 그 가능성을 믿는 작가의 이상을 변주하며 반복한다.

1840년대의 유토피아와 「우스운 인간의 꿈」에서 나타난 세계의 차이점은 그 세계에 죄악이 발생한다는 점이다. 화자 자신이 죄악의 근원이 되며 이후에 일어난 모든 일은 인류 역사를 압축한 것이다. 화자가 자신이 모든 것의 원인이라고 생각하는 것은 기독교의 원죄 사상과 연관된다. 그가 징벌을 요구하며 십자가에 매달리기를 원하는 것 역시 기독교적 색채를 강하게 띠고 있다. 꿈에서 깨어난 화자는 진리를 보았다고 믿으며 전도하기 시작한다. 그는 지상낙원의 회복을 갈망하며 "단 한 시간 만에 이 모든 일이 당장 이루어질지 누가 알겠는가! 중요한 건 '네 이웃을 네 몸과 같이 사랑하라'는 가르침이다. 바로 이것이 본질이며, 이것이 전부다. 다른 건 더이상 필요하지 않다"고 말한다. 상실한 낙원의 회복은 복음서의 가르침을 있는 그대로 실천하는 데에서 시작된다는 것이다. 도스토옙스키 자신이 믿었던 바이기도 하다. 그는 지상에서 그리스도의 계명에 따라 인류가 사랑 안에서 결합되는 일이 실현 가능하다고 믿었고 그것을 염원했다. 이는 더이상 공상적인 사회주의자의 꿈이 아니라, 분열된 세계의 상태에 대한 자신의 책임을 깨닫고 당장 그리스도의 계명을 실천하는 사람들에 의해 이루어질 수 있는, 인류가 포기할 수 없는 이상인 것이다. 그리하여 주인공은 전날 밤 외면했던 여자아이를 찾아내 실천을 시작한다. 실천적 사랑에 대한 주인공의 깨달음, 그리고 '삶에 대한 인식은 삶 자체보다 우위에 있고, 행복의 법칙에 대한 지식은 행복 자체보다 우위에 있다는, 바로 이 사상과 우리는 맞서 싸워야 한다!'는 주인공의 말은 도스토옙스키의 마지막 소설 『카라마조프가의 형제들』을 선취한다. 이 작품이 발표된 바로 다음 해에 작가는 마지막 대작 『카라마조프가의 형제들』 집필에 착수하게 된다.

허선화(한남대 탈메이지교양교육대학 강사)

중학생 시절 도스토옙스키를 처음 만났다. 『죄와 벌』을 통해서였다. 나를 매료시킨 주인공 라스콜니코프, 어렵기만 했던 그 이름을 두 음절로 끊어가며 기를 쓰고 외웠던 기억, 당시엔 도무지 이해할 수 없었던 소냐의 가여운 희생과 또 그런 그녀를 향한 안타까움에 먹먹해오던 가슴, 아직도 생생하다. 그때 결심했다. 언젠가 러시아어로 라스콜니코프와 소냐를 다시 만나겠노라고. 그래서 물어보리라고, '당신들은 왜 그런 삶을 살았나요……'

도스토옙스키는 그렇게 나에게 러시아로 향하는 문을 열어주었고, 운명에 이끌리듯 그를 따라 한 발 한 발 걸어들어간 러시아는 이제 내 삶의 일부가 되었으며, 도스토옙스키는 내가 가장 존경하고 흠모하는 작가로 내 마음에 영원히 자리매김했다.

『백야』를 통해 도스토옙스키를 다시 만났다. 어른으로 성장한, 러시아어를 체득한 나와 그와의 아주 길고도 더없이 진지한 만남. 내 손끝에서 그의 걸출한 분신들이 한국어로 다시 태어나는 매 순간을 나는 때론 설레며 때론 고뇌하며 때론 아파하며 맞았다. 그건 감히 그와 동등한 자격으로 그의 불멸의 세계를 탐색한다는 설렘이었고, 어눌하기 짝이 없는 나의 필력이 그에게 누가 되면 어쩌나 엄습하는 불안과 염려였고, 주인공들의 가엾고 안타까운 이야기에서 진하게 전해지는 아픔이었다. 하지만 동시에 일 년이라는 적잖은 시간을 사랑하는 그와 함께할 수 있었기에 감사하고 또 감사하다.

러시아 유학 시절, 도스토옙스키를 좋아한다는 나의 고백에 "도스토옙스키는 인간의 내면과 삶을 너무 적나라하게, 그것도 고통스러운 면만 보여주는 작가라 읽기 힘들고 싫다"라는 단호한 말과 함께 고개를 흔드시던 지도교수님의 모습이 떠오른다. 도스토옙스키에 대한 그분의 강한 반감은 페레스트로이카 직후 당시 러시아의 삶이 그만큼 힘들고 우울했다는 방증이기도 했지만, 어쩌겠는가. 인간의 내면이, 우리네 삶이 늘 밝고 명료한 빛만 가득찬 곳이 아닌 것을, 우리가 못 본 척 외면한다고 피해갈 수 있는 게 아닌 것을. 도스토옙스키는 말한다. "괴로움과 번민은 위대한 자각과 심오한 감정을 지닌 사람에겐 언제나 필연적인 것이다. 괴로움이야말로 인생이다. 인생에 괴로움이 없다면 무엇으로 만족을 얻을 것인가?" 그래서 나는 도스토옙스키의, 나의 주인공들을 열렬히 사랑하고 응원한다. 「약한 마음」의 착하고 착한 바샤를, 어딘가 나의 이십대를 떠올리게 하는 「백야」의 '나'를, 오 분만 더 기다렸다면 휘몰아치는 죽음의 충동이 비켜갔을 안타까운 「온순한 여인」의 그녀를 꼭 안아주고 싶다. 그리고 삶의 무게와 고뇌를 짊어지고 묵묵히 하루하루를 살아가는 이 땅의 모든 도스토옙스키의 주인공들에게 응원의 박수를 보낸다.

끝으로, 『백야』의 번역을 믿고 맡겨준 문학동네와 누구보다 도스토옙스키를 사랑하고 통찰력 넘치는 해설로 『백야』의 이해에 완벽함을 더해준 나의 최고의 친구, 허선화 박사에게 깊은 감사와 애정을 전한다.

박은정

1821년 구력 10월 30일(현재의 그레고리우스력으로는 11월 11일), 모스크바의 마린스키 빈민병원 사택에서 의사 미하일 안드레예비치 도스토옙스키(1789~1839)와 신앙심 깊은 마리야 표도로브나(1800~1837)의 둘째 아이로 태어남. 아버지는 영락한 시골 귀족의 후손이고, 어머니는 상인계급 출신이며, 한 살 위인 형 미하일이 있었음. 11월 4일, 러시아정교 의식에 따라 세례를 받음.

1831년 아버지 미하일 도스토옙스키가 툴라현의 자그마한 다로보예 마을을 사들임.

1832년 아버지가 다로보예의 이웃 마을인 체르마쉬냐 마을을 사들임. 4월, 도스토옙스키는 처음으로 다로보예 마을에서 여름을 보내며 러시아 농민의 삶을 알게 됨.

1834~1837년 명문인 모스크바 체르마크 기숙학교에서 형 미하일과 함께 수학.

1837년 어머니가 폐병으로 사망.

1838년 도스토옙스키와 형 미하일은 문학을 공부하려 했으나, 아버지의 뜻에 따라 페테르부르크 군사 아카데미의 공병학교에 입학. 하지만 글쓰기를 계속하면서 푸시킨, 레르몬토프, 고골, 셰익스피어, 바이런, 디킨스, 발자크, 코르네유, 조르주 상드, 위고, 호프만, 괴테, 실러의 작품을 읽음.

1839년 아버지가 다로보예 영지의 농노들에게 원한을 사서 살해당함.

1840~1842년 미완으로 남은 드라마 「마리야 스튜아르트Мария Стюарт」 「보리스 고두노프Борис Годунов」를 씀.

1842년 소위로 임관.

1843년 공병학교 졸업 후 공병 소위로 페테르부르크 공병단 제도국에 배치됨. 발자크, 조르주 상드의 작품 번역을 계속함.

1844년 전역 후 본격적으로 창작에 몰두해 중편소설 『가난한 사람들Бедные люди』을 쓰기 시작함.

1844~1845년 네크라소프, 투르게네프와 교류.

1845년 『가난한 사람들』 탈고. 네크라소프와 벨린스키의 격찬을 받고, 벨린스키 서클에 참여. 여름에 중편소설 『분신Двойник』을 쓰기 시작. 11월, 『아홉 통의 편지로 된 소설Роман в девяти письмах』을 하룻밤 만에 씀.

1846년 네크라소프가 발행하던 『페테르부르크 문집Петербургский сборник』에 『가난한 사람들』 발표. 대성공을 거두면서 '새로운 고골'이라는 문명을 떨침. 『조국의 기록Отечественные записки』 2호에 『분신』 게재. 벨린스키의 혹평. 마이코프와 우정을 나눔. 혁명적 성향의 귀족 청년 페트라솁스키를 알게 됨. 『조국의 기록』 10호에 단편 「프로하르친 씨Господин Прохарчин」 발표. 10월, 장편소설 『네토치카 네즈바노바Неточка Незванова』, 중편소설 『여주인Хозяйка』을 쓰기 시작함.

1847년 『현대인Современник』 1호에 『아홉 통의 편지로 된 소설』 발표. 벨린스키의 혹평. 벨린스키와 절교. 1월 말부터 페트라솁스키의 '금요회'에 나가기 시작. 7월에 최초의 뇌전증 발작. 『조국의 기록』 10~11호에 『여주인』 게재.

1848년 『조국의 기록』 1호에 「남의 아내Чужая жена」, 2호에 「약한 마음Слабое сердце」, 4호에 「세상 물정에 밝은 사나이.

I. 퇴역 군인 II. 정직한 도둑Рассказы бывалого человека I. Отставной II. Честный вор」, 9호에 「크리스마스트리와 결혼식Елка и свадьба」, 11호에 「질투심 많은 남편Ревнивый муж」, 12호에 『백야Белые ночи』 게재. (「남의 아내」「질투심 많은 남편」은 이후 한 편으로 개작되어 '남의 아내와 침대 밑의 남편Чужая жена и муж под кроватью'이라는 제목으로 1860년 『도스토옙스키 작품집(전2권)』에 실림. 「세상 물정에 밝은 사나이」도 개작을 거쳐 「정직한 도둑」이라는 제명의 단편으로 같은 전집에 수록.) 12월, 단편소설 「폴준코프Ползунков」를 파나예프와 네크라소프가 발행한 『삽화 문집Иллюстрированный альманмх』에 발표.

1849년 『네토치카 네즈바노바』의 일부를 『조국의 기록』 1~2, 5호에 게재. '금요회'에서 금서를 읽고, 자유주의적 발언을 하고, 고골이 『벗들과의 왕복서한선Выбранные места из переписки с друзьями』(1847)에서 절대왕정을 옹호한 데 대해 벨린스키가 고골에게 쓴 1847년 7월 15일자 편지를 낭독했다는 죄목으로 4월 23일 체포, 국사범 감옥으로 사용되던 베드로-바오로(페트로파블롭스카야) 요새에 구금됨. 『네토치카 네즈바노바』 집필 중단. 감옥에서 「어린 영웅Маленький герой」 집필. 11월 16일 사형선고를 받음. 12월 22일(그레고리우스력 1850년 1월 3일) 세묘놉스키 광장에서 처형되기 직전 황제의 특사로 유형지 시베리아에서의 징역 4년과 병역 의무형 4년으로 감형됨. 24일 밤, 유형지인 옴스크로 출발.

1850~1854년 1월 옴스크로 가는 도중 토볼스크에 도착, 그곳에서 12월 당원(데카브리스트) 아내들과 만나 복음서를 건네받음. 이 복음서를 평생토록 성물로 간직함. 1월 23일 옴스크에 도착,

수형 생활 4년 동안 여러 차례 심각한 뇌전증 발작을 겪음.

1854년 2월 중순 출옥, 3월에 세미팔라친스크의 국경 수비 연대에 사병으로 편입. 세무관 이사예프의 부인인 마리야 드미트리예브나 이사예바를 사랑하게 됨.

1855년 2월 18일, 니콜라이 1세 사망. 『죽음의 집의 기록Записки из Мертвого дома』을 구성하게 될 글들을 쓰기 시작. 8월, 이사예프 사망.

1856년 하사관으로 진급.

1857년 이사예바와 결혼. 귀족 신분을 되찾음. 『조국의 기록』 8호에 「어린 영웅」을 익명으로 발표.

1858년 형 미하일이 월간 정치·문학잡지 『시대Время』의 출판 허가를 신청. 9월 말, 발행 허가가 나옴.

1859년 소위 임관 후 면직. 거주지는 트베리로 제한됨. 『아저씨의 꿈Дядюшкин сон』을 『러시아 말Русское слово』 3호에, 『스테판치코보 마을과 그 주민들Село Степанчиково и его обитатели』을 『조국의 기록』 11~12호에 게재. 페테르부르크 거주 허가를 얻어 12월, 10년 만에 페테르부르크로 돌아옴.

1860년 9월부터 『러시아 세계Русский мир』에 『죽음의 집의 기록』 연재 시작. 그동안의 작품들이 두 권의 선집으로 출간됨.

1861년 형 미하일과 함께 잡지 『시대』 창간. 『시대』 1~7호에 『학대받은 사람들Униженные и оскорбленные』 연재, 수정본을 두 권짜리 단행본으로 출간. 『러시아 세계』에 연재하던 『죽음의 집의 기록』을 4월부터는 『시대』에 연재. 오스트롭스키, 곤차로프, 살티코프 셰드린, 그리고리예프와 친교. 1860년대 여성해방의 전형적 대표자였던 아폴리나리야 수슬로바를 알게 됨.

1862년 『죽음의 집의 기록』 단행본 출간. 『시대』 11호에 「추악한 이야기Скверный анекдот」 발표. 6월 첫 유럽 여행을 떠남(베를린, 드레스덴, 프랑크푸르트, 쾰른, 파리, 런던, 제네바, 이탈리아). 런던에서 게르첸을 만나고, 세계박람회를 관람.

1863년 『시대』 2~3호에 「여름 인상의 겨울 메모Зимние заметки о летних впечатлениях」 게재. 5월, 폴란드 국민의 무장봉기 실패에 대해 폴란드측에 유리하게 쓴 스트라호프의 기고문 때문에 『시대』가 폐간당함. 두번째 유럽 여행(비스바덴, 파리, 이탈리아, 바덴바덴). 부분적으로는 아폴리나리야 수슬로바와 동행. 바덴바덴과 바트홈부르크의 도박장에서 많은 돈을 잃음. 수슬로바와 헤어져 함부르크로 감. 소설 『도박자Игрок』를 구상하고 『지하로부터의 수기Записки из подполья』를 쓰기 시작. 10월 말, 러시아로 돌아감.

1864년 형 미하일과 함께 새로운 잡지 『세기Эпоха』 창간. 『지하로부터의 수기』를 『세기』 1~2호(제1부), 4호(제2부)에 게재. 4월 15일, 아내 마리야 드미트리예브나가 폐병으로 사망. 7월 10일 형 미하일 사망.

1865년 후일 수학자로서 페테르부르크 과학 아카데미 최초의 여성 회원이 된 소피야 코발렙스카야의 언니인 안나 바실리예브나 코르빈 크루콥스카야에게 청혼하나 거절당함. 소피야와의 변함없는 우정이 시작됨. 『세기』 2호에 「악어Крокодил」 게재. 4월, 재정난으로 『세기』 발행이 중단됨. 아폴리나리야 수슬로바를 다시 만나기 위해 세번째 유럽 여행을 준비함. 재정난 때문에 출판업자 스첼롭스키와 굴욕적인 계약을 체결. 지금까지 발표한 모든 작품의 출판권을 양도함과 아울러 1866년 11월 1일까지 일정 페이지의 새 장편소설을 탈고하겠다고 약속하고, 이를 이행하지 못할 시, 이후 모든 작품의 저작권을 무상으로 넘기기로 함. 8월 중순 비스바덴으로 가서 룰렛 게임에 빠져 돈을 다 잃음. 수슬로바는 서둘러 파리로 돌아가버림. 10월 15일, 지인의 도움으로 간신히 페테르부르크로 돌아옴. 『죄와 벌』 집필 시작. 스첼롭스키 출판사에서 작가의 검토와 보완을 거친 『도스토옙스키 전집』이 두 권으로 발간됨.

1866년 『죄와 벌』을 『러시아통보Русский вестник』 1~2, 4, 6~8, 11~12호에 연재. 스첼롭스키에게 약속한 소설을 제때에 끝내기 위해 속기사 안나 그리고리예브나 스니트키나를 고용, 26일 동안 소설을 구술함. 11월 1일 탈고한 『도박자』를 스첼롭스키에게 넘김. 스첼롭스키 출판사에서 발간된 『전집』 제3권에 『도박자』 수록.

1867년 2월, 안나 그리고리예브나와 결혼. 채무자에 시달려 아내와 함께 도피성 외국 여행을 떠남. 4년 넘게 베를린, 드레스덴, 바트홈부르크, 바덴바덴, 바젤, 제네바, 피렌체 등지에 체류. 드레스덴 미술관에서 라파엘로의 「시스티나의 성모」, 바젤 미술관에서 한스 홀바인의 「무덤 속의 그리스도 주검」을 보고 감명과 충격을 받음. 『백치Идиот』 집필 시작. 『죄와 벌』 수정판이 페테르부르크의 바주노프 출판사에서 나옴.

1868년 『백치』를 『러시아통보』 1~2, 4~12호에 연재. 딸 소피야가 출생 석 달 만에 폐렴으로 사망.

1869년 9월, 딸 류보피 태어남. 11월, 네차예프와 그의 일당이 혁명단체에서 탈퇴하려는 대학생 이바노프를 살해한 '네차예프 사건' 발생, 『악령Бесы』의 소재가 됨. 중편소설 『영원한 남편Вечный муж』 집필.

1870년 스트라호프가 창간한 잡지 『여명Заря』 1~2호에 『영원한 남편』 발표. 2월, 『악령』을 구상, 쓰기 시작함.

1871년 『악령』을 『러시아통보』 1~2, 4, 7, 9~11호에 제2부까지 연재. 4월, 비스바덴으로 가서 룰렛 게임으로 돈을 잃음. 7월, 네차예프 재판이 열렸고 페테르부르크로 돌아온 도스토옙스키는 이 재판을 『악령』의 소재로 씀. 아들 표도르 태어남. 바주노프 출판사에서 『영원한 남편』 단행본으로 출간.

1872년 『악령』 제3부를 『러시아통보』 11~12호에 발표, 연재 완결. 12월, 메셰르스키가 발행하는 보수 성향의 주간지 『시민 Гражданин』의 편집장이 됨.

1873년 블라디미르 솔로비요프와 우정을 나눔. 『시민』에 「작가 일기」라는 지면을 마련하여 1호에서 50호까지 1년에 걸쳐 시사평론, 에세이, 단편소설 등을 발표. 제6호에는 단편 「보보크Бобок」가 실림. 『악령』 단행본 출간.

1874년 1월 『백치』 단행본 출간. 2월 『미성년Подросток』 집필 시작. 3월 『시민』에 기고한 글로 잡지는 1차 경고를 받고 도스토옙스키는 체포됨. 4월 말, 건강상의 이유로 『시민』 편집장직을 사임. 6월, 폐기종 치료를 위해 독일의 바트엠스로 떠남. 제네바를 거쳐 8월, 러시아로 돌아옴.

1875년 『조국의 기록』 1~2, 4~5, 9, 11~12호에 『미성년』 연재. 5월 말에 다시 바트엠스로 떠났다가 7월 초에 돌아옴. 8월, 둘째 아들 알렉세이 출생. 개정판 『죽음의 집의 기록』 1, 2부가 단행본으로 출간됨. 12월 31일, 개인 월간 잡지 『작가 일기』의 발행 허가가 나옴.

1876년 1월부터 『작가 일기』 매월 발행. 1호에는 「예수의 크리스마스트리에 초대된 아이Мальчик у Христа на елке」, 2호에는 「농부 마레이Мужик Марей」, 3호에는 「백 살의 노파 Столетняя」, 11호에는 「온순한 여인Кроткая」이 게재됨. 『미성년』 단행본 출간.

1877년 『작가 일기』 4호에 단편소설 「우스운 인간의 꿈Сон смешного человека」 게재. 다로보예로 여행.

1878년 과학 아카데미 어문학 문과의 객원 회원이 됨. 『카라마조프가의 형제들Братья Карамазовы』 구상에 몰두. 5월, 아들 알렉세이가 뇌전증 발작으로 사망. 6월 하순, 블라디미르 솔로비요프와 함께 옵치나 수도원 방문, 암브로시 장로와 두 차례 대화. 이 여행은 이레 동안 계속되었고, 『카라마조프가의 형제들』 집필에 큰 영향을 미침. 7월 초, 소설의 첫 부분을 쓰기 시작.

1879년 『러시아통보』 1~2, 4~6, 8~11호에 『카라마조프가의 형제들』 연재. 1876년의 『작가 일기』 제2판, 『학대받은 사람들』 제5판이 나옴. 바트엠스에서 요양.

1880년 『러시아통보』 1, 4, 7~11호에 『카라마조프가의 형제들』 계속 연재. 6월 8일, 모스크바의 푸시킨 동상 제막식에서 연설, 푸시킨을 러시아 민족의 보편주의적 추구에 대한 진정한 상징으로 선언함. 『작가 일기』 8월호에 이 연설을 수록. 이듬해부터 다시 『작가 일기』를 발행하기로 계획. 12월 초 『카라마조프가의 형제들』 단행본 출간(표지에는 출간 연도가 1881년으로 되어 있음), 며칠 만에 초판이 모두 소진됨.

1881년 『작가 일기』 1월호 발행 작업(작가 사후 발매). 1월 25일, 폐동맥 파열을 겪음. 각혈이 계속되고 의식을 잃음. 1월 28일(그레고리우스력 2월 9일), 저녁 8시 38분 사망. 1월 31일, 추도식에서 5~6만 명에 달하는 조문객이 그의 죽음을 애도함. 2월 1일, 페테르부르크의 알렉산드르 넵스키 대수도원 묘지에 묻힘. 알렉산드르 팔름, 마이코프, 솔로비요프가 조사를 낭독함.

문학동네 세계문학전집 발간에 부쳐

세계문학은 국민문학 혹은 지역문학을 떠나 존재하는 문학이 아니지만 그것들의 총합도 아니다. 세계문학이라는 용어에는 그 나름의 언어와 전통을 갖고 있는 국민문학이나 지역문학의 존재를 인정하면서 그것을 넘어서는 문학의 보편적 질서에 대한 관념이 새겨져 있다. 그 용어를 처음 고안한 19세기 유럽인들은 유럽문학을 중심으로 그 질서를 구축했지만 풍부한 국민문학의 전통을 가지고 있는 현대의 문학 강국들은 나름의 방식으로 세계문학을 이해하면서 정전(正典)의 목록을 작성하고 또 수정한다.

한국에서도 세계문학 관념은 우리 사회와 문화의 변화 속에서 거듭 수정돼왔다. 어느 시기에는 제국 일본의 교양주의를 반영한 세계문학 관념이, 어느 시기에는 제3세계 민족주의에 동조한 세계문학 관념이 출현했고, 그러한 관념을 실천한 전집물이 출판됐다. 21세기 한국에 새로운 세계문학전집이 필요하다는 것은 명백하다. 우리의 지성과 감성의 기준에 부합하는 세계문학을 다시 구상할 때가 되었다.

문학동네 세계문학전집은 범세계적으로 통용되는 고전에 대한 상식을 존중하면서도 지난 반세기 동안 해외 주요 언어권에서 창작과 연구의 진전에 따라 일어난 정전의 변동을 고려하여 편성되었다. 그래서 불멸의 명작은 물론 동시대 세계의 중요한 정치·문화적 실천에 영감을 준 새로운 작품들을 두루 포함시켰다.

창립 이후 지금까지 한국문학 및 번역문학 출판에서 가장 전문적이고 생산적인 그룹을 대표해온 문학동네가 그간 축적한 문학 출판 경험을 바탕으로 새로운 세계문학전집을 펴낸다. 인류가 무지와 몽매의 어둠 속을 방황하면서도 끝내 길을 잃지 않은 것은 세계문학사의 하늘에 떠 있는 빛나는 별들이 길잡이가 되어주었기 때문이다. 우리가 자부심과 사명감 속에서 그리게 될 이 새로운 별자리가 독자들의 관심과 애정에 힘입어 우리 모두의 뿌듯한 자산이 되기를 소망한다.

문학동네 세계문학전집 편집위원

민은경, 박유하, 변현태, 송병선, 이재룡, 홍길표, 남진우, 황종연

세계문학전집 207
백야

1판 1쇄 2021년 11월 29일
1판 4쇄 2024년 7월 10일

지은이 표도르 도스토옙스키 | 옮긴이 박은정

책임편집 김경은 | 편집 오동규
디자인 신선아 최미영 | 저작권 박지영 형소진 최은진 서연주 오서영
마케팅 정민호 서지화 한민아 이민경 안남영 왕지경 정경주 김수인 김혜원 김하연 김예진
브랜딩 함유지 함근아 고보미 박민재 김희숙 박다솔 조다현 정승민 배진성
제작 강신은 김동욱 이순호 | 제작처 영신사

펴낸곳 (주)문학동네 | 펴낸이 김소영
출판등록 1993년 10월 22일 제2003-000045호
주소 10881 경기도 파주시 회동길 210
전자우편 editor@munhak.com | 대표전화 031)955-8888 | 팩스 031)955-8855
문의전화 031)955-1927(마케팅), 031)955-3560(편집)
문학동네카페 http://cafe.naver.com/mhdn
인스타그램 @munhakdongne | 트위터 @munhakdongne
북클럽문학동네 http://bookclubmunhak.com

ISBN 978-89-546-8370-8 04890
978-89-546-0901-2 (세트)

잘못된 책은 구입하신 서점에서 교환해드립니다.
기타 교환 문의 031) 955-2661, 3580

www.munhak.com

1, 2, 3 안나 카레니나 레프 톨스토이 | 박형규 옮김
4 판탈레온과 특별봉사대 마리오 바르가스 요사 | 송병선 옮김
5 황금 물고기 J. M. G. 르 클레지오 | 최수철 옮김
6 템페스트 윌리엄 셰익스피어 | 이경식 옮김
7 위대한 개츠비 F. 스콧 피츠제럴드 | 김영하 옮김
8 아름다운 애너벨 리 싸늘하게 죽다 오에 겐자부로 | 박유하 옮김
9, 10 파우스트 요한 볼프강 폰 괴테 | 이인웅 옮김
11 가면의 고백 미시마 유키오 | 양윤옥 옮김
12 킴 러디어드 키플링 | 하창수 옮김
13 나귀 가죽 오노레 드 발자크 | 이철의 옮김
14 피아노 치는 여자 엘프리데 옐리네크 | 이병애 옮김
15 1984 조지 오웰 | 김기혁 옮김
16 벤야멘타 하인학교-야콥 폰 군텐 이야기 로베르트 발저 | 홍길표 옮김
17, 18 적과 흑 스탕달 | 이규식 옮김
19, 20 휴먼 스테인 필립 로스 | 박범수 옮김
21 체스 이야기·낯선 여인의 편지 슈테판 츠바이크 | 김연수 옮김
22 왼손잡이 니콜라이 레스코프 | 이상훈 옮김
23 소송 프란츠 카프카 | 권혁준 옮김
24 마크롤 가비에로의 모험 알바로 무티스 | 송병선 옮김
25 파계 시마자키 도손 | 노영희 옮김
26 내 생명 앗아가주오 앙헬레스 마스트레타 | 강성식 옮김
27 여명 시도니가브리엘 콜레트 | 송기정 옮김
28 한때 흑인이었던 남자의 자서전 제임스 웰든 존슨 | 천승걸 옮김
29 슬픈 짐승 모니카 마론 | 김미선 옮김
30 피로 물든 방 앤절라 카터 | 이귀우 옮김
31 숨그네 헤르타 뮐러 | 박경희 옮김
32 우리 시대의 영웅 미하일 레르몬토프 | 김연경 옮김
33, 34 실낙원 존 밀턴 | 조신권 옮김
35 복낙원 존 밀턴 | 조신권 옮김
36 포로기 오오카 쇼헤이 | 허호 옮김
37 동물농장·파리와 런던의 따라지 인생 조지 오웰 | 김기혁 옮김
38 루이 랑베르 오노레 드 발자크 | 송기정 옮김
39 코틀로반 안드레이 플라토노프 | 김철균 옮김
40 어두운 상점들의 거리 파트릭 모디아노 | 김화영 옮김
41 순교자 김은국 | 도정일 옮김
42 젊은 베르테르의 슬픔 요한 볼프강 폰 괴테 | 안장혁 옮김
43 더블린 사람들 제임스 조이스 | 진선주 옮김
44 설득 제인 오스틴 | 원영선, 전신화 옮김
45 인공호흡 리카르도 피글리아 | 엄지영 옮김
46 정글북 러디어드 키플링 | 손향숙 옮김
47 외로운 남자 외젠 이오네스코 | 이재룡 옮김
48 에피 브리스트 테오도어 폰타네 | 한미희 옮김
49 둔황 이노우에 야스시 | 임용택 옮김
50 미크로메가스·캉디드 혹은 낙관주의 볼테르 | 이병애 옮김

51, 52 염소의 축제 마리오 바르가스 요사 | 송병선 옮김
53 고야산 스님 · 초롱불 노래 이즈미 교카 | 임태균 옮김
54 다니엘서 E. L. 닥터로 | 정상준 옮김
55 이날을 위한 우산 빌헬름 게나치노 | 박교진 옮김
56 톰 소여의 모험 마크 트웨인 | 강미경 옮김
57 카사노바의 귀향 · 꿈의 노벨레 아르투어 슈니츨러 | 모명숙 옮김
58 바보들을 위한 학교 사샤 소콜로프 | 권정임 옮김
59 어느 어릿광대의 견해 하인리히 뵐 | 신동도 옮김
60 웃는 늑대 쓰시마 유코 | 김훈아 옮김
61 팔코너 존 치버 | 박영원 옮김
62 한눈팔기 나쓰메 소세키 | 조영석 옮김
63, 64 톰 아저씨의 오두막 해리엇 비처 스토 | 이종인 옮김
65 아버지와 아들 이반 투르게네프 | 이항재 옮김
66 베니스의 상인 윌리엄 셰익스피어 | 이경식 옮김
67 해부학자 페데리코 안다아시 | 조구호 옮김
68 긴 이별을 위한 짧은 편지 페터 한트케 | 안장혁 옮김
69 호텔 뒤락 애니타 브루크너 | 김정 옮김
70 잔해 쥘리앵 그린 | 김종우 옮김
71 절망 블라디미르 나보코프 | 최종술 옮김
72 더버빌가의 테스 토머스 하디 | 유명숙 옮김
73 감상소설 미하일 조셴코 | 백용식 옮김
74 빙하와 어둠의 공포 크리스토프 란스마이어 | 진일상 옮김
75 쓰가루 · 석별 · 옛날이야기 다자이 오사무 | 서재곤 옮김
76 이인 알베르 카뮈 | 이기언 옮김
77 달려라, 토끼 존 업다이크 | 정영목 옮김
78 몰락하는 자 토마스 베른하르트 | 박인원 옮김
79, 80 한밤의 아이들 살만 루슈디 | 김진준 옮김
81 죽은 군대의 장군 이스마일 카다레 | 이창실 옮김
82 페레이라가 주장하다 안토니오 타부키 | 이승수 옮김
83, 84 목로주점 에밀 졸라 | 박명숙 옮김
85 아베 일족 모리 오가이 | 권태민 옮김
86 폭풍의 언덕 에밀리 브론테 | 김정아 옮김
87, 88 늦여름 아달베르트 슈티프터 | 박종대 옮김
89 클레브 공작부인 라파예트 부인 | 류재화 옮김
90 P세대 빅토르 펠레빈 | 박혜경 옮김
91 노인과 바다 어니스트 헤밍웨이 | 이인규 옮김
92 물방울 메도루마 슌 | 유은경 옮김
93 도깨비불 피에르 드리외라로셸 | 이재룡 옮김
94 프랑켄슈타인 메리 셸리 | 김선형 옮김
95 래그타임 E. L. 닥터로 | 최용준 옮김
96 캔터빌의 유령 오스카 와일드 | 김미나 옮김
97 만(卍) · 시게모토 소장의 어머니 다니자키 준이치로 | 김춘미, 이호철 옮김
98 맨해튼 트랜스퍼 존 더스패서스 | 박경희 옮김
99 단순한 열정 아니 에르노 | 최정수 옮김

100 열세 걸음 모옌 | 임홍빈 옮김
101 데미안 헤르만 헤세 | 안인희 옮김
102 수레바퀴 아래서 헤르만 헤세 | 한미희 옮김
103 소리와 분노 윌리엄 포크너 | 공진호 옮김
104 곰 윌리엄 포크너 | 민은영 옮김
105 롤리타 블라디미르 나보코프 | 김진준 옮김
106, 107 부활 레프 톨스토이 | 박형규 옮김
108, 109 모래그릇 마쓰모토 세이초 | 이병진 옮김
110 은둔자 막심 고리키 | 이강은 옮김
111 불타버린 지도 아베 고보 | 이영미 옮김
112 말라볼리아가의 사람들 조반니 베르가 | 김운찬 옮김
113 디어 라이프 앨리스 먼로 | 정연희 옮김
114 돈 카를로스 프리드리히 실러 | 안인희 옮김
115 인간 짐승 에밀 졸라 | 이철의 옮김
116 빌러비드 토니 모리슨 | 최인자 옮김
117, 118 미국의 목가 필립 로스 | 정영목 옮김
119 대성당 레이먼드 카버 | 김연수 옮김
120 나나 에밀 졸라 | 김치수 옮김
121, 122 제르미날 에밀 졸라 | 박명숙 옮김
123 현기증. 감정들 W. G. 제발트 | 배수아 옮김
124 강 동쪽의 기담 나가이 가후 | 정병호 옮김
125 붉은 밤의 도시들 윌리엄 버로스 | 박인찬 옮김
126 수고양이 무어의 인생관 E. T. A. 호프만 | 박은경 옮김
127 맘브루 R. H. 모레노 두란 | 송병선 옮김
128 익사 오에 겐자부로 | 박유하 옮김
129 땅의 혜택 크누트 함순 | 안미란 옮김
130 불안의 책 페르난두 페소아 | 오진영 옮김
131, 132 사랑과 어둠의 이야기 아모스 오즈 | 최창모 옮김
133 페스트 알베르 카뮈 | 유호식 옮김
134 다마세누 몬테이루의 잃어버린 머리 안토니오 타부키 | 이현경 옮김
135 작은 것들의 신 아룬다티 로이 | 박찬원 옮김
136 시스터 캐리 시어도어 드라이저 | 송은주 옮김
137 고독한 산책자의 몽상 장자크 루소 | 문경자 옮김
138 용의자의 야간열차 다와다 요코 | 이영미 옮김
139 세기아의 고백 알프레드 드 뮈세 | 김미성 옮김
140 햄릿 윌리엄 셰익스피어 | 이경식 옮김
141 카산드라 크리스타 볼프 | 한미희 옮김
142 이 글을 읽는 사람에게 영원한 저주를 마누엘 푸익 | 송병선 옮김
143 마음 나쓰메 소세키 | 유은경 옮김
144 바다 존 밴빌 | 정영목 옮김
145, 146, 147, 148 전쟁과 평화 레프 톨스토이 | 박형규 옮김
149 세 가지 이야기 귀스타브 플로베르 | 고봉만 옮김
150 제5도살장 커트 보니것 | 정영목 옮김
151 알렉시 · 은총의 일격 마르그리트 유르스나르 | 윤진 옮김

152 말라 온다 알베르토 푸겟 | 엄지영 옮김
153 아르세니예프의 인생 이반 부닌 | 이항재 옮김
154 오만과 편견 제인 오스틴 | 류경희 옮김
155 돈 에밀 졸라 | 유기환 옮김
156 젊은 예술가의 초상 제임스 조이스 | 진선주 옮김
157, 158, 159 카라마조프가의 형제들 표도르 도스토옙스키 | 김희숙 옮김
160 진 브로디 선생의 전성기 뮤리얼 스파크 | 서정은 옮김
161 13인당 이야기 오노레 드 발자크 | 송기정 옮김
162 하지 무라트 레프 톨스토이 | 박형규 옮김
163 희망 앙드레 말로 | 김웅권 옮김
164 임멘 호수 · 백마의 기사 · 프시케 테오도어 슈토름 | 배정희 옮김
165 밤은 부드러워라 F. 스콧 피츠제럴드 | 정영목 옮김
166 야간비행 앙투안 드 생텍쥐페리 | 용경식 옮김
167 나이트우드 주나 반스 | 이예원 옮김
168 소년들 앙리 드 몽테를랑 | 유정애 옮김
169, 170 독립기념일 리처드 포드 | 박영원 옮김
171, 172 닥터 지바고 보리스 파스테르나크 | 박형규 옮김
173 싯다르타 헤르만 헤세 | 권혁준 옮김
174 야만인을 기다리며 J. M. 쿳시 | 왕은철 옮김
175 철학편지 볼테르 | 이봉지 옮김
176 거지 소녀 앨리스 먼로 | 민은영 옮김
177 창백한 불꽃 블라디미르 나보코프 | 김윤하 옮김
178 슈틸러 막스 프리슈 | 김인순 옮김
179 시핑 뉴스 애니 프루 | 민승남 옮김
180 이 세상의 왕국 알레호 카르펜티에르 | 조구호 옮김
181 철의 시대 J. M. 쿳시 | 왕은철 옮김
182 카시지 조이스 캐럴 오츠 | 공경희 옮김
183, 184 모비 딕 허먼 멜빌 | 황유원 옮김
185 솔로몬의 노래 토니 모리슨 | 김선형 옮김
186 무기여 잘 있거라 어니스트 헤밍웨이 | 권진아 옮김
187 컬러 퍼플 앨리스 워커 | 고정아 옮김
188, 189 죄와 벌 표도르 도스토옙스키 | 이문영 옮김
190 사랑 광기 그리고 죽음의 이야기 오라시오 키로가 | 엄지영 옮김
191 빅 슬립 레이먼드 챈들러 | 김진준 옮김
192 시간은 밤 류드밀라 페트루셉스카야 | 김혜란 옮김
193 타타르인의 사막 디노 부차티 | 한리나 옮김
194 고양이와 쥐 귄터 그라스 | 박경희 옮김
195 펠리시아의 여정 윌리엄 트레버 | 박찬원 옮김
196 마이클 K의 삶과 시대 J. M. 쿳시 | 왕은철 옮김
197, 198 오스카와 루신다 피터 케리 | 김시현 옮김
199 패싱 넬라 라슨 | 박경희 옮김
200 마담 보바리 귀스타브 플로베르 | 김남주 옮김
201 패주 에밀 졸라 | 유기환 옮김
202 도시와 개들 마리오 바르가스 요사 | 송병선 옮김

203 루시 저메이카 킨케이드 | 정소영 옮김
204 대지 에밀 졸라 | 조성애 옮김
205, 206 백치 표도르 도스토옙스키 | 김희숙 옮김
207 백야 표도르 도스토옙스키 | 박은정 옮김
208 순수의 시대 이디스 워턴 | 손영미 옮김
209 단순한 이야기 엘리자베스 인치볼드 | 이혜수 옮김
210 바닷가에서 압둘라자크 구르나 | 황유원 옮김
211 낙원 압둘라자크 구르나 | 왕은철 옮김
212 피라미드 이스마일 카다레 | 이창실 옮김
213 애니 존 저메이카 킨케이드 | 정소영 옮김
214 지고 말 것을 가와바타 야스나리 | 박혜성 옮김
215 부서진 사월 이스마일 카다레 | 유정희 옮김
216 사람은 무엇으로 사는가 레프 톨스토이 | 이항재 옮김
217, 218 악마의 시 살만 루슈디 | 김진준 옮김
219 오늘을 잡아라 솔 벨로 | 김진준 옮김
220 배반 압둘라자크 구르나 | 황가한 옮김
221 어두운 밤 나는 적막한 집을 나섰다 페터 한트케 | 윤시향 옮김
222 무어의 마지막 한숨 살만 루슈디 | 김진준 옮김
223 속죄 이언 매큐언 | 한정아 옮김
224 암스테르담 이언 매큐언 | 박경희 옮김
225, 226, 227 특성 없는 남자 로베르트 무질 | 박종대 옮김
228 앨프리드와 에밀리 도리스 레싱 | 민은영 옮김
229 북과 남 엘리자베스 개스켈 | 민승남 옮김
230 마지막 이야기들 윌리엄 트레버 | 민승남 옮김
231 벤저민 프랭클린 자서전 벤저민 프랭클린 | 이종인 옮김
232 만년양식집 오에 겐자부로 | 박유하 옮김
233 이상한 나라의 앨리스 루이스 캐럴 | 존 테니얼 그림 | 김희진 옮김
234 소네치카 · 스페이드의 여왕 류드밀라 울리츠카야 | 박종소 옮김
235 메데야와 그녀의 아이들 류드밀라 울리츠카야 | 최종술 옮김
236 실종자 프란츠 카프카 | 이재황 옮김
237 진 알랭 로브그리예 | 성귀수 옮김
238 말테의 수기 라이너 마리아 릴케 | 홍사현 옮김
239, 240 율리시스 제임스 조이스 | 이종일 옮김
241 지도와 영토 미셸 우엘벡 | 장소미 옮김
242 사막 J. M. G. 르 클레지오 | 홍상희 옮김
243 사냥꾼의 수기 이반 투르게네프 | 이종현 옮김
244 험볼트의 선물 솔 벨로 | 전수용 옮김
245 바베트의 만찬 이자크 디네센 | 추미옥 옮김
246 나르치스와 골드문트 헤르만 헤세 | 안인희 옮김
247 변신 · 단식 광대 프란츠 카프카 | 이재황 옮김
248 상자 속의 사나이 안톤 체호프 | 박현섭 옮김

● 문학동네 세계문학전집은 계속 출간됩니다